新型汽车空调系统检修自学读本

吴文琳　主　编
王明顺　副主编

中国电力出版社
www.cepp.com.cn

内容提要

本书简单介绍了新型汽车空调系统的结构与工作原理；详细介绍了常用汽车空调检修工具、仪器设备及其使用方法；重点讲述了空调系统的检修、故障诊断与排除。本书阐述了汽车空调故障检修思路，并精选大量检修实例及汽车空调系统电路图，便于读者查阅使用，举一反三，将故障诊断排除方法运用到其他类似的车型，为广大汽车维修人员快速掌握汽车空调的维修技能提供了一条捷径。

本书图文并茂，深入浅出，通俗易懂，实用性及操作性强，精选的实例具有广泛的代表性，适合各个层次和水平的读者，尤其是初学者。可供汽车修理工、汽车驾驶员、汽车管理人员和工程技术人员使用，也可作为相关专业院校的培训及参考教材。

图书在版编目（CIP）数据

新型汽车空调系统检修自学读本/吴文琳主编．
—北京：中国电力出版社，2008
ISBN 978-7-5083-7758-2

Ⅰ．新…　Ⅱ．吴…　Ⅲ．汽车-空气调节设备-车辆修理　Ⅳ．U472．41

中国版本图书馆 CIP 数据核字(2008)第 121283 号

中国电力出版社出版、发行
（北京三里河路 6 号　100044 http：//www. cepp. com. cn）
北京丰源印刷厂印刷
各地新华书店经售
*
2009 年 1 月第一版　　2009 年 1 月北京第一次印刷
850 毫米×1168 毫米　32 开本　13. 875 印张　404 千字
印数 0001—3000 册　　定价 **24. 00** 元

前言

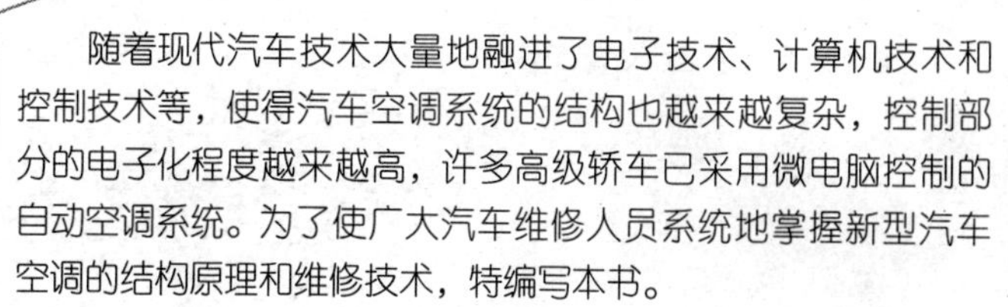

随着现代汽车技术大量地融进了电子技术、计算机技术和控制技术等，使得汽车空调系统的结构也越来越复杂，控制部分的电子化程度越来越高，许多高级轿车已采用微电脑控制的自动空调系统。为了使广大汽车维修人员系统地掌握新型汽车空调的结构原理和维修技术，特编写本书。

本书简单介绍了新型汽车空调系统的结构与工作原理；详细介绍了常用汽车空调检修工具、仪器设备及其使用方法；重点讲述了各系统的检修，故障诊断与排除；阐述了汽车空调故障检修思路，并精选大量检修实例及汽车空调系统电路图，便于读者查阅使用，举一反三，将故障诊断排除方法运用到其他类似的车型，为广大汽车维修人员快速掌握汽车空调的维修技能提供了一条捷径。

本书图文并茂，通俗易懂，实用性及操作性强，适合各个层次和水平的读者，尤其是初学者。可供汽车电工、修理工、驾驶员、汽车管理干部及工程技术人员使用，也可作为相关专业院校的培训及参考教材。

本书由吴文琳任主编，王明顺任副主编，参加编写的人员还有王金星、沈祥开、刘一洪、常洪、王伟、王涛、贺明、林红、李明、肖建忠、王一平、刘三红、孙梅、刘荣、孙飞、李清等。本书编写过程中，参阅了大量文献资料，并参考了许多专家、学者的研究成果和经验，在此谨向这些资料的原作者表示衷心的感谢。

由于编者水平有限，书中错漏之处在所难免，还望广大读者不吝批评指正。

编者

2008 年 8 月

目录

第一章 汽车空调与检修技术基础

第一节　汽车空调的组成、分类及布置方式

一、汽车空调的组成、结构与工作原理

1. 汽车空调的组成

为了提高汽车的舒适性，现代汽车都采用了汽车空调系统，简称空调。其作用是对车室内空气的温度、湿度、流速和清洁度等进行调节，并预防或去除风窗玻璃上的雾、霜和冰雪，从而创造出一个温度、湿度适宜，空气清新、洁净的环境，满足人们对汽车舒适性的要求。

（1）汽车空调系统的组成。空调的控制方法有手动控制和电控自动控制两种。手动控制空调系统的风机转速、出风温度及送风方式等功能是由驾驶员操纵和调节的，驾驶员通过仪表板上的空气控制杆、温度控制杆和风扇开关来控制空调系统。手动空调系统无法根据阳光辐射程度、发动机和排气管的辐射影响变化及时对汽车车内的空气状况进行调节。

汽车空调主要由制冷系统、暖风系统、通风系统、空气净化系统和控制系统 5 个部分组成，如图 1-1 所示。

（2）电控自动空调系统的组成。目前大部分汽车采用了全自动空调系统，即电控自动空调系统。电控自动空调利用温度传感器随时检测车内温度及车外环境温度的变化，并把检测到的信号送至空调 ECU。空调 ECU 按预先编制的程序对信号进行处理，并通过执行器不断地对风机转速、出风温度、送风方式及压缩机工作状况等进行调节，从而使车内温度、湿度及空气流量始终保持在驾驶员设定的水平上。

电控自动空调系统采用一般空调系统的基础部件，其主要区别在于自动空调系统能保持预先设置的舒适程度。它利用传感器确定

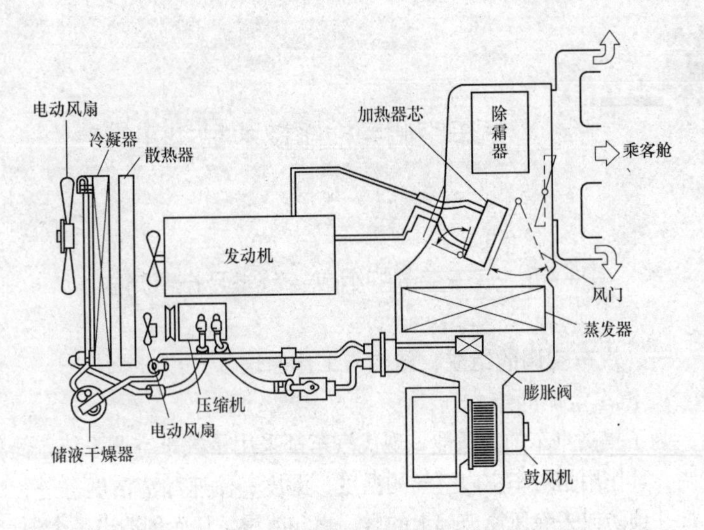

图 1-1　汽车空调系统的组成

当前的温度，然后系统能够按需要自动调节暖风和冷风。和半自动空调系统相比，电控全自动空调系统具有自诊断功能，并且电控全自动空调系统的执行器和传感器的数量都比半自动空调系统的多。

电控自动空调系统主要由通风、采暖、制冷、空气净化、操作和控制等部分组成，如图 1-2 所示，其元件位置如图 1-3 所示。其中制冷系统、暖风系统和送风系统等与手动空调系统在结构上基本是相同的。电控自动空调系统是在手动控制空调系统的基础上，增加了控制系统，控制系统由传感器、空调 ECU 和执行元件等组成；而操作系统与送风系统是在手动空调系统的基础上增加了各种伺服电动机，并且操作系统有湿度设定和选择开关。

2. 空调主要系统的结构及作用

（1）制冷系统。其结构如图 1-4 所示。它的作用是对车室内的空气或由外部进入车室内的新鲜空气进行冷却或除湿，使车内空气变得凉爽舒适。

制冷系统按驱动方式分为发动机驱动和副发动机驱动两种。发动机驱动式是汽车发动机作为制冷压缩机的动力源，由汽车发动机通过传动带传动驱动压缩机运转，轿车、普通载货汽车和面包车等

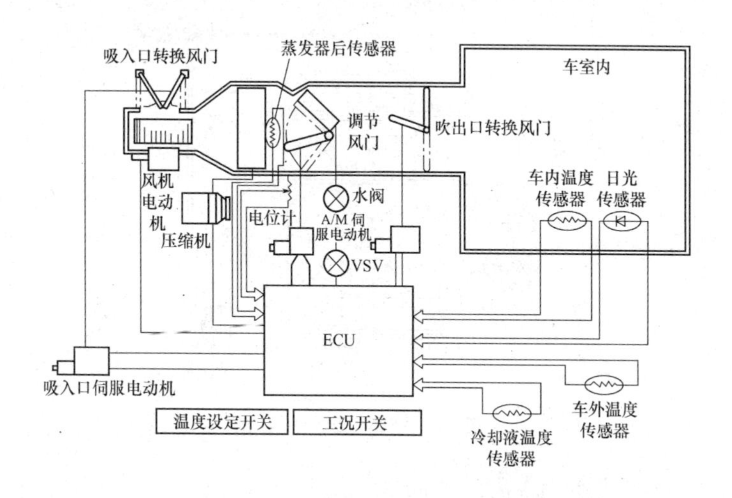

图 1-2　电控自动空调系统的组成

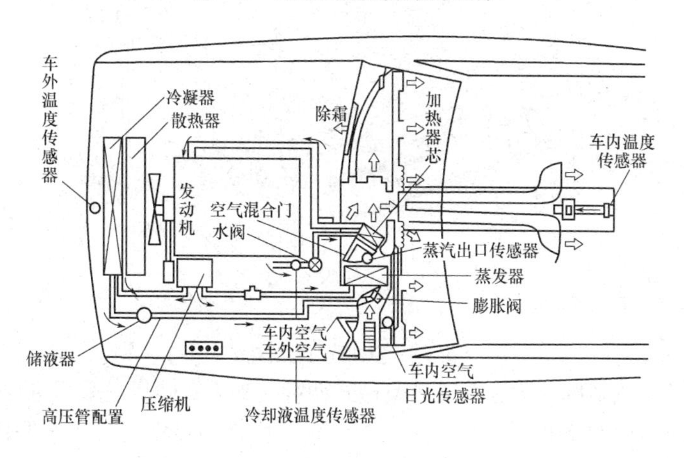

图 1-3　电控自动空调系统元件位置

均采用此类形式。副发动机驱动式则用于大型客车的制冷系统，因大型客车所需要的制冷量和需要的驱动功率大，需另设一台专用发动机来驱动压缩机运转。

（2）空调暖风系统。其结构如图 1-5 所示，主要用于取暖，对车室内空气或外部进入车室内的新鲜空气进行加热达到取暖、除湿的目的，同时为风窗玻璃除霜。

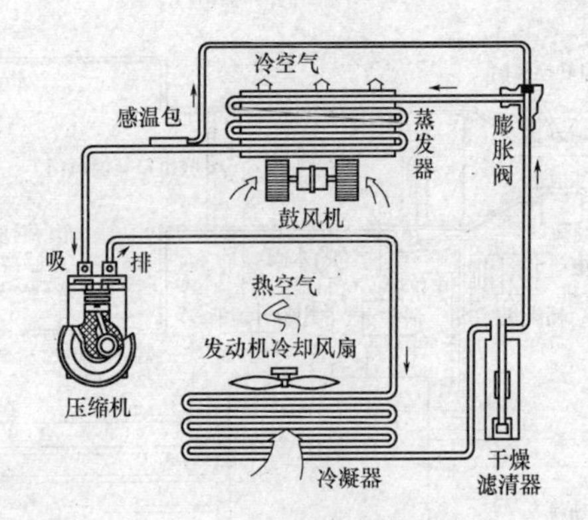

图 1-4　空调制冷系统结构

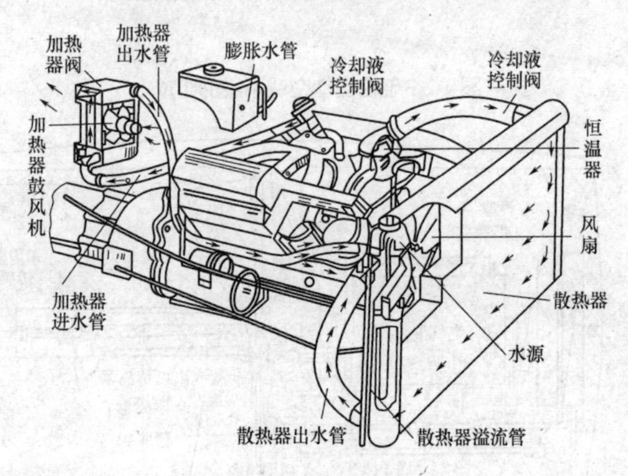

图 1-5　空调暖风系统结构

暖风系统分为独立式和复用式两种。独立式暖风是采用电控燃油加热器燃烧柴油产生热量，再利用风机将加热空气送入车厢内，此类系统通常用于高级大客车的采暖系统；复用式暖风系统则是以发动机工作时冷却液中的热量作为热源加热空气，且与制冷系统共用一套风机将加热的空气送入车厢内，此类系统多用于轿车、普通载货车和面包车。

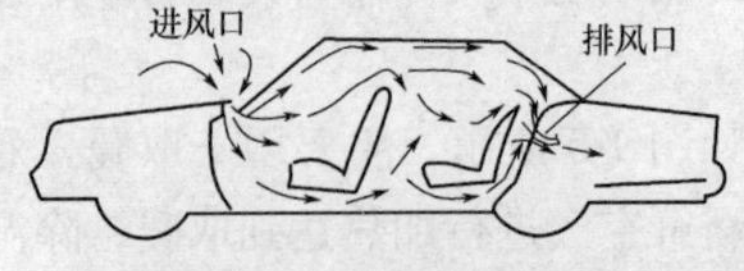

图 1-6　空调通风系统结构

（3）通风系统。其结构如图 1-6 所示，它将外部的新鲜空气吸进车室内，起通风和换气作用，同时对防止风窗玻璃起雾也有着良好的作用。

通风系统有自然通风和强制通风两种。在轿车上多采用自然通风作为辅助通风装置。自然通风是利用汽车行驶过程中所产生的气流压力差而形成的，一般在压强的正压区设置进风口，而在压强的负压区设置出风口。这样便可将车外的空气引入车内，同时排出一部分车内空气，以此不断地更换车内空气，使车内空气保持新鲜。尤其是在雨天不能打开车窗时，要想保持车内空气新鲜，通风系统就显得尤为重要。

（4）空气净化系统。其结构如图 1-7 所示，空气净化处理主要是除去空气中的悬浮尘埃。在某些高级豪华汽车中通常还设有除臭和空气负离子发生装置。根据粉尘特性的不同，除尘净化可分为过滤除尘和静电除尘两种形式。它负责除去车室内空气中的尘埃、臭味、烟气及有毒气体，使车内空气变得清洁。

空气净化系统一般设有炭罐空气滤清器（过滤及除味），可对进入车内的空气进行过滤，也可在车内空气进行内循环时对车内空气进行过滤。普通型轿车中，空气净化的任务由蒸发器直接完成。

（5）控制系统。控制系统的结构如图 1-8 所示，它对制冷和暖风系统的温度及压力进行控制，同时对车室内空气的温度、风量、流向进行控制，将制冷、采暖、新鲜空气有机地组合，形成冷暖适宜的气流，并自动对车内环境进行全季节、全方位、多功能的最佳控制，完善了空调系统的正常工作。

控制操纵系统主要由电气元件、真空管路和操纵机构组成。一

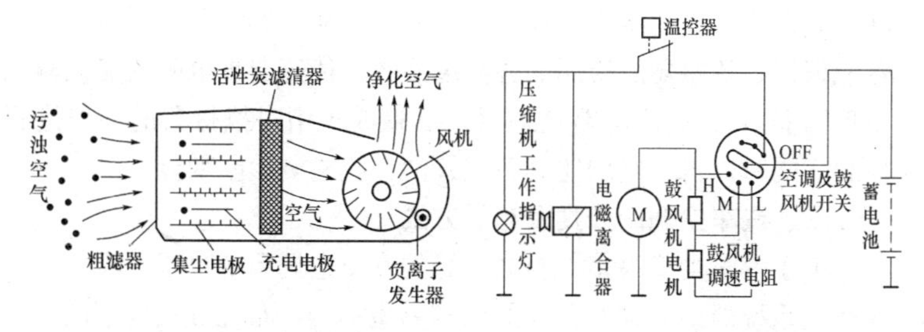

图 1-7　空气净化系统结构　　　　图 1-8　控制系统结构

方面用以对制冷和加热系统的温度、压力进行控制，另一方面对车室内空气的温度、风量、流向进行操纵，完善了空调装置的各项功能。如在控制操纵系统中加装一些特殊的自动控制元件，可实现自动控制。

3. 空调的工作原理

空调系统工作时，压缩机在发动机驱动下旋转，气态制冷剂从蒸发器内被吸进压缩机，压缩机将制冷蒸气压缩成高温、高压的气体后，输送给冷凝器。在这里制冷剂通过与流动大气进行交接，把制冷剂的热量散发出去，制冷剂由气态变成液态。液态制冷剂通过节流装置（膨胀阀或孔管）的节流、减压作用，体积突然变大，成为低温、低压的液雾状混合物进入蒸发器。在蒸发器内制冷剂吸收周围空气中的大量热量，由液态变为气态。这些低温、低压制冷剂又被吸入压缩机，开始下一个循环的工作。如此循环，借助于制冷剂状态的变化，达到制冷的目的。

手动空调工作时，打开 A/C 开关，空调开关指示灯点亮。新鲜空气翻板电磁阀接通，新鲜空气进口关闭，制冷系统对车内循环空气开始制冷。经蒸发器温控开关和低压保护开关，接通压缩机电磁离合器线圈。同时经蒸发器温控开关，提高发动机怠速转速度，为制冷系统提供足够的动力。空调继电器两触点同时闭合，使冷凝器冷却风扇继电器接通，鼓风机电路接通，使鼓风机低速运转，以防止蒸发器表面结冰。

自动控制空调器是在传统的手动控制空调器的基础上，加装了一系列检测车内、车外和导风管空气温度变化及太阳辐射的传感器；改良执行器的结构和控制，设计了智能型的空调控制器。控制器能根据各传感器所检测的各温度系数（传感器将电阻的变化输入至控制器），经内部电路处理后，单独或集中对执行器的动作进行控制。同时，自动空调还具备完善的自我检测诊断功能。

二、汽车空调的分类及布置方式

由于汽车类型很多，与之匹配的汽车空调系统也不一样。不同的空调系统的组成和各总成的结构类型不同，布置方式也不同。

乘用车空调大多采用非独立式，其压缩机由整车发动机驱动，

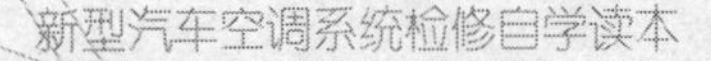

空调系统各部件采取分散布置。大客车空调大多采用独立式，其压缩机由专门配备的独立发动机驱动，空调性能不受汽车行驶工况影响，其系统各部件有的采取整体布置，也有采取分散布置，视汽车的结构形式而定。

1. 空调的分类

汽车空调的分类方法很多，可以按功能、驱动方式、结构形式、送风方式和空调自控制程度等进行分类。

（1）按功能分类。汽车空调系统按功能不同，可分为单一功能型、冷暖合一型、全功能型。

1）单一功能型。空调制冷系统和采暖系统各自单独工作，其结构如图 1-9 所示，制冷和采暖系统各自分开，由两个完全独立的冷风机和暖风机所组成，各有各的送风机，控制系统也是完全分开的。这种空调主要用于大型客车和载货汽车上。

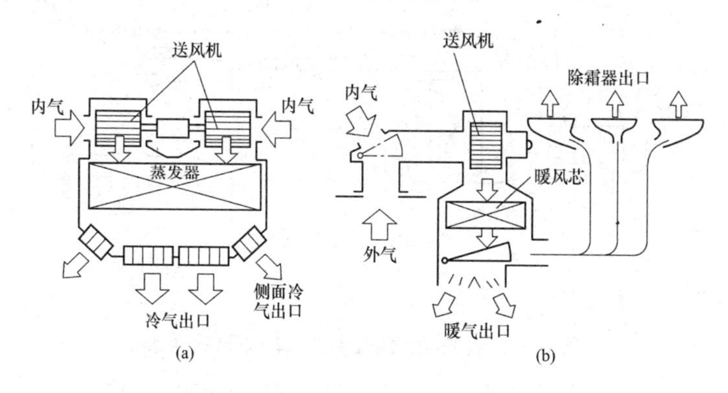

图 1-9 单一功能型汽车空调

（a）冷风机；（b）暖风机

2）冷暖合一型。如图 1-10 所示，它是在暖风机的基础上增加蒸发器芯子和冷气出风口（把暖风水箱和蒸发器装在一个机箱内），制冷和采暖各自分开，不能同时工作；但共用一个内/外气进风口，分别设置冷、热气出风。目前许多轿车都采用这种结构形式的空调。

3）全功能型。这种空调是集制冷、除湿、采暖、通风、净化

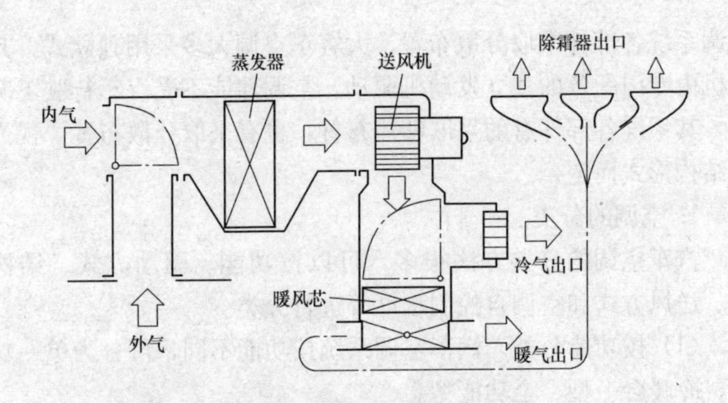

图 1-10　冷暖合一型汽车空调

于一体，既可供冷气，又可供暖气，还可进行通风、除霜、除雾、除尘和调节温度等工作，其系统示意图如图 1-11 所示。

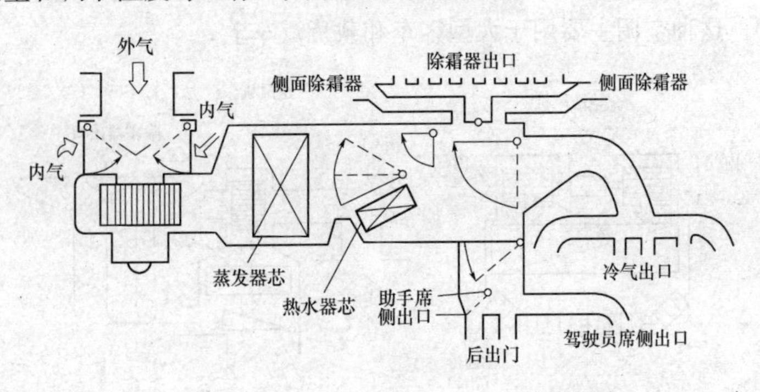

图 1-11　全功能型汽车空调空气处理系统示意图

该系统在蒸发器和加热器之间设置了一个可以连续改变角度的混合风门。从蒸发器流出来的空气可以随混合风门的开度部分或全部通过加热器，流过加热器的空气和未流经加热器的空气在空调器内预先混合，再经风门送至各风口。混合风门的设置大大改善了对空气相对温度的调节能力。夏季可以通过调节混合风门的开度来调节冷湿空气的再加热程度；冬季可通过调节混合风门的开度调节暖风的湿度。目前乘用车空调绝大部分都采用全功能型。

（2）按驱动方式分类。汽车空调按驱动方式可分为非独立式、独立式和电力驱动空调三种。

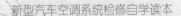

1）非独立式空调。非独立式空调又称皮带式或被动式空调，由压缩机、冷凝器、储液干燥器、膨胀阀、蒸发器、控制电路及安全保护装置等组成。汽车发动机带动压缩机工作，中间通过电磁离合器的吸合或脱离来控制压缩机的运转与停止。非独立式空调需要消耗整车发动机10%～15%的动力，直接影响汽车的加速性能和爬坡能力，同时其制冷量受汽车行驶工况的影响。

2）独立式空调。独立式空调又称主动式或辅机带动式空调，它不用整车发动机而另外配备一个发动机，用于带动空调压缩机。为了与整车发动机区别，往往将另外配备的驱动压缩机的发动机称为辅助发动机，而将整车发动机称为主发动机。

独立式空调大多用于大客车，其制冷压缩机和风机均由辅助发动机驱动，制冷和采暖装在一起。

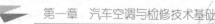

独立式汽车空调系统的空调制冷压缩机由专用的空调发动机（也称副发动机）驱动，汽车空调系统的制冷性能不受汽车工况的影响，工作稳定、制冷量大，但由于其加装了一台发动机，不仅成本增加，而且其体积和质量也增大，这种类型的空调系统多用于大中型客车。

3）电力驱动空调。电力驱动空调用于特种车辆，例如混合动力汽车、雷达指挥车、营房车等。在停车时空调处于工作状态，利用车上电源，此时压缩机由电动机驱动，但同时仍需增加直流电源（汽车空调的电气元件是按直流电方式工作的）。三电公司推出的涡旋式电动压缩机就是以电力为动力源的，又如丰田普瑞斯混合动力汽车的空调也是采用电力驱动空调的。

（3）按结构形式分类。按结构形式可分为整体独立式空调、分体式空调、分散式空调。

1）整体独立式空调。如图1-12所示，这种空调装置的结构形式往往是整体式空调，即将辅助发动机、压缩机、冷凝器、蒸发器等安装在一个底架上，底架固定在汽车底盘上，各总成之间通过传动带、管路连接成工作系统，再与整车风道相连，通过车内送风管将冷风送入车室内。压缩机由辅助发动机驱动工作。

系统和辅助发动机装在一个机架上，成为完整的独立装置。一般布置在汽车中部车架下，也有安装在汽车后部车架上，与风道和冷气箱的出风口相连，回风口一般直接与车身座椅下方的地板相连，如图 1-12 所示。

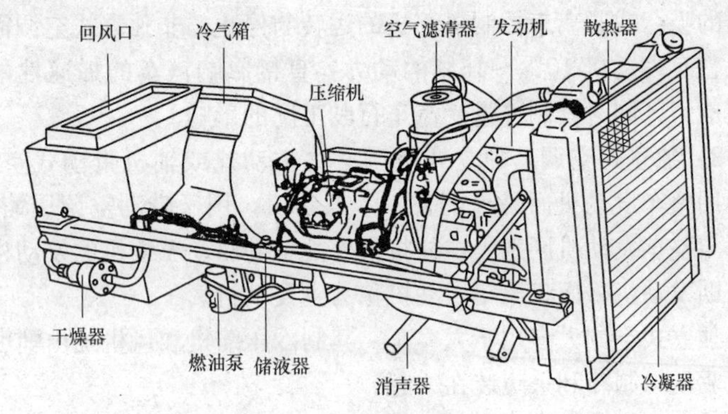

图 1-12 整体独立式空调

2）分体式空调。分体式空调的结构形式也是独立式空调的一种，即将辅助发动机、压缩机、冷凝器、蒸发器部分或全部分开布置。

现以车顶置分体式空调为例来说明。这种空调蒸发器与冷凝器组合成一体，与压缩机分开。压缩机由主机或辅助机带动。由辅机带动的侧压缩机与辅机组合在一起，有专用机架，机架上还有发动机散热器、辅助发电机等。

其热交换装置有三种方式，一种是在汽车车顶上方，称车外顶置式空调器，如图 1-13 所示；另一种是放在汽车后侧，称后置式空调器；第三种是与压缩机组对称放在车架侧面，称为底置分体式空调器。

3）分散式空调。分散式空调的结构形式往往是非独立式空调。由于非独立式空调系统的压缩机必须有整车发动机驱动，故压缩机必须安装在发动机上，蒸发器、冷凝器等根据工作要求分散安装在汽车相关位置，并用管道相连接形成制冷系统。

如图 1-14 所示，分散式空调是将蒸发器、冷却器及压缩机（或压缩动力机组）各自动成为独立总成，分散安装在汽车各个部

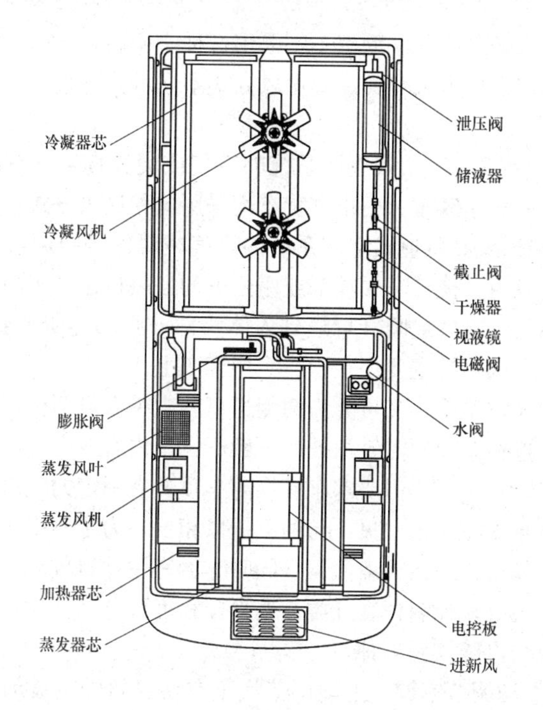

图 1-13 分体车外顶置式空调

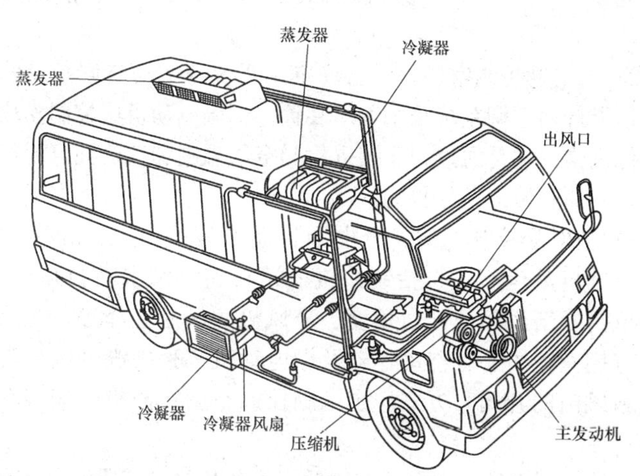

图 1-14 分散式空调示意图

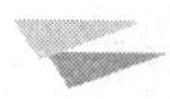

位，目前大部分中、小型汽车都采用这种空调装置。

(4) 按送风方式分类。按送风方式不同可分为直吹式和风道式两种。

1) 直吹式。直吹式空调系统的冷气或暖气直接从空调器送风口吹出，一般小客车、中小型货车均采用这种送风方式。

2) 风道式。风道式空调系统的冷气或暖气经空调器处理后用风机通过风道，流经车厢顶部或座位下的各风口送至车内，此方式送风较均匀，冷气或暖气可送到人体头部或脚部等所需要的部位。这种方式空调系统主要用在中、大型客车上。

风道式空调系统又可分为两侧送风和中央送风两种。两侧送风的风道布置在车顶两侧转角处，一般不占车内有效空间，对乘员起立和行走影响不大。但要求车窗框离车顶要有一定的距离。中央送风的风道布置在车顶中央，与两侧送风相反，为了不影响乘客起立和行走，风道必须做得扁而宽，同时车厢宜设计得较高。

(5) 按自动控制程度分类。按自控程度可分为手动控制、半自动控制及全电脑控制三种。

1) 手动调节空调。手动调节汽车空调由驾驶员拨动控制板的功能键和转动调节旋钮完成对温度、通风机构和风向、风速的调节。

2) 半自动控制空调。半自动空调系统与手动空调系统的主要不同是半自动空调系统采用程序装置、伺服电动机或控制模块等操纵执行机构。它是通过程序装置检测空气温度和气流混合风门位置来达到使驾驶员舒适的目的。

3) 全电脑控制空调。全电脑控制空调是由人工设定，控制单元控制自动运行，包括制冷机的运行、暖风水阀的开启角度、混合风门及新风门的开启角度、鼓风机的风速选择等。送风门的开闭有钢丝绳索、真空动作器及微电动机三种操纵（包括混合风门及新风门的开闭）方式。全电脑控制空调在高级豪华型车辆上采用。

自动控制空调可由电子控制器根据各相关传感器的电信号，自动对温度、风量及风向等进行调节，能够对车内空气环境进行全季

节、全方位、多功能的最佳调节和控制。

2. 空调的布置方式

（1）乘用车空调系统的布置。乘用车由于其自身空间限制，一般采用非独立式空调系统，压缩机由整车发动机驱动。乘用车空调布置图如图 1-15 所示。

乘用车空调系统的冷凝器大都安装在发动机散热器的前面。同时也采用冷凝器前增设风扇的方式，不但能增大风量，而且还使冷凝器的冷却效果不受汽车行驶速度的影响。新增风扇依靠蓄电池来工作，一般冷凝器采用竖装。

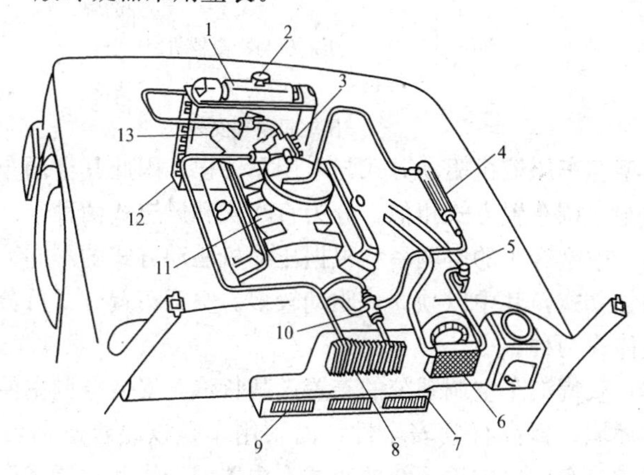

图 1-15　乘用车空调布置图

1—散热器；2—散热器盖；3—压缩机；4—储液干燥器；5—热水阀；6—热风送风格栅；7—驾驶室；8—蒸发器；9—冷风送风格栅；10—膨胀阀；11—发动机；12—冷凝器；13—冷凝器风扇

（2）客车空调系统的布置。中型以上的客车空调系统一般以独立式空调系统为主，压缩机和独立发动机以及整体空调多置于车厢地板下部，也有安装在汽车后部车架上的，而冷凝器和蒸发器布置则较为灵活，无论是整体空调还是分体式空调，都具有不同的布置形式，如裙置、后置、内置、顶置。应该指出的是，客车空调的布置比乘用车的复杂，且空调种类也比乘用车多。客车空调的布置形式如下。

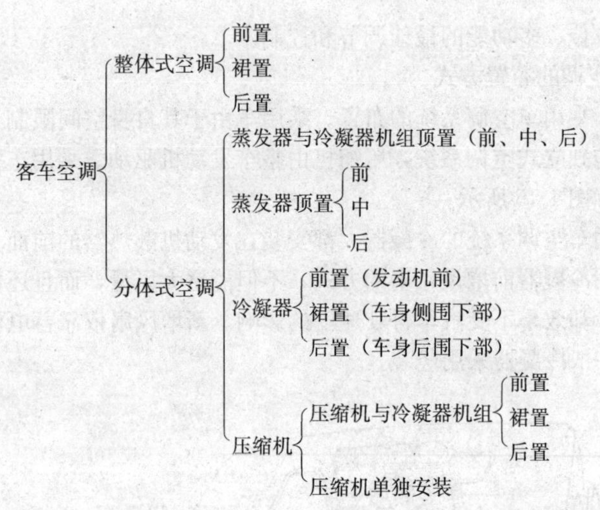

轻型客车压缩机驱动方式与乘用车一样，因此其空调布置方式与乘用车空调布置方式相似，分为直吹式和风道式两种。

大、中型客车的空调系统根据压缩机驱动方式的不同，有非独立式和独立式，其中以独立式驱动较多。空调布置方式可分为分体式和整体式两种。

（3）载货汽车空调系统的布置。载货汽车安装空调主要用于改善工作环境，提高行驶安全性，而乘用车是以改善舒适性为目的的。载货汽车制冷空调系统的布置有内置混合式和顶置式两种。内置混合式的布置形式和乘用车一样，压缩机通过支架固定在发动机旁，由发动机通过带轮驱动，冷凝器安装在发动机散热器前面，蒸发器和加热器组成的机组安装在仪表板之下，具有采暖、降温和通风等功能，可以像乘用车一样切换调整各种气门和气源，也具有除雾和除霜的功能。载货汽车内置混合式空调系统如图 1-16 所示。

如同顶置式的客车空调一样，将蒸发器和冷凝器组成一个整体，安装在车顶上，室外新鲜空气从车顶进入，由上至下供冷风，在仪表板的下方为非独立式的水暖系统。冷凝器有足够的迎面风冷却，冷凝散热效果好，但需要加大驾驶室顶盖的刚度，以防顶盖变形影响制冷装置正常工作。很多重型载货汽车和工程车辆多采用顶置式制冷空调系统，如图 1-17 所示。

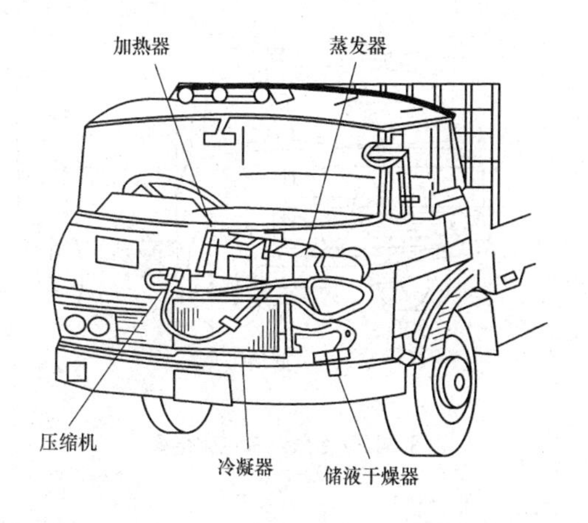

图 1-16　载货汽车内置混合式空调系统

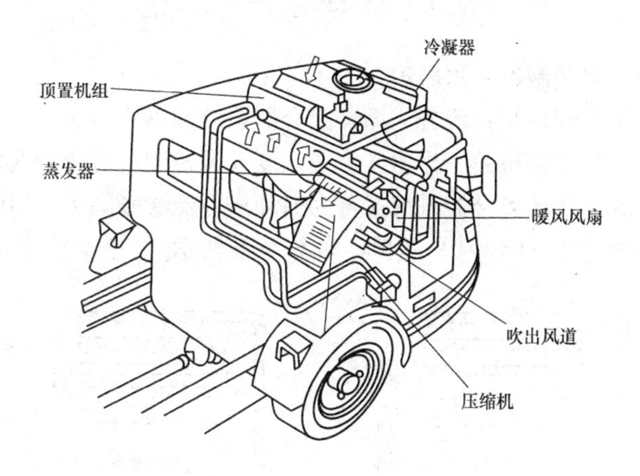

图 1-17　载货汽车空调顶置式布置

（4）冷藏汽车空调系统的布置。冷藏汽车包括蒸气压缩制冷藏汽车、冷冻板冷藏汽车、冰冷冷藏汽车和干冰、液氮冷藏汽车。冷藏运输汽车主要运输新鲜水果、菜、禽蛋、肉类等食品，制冷系统需要在低温工况下工作。一般的运输冷却和冻结肉类食品时，制冷剂蒸发温度在 5～20℃之间，蒸发器表面温度都处于 0℃以下。冷藏汽车内的蒸发器还要有除霜系统，它们与蒸发器管路并联，但其控制方法与蒸发器的不相同。冷藏汽车空调布置如图 1-18 所示。

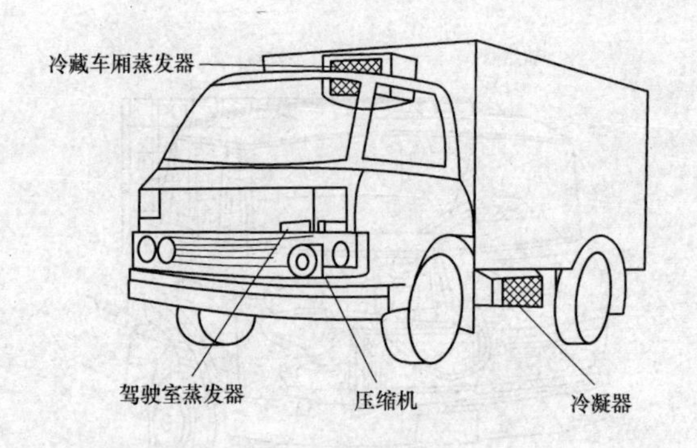

图 1-18　冷藏汽车空调布置

第二节　汽车空调制冷原理与制冷剂

一、空调制冷基本原理

汽车空调系统一般分为循环离合器系统和蒸发器压力控制系统两种。前者压缩机的工作由压力或温度开关控制；后者压缩机是连续工作的。循环离合器系统又分为循环离合器膨胀阀系统和循环离合器孔管系统（CCOT）两类，如图 1-19 所示。

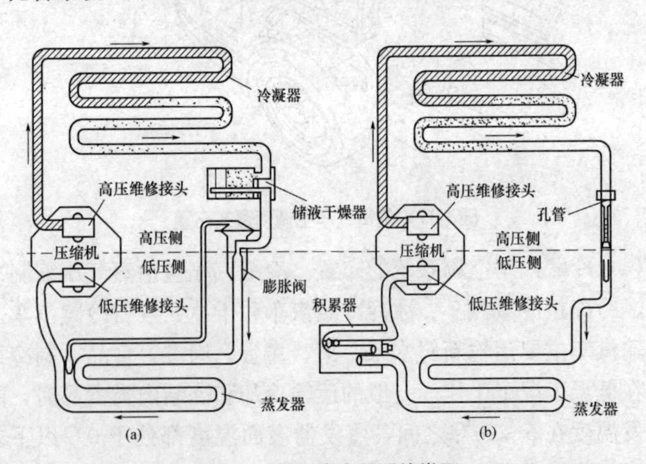

图 1-19　循环离合器系统类型

(a) 膨胀阀系统；(b) 孔管系统

膨胀阀系统和孔管系统主要的区别有以下几点。

（1）储液干燥器位置不同。膨胀阀系统的储液干燥器装在冷凝器出口和膨胀阀间的高压侧；而孔管系统的积累器则装在蒸发器出口和压缩机间的低压侧。

（2）节流装置不同。膨胀阀系统采用膨胀阀作节流装置；而孔管系统采用孔管作节流装置。轿车空调系统中采用较多的是循环离合器系统。

（3）汽车空调膨胀阀的特点是只要一开动空调，电磁离合器就会吸合且不断开，压缩机始终处于运行状态，靠吸气节流阀或靠绝对压力阀把蒸发器温度控制在0℃左右。

（4）孔管系统又被称为循环离合器系统，其特点是当打开空调以后，压缩机电磁离合器时而吸合，时而分离，压缩机根据室外温度，时而工作，时而停止。

（5）孔管系统与膨胀阀系统的区别在于膨胀阀可自动调节，而孔管不能调节。孔管系统是在低压管路上安装了液气分离器，此作用是防止液态制冷剂进入压缩机并过滤脏物及水分。膨胀阀系统是在高压管路上安装了干燥瓶，其作用是防止气态制冷剂进入膨胀阀而引起系统制冷效果不良，同时也过滤脏物及水分，这两种装置的作用正好相反，故在空调系统中不能互换。

1. 空调制冷基本原理

汽车空调制冷系统主要由压缩机、冷凝器、储液干燥器、膨胀阀、蒸发器、低压管路、高压管路、控制器、制冷剂和电磁离合器等组成。

当空调制冷系统工作时，压缩机运转，载热的低压气态制冷剂从蒸发器内被吸进压缩机，压缩机把制冷剂的蒸气压力升高成为高压气体后，泵进冷凝器。

冷凝器一般装在汽车迎面的水箱部位。冷凝器的散热器把制冷剂的热量散发出去，使制冷剂在释放热量的同时，蒸气变成液态。

冷凝器散热后的制冷剂以高压的液态进入干燥器，由干燥器将高压液态制冷剂中的水分、杂质除去后，进入膨胀阀。

制冷剂经过膨胀阀，因膨胀阀有限量作用，使液态制冷剂经过

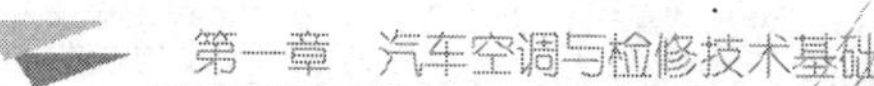

限量后进入大容量的蒸发器，制冷剂的体积变大而压力降低，因而R12或$R134_a$沸腾又由液态变为气态。在蒸发器内，变成气态的制冷剂吸收室内的热量。这些热的气态制冷剂又被吸进压缩机，开始下一个循环。

由此可见，汽车空调的制冷系统制冷流程为压缩→冷凝→膨胀→蒸发，循环往复。制冷循环由以下4个变化过程组成，如图1-20所示。

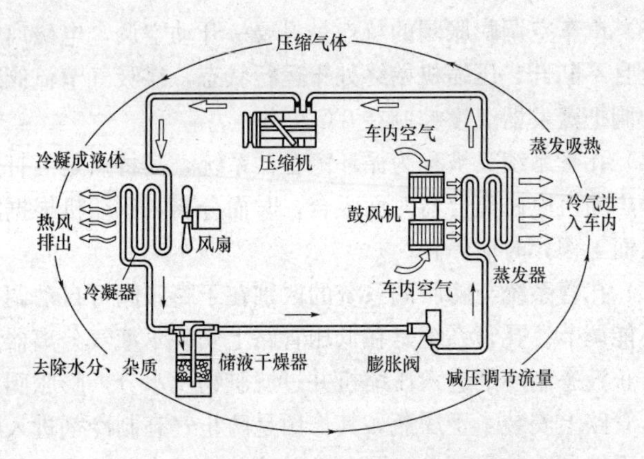

图1-20　汽车空调系统制冷基本原理

(1) 压缩过程。压缩机将从蒸发器低压侧温度约为0℃、气压为150～1500kPa的低温低压气态制冷剂增压成高温70～80℃、高压约1500kPa的气态制冷剂。高压高温的过热制冷剂气体被送往冷凝器降温。

(2) 冷凝过程。过热气态制冷剂从冷凝器入口通过冷凝器、散热器散热、冷凝为液态制冷剂，使制冷剂的状态发生变化。冷凝过程的后期，制冷剂呈中温为1000～1200kPa。

(3) 膨胀过程。冷凝后的液态制冷剂经过膨胀阀后体积变大，其压力和温度急剧下降，变成低温约－5℃、低压约为150kPa的湿蒸气，以便进入蒸发器中迅速吸热蒸发。在膨胀过程中同时进行节流控制，以便供给蒸发器所需的制冷剂，从而达到控制温度的目的。

（4）蒸发过程。液态制冷剂通过膨胀阀变为低温低压的湿蒸气，流经蒸发器不断吸热汽化，转变为气压约为150kPa、低温约为0℃的气态制冷剂，吸收车室中空气的热量。从蒸发器流出的气态制冷剂又被吸入压缩机，增压后泵入冷凝器冷凝，进行制冷循环。这样反复循环即可达到空调制冷的目的。

制冷的工作原理是利用了制冷剂的气态、液态的相互转变，利用液态物质的蒸发吸热达到制冷的目的。

2. 膨胀阀式节流制冷系统原理

（1）制冷原理。这种系统的制冷原理与空调基本制冷原理相同。当膨胀阀式节流制冷系统工作时，若蒸发器出口的温度上升（也就是车内的温度上升），感温包感应到这一温度后，其毛细管内的制冷剂的体积就会膨胀变大，这一变化传递给膨胀阀后，就会推动阀内的膜片下移使针阀开度加大，由此就会使通过的制冷剂的流量增加，进而就会使蒸发器出口的温度下降。

若蒸发器出口的温度下降（也就是车内的温度下降），上述工作过程就相反。

在采用膨胀阀式节流制冷系统中，制冷剂的流量还可以采用人工调节，通过调整膨胀阀的调节螺钉来实现。当调整调节螺钉，使膨胀阀内的弹簧变软时，就会使进入蒸发器内的制冷剂增多。当调整调节螺钉，使膨胀阀内的弹簧变硬时，进入蒸发器内的制冷剂就会减少。其循环系统如图1-21所示。

（2）膨胀阀式节流制冷系统的特点如下。

a）只要空调开启，压缩机的电磁离合器吸合后，膨胀阀式节流制冷系统的压缩机就会始终处于工作状态。

b）膨胀阀安装的位置是制冷系统高压区和低压区的分界点，储液干燥器设置在高温高压区内。

c）制冷系统制冷剂的流量具有自动和人工调节两种方式。对于自动空调，可以由电子控制系统自动进行调节。

d）在膨胀阀节流系统中，为了准确控制制冷剂的流量，感温器的感温包必须贴紧在蒸发器的出口部位上，否则空调系统的控制温度将不正常。

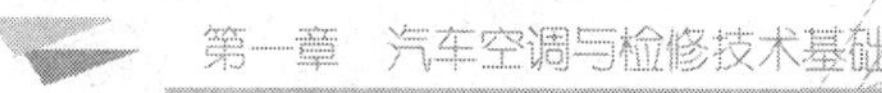

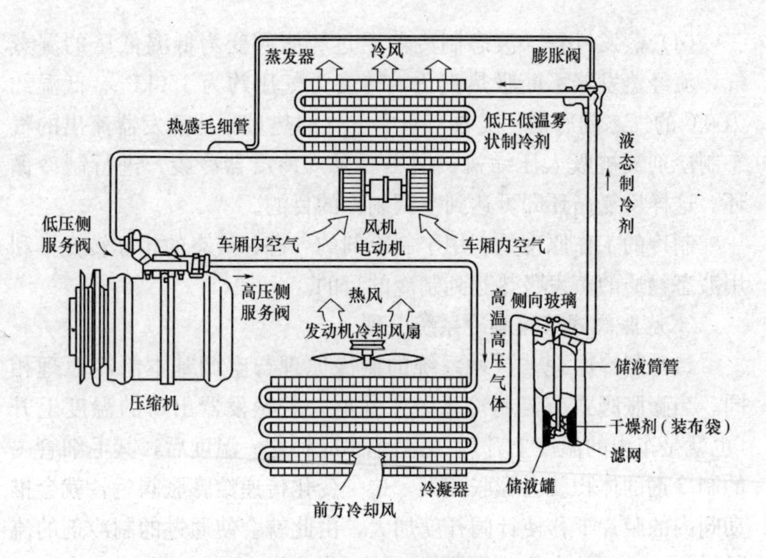

图 1-21　膨胀阀循环图

3. 孔管式节流制冷系统原理

(1) 制冷系统原理。孔管系统主要由压缩机、冷凝器积累器(液气分离器)、孔管、蒸发器和鼓风机冷凝器散热风扇组成,各部件之间采用钢管或铝管和高压橡胶管连接成一个密闭系统。制冷系统工作时,制冷剂在动力源——压缩机的作用下,以不同的状态在这个密封系统内循环流动。

当制冷系统工作时,液态的制冷剂依靠孔管进口处的压力,从孔管的出口处节流进入蒸发器。

孔管节流以后的制冷剂,由于其压力和温度均已降低,故其沸点已低于蒸发器内的温度,制冷剂就会从液态蒸发变为气态,并吸收蒸发器周围的热量(即吸收车内的热量)。

由于孔管式节流系统对制冷剂的流量不能进行控制调节,这就有可能使进入蒸发器内的液态制冷剂的流量过多,也就是不能完全蒸发汽化成为气态制冷剂。为了防止未汽化的液态制冷剂流入回气管进而造成压缩机的损坏,故系统在蒸发器的出口处设置了一个积累器,用于对制冷剂的液气进行分离,并进行脱水干燥和二次节流。

二次节流是利用积累器中的毛细孔管来实现的。进入积累器中的未汽化的液态制冷剂，经过积累器中的毛细孔管后，就会再次节流汽化，使进入压缩机的均为气态制冷剂，从而避免了压缩机出现液击现象。

孔管式空调制冷系统也有以下 4 个工作过程。

a）压缩过程。压缩机将蒸发器低压侧温度约为 0℃、气压约为 150kPa 的低温低压气态制冷剂增压成温度为 70～80℃、气压为 1500kPa 的高温高压的气态制冷剂。

b）冷凝过程。过热气态制冷剂进入冷凝器，散热冷凝为液态制冷剂，使制冷剂状态发生改变。冷凝过程后期，制冷剂呈气压为 1000～1200kPa 的中温液体。

c）节流过程。冷凝后的液态制冷剂经过节流阀（CCOT 阀）后体积变大，其压力和温度急剧下降，变成温度约－5℃、压力为 150kPa 的低温蒸气，然后进入蒸发器中迅速吸热蒸发。在节流过程中，因其控制供给蒸发器所需制冷剂的流量，从而实现控制温度的目的。

d）蒸发过程。液态制冷剂通过节流阀变为低温低压的湿蒸气，流经蒸发器不断地吸热汽化，转变成温度约为 0℃、压力约为 150kPa 的湿蒸气气态制冷剂，吸收车内空气的热量，从蒸发器流出的气态制冷剂又被吸入压缩机，增压后泵入冷凝器冷凝进行制冷循环。

（2）孔管式节流制冷系统的特点如下。

a）为了防止蒸发器结霜，压缩机的电磁离合器不是始终吸合的，压缩机是依据系统的制冷状况，处于间歇工作状态（即时而工作时而不工作）。故孔管式制冷系统也称为循环离合器系统。

b）孔管式节流制冷系统中的制冷剂不能进行自动和人工调节控制，仅是依靠进口处与出口处的压力差来进行控制。

c）孔管式节流制冷系统中的积累器（脱水干燥器）不像膨胀阀式制冷系统那样设置在蒸发器与冷凝器之间的高压区内，而是安装在蒸发器出口和压缩机之间的低压区内，这区别于汽车空调膨胀式制冷系统，也是孔管式节流制冷系统的一个典型特征。

4. 双管路空调工作原理

在中型客车上都设有前后空调，在开动前空调时后空调不动作，开动后空调时前空调不动作，这一工作方式是通过双管路实现的。在这个双管路空调中，控制前后空调工作的电磁阀在不接通时，因其串联在管路之中，所以管路被断开。双管路空调系统示意图如图 1-22 所示。

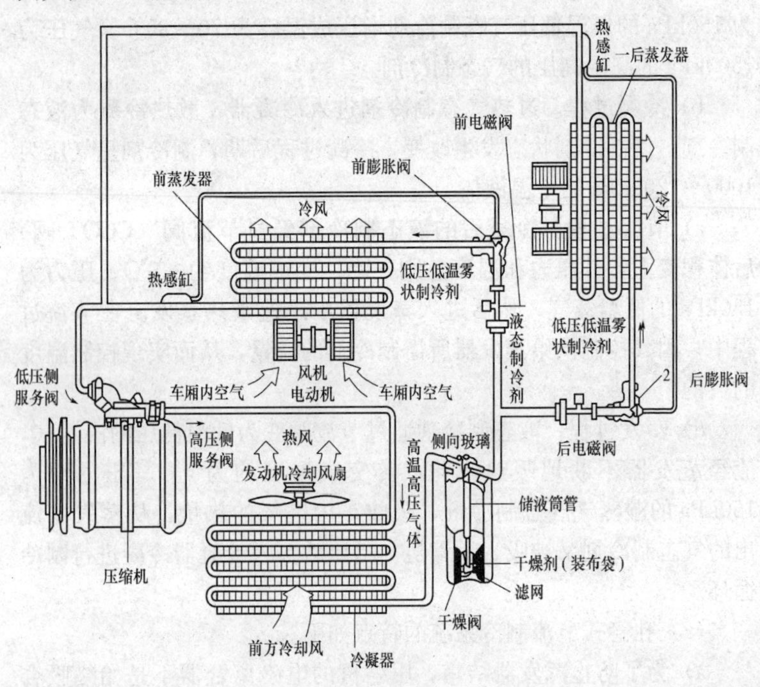

图 1-22 双管路空调系统示意图

(1) 当打开前空调时，前电磁阀工作接通高压管路，此时压缩机开始工作，低压低温的制冷剂吸入压缩机后，被压缩成高压高温的制冷剂气体进入冷凝器，经冷凝器冷却后进入干燥瓶到达前膨胀阀（由于此时后电磁阀不工作，管路被断开，所以高压高温制冷剂到达不了后膨胀阀），高温液态制冷剂进入前蒸发器，通过膨胀后其体积增大，温度与压力急剧下降，蒸发后制冷剂气体经低压管路到达压缩机开始下一个循环。

（2）当打开后空调时，后电磁阀开始工作（而前电磁阀切断前蒸发器的高压管路），高压高温液态制冷剂到达后膨胀阀经节流后到达后蒸发器（而前蒸发器此时不工作），蒸发后的制冷剂蒸气经低压管路到达压缩机。

（3）前后空调都开时，前后电磁阀工作，前后管路都接通，高压高温气态制冷剂到达冷凝器后，散热冷凝成为高温液态制冷状态并到达干燥瓶，从干燥瓶到达前后膨胀阀及前后蒸发器，由蒸发器蒸发后进入压缩机。

注意：在这个双管路空调系统中，前后电磁阀只能装于高压管路之上。如果装于低压管路之上，前后电磁阀断开的是低压管路，而高压管路就会不断地向膨胀阀输送高压液态制冷剂，将导致前后蒸发器结霜或结冰，从而造成严重的后果。

二、空调制冷剂

1. 制冷剂的种类

空调制冷剂在制冷循环中通过膨胀、蒸发吸收热量，从而达到制冷的目的。目前汽车上所使用的制冷剂有 R12 和 R134a 两种。

空调制冷剂 R12 会破坏大气层中的臭氧层而导致温室效应，所以已停止生产，R12 将逐渐被 R134a 取代。R12 制冷剂在大中型制冷压缩机上使用。

2. R12 与 R134a 制冷剂空调系统的主要区别

R12 与 R134a 的区别主要有以下几点。

（1）分子结构不同。R12 的分子式为 CC12F2，R134a 的分子式为 CH2FCF3。由于分子结构不同，故两者的物理现象也就不一样。

（2）制冷能力不同。由于 R134a 的传热性能优于 R12，且热交换能力大。因此，用 R134a 作为制冷剂的空调系统，制冷剂的充注量应略少于用 R12 作为制冷剂的空调系统。

（3）使用的冷冻油不同。R134a 与 R12 空调系统相比，最大的不同之处是冷冻油。

常用 R12 的冷冻油是一种可溶于 R12 的矿物油（矿物质滑润油），故 R12 空调系统采用矿物油作为润滑油。

常用的R134a与矿物油是非共溶性的，无法对空调系统起润滑作用，故R134a空调系统不能采用矿物油作为润滑油。R134a的冷冻油现阶段普遍采用聚烃基乙二醇合成油PAG或聚酯油ESTER。它有较高的吸湿能力，保存时必须密封。由于这种润滑剂的特殊性，因此R134a只能在专门与其配套的系统中工作。

(4) 空调的管路不同。空调系统管路材料、结构也不同。同时，R134a空调系统还在压缩机的吸、排气管路上增设了快速充注阀，而R12空调系统的充注阀则设置在压缩机的后端盖上，且采用螺纹连接方式。

(5) 橡胶材料的选用不同。由于不同的制冷剂对橡胶的溶解特性不一样，故R12空调系统多采用NBR（丁腈橡胶）来作为橡胶材料，而R134a制冷剂由于其能溶解橡胶使其膨胀，故R134a空调系统多采用增强型丁腈橡胶（H-NBR）、三元乙丙橡胶（EPDM）或氯丁橡胶（CR）来作为橡胶材料。

(6) 干燥剂不同。R12空调系统多采用硅胶作为干燥剂。由于R134a吸水性很强，故R134a空调系统不能采用硅胶作为干燥剂。

(7) 压缩机不同。对于R134a压缩机来说，由于R134a不溶于传统的矿物和烷基苯油，需采用新的酯类润滑油。酯类油比矿物油吸水性强，而水会降低酯类油的化学稳定性，酯类油水解生成醇和酸，会引起制冷系统腐蚀，因此压缩机露空时间不应超过15min；同时要考虑各种材料与制冷剂、润滑油的相容性。

使用中，R134a压缩机噪声要比R12压缩机噪声稍大。

(8) 冷凝器不同。由于R134a比R12空调系统的压力高，因此，在将R12空调系统改为R134a空调系统时，应将R12空调系统的管带式结构的冷凝器改为平行流式结构，同时又增加了翅片的密度，以减小管带的间距，提高冷凝器的热交换能力。

(9) 热力膨胀阀不同。R134a空调系统的膨胀阀感温包内充注的是R134a气体，而R12空调系统的膨胀阀感温包内充注的是R12气体，以适应不同的过热度。两者膨胀阀的过热度设计值也不一样。

(10) 密封面不同。R134a空调系统采用径向密封方式，而

R12 空调系统则采用端面密封方式。

（11）连接螺纹不同。R134a 空调系统一般采用公制螺纹，而 R12 空调系统采用英制螺纹。

（12）O 型圈不同。R12 空调系统中所使用的 O 形圈材料是用 NBR 橡胶制成的，一般颜色为黑色；R134a 空调系统 O 形圈材料是用 HNBR 橡胶制成的，颜色一般为黑绿色、红色或黄色，两者的直径、大小也不一样，见表 1-1。

表 1-1　R12 与 R134a 空调系统 O 形圈的直径、大小对照表

空调系统 / 项目	R12	R134a
材料	NBR	HNBR
液体管路（内径×线径）	ϕ6.7×1.4	ϕ6.7×1.8
排出管路（内径×线径）	ϕ10.8×1.8	ϕ10.8×2.4
吸入管路（内径×线径）	ϕ13.4×1.8	ϕ13.4×2.4

（13）储液器不同。

1）干燥剂不同。由于 R134a 分子小且与水的亲和性较强，脱水要比 R12 制冷剂困难，故 R134a 空调系统的干燥剂选用分子筛，如 XH-7 或 XH-9，同时又加大了罐的容积，增加了分子筛的数量。

2）结构方面不同。为了提高储液器的耐蚀性，R134a 空调系统采用了铝制储液器，为了减少制冷剂的加注量，还把储液器的下部设置成为锥形。

（14）制冷剂充注方式不同。R134a 空调系统采用快速充注方式，充注的速度较快；R12 空调系统采用螺纹连接压启式充注方式，充注的速度较慢。

（15）R134a 空调系统增加了冷却风扇。由于 R134a 空调系统的系统压力比 R12 的高，为了增加冷凝器的散热量，故应在冷凝器的前部增设冷却风扇。

（16）高低压开关不同。由于 R134a 和 R12 空调系统正常工作时系统的压力不同。因此，不同制冷剂空调系统中起保护、控制作用的高低压压力开关的压力值也不一样，表 1-2 给出了其典型值，

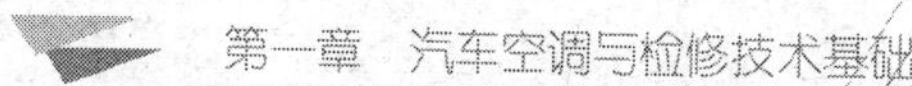

以供参考（不同车型空调系统的高低压压力开关的压力值不同）。

表 1-2　　R12 与 R134a 空调系统压力开关的压力值对照表

压力值 \ 空调系统	R12		R134a	
	OFF	ON	OFF	ON
高压值（MPa）	2.56	2.05	3.14	2.44
中压值（MPa）	1.5	1.4	1.77	1.37
低压值（MPa）	0.196	0.206	0.196	0.206

3. 制冷剂在使用中的注意事项

（1）制冷剂 R12 遇到明火或与加热的金属接触会分解产生有毒气体，应防止其接触过热物体。

（2）R12 与 R134a 是互不相容的，任何情况下都不得混用，也不能相互替代，即使少量的混合也会对空调系统产生严重的损坏。因此，用于 R12 的维修设备，如管路接头歧管压力表、回收设备等，绝不可用于 R134a。

（3）液态制冷剂是危险品，一旦溅入眼睛可引起失明或皮肤受损等伤害事故，在工作时必须戴护目镜和穿戴防护工作服及手套。万一溅入眼睛，不要揉，应用大量的冷水（不要用热水）冲洗眼睛，并立刻找医生作专门处置。液态制冷剂粘在皮肤上会使皮肤冻伤，此时也要用大量的冷水冲洗以减缓制冷剂对皮肤的冻伤。

（4）存放制冷剂的房间应保持通风良好，空气中少量的制冷剂是无害的，但其蒸发在密闭的空间时，会使人缺氧昏迷或失去知觉，甚至死亡。

（5）制冷剂钢瓶或容器应小心轻放，为防止损坏应使用合适的阀门扳手开或关，在存储和取用制冷剂时所有的钢瓶应向上直立。

（6）不可加热制冷剂钢瓶，盛装制冷剂钢瓶温度不可超过 51.7℃，若钢瓶达到 54.4℃，液态制冷剂严重膨胀将使静压力上升很高。

（7）不得将制冷剂放入大气，只能使用专门的回收设备。将空调系统中的制冷剂回收时，回收钢瓶内收集的制冷剂量不得超过其标明容量的80%。

(8) R134a能燃烧，必须避免泄漏，更不能靠近火源。

(9) 制冷剂吸湿性强，容器和制冷系统管路应避免直接与空气接触，注意防污染。

(10) 冷冻润滑油罐必须盖紧。

(11) 每次维修空调时，必须检查压缩机的油位，需要加冷冻润滑油时应先查阅生产厂家的说明及要求，不能使用与生产厂家推荐的等级和型号不同的油。

(12) 不要把制冷剂从一个容器倒入另一个容器，不要把用过的制冷剂倒回容器。

(13) 检查工具管路接头等，使之保持清洁。

三、空调冷冻润滑油

1. 冷冻润滑油的作用

空调压缩机使用的润滑油称为冷冻润滑油或冷冻机油，是一种在高低温工况下均能正常工作的特殊润滑油，在空调系统中起润滑、冷却、密封和降低压缩机噪声等作用。它是用于润滑及整个系统密封件和垫圈的，另外有少量的冷冻润滑油被制冷剂所携带而在系统中循环，这种制冷剂和冷冻润滑油的混合物必须保证制冷系统的恒温膨胀阀和各个管路的正常运转。

(1) 润滑。压缩机是高速运动的机器，轴承、活塞、活塞环、连杆曲轴等零件表面需要润滑以减小阻力的磨损，从而延长使用寿命，降低功耗，提高制冷效果。

(2) 冷却。运动的摩擦表面产生高温，需要用冷冻润滑油来冷却，冷却润滑油不足会使压缩机的温度过高，排气压力过高，降低制冷能力甚至会烧坏压缩机。

(3) 密封。现代汽车使用的压缩机都是半封闭式的，在压缩机和输出轴等处需用油封来密封，可防止制冷剂泄漏。同时作用在活塞环上的润滑油对制冷剂蒸汽也起到一定的密封作用。

(4) 降低压缩机噪声。压缩机在运转过程中，通过润滑油不断冲洗摩擦表面，带走磨屑，减少摩擦件的磨损，降低压缩机的工作噪声。

2. 冷冻润滑油的种类与选择

（1）冷冻润滑油的种类。国内冷冻润滑油牌号有4种，即13、18、25号和30号，牌号越大，其黏度也越大，进口冷冻润滑油牌号一般有SUNISO 3GS～SUNISO 5GS。

（2）空调冷冻润滑油的选择。选择冷冻润滑油要充分考虑空调压缩机内部润滑油的工作状态，如吸排气温度等，根据润滑油的特性，在实际选用时，应以低温性能为主来选择，但也要考虑对热稳定性的影响。

3. 冷冻润滑油的正确使用

（1）不同牌号的冷冻润滑油不能混用，否则会变质。

（2）不能使用杂质浑浊的润滑油，否则会影响压缩机正常运转。

（3）不允许向系统内添加过量的冷冻润滑油，否则会影响汽车空调制冷系统的制冷量。

（4）在加注制冷剂时，应先加润滑油，然后再加制冷剂。

（5）冷冻润滑油容易吸水，用后应马上将盖拧紧。

（6）在排放制冷剂时要缓慢进行，以免冷冻润滑油和制冷剂一起喷出。

（7）更换制冷系统部件时，应适当补充一定量的润滑油。

4. 冷冻润滑油质量检查

冷冻润滑油的质量可以通过化学和物理分析来检验好坏。在使用过程中，还可从外观的颜色、气味直观地判断质量好坏，常用的方法有滴纸法和对比法。

（1）滴纸法。将待查的冷冻润滑油取出一滴，滴在一张干净的白纸上，片刻后观察油滴的颜色，若其颜色很浅，且分布均匀，则表明油内无杂质，可以使用。

（2）对比法。取干净标准的冷冻润滑油放入一试管内作为标准油，再把待查的油取出并放入同样大小的试管内进行比较，若被检查油的颜色为浅黄色或桔黄色，则还可使用；若已变为红褐色的混浊液，则不能继续使用。

第三节　常用汽车空调检修工具与仪器设备

一、常用空调检修工具及使用方法

汽车空调安装和故障检修离不开检漏、抽真空、充注制冷剂、加注冷冻润滑油等基本操作。常用的检测工具有歧管压力表、制冷剂注入阀、维修阀、检漏设备、真空泵及其他专用修理工具。

1. 歧管压力表

歧管压力表与制冷系统相连，可以检查和判断制冷系统的工作状态和故障，可以抽真空、加注制冷剂和诊断制冷系统故障。

歧管压力表是由两个压力表（低压表和高压表）、两个手动阀（高压手动阀和低压手动阀）、三个软管接头（一个接低压工作阀，一个接高压工作阀，一个接制冷剂罐或观察窗、真空泵吸入口）组成的。这些部件都装在表座上，形成一个压力表装置，如图 1-23 所示。

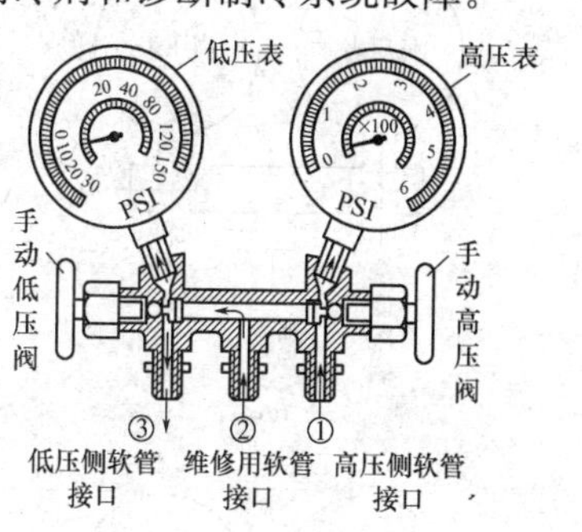

图 1-23　歧管压力表结构

两个压力表一个用于检测制冷系统高压侧的压力，另一个用于检测低压侧的压力。低压表既用于显示压力，也用于显示真空度。真空度读数范围为 0～101kPa，压力刻度从 0 开始，量程不小于 420kPa。高压表测量的压力范围从 0 开始，量程不得小于 2110kPa。

歧管压力表工作时高、低压侧接头分别与压缩机高、低压检修阀相连，中间接头与真空泵相连或与制冷剂钢瓶相连。

一般规定蓝色软管用在低压侧，红色软管用在高压侧，黄色或绿色软管用在中间接头。软管与歧管压力表的接头只能用手拧紧，不可用扳手，以免拧坏接头螺纹。

歧管压力表的使用方法如图 1-24 所示。

（1）同时关闭手动高压阀 B 和手动低压阀 A，可以进行高、低

压侧的压力检测，如图 1-24（a）所示。

（2）如图 1-24（b）所示，同时开启手动高压阀 B 和手动低压阀 A，全部管路连通，可加注制冷剂、抽真空，并进行高、低压侧压力的检测。

（3）如图 1-24（c）所示，开启手动低压阀 A，同时关闭手动高压阀 B，低压管路、中间管路与低压表相通，可在低压侧加注气态制冷剂（开空调）、排放制冷剂（不开空调），同时检测高、低压侧的压力。

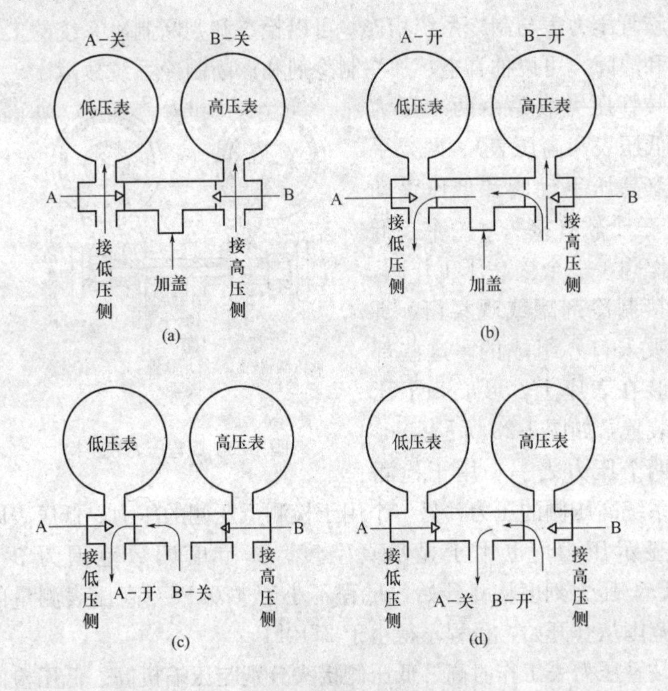

图 1-24　歧管压力表的使用方法

（a）检测压力；（b）抽真空；（c）加注制冷剂；（d）放空式排出制冷剂

（4）如图 1-24（d）所示，开启手动高压阀 B，同时关闭手动低压阀 A，高压管路、中间管路与高压表相通，可从高压侧加注液态制冷剂或排放制冷剂，并同时检测高、低压侧的压力。

使用注意事项如下。

1）歧管压力表是一件精密仪表，必须细心维护，不得损坏，且要保持清洁。

2）使用时，要防止水或脏物进入软管。

3）使用时，要把管中的空气排出。

4）压力表接头与软管连接时，只能用手拧紧，不能用工具拧紧。

5）R12 与 R134a 不可使用同一个歧管压力表组。两种制冷剂的歧管接头尺寸也不相同，操作时不要弄错。

2. 制冷剂注入阀

当维修需向制冷系统充注制冷剂时，可将注入阀装在制冷剂罐上，旋转制冷剂注入阀手柄，阀针刺穿制冷剂罐，即可充注制冷剂，制冷剂注入阀分为两种，一种为 R12 注入阀，另一种为 R134a 注入阀，其结构如图 1-25 所示。

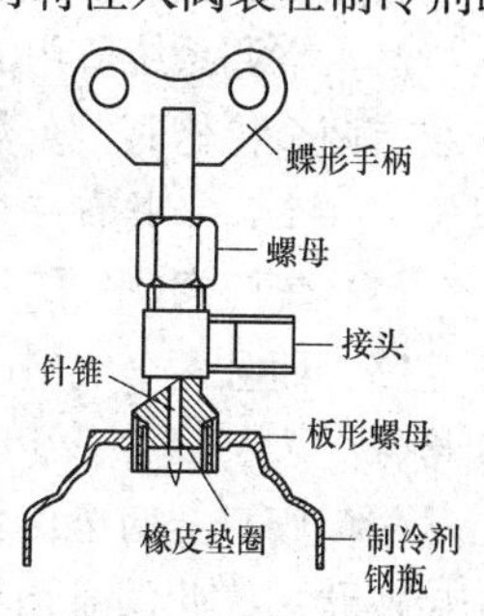

图 1-25 制冷剂注入阀结构

制冷剂注入阀的使用方法如下。

（1）按逆时针方向旋转注入阀手柄，直至针阀完全缩回。

（2）将注入阀装到小型制冷罐上，逆时针方向旋转板状螺母（圆板）直到最高位置，然后将制冷剂注入阀顺时针拧动，直到注入阀嵌入制冷剂密封塞为止。

（3）将板状螺母顺时针旋到底，再将歧管压力表上的中间软管固定在注入阀接头上。

（4）用手充分拧紧板状螺母。

（5）顺时针方向旋转手柄，使阀针在小罐上开一个小孔。

（6）若要加制冷剂，就顺时针方向旋转手柄，使阀针抬起，同时打开歧管压力表的相应手动阀。

（7）若要停止加制冷剂，就顺时针方向旋转手柄，使阀针下落到刚开的小孔里，使小孔封闭，起密封制冷剂作用，同时关闭歧管压力表上的手动阀。

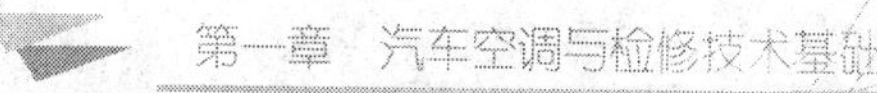

注意：使用制冷剂注入阀时，制冷剂注入阀与制冷罐必需连接牢固且密封，防止使用过程中制冷剂喷出伤人。

3. 维修阀

制冷剂维修阀分为气门阀和检修阀两种。气门阀一般用于非独立或驱动的汽车制冷系统维修（如轿车空调等）。在轿车空调中压缩机不设检修阀，而直接用气门阀代替，它的结构与轮胎气门芯相似，只有开和关两个位置，使用时只要把检测用软管接头拧到阀上，其阀芯就会被顶开，制冷剂通过阀芯就会进入空调系统。卸下检测用软管时，则自动关闭系统接口。R12 气门阀的接口连接方法是检测用软管直接拧上去，而 R134a 是用快速接头卡上去的。

汽车空调系统所用的维修阀数量有两个的也有三个的，大多数安装有两个检修阀，少数在回气节流阀之后，压缩机进口阀之前又设置了一个，一共有三个检修阀。

（1）气门阀。气门阀通常有两个，一个接高压管路，一个接低压管路，而且两个气门阀的接头尺寸不同，用于防止高、低两侧互相接错。

气门阀只有两个位置，即开和关（后座），正常的工作位置处于后座状态。此阀是由软管一端接头或特殊软管接头上的销子顶开，只要软管和接头拧在气门阀上后，压力表上即可指示出空调制冷系统的压力。

使用气门阀时的注意事项如下。

1）安装时，软管一端首先与表阀连接，然后另一端才能和气门阀相连接。

2）拆卸时，应先从气门阀上断开软管或接头，然后再从表座上断开另一端，否则，就要损失制冷剂或引起人身事故。

3）低压侧气门阀接头螺纹为 6.35mm（1/4in）；高压侧气门阀接头比低压侧气门阀接头略小，通常采用减径接头才可以将表座上的高压侧软管接入系统。图 1-26 是几种常用的减径接头外形示意图。

空调系统高压侧采用不同尺寸的接头主要是为了防止错接，如果把系统高压侧错接至表座上的低压侧，会导致低压表及其相关机件损坏。

4）R12 系统与 R134a 系统使用的气门阀有些不同。R12 系统的气门阀与软管接头相连处是螺纹，它们之间是螺纹连接。R134a 系统中的气门阀与软管接头连接处有一个凹槽，它们之间通过快速接头相连接。

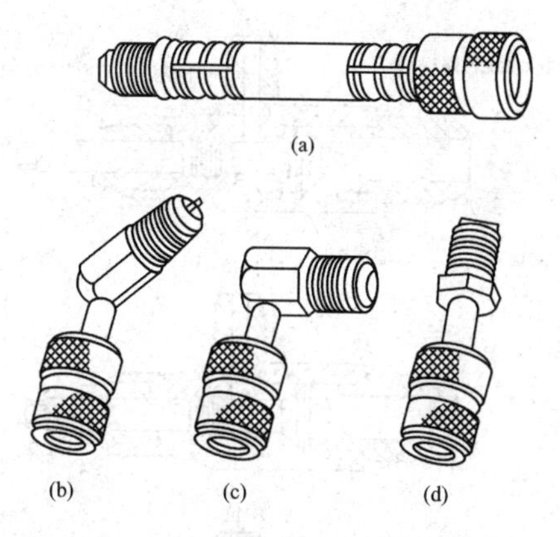

图 1-26 几种常用的减径接头外形示意图

(a) 柔性接头；(b) 45°接头；(c) 90°接头；(d) 直管接头

（2）检修阀。检修阀（又称手阀）的结构如图 1-27 所示。检修阀装在压缩机进排气口处，它其实就是一个三通阀，当空调系统检测压力时，只要打开后面的阀杆即可。

检修阀的阀柄为 6.35mm（1/4in）的方头结构，该方头供调整时使用，但要用专用的扳手进行调节。

手动维修阀上标有英文字母“S”的为低压侧维修阀，标有英

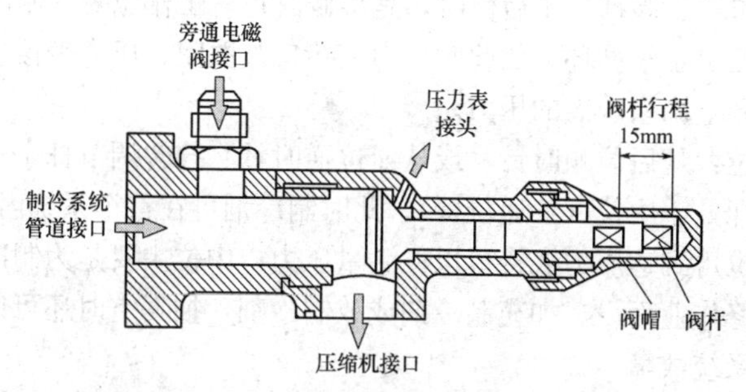

图 1-27 检修阀的结构

文字母“O”的为高压侧维修阀，在维修阀后有一个防尘帽，当把防尘帽打开后，内有一个方形调整杆，拧动此调整杆就可使阀处于三种不同的位置，即前、中、后位，如图 1-28 所示。

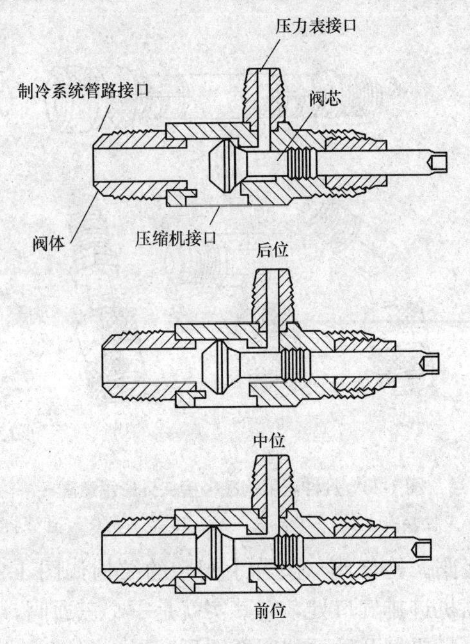

图 1-28　维修阀的三种位置

检修阀有三个工作位置（阀门前座、中间位置、阀门后座）、三个出口，这三个出口分别通压力表、压缩机、系统软管。

后位：当阀杆处于后位时，是维修阀正常工作位置，制冷剂能通过压缩机正常循环，而此时压力表接口被关闭，压力表接上后将检测不到空调系统内的压力。

中位：从后位顺时针（或从前位逆时针）拧转调节杆 1～2 圈，维修阀即处于中位（三通位置）。此时制冷剂可在整个系统内流通，制冷剂也可到达压力表接口以便测量压力。中位主要是为制冷系统进行检修作业而设，如充制冷剂或放制冷剂，抽真空时还可以用表来检修系统故障。

前位：将调节杆顺时针旋到底时维修阀即处于前位，这时制冷

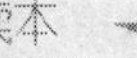

剂不能流入压缩机，压缩机从制冷系统中分离出来，以便对它检修或更换。在这一位置时，压缩机与压力表接口相通，而制冷剂被封锁于空调管中，不能散发掉。注意：维修阀处于前位时不能开启压缩机。

注意：在打开手动维修阀上的压力表接口前或要从维修阀上拆除维修软管时，一定要将维修阀置于后位，否则会造成制冷剂流失。

检修阀的安装方法如下。

1）两阀系统。如果是两阀系统的空调，低压侧检修阀安装在蒸发器与压缩机进口之间。

2）三阀系统。如果是三阀系统的空调，低压侧检修阀有两只，回气节流阀前后各安装一只。

不论是两阀系统还是三阀系统，高压侧检修阀通常都安装在压缩机出口到冷凝器进口之间，或者装在冷凝器出口到膨胀阀之间。

4. **真空泵**

真空泵的功能是抽真空，排除汽车空调制冷系统内的空气、水分。否则，制冷系统中空气和水分会引起系统内压力升高和膨胀阀处冰堵，影响制冷系统正常工作。抽真空并不能把水抽出系统，而是产生真空后降低了水的沸腾点，水在较低温度下沸腾，以蒸汽的形式被从系统中抽出。

如图 1-29 所示为较常见的叶片式真空泵结构。它主要由转子、定子、叶片、排气阀等组成。正常工作时，在离心力以及弹簧力的作用下，叶片紧贴在定子的缸壁上，并将其分隔成吸气腔和压缩腔。当转子旋转时，就会使吸气腔容积逐渐扩大，腔内压力逐渐下降，进而就可以将容器（即制冷系统）内的空气抽出，达到了抽真空的目的。

叶片式真空泵的排气速度在 50～300L/min 之间，真空度为 0.133Pa 左右。

5. **检漏器具**

用于检查制冷系统内制冷剂是否泄漏的仪器主要有检漏灯和电子检漏仪。

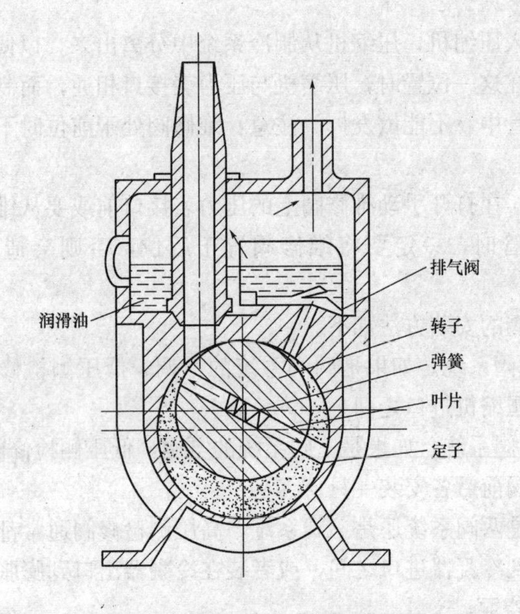

图 1-29 较常见的叶片式真空泵结构

(1) 卤素检漏灯。卤素检漏灯简称检漏灯，可以用来检测汽车空调制冷系统各连接处、压缩机等的密封情况，看其是否有泄漏处。

卤素检漏灯是一种酒精、火焰、丙烷或石油气燃烧喷灯，利用制冷剂气体进入喷灯的吸入管内使喷灯的火焰颜色改变这一特性来判断系统的泄漏部位和泄漏程度。

1）卤素检漏灯的结构。如图 1-30 所示，它主要由喷嘴、检漏灯储气瓶、火焰分离器、燃烧筒、滤清器和反应板等构成。

当喷灯的吸入管从系统泄漏处吸入制冷剂时，火焰颜色会发生变化。泄漏量少时，火焰呈浅绿色；泄漏较多时，火焰呈浅蓝色；泄漏很多时，火焰呈紫色。

2）卤素检漏灯的使用方法。

a）在使用卤素检漏灯之前，应先检查液态丙烷的总量，丙烷应充足。丙烷用完后，也可用国产丁烷代替使用。

b）在检漏灯上安装弹簧状丙烷容器。安装时，要按顺时针方

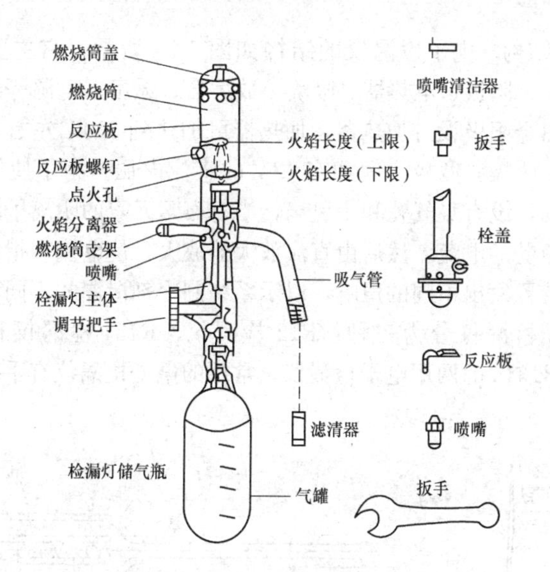

图 1-30　卤素检漏灯的结构

向拧紧接头。

c）将点燃的火柴插入试验器的点火孔内，再按逆时针方向缓慢地调整手柄，使检漏灯点燃。

d）当检漏灯点燃加热后，反应器（铜环）要烧到红热状态，并尽量使火焰小些。火焰越小，对泄漏的反应灵敏度越高。

e）将检漏灯的指示管端对准可疑泄漏之处，然后观察火焰的颜色变化情况，判断泄漏的部位和泄漏的程度。

如果未检测到有泄漏，火焰的颜色几乎不变；如有泄漏，火焰会产生明亮的颜色。泄漏的轻重，可根据火焰颜色的变化确定。如果火焰呈浅绿色，则说明泄漏不是太严重；如火焰呈浅蓝色，则说明泄漏较为严重；如火焰呈紫色，则说明泄漏严重。

3）注意事项。

a）在进行检漏时，应使检漏灯的灯体保持垂直。

b）要注意自身的防护，不要将燃烧的制冷剂气体吸入体内，以防止中毒。

（2）电子检漏仪。

1）结构。电子检漏仪的结构如图 1-31 所示。它主要由电流计、阴极、阳极、电热器、吸嘴、放大器、风扇、电源等组成。在圆筒状白金阳极设有加热器，加热器可加热到 800℃左右。在阳极外侧装有阴极，两极之间加有 12V 的直流电压。为了使气体在电极间流动，设有吸气孔和小风扇，当有卤素元素的阴离子出现时就会产生微弱的电流，然后由直流放大器放大，使电流表指针摆动或使报警装置发出不同的声响，以示系统制冷剂泄漏的不同程度。

电子检漏仪分为三种：R12 检漏仪、R134 检漏仪和可检测 R12 和 R134a 的两用电子检漏仪。常用的电子检漏仪有手握式和箱式两种。

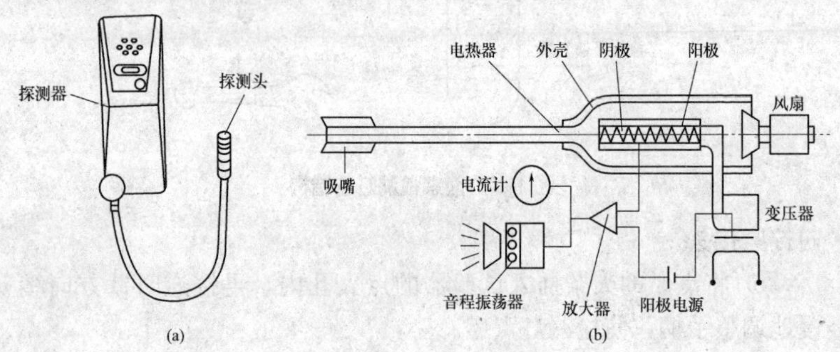

图 1-31　电子检漏仪的结构

(a) 外形；(b) 结构

2）使用方法。电子检漏仪的使用方法如下。

a）使用电子检漏仪检漏时，先将电源开关拨至 ON（开）位置，此时黄色电源指示灯与红色检漏指示灯会同时发亮，并伴有连续的尖叫声。10s 左右尖叫声会变小，仅发出较小的“咯咯”声，且红色指示灯的亮度也明显变暗，但会随声音的频率发出一闪一闪的光亮。至此，就可用来检漏了。

b）先将检漏探头从塑料夹子上取下来，将探头伸向可疑处，如被探测的部位有泄漏现象，则当探头接近该部位时，仪器就会发出与刚接通电源时一样的尖叫声，且红色指示灯的亮度也将明显变亮。泄漏的程度与尖叫声以及红色指示灯的亮度成正比，即泄漏程度越大，尖叫声越响，红色指示灯亮度越亮。

3）注意事项。

a）在制冷系统大量泄漏或刚刚维修过制冷装置的场所周围空气中有大量制冷剂气体时，电子检漏仪无法测出泄漏部位，应先用风扇吹净空气再进行检查，否则，会影响检查的正确性。

b）由于制冷剂不同，各电子检漏仪只能单一地检测某一型号的制冷剂泄漏，而不能检测其他品种的制冷剂，所以，在使用前要先阅读相关使用说明书。

6. 冷却器管专用维修工具

冷却器管专用维修工具主要有割管器（用来割钢管）、弯管器、刮刺器、胀管器以及压管器，如图 1-32 所示。

（1）割管器。如图 1-32（a）所示，割管器是切割制冷剂管（钢管）的工具，割管器可用于直径为 3～25mm 管子的切割。

使用方法：纯铜管一般用割管器切断，用割管器切出的管口整齐光滑，易于胀管。切割时将要切断的管子夹在刀片与滚轮间，刀

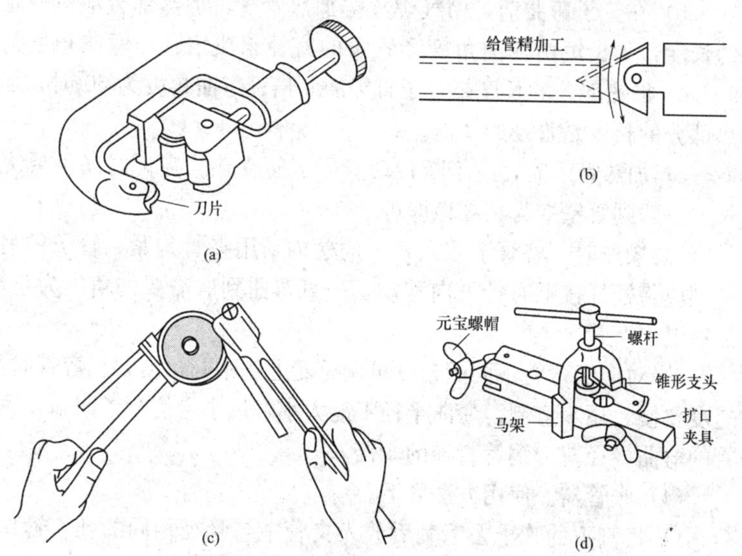

图 1-32 冷却器管专用维修工具

（a）割管器；（b）刮刺器；（c）弯管器；（d）胀管器

刃与管子垂直，然后顺时针缓慢旋紧把手，以使切割转动 1/4 圈，然后再缓慢将割刀绕纯铜管旋转 1 周，再旋紧割管器把手 1/4 圈，并使割管器绕纯铜管 1 周，直至铜管被切断为止。切割铜管时，要将刀口垂直向铜管，不要歪扭或侧向扭动。否则，很容易将刀口边缘崩裂。

(2) 刮刺器。如图 1-32（b）所示，刮刺器就是附在割管器上的刀片，用于将钢管切断后的管端口上的毛刺刮除掉。但应注意，不要让金属粉末或切屑落入管内。

(3) 弯管器。弯管器如图 1-32（c）所示，其使用方法如下。

1）先将需要弯曲的管子均匀加热，受热部分应有一定的长度。例如，弯曲 90°时受热部分的长度是管子直径的 6 倍；弯曲 60°时，受热部分的长度是管子直径的 4 倍；弯曲 45°时，受热部分的长度是管径的 3 倍。

加热注意事项如下。

a）纯铜管弯曲时，可先在弯曲处退火。

b）在管子弯曲前，用气焊火焰加热管子，加热部分应有一定的长度，其长短由弯曲角度和管子的直径来决定。当弯曲角度为 90°时，加热部分的长度是管子直径的 6 倍；弯曲角度为 60°时，加热部分的长度是管径的 2 倍。

c）加热管子时，应不断转动管子，使受热均匀。时间不要太长，一般到管壁变为黄红色即可。

2）操作时，将管子放入轮子的槽内，用夹管钩紧，管子的另一端应将柄杆按顺时针方向移动，一直弯曲到所需要的角度为止，然后退出弯管。

3）对应于弯管不同的角度可调整轮上的不同角度，在弯管时，速度要慢，逐步弯制，弯曲半径不能太小，过小会使管子凹扁，铜管的弯曲半径应为铜管直径的 5 倍。

(4) 胀管器。使用方法如下。

1）将割下的管子去毛刺后放入夹管中与管径相同的孔，管口朝向喇叭响应面，管端部从固定架管孔中稍微向上露出，距工具平面 $a/3$ 的距离。

2）在锥形涨口工具的顶尖上涂少许冷冻机油。

3）把锥形涨口工具插入管孔内，其拉脚卡在涨口夹板内。

4）慢慢旋动螺杆，先使其顶尖向下旋 3/4 圈，然后退出 1/4 圈，如此反复进行直到变成 60°喇叭口，使管端部扩张成喇叭形。

注意：操作时，管口伸出工具平面不要过高。挤压时，螺杆旋转不宜过快。管子材质不能太硬，必要时应进行退火，否则会造成涨好后的喇叭口有裂纹和麻点，密封不严。

偏斜不正的喇叭口不合格，损伤或裂纹皱折应重新割下，重新涨管。

（5）压管器。将空调管路的橡胶管放进选择合适的空调管路接头当中，然后放进压管器的中心位置，用手转动千斤顶，此时压板就会从两边向中心挤压，直到压紧为止。

（6）各种扳手和工具。如内六角及套筒扳手、旋具、钳子等各种工具，另外还有电磁离合器扳手、离合器拉出器、孔管拆卸专用工具等。

（7）成套维修工具。成套维修工具是把汽车制冷系统维修时需要的专用工具组装在一个工具箱里，特别适用于制冷系统的快修工作，如图 1-33 所示，便于企业检测人员检测或维修人员随车携带。

二、常用仪器设备及使用方法

汽车空调常用的维修工具还有：磅秤、万用表、制冷剂回收设备、气焊设备、阀门扳手、温度计、湿度计以及压缩机专用拆卸工具等。

1. 制冷剂回收设备

制冷剂回收设备主要有 R12 和 R134a 两种回收设备，或同一装置中有两套管路，分别供 R12 和 R134a 回收之用。制冷剂回收设备如图 1-34 所示。其作用是回收汽车空调中的旧制冷剂，重新利用回收的旧制冷剂，完成充注制冷剂，给空调系统补充冷冻油，排除制冷剂中的空气和非冷冻油。可以抽空、加压缩机油，在加注制冷剂时采用的是压缩法加注制冷剂。放在加注挡时需要把空调停机，从空调系统高压端直接以液体形式压进空调高压系统，而其在回收制冷剂时能对制冷剂实行冷冻润滑油与制冷剂分离，而制冷剂

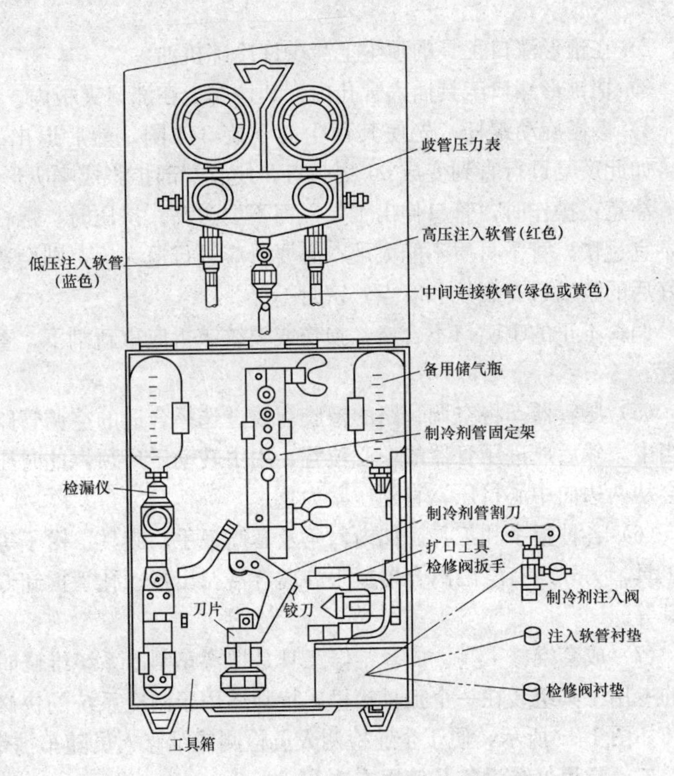

图 1-33　汽车空调专用成套维修工具

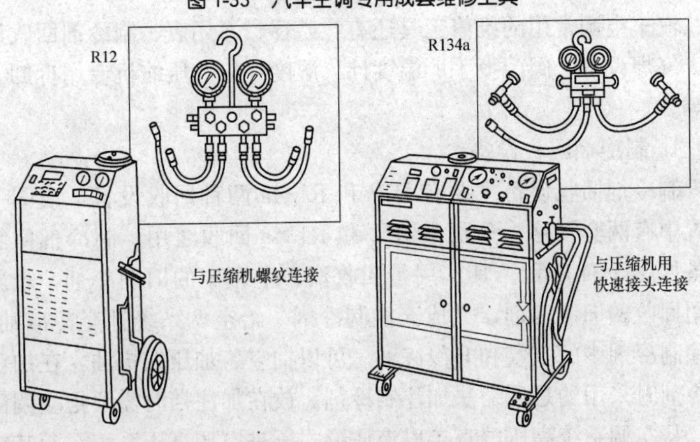

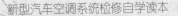

图 1-34　制冷剂回收设备

通过回收设备时又可进行过滤干燥等。在操作时要按厂家出的说明书正规操作。

2. 气焊设备

气焊设备主要包括：乙炔瓶、氧气瓶、乙炔压力调节器、氧气压力调节器、氧气橡皮管、乙炔橡皮管和焊枪等，如图 1-35 所示。气焊所采用的可燃气体多为乙炔，氧气是其助燃气体。

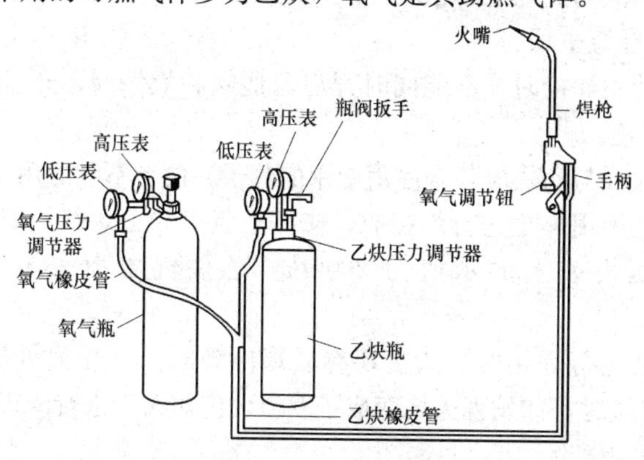

图 1-35　气焊设备结构示意图

(1) 使用方法。

1) 检查乙炔瓶压力。先打开乙炔钢瓶，观察压力表指针是否在规定压力范围内。若发现乙炔瓶压力比正常压力高，就不能使用焊枪。

2) 检查氧气瓶压力。打开氧气瓶阀门，观察压力表的指针是否在规定压力范围内，否则不能使用。

3) 检漏。检查橡胶管、气瓶口、火嘴等是否有漏气处。火嘴的检漏可使用肥皂水，这样不致误判。

4) 检查空调管道内制冷剂是否放尽。检查时，不能在空调管道内充有制冷剂的情况下进行焊接，以防止制冷剂遇到明火时产生毒气，对人体产生危害。

(2) 操作方法。

1) 点火顺序。

a) 先打开焊枪上的乙炔气开关，点燃焊枪。

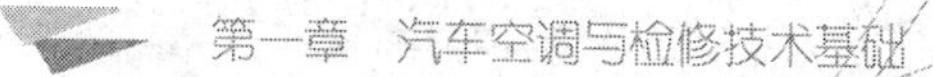

b）再打开焊枪上的氧气开关。

c）然后根据焊接的实际要求分别对乙炔、氧气开关的开度进行适当的调整。

2）熄火顺序

a）先关闭焊枪上的氧气开关。

b）再关闭焊枪上的乙炔气开关即可。

（3）注意事项。

1）使用焊枪时，不能同时开启乙炔阀和氧气阀，开启阀门时一定要缓慢。

2）氧气与乙炔应各自使用专用的管子，两者不能混用。

3）在使用焊枪进行焊接时，应注意氧气和乙炔气的压力，通常氧气压力表上的示值为 200kPa，乙炔气压力表上的示值为 50kPa。

4）在进行焊接时，如发现有黑烟出现时，应开大氧气阀门。在进行焊接时，如发现火焰变成了双道，应对火口进行清理。

5）六不准。

a）不准用扳手转动气瓶上的安全阀。

b）不准用带油的布、棉纱擦拭气瓶及压力调节器，气瓶应放在遮阳的通风干燥处。

c）焊枪及火嘴不准放在有泥沙的地上，以免被堵塞。

d）压力调节器（减压器）一旦出现故障不准凑合着用，应及时进行更换。

e）不准在未关闭压力调节阀的情况下整理火焰，也不准采用将橡皮管折弯的方法来更换火嘴。

f）不准在未关闭气阀熄火的情况下，就离开焊接现场，以防发生事故。

第四节　汽车空调基本检修操作

汽车空调的基本检修操作主要有：检测系统压力、检测系统泄漏情况、系统抽真空、充注制冷剂、加注润滑油以及系统放空制冷

剂等，这些是汽车空调维修人员必须掌握的基本操作技能。

一、空调制冷系统压力检测

汽车空调制冷系统压力检测又称为制冷系统检漏。汽车空调工作条件比较恶劣，高速、颠簸和振动极易使制冷系统的接头松动和管道损坏，导致制冷剂泄漏。常用的制冷系统检漏的方法有目测检漏、肥皂水检漏、卤素检漏灯检漏、电子卤素检漏仪检漏、真空检漏、加压检漏等。加压检漏方法有充氮气压力检测和充制冷剂检漏两种，真空检漏只用于加注制冷剂前的初步检漏。

检漏的部位主要有：拆修过的制冷系统部件、压缩机轴封、前后端盖密封垫、检修阀和过热保护器、冷凝器散热片及制冷剂进出管接头、制冷系统各管路及各连接部位等。

1. 目测检漏

目测检漏又称外观检漏，它是最基本的检漏方法。由于制冷剂与润滑油互溶，所以制冷剂泄漏处往往也渗出润滑油。通过目视或用手直接触摸来检查制冷系统各接头是否有油泄漏出来，对于比较小的泄漏，可通过检漏仪或肥皂液来检查。

2. 肥皂水检漏法

当没有检漏设备或者是比较小的泄漏时，可用肥皂水对可能产生泄漏的部位进行直接检查。检查的方法是通过歧管压力表向制冷系统内充入一定压力的干燥氮气，系统连接如图 1-36 所示。然后把肥皂水涂抹在需要检查的部位，如管接头、焊缝等，若发现吹出肥皂泡或有排气声，则说明该处有泄漏。如果没有氮气瓶，也可充入一定压力的制冷剂进行检漏，但这将造成制冷剂的浪费。这种方法简单、实用、安全、直观，尤其适合于其他检漏仪器不易接近的部位，该方法虽灵敏度较差，但能判断系统有泄漏部位。操作完毕后应将检漏部位清洁干净。

具体检测方法如下。

(1) 正确连接歧管压力表。在空调系统没有制冷剂的情况下，先把歧管压力表的高压软管接到空调系统高压维修阀上，把压力表的低压软管接到低压维修阀上，然后把中间管接到氮气瓶上，如图 1-36 所示。严禁用压缩空气进行检漏，因压缩空气中含有水分，

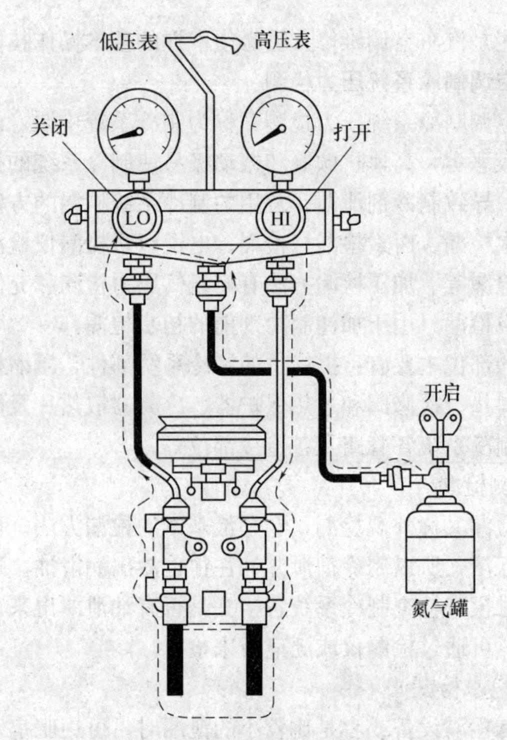

图 1-36　系统充氮保压示意图

水分随空气进入系统会对系统造成冰堵；而氮气无腐蚀性，无水分，且价格便宜，但瓶装氮气一定要用减压表才能充注。

(2) 将氮气瓶打开，然后打开歧管压力表高低压手动维修阀，向系统内充注干燥氮气，当其压力为 1200～1500kPa 时，关闭歧管压力表高低压手动维修阀。

(3) 用肥皂液涂抹在容易漏气的管路接头处或焊接处，仔细观察有无气泡，如有泄漏则漏气处有气泡滴出，漏气大的地方有微小的声音，并出现大量气泡；漏气量小的地方，则间断出现小气泡。

(4) 对漏气处作出记号，并反复检查几次，直到全部漏气处都找到，对漏气处加以维修。

(5) 维修完毕后，还应再试漏，让空调系统压力保持 24～48h。若压力不降低，则检修成功，若压力稍有降低，还应继续检漏，直到找出泄漏处并加以消除为止。

3. 真空检漏法

用真空泵将制冷系统抽真空，真空度应达到 100kPa，并保持系统真空状态维持在数十分钟至数小时内。观察歧管压力表上的低压表真空度是否发生变化，如真空指示没有变化，则说明系统无泄漏；否则说明系统有泄漏。真空检漏法只能判断系统有无泄漏，而无法具体指示泄漏部位，因此只用于加注制冷剂前的初步检漏。

4. 充氟加压检漏法

在上述初步检漏后即可进行充氟检漏，按图 1-36 所示将氮气罐换成制冷剂罐，然后将歧管压力表、制冷剂罐与系统连接完好，向系统充入 10～20kPa 的制冷剂并观察，若系统压力无变化，则说明系统不泄漏；否则说明系统有泄漏。

5. 染料检漏

在确定冷泄漏点或压力泄漏点时，也可把黄色或红色的颜料溶入空调系统进行染料检漏。因为漏点周围有红色或黄色染料积存，所以染料能指出漏点的准确位置，并且不会影响系统的正常运行。有的制冷剂中本身含有染料，如杜邦公司生产的名叫 Dytel 的制冷剂中就含有红色染料。如果制冷剂中不含染料，可用以下方法将染料加入系统，然后进行检漏。

(1) 将歧管压力表接入系统，放掉系统中的制冷剂，拆下表座的中间软管，换接一根 152mm 长的两端带有坡口螺母的铜管，铜管的一端和染料容器相接，另一端则和制冷剂罐接通。

(2) 启动发动机，怠速运转，调整有关控制器到最冷位置，缓慢地打开低压侧手动阀，使染料进入系统，制冷剂的注入量最少应加到名义制冷剂含量的一半，发动机连接运转 15min，关闭发动机和空调。

(3) 观察软管和接头是否有染料泄漏迹象，如发现泄漏点，按要求进行修理，染料可以保留在系统中，对系统无害。

二、空调系统抽真空

空调系统抽真空是为了排除制冷系统内的空气和水分，它是空调维修中一项极为重要的程序。因为对空调系统进行维修或更换元

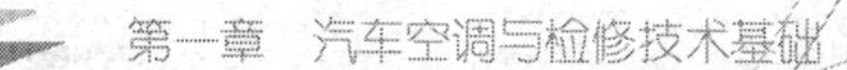

件时，空气会进入系统，且空气中含一定的水蒸气。抽真空并不能把水分直接抽出制冷系统，而是产生真空后降低了水的沸点，水气化成蒸汽被抽出制冷系统，所以抽真空时间越长，系统内残余水分就越小。抽真空可以重复进行多次，达到要求为止。

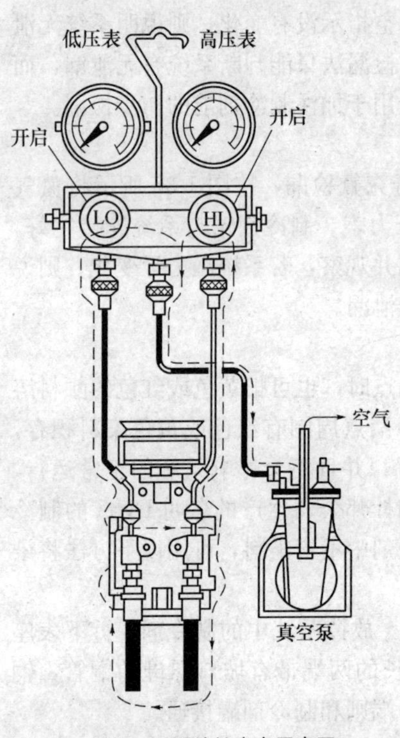

图 1-37　系统抽真空示意图

1. 管路的连接

如图 1-37 所示，在空调低、高压维修口分别连接歧管压力表及低、高压软管连接接头，将歧管压力表组的中央维修软管的另一端连接到真空泵上。

2. 操作方法

(1) 打开歧管压力表高压手动维修阀与低压手动维修阀，启动真空泵，并观察低压表上的真空表部分，直到将压力抽真空至－100～－80kPa。

(2) 关闭歧管压力表上的手动高低压手动维修阀，关闭真空泵电源开关，观察真空表压力是否回升。如回升则表示空调系统泄漏，此时应进行检漏和修补；若压力表指示针不动，说明空调系统密封良好，则可再打开真空泵，连续抽空 15～30min，使其压力表指针稳定。

(3) 抽真空完毕后，先关闭歧管压力表高低压手动维修阀，再关闭抽真空机，以防止空气进入制冷系统。

注意事项如下。

1) 系统检修完毕后，只有抽完真空才能加注制冷剂。制冷剂罐的连接见制冷剂的充注。

2）在抽真空过程中，如发现压力表一直不动或指针一直不降到真空度，说明系统有泄漏，应进行检修。

3）在空调系统抽真空时，海拔每上升300m，真空表的读数应降低0.3kPa（25mmHg）。

三、空调制冷剂的充注、补充与放空

1. 空调制冷剂的充注

当空调系统制冷剂量不够，或确定空调系统不存在泄漏部位时，即可向制冷系统充注制冷剂。在充注制冷剂前，如果空调系统缺油，必须先加油，再抽空，然后再充制冷剂。在空调压缩机上都有铭牌，其上标有所用制冷剂种类和需要量。

由于制冷剂有液态和气态之分，所以制冷剂的充注也有高压端充注法和低压端充注法两种方法：① 抽完真空，不发动车，不开空调，从高压端直接加入液态制冷剂，这种方法安全快速，它适用于制冷系统第一次充注；② 从压缩机低压端充注，充入的是制冷剂气体，这种方法充注速度慢，一般在补充制冷剂时用从低压端充注制冷剂的方法。

（1）高压端充注法（液态制冷剂充注）。

1）当系统抽真空后，关闭歧管压力表上的高、低压手动阀。

2）如图1-38所示，将中间软管的一端与制冷剂罐注入阀的接头连接起来，打开制冷剂罐开启阀，再拧开歧管压力表中间软管上端的螺母，让气体溢出几秒钟，把空气赶走，然后再拧紧螺母。

3）打开高压侧手动阀至全开位置，将制冷剂罐倒立，以便从高压侧充注液态制冷剂。

4）从高压侧注入规定量的液态制冷剂后，关闭制冷剂罐注入阀及歧管压力表上的手动高压阀，然后将仪表卸下。特别要注意：从高压侧向系统充注制冷剂时，发动机处于不启动状态（压缩机停转），不可拧开歧管压力表上的手动低压阀，以防止产生液压冲击。

注意：①充注时不能启动压缩机，而且制冷剂罐要倒立；②禁止在充注时打开低压开关。

（2）低压端充注法（气态制冷剂充注）。通过歧管压力表上的手动低压阀，可向制冷系统的低压侧充注气态制冷剂。

1）将歧管压力表与压缩机和制冷剂罐连接好，如图1-39所示。

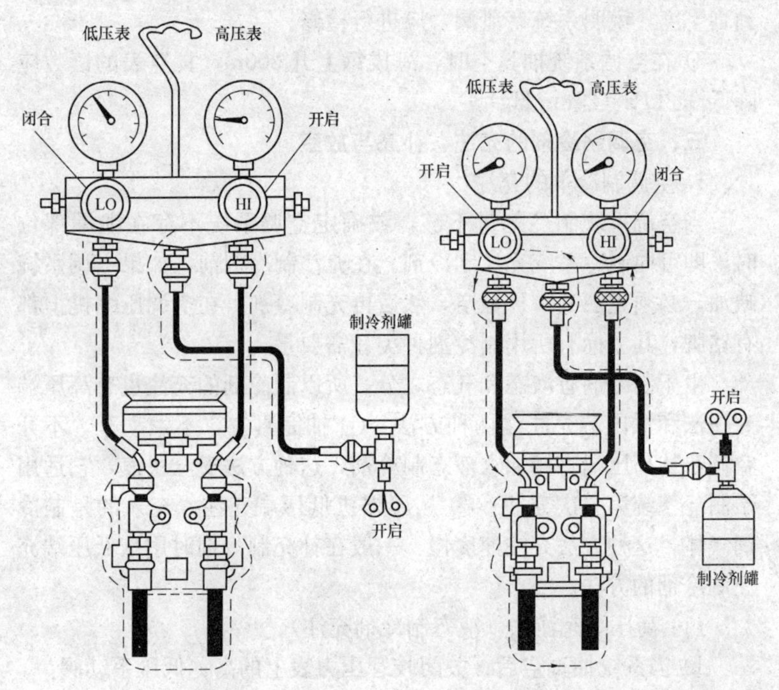

图1-38 从高压端充注制冷剂　　图1-39 从低压端充注制冷剂

2）打开制冷剂罐，拧松中间注入软管在歧管压力表上端的螺母，直到听见有制冷剂蒸气流动的声音，然后拧紧螺母，目的是排出注入软管中的空气。

3）打开手动低压阀，让制冷剂进入制冷系统。当系统的压力值达到400kPa时，关闭手动低压阀。

4）启动发动机，将空调开关接通，并将鼓风机开关和温控开关都调至最大。

5）再打开歧管压力表上的手动阀，让制冷剂继续进入制冷系统，直至充注量达到规定值。

6）在向系统中充注规定量制冷剂之后，从视液玻璃处观察，确认系统内无气泡、无过量制冷剂。随后将发动机转速调至2000r/min，冷风机风量开到最高挡，若气温为30～35℃，系统内

低压侧压力应为147～192kPa，高压侧压力应为1370～1670kPa。

7）充注完毕后，关闭歧管压力表上的手动低压阀，关闭装在制冷剂罐上的注入阀，使发动机停止运转，将歧管压力表从压缩机上卸下，卸下时动作要迅速，以免过多的制冷剂排出。

注意：①确保制冷剂罐直立，防止制冷剂从负压端进入系统，对压缩机造成损伤；②充入到规定量后，关闭低压侧手动阀，再关闭制冷剂注入阀；③不要充注过多的制冷剂，否则会引起轴承和传动带的故障。

2. 空调制冷剂的补充及放空

（1）空调制冷剂的补充。汽车空调经过一段时间的使用后，由于汽车行驶振动等原因，有时会使个别部位的连接处松动，导致制冷剂泄漏，经过检漏修复后可从压缩机低压侧向系统补充制冷剂。

1）把歧管压力表高压软管接到高压维修阀上，低压软管接到低压维修阀上（此时高低压手动阀全部关闭），然后拧松低压软管与歧管压力表的接头，放出管内空气并拧紧。

2）启动车辆，打开空调，从干燥瓶视液窗处检查制冷剂流动的情况，若气泡连续出现，则表明系统内缺制冷剂；若气泡间断出现，则需要再运转一会，然后继续观察；若仍然有气泡，就可以判断系统缺少制冷剂，可按照从低压侧充注制冷剂的方法进行制冷剂的补充。

3）把中间管接到制冷剂充注阀上，然后把制冷剂罐接到充注阀上并拧紧，打开制冷剂罐，让制冷剂到达中间软管，拧松中间管与歧管压力表接头处放出中间管内空气，然后拧紧。

4）启动车辆，打开空调，让鼓风机以高速运转，打开低压手动阀让制冷剂以气体形式进入低压管（此时制冷剂罐应当直立），直到空调系统压力达到规定值，出风口温度在4～7℃为正常。关闭低压手动阀，关闭空调、发动机，等待1～3min，快速拆下液管压力表，补充结束。

注意：如果启动车辆，打开空调，从高压端加注制冷剂，会造成冷剂倒流。因高压端压力是向外排的，而低压端是被压缩机吸入的，如果高压高温制冷剂倒流回制冷剂罐，压力过高会引起爆炸，

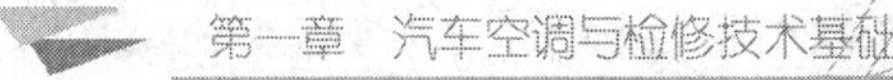

造成伤害。

(2) 空调制冷剂的放空。放空是指由于汽车空调修理或其他原因需将系统内的制冷剂排放干净。放空的方法有两种：①制冷剂自然地排出，这样不仅会使压缩机润滑油流失，还将制冷剂放到大气中污染环境；② 回收制冷剂，但要有回收装置。放空时要求周围环境一定通风良好，不能接近明火，否则会产生有毒的气体。

1) 制冷剂的放空。

a) 关闭压力表组件的高、低压阀，分别将高低压软管接在压缩机的维修阀上。

b) 将压力表组件中的中间软管不接表的一端用布盖住，并固定好。

c) 将发动机转速调至 1000～2000r/min，并运行 10～15min。

d) 松开加速踏板，使发动机恢复正常怠速，关闭发动机。

e) 将压力表组件的高压侧手动阀慢慢地拧开，并让制冷剂从中间软管的布上排出（可从布缝隙中流出），但阀门不能开得太大，以免制冷剂泄出的速度太快，否则压缩机的机油就会随制冷剂一起流出。

f) 观察高压表的指示值下降到 343kPa 时，再慢慢地拧开低压侧的手动阀，使制冷剂从高、低压两侧同时排出，直到两边压力表的指示值均指到 10kPa，关闭手动阀。

注意：①装有制冷剂的罐应保存在 40℃以下的环境中；②在排放制冷剂特别是制冷剂 R12 时，周围环境要通风良好；③排放制冷剂，不要靠近明火，避免制冷剂产生有毒的气体；④排放制冷剂，不能在汽车运行状态下排放。同时，注意要缓慢地打开高压手动阀，避免冷冻机油与制冷剂一起排出；⑤注意不要被制冷剂冻伤，如不小心冻伤，应马上用清水冲洗或到医院检查。

2) 空调制冷剂的回收。制冷剂的回收方法有冷却法、吸附脱离法和压缩法三种，目前常用的是压缩法。

a) 冷却法。这种方法适宜于干净的制冷剂。冷却法使制冷剂蒸汽冷却液化，回收制冷剂时，回收容器需冷却到－30℃，可使用干冰等使制冷剂冷却液化后回收。

冷却法有一套独立的冷冻循环系统，制冷剂的回收容器在蒸发器中冷冻成液体。从汽车空调系统排除出的制冷剂通过过滤干燥器，除去水分和杂质；通过分油器除去制冷剂中的润滑油，进入回收容器。对于制冷剂纯度要求不太严格的场合，被回收的制冷剂可重新加到制冷系统中。图 1-40 所示为冷却回收装置的示意图。

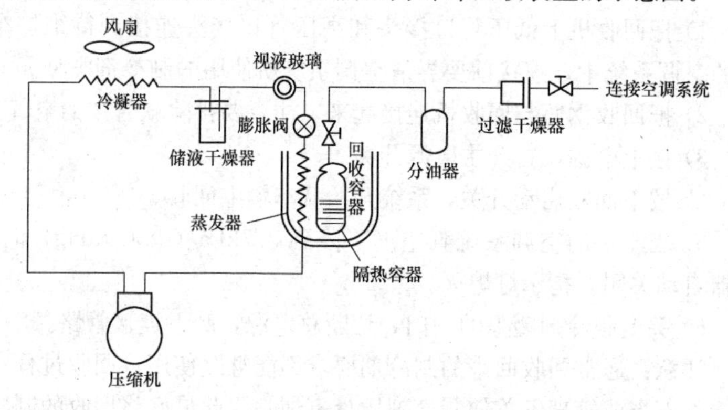

图 1-40　冷却法回收装置的示意图

b) 压缩法。如图 1-41 所示，压缩法是用压缩方法将制冷剂压缩，冷却后变成液体，从空调制冷系统排出的制冷剂通过干燥过滤器去除水分和杂质。受吸入压力调节阀控制，部分液体制冷剂存储在储液筒内。

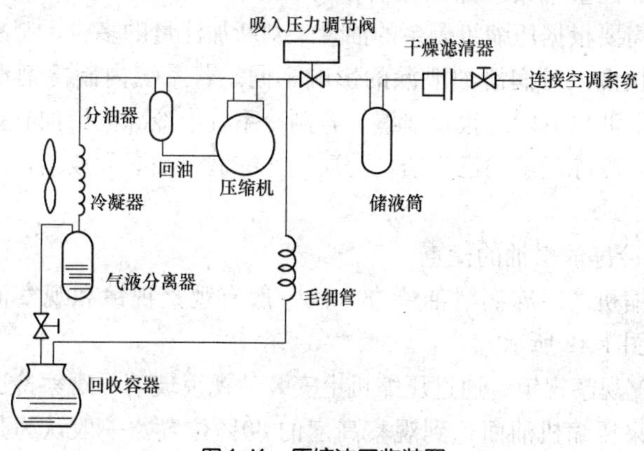

图 1-41　压缩法回收装置

气态的制冷剂被压缩成高温高压的气体，通过分油器时，与制冷剂混合的冷冻机油分离出来，流回压缩机。高温高压的制冷剂进入冷凝器被冷凝，通过气液分离器。液态的制冷剂流到回收容器。回收容器内的部分气态的制冷剂通过毛细管被压缩机吸出。

具体操作方法如下。

1）把回收机上低压管口接头和高压管口接头连接到待维护车辆的空调系统中，连接前要弄清空调系统所使用的制冷剂类型。

2）把回收钢瓶与回收机连接起来，注意要排除软管中的空气。

3）接上电源，打开主电源开关。

4）按下回收启动开关，系统开始从车辆上回收。

5）当车辆的空调系统真空度下降到 3.7kPa（280mmHg）时，机器自动关闭，指示灯熄灭。

6）关上制冷剂罐上的阀门，切断总电源，卸下连接管路。

注意：通常回收回来的制冷剂要求不能继续使用，回收过程中因操作不当或管理不善使制冷剂质量不纯，因此最好将回收的制冷剂进行再生处理。

四、冷冻润滑油的加注

在一般情况下，汽车空调压缩机润滑油消耗很少，可每两年更换一次，每次按压缩机铭牌上标注的润滑油型号加注。若系统为新系统，加注量可按压缩机铭牌上标注的数量加注；若系统为旧系统，则需要根据压缩机剩余的油量来判断加注量的多少。制冷系统泄漏的快慢，对润滑油泄漏的影响不同。若系统内制冷剂泄漏很快，润滑油也会随之很快泄漏。若制冷系统内冷冻润滑油有强烈气味，标志冷冻润滑油已变质，变质的冷冻润滑油必须放出，并更换新油。

1. 冷冻润滑油的检查

压缩机的冷冻润滑油检查方法一般有观察视镜和观察油尺两种，如图 1-42 所示。

(1) 观察视镜。通过压缩机上安装的视镜玻璃可观察冷冻机油量，如果压缩机油面达到观察高度的 80%位置，一般认为是合适的。如果在这个位置之上，则应放出多余的冷冻机油，如图 1-42

所示。

(2) 观察油尺。未装视镜玻璃的压缩机，可用量油尺检查其油量。这种压缩机有的只有一个油塞，油塞下面有的装有油尺，有的没有油尺，需要另外用专用油尺插入检查。观察油面的位置是否在规定的上下限定之间，如图 1-42 所示。

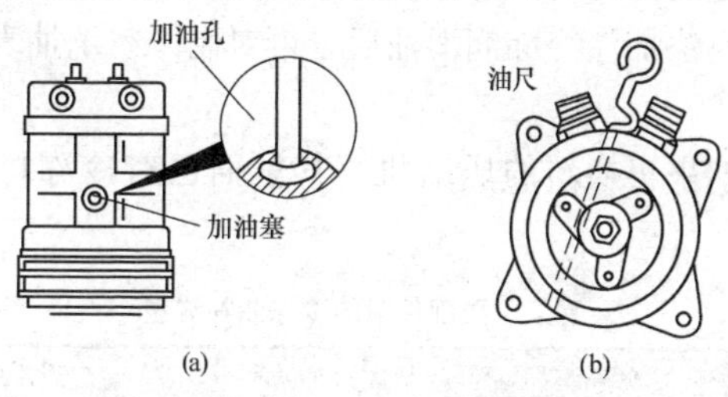

图 1-42 冷冻润滑油的检查

(a) 观察视镜；(b) 观察油尺

2. 冷冻润滑油的加注

在明确润滑油量、判断需要添加润滑油后，应添加润滑油，其方法有直接加入法和真空吸入法两种。

(1) 直接加入法。用清洁的量杯量好润滑油，直接从加油处倒入压缩机内。加油后用手旋转压缩机轴 5 圈以上。这种方法适于更换蒸发器、冷凝器和储液干燥器时采用。

(2) 真空吸入法。如图 1-43 所示，真空吸入法是先将系统抽真空，用带有刻度的量杯盛入比补充量多的润滑油，按抽真空的连接

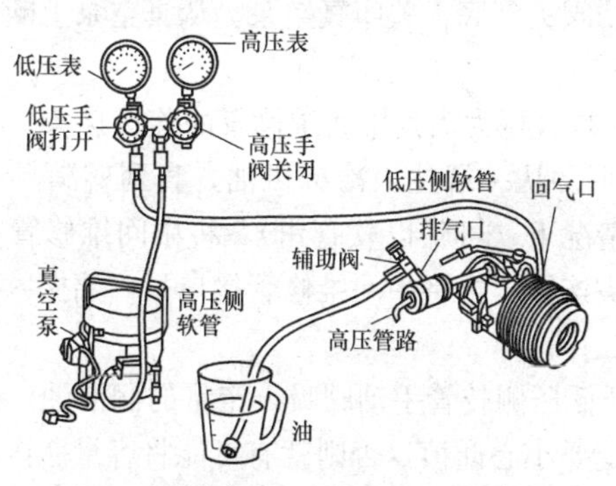

图 1-43 真空吸入法加注冷冻润滑油

方法，将低压软管与歧管压力表连接的这端从歧管压力表旋下，将其置入前述的量杯内，启动真空泵，打开歧管压力表上的手动高压阀，润滑油就从压缩机的低压侧被吸入系统。当达到规定润滑量时，关闭真空泵和手动高压阀。真空吸入法适于正常补充润滑油时采用。更换主要部件时的冷冻油补充量见表1-3。

按抽真空法加注冷冻润滑油后，再对制冷系统抽真空、加注制冷剂。

注意：如果更换新的压缩机，其里面已有冷冻机油，不需再添加。

表1-3　更换主要部件时的冷冻油补充量

更换零部件名称		冷冻剂补充量（mL）
冷凝器	无渗漏油	10～30
	有大量渗漏油	40～60
蒸发器		40～50
储液干燥器		10～20
制冷管道	无渗漏油	不加油
	有大量渗漏油	10～20
系统漏气	无渗漏油	不加油
	有大量渗漏油	10～20

3. 制冷剂与冷冻机油均应加注

(1) 在空调系统抽成真空后，保持原连接状态不变，将高、低压侧歧管手动阀关到底，关闭真空泵。从真空泵上断开中间维修管接口。

(2) 断开歧管压力表处中间维修管的连接接头。将整个中间维修管弯成U形。从一端注入冷冻机油，直到盛满。在保持冷冻机油不溢出的情况下（可辅以软管钳），将中间维修管一端与歧管压力表中间接头连接，再将中间维修管接口另一端探入冷冻机油容量瓶底部。

(3) 打开低压侧歧管手动阀吸入定量的润滑油。进行这一操作过程时，一定要小心谨慎，否则就有可能将容量瓶内的冷冻油全部吸干，甚至会吸入空气（这个过程会使空调系统内部损失一小部分泵吸功能，但对后面操作中制冷剂的吸入不会产生影响)。

注入制冷系统新的冷冻机油的量取决于排出的润滑油量（即冷冻机油)。如果空调系统内部的润滑油量出现过少或过多的迹象，应该将空调系统放油、冲洗，然后将空调系统重新加装标准量的冷冻机油。

(4) 关闭低压侧歧管手动阀。迅速将中间维修管接口与制冷剂加注罐连接，并打开制冷剂加注罐阀门。

(5) 稍微拧松但不断开中间维修管压力表处的连接接头，排除中间维修管路中的空气，然后拧紧连接接头，将低压侧歧管手动阀开到最大位置，利用剩余的真空度吸入制冷剂。

(6) 观察歧管低压表的读数，直到不再上升为止。

(7) 启动发动机，打开空调开关，并将风机风量调至最大挡。利用压缩机的抽气功能把其余的制冷剂吸入，同时观察低、高压侧压力表的读数，若达到要求值，就关闭制冷剂加注罐阀门与低压侧歧管手动阀。在加注的同时，可适当地增加油门，让发动机转速维持在 2000r/min 左右，但时间不要超过 1min。

(8) 拆下歧管压力表组，将低、高压维修接口装上防尘罩。

第五节　汽车空调电路图的识读

一、概述

汽车电路是将电源电路、启动电路、点火电路、照明与信号电路、仪表电路、空调电路、辅助电器及电控系统电路等，按照它们各自的工作特性及相互的内在联系，通过开关、导线、熔断器连接起来构成的一个整体。

汽车空调电路不外乎温度、速度、压力的控制，和除霜、加热、配气通风等电路组成，而它们之间的差异最根本的是控制方式的不同，即手动、半自动、全自动，直至电脑控制。

1. 空调电磁离合器电路

空调电磁离合器的状态除了受点火开关、空调开关以及空调继电器的控制外，还受蒸发器温度开关和制冷液管路空调低压开关

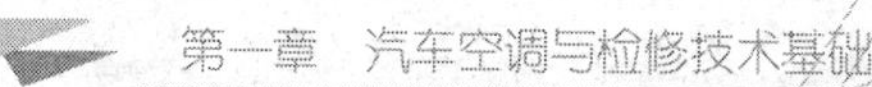

K73 的控制。如果不满足上述任一开关所设定的条件，空调电磁离合器的供电都将被切断，从而使压缩机停止工作。

2. 温度和速度控制电路

汽车空调的温度和速度控制的电路特点表现在只有发动机在某一转速以上时，压缩机电路才能接通，从而达到温度、速度控制的目的。

作为汽车空调的速度控制，主要对发动机处于怠速和高速时进行控制，以防止发动机负荷过大，以及车厢内供冷量过剩。一般车速控制器上共有 4 个接头，通过导线分别与蒸发器、压缩机的电磁离合器、点火线圈负板及接地负极相连。

3. 温度和压力控制电路

汽车空调温度的控制可以采用温控开关的形式，也可以采用电子开关的方式进行控制。压力控制电路主要是通过制冷剂干燥罐上的低压保护开关和高压保护开关进行控制。

汽车空调的自动温控电路的特点是该系统能根据选定的温度范围，自动调节车厢内的温度。

4. 鼓风机控制电路

鼓风机电动机的供电受控于空调开关，当空调开关接通时，鼓风机电动机才会得电工作。

鼓风机共有 4 种不同的转速，以满足不同送风量的要求，转速的变换是由鼓风机挡位开关通过切换降压电阻来实现的。但挡位开关没有设空挡，以保证在启动空调系统中，使鼓风机与空调系统同步工作；而在不使用冷风时，可单独使用暖风。

5. 汽车空调的加热除霜电路

当车厢内玻璃上有霜、雾时，除采用加热器的热风吹向玻璃除霜、雾外，还可以采用电加热的方法除霜、雾。在冬季，前挡风玻璃可用暖风机除霜、雾，而后窗有时候暖风吹不到，可采用电热丝加热玻璃的方法除霜、雾。

6. 散热器风扇控制电路

散热器风扇除受冷却水温度和发动机舱温度的控制外，还受空调系统工作状态的控制。

(1) 散热器风扇低速运转。当发动机怠速运转时，如接通空调开关，可听到空调电磁离合器“啪”的吸合声，开空调之前如散热器风扇未运转，则应立即以低速运转。

(2) 散热器风扇高速运转。当制冷系统管路压力上升到1.6MPa时，高压开关触点闭合，散热器风扇将进入高速运转状态，使冷却强度加强，使空调系统的冷凝器被迅速散热，用于降低制冷系统中的压力。

7. 怠速提升阀控制电路

怠速提升阀与空调电磁离合器同时受空调继电器控制，在发动机怠速运转时，如接通空调开关，鼓风机挡位开关设定在相应挡时，同时使怠速提升阀得电进入工作，从而达到自动调整怠速的目的。

8. 汽车空调换气风扇电路

汽车空调的换气风扇用来作车内换气，被广泛用于各种空调旅游车，它装在车顶上，可用来取代篷顶风窗，它除了有降温功能外，还具有排除浊气、吸入新鲜气的换气功能，即它具有自动通风、吸风、排风、循环这4种功能，以用以保证车厢内的空气新鲜、温度适宜，满足乘客的合适性要求。

二、汽车电路的特点

汽车电路图是将汽车的用电设备、仪器仪表、电器元件、各种指示信号装置等，用图形符号和导线连接在一起的关系图。

汽车线路按车辆结构形式、电器设备数量、安装位置、接线方法不同而有所不同，但其线路一般都遵循以下几条原则。

1. 低电压

汽车一般采用12V，部分大功率柴油机采用24V。有些汽车电控系统的电脑电源使用5V。

2. 并联制

所有低压用电设备均采用并联，受有关装置控制，电压相同。

电气设备间均为并联开关，熔断器均串联在电源和相应的用电设备之间，电流表串联在供电电路上，电气仪表与其传感器之间串联。

3. 单线制、负极接地

电源和所有用电设备的负极均接地，车架车身、发动机体便成为一条公共的地线。

单线连接是汽车线路的特殊性，现代汽车上所有电气设备的正极均用导线连接，该导线通常称为“火线”；而所有的负极则与车身金属相连，称之为“接地”。

负极接地是通过蓄电池的负极直接与机体连接。负极接地对车架或车身的化学腐蚀较轻，对无线电干扰较小。

4. 采用双电源

汽车上都采用两个电源，一个为蓄电池，用于发动机启动和不运转状态下的电源供给；另一个为发电机，用于发动机运转状态下的电源供给和对蓄电池的补充充电，以延长蓄电池的寿命。两个电源为并联连接。

5. 用电设备大都设有电路保护装置

为了防止电路短路和用电设备被过载电流烧毁，总电路和各分电器大都设有易熔线、熔断器或电路过载保护器等保护装置。

6. 整个电气线路的走线和布局大致相同

各电气设备均根据其用途装在车辆上大致相同的位置，所以整个电气线路的走向和布局大致相同。

7. 汽车线路有颜色和编号特征

为了便于区别各线路的连接，汽车所有低压导线，必须选用不同颜色的单色线或双色线，并在每极导线上编号。编号由生产厂家统一编定。

8. 将导线做成线束

为了不使全车电线零乱，以便安装和保护绝缘，将导线做成线束。一辆汽车可以有多个线束。

三、汽车电路图识读原则与方法

汽车电路图只表明组成汽车电路的各个电气设备的工作原理，如电流走向、流过电器装置的顺序等，图上的导线只表明各电气设备及其间的相互联系，而不代表实际安装位置。

汽车电路图中电气装置的布置顺序从左到右、从上到下：供电电源（特别是蓄电池）在左，用电器在右，各局部电路尽量画在一起；火线在上，接地线在下，并且在图的上方，有一个说明条框，说明每一部分电路的功能。在局部电路的原理图中，信号输入端（或控制端）在左，信号输出端（或驱动端）在右；火线在上，接地线在下。电路图识读要领如下。

1. 了解电路图的特点与规定

汽车电路图的表示方式至今国际上还没有统一的规定，不同国家、不同的汽车公司绘制的汽车电路图都有各自的特点。读图前必须要熟悉该电路图所具有的特点、各种电器的图形符号、导线与接柱的标志等。

2. 熟悉汽车电路的基本特点

汽车电路的特点是单线、并联、负极接地。用电设备连接都是一根导线与电源的正极相连接，如果该用电设备的电源线还连接其他用电设备，则是与其他用电设备共电源线；用电设备与电源之间可能串联了熔断器、开关或继电器等，但与其他电气系统都是并联关系；一些电器通过其壳体接地连接电源的负极。

3. 阅读全图，框划系统

先看全车电路图，根据电路图上的电气图形符号及文字符号，首先对全车电气设备的基本功能作全面的了解，再把一个个单独的电气系统框出来（或画出来）。

在框划各个系统时，应注意既不能漏掉各个系统中的组件，也不能多框划其他系统的组件。一般规律是：各电气系统只有电源和总开关是公共的，其他任何一个系统都应是一个完整的独立的电气回路，即包括电源、开关（保险）、电器（或电子线路）、导线等，并从电源的正极经导线、开关、易熔丝至电器后接地，最后回到电源负极，否则所框出的系统图就不正确。

在查找局部电路的过程中，一定要遵守回路原则。各局部电路只有电源和电源总开关（若有的话）是公用的，任何一个用电设备都要自成回路。看电路图时，应先找出电源部分，然后从电源火线到熔断丝、开关，再往下找到用电设备，最后经接地回到电源负极。

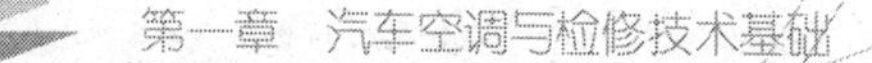

4. 了解各局部电路之间的内在联系和相互关系

从整车电路来讲，各局部电路除电源电路公用外，其他部分都是独立的，但它们之间有联系并相互影响。因此，不但要熟悉各局部电路的组成、特点、工作过程和电流流经的路径，而且还要了解各局部电路之间的联系和相互影响。

在分析局部电路的工作过程中，应特别注意开关、继电器触点的工作状态。大多数电气设备都是通过开关、继电器触点状态的变化来改变其回路，从而实现不同的电路功能。

在电路图上，开关的触点总是处于零位或静态，即开关处于断开状态或继电器线圈处于失电状态。电子开关若初始通电，其初始状态是电路达到稳定工作时的状态；电子开关若初始不通电，其初始状态就是静止时的状态。

5. 通过划分和联系认识整车电路

弄清楚局部电路的工作原理后，再来分析各局部电路之间的联系，特别是与电源电路的联系，进而弄清楚整车电路的工作原理。

(1) 找出电源系统。找出蓄电池（电源）与启动机之间的连接(包括蓄电池总开关)；找到由发电机、调节器、电流表、蓄电池等组成的充电主回路。再找出激磁电路，交流发电机的激磁电路常由点火开关或磁场继电器控制通断。

(2) 找出启动机电源开关的控制线路。

(3) 找出点火系统。蓄电池点火系统的低压电路由电源、继电器、点火线圈、点火开关、电子点火控制器和信号传感器等串联而成。

(4) 找出照明系统单元电路。先找到车灯总开关，按接线符号分别找到电源火线、大灯远近光、变光器、小灯、仪表灯、后灯、顶灯以及其他的灯。一般接线规律为小灯与大灯不同时亮，远光与近光不同时亮，仪表灯、后灯、牌照灯在夜间工作时常亮。

一些汽车采用四灯制大灯，远光四灯全亮，近光则两灯亮。有些日本汽车将大灯改为双线制，一根灯丝设一个熔断器，变光器有手动与脚踩两种，有的大灯增设了刮水器。新增加的特殊灯常备有熔断器引出，单设开关来控制。由于汽车电路中灯线多而长，如果

将照明系统改用原理图来表达，看图查线都很方便。

(5) 找出信号灯光系统。一般汽车都具有转向信号灯、制动信号灯、喇叭等装置。这些信号装置属于随时可能使用的短暂工作的电器，都接在经常有电的接线柱上，只受一个开关的控制，以免耽误信号的发出。

(6) 找出仪表系统。仪表系统电路都受点火开关或电源总开关控制。电热或电磁式仪表表头与传感器串联。

(7) 找出辅助电器单元电路。汽车采用的电器种类越来越多，除了上述的几个系统的电器之外，其余的电器一般都称之为辅助用电器。目前较常的辅助电器，如电子控制系统、刮水器、暖风装置、空调电器、洗涤电动泵、门窗电动机、点烟器、除霜器，还有油耗油量仪、测速表等。这些新型电器因其用途不同，本身的结构可能很复杂，必要时应对照实物作一些测绘记录，有的还应进行必要的测试。

6. 分清相关连接电路的关系

一些电路互相之间存在某种关联，某一电路的故障会影响到其他电路的工作。因此，对这样一些电路，必须了解它们之间的关系，以便于进行电路原理与故障分析。这种关系主要有以下几种。

(1) 并联关系。转向信号电路中同一侧的前后转向灯电路是一种并联关系，它们受同一个闪光器控制，当某个转向灯或电路出现了断路或短路故障后，会因回路的等效电阻改变而使闪光频率改变。因此，当出现单边转向灯闪光频率异常时，就会立即联想到该侧的转向灯电路有故障。

(2) 控制与被控制关系。继电器线圈电路与继电器触点所连接的电路之间是控制与被控制的关系，在分析触点所连接的电路不能正常工作时，除了检查该电路、该电路电器及继电器触点本身的故障可能性外，还应检查继电器线圈电路（包括线路、继电器线圈及控制开关等）。

(3) 控制目标关联关系。汽车电子控制装置的传感器电路与执行器电路都连接电控单元，一个是为实现某种控制目标的控制信号源电路，另一个是实施控制目标的控制执行电路，通过电控单元相

关联。传感器电路的异常会对控制执行电路的工作造成直接的影响。因此，某控制执行器不工作或工作异常，故障的原因就应该包括所有相关的传感器电路和电控单元及其连接线路等。

四、汽车空调电路图的识读

汽车空调系统主要有：压缩机、冷凝器、膨胀阀、蒸发器、鼓风电动机等主要部件，而汽车空调电路的基本特点是对上述配置的工况进行调节和控制。

1. 轿车空调电路的识读

普通轿车空调装置的电路图如图 1-44 所示，其电路图的识读方法如下。

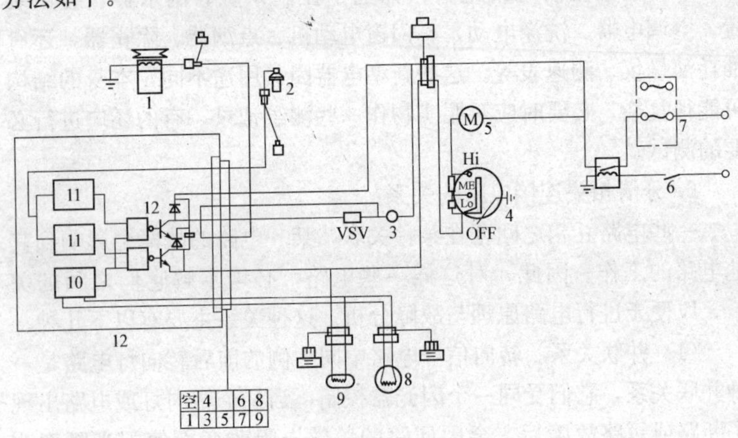

图 1-44 普通轿车空调装置的电路

1—压缩机电磁离合器；2—点火线圈；3—压力开关；4—鼓风电动机开关[高（Hi）、中（ME）、低（Lo）、关（OFF）]；5—鼓风电动机；6—点火开关；7—熔断器；8—温度调节旋钮；9—热敏电阻；10—温度检测电路；11—发动机转速检测电路；12—放大器

(1) 电源的控制。电源包括了蓄电池、点火开关、熔丝断电器以及鼓风电动机开关、鼓风电动机、电磁离合器等。当点火开关接通时，只需鼓风电动机开关闭合（在 Hi、ME、Lo 三挡中之任一挡时），空调电路便开始正常工作。此时，电磁离合器吸合→压缩机运转→制冷系统进行循环，开始制冷。由于鼓风电动机的运转，被蒸发器制冷的空气亦被送入车厢内。

(2) 压缩机电磁离合器的控制。空调压缩机由发动机直接驱动，当电磁离合器吸合后压缩机才会随之运转，而电磁离合器的吸合，必须是它的线圈通电，产生电磁吸力，使动力压板吸合在带轮上，再通过带轮来带动压缩机运转。

对控制电路而言，一般只要点火开关在接通位置，鼓风电动机开关合上，鼓风电动机电路便被接通。同时，供给一放大电路电流，通过该电路将电磁离合器线圈接通而产生吸合。

至于电磁离合器是否通电，是受温度检测电路控制的。因为该电路的传感器——热敏电阻的阻值是随蒸发器的送风温度高低而变化，温度上升，电阻下降；温度下降，电阻上升。电阻值的变化被电路转变为电信号，传至怠速稳定放大器。

当从点火线圈和热敏电阻来的两组信号同时满足某一个设定条件时，放大器才会向离合器的继电器线圈供电。

电磁离合器的吸合、分离不仅受热敏电阻的电信号控制（温度控制），还受速度控制，即当发动机处在怠速运转状况时，如果转速低于设定的怠速转速，发动机转速检测电路可自动通过离合器断开空调装置。若在低于发动机规定的怠速下接通空调，这会使发动机负荷过大，造成发动机熄火或过热。

轿车上装配的怠速自动调速装置的主要组件为真空电磁阀，怠速自动调速原理如图 1-45（c）所示。真空电磁阀由电磁线圈、活动铁芯、压缩线圈几部分组成，当空调停开时，空调开关已断开，此时，真空电磁阀不通电，阀呈开启状态，进气歧管的真空度使膜片缸下腔呈负压态，克服了膜片部弹簧压力，而使膜片下移，这样来操纵臂和摇臂脱开，节气门保持怠速原来的开度，所以怠速转速不会升高。但当空调运行时［见图 1-45（c）］，空调开关接通，电磁线圈通电，真空转换阀将真空通路，此时与大气相连的通路开启，膜片在弹簧的作用下向上移动，此时操纵臂压下摇臂，从而使节气门开度增大，这样怠速的转速相应上升，以便满足发动机驱动空调装置输出的需要。

(3) 压力开关电路。空调安全保护控制电路是制冷系统正常安全运行的必备电路。因为当制冷系统由于某种原因而导致压力升高时，

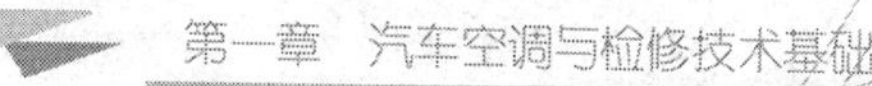

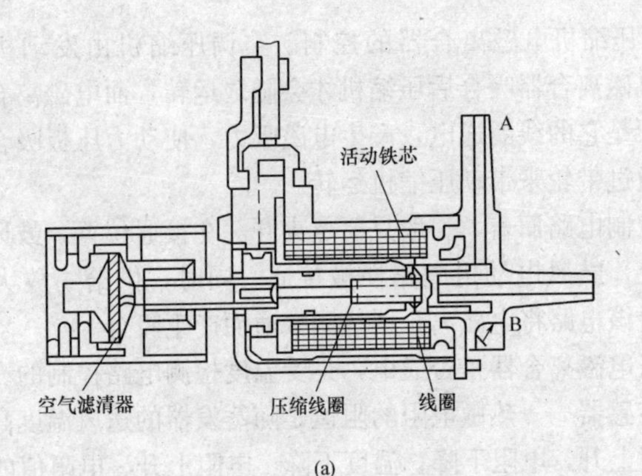

(a)

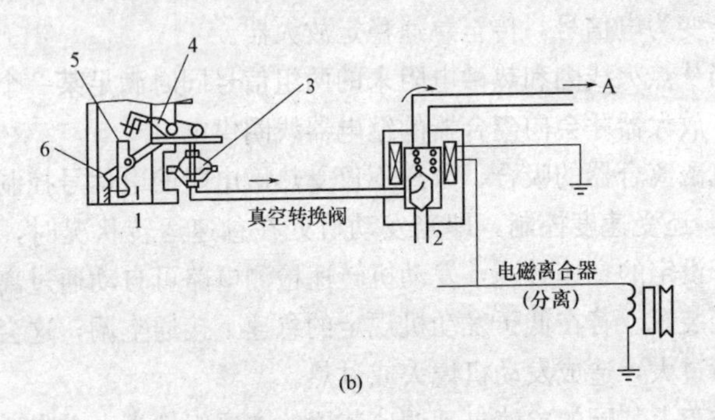

(b)

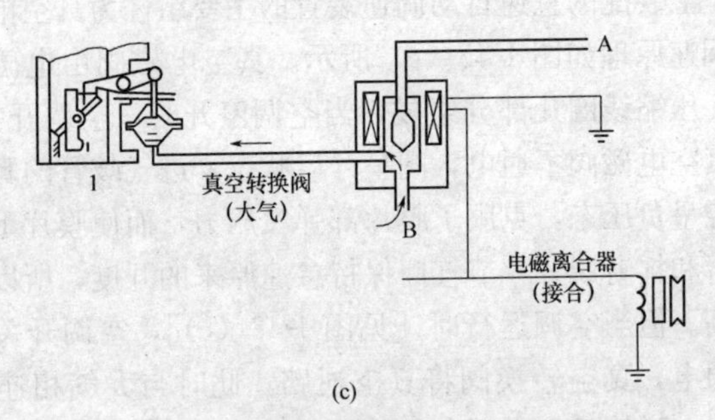

(c)

图1-45　真空电磁阀（VSV）

A—通向真空源；B—通大气

1—化油器；2—真空电磁阀；3—膜片缸；4—操纵臂；

5—摇臂；6—节气门

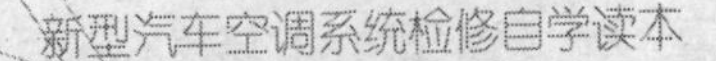

如果没有保护装置，将会引起制冷系统的运行事故。采用压力开关将系统断开，使压缩机停止运行，从而保护了压缩机和制冷系统。

在压力开关中，一般采用将高压导入开关内让开关的触点在机械力的作用下强行分离，从而切断了开关回路，电磁离合器分离，使压缩机停止运行。

2. 轻型客车空调电路的识读

轻型车空调制冷系统调控原理如图 1-46 所示。这种电路的特

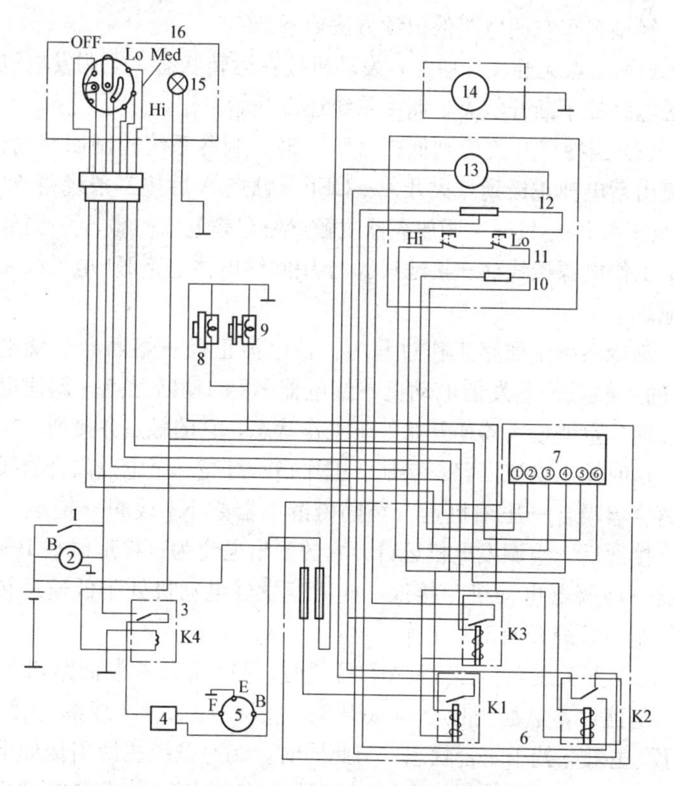

图 1-46　轻型车空调制冷系统调控原理图

1—点火开关；2—交流发电机；3—励磁继电器；4—调节器；5—空调发电机；6—空调控制元件盒；7—空调放大器；8—电磁离合器；9—怠速阀；10—热敏电阻；11—压力开关；12—调速电阻；13—蒸发器电动机；14—冷凝器电动机；15—工作指示灯；16—冷气控制板

点是在电路中增设了一只专用的空调发电机，它的主要作用是带动冷凝器的电动机运转。空调发电机配置了一只电磁振动式调节器，主发电机为里边装有 IC 调节器的整体式交流发电机，且主发电机与空调发动机的调节电压均为 14V。

需要说明的是：空调发电机无检测主发电机工作状态的电路，因此在排除空调冷凝器电动机故障时，应考虑到主发电机输出电流的大小对制冷系统的影响。

轻型客车空调电路的识读方法如下。

(1) 当点火开关开启时，发动机处在运转状态，空调发电机的励磁电路处于断开状态，制冷系统还没开始工作。

(2) 当冷气开关旋到低挡（Lo）时，制冷系统控制回路动作。电流由蓄电池正极到点火开关→OFF→触点 A 后按三条线路流向：① 至压力开关 11→空调放大器主触点处在等电位；② 至空调放大器 7 工作电源接线柱→接地；③ 至中间继电器电路 K1 电磁线路→接地。

制冷系统主回路工作过程为：蓄电池正极→熔断器→继电器 K1 的主触点→蒸发器电动机→继电器 K2 的动断触点→调速电阻→接地。空调放大器便开始处于工作状态，它的触点亦接通。

这时输出电流回路：接地→工作指示灯亮→至电磁离合器线圈→离合器吸合→压缩机运行至励磁继电器之 K4 线圈→接地。K4 触点接通后，空调发电机运行，它的输出电流为：接地线柱 B→熔断器→冷凝器电动机→接地，此时蒸发器电动机处于低速运转状态，制冷系统开始正常工作。

(3) 开关旋至中挡（Med）位置时，制冷系统控制回路如下。

电流由蓄电池正极→点火开关 1→Med 挡、K2 线圈→接地，使 K2 主触点处于闭合状态。与此同时，制冷系统主回路按如下方式运行：电流由蓄电池正极→熔断器→K1 线圈→蒸发器电动机→J2→调速电阻②～③→接地，蒸发器电动机处于中速运转状态。

当旋钮旋至高挡位（Hi）时，制冷系统控制回路如下。

蓄电池正极→熔断器→K1 触点→蒸发器电动机→K3 触点→接地，蒸发器电动机高速运转。

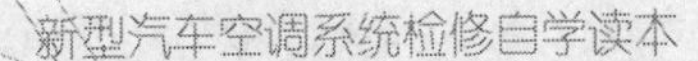

目前汽车大都使用电子控制空调，电子控制部分主要由电控单元、传感器和执行器等组成。

汽车空调的电控系统采用了多个温度传感器，如进风口进气温度传感器、车内气温传感器、出风口温度传感器、日光辐射传感器等，安装在系统内的不同位置。这些传感器彼此并联，并与温度选择器的电信号（乘员选择的车内温度）相比较。电控单元根据这些信号向执行机构发出电信号，如通过继电器控制各种电动机及电磁阀，使车内的温度保持恒温。

轻型客车主控制线路各有其特点，在电路识读时，应特别加以注意。

3. 汽车空调系统电路识读举例

现以桑塔纳轿车空调系统电路为例，说明识读的方法。

图 1-47 所示为上海桑塔纳轿车空调电路，它由电源电路、电

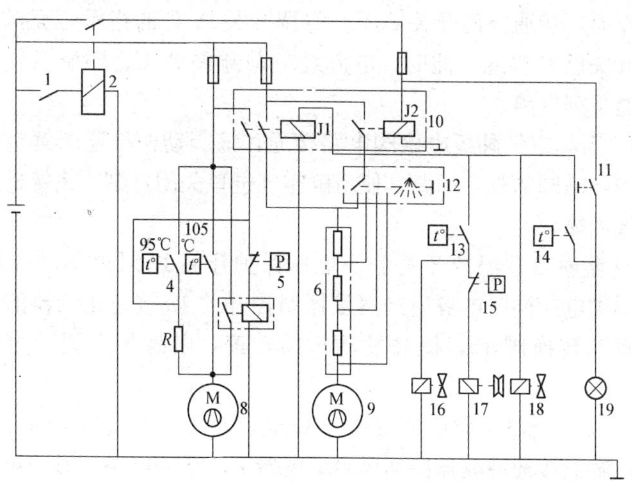

图 1-47　上海桑塔纳轿车空调电路

1—点火开关；2—减负荷继电器；3—蓄电池；4—冷却液温控开关；5—高压保护开关；6—鼓风机调速电阻；7—冷却风扇继电器；8—冷却风扇电动机；9—鼓风机；10—空调继电器；11—空调开关 A/C；12—鼓风机开关；13—蒸发器温控开关；14—环境温度开关；15—低压保护开关；16—怠速提升真空转换阀；17—电磁离合器；18—新鲜空气电磁阀；19—空调开关指示灯

磁离合器控制电路、鼓风机控制电路和冷凝器风扇电动机控制电路组成。

其工作过程如下。

(1) 点火开关 1 处于断开（置 OFF）位置时，减负荷继电器 2 的线圈电路切断，触点张开，空调系统不工作。

(2) 点火开关 1 处于启动（置 ST）位置时，减负荷继电器 2 的线圈电路切断，触点张开，中断空调系统的工作，以保证发动机启动时，蓄电池有足够的电能。

(3) 点火开关 1 处于接通（置 ON）位置时，减负荷继电器 2 的线圈电路接通，触点闭合，空调继电器中的线圈 J2 通电，接通鼓风机电路，此时可由鼓风机开关进行调速，使鼓风机按要求的转速运转，进行强制通风、换气或送出暖风。

(4) 当外界气温高于 10℃时，才允许使用空调。当需要制冷系统工作时，接通空调开关 A/C，空调开关 A/C 的指示灯亮，表示空调开关已经接通。此时，电源经空调开关 A/C、环境温度开关可接通下列电路。

1) 新鲜空气翻板电磁阀电路接通，该阀动作接通新鲜空气翻板控制电磁阀的真空通路，使新鲜空气进口关闭，制冷系统进入车内空气内循环。

2) 经蒸发器温控开关 13、低压保护开关 15 对电磁离合器 17 的线圈供电，同时电源还经蒸发器温控开关 13 接通化油器的怠速提升真空转换阀 16，提高发动机的转速，以满足空调动力源的需要。

3) 对空调继电器中的线圈 J1 供电，使两对触点同时闭合，其中一对触点接通冷凝器冷却风扇继电器 7 的线圈电路；另一对触点接通鼓风机电路。

低压保护开关串联在蒸发器温控开关 13 和电磁离合器 17 之间，当制冷系统因缺少制冷剂使制冷系统压力过低时，开关断开，压缩机停止工作。

高压保护开关串联在冷却风扇继电器 7 和空调继电器 J1 的一对触点之间，当制冷系统高压值正常时，触点张开，将电阻 R 串

入冷却风扇电动机 8 的电路中，使冷却风扇电动机 8 低速运转。当制冷系统高压超过规定值时，高压保护开关触点闭合，接通冷却风扇继电器线圈电路，冷却风扇继电器的触点闭合，将电阻 R 短路，使冷却风扇电动机 8 高速运转，以增强冷凝器的冷却能力。同时，冷却风扇电动机 8 还直接受发动机冷却液温控开关 4 的控制，当不开空调开关 A/C 时，若发动机冷却液温度低于 95℃，冷却风扇电动机 8 不转动，高于 95℃时，冷却风扇电动机 8 低速转动。当冷却液温度达到 105℃时，则冷却风扇电动机 8 将高速转动。

空调继电器中的 J1 触点在空调开关 A/C 接通时即可闭合，使鼓风机低速运转，以防止蒸发器因表面温度过低而结冰。

汽车空调结构与工作原理

第一节　汽车空调制冷系统

一、空调制冷系统的组成与工作原理

1. 制冷系统的组成

汽车空调制冷系统由压缩机、冷凝器、膨胀器、膨胀阀、储液干燥器、蒸发器等组成，如图 2-1 所示。

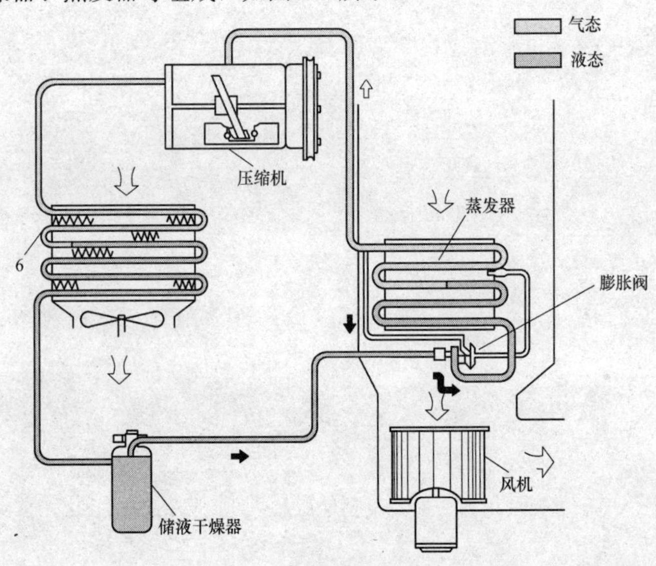

图 2-1　空调制冷系统的组成

（1）压缩机。它的作用是使制冷工质在系统中循环，吸进低压工质并使之压缩成高压工质。

（2）冷凝器与蒸发器。它们是制冷工质与周围的空气进行热交

换的装置。冷凝器使气态工质放出热量而成液体；蒸发器则使液态工质吸收热量而成气体。

冷凝器与蒸发器的结构相似，但冷凝器串接在空调系统的高压回路，承受的压力较大；而蒸发器则串接在系统的低压回路。冷凝器的进口在上面，出口在下面；蒸发器正相反，进口在下面，出口在上面。

(3) 膨胀阀。它的作用是用将制冷工质的高压节流成低压并进入蒸发器蒸发（沸腾膨胀为湿蒸汽）。

(4) 储液干燥器。它的作用是储存液态工质。有了储液干燥器，也可补偿工质的漏损等。储液干燥器另外的作用是过滤和干燥。储液干燥器接在冷凝器的出处。

2. 制冷系统的工作原理

空调制冷系统通过制冷剂的循环流动实现制冷功能，制冷原理如图 2-2 所示。空调压缩机吸入蒸发器中的低压、中温制冷剂气体，并将其压缩成高压、高温的气体后送入冷凝器；高压、高温的气态制冷剂在冷凝器中与车外空气进行热交换（散热），变成高压液态制冷剂；从冷凝器流出的高压液态制冷剂经储液干燥器除湿、过滤后输入膨胀阀，经膨胀阀节流降压后，其压力和温度降低，并送入蒸发器；低压、低温的液态制冷剂在蒸发器中与车内空气进行热交换（吸热），变成低压、中温气态制冷剂；在蒸发器中经吸热

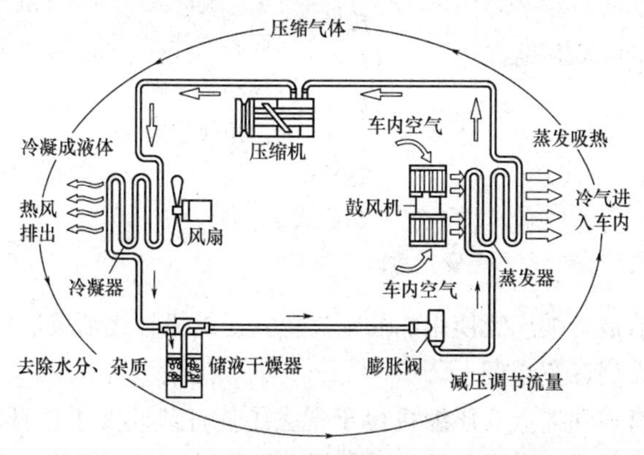

图 2-2　空调制冷系统工作原理

蒸发后的制冷剂又被压缩机吸走，如此循环，将车内空气中的热量经制冷剂的传递散发到了车外空气中，从而降低了车内的温度和湿度。

二、空调制冷系统组成部件结构与原理

下面分别介绍压缩机、冷凝器、蒸发器、膨胀阀和储液干燥器的结构与原理。

1. 压缩机

(1) 压缩机的结构。压缩机是汽车空调制冷系统的心脏，其作用是将来自蒸发器的低温、低压的气态制冷剂吸入后进行压缩，使之成为高温、高压的制冷剂，并送入冷凝器中。因此压缩机是制冷系统中低温、低压和高温、高压的分界线。

压缩机的结构形式按运动方式和主要零件形状的不同分类如下：

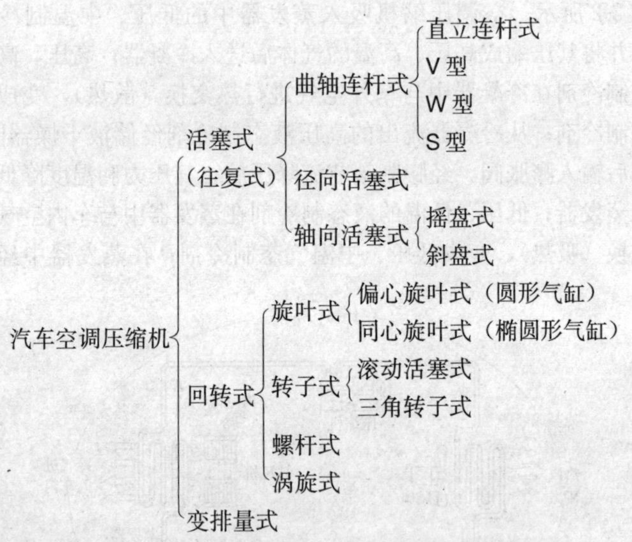

目前最早被广泛使用的曲轴连杆式压缩机，逐渐被取代，它仅使用在大型客车空调上。

斜盘式和摇盘式压缩机由于省去了连杆或改变了连杆的结构，结构较为紧凑，至今仍被广泛使用着。但随着汽车行驶速度的日益提高，活塞式压缩机逐步被回转式压缩机所取代。虽然回转式压缩机也有其缺点，如加工精度要求高、生产周期较长，但是其结构简单、紧凑，易损件少，维修保养方便，尤其是其中的涡旋式压缩机将是我国未来汽车空调压缩机的主要机型。

（2）典型压缩机的结构与原理。下面分别介绍曲轴连杆式、轴向活塞式、旋叶式、涡旋式、变排量式压缩机和电磁离合器的结构原理。

1）曲轴连杆式压缩机。曲轴连杆式压缩机的活塞在气缸内往复运动，使气缸容积不断变化，从而在制冷系统中起到抽吸、压缩和输送制冷剂的作用。

曲轴连杆式压缩机结构如图 2-3 所示，它主要包括连杆、曲轴、活塞、缸体、缸盖、曲轴箱等组成，其进、排气机构中有阀板、阀片。阀板上开有进排气孔，汽缸盖和缸垫将吸气、排气腔分隔为两部分。其中吸气阀片控制着吸气孔，排气阀片控制着排气孔。吸、排气阀片两者均为弹簧钢制成，具有很好的弹性和耐疲劳强度。

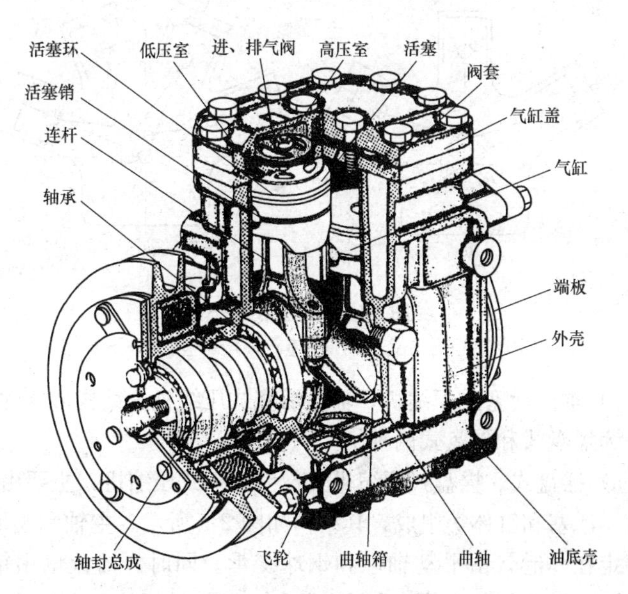

图 2-3　曲轴连杆式压缩机结构图

曲轴连杆式压缩机的工作原理：类似四冲程发动机，可分为压缩、排气、膨胀和吸气 4 个过程。与四冲程发动机所不同的是其润滑方式还可以采用飞溅润滑，即系统中不设专门的油泵，而是通过曲轴的回转和曲轴连杆机构的运动将曲轴箱中的润滑油甩至各润滑部位。

另外，根据气缸的布置形式可分为直立连杆式、V 型、W 型和 S 型 4 种，如图 2-4 所示。

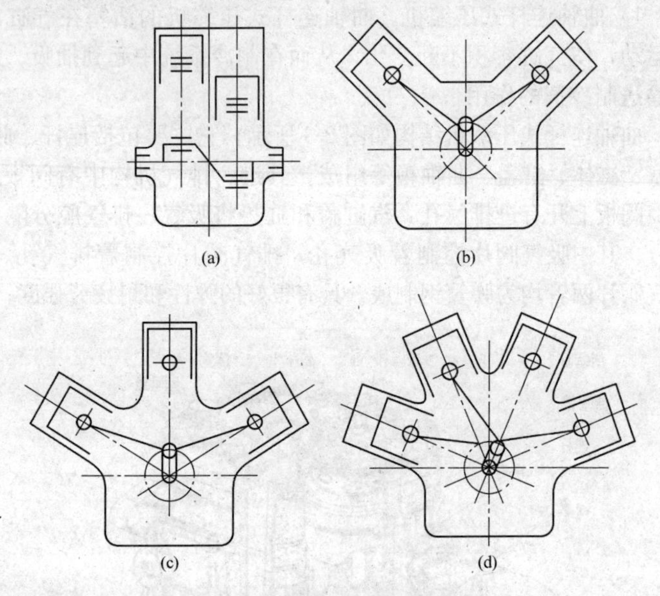

图 2-4　气缸的布置形式

(a) 直立连杆式；(b) V 型；(c) W 型；(d) S 型

2）轴向活塞式压缩机。轴向活塞式压缩机按结构形式的不同，可分为摇盘式和斜盘式两种。

a）摇盘式。摇盘式压缩机又称为摇板式压缩机，主要由主轴、摇盘、活塞和缸体等组成，其结构如图 2-5 所示。主轴和楔形传动板固定在一起，由滑动轴承和钢球支承。同时，摇盘也用钢球支承。缸体上均匀分布着 5 个轴向气缸，气缸轴线均与主轴平行。活塞通过连杆和摇盘相连。滚珠轴承分别位于楔形传动板与前缸盖以

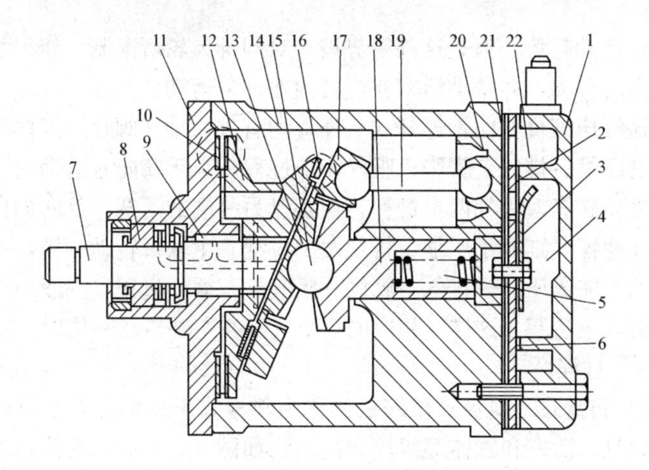

图 2-5　摇盘式压缩机结构图

1—后盖；2—阀板；3—排气阀片；4—排气腔；5—压紧弹簧；6—后盖缸垫；7—主轴；8—轴封总成；9—滑动轴承；10、16—滚珠轴承；11—前缸盖；12—楔形传动板；13、18—锥齿轮；14—缸体；15—钢球；17—摇盘；19—连杆；20—活塞；21—阀板垫；22—吸气腔

及摇盘之间，以减小工作时的磨损。吸气腔和楔形传动板腔间还有通气孔，使夹带润滑油的气态制冷剂润滑过所有的运动部件和轴封后，再进入气缸内压缩。

摇盘式压缩机的工作原理：如图 2-6 所示，当压缩机工作时，主轴带动传动板一起旋转。由于楔形传动板的转动，迫使摆盘以钢球为中心，进行左右摇摆移动。摆盘和传动板之间的摩擦力使摆盘

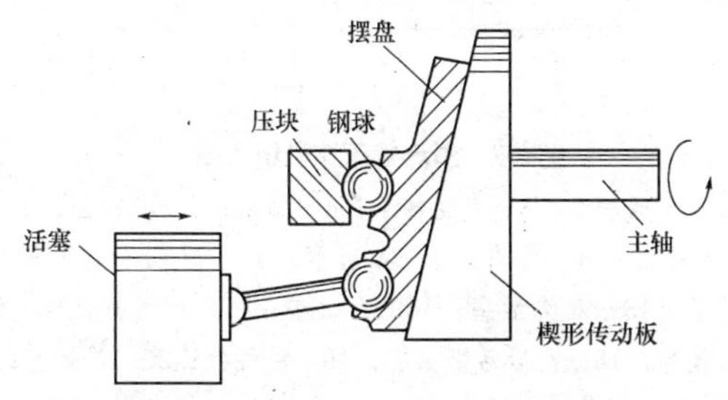

图 2-6　摇盘式压缩机工作原理示意图

具有转动的趋势，但是这种趋势被一对圆锥齿轮所限制，使得摆盘只能左右移动，并带动活塞在汽缸内作往复运动。

这种压缩机与曲轴连杆式一样，均有进、排气阀片，工作循环也具有压缩、排气、膨胀、吸气 4 个过程。当活塞向右运动时，该气缸处于膨胀、吸气两个过程，而摆盘另一端的活塞作反向的向左移动，使该气缸处于压缩、排气两个过程。主轴每转动一周，一个气缸便要完成压缩→排气→膨胀→吸气这一循环过程。一般一个摆盘配有 5 个活塞，这样，相应的 5 个气缸在主轴转动一周时，就有 5 次排气过程。

b）斜盘式。斜盘式压缩机又称为斜板式压缩机。它主要由主轴、斜盘、活塞和缸体等组成，其结构如图 2-7 所示。主轴和斜盘固定在一起。3 个或 5 个呈圆周均匀分布的双头活塞的轴线均与主轴平行，并在对应的前、后气缸中滑动。配有前、后阀板。斜盘的边缘通过钢球以及钢球滑靴与双头活塞中部的槽配合在一起。位于

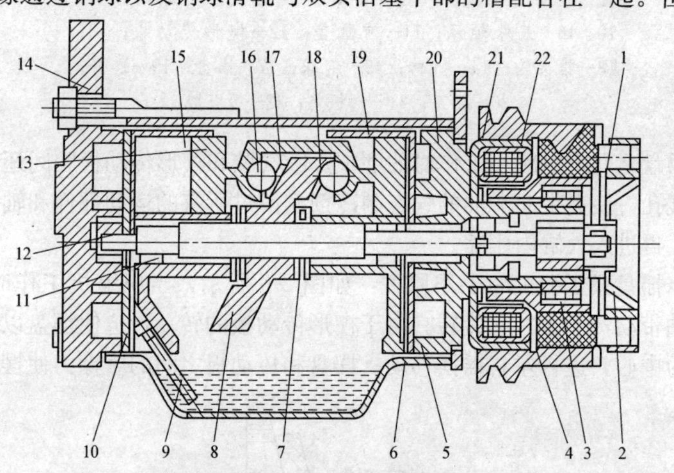

图 2-7　斜盘式压缩机结构图

1—主轴；2—驱动盘；3—带轮轴承；4—轴封；5—密封圈；6—前阀板；7—加油孔；8—斜盘；9—吸油管；10—后阀板；11—轴承；12—机油泵；13—双头活塞；14—后缸盖；15—后气缸；16—钢球；17—钢球滑靴；18—前后活塞球套；19—前气缸；20—前缸盖；21—带轮；22—电磁线圈

主轴后部的机油泵可将底部的机油泵至各运动部件和轴封处进行润滑。

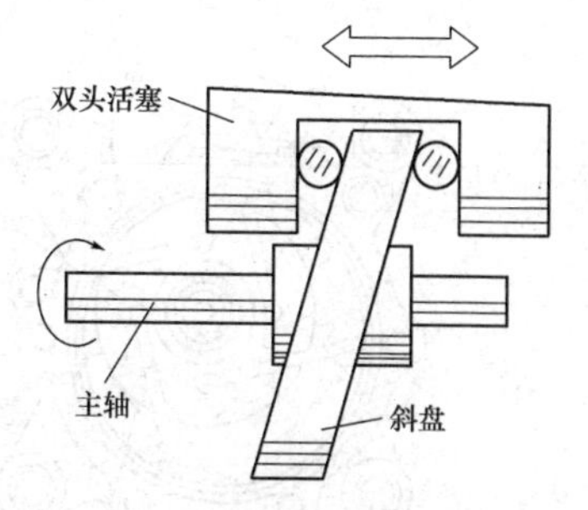

图 2-8 斜盘式压缩机工作原理示意图

斜盘式压缩机的工作原理：如图 2-8 所示，当空调工作时主轴旋转，斜盘也随着旋转，斜盘边缘推动活塞作轴向往复运动。斜盘转动一周，前后两个活塞各完成压缩、排气、膨胀、进气一个循环，相当于两个气缸作用，如果是轴向 6 个气缸压缩机，缸体截面上均匀分布三个气缸和三个双头活塞，主轴旋转一周，相当于 6 个气缸作用。

斜盘式压缩机的润滑有强制润滑和飞溅润滑两种。强制润滑主要用于豪华型轿车或较大制冷量的小型客车压缩机。

斜盘式与摇盘式压缩机结构比较如图 2-9 所示。它们之间的不同之处是，摇盘式压缩机的活塞运动属单向作用式，而斜盘式压缩机的活塞运动属双向作用式。所以有时又把它们分别称为单向摇盘式压缩机和双向斜盘式压缩机。

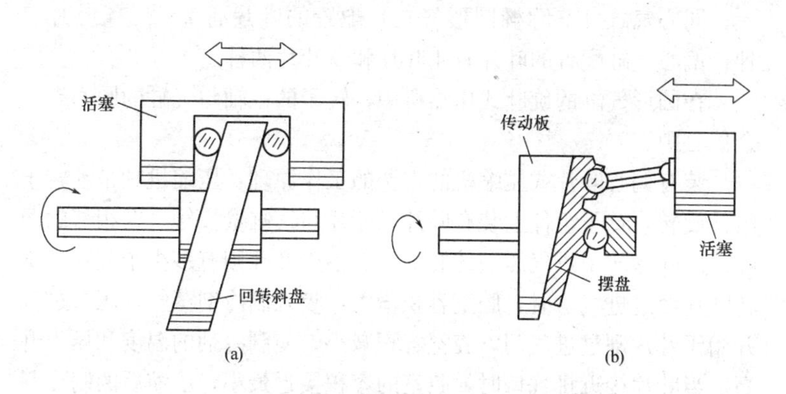

图 2-9 斜盘压缩机和摇盘式压缩机结构比较

(a) 斜盘式；(b) 摇盘式

3）旋叶式压缩机。旋叶式压缩机又称为滑片式或刮片式压缩机，如图 2-10 所示。它主要由缸体、转子、叶片、排气阀片等组

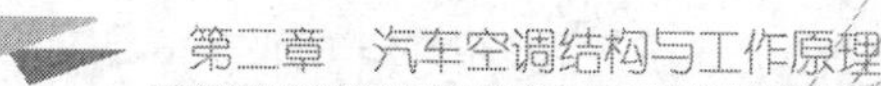

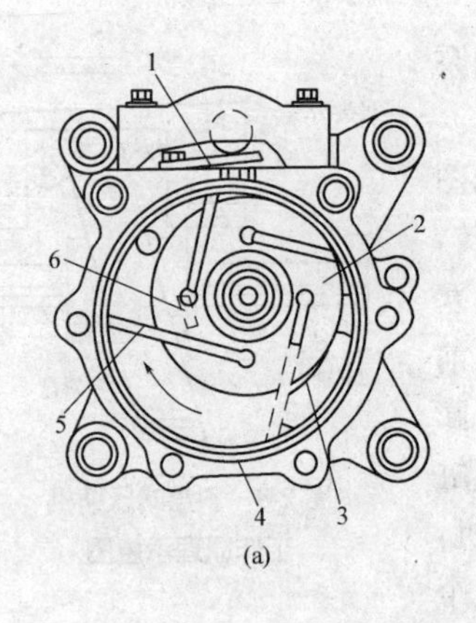

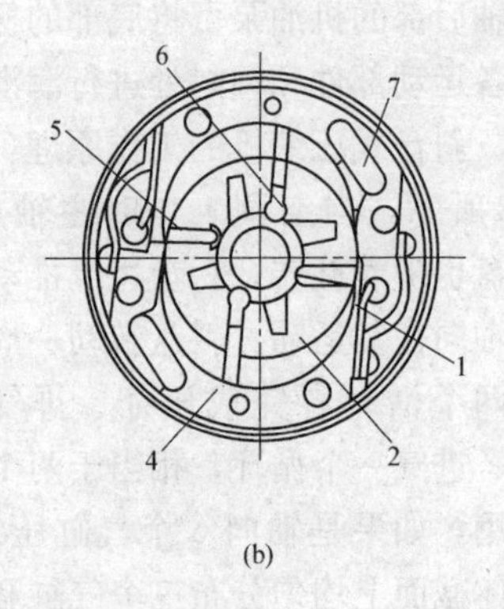

图 2-10 旋叶式压缩机结构图

(a) 4 叶片偏心式 (b) 4 叶片同心式

1—排气阀片；2-转子；3—吸气孔；4—缸体；

5—叶片；6—油孔节器；7—吸气腔

成。旋叶式压缩机没有进气阀，因为滑片能完成吸入和压缩制冷剂的任务。

旋叶式压缩机有偏心式和同心式两种。

同心气缸（又称椭圆形气缸）配置的叶片有 2、3、4 叶片三种；偏心气缸配置的叶片有 4 叶片和 5 叶片两种。

在圆形气缸的旋叶式压缩机中，转子的主轴与气缸的圆心有一个偏心距。

装有偏心叶片式压缩机的空调的工作原理：压缩机轴带动转子组件旋转，转子组件上装有叶片，叶片与气缸壁接触，在相邻的两叶片之间形成了进气压缩的腔室，有多少叶片则有多少个腔室。旋转叶片经过进气口时，腔室容积增大，吸入制冷剂蒸气，压缩过程开始于叶片刮过进气门，腔室容积减小，使制冷剂的温度和压力升高。当叶片接近排气口时，腔室的容积接近最小，压缩后的制冷剂由排气口排向冷凝器。

同心叶片式与偏心叶片式压缩机的工作原理完全相同，只是在结构上有所区别。即装在主轴上的转子和椭圆中心是重合的，并且转子和气缸有两个接触线，为此它需配备两套吸气腔和排气阀。在圆形气缸的旋叶式压缩机中，转子的主轴与气缸的圆心有一个偏心距离，使转子紧贴在气缸内表面的进排气口之间；在椭圆形气缸中，转子的主轴和椭圆中心重合，转子的叶片和它们之间的接触线将气缸分成几个空间。当主轴带动转子旋转一周时，这些空间的容积发生扩大、缩小的循环变化，制冷剂蒸气在这些空间内也经历进气→压缩→排气的循环过程，压缩后的气体通过安装在接触线旁的簧片阀排出。

旋叶式压缩机没有进气阀，因为滑片能完成吸入和压缩制冷剂的任务。

对于圆形气缸，2 叶片将空间分成两个空间，主轴旋转一周，即有两次排气过程，4 叶片则有 4 次，叶片越多，压缩机的排气脉冲越小。

对于椭圆形气缸，4 叶片将气缸分成 4 个空间，主轴旋转一周有 4 次排气过程。

4）涡旋式压缩机。涡旋式压缩机（又称涡流式压缩机）是一种新型压缩机，它由一个可动的涡壳和一个固定不动的涡壳组成，如图2-11所示，它们之间相对偏心运动，当压缩机轴承旋转时，可动涡壳将制冷剂压向不动涡壳即压缩机的中心，这种运动使制冷剂压力增加。当气体从环形向循环中心运动时压力增加了，输出孔位于压缩机的中心，使压力较高的制冷剂流出压缩机并流进冷凝器。

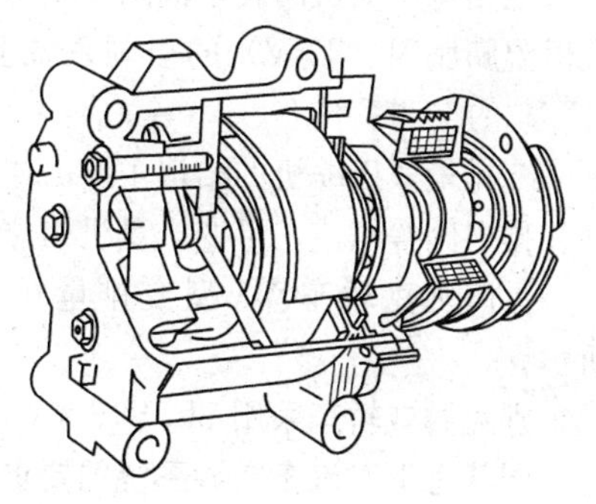

图 2-11　涡旋式压缩机

这种压缩机主要用于日产公司的一些高档轿车上。

5）变排量式压缩机。变排量式压缩机可以根据发动机转速、车内温度等相关因素，自动调节压缩机的排量，使之与车内的热负荷相匹配，从而在提高汽车舒适性的同时有效地降低汽车的燃油消耗率。

变排量式压缩机通常是在原有定排量压缩机的基础上进行改进，增加一个可排量机构，使之能实现压缩机排量的有级或无级的调节。

例如，上海别克系列轿车上使用的可排量压缩机，它能够根据空调系统的制冷需求自动调节压缩机内活塞的工作行程，从而改变其输出的制冷剂流量。其最关键的控制部件是位于压缩机尾端的排量控制阀，它通过感受来自于蒸发箱出口端汽雾状制冷剂的压力来自动地改变压缩机的输出制冷量，从而达到与整个空调控制系统所需要的热负荷匹配的压缩机排量。这种控制是一种动态平衡控制。当空调系统被启动后，只要制冷剂的压力处于工作范围之内，空调压缩机就在控制阀的控制下，不断地调整排量使之与压缩机吸入制冷剂热负荷平衡。

更换不同的控制阀，可使同一台压缩机的表现相差很大，可以大大地拓宽压缩机的装车范围。变排量式空调压缩机不仅可以装备在恒温膨胀闪（TXV）的空调系统上，而且还可以装备在节流管（OT）的空调系统上。

变排量式压缩机的结构主要由柱塞、电磁阀、电磁线圈、单向阀和排出阀等组成，可变排量机构位于压缩机的后部。

上海别克轿车 V5 型变排量式压缩机外形及结构如图 2-12 所示。

别克君威轿车采用 SE5V16（V5）型变排量式压缩机，能够满足不同状态下对汽车空调系统的要求，不需要电磁离合器的循环吸合。其基本构造有 5 只轴向均匀分布的气缸孔和可变倾角的摇盘。压缩机排量控制的核心元件是位于压缩机后部盖的控制阀，它采用波纹管并根据压缩机的吸气压力进行控制，利用曲轴箱与吸气腔之间的压力差来控制摇盘倾角的变化，由此改变压缩机的排量。当空调系统要求高制冷能力时，吸气压力应高于控制点，控制阀保持从曲轴箱到吸气腔的泄漏，使曲轴箱与吸气腔之间的压力为 0，压缩机有最大的排量。当空调系统要求低制冷能力时，吸气压力则达到控制点，控制阀关闭从曲轴箱到吸气增压室的通道，压缩机排量减小。摇盘倾角受作用在 5 个活塞上的力的平衡来控制，曲轴箱与吸

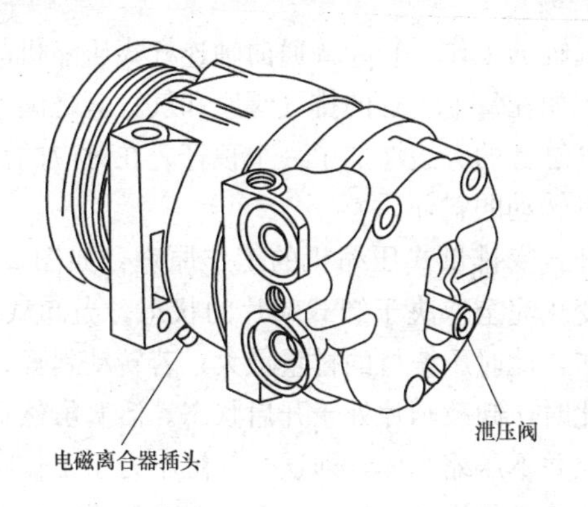

(a)

(b)

图 2-12　V5 型变排量式压缩机外形及结构

(a) 外形图；(b) 结构图

气腔之间的压力差轻微升高就会在活塞上产生一个合力，从而降低摇盘倾角。在空调压缩机的后部，安装有泄压阀，当压缩机出口压力达 3636kPa 时，为防止系统损坏，泄压阀打开。

a) 曲轴连杆式变排量式压缩机。曲轴连杆式变排量式压缩机的排量调节方法有很多，一般是采用卸载装置的机械控制来停止一

个直至全部气缸的工作，它在普通曲轴连杆式压缩机的基础上进行相应的改进，如在每个气缸的排气阀座和气缸套之间增加了一个卸载阀片、在气缸套的旁边增加了一个顶杆、在对应的活塞下方也增加了一个可以转动的斜环。

曲轴连杆式变排量式压缩机的工作原理：如图 2-13 所示，压缩机排量的变化完全取决于卸载阀片的状态。当卸载阀片关闭时，气缸正常工作，此时压缩机的排量最大；若转动斜环，顶杆则顶起卸载阀片。此时，卸载阀片处于开启状态。活塞虽然仍在气缸内作往复运动，但并不压缩气体，即这个气缸不处于工作状态。这时相应地减少了压缩机的排量。反之，反向旋转斜环，顶杆在弹簧作用下回位，卸载阀片关闭，气缸又转入正常工作状态。通过这种方法，便可实现制冷量的调节。

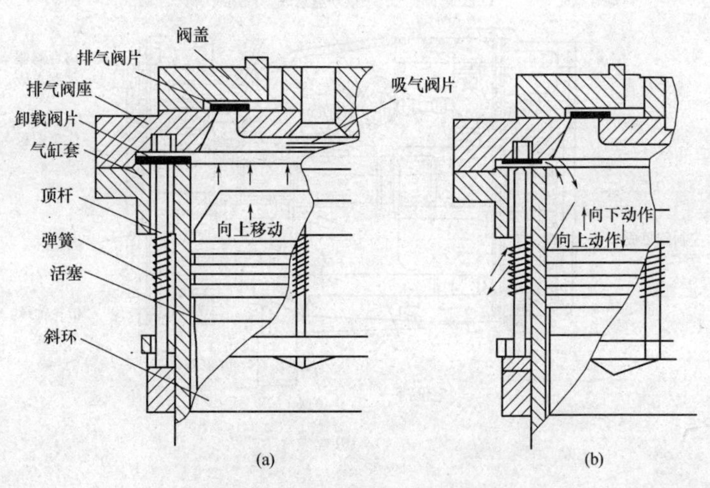

图 2-13　曲轴连杆式变排量式压缩机工作原理

(a) 压缩机正常工作；(b) 压缩机卸载工作

b) 轴向活塞式变排量式压缩机。轴向活塞式变排量式压缩机分为摇盘式、斜盘式、旋叶式和涡旋式 4 种。

摇盘式变排量式压缩机如图 2-14 所示，它是在普通摇盘式压缩机的基础上改进而成的。改进主要有两个方面：①在后缸盖上加装了一个由球阀、锥阀和波纹管组成的控制阀；②在主轴和斜盘之

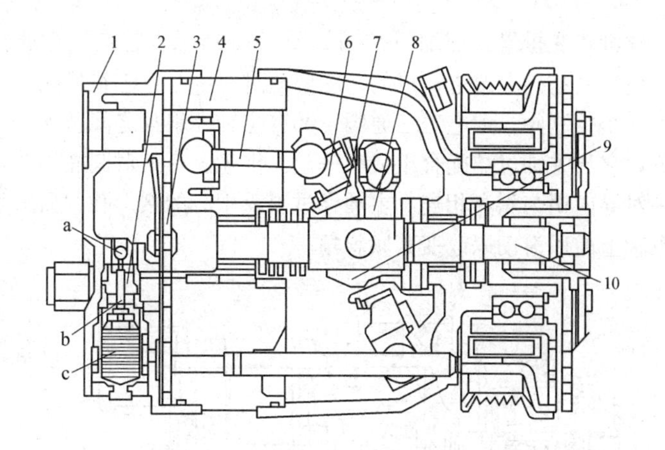

图 2-14　摇盘式变排量式压缩机结构图

1—后缸盖；2—控制阀；3—阀板部件；4—缸体；5—活塞连杆组件；
6—摇盘；7—斜盘；8—驱动杆；9—轴套；10—主轴
a—球阀；b—锥阀；c—波纹管

间增加了一个可在主轴上滑动的轴套，且在主轴上加装了一个用以实现斜盘倾斜角度改变的驱动杆，即控制机构。其斜盘和轴套通过两个同心短销轴相连，且由于驱动杆上开有腰形槽，因此斜盘与驱动杆又通过长销轴构成活动连接。

轴向活塞式变排量式压缩机的工作原理：当车室热负荷增加或车速降低时，摇盘式变排量式压缩机的吸气压力升高。当吸气压力高于控制阀的设定值时，控制阀中的波纹管将受压缩短，球阀关闭，锥阀打开，曲轴箱与吸气腔相通，高压气体不能进入曲轴箱，机体内压力即活塞的背压减小，在活塞内、外压差的作用下，通过驱动杆使斜盘在旋转运动的同时轴向摆动，增加斜盘的倾角，同时使摇盘倾角改变，活塞行程增大，从而使压缩机全排量工作。

反之，当车室热负荷减小或车速提高时，则压缩机吸气压力降低。当吸气压力低于控制阀的设定值时，波纹管伸长，球阀开启，锥阀关闭。通过驱动杆使斜盘在旋转运动的同时轴向摆动，减小斜盘的倾角，同时使摇盘倾角改变，活塞行程变小，从而减小了压缩机排量。

斜盘式变排量式压缩机结构如图 2-15 所示，它是在普通斜盘式压缩机的基础上改进而成的。主要改进有两个：①在后缸盖上加装了一个控制阀，即电磁三通阀；②在主轴和斜盘之间增加了一个推盘，它与主轴过盈配合组装在一起。推盘上有一对圆柱销孔，通过一对导向销与斜盘相连。主轴穿过斜盘中心的腰形孔，而斜盘可在主轴上前后滑动以改变其倾斜角。

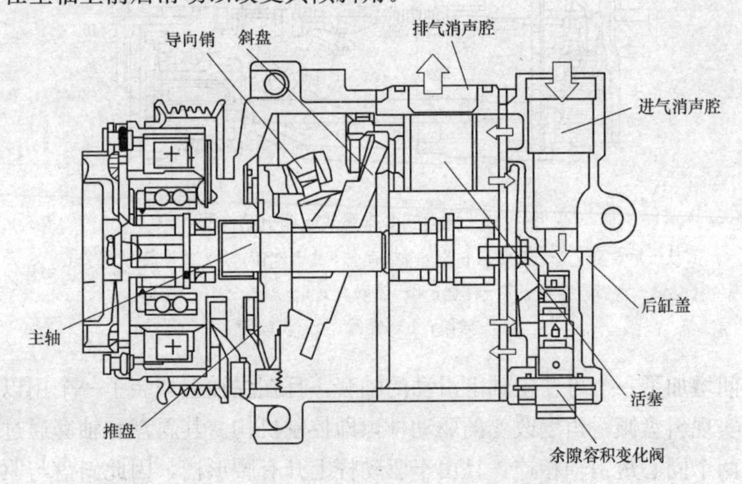

图 2-15　斜盘式变排量式压缩机结构图

斜盘式变排量式压缩机的工作原理：如图 2-16（a）所示，在正常负荷工作时，电磁阀与排气腔工作管接通，高压气体将余隙容积变化阀向右推，直至将阀口堵住。此时压缩机以正常排气量工作（为 100%的负荷）。

当需要降低压缩机的排气量时，如图 2-16（b）所示，电磁阀与回气管的工作相通。吸气时，余隙容积变化阀首先将原来左端高压气体通过工作管、回气管送到吸气气缸。在活塞压缩时，气体推动余隙容积变化阀左移，留下一个空间。当压缩完毕后，余隙容积变化阀内的气体保留下来。当活塞右移时，余隙容积变化阀内的高压气体首先膨胀，这样就减少了气缸的吸气量和排气量，相应功耗也就减小。

旋叶式变排量式压缩机的结构如图 2-17 所示，它是在普通旋

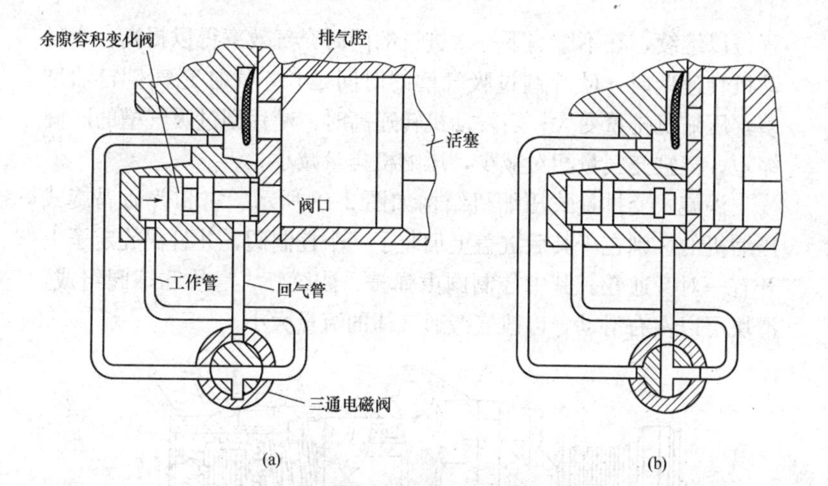

图 2-16　斜盘式变排量式压缩机的工作原理

(a) 满负荷时；(b) 部分负荷时

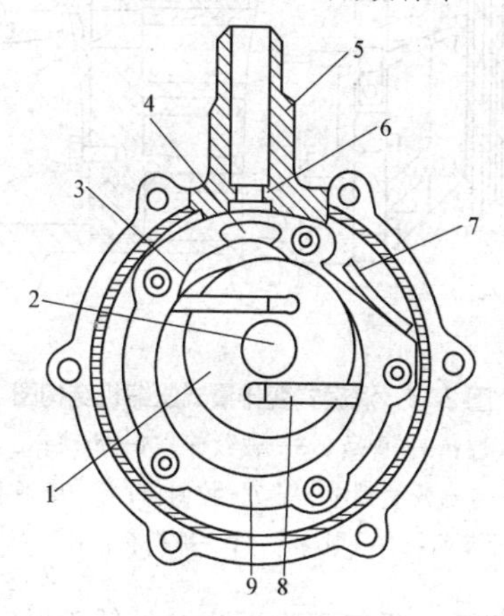

图 2-17　旋叶式变排量式压缩机结构图

1—转子；2—主轴；3—吸气槽；4—吸气孔；5—进气管；
6—密封圈；7—排气阀；8—叶片；9—缸体

叶式压缩机的基础上加设了一条吸气槽，使之能根据发动机转速的高低来自动调节压缩机的排量。

当叶片刮过吸气孔时，在吸气槽的作用下，本该结束的吸气过

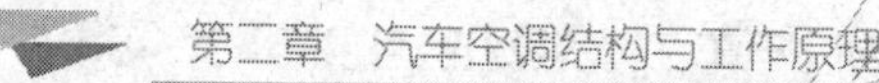

程得以继续，在不影响下一次进气的同时充气效率得以提高。当发动机转速低时，叶片刮过吸气槽的时间延长，气缸充气量自然增多，压缩机排量变大；当发动机转速高时，叶片刮过吸气槽的时间缩短，气缸充气量相对减少，压缩机排量减小。

涡旋式变排量式压缩机结构如图 2-18 所示。它和普通涡旋式压缩机的区别在于其后缸盖上加装了一个控制阀，并且涡旋定子上开有一对旁通孔。其中控制阀由弹簧、波纹管、滑块和球阀组成，滑块可以左右滑动，以改变旁通气体的流量大小。

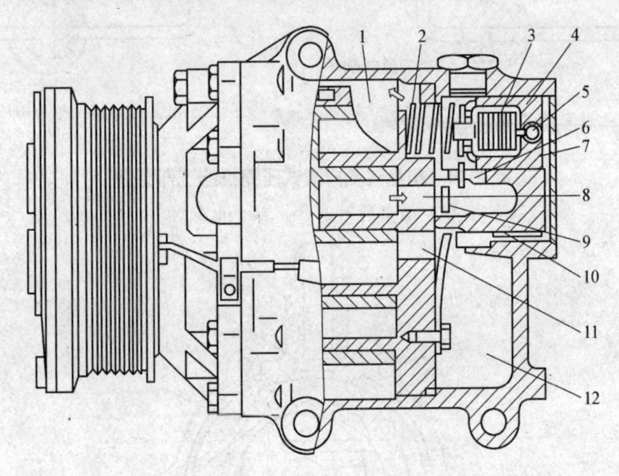

图 2-18　涡旋式变排量式压缩机结构图

1—吸气腔；2—弹簧；3—波纹管；4—滑块；5—球阀；
6—旁通流量调节孔；7—控制阀；8—旁通孔；
9—舌簧阀；10—小孔；11—排气孔；12—排气腔

当发动机转速低，吸气压力下降，且低于设定值时，控制阀中的波纹管伸长，球阀打开，排出的气体通过球阀进入滑块的另一端，于是滑块在弹簧力的作用下右移，旁通流量调节孔打开，此时，被压缩的一部分气态制冷剂将直接通过旁通孔回到吸气腔，压缩机的排量相应减小；当发动机转速高，吸气压力上升，且高于设定值时，控制阀中的波纹管缩短，球阀关闭，滑块在排气压力的作用下左移，将旁通流量调节孔关闭，此时，被压缩的气态制冷剂无法旁通，故排量很大。

6）压缩机的电磁离合器。压缩机的电磁离合器是发动机和压缩机之间的一个动力传递机构，受空调开关、温度控制器、空调放大器、压力开关等的控制，在需要时接通或切断发动机和压缩机之间的动力传递。当压缩机过载时，电磁离合器还能起到一定的保护作用。

电磁离合器主要部件有压板、空转轮（离合器轮毂和带轮）、轴承、电磁线圈等，如图 2-19 所示。

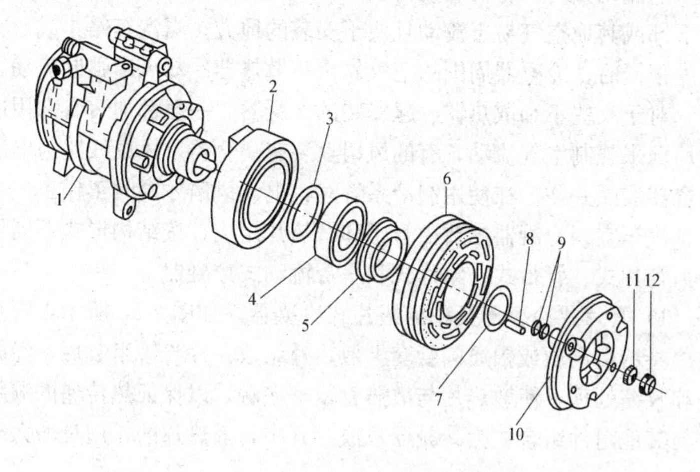

图 2-19 压缩机电磁离合器结构图

1—压缩机；2—离合器电磁线圈；3—电磁线圈卡环；4—带轮轴承；5—防尘罩；6—离合器带轮；7—带轮卡环；8—毂键；9—垫片；10—离合器轮毂；11—锁紧垫圈；12—螺母

电磁离合器通常安装在压缩机的前端，电磁离合器的磁吸盘和驱动盘之间用三片弹簧片铆接，同时驱动可通过花键与压缩机主轴相连。线圈壳体和电磁线圈固定在带轮的凹槽内。

当电磁线圈通电时，磁吸盘在电磁力的作用下紧紧吸合在带轮上，与此同时，磁吸盘带动驱动盘右移，从而通过花键和压缩机主轴相连，压缩机开始工作。当电磁线圈断电时，磁吸盘在弹簧片的作用下带动驱动盘一起左移，驱动盘和压缩机主轴之间脱开，压缩机停止工作。

2. 冷凝器

冷凝器又称散热器，是使气态制冷剂完成流化过程的热交换器。从压缩机排出的高温、高压气态制冷剂的热量由冷凝吸收并散发到车外，并通过风扇和汽车迎面来风对其进行强制冷却，使气态制冷剂变为高温、高压的液态制冷剂。

(1) 冷凝器的结构。冷凝器通常和散热器一起安装在汽车迎面来风的流动方向。有的冷凝器受结构尺寸的限制，只能设置在发动机下部或其他空气易于流动且便于安装的地方。当汽车停止或行驶速度很慢时，冷凝器周围的空气靠汽车散热器冷却风扇强制流动。

对于某些不和散热器一起安装的冷凝器，一般都加装有专用电动风扇来强制空气流动，有的风扇上装有离合器，风扇线路与电磁离合器线圈并联，在使用制冷系统时，电动风扇才同时工作。

汽车空调冷凝器主要由管子和散热片组成，按结构形式不同可分为管片式、管带式、鳍片式和平行流动式冷凝器。

1) 管片式冷凝器又称为翅片式冷凝器。如图 2-20 所示，管片式冷凝器由铜质或铝质圆管套上散热片组成。片与管组装后，经膨胀和收缩处理，使散热片与散热管紧密接触，以保证热传递的顺畅并与其他附件组合成为冷凝器总成。其中，散热片的作用是增大冷

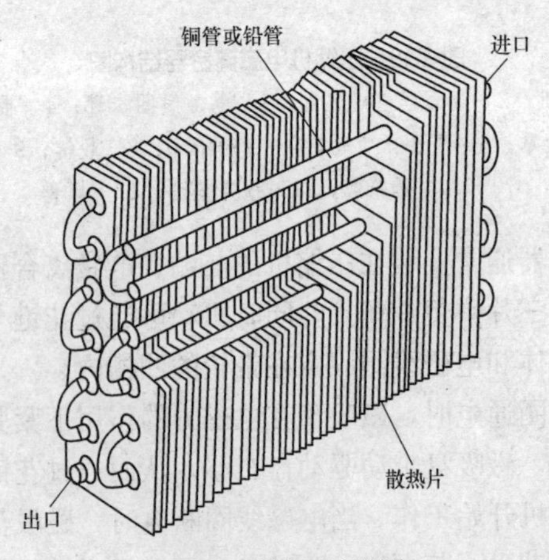

图 2-20 管片式冷凝器

凝器的散热面积，同时还起到支承铜管或铝管的作用。当高温、高压的制冷剂进入冷凝器，并沿着铜管或铝管向下流动时，热量便通过散热片传给周围的空气，其中的制冷剂逐渐降温并变成液态。

目前，这种冷凝器仍在大、中型汽车上广泛使用。

2）管带式冷凝器。如图 2-21 所示，管带式冷凝器是由多孔扁管与 S 形散热片焊接而成。一般用在小型汽车的制冷装置上。

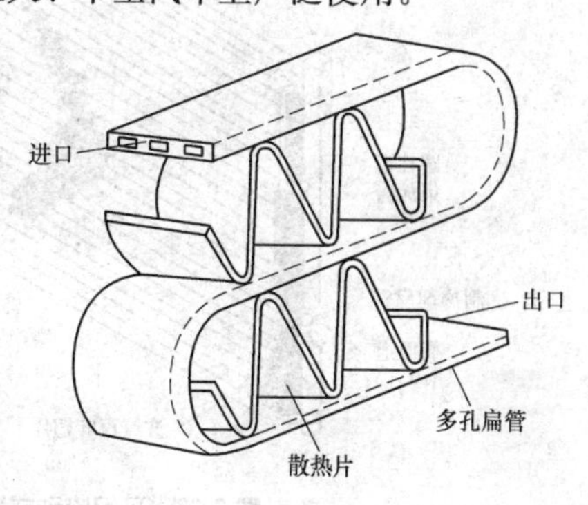

图 2-21　管带式冷凝器

3）鳍片式冷凝器。如图 2-22 所示，鳍片式冷凝器是在扁平的多通道散热管表面直接铣削出鳍片状散热片，再装配成冷凝器，由于鳍片和管为一个整体，不存在接触热阻，故散热性能在管带式的基础上提高 5%，这种冷凝器是最先进的汽车空调冷凝器。

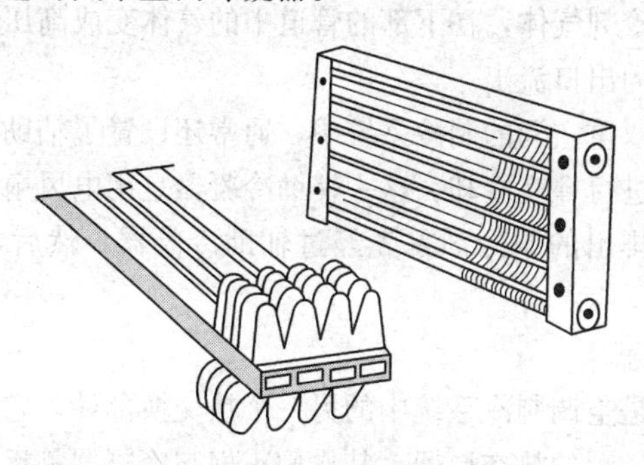
图 2-22　鳍片式冷凝器

4）平行流动式冷凝器。平行流动式冷凝器也是一种管带式结构，而它是在两条集流管间有多条扁管相连，如图 2-23 所示。制冷剂在同一时间经多条扁管流通而进行热交换。它是为适应 R134a 制冷剂而研制的新结构冷凝器。

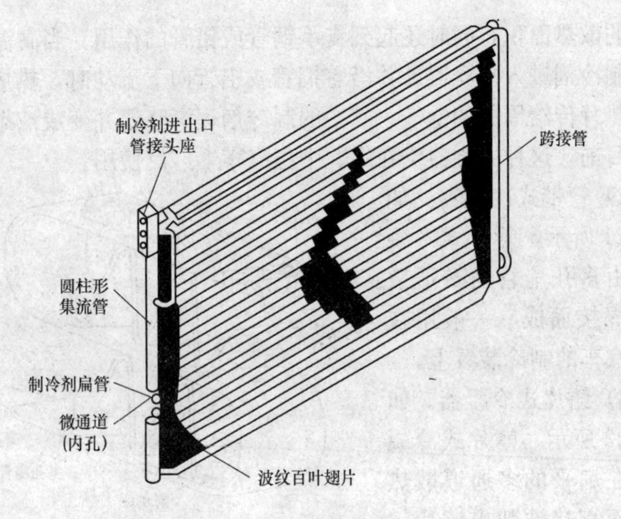

图 2-23　平行流动式冷凝器

(2) 工作原理。当空调制冷系统工作时，从压缩机送来的高温、高压制冷剂蒸气在高压下由上部的进口进入冷凝器，一边通过冷凝器一边被空气冷却，在平均热负荷下，冷凝器上部的管道中一般是热的制冷剂气体，在下部的管道中的气体变成高压液体，并从冷凝器下方的出口流出。

在采用双重空调的制冷系统中，通常还设置了辅助冷凝器，用来对制冷剂进行补充冷却。这一辅助冷凝器是用电风扇来进行散热的。压缩机排出的制冷剂首先经过辅助冷凝器，然后才流向主冷凝器。

3. 蒸发器

蒸发器是空调制冷系统中的另一个热交换部件，它是液态制冷剂完成汽化过程的热交换器。其作用正好与冷凝器相反，内部流动的是液态制冷剂。蒸发器是利用制冷剂的蒸发吸热作用，吸收车内空气中的热量，使车内空气温度降低。同时，液态制冷剂进入蒸发器后，制冷剂在蒸发器盘管内沸腾汽化由液态蒸发成气态；而冷凝器则是散发制冷剂蒸气的热量，使制冷剂由高温的气态凝结成中温的液态。

(1) 蒸发器的结构。蒸发器的构造与冷凝器相似，由安装在一系列薄的冷却吸热片之中的制冷剂盘管组成，蒸发器包括有管子(盘管)、吸热片、端板、弯头，它们全部组装在蒸发器机壳内，只留进出口管，蒸发器机壳装有风机，使空气强制通过盘管和吸热片。

目前，汽车空调系统中采用的蒸发器主要有管片式、管带式、层叠式三种。

1）管片式蒸发器。管片式蒸发器的结构如图 2-24 所示，它由铜质或铝质圆管套上铝片组成。经胀管工艺使铝片与圆管紧密接触。

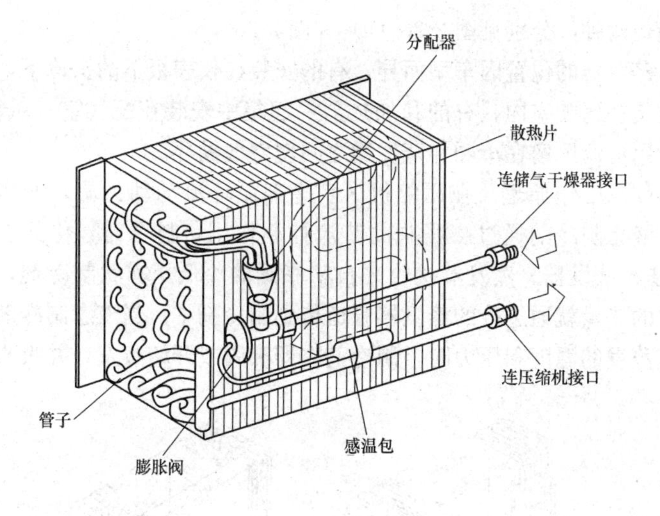

图 2-24　管片式蒸发器

2）管带式蒸发器。管带式蒸发器的结构如图 2-25 所示，管带式蒸发器由多孔扁管与蛇形散热铝带焊接而成，需采用双面复合铝材及多孔扁管材料。

3）层叠式蒸发器又称板翅式蒸发器，该蒸发器的制冷剂通道是由两片冲压成型的铝板叠在一起形成的，波浪形散热铝带夹在每两片铝板之间，结构如图 2-26 所示。层叠式蒸发器大多安装在采用 R134a 制冷剂的空调系统中。这种蒸发器又分为双储液式和单

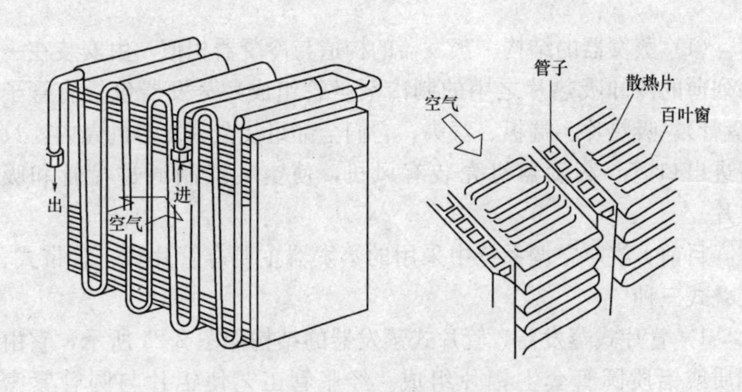

图 2-25 管带式蒸发器

储液式两种，分别见图 2-26（a）和图 2-26（b）。

蒸发器的位置因车型而异，有的安装在仪表板下的头罩下，有的安装在驾驶室内，有的和加热器一起集中安装在配气室（风箱）内，用可调风扇在车厢和蒸发器之间使空气循环。

（2）工作原理。在压缩机（制冷剂循环流动动力源）的作用下，液态制冷剂通过膨胀阀的节流控制作用，制冷剂雾化并进入（低压）蒸发器，蒸发器接收来自膨胀阀的冷低压雾状制冷剂，空气中的热量就通过冷的蒸发器管道传到制冷剂中。当液态制冷剂达到其蒸发的温度和压力时，制冷剂立即沸腾或开始蒸发，并吸收车

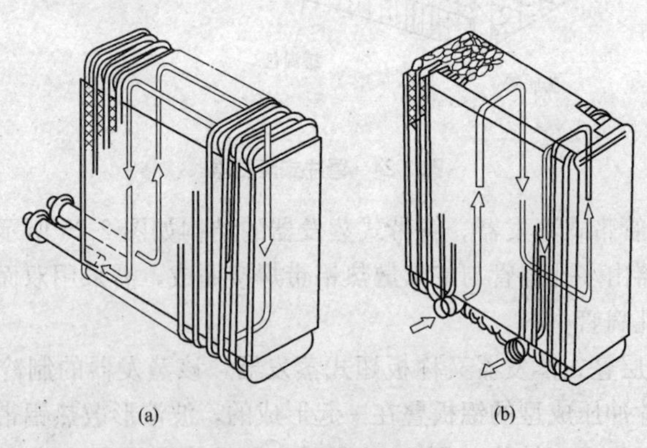

图 2-26 层叠式蒸发器

（a）双储液式；（b）单储液式

内传来的大量热量。制冷剂在蒸发器盘管内沸腾汽化，由液态蒸发成气态的制冷剂温度降低，因而使蒸发器盘管、吸热片温度降低，穿过蒸发器的空气把车室的热量传给蒸发器较冷的表面，因而冷却了车室内的空气，随着车室内热量由空气传给蒸发器，空气中的水蒸气凝结在蒸发器的外面，并成为液态水被排掉，经蒸发器罩把水收集后通过底部排水管把水导出车外。蒸发器外的空气流通示意图如图 2-27 所示。

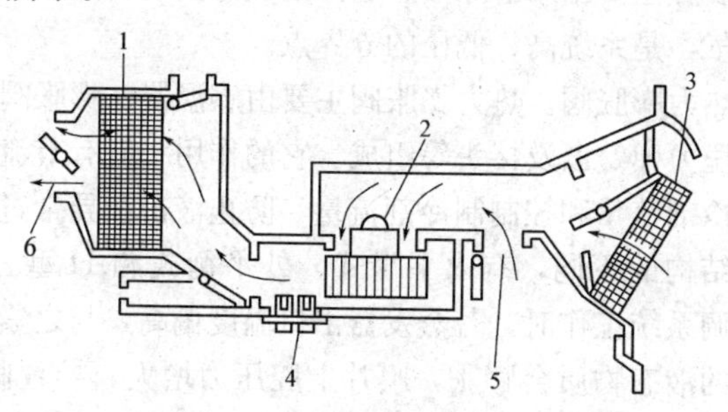

图 2-27　蒸发器外的空气流通示意图

1—蒸发器；2—鼓风电动机和风扇；3—加热器芯；4—鼓风机调速电阻；5—循环（热）空气入口；6—循环（冷）空气出口

为提高空调制冷装置热交换效率，通常在蒸发器的前面安装一个电动风扇，以强制车内的热空气吹向蒸发器管道。

注意：①蒸发器表面温度相对较低，空气中所含的水分由于冷却而凝结在蒸发器表面，若蒸发器表面温度过低，则会出现“结霜”现象，进而影响其通风效果。因此，需要特别关注“结霜”问题。②蒸发器出口的制冷剂蒸气温度要比蒸发器进口的液态制冷剂温度高 2～5℃，这个温度确保蒸发器出口处的制冷剂没有液态而全部为气态，液态制冷剂如果进入压缩机，会造成压缩机制冷剂压力过高，使压缩机造成缸裂等严重事故。

4. 节流装置

空调节流装置的作用就是降低从冷凝器出来的液态制冷剂的压力，使制冷剂进入蒸发器后容易吸热蒸发，从而降低车内的温度。它安装在冷凝器出口与蒸发器进口之间。

汽车制冷系统的节流装置主要有膨胀节流阀（也称恒温膨胀阀，或膨胀阀）和孔管（也称膨胀节流管，或 CCOT 阀）两种形式。采用的节流膨胀装置主要有热力膨胀阀，电子膨胀阀和节流孔管等。

热力膨胀阀和电子膨胀阀用于低、中级轿车较多，孔管节流阀主要用于中、高级轿车。

节流装置主要用来解除液态制冷的压力，使制冷剂能在蒸发器中变成蒸气，是系统高、低压的分界点。

（1）热力膨胀阀。热力膨胀阀主要由感温器、膨胀阀隔膜、球形阀体、压力弹簧以及接头等组成。它的作用一般有节流降压，自动调节制冷剂流量和控制制冷剂流量，防止液击和异常过热等。

根据结构的不同，有内平衡式、外平衡式和 H 型三种类型。当汽车空调系统工作时，若蒸发器出口温度偏高，与之紧密接触的感温包内的液态物质会膨胀，膜片上腔压力增大，导致阀杆下移，球阀开度增大，进入蒸发器内的制冷剂流量增加，制冷量随之增大。反之，若蒸发器出口温度偏低，则膜片上腔压力减小，球阀的开度在弹簧的作用下减小，以限制进入蒸发器的制冷剂流量。

1）内平衡式热力膨胀阀。内平衡式热力膨胀阀的结构如图 2-28（a）所示。该膨胀阀内设有一内平衡管，将膜片的下腔和蒸发器入口直接相通。膜片的受力情况将决定膜片所处的位置，进而决定阀的开度。

2）外平衡式热力膨胀阀。外平衡式热力膨胀阀的结构如图 2-28（b)所示。它的膜片下方经外平衡管和蒸发器的出口相通，故其压力和感温包在蒸发器出口感受到的压力相匹配，两者不存在压力误差。内平衡式和外平衡式热力膨胀阀的区别：内平衡式热力膨胀阀是从蒸发器进口处导入平衡压力的，而外平衡式则是从蒸发器出口处导入平衡压力的。制冷剂在蒸发器中流动时产生压力损失不大的，一般采用内平衡式热力膨胀阀。如果制冷剂在蒸发过程中流动损失大，造成压降大，则应采用外平衡式。一般经验，如果蒸发器进、出口压力差超过 14kPa 时，就应该选用外平衡式热力膨胀阀。

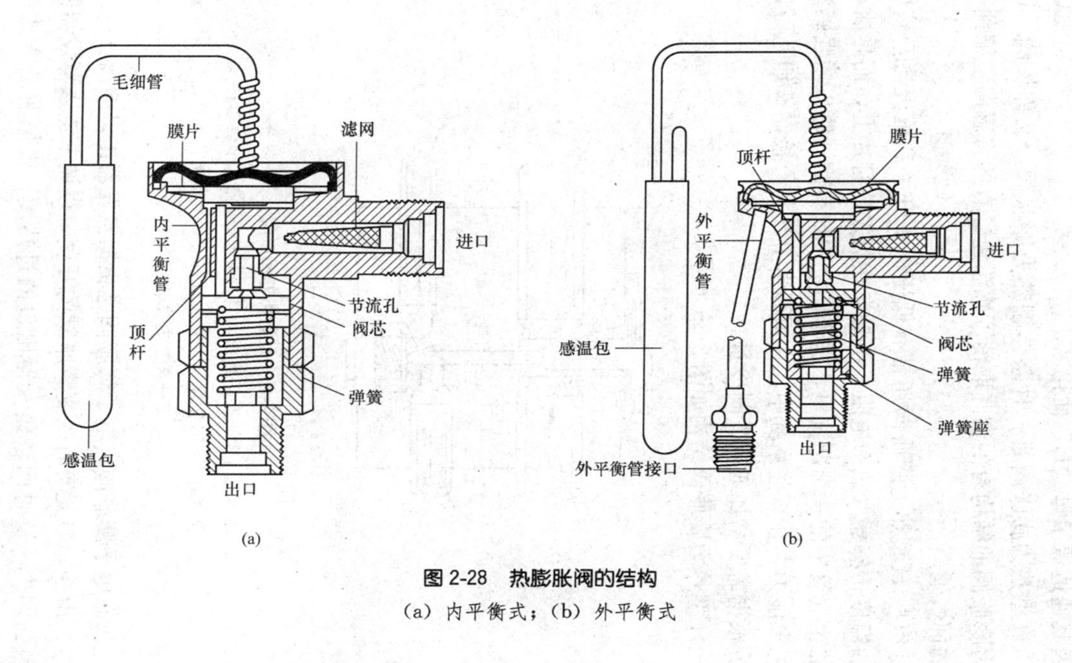

图 2-28 热膨胀阀的结构

（a）内平衡式；（b）外平衡式

3）H 型热力膨胀阀。内平衡式和外平衡式热力膨胀阀因其形状像英文字母“F”而简称为 F 型热力膨胀阀，而 H 型热力膨胀阀则因其通道像字母“H”而得名。

H 型热力膨胀阀是一种整体型热力膨胀阀，又称块阀。H 型热力膨胀阀的结构有的彻底取消了感温包，有的将感温包缩到阀体内的回气通路。

有些 H 型热力膨胀阀还带有低压保护开关和恒温器，该恒温器的温度传感器（热敏电阻）不是夹在蒸发器管片上，而是插入蒸发器出气管中的一个凹坑里，这个凹坑中放有润滑脂以增强感温管的感温能力。在有些系统中，在恒温器上还加有控制按钮，可让驾驶员根据需要增加或减少制冷量。

H 型热力膨胀阀结构如图 2-29 所示。

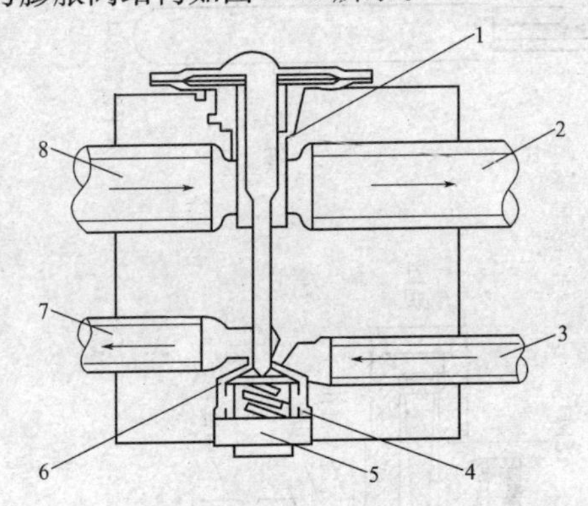

图 2-29　H 型热力膨胀阀

1—感温器；2—至压缩机入口；3—来自储液干燥器；4—弹簧；5—调整螺栓；6—球阀；7—至蒸发器入口；8—来自蒸发器出口

（2）电子膨胀阀。电子膨胀阀是根据蒸发器出口的温度或压力信号，由控制单元实时改变膨胀阀的开度，以调节进入蒸发器制冷流量的多少，及时调整蒸发器出口的过热度。根据驱动方式的不同，可分为电磁式膨胀阀和电动式膨胀阀。

1）电磁式膨胀阀。电磁式膨胀阀的部件主要有：磁性柱塞、

阀杆和针阀。常态下电磁线圈断电，针阀全开，制冷剂流量最大。当电磁线圈通电时，磁性柱塞在电磁线圈的电磁力作用下克服弹簧的作用而上移，针阀开度减小，从而调节制冷剂流量的多少。针阀的具体位置取决于施加在电磁线圈上的电压或电流的大小。

2）电动式膨胀阀。电动式膨胀阀由电动机驱动，根据工作方式的不同又可分为直动型膨胀阀和减速型膨胀阀两种。

a）直动型膨胀阀。直动型膨胀阀就是电动机直接带动针阀作直线运动。针阀的具体位置取决于电动机转子转过的角度，而后者又取决于作用在其上的脉冲数的多少。

b）减速型膨胀阀。减速型膨胀阀的工作原理和直动型膨胀阀基本相同，只是在电动机转子和针阀的传递路线中，增加了一个减速齿轮来减速增矩，从而使得在较小的电磁力作用下可以获得足够大的输出力矩。

(3) 孔管节流阀。孔管节流阀又称节流阀、膨胀阀（英文缩写为 CCOT）。它是一种固定孔口的节流装置，其两端都有过滤网，以防堵塞。孔管节流阀直接安装在冷凝器出口和蒸发器进口之间。靠蒸发器进口管上同一截面处的三处压痕固定。孔管节流阀的结构如图2-30所示，它是一根细铜管，装在一根塑料套内，塑料套管外环形槽内装有密封圈，密封圈起到密封塑料套管外径与蒸发器进口内径间配合间隙的作用。

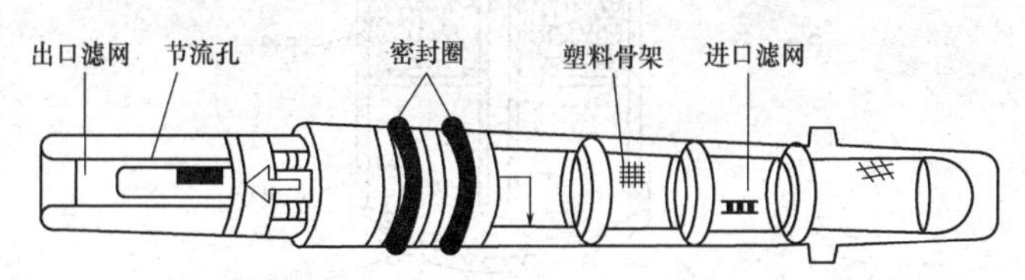

图 2-30 孔管节流阀

为了确保进入压缩机都是气态的制冷剂，在蒸发器出口和压缩机入口之间需要加装一个气液分离器（又称积累器），实现液、气分离，以防止液态制冷剂冲击压缩机。如果系统有污染物时，会聚集在密封圈后面，造成堵塞，严重时还会堵塞孔管节流阀及滤网，

维护时只能清理滤网。当孔管节流阀出现积垢或滤网破裂，不能清理或修复，只能更换。

5. 其他辅助部件

汽车空调系统除了压缩机、冷凝器、蒸发器和节流装置外，还需要一些辅助部件来保证空调系统的正常运行，如膨胀阀系统所必需的储液干燥器、孔管系统所需要的积累器等。

(1) 储液干燥器。储液干燥器又称输入干燥器，一般安装在冷凝器和热力膨胀阀之间，其结构如图 2-31 所示，主要由储液罐、视液空、干燥剂、滤网、易熔塞和管接头等组成。

在储液干燥器的顶部有盖子，盖子上有进出口和可熔塞。储液

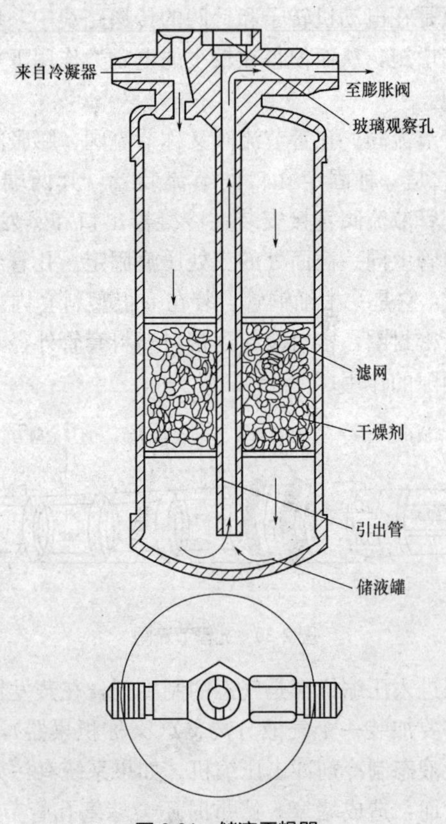

图 2-31 储液干燥器

干燥器上方和上方邻近的地方装有一个玻璃观察口，用来判断系统内制冷剂量是否充足、干燥剂和滤网是否失效以及系统是否出现泄漏故障。

储液干燥器的作用是储液、过滤和干燥。

1）储液罐作用。用来储存和供应制冷系统内的液体制冷剂，以便工况变动时能补偿和调节液体制冷剂的盈亏。

2）滤网作用。通过过滤来清除掉这些机械杂物和污物，保证制冷剂顺利流通，不致因堵塞而影响正常工作。

3）干燥剂作用。用来吸收制冷剂中的水分。水分来源于制冷剂干燥不严格，或有空气进入，或冷冻油中溶解的水分。水分的存在有可能造成“冰堵”。

当储液干燥器工作时，由冷凝器流来的液态制冷剂进入储液罐，经滤网过滤、干燥剂除湿后，再经引出管流出到膨胀阀。

易熔塞又称安全塞，它是空调制冷系统中的过热保护装置。当冷凝器散热量减少或零部件工作不正常而使制冷系统温度过高、输入到储液干燥器的温度和压力异常、温度达到102～110℃、压力达2940kPa时，易熔塞中的焊锡自动熔化，可使高压制冷剂直接排出，从而防止了制冷装置其他零部件被损坏，达到过温保护的目的。

近年主张用泄压阀替代易熔塞，其目的是保护环境。

(2) 气液分离器。气液分离器或集液器/吸气储液器又称积累器，它装在蒸发器出口和压缩机进口之间，目的是为了避免制冷剂液体流入压缩机而发生“液击”现象，除此以外，气液分离器同样具备过滤和干燥的作用。气液分离器的结构如图2-32所示。

干燥剂不能单独更换，若干燥剂失效，需更换积累器整体。此外，积累器内来还有滤网，此滤网可防止落入系统内的碎屑进入压缩机循环。另外，在引出管上开有一小孔，以便少量的压缩机润滑油能随着气态制冷剂流回压缩机内，保证压缩机正常工作时的润滑需要。

积累器与储液干燥器的相同点和不同点如下。

积累器与储液干燥器相同的一点是，都能吸收因不恰当检修过

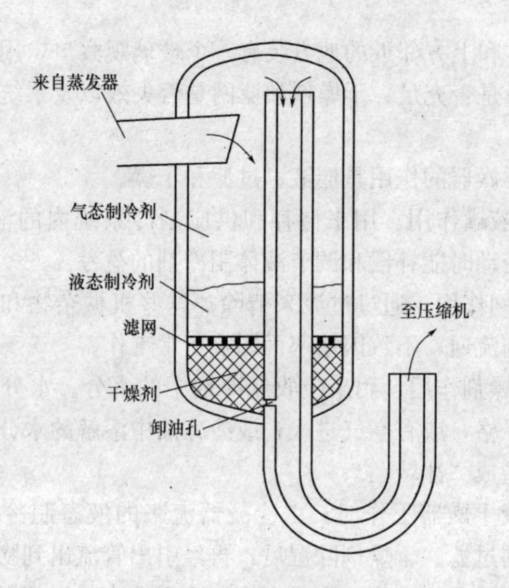

图 2-32　气液分离器结构图

程而进入系统的水分，过滤杂质。不同之处是，积累器的空调系统因为孔管不能调节流量，它具有防止液态制冷剂进入空调系统“液击”压缩机的作用，其安装在蒸发器出口与压缩机制冷剂进口之间；而储液干燥器安装在冷凝器与膨胀管路之间。

（3）油分离器。油分离器的作用就是将混杂在气态制冷剂中的压缩机润滑油分离出来，并送回压缩机内，以保证压缩机的正常工作，减少冷凝器和蒸发器传热效率的降低比率。油分离器多用在压缩机所需润滑油量较多，且润滑油在其中除了起基本的润滑作用外，还起密封和冷却作用的大、中型汽车空调系统中。

油分离器结构如图 2-33 所示，主要由滤网、回油阀、浮球阀组和管接头等组成。从压缩机出来的高温、高压气态制冷剂，进入油分离器内，其中混杂的密度较大的润滑油蒸汽甚至油滴会迅速沉至底部。当润滑油积累到一定量时浮球浮起，将回油阀打开，其中积累的润滑油便得以回到压缩机内再度使用。

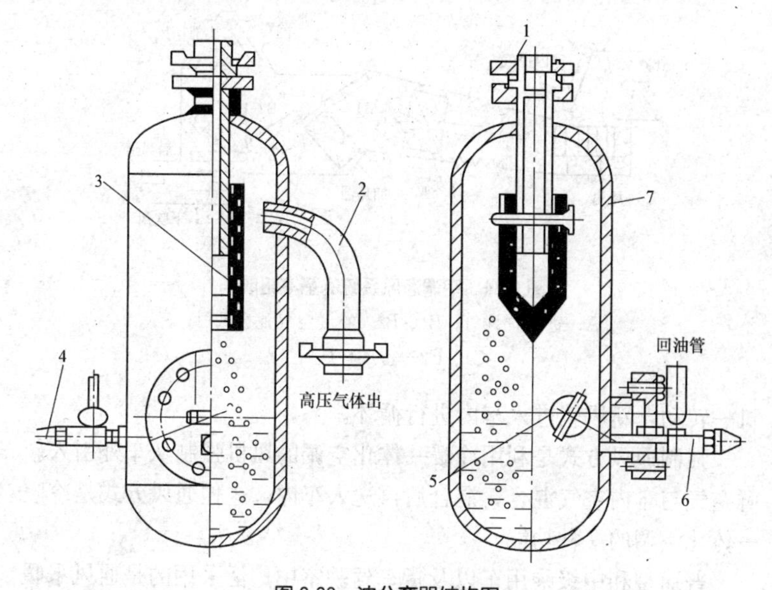

图 2-33 油分离器结构图

1—进口；2—出口；3—滤网；4—手动回油阀；
5—浮球阀组；6—回油阀；7—筒体

第二节 汽车空调通风与采暖系统

一、空调通风系统

1. 空调通风系统

(1) 通风系统基本组成。通风系统功用是尽量提高汽车内空气的含氧量，并降低 CO_2、灰尘、烟气等有害气体的浓度，为车内驾乘人员提供健康和舒适的环境。

不同车型的空调通风系统的结构形式也不相同，但其基本组成相同，主要由鼓风机风扇、进出口风门、空气混合门及通风管路等组成，如图 2-34 所示。

车外新风进入车内以后的流动情况如图 2-34 所示，自然通风方式里，车外空气从头罩进气口进入后，就在车内循环，然后从车身后的流入行李箱，通过排气栅格排入大气。汽车一旦行驶或者风

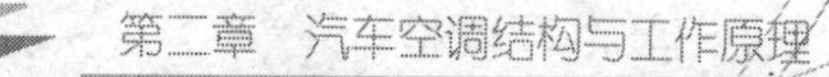

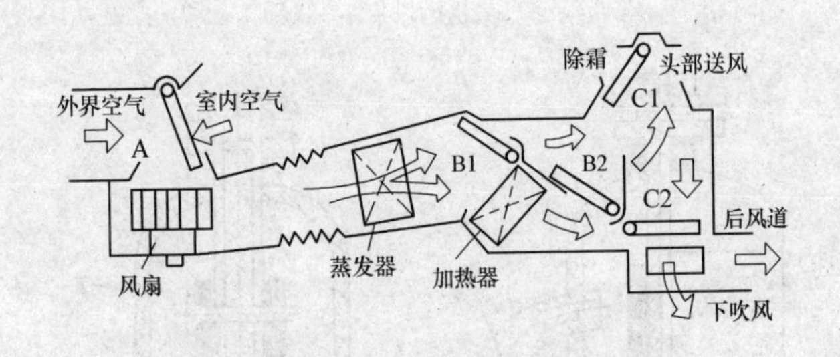

图 2-34 空调通风系统的基本组成

A—进风口风门；B1、B2—冷暖空气混合风门；
C1、C2—出风口风门

机一转动，新风就进入车内进行循环。

强制通风方式是利用冷暖一体化空调的风机强制从车外引入新鲜空气与车内空气混合，混合后再送入车内，这种通风方式是冷暖一体化空调的一种功能。

普通型和中级乘用车以及货车驾驶室中广泛采用的是通风采暖联合装置。车外新鲜空气经进风口被风机压入车内以进行强制通风。在寒冷季节，则可将发动机中的高温冷却水直接导入采暖装置的散热器对空气加热，再将加热后的空气引至风窗进行除霜并同时引至室内供暖。较温暖的室内空气可经由进口导入该装置重新加热，形成内循环。

(2) 客车空调通风系统。客车空调通风也分为自然风和强制通风两种方式，且客车空调通风通常是这两种方式的结合。

自然通风方式也是利用客车行驶时车身外表面的空气压力分布来进行通风。

客车自然通风及冷暖风循环布置方式如图 2-35 所示。外气从后侧面的正压区进入车厢，从前门负压区流出，暖气从足部吹入车厢，冷气从顶部吹入车厢，形成头凉脚暖的合理布局，前车窗下面出来的是除霜用的暖气。

强制通风方式是利用风机强制引入室外新鲜空气，其进风口一般设置在车顶位置，以免灰尘污染，排风口可设在车体尾部，排出车内污浊空气。

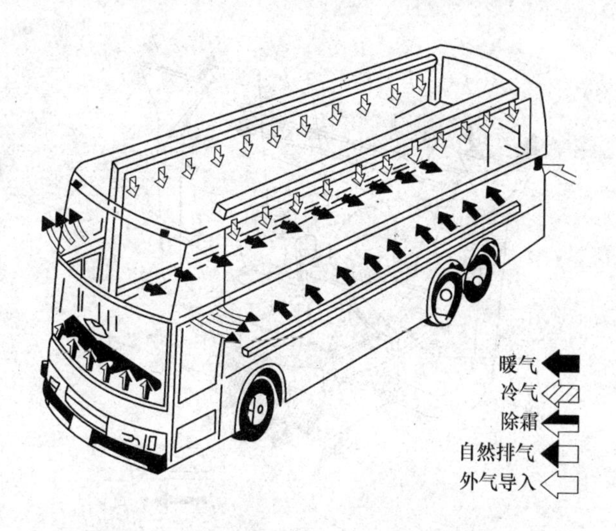

图 2-35　客车自然通风及冷暖风循环布置方式

在通风中需引起注意的是风窗除霜用的暖空气必须是干燥空气，若是湿空气，则因为含有人体呼吸带入的水分，相对湿度将比车外高，吹到冰冷的玻璃上，将凝结形成水雾，影响驾驶者视线。所以一般冬季取暖的通风大多采用外循环，即从外界引入较干燥的新风。

典型的强制通风及采暖联合装置如图 2-36 所示。

(3) 空调通风系统操纵机构。空调通风道中鼓风机风扇的转速控制通风的风量，各个风门用来控制进气方式、温度和逆风方式。鼓风机风扇及各风门的操控有手动控制和自动控制两类。

1）手动式空调通风系统。图 2-37 所示是手动式空调通风系统的控制开关及控制盒。手动控制式空调通风系统通过机械装置控制各风门，手动式空调通风的风量、进气方式、出风温度及送风的方式（各风门的位置）均由驾驶员直接通过操纵驾驶室内空调控制面板上相应控制开关来调节。

2）自动式空调通风系统。自动式空调通风系统用电动或气动方式驱动各个风门，现代汽车自动控制式空调通风系统大都采用电动式，典型的自动式空调通风控制系统组成如图 2-38 所示。空调

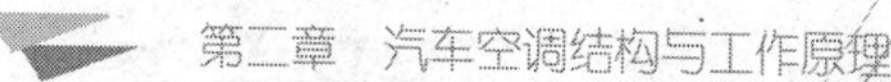

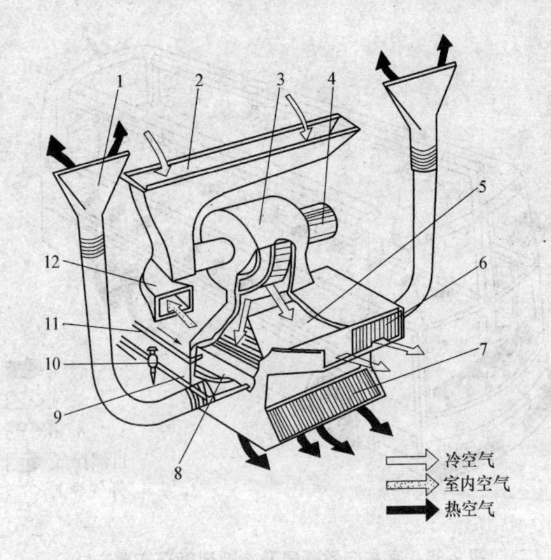

图 2-36　典型的强制通风及采暖联合装置

1—除霜喷嘴；2—冷空气进口；3—风机；4—电动机；5—冷热变换风门；6—冷空气出口；7—热空气出口；8—散热器；9—出水管；10—放水龙头；11—进水管；12—内循环空气进口

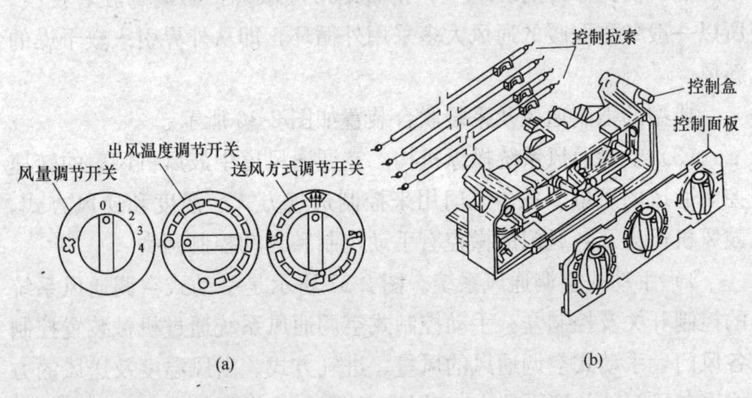

图 2-37　手动式空调通风系统操纵机构

(a) 通风控制开关；(b) 通风控制开关内部结构

系统 ECU 根据驾驶员设定的空调工作状态及相关传感器电信号来判断风量、出风温度及送风方式是否需要调整。当需要调整时，

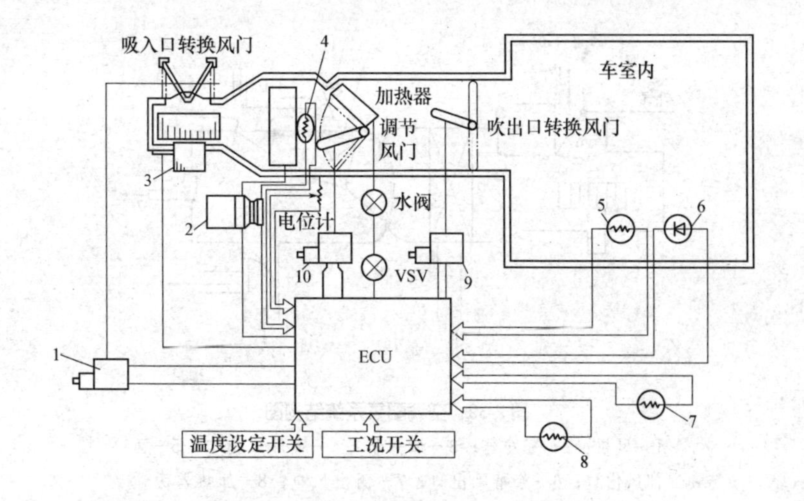

图 2-38 自动式空调通风系统控制系统的组成

1—进风口风门伺服电动机；2—压缩机；3—鼓风机电动机；
4—蒸发器温度传感器；5—车内温度传感器；6—阳光传感器；
7—车外温度传感器；8—冷却液温度传感器；9—出风口风
门伺服电动机；10—冷暖空气混合门伺服电动机

ECU立即输出控制信号，通过各执行器来调节风扇的转速及各风门的位置。

2. 空调配气系统

汽车空调配气系统可根据要求，将冷、热风按照配置送到驾驶室内满足调节需要。

(1) 配气系统的结构。汽车空调配气系统的基本结构如图 2-39 所示，通常由空气进入段、空气混合段和空气分配段三部分构成。

1) 空气进入段。用来控制室内循环空气和室外新鲜空气进入，主要由风门叶片和伺服组成。

2) 空气混合段。用来调节所需温度的空气。主要由蒸发器、加热器和调温门组成。

3) 空气分配段。使空气吹向面部、脚部和风窗玻璃上，主要包括中风门、下风门、除霜门和上、中、下风口。

手动空调是通过手动控制钢索，半自动空调是通过气动真空装

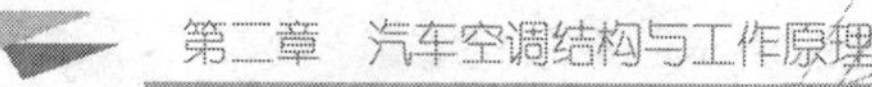

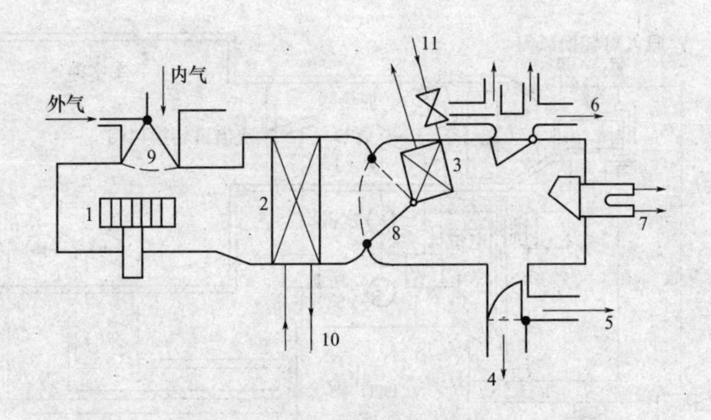

图 2-39　空调配气系统结构图

1—风机；2—蒸发器；3—加热器；4—脚部风出口；5—面部风出口；6—除霜风出口；7—侧出风口；8—加热器旁通门；9—空气进口风门；10—制冷剂进出管；11—调节水阀

置，全自动空调是通过电控气动装置与仪表板空调控制键连接动作执行配气工作的。

(2) 工作过程。空气进口段的风门叶片主要控制新鲜空气和室内循环空气的比例。在夏季室外温度较高、冬季室外温度较低的情况下，尽量开小风门叶片，使压缩机运行时间减少。当汽车长时间运行，车内空气品质下降，这时应定期开大风门叶片。一般汽车空调空气进口段风叶片的开启比例为15%～30%。

空调调温门主要用于调节通过加热器的空气量。顺时针旋转风门叶片，开大调温门，通过加热器的空气量少，发生降温除湿的变化，吹出冷风；反之，逆时针旋转风门叶片，关小调温门，这时吹出热风供采暖和玻璃除霜用。

分配段的除霜门、中风门、下风门，可调节空调风吹向风窗玻璃，及乘员的中上部或脚部。另外，它们还可以控制空调器内风机转速，调节空调风的流量，改变人体感觉的温度。

(3) 空调配气方式。汽车空调配气方式主要有空气混合式，全热式，加热与冷却并联混合式和半空调配气等。现分别介绍如下。

1) 空气混合式配气系统。空气混合式配气流程，如图 2-40 (a) 所示。其工作过程为：车外空气与车内空气→进入风机→混合空气进入蒸发器冷却→由风门调节进入加热器加热进入各吹风口。进入蒸发器后再进入加热器的空气量可用风门进行调节。若进入加热器的风量少，也就是冷风量相对较多，这时冷风由冷气出口吹出；反之，则吹出的热风较多，热风由除霜风出口或脚部热风出口吹出。

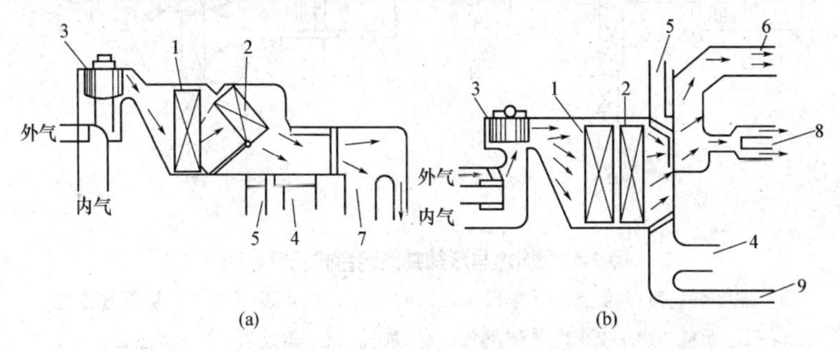

图 2-40 汽车空调配气流程

(a) 空气混合式；(b) 全热式

1—蒸发器；2—加热器；3—风机；4—热风出口；5—除霜风出口；6—中心吹出口；7—冷气出口；8—侧出口；9—尾部出口

2）全热式配气系统。全热式配气流程图，如图 2-40（b）所示。其工作过程为：车外空气与车内空气→进入风机→混合空气进入蒸发器冷却→出来后的空气全部进入加热器→加热后的空气由各风门调节风量分别进入各吹风口。

全热式与空气混合式的区别是：由蒸发器出来的冷空气全部直接进入加热器再加热，两者之间不设风门进行冷热空气的风量调节。

3）加热与冷却并联混合式配气系统。加热与冷却并联混合式配气流程如图 2-41 所示。当配气系统工作时，混合风门可以在最上方与最下方区域之间的任何位置开启或停留，如图 2-41（a）所示。当空气由风机吹出后，将由调节风门调节进入并联的蒸发器和加热器，蒸发器的冷风从上面吹出，对着人身上部，而热空气对着脚下和除霜处。由于风量和温度多种多样，可以由风门调节空气流量的大小分别进入蒸发器和加热器，以满足不同温度、不同风量的要求。

当混合风门处在最上方时，混合风门将通往蒸发器的通道口关

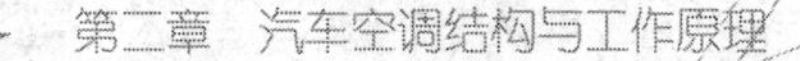

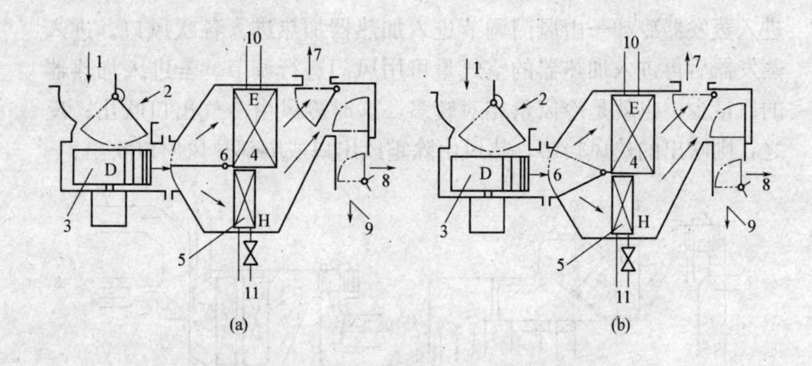

图 2-41　加热与冷却并联混合式配气流程

(a) 混合风门可以在上、下方区域之间的位置；(b) 混合风门在最下方位置
1—新鲜空气；2—内循环空气；3—风机；4—蒸发器；5—加热器；
6—混合风门；7—上部风口；8—除霜风出口；9—脚部风出口；
10—制冷剂进出管；11—热水调节阀

闭，或者当混合风门处在最下方时，混合风门将通往加热器的通道口关闭，如图 2-41（b）所示，这时蒸发器或加热器不用时，单纯暖气或冷气不经混合直接送至各出风口。若两者都不用，送入车内的便是自然风。

4）半空调配气系统。如图 2-42 所示，半空调配气系统工作时新鲜空气和车内循环空气经风门调节后，先经过风机吹进蒸发器进行冷却，然后由混合风门调节，一部分空气进入加热器，冷气出口不再进行调节，由风门来调节其送入车内的空气温度。若蒸发器不工作，将空气全部引到加热器，则送出的是暖风；若加热器不工作，则送出的全部是冷风；若两者都不工作，则送出的是自然风。

3. 空气净化系统

汽车空调的空气净化包括两部分：车内空气的净化和车循环空气的净化。

为了保持车内空气洁净新鲜，除了通过通风换气以外，还须采用净化装置，以除去车内粉尘和有害气体及气味。空气净化装置按净化原理分为静电式、过滤式、对冲粘附式、吸附式、吸收式等。现代汽车常采用的是静电式和过滤式。静电式为静电除尘，可使用

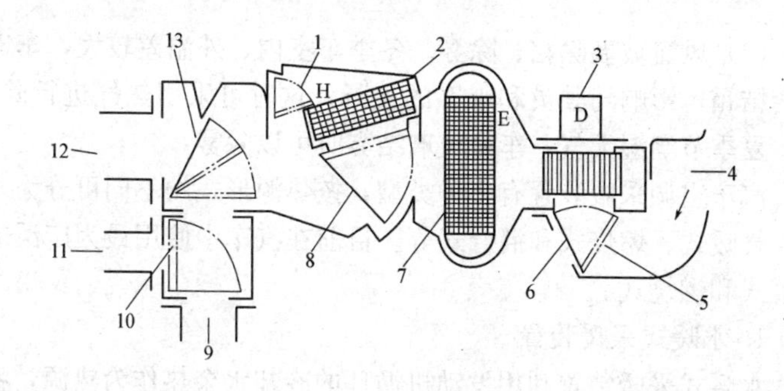

图 2-42 半空调配气系统

1—限流风门；2—加热器；3—风机电动机；4—新鲜空气入口；
5—新鲜/再循环空气风门；6—车内回风入口；7—蒸发器；
8—混合风门；9—至仪表板风口；10—空调除霜风门；
11—至除霜器出口；12—至底板出口；13—加热除霜口

在任何种类的汽车上；而过滤式的空气净化装置体积较大，一般只适用于豪华大客车。

汽车上的空气净化主要有两种方式：一种是采用空气净化器，让车内空气通过静电空气过滤器、负离子发生器、活性炭吸附器、空气滤清器、有害气体催化器等装置达到空气净化的目的；另一种是利用光电传感器测出空气中的污染程度，通过与设定值的比较，自动控制新风门的开启，让烟气及受污染空气排出车外，达到净化车内空气的目的。这两种方式常常同时被采用。

静电除尘是利用高压电极产生高压电场，对空气进行电离，使尘粒带电，然后在电场作用下产生定向运动，沉降在正负电极板上而实现对空气的过滤除尘。

二、空调采暖系统

空调采暖系统的作用主要是为车内提供暖气及风窗除霜并调节空气。

(1) 调节空气。通过冷热风的混合，全年性对车室内的空气进行调节，使车室内的温度适宜，使乘员有舒适的感觉。

(2) 冬季供暖。汽车采暖装置在寒冷的冬天可以给车室内供暖气，满足乘客舒适性的要求。

(3) 风窗玻璃除霜、除雾。冬季车室内、外温差较大，车窗玻璃会结霜，影响驾驶员和乘客的视野，这时可采用热气进行除霜。春、夏季节潮湿天气，车窗玻璃结雾时可以除雾。

汽车空调采暖装置有多种类型，按热源形式的不同可分为水暖式、气暖式、燃烧式和混合式等。目前在汽车中使用最为广泛的是水暖式和燃烧式。

1. 水暖式采暖装置

水暖式采暖装置利用发动机循环的冷却水余热作为热源，将冷却水引入车室内的热交换加热器中，使鼓风机送来的车室内空气或外部空气与热交换器中的冷却水进行热交换，从而使之升温，鼓风机将加热后的空气送入车室内。这种方式仅用于中小型汽车的采暖系统。

(1) 结构与原理。水暖式采暖装置通常由加热器、鼓风机、冷却液控制阀、通风道等组成，如图 2-43 所示。

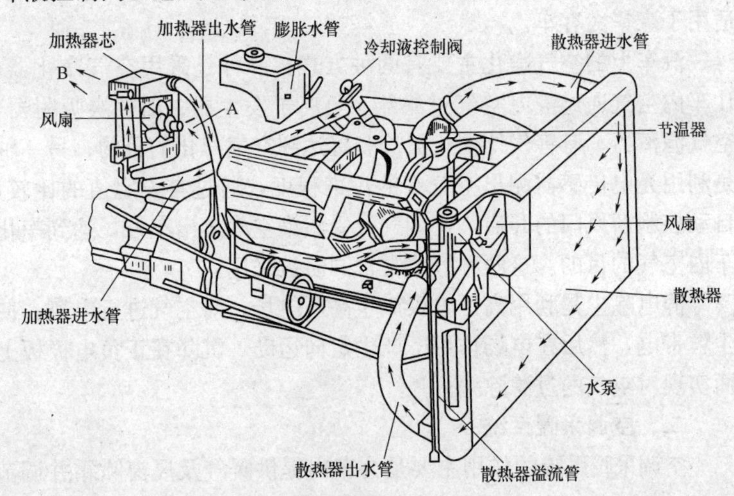

图 2-43 水暖式采暖装置

A—冷空气；B—暖风

当发动机的冷却液温度达 80℃时，节温器开启分流一部分冷却液进入加热器并加热周围的空气，再由鼓风机将加热后的空气吹入车内。由不同的出风口吹向乘客室。在加热器芯中被吸收热量的冷却液离开加热器并被发动机水泵抽回发动机，完成一次循环。暖风还可以通过风窗玻璃下面的出风口，吹到风窗玻璃上，以保持风窗玻璃内侧温度在零℃之上，防止起雾或结霜。

加热器中释放热量后的冷却液由水泵抽回发动机，完成一次供暖循环。在节温器和加热器芯之间装有一个冷却液控制阀用来控制热水的流动。

（2）水暖式加热设备。水暖式加热设备主要有单独暖风机和整体空调器两种。

1）单独暖风机。它主要由加热器、风扇及外壳组成，如图2-44示。壳体上有吹向足部、前部的出风口和吹向风窗玻璃起除霜作用的出风口。

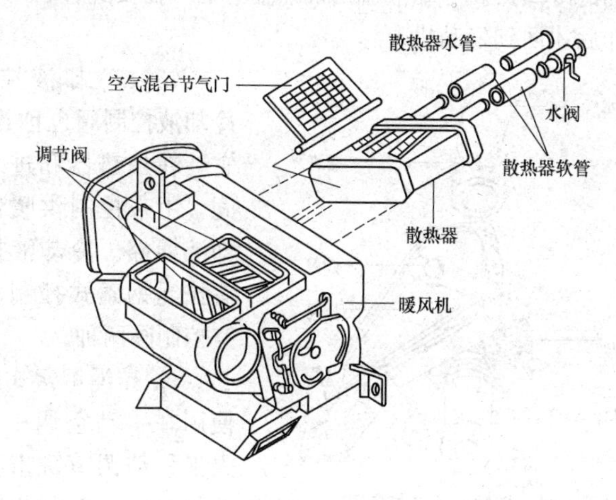

图2-44　单独暖风机分解图

2）整体空调器。它是把加热器和蒸发器装在一个箱体内，共用一台风机，如图2-45所示，但是两者之间用阀门隔开。

加热器分为管片式、管带式两种，其材料有铜质和铝质两种。冷却液自下而上通过加热器，这样空气和蒸汽不会存留在加热管道妨碍液体流动。

如果是装有自动变速器的乘用车，在加热器芯内还附有自动变

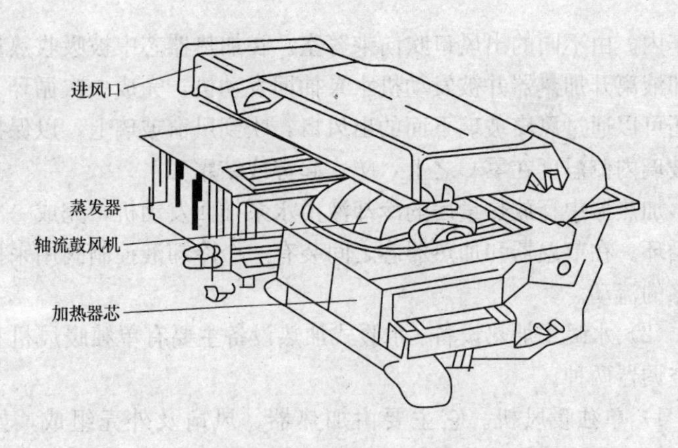

图 2-45　整体空调器分解图

速器供油的冷却器。冷却液流出加热器芯后，需要经过自动变速器油的冷却后才回到发动机。

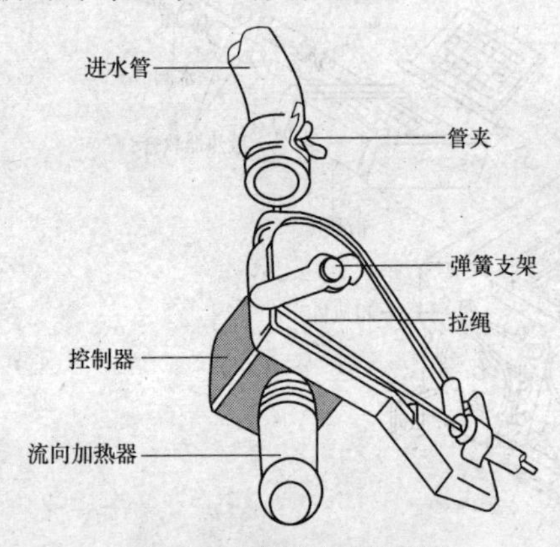

图 2-46　拉绳钢索式控制阀

（3）冷却液控制阀。冷却液控制阀也称热水阀，它装在加热器和进水管之间，用来控制供暖器的冷却液通路。冷却液控制阀有拉绳钢索式控制阀和真空控制阀两种。

1）拉绳钢索式控制阀使用在手动空调中，依靠人工移动调节键来移动开关的钢索，以此关闭或打开控制阀，其结构如图 2-46 所示。

2）真空控制阀结构如图 2-47 所示。它主要由封闭真空膜片盒、活塞和阀体组成，通过膜片两端压力差来克服弹簧力，带动活塞来回移动来关闭或打开控制阀。真空控制阀既可以用在手动空调上，也可用在自动空调上。

2. 气暖式采暖装置

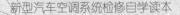

利用发动机排气管中的废气余热或冷却发动机后的热空气作为

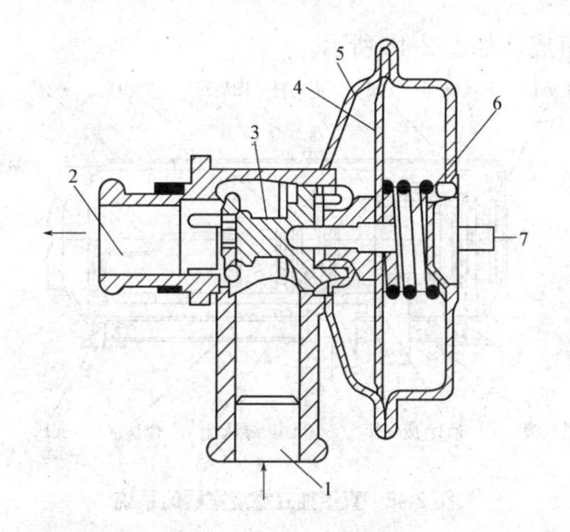

图 2-47 真空控制阀

1—发动机冷却液接口；2—加热器接口；3—活塞；
4—真空膜片；5—大气孔；6—弹簧；7—真空接口

热源，通过热交换器加热空气，把加热后的空气输送到车厢内取暖，称为气暖式采暖装置。这种装置受车速变化的影响大，对热交换器的密封性、可靠性要求高。

3. 燃烧式采暖装置

燃烧式采暖装置是利用汽油、柴油、煤油、天然气等燃料在燃烧器中燃烧发出的热量加热空气或水，并将它们输送到车内提高温度，而燃烧的废气则排放到大气中。

燃烧式采暖装置通常由燃油泵、燃油雾化器、燃烧室、电热塞、风扇、鼓风机、电动机等组成。

燃烧式采暖装置按载热介质不同可分为水暖式和气暖式。燃烧式采暖装置一般在大型豪华旅游车、寒带地区使用的客车和乘用车上使用。

独立燃烧式采暖装置有直接式和间接式之分。

直接式指的是把燃料燃烧产生的热量在换热器中直接传递给空气，然后用风机将热空气送入车室内；而间接式则是先用燃料燃烧的热量把水加热，再利用水与空气热交换给车室提供暖风。

（1）直接式独立燃烧。它由燃烧室、热交换器、供给系统和控

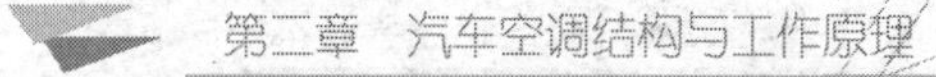

制 4 部分组成，如图 2-48 所示。

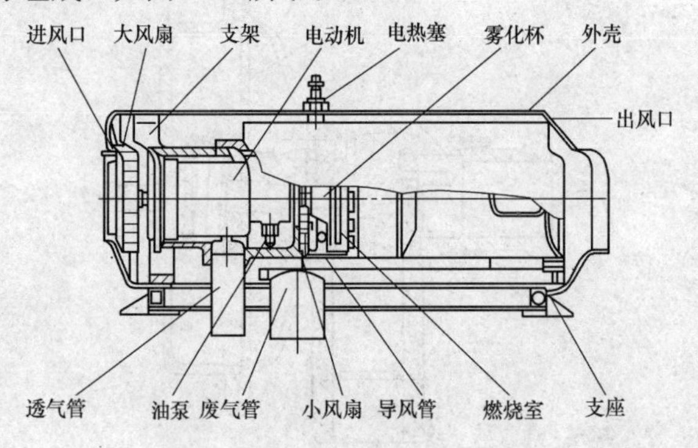

图 2-48 直接独立燃烧室暖风系统

工作原理：当暖气装置中的电动机接通电源后就开始工作，电动机带动燃料油泵、燃料雾化杯、助燃空气风机和被加热空气风机同时工作。燃料油泵从油箱中把燃油吸出，经过过滤器、电磁阀，由燃料管送入雾化杯，在离心力作用下打散雾化，并和助燃空气风机送来的空气混合，形成可燃混合气体。与此同时，电源通过电热塞点燃可燃气体，在燃烧室中燃烧。一旦燃烧开始，电热塞即行断电，其后就由燃烧的火焰来点燃不断输入的可燃混合气体，使之保持稳定正常。燃烧后的高温气体在与新鲜空气换热后，由排气管排出。另一方面，在电动机轴向前端安装的新鲜空气送风机送入空气，该空气接受热交换器散发出的热量而使温度升高。被加热后的热空气由暖气排出口进入车室的管道和送风口，对车室进行暖调。

(2) 间接式独立燃烧系统。如图 2-49 所示，它是用水作为载热介质向车室提供暖风，出风柔和、舒适感好。

间接式与直接式大体相同，也包括热交换器、燃烧室、供给系统和控制系统 4 个部分。它们的主要区别有以下几点。

1) 燃烧室是由喷油器和高压电弧点火器组成。高压电弧点火器具有点火迅速、使用可靠的优点。

2) 热交换器的一侧仍为高温的燃烧气体，而另一侧则是水，不再是空气。供水系统是以水泵代替风机作为动力。

3) 控制系统里有水温控制器和水温过热保护器。前者根据水

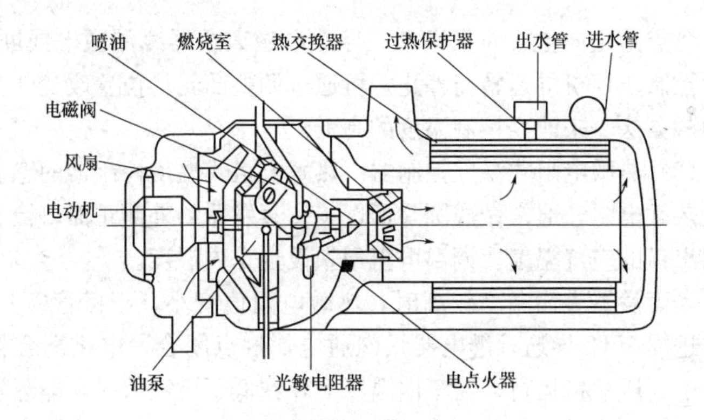

图 2-49　间接独立燃烧室暖风系统

温的高低控制燃油的喷油量；后者则在水温超过预调温度时，将油门切断，停止燃油烧烧。间接式点火燃烧过程与直接式相仿。

一些豪华大客车上，装备了水暖和燃烧混合采暖装置。在发动机未工作或发动机刚启动，其冷却液还未达到正常工作温度时，可启动燃烧预热器独立采暖，当发动机温度正常时，则可利用发动机冷却液独立采暖，或用混合方式采暖。

第三节　汽车空调控制系统

一、空调常用控制元件

1. 温度控制器

温度控制器又称恒温开关或恒温器。通常用来感受蒸发器的表面温度，以控制压缩机的工作，从而起到调节车内温度、防止蒸发器因温度过低而结霜的作用。常用的温度控制器有波纹管式和热敏电阻式两种。

（1）波纹管式温度控制器。波纹管式温度控制器又称机械压力式温度控制器。它的工作原理是：在毛细管和波纹管内部充有易挥发的感温介质，其中感温毛细管一端插在蒸发器翅片间，以感受蒸发器的表面温度，另一端与波纹管相通。当蒸发器表面的温度发生变化时，会引起波纹管的伸长或缩短，从而带动杠杆向左或向右运

动，触点随之向上或向下运动，导致电磁离合器线圈通电或断电，进而控制压缩机的运转与停止。可通过调整凸轮的位置改变弹簧预紧力的方法，来改变控制温度的高低。

（2）热敏电阻式温度控制器。热敏电阻式温度控制器的感温元件是热敏电阻，通常做成圆片形，装在蒸发器的外侧正面，检测蒸发器出口的空气温度。调温电阻用来设定车内温度。

当蒸发器表面温度较高时，热敏电阻值变小，三极管 VT1 截止，进而 VT2 导通，继电器线圈通电，触点闭合，电磁离合器线圈通电，压缩机运行。当车内温度下降到低于设定值时，即蒸发器出口的空气温度低于规定值时，热敏电阻的阻值增大，使得 VT1 导通，VT2 截止，继电器线圈不通电，触点断开，电磁离合器线圈不通电，压缩机停止工作，以保证蒸发器不结霜。如此反复，以保证车内温度稳定在一定范围内。

2. 吸气压力节流阀

吸气压力节流阀有吸气节流阀、绝对压力调节阀（又称 POA 阀）和蒸发器压力调节阀三种，它属膨胀阀系统（传感温控系统）。前两种阀接在蒸发器出口与压缩机吸气口之间，主要功能是保持蒸发器压力到一定值，主要用于中、高档轿车上。

（1）吸气节流阀。吸气节流阀的作用，主要是防止遇湿天气时，因系统工作后蒸发器周围的气温降到 0℃以下，空气中的水蒸气使蒸发器结冰现象的出现。此时，风扇虽在工作，但气流通过蒸发器却遇到了障碍。

如图 2-50 所示，吸气节流阀是通过对压力的控制，来达到控制温度的目的。吸气节流阀靠弹簧压力为蒸发器保持足够的背压，使制冷剂的温度不至于降得很低，这样蒸发器上的结霜就不能变成冰。大多数系统的背压约为表压 211kPa，对应温度是 0℃，制冷剂温度是 0℃，蒸发器表面温度约为 3℃。

（2）蒸发器压力调节阀。蒸发器压力调力阀的作用是用来防止蒸发器结霜，提高蒸发器的工作效率。

蒸发器压力调节阀安装在蒸发器和压缩机之间（压缩机进口处），用控制制冷剂流量的方法来防止结霜。

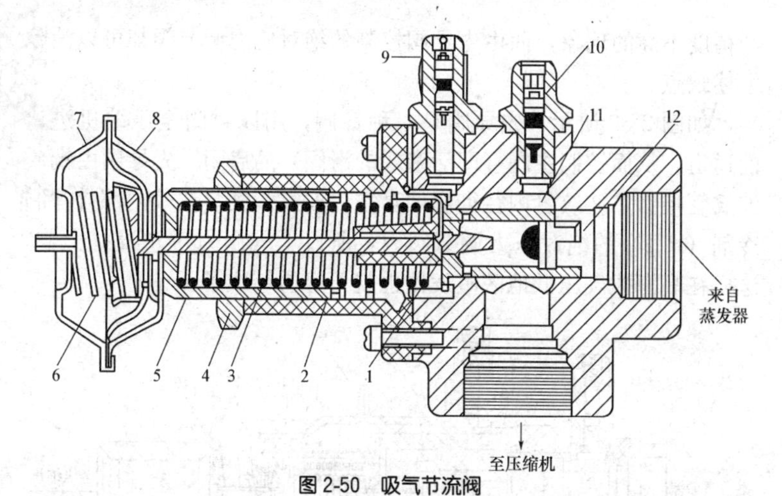

图 2-50 吸气节流阀

1—主膜片；2—固定套；3—主弹簧；4—紧固螺母；5—调节螺钉；6—辅助弹簧；7—真空膜盒；8—大气孔；9—压力表接口；10—回油管路接口；11—外平衡管接口；12—活塞

典型的蒸发压力调节阀结构如图 2-51 所示。它主要由弹簧、隔膜和滑阀等组成，它的两个接口分别接蒸发器和压缩机，顶部的调节螺丝钉可以改变弹簧的弹力，从而改变预置的温度。

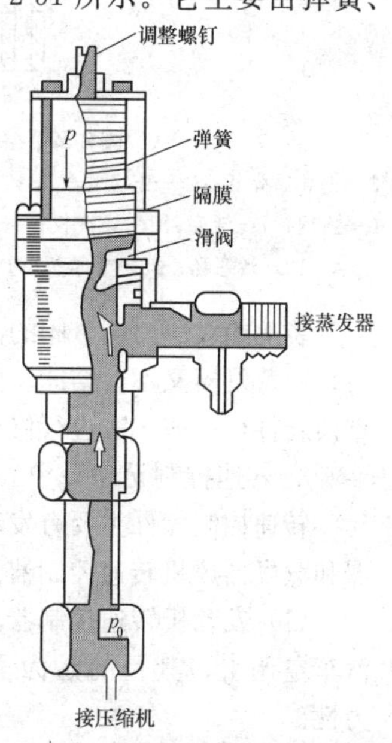

图 2-51 蒸发压力调节阀

当制冷系统负荷下降导致蒸发器制冷剂的蒸发压力降低时，位于隔膜上部弹簧的压紧力比制冷剂的蒸发压力大，结果滑阀朝着关闭方向动作，以维持预先设定的蒸发压力。与此相反，当制冷系统负荷升高、制冷剂的蒸发压力大于弹簧的压紧力时，滑阀就全开，使蒸发器中的制冷剂蒸气直接被压缩机吸进。

（3）绝对压力调节阀（POA阀）。吸气节流阀在高海拔气压低的情况下蒸发器还是会有容易结冰和控制精度不高的现象，而由先导阀控制的绝对压力调节阀却可以消除上述缺点。

如图 2-52 所示，先导阀是一种针阀，用以封闭至压缩机进口的通道，从而控制主阀（即活塞式的滑阀）的启闭。先导阀由铜质波纹管控制，波纹管内径彻底抽真空，波纹管又装在其内部含有制冷剂（R12）的绝对压力调节阀内，所以大气压力对它没有影响，这样在高海拔气压低地区蒸发器也就不容易结冰了。

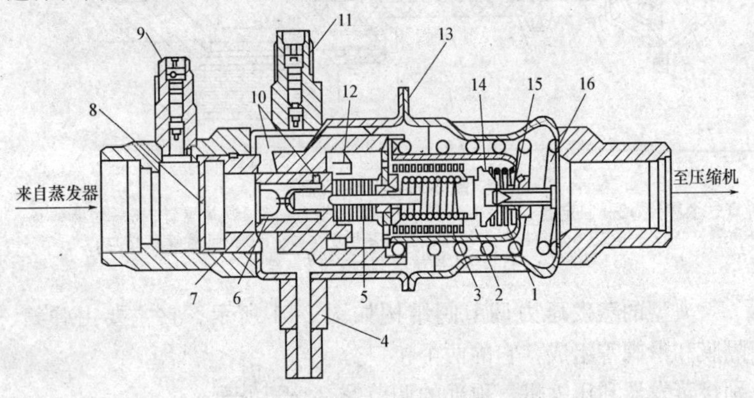

图 2-52 绝对压力调节阀（POA 阀）

1—先导阀弹簧；2—波纹管气室；3—波纹管；4—回油管路接口；5—活塞弹簧；6—滤网；7—活塞；8—减振板；9—压力表接口；10—小孔；11—外平衡管接口；12—活塞环；13—支承板；14—先导阀；15—先导阀阀座；16—主弹簧

装上绝对压力调节阀的汽车空调系统，可发挥出最大的制冷能力，而蒸发器又不会结冰。但是，绝对压力调节阀损坏以后，只能重换新件，一般无法进行修理。

3. 转速控制元件

转速控制元件主要有发动机转速控制器、辅助发动机转速控制器和蒸发器风机转速控制器。

（1）发动机转速控制器。发动机转速控制器主要用于非独立式汽车空调上，其目的是为了保证怠速时的稳定性和加速时的动力性。

1）怠速控制装置。发动机的怠速控制装置一般有两种类型：

一种是在发动机怠速运转时，自动切断压缩机的离合器电路，使制冷系统停止工作以避免发动机怠速不稳；另一种是在发动机怠速运转时，自动加大节气门的开度，以满足怠速时的动力需要。对应的装置分别是怠速继电器和怠速提升装置。

a）怠速继电器。怠速继电器是利用点火线圈的脉冲信号来控制压缩机电磁离合器的电流有无，以此来控制压缩机的工作，达到稳定怠速的目的。

b）怠速提升装置。怠速提升装置的作用是在怠速时自动加大节气门开度，以此提高发动机的转速，来满足怠速时的动力需要。怠速提升装置有使用真空转换阀来改变发动机的怠速转速（用在化油器式发动机乘用车上）和采用电控燃油喷射技术直接控制怠速转速两种类型。

化油器发动机的怠速提升装置。它是采用真空转换阀的。当发动机怠速运转且需要空调系统工作时，空调开关闭合，真空转换阀的电磁线圈通电，阀芯在电磁力的作用下上升，真空驱动器中的真空管路被切断。在大气压力的作用下，真空驱动器的弹簧使杠杆上升，于是节气门开度有所增加，以提高发动机的怠速转速，保证发动机的怠速稳定性。当空调系统不工作时，空调开关断开，弹簧将真空转换阀的阀芯顶下，真空驱动器中的大气通路被切断，此时真空器中负压将作用在真空驱动器上，通过杠杆使化油器的节气门回到正常怠速的位置。

电控发动机的怠速提升装置。根据发动机负荷变化的状况，精确地控制发动机根据空调压缩机等其他负载稳定的工作。它有两种类型：一种是在进气管旁设一怠速旁通气道，如图 2-53 所示，当 ECU 接收到空调工作的信号时，驱动由步进电动机带动的怠速控制阀门，将怠速旁通气道的开度加大，以增加怠速时的进气量，使发动机转速增加，保证空调正常工作；另一种是节气门直动式，即在进气管处不设怠速旁通道，而直接由节气门的开度来控制怠速转速，这种发动机在怠速的时候，节气门将不再是处于全闭的状态。

2）加速控制装置。加速控制装置的作用是在汽车加速或超车时，暂时切断电磁离合器线圈电路，使压缩机停止工作，以保证发

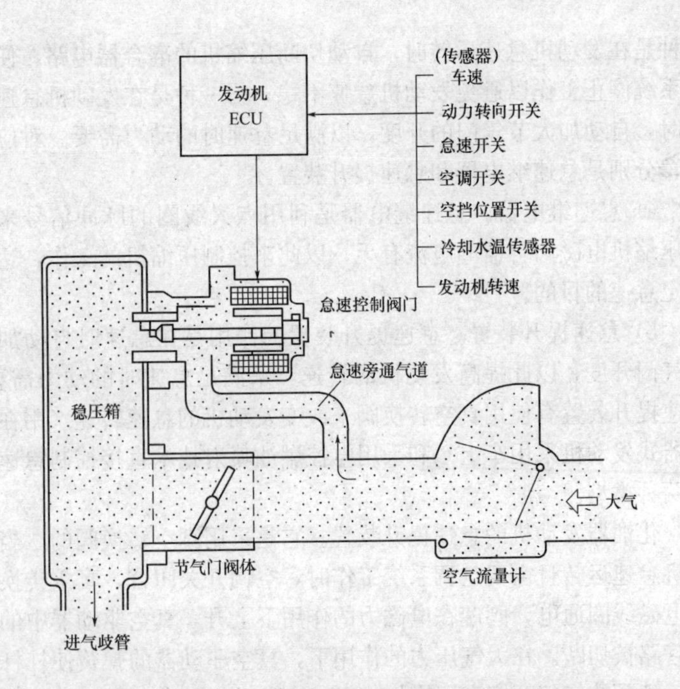

图 2-53　步进电动机式怠速控制系统

动机有足够的后备功率来提高车速，同时也可防止压缩机超速损坏，主要有机械式加速控制装置、真空式加速控制装置和计算机控制的加速控制装置三种类型。

a）机械式加速控制装置。机械式加速控制装置主要由加速开关和延迟继电器组成。加速开关由加速踏板控制，加速开关一般装在加速踏板下，或装在其他位置通过连杆或拉索来控制。目前汽车上使用较多。

b）真空式加速控制装置。真空式加速控制装置由发动机进气歧管的真空度控制。

c）电脑控制的加速控制装置。ECU 可根据采集到的节气门位置信号和发动机转速信号，判断出车辆目前是否处在急加速状态，如果是，则 ECU 会发出指令切断电磁离合器线圈电路，让压缩机停止工作。

（2）辅助发动机转速控制器。独立式汽车空调装有辅助发动机转速控制器，其作用是用于调节空调系统的制冷量。通常的做法是将进入辅助发动机的空气量分成三级来供给，以得到辅助发动机的三级转速。

(3) 蒸发器风机转速控制器。蒸发器风机转速控制器的作用是调节蒸发器通风量的大小。当蒸发器风机开关位于低速挡时，回路中串入的电阻最多，风机低速运转；当位于中速挡时，回路中串入的电阻减小，风机中速运转；当位于高速挡时，电阻被短路，风机高速运转。

二、空调的真空控制

汽车空调的真空系统，主要包括真空罐、真空单向阀、真空马达、真空电磁阀、真空选择器和真空换能器等。

1. 真空罐与真空单向阀

真空罐由真空管与发动机进气管后方相接，罐内有－8kPa 的真空度，保证了真空控制元件对真空度的要求，而且真空度不随发动机工况的变化而大幅度变化。真空罐一般安装于前翼板内侧或发动机室内。

真空单向阀连接在真空罐与发动机同时进气管路之间，当真空罐内真空度小于－8kPa 时，真空单向阀开启；真空罐内真空度达到－8kPa 时，真空单向阀关闭。真空单向阀就是管路中的一个单向导通阀，它不停地调节真空罐内的真空度，不让其低于－8kPa，保证空调系统有足够的真空源供应。

2. 真空马达

真空马达又称为真空电动机、真空执行器或真空驱动器。它的作用是把真空信号转变为机械动作，以此来驱动各种风门或热水阀。真空马达有单膜片式真空马达、双膜片式真空马达和真空伺服马达三种类型。

单膜片式真空马达通常用来控制对应的风门或热水阀的全开或全闭。

双膜片式真空马达所控制的风门位置可以是三个位置：全开、全闭或半开；也可同时控制两个风门，一个打开另一个关闭，或者两个同时半开。

真空伺服马达的结构和单膜片式真空马达一样，只是它的连杆可以停止在上、下极限之间的任何位置。它由一个真空换能器根据需要向真空伺服马达提供不同的真空度，真空度越大，则收缩得越多。

3. 真空电磁阀

真空电磁阀安装于发动机室内，或防雨罩下面，在通常情况下是不常开的。当空调装置使用循环风门时，真空电磁阀接通真空管路控制循环风门及真空阀和暖风水阀。

4. 真空选择器

真空选择器是一个旋转开关，其上连接着各个真空软管。当真空开关旋转到不同的位置时，就会将相应的真空软管和对应的风门或热水阀连通，以此来控制各个风门或热水阀的位置。

5. 真空换能器

真空换能器又称为真空转换阀，它的作用是利用一种能量的变化来操纵另一种能量工作的装置。

三、空调控制系统

汽车空调根据控制方式不同，可分为手动空调、半自动空调、全自动空调以及电脑控制的空调 4 大类。

普通汽车空调的手动真空控制系统主要由真空开关、真空罐、真空马达、热水阀、温度阀、气源门、上风口风门、中风口风门、下风口风门等组成。

1. 手动空调控制系统

手动汽车空调是最普通、最经济的一种单冷型的空调，其温度设置、风向、风速以及功能的选择等均需要驾驶员通过各种功能键进行具体操作。

根据控制系统执行元件的不同，手动空调系统可分为拉索式和真空式两种，两者的区别在于空调功能选择键在不同的位置，前者由各功能键通过对应的拉索控制相应的风门或阀门，后者则通过对应的真空马达控制相应的风门或阀门。

手动汽车空调的电路图如图 2-54 所示。

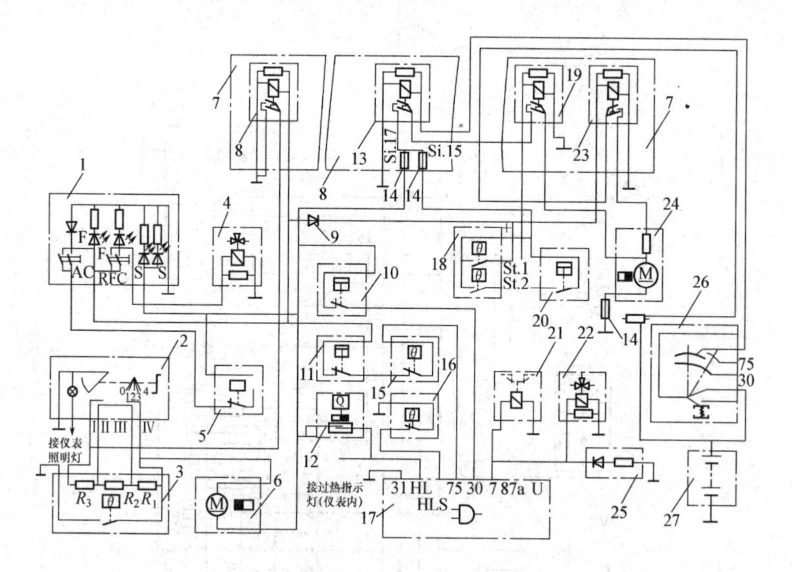

图 2-54　手动汽车空调的电路图

1—空调开关；2—空调电动机开关；3—电动机变速电阻；4—内循环电磁阀；5—外部温度开关；6—空调电动机；7—中央配电盒；8—空调电动机继电器；9—二极管；10—低压保护开关；11—高压保护开关；12—冷却水位开关；13—卸荷继电器；14—熔断器；15—恒温器开关；16—水位报警开关；17—空调控制器；18—双温开关；19—风扇高速继电器；20—高压开关；21—空调压缩机；22—怠速提升电磁阀；23—风扇低速继电器；24—水箱风扇；25—保护二极管和电阻；26—点火开关；27—蓄电池

2. 半自动空调控制系统

半自动空调控制系统又称为电控气动空调控制系统，它与手动空调控制系统的区别是其空调器为冷暖一体化，在人为设定温度和功能选定的范围内，可自动调节空调的输出温度，以保持车内设定的温度。半自动汽车空调的电路图如图 2-55 所示。

3. 全自动空调控制系统

全自动空调控制系统能根据车内温度、车外环境温度以及日照强度的变化，对送风温度进行自动调节和修正，使车内温度保持在设定的温度范围之内，但在回风和送风模式、发动机工况变化以及空调的节能等方面，还无法达到车内环境的全季节、全方位、多功

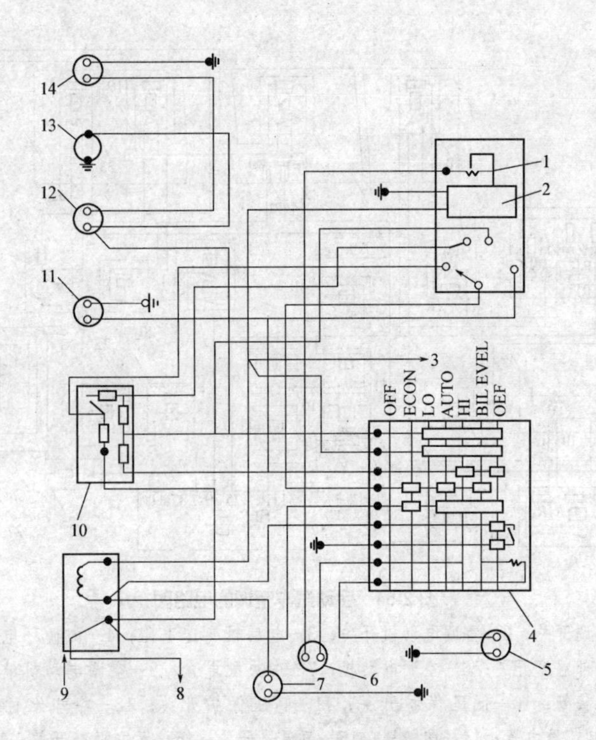

图 2-55　半自动汽车空调的电路图

1—真空换能器；2—温度控制放大器；3—接熔断器；4—功能选择键；5—车外温度传感器；6—车内温度传感器；7—恒温器开关；8—接点火线圈；9—自动继电器；10—鼓风机调速电阻；11—鼓风机；12—压力开关；13—怠速继电器；14—电磁离合器

能的最佳控制和最佳调节。

全自动空调控制系统与手动以及半自动空调控制系统的机械部分基本是一致的，主要区别在于全自动空调系统中采用了许多传感器，且所有的执行器均采用电动机驱动。

4. 电脑控制汽车空调的控制系统

电脑控制的汽车空调系统，不仅能按照驾驶员的需要送出温度、湿度适宜的风，而且能根据实际情况自动调节风量大小和风速的高低，极大地简化了驾驶员的操作。丰田雷克萨斯电控制自动空调的电路图如图 2-56 所示。

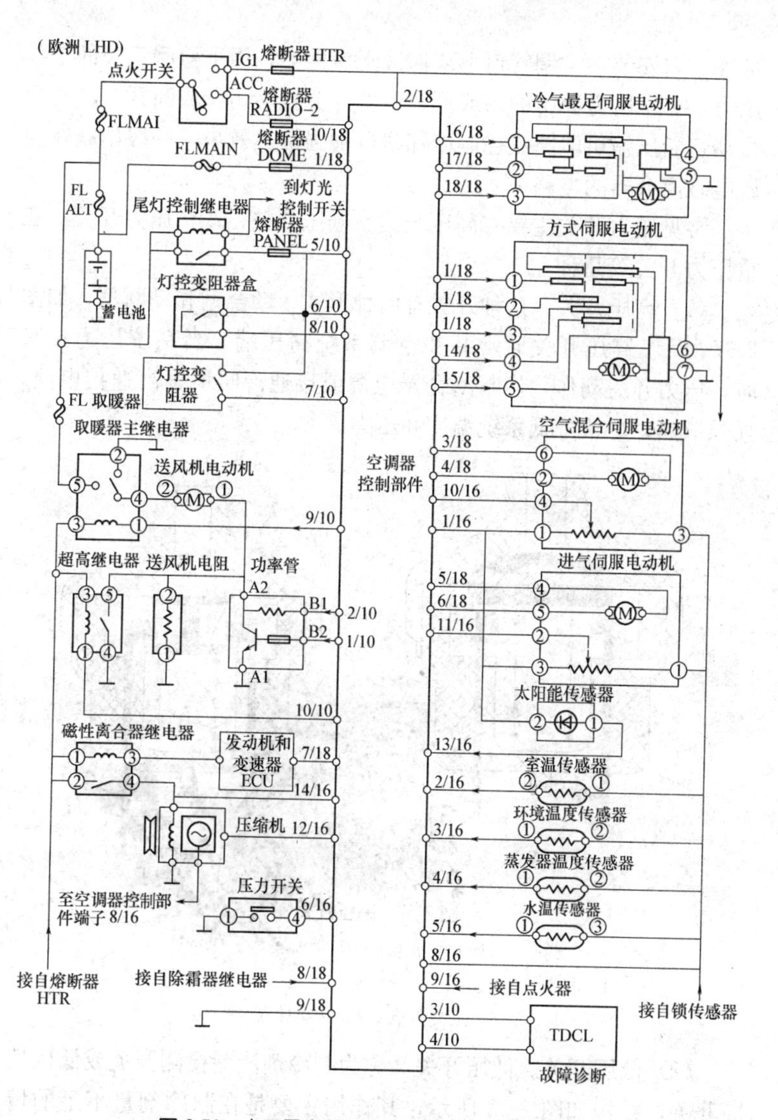

图 2-56 丰田雷克萨斯电控制自动空调的电路图

四、空调安全保护装置

1. 压力开关

压力开关又称为制冷剂欠量检测装置，是空调制冷系统的保护部件。它安装在空调管道上或储液干燥器上，用来检测系统的工作压力，一旦压力异常的高或低，压力开关就会闭合或断开，这时会自动切断压缩机电路或控制冷却扇以加强散热效果。一般串联在空调电磁离合器的电路中。

常见压力开关主要有高压开关、低压开关、双重压力开关、三重压力开关等几种。

(1) 高压开关。这种开关有两种形式，动合型和动断型，如图2-57所示。高压开关通常装在空调系统高压端，当系统压力过高时，压力开关动作，切断离合器电源或接通冷暖风扇高速挡电路，加强散热，尽快降低系统温度和压力。

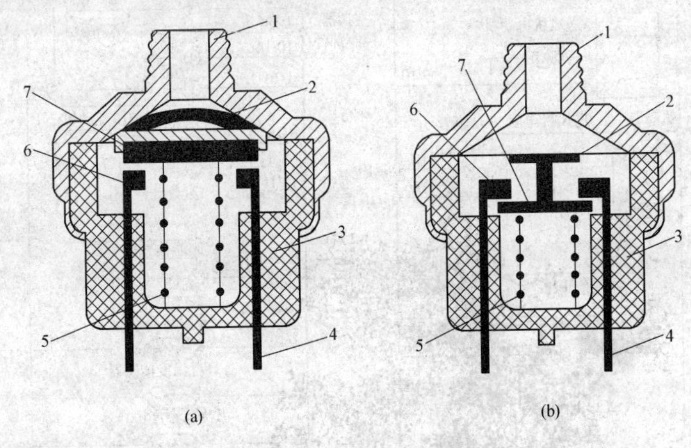

图2-57 高压开关

(a) 动合型；(b) 动断型

1—接头；2—膜片；3—外壳；4—接线柱；5—弹簧；

6—固定触点；7—活动触点

(2) 低压开关。低压开关又称为制冷剂泄漏检测开关或低压切断开关，结构如图2-58所示，其作用主要是在制冷剂量不足的情况下，自动切断电磁离合器电路让压缩机停止工作。另外，低压开关还可以起到低温环境保护的作用，避免制冷系统在过低的环境温度下工作而导致蒸发器表面结冰。

低压开关有两种，一种是设在高压回路中，用来控制压缩机不要在缺少制冷剂的情况下运转，以免压缩机因缺乏润滑油而遭受破坏。同时，也起到低温环境下停止压缩机运行的保护作用，以免在过低的环境温度下，制冷系统仍然工作而造成蒸发器表面结冰，并增加不必要的功耗。低压开关的保护动作是触点断开，切断离合器电路使压缩机停止运转。低压开关工作范围：80～110kPa 时，断开；230～290kPa 时，接通。

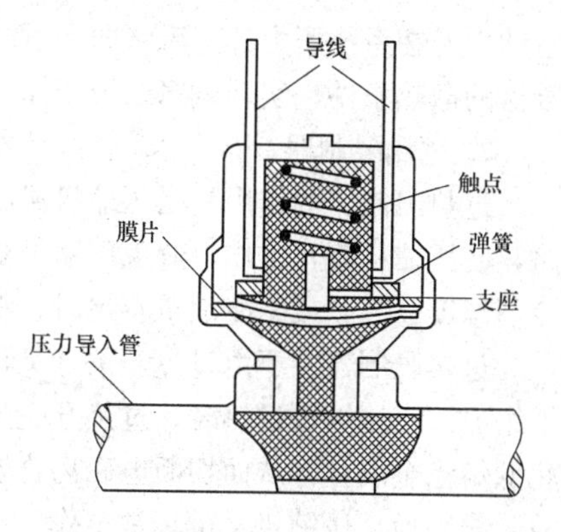

图 2-58　低压开关

另一种低压开关设在低压回路中，感受吸气压力，用来控制高压旁通阀的除霜作用，即当低压压力低达某一规定值时，接通高压旁通阀（电磁阀），让部分高温蒸汽直接进入蒸发器，以达到除霜的目的。这一种低压开关一般用于大型空调器。在正常运转时，高压旁通阀通路的触点一直是断开着的。

(3) 双重压力开关。双重压力开关由一个高压开关和一个低压开关复合而成，它同时具有低压开关和高压开关的功能。

双重压力开关装在制冷系统的高压端，当系统制冷剂泄漏致使压力过低或已没有制冷剂循环时，双重压力开关中的低压开关动作，切断压缩机电磁离合器电源，以保护压缩机免受破坏。若由于散热不良等原因致使系统压力超过设定值时，双重压力开关中的高压开关动作，切断压缩机离合器电源。

(4) 三重压力开关。三重压力是指制冷系统高压侧压力过高、中压和过低三种压力状况，三重压力开关安装在系统高压侧的储液干燥器或高压管上，感受高压侧制冷剂压力信号。

三重压力开关有三个作用：①防止因系统制冷剂泄漏，高压压力过低而损坏压缩机；②当系统内制冷剂异常高压时保护系统绝不受损坏；③在正常状况下，冷凝器风扇低速运转，实现低噪声，节

省动力。在系统压力升高后（即中压时）风扇高速运转，以改善冷凝器的散热条件，实现风扇二级变速。

2. 过热限制器

过热限制器的作用是当压缩机温度过高时，切断电磁离合器电路，使压缩机停止工作，避免压缩机受到损坏。当压缩机排出的制冷剂温度过高，或制冷剂量不足时，都会造成压缩机温度过高。

过热限制器主要由过热开关（又称为过热保护器）和热力熔断器组成。当压缩机过热时，过热开关闭合，加热器通电发热后会熔化低熔点金属丝，从而切断电磁离合器电路，压缩机停止工作。当故障排除后，压缩机又可正常工作。

3. 易熔塞和高压泄压阀

易熔塞和高压泄压阀的作用是防止高压侧压力异常升高，以免损坏压缩机和冷凝器。易熔塞通常安装在储液干燥器的上部。当高压侧温度和压力异常升高时，易熔塞熔化将制冷剂释放到大气中，以此避免压缩机损坏。

目前易熔塞已被高压泄压阀所取代，高压泄压阀安装在储液干燥器或压缩机高压侧上。

4. 环境温度开关

环境温度开关串联在压缩机电磁离合器电路中，其作用是感受进入车内的外界空气温度。当制冷系统工作而环境温度低于4℃时，或者在环境温度低于4℃而试图让制冷系统工作时，环境温度开关断开，电磁离合器电路被切断，压缩机停止工作，以避免压缩机因润滑不良而磨损加剧甚至损坏。环境温度开关通常安装在远离发动机的地方，如空调的进风口处。

5. 冷却液过热开关

冷却液过热开关又称水温开关，其作用是防止在发动机过热的时候继续使用空调。冷却液过热开关通常安装在发动机散热器或冷却系统的管路中。当冷却液温度高于设定值时，如奥迪100车为120℃，冷却液过热开关断开，电磁离合器电路被切断，压缩机停止工作。当冷却液温度降至设定值时，如奥迪100车为106℃，冷却液过热开关将自动接通，压缩机恢复正常工作。

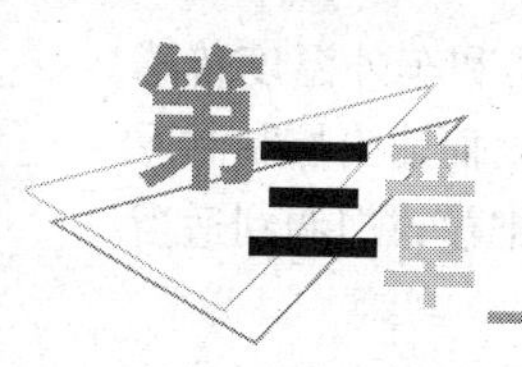

第三章 汽车自动空调结构与工作原理

第一节 汽车自动空调的分类

汽车用自动空调系统可分为半自动空调系统和全自动空调系统。它们的区别在于系统是否有自诊断功能。半自动空调系统没有提供故障码的存储器，而全自动空调系统则具有温控系统，并且监控系统的随机存储器（RAM）存储故障码。两者的差别还在于所采用的执行机构的形式和传感器的数量不同。

自动空调系统也是采用一般空调系统的基础部件，但自动空调系统能保持预先设置的舒适程序，如同驾驶员选择的那样。它利用传感器确定当前的温度，然后系统能够按需要调节暖风和冷风。系统用执行机构开、闭气流混合门以达到适宜的车内温度。有些系统还控制鼓风电动机的转速，使温度更符合驾驶员的要求。

1. 半自动空调系统

半自动空调系统采用程序装置、伺服电动机和/或控制模块等带动执行机构，并通过程序装置检测温度，调节气流混合门的位置，来达到驾驶员所选择的舒适程度，并通过操作控制器总成上按键来选择空调系统的工作模式和鼓风机的转速。

（1）控制器总成。半自动空调系统所采用的控制器总成与手动空调系统所采用的控制器总成基本相似，其主要区别在于半自动空调系统的控制器总成上有温度刻度值。安装在仪表板上的控制器总成是用作空调系统的输入，温度滑键带动滑线电阻，以设置阻值（目标车内温度）。操作控制器总成上的相应键，以选择工作模式（冷气、暖风、除霜和通风）和鼓风机的转速。

（2）程序装置。控制器总成上的键是程序装置的输入。程序装置不仅支配空气流至风道的风门（汽流混合门除外，其通常是由伺服电动机操纵），而且还接收来自车内温度传感器和车外温度传感器的输入，并根据各传感器和控制器总成的输入，而输出控制制冷压缩机离合器、暖风机加热器供水阀的工作，并把模式门调到适当位置的信号，以进行控制。

（3）传感器。半自动空调系统最常用的传感器有车内温度传感器和车外温度传感器。车内温度传感器通常安装在吸气装置内，车外温度传感器通常安装在保险杠后面，具有负温度系数的热敏电阻用来检测车外环境温度。

有些半自动空调系统还采用一种光敏二极管的阳光传感器。阳光传感器通常安装在风窗台板上，其作用是接受透过风窗玻璃的阳光照射，其发出的信号与额外的热源有关，并把信号送到程序装置中。

2. 全自动空调系统

全自动空调系统与半自动空调系统的主要区别是全自动空调系统设置有自我诊断功能。此外，全自动空调系统能不断地提供变化的鼓风机转速信号并调整车内温度。

在全自动空调系统中，有一套计算比较电路，它通过对传感器信号和预选信号的处理、计算、比较后，输出不同的电信号控制机构工作，使高温门的位置不断变化调配空调温度，并使风扇的转速随着空调参数的改变而改变。空调风向的控制、各风门的开关均是用电磁阀控制，所以控制键的形式采用琴键式。

除了用半自动空调系统中所用的传感器之外，全自动空调系统还利用发动机冷却液温度、车速和节气门位置等传感器信号。全自动空调系统还具有鼓风机滞后控制功能，它的作用是当进入驾驶室的气流温度未达到预定值时，便使鼓风机不能工作，而且只有当温度达到预定值时，才把信号发送到 PCM 或空调系统控制单元，以使鼓风机工作。

全自动空调系统分为由车身控制单元（BCM）控制和单独由控制单元控制的两种全自动空调系统。

3. 电脑控制汽车空调

电脑控制汽车空调不仅能按照乘员的需要送出相应温度、湿度

的风，而且还能根据实际情况自动调节风量的大小和风速。

现代电脑控制的自动空调的执行器已不再使用电磁阀和真空电动机操纵各风门，而是通过电脑控制各部件上的伺服电动机，即通过触摸按钮向控制单元输入各种信号，控制单元通过计算、分析、比较，发出指令，控制伺服电动机动作，打开所需的风门，按照输入的预设温度，控制温度门的位置。

4. 电力自动空调

目前混合动力式汽车上使用的空调为电力自动空调系统，例如一汽丰田普瑞斯混合动力汽车上的空调就是电力自动空调。

第二节　自动空调系统结构与工作原理

一、半自动空调系统

半自动空调系统与手动空调系统主要的不同是半自动空调系统采用程序装置、伺服电动机或控制模块等操纵执行机构。半自动空调系统通过程序装置检测空气温度和气流混合风门位置来达到驾驶员选择的舒适程度。驾驶员手动操作控制器总成上的键，选择空调系统的工作模式和鼓风机的转速。

1. 半自动空调的结构与工作原理

（1）半自动空调的结构。它主要由压缩机（有斜盘式、可变排量压缩机）、冷凝器、蒸发器、膨阀、储液器和控制装置等组成，而控制装置大多数由控制器总成、程序装置和传感器等基本部件组成。

1）控制器总成。又称为控制面板，它是驾驶员向空调系统的计算机芯片输入控制数据的设备，半自动空调系统用的控制器总成与手动空调系统用的相似。主要的不同点是半自动空调系统的控制器总成上有湿度刻度或温度值显示。

2）程序装置。它主要控制半自动空调系统的鼓风机转速、气流控制风门、真空执行机构，有的生产厂家称它为伺服总成。通过控制器总成上的键，给程序装置输入数据；程序装置通过真空控制至各风道的风门（气流混合模式风门除外，因为它一般由伺服电动机操纵）执行机构。程序装置还接收来自车内温度和外界温度传感

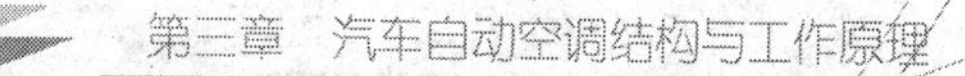

器的输入。根据来自传感器和控制器总成的输入数据，程序装置控制制冷压缩机电磁离合器、暖气加热器供水阀开启、关闭，以及把各个风门放到适当工作模式位置等。

3）传感器。半自动空调系统中传感器的类型和数量较多，其中最常用的是车内温度传感器、外界温度传感器和日照强度传感器。

(2) 工作原理。目前，半自动空调为电控气动空调控制系统，全称为电子控制的真空回路操纵空调系统。

如图 3-1 所示，当手工选定空调功能选择键后，空调系统就能在预定温度内自动地控制温度和风量。当将预选温度的电阻、环境电阻、车内温度电阻一起输入到放大器，放大器即产生一个电流信号输入到真空换能器，将电流信号转换成相应的真空度大小的信号，输送到真空伺服驱动器，真空伺服驱动器就会作出一个相应的动作，使控制杆伸长或缩短一个量，这样对应的调温门、风扇转速和反馈电位计都有一个相应的位置，从而输出一定温度和风量的空气。

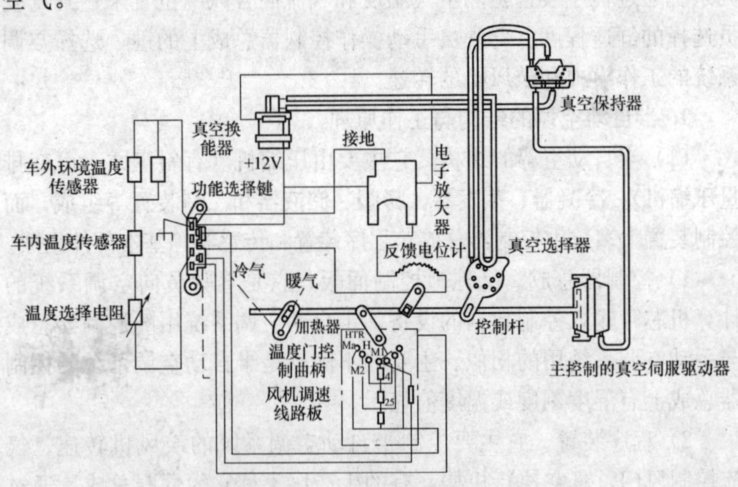

图 3-1　半自动汽车空调工作原理

2. 真空控制原理

现以最具有代表性的美国通用汽车公司使用的电控气动半自动

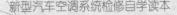

空调系统为例，阐述真空控制原理，如图 3-2 所示。

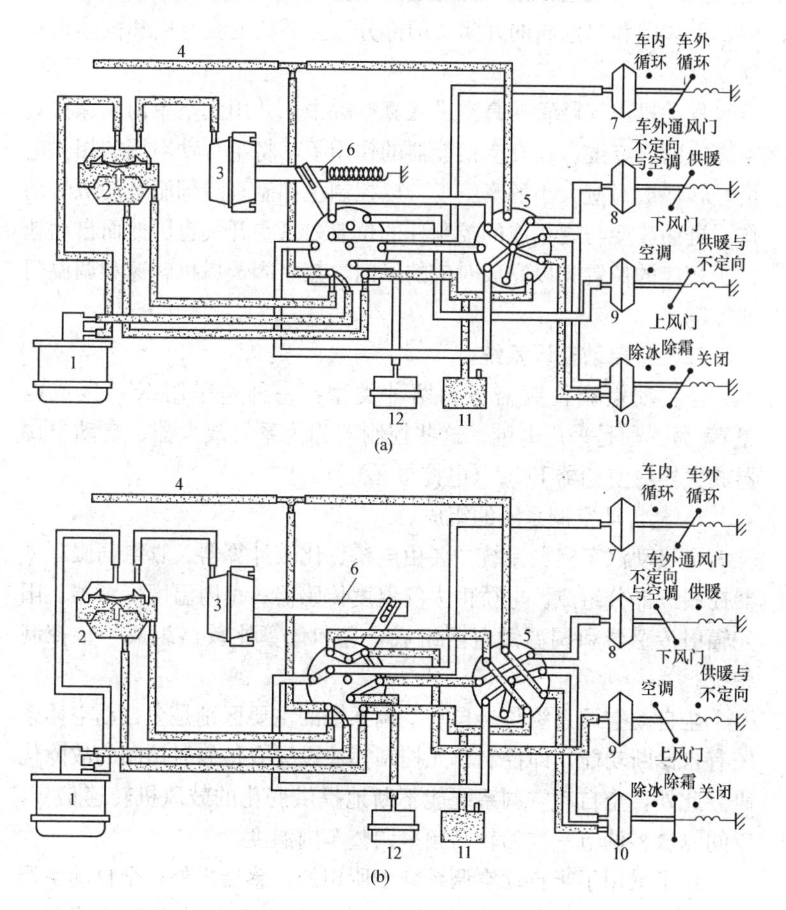

图 3-2 通用汽车公司的电控气动半自动空调系统

(a) 在 OFF 位置的真空工作状态；(b) 在 Lo-Auto 位置的真空工作状态

1—真空换能器；2—真空单向阀；3—主控制真空伺服电动机；4—接进气歧管；5—真空开关；6—控制杆；7—气源门真空电动机；8—下风门真空电动机；9—中风门真空电动机；10—上风门真空电动机；11—真空罐；12—热水阀真空电动机

该半自动空调的真空控制系统由两部分组成，一部分是从真空换能器到主控制真空伺服电动机，以自动调配车内温度。另一部分

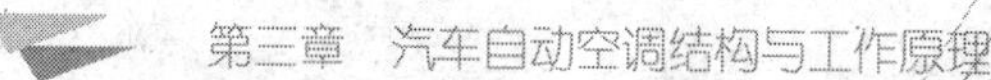

是由空调的功能选择键人为地进行真空控制，以操纵上风门、中风门、下风门和热水阀的开闭。两部分真空系统的真空度和操作相互独立。

发动机进气歧管的真空进入真空罐中，并用真空单向阀保持真空罐内的真空度。在真空换能器的作用下，将半自动空调的相关电信号转换成对应大小的真空度，以控制主控制真空伺服电动机的动作，进而改变与之相连的控制杆的位置，真空开关也因此而自动地位于相应的位置，以完成对应的风门、热水阀及风机转速和调温门的控制。

二、全自动空调系统

全自动空调控制器分为两种类型：一种是采用IC（集成电路），另一种是采用电脑。这些控制器称为系统放大器、自动空调器放大器或空调器ECU（电控单元）。

1. 全自动空调系统的组成

全自动汽车空调系统主要由电桥、比较计算器、真空伺服驱动器控制三部分组成。电桥由大气温度传感器、车内温度传感器、阳光辐射传感器和调温键电阻组成，它和计算比较器组成一个控制系统。

全自动空调系统与半自动空调系统的主要区别是全自动空调系统有自诊断功能，即控制单元控制模块设置有检修时访问的故障代码。此外，全自动空调系统能不断地提供变化的鼓风机转速信号，以间隔数秒调节一次的较高频率调整车内温度。

除了采用了半自动空调系统中所用的传感器之外，全自动空调系统还利用了发动机冷却液温度、车速和节气门位置等传感器的信号。

在采用IC（集成电路）放大器控制的自动空调器中，车内温度传感器和车外温度传感器串联插入放大器中。来自这些传感器的信号传送至执行器（空气混合控制伺服电动机），控制鼓风机空气温度、鼓风机转速等，其组成如图3-3所示。鼓风机转速控制开关、气流方式控制开关、热水阀控制开关一起工作，通过空气混合控制伺服电动机移动空气混合控制风门，从而可以进行温度控制、鼓风机转速控制以及气流方式控制。

这种控制系统的自动空调器包括温度控制、鼓风机转速控制、气流方式控制（出气控制）等自动控制系统。

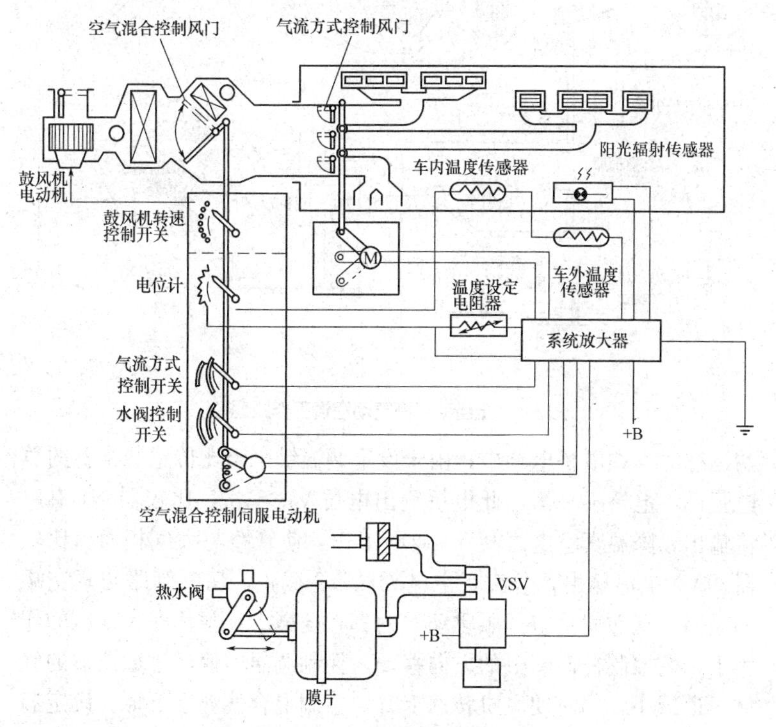

图 3-3　自动空调系统的组成

2. 全自动电控气动空调控制原理

如图 3-4 所示，全自动汽车空调都采用电桥控制原理，其由车外温度传感器、车内温度传感器、阳光辐射传感器和调温键电阻组成，它和计算机比较器 N1、N2 组成一个控制系统，分别控制升温和降温。真空电磁阀将电信号转变成真空信号，调节真空伺服驱动器，带动控制杆对调温门开度、风机转速和热水阀开闭进行综合控制，达到控制温度恒定的目的。

全自动空调的工作过程如下。

例如设定的温度为 26℃，车外温度为 30℃时，当空调系统开

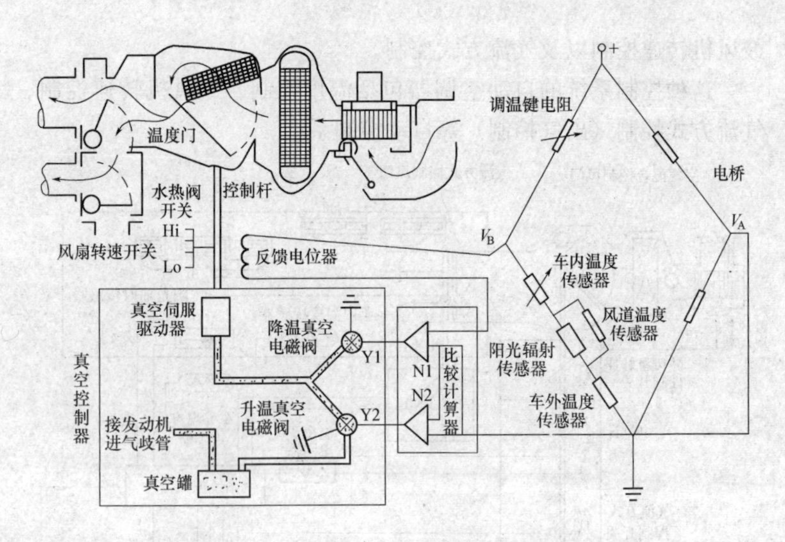

图 3-4　全自动电控气动空调工作原理图

始运行时，在电桥电路中，由于设定调温键电阻比传感器桥臂的总电阻低，电桥不平衡，此电桥输出电位 $V_B > V_A$，比较器 N1 有电流输出，降温真空电磁阀 Y1 通电工作，使管路与大气相通。比较器 N2 无电流输出，升温真空电磁阀 Y2 截止，切断管路与真空罐的通路，从而使真空伺服驱动器的真空度减少，膜片在大气压的作用下，使控制杆向朝上的方向移动，控制调温门使经过加热器的气体通道减小，同时使风机转速上升，空调混合气温度下降。设定温度与环境温度相差越大，调温门将在控制杆的作用下使通往加热器的空气通道关闭至最小，风机转速达到最大，以加快车内降温速度。

随着车内逐渐降温，调温键电阻与车内温度传感器电阻之差值不断减小，直至为零时，$V_B = V_A$，比较器 N1、N2 均无电流输出，Y1 关闭大气通路，真空伺服驱动器维持在最大制冷量时的工作状态，调温门仍然关死，风机高速运转。

当车内温度继续下降，车内温度传感器电阻高于调温键电阻值时，电桥电路电位 $V_A > V_B$，比较器 N2 输出电流信号，升温真电磁阀 Y1 打开真空气路，N1 无电流输出，Y1 关闭大气通路，真空伺服驱动器的真空度增大，膜片克服弹力下移，带动控制杆下移。调温门逐渐打开加热器空气通路，冷空气重新加热，车内温度回升，随着控制杆的下移，反馈电位器电阻不断减小，电桥总电阻差值不断减小，当车内温度达到设定温度时，电桥 $V_A=V_B$，即 N1、N2 均无信号输出，真空伺服保持原工作位置。

由于环境的温度，太阳辐射和其他因素变化使车内温度变化时，两个比较器不断工作，输出电流控制真空电磁阀，使真空伺服驱动器不断调节控制调温门的位置，使输出空气温度相应变化，保证车内温度在设定温度范围内。

当空调输出最大制冷量时，真空伺服器控制杆上有装置可切断热水阀开关，加热器不工作，同时控制杆使调温门关闭加热器空气通路。另外，功能选择键在自然风位置时，也不要加热器工作。风机在需要制冷量较大时高速工作，在不需要制冷或制冷较少时，低速运行。

三、电脑控制自动空调系统

电脑控制的空调系统不仅按照乘员的需要送出最舒适温度、湿度的风，而且还可以根据实际需要调节风速、风量。

1. 电脑控制的自动空调器的组成

电脑控制的自动空调器由电子控制系统、配气系统和面板控制三部分组成。

(1) 电控系统的组成。电控自动空调的电控系统主要由空调控制单元（ECU）、传感器和动作元件三部分构成，各电子元件位置如图 3-5 所示。

1）传感器。传感器主要有以下几种。

a）车内及车外环境温度传感器。分别用来感受车内及车外温度，当温度发生变化时，热敏电阻的阻值改变，从而向空调控制单元（ECU）输送温度信号。

b）空调蒸发器温度传感器。它安装在空调的蒸发器片上，用来检测蒸发器表面的温度变化，并依此来控制压缩机的结合或断开。

c）水温传感器及光照传感器。光照传感器是一个光敏二极管，

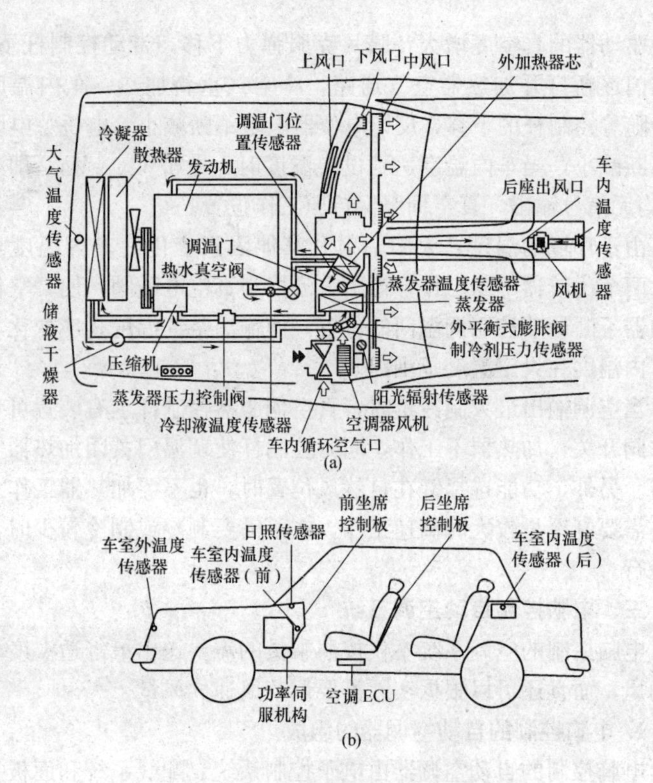

图 3-5　自动空调电子元件位置

利用光电效应，把日光照射量变化转换为电流值变化信号检测出来输送给空调控制单元，用来调整空调器吹出的风量与温度。

d）空调压缩机锁止传感器。它是一种磁电式传感器，用来检测压缩机转速。压缩机每转 1 圈，该传感器线圈产生 4 个脉冲信号输送到空调控制单元。

2）动作元件。电控自动空调的动作元件一般包括控制伺服电动机、风机及压缩机电磁继电器。有的汽车电控自动空调的动作机构由真空变换电磁阀、动力执行机构（又称真空膜盒）以及风量控制机构等组成，如日产 CEDRIC 型车的电控自动空调系统就是如此。

a）进风控制伺服电动机。进风控制伺服电动机控制进风方式，

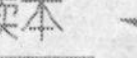

电动机的转子经连杆与进风挡风板相连。当驾驶员使用进行方式控制键选择“车外新鲜空气导入”或“车内空气循环”模式时，空调ECU即控制进风控制伺服电动机带动连杆顺时针或逆时针旋转，从而带动进风挡风板闭合或开启，达到改变进风方式的目的。该伺服电动机内装有一个电位计，它随电动机转动，并向空调ECU反馈电动机活动触点的位置情况。

b）空气混合伺服电动机。当驾驶员进行温度控制时，空调控制单元首先根据设置的温度及各传感器输送的信号，计算出所需要的出风温度，并控制空气混合伺服电动机连杆顺时针或逆时针转动，改变空气混合挡风板的开启角度，从而改变冷、暖空气的混合比例，调节出风温度与计算值相符，电动机内电位计的作用是向空调ECU输送空气混合挡风板的位置信号。

c）送风方式控制伺服电动机。当驾驶员操纵面板上的某个关风模式键时，空调控制单元即使电动机上的相应端子接地，而电动机内的驱动电路据此使电动机连杆转动，将送风控制挡风板转到相应的位置，打开某个送风通道。

当按下“自动控制”键时，空调控制单元根据计算结果（送风温度），在吹脸、吹脸脚和吹脚三者之间自动改变送风方式。

d）最冷控制伺服电动机。最冷控制伺服电动机的挡风板有全开、中开和全闭三个位置。当空调控制单元使某个位置的端子接地时，电动机驱动电路使电动机旋转，带动最冷控制挡风板位于相应的位置上。

另外，如日产CEDRTIC型车电控自动空调中的真空变换电磁阀（又称DSVV阀），它是根据空调控制单元输出的开关信号，改变真空的通道，将真空通入或截止动力伺服机构，真空电磁阀提供的负压作用于膜片，使伺服机构动作，驱动空气混合阀门，并联动膜盒上的反馈电位差计。电位差计根据驱动行程使电阻变化，并输入空调控制单元（ECU），反映混合空气门的位置。

（2）配气系统。配气系统主要由车内/车外循环风门、调温风门、模式风门及各风道组成。电子控制系统主要由传感器、ECU和执行器三部分组成。ECU可以接收和计算各种传感器输入的信

号，能够根据环境的变化迅速发出信号，控制各执行器的动作。

传感器信号主要有三种：①驾驶员面板设定的温度信号和功能选择信号；② 车内气温传感器、车外气温传感器、日照强度传感器等各种传感器输入的信号；③空气混合风门的位置反馈信号。

执行器信号有三种：①向驱动各风门的伺服电动机或真空驱动器输送的信号；②控制风机电动机转速的电压调节信号；③控制压缩机通断的信号。

（3）控制面板。它由温度控制开关和各功能选择键组成。当按下 AUTO 自动设置开关，电脑控制空调系统根据乘员选定的温度和功能自动选择运行方式，满足所需的温度。当然，也可根据汽车使用中的复杂情况，用手动控制键取代自动调定。

电脑包括了主计算机和辅助计算机。其中主计算机的功能是采集各种传感器输入的信号，进行计算、分析、判断以及记忆，并发出各种指令，驱动相应的执行器，来控制空调系统对温度和各种参数的调节。辅助计算机实质上是一个软件系统，主要起到计算的功能。

2. 工作原理

电脑控制自动空调的工作原理如图 3-6 所示。

（1）自动调节空气功能。当驾驶员通过调温键设定好温度，且空调工作在自动模式时，电脑就会不断地检测各种传感器采集来的信号，进行运算后，发出指令给相应的执行器，以保证车内空气的最佳调节状态。几种调节状态如下。

1）温度的自动控制。一般情况下，电脑会采集各种传感器的输入信号，根据温度平衡方程驱动 DVV 阀动作，调节温度门的位置，以调配出温度合适的风来。但当车内的热负荷由于各种原因，如车外环境温度的升高、太阳辐射增加等而持续增大，使得车内温度在制冷系统工作的情况下持续回升时，电脑会通过延长压缩机的工作时间和提高风机的转速的方法，来改善车内的温度变化。

2）换气量的自动控制。当车内温度明显偏高时，电脑会自动控制气源门真空驱动器以关闭气源门，当车内温度迅速下降至设定值时，再打开气源门，按一定的比例引入车外的新鲜空气。

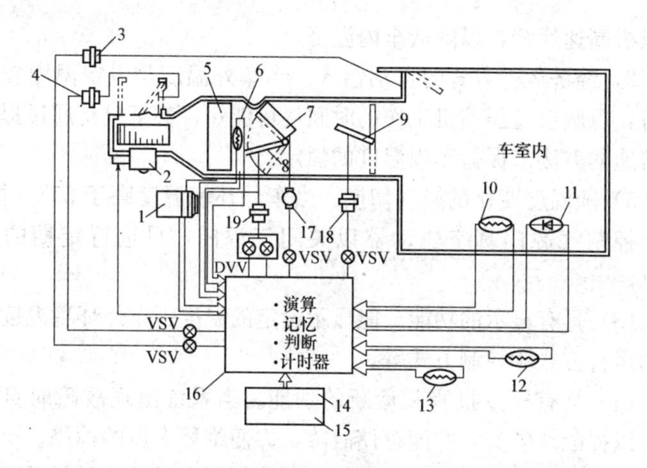

图 3-6 电脑控制自动空调的工作原理

1—压缩机；2—鼓风机；3—上风口真空驱动器；4—外来空气口真空驱动器；5—蒸发器；6—蒸发器温度传感器；7—加热器芯；8—调温门；9—吹出风门；10—车内温度传感器；11—阳光辐射传感器；12—车外温度传感器；13—冷却液温度传感器；14—触摸开关；15—预定温度键；16—微型计算机；17—热水阀真空驱动器；18—风口切向真空驱动器；19—反馈电位计；VSV—真空转换阀；DVV—降温和升温电磁阀

3）送风模式的自动控制。当汽车空调工作在不同模式时，电脑会驱动风口切换真空驱动器、上风门真空驱动器，以开启或关闭对应的风门，如制冷时冷风一般从较高的风口吹出（如中风口），取暖时暖风从较低风口吹出（如下风口），除霜时则从除霜口或上风口吹出。

4）送风量的自动控制。一般情况下，当送风温度降低时，自动减少送风量；反之，则自动增加送风量。在冬季，会适当减小送风量，避免使人感觉不舒适；而当空调由于发动机冷却液温度过低不能充分供暖时，甚至会中止送风，直至温度正常后送风。

（2）具有节能的功能。

1）压缩机和加热器的自动控制。根据车外环境温度的高低，自动让压缩机或加热器停止工作，如当车外环境温度低于 10℃时，电脑会自动让压缩机停止工作，并引入车外的新鲜空气；当车外环境温度高于 30℃时，电脑会驱动热水阀真空驱动器以关闭热水阀，

且风机高速运转，以降低车内温度。

2）经济运行方式的自动输入。当车外温度与设定温度较为接近时，电脑会让压缩机工作的时间尽可能短，甚至只是通过提高风机转速的方法来保持车内温度的恒定。

3）随温度变化的换气切换。当车外环境温度高于35℃时，电脑会控制气源门真空驱动器以关闭气源门，只进行定期的换气而已。

（3）具有显示的功能。能显示设定的温度、车外环境温度、空调的运行方式和控制方式等。

（4）具有故障报警和诊断的功能。当系统出现故障时自动报警，以提醒驾驶员，并能存储故障，方便维修人员的检修。

故障报警有制冷剂不足报警、制冷剂压力过高或过低报警、离合器打滑报警、各种控制器件的故障判断报警，且故障部位用闪烁指示灯报警，直到修复为止。控制单元空调系统器件发生故障报警时，不能将这一系统自动转入常规运行状态。例如，进气门发生故障，则车内再循环空气门不再使用，进气门会自动地将它接到车外空气通路，空调系统继续工作，但外界空气进入车内，空调器便不能提供最凉的空气。

四、电力自动空调系统

现以一汽丰田普瑞斯混合动力汽车的空调为例，说明电力自动空调的结构与工作原理。

1. 空调系统的特点

（1）采用了ES18型电动变频压缩机。该压缩机由空调变频器提供交流电来驱动，该变频器安装在混合动力系统（HV）的变频器上。即使发动机不工作，空调系统也能工作。

（2）自动空调系统能自动改变出风口、出风口温度和出气量。

（3）采用了鼓风机脉冲控制器。可根据空调ECU提供的占空信号控制输出电压来调节鼓风机电动机的转速，从而降低油耗。

（4）车内温度传感器增加了湿度传感器功能，优化了除湿性能。

采用了紧凑、轻型和高效的电动水泵，发动机停止时也能保证

合适的暖风机性能。采用模糊控制（非线性控制）功能来计算要求的出风口温度（TAO）和自动空调控制系统的鼓风量。空调 ECU 可以计算出出风口温度、鼓风量、出风口和与运行环境相适合的压缩机转速，从而提高了乘坐舒适性。

2. 空调系统的组成

普瑞斯汽车空调系统框图如图 3-7 所示，各部件位置图如图 3-8 所示。

3. 电动空调组成部件的结构与工作原理

（1）电动变频压缩机。一汽丰田普瑞斯汽车上的 ES18 电动变频压缩机由内置电动机驱动。空调变频器提供的交流电（201.6V）驱动电动机，变频器集成在混合动力系统的变频器上。即使发动机不工作，空调控制系统也能工作。压缩机的进气、排气软管采用低湿度渗入软管，这样可以减少进入制冷循环中的湿气。

压缩机使用高压交流电。如果压缩机电路发生断路或短路，HV ECU 将切断空调变频器电路从而停止向压缩机供电。

1）电动变频压缩机的结构。其外形和结构如图 3-9 所示。电动变频压缩机包含一对螺旋线缠绕的固定蜗形管和可变蜗形管、无刷电动机、油挡板和电动机轴。

固定蜗形管安装在壳体上，轴的旋转引起可变蜗形管保持原位置不变时发生转动，这时，由这对蜗形管隔开的空间大小发生变化，实现制冷气的吸入、压缩和排出等。将气管直接放在蜗形管上可以直接吸气，从而可以提高进气效率。

压缩机中有一个内置油挡板，可以挡住制冷循环过程中与气态制冷剂混合的压缩机油，使气态制冷剂循环顺畅，从而降低机油的循环率。

2）电动变频压缩机的工作原理。如图 3-10 所示，电动高频压缩机的工作过程可分吸入、压缩与排放三个过程。

a）吸入过程。在固定蜗形管和可变蜗形管间产生的压缩室的容量随着可变蜗形管的旋转而增大，这时，气态制冷剂从风口吸入。

b）压缩过程。吸入气态制冷剂后，随着可变蜗形管继续转动，

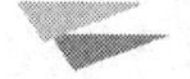

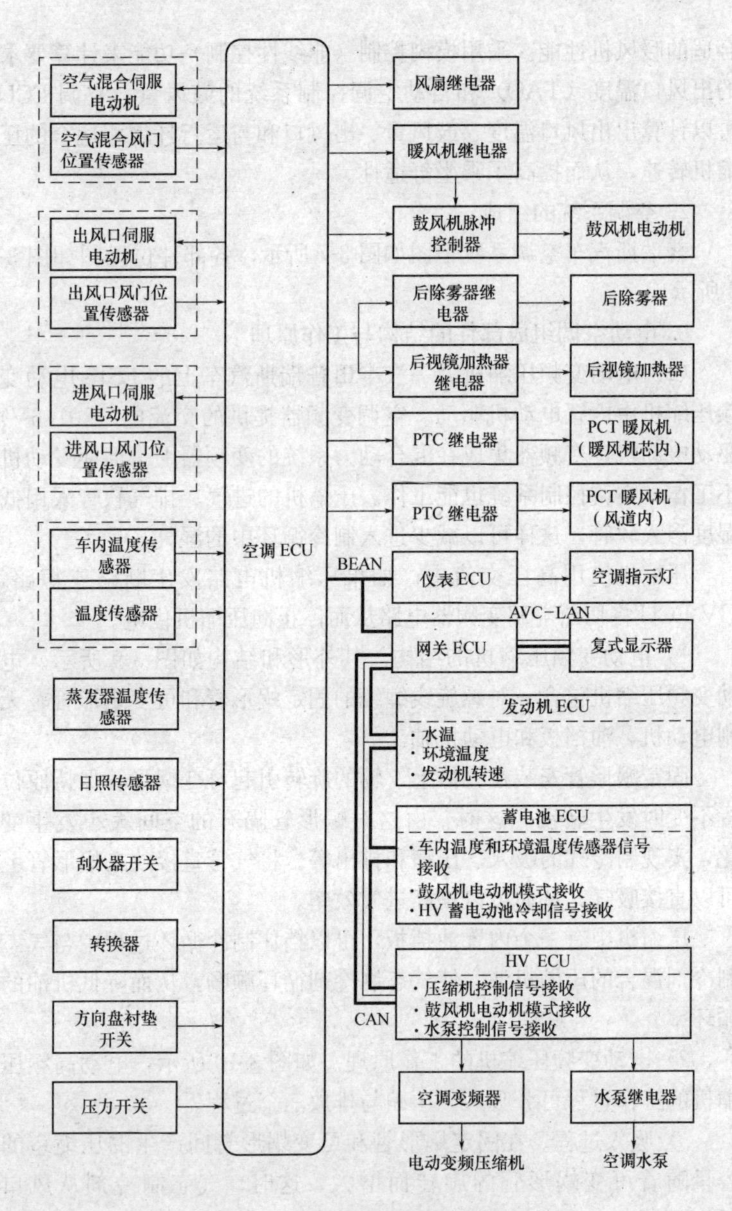

图 3-7 普瑞斯汽车空调系统框图

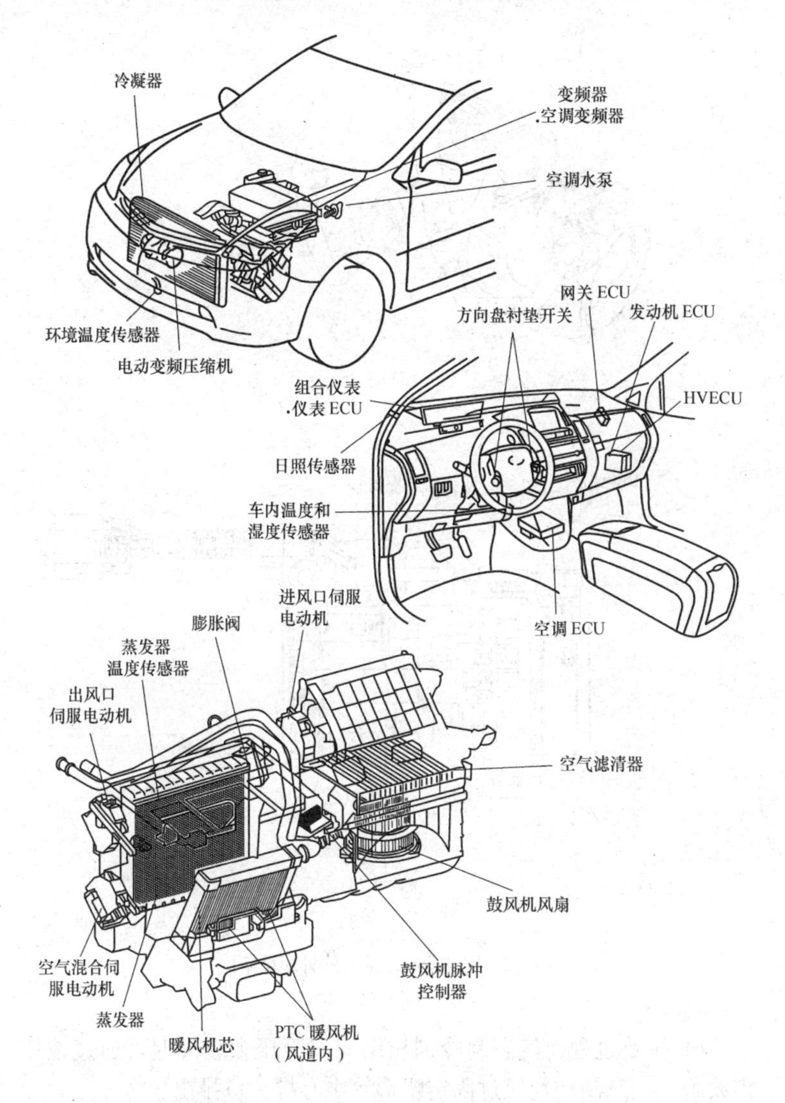

图 3-8　普瑞斯汽车空调系统各部件位置图

压缩室的容量逐渐减小。这样，吸入的气态制冷剂逐渐压缩并被排到固定蜗形管的中心。当可变蜗形管旋转约两圈后，制冷剂的压缩完成。

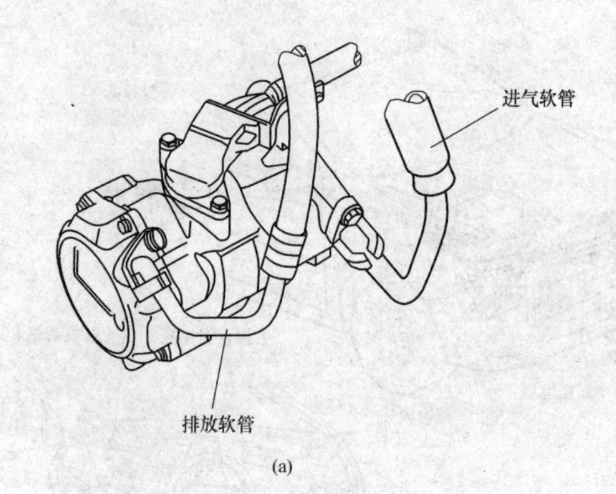

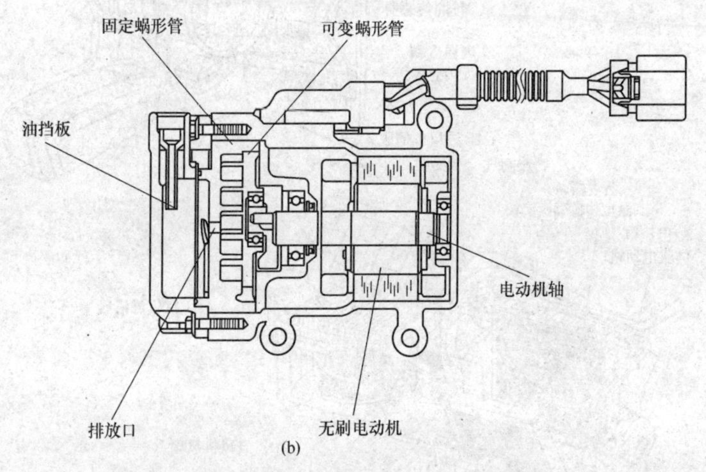

图 3-9　电动变频压缩机的外形及结构

(a) 外形；(b) 结构

c）排放过程。气态制冷剂压缩完成而压力较高时，通过按压排放阀，气态制冷剂通过固定蜗形管中心排放口排出。

（2）冷凝器。冷凝器的结构如图 3-11 所示。冷凝器的冷却循环系统采用了分级制冷循环。它又分为冷凝和超冷两部分，并在两者之间有一个液气分离器（调节器）。经过调节器的液体制冷剂在超冷部分被再次冷却，增加了制冷剂自身的冷却容量，从而可以得

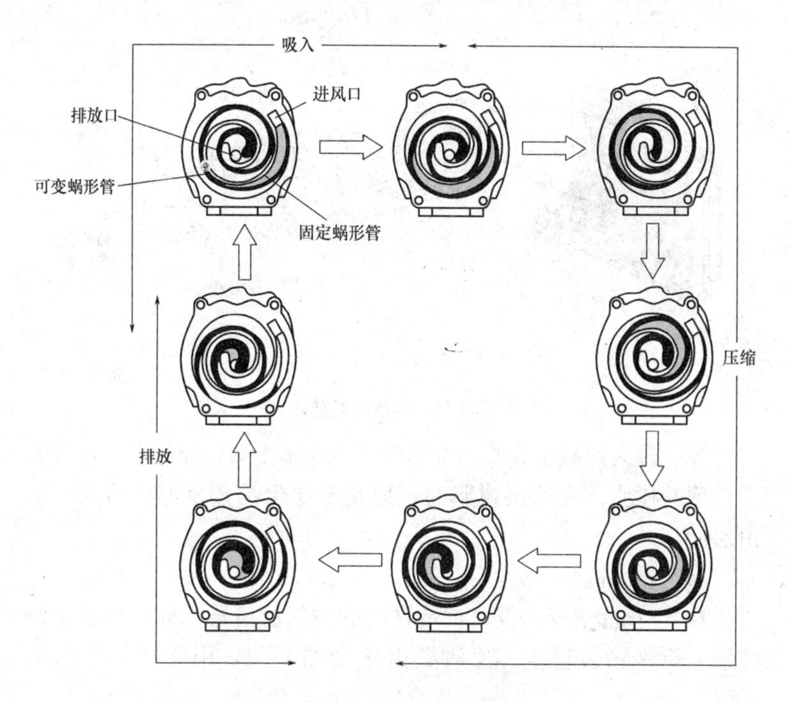

图 3-10　电动变频压缩机的工作原理

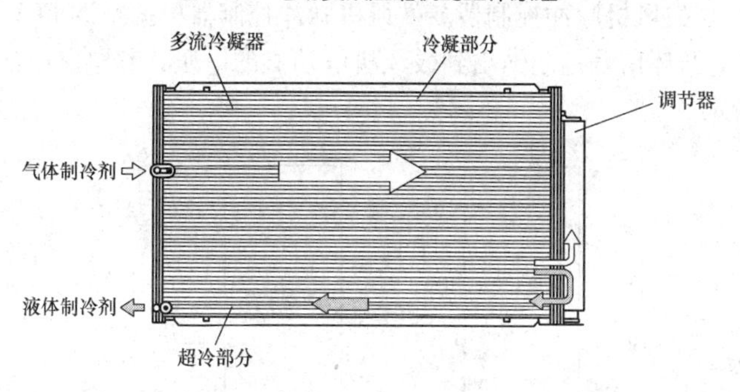

图 3-11　冷凝器的结构

到高效的制冷性能。

(3) 蒸发器。蒸发器的结构如图 3-12 所示，在蒸发器装置的顶部和底部有储液罐，采用微孔管结构，从而实现了增强导热性、散热更集中和使蒸发器更薄的目的。

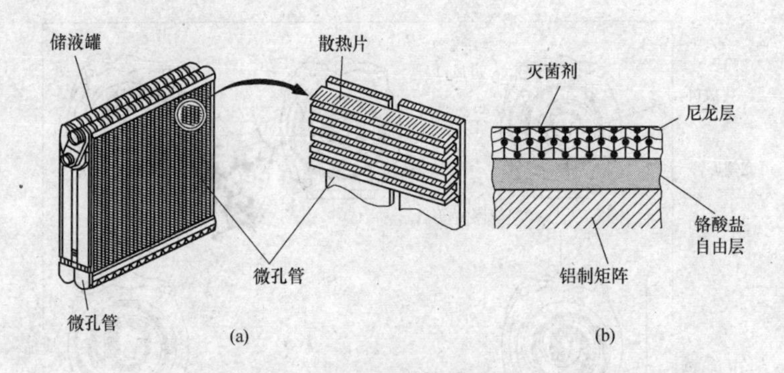

图 3-12 蒸发器的结构

为了最大地减少异味和细菌的滋生，蒸发器体涂抹了一层含有灭菌剂的树脂。在这层树脂的下面是一层保护蒸发器的铬酸盐自由层。

(4) 鼓风机。

1) 空气滤清器。鼓风机装置内的空气滤清器（标准型粒子滤清器）能够除去粉尘。滤清器由聚合脂制成，用于清洁车内的空气。

2) 鼓风机脉冲控制器。鼓风机脉冲控制器根据空调 ECU 输入的占空循环信号控制输出到鼓风机电动机的电压，其电路图如图 3-13 所示。

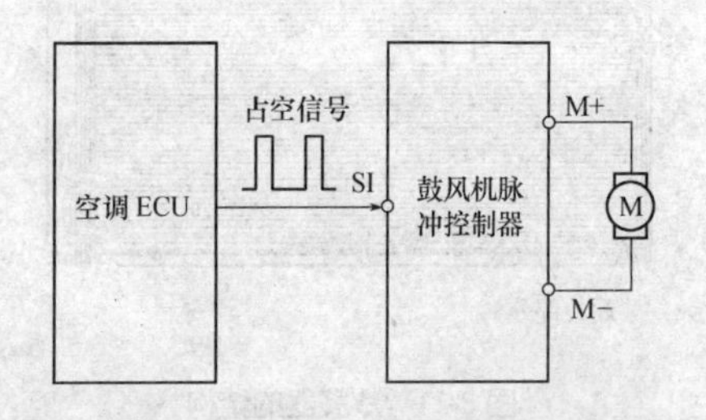

图 3-13 鼓风机脉冲控制器的电路图

(5) PTC 暖风机。如图 3-14 所示，两个 PTC（正温度系数）暖风机安装在暖风机芯上。

PTC 暖风机包含在中间插有 PTC 元件的电极，电流通过 PTC

元件来加热流经散热片的空气。

PTC暖风机是一个蜂房型的热敏电阻，直接加热风道中的空气。

SFA-Ⅱ（直吹铝制-Ⅱ）暖风机芯与传统SFA暖风机芯是同样的直吹（全程吹风）型暖风机芯。但是，SFA-Ⅱ暖风机芯用了密集暖风机芯结构，从而获得紧凑、高效的性能。

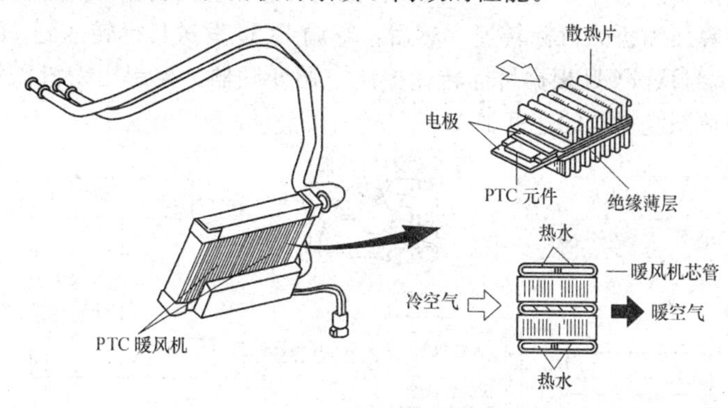

图3-14　PTC暖风机

（6）车内温度和湿度传感器。空调的湿度传感器被加入到了车内温度传感器中。通过检测车内的湿度，优化了空调系统操作期间的除湿效率。其电路图如图3-15所示。

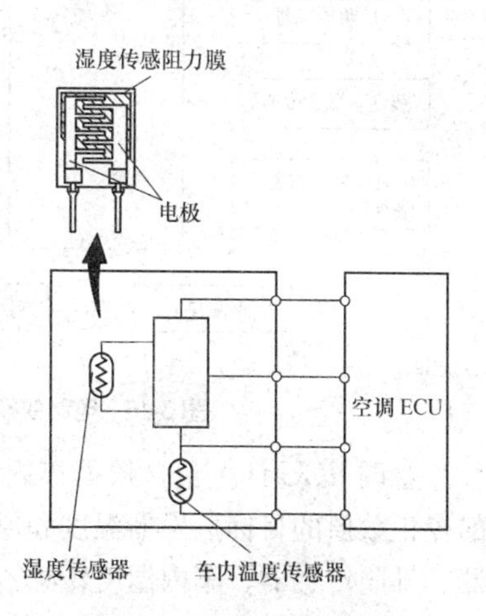

图3-15　车内温度和湿度传感器的电路图

湿度传感器内置的湿度传感阻力膜吸收并释放车内的湿气，在吸收和释放的过程中，湿度传感器的阻力膜扩张（吸收湿气时）和收缩（释放湿气时）。湿度传感阻力膜的炭粒间的间隙在吸收和释放湿气时扩张和收缩，改变电极间电阻，从而引起湿度传感器的输出电

压变化，空调 ECU 通过电极间的电阻变化引起湿度传感器输出电压的变化来检测车内温度。

(7) 空调 ECU。

1) 电动变频压缩机控制。如图 3-16 所示，空调 ECU 根据目标蒸发器温度（由车内温度传感器、湿度传感器、环境温度传感器和日照传感器计算而来）和蒸发器温度传感器检测的实际蒸发器温度计算压缩机的目标转速，然后，空调 ECU 发送目标转速到 HV ECU。HV ECU 根据目标转速控制空调变频器，控制压缩机以符合空调系统操作的速度工作。

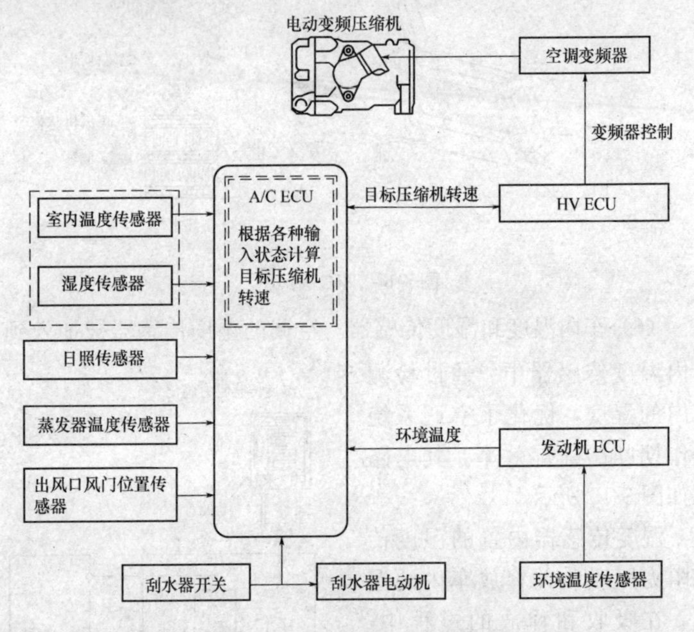

图 3-16 电动变频压缩机控制框图

空调 ECU 计算包含根据车内湿度（从湿度传感器获得）产生的校正数值的目标蒸发器温度和风挡玻璃内表面湿度（从湿度传感器、日照传感器、车内温度传感器、模式风门位置和刮水器工作状态计算而来）。这样，空调 ECU 控制压缩机转速使冷却性能和除雾性能不受影响。因此，车辆实现了乘坐舒适和低油耗等目标。

2）自诊断。空调 ECU 具有自诊断功能，见表 3-1。它以故障码的形式将所有操作故障存储在空调系统存储器中。通过操作空调控制开关，存储的故障码可显示于复式显示器上。由于诊断结果的存储由蓄电池直接提供电能，所以在点火开关关闭后相关信息也不会消失。

表 3-1　　自诊断功能

功　能	说　　明
指示灯检查	检查模式和温度设定显示
传感器检查	检查过去的和现在的传感器空调变频器的故障，清除过去的故障数据
执行器检查	按照执行器检查模式检查鼓风机电动机、伺服电动机和电磁式离合器是否按 ECU 信号正常工作

检查功能可按图 3-17 的步骤进行。

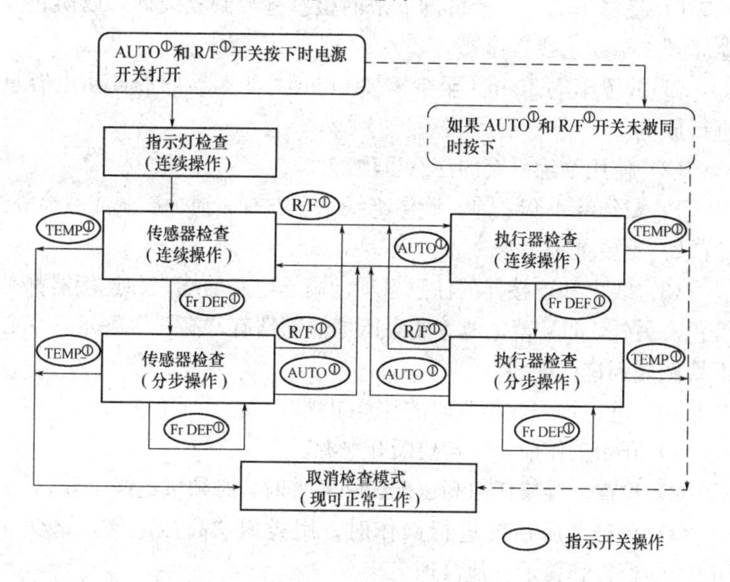

图 3-17　检查功能步骤

①—使用方向盘衬垫上的开关

4. 电动空调维修的注意事项

为了方便读者阅读，这里也顺便介绍电动空调维修的注意

事项。

混合动力系统使用高压电路，因此不正确的操作可能导致电击或漏电，在检修过程中（例如安装拆卸零件、检查、更换零件）必须遵循下列步骤。

（1）对高压系统进行操作时断开电源。

1）确保电源开关关闭。

2）从辅助蓄电池上断开负极端子电缆。

3）一定要戴绝缘手套。断开电源之前必须检查故障码，否则故障码也会被清除。

4）拆下检修塞。

a）拆下检修塞后，不要操作电源开关，否则可能损坏混合动力车辆控制 ECU。

b）检修车辆时，请将拆下来的检修塞放到衣袋内，以防止其他修理工重新连接检修塞。

5）放置车辆 5min。至少需要 5min 对变频器内的离压电容量进行放电。

（2）使用绝缘手套的注意事项。

1）戴绝缘手套之前，确保绝缘手套没有破损、破洞或裂纹等。

2）不要戴湿手套。

（3）线束和连接器的注意事项。高压电路的线束和连接器都是橙色。另外，HV 蓄电池等的高压零件都贴有“高压”警示，小心不要触碰到这些配线。

（4）进行维修或检查时的注意事项。

1）开始工作前，一定要断开电源。

2）检查、维修任何高压配线和零件时，必须戴绝缘手套。

3）在对高压系统进行操作时，用类似“高压工作，请勿靠近！”的警告牌警示其他修理工。

4）不要携带任何类似卡尺或测卷尺等金属物体，因为这些物体可能掉落从而引起短路。拆下任何高压配线后，立刻用绝缘胶带将其绝缘。

5）一定要按规定扭矩将高压螺钉拧紧。扭矩不足或过量都可能导致故障。

6）完成对高压系统的操作后和重新安装检修塞前，应再次确认在工作平台周围没有遗留任何零件或工具，以及确认高压端子已拧紧和连接器已连接。

汽车空调的使用与检修

第一节　汽车空调的使用与维护

汽车空调的使用与维护主要包括正确使用、日常维护和定期维护。

一、空调的正确使用

1. 非独立式空调的正确使用

（1）使用空调前，应先了解空调操作面板上各推杆和按钮的作用，按操作面板准确进行操作。

（2）启动发动机时确认空调开关是关闭的，待发动机稳定运转几分钟后，打开鼓风机至某一挡位，然后再按下空调开关 A/C 以启动空调压缩机，调整送风温度和选择送风口，空调机即可正常工作。

需要注意的是：当温度调节推杆处于最大冷却位置时，应尽量使用风机的高速挡，以免蒸发器因过冷而结冰。

（3）在制冷时，必须关闭通风口、车窗和车门，以尽快达到满意的温度，节省能量。

（4）调整好冷风口的风向，使冷风均匀地吹入车厢。

（5）在只需换气而不需冷气时，如春、秋两季，只需打开鼓风机开关而不要启动压缩机。

（6）在爬长坡或超车时应暂时断开压缩机的运行，以免发动机动力不足或发动机超负荷运行而过热。

（7）汽车停驶时最好不要长时间使用空调，以免耗尽蓄电池的电能和防止废气被吸入车内，造成启动困难或乘客吸入二氧化碳中毒。

（8）在发动机怠速时，如使用空调应适当提高发动机怠速至 800～1000r/min（有自动提升的空调除外），以防发动机因驱动空调压缩机而熄火。

(9) 夏日停车应尽量避免在阳光下曝晒，以免加重空调装置的负担。

(10) 有些汽车空调空气入口有新鲜（Fresh）和再循环（Recircle）两个控制位置。若汽车在尘土飞扬的道路上行驶，应将空气入口位置设在再循环位置，以防车外灰尘进入。

(11) 在空调运行时，若听到空调装置有异常响声（如压缩机响、风机响、管子爆裂、传动带坏等）或发生其他异常情况，应立即关闭空调，并及时进行检修。

(12) 按照汽车空调常规检查下列情况。

1) 各管接头连接处、固定夹、各连接螺栓是否紧固。

2) 各电线接柱是否连接可靠、是否有松动。

3) 各电线、软管是否有磨破、松弛，是否有接触高温、旋转物体，软管是否有鼓泡。

4) 制冷剂量是否合适（从视液镜处判断），是否有泄漏，管接头、冷凝器表面等处有无泄漏。

2. 独立式空调的正确使用

对于独立式空调器（指有专用辅助发动机带动压缩机的空调装置）的汽车，使用时的注意事项与非独立式的大体相同，但由于辅助发动机有时有单独的油箱，因而还需经常注意空调油箱的储油情况，并要检查辅助发动机的冷却液温度、油压等情况。

为延长辅助发动机的寿命，尽量做至低速启动，低速关机。有可能时，加设卸载启动装置。同时，应保证发动机吸气的清洁度。

二、空调的日常维护

空调日常维护的内容主要有以下几点。

(1) 经常检查空调压缩机皮带的质量和松紧度。

(2) 冷凝器散热片及盘管必须保持表面干净才有最好的散热性能，因此应定期清洁冷凝器和蒸发器表面，保证其正常的热交换。用软毛刷和水清洗，因为灰尘、昆虫、树叶及外来其他异物积聚在散热片间，使空气不能通过，降低了冷凝器的散热能力，使制冷效率降低或不制冷。另外，冷凝器的散热片及盘管表面灰尘层和油层

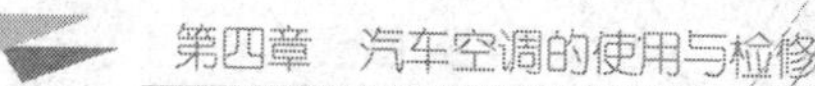

也会影响冷凝器的散热。

注意：不要用硬毛刷和高压水清洗，不要弄弯散热片。

(3) 经常检查制冷系统有无泄漏，可用卤素检漏仪检查，制冷剂无泄漏卤素颜色呈蓝色，微漏时呈浅蓝色，泄漏严重呈浅蓝或紫色。

(4) 储液干燥器的外部要清洁，应经常擦拭除去外部灰尘油污，保证散热良好和视液镜观察方便。应保持储液干燥器通风良好，不要将棉纱等物品放置在储液干燥器外壳与车体的空隙中。应保持储液干燥器的正常位置，不可任意扭转外壳角度，对连接管路避免外力冲击。

(5) 精确控制空调系统中的润滑油量，若压缩机油量不足，会加剧压缩机的磨损，过多将会降低热交换效率，影响制冷效果。

(6) 在不使用空调的季节，不要将压缩机皮带拆下，最好每星期开动一次，让其运转 10min。

三、空调的定期维护

汽车空调系统的定期维护方法有两种：①与车辆的维护同步进行，见表 4-1；②按汽车空调专门制定的维护周期独立进行，见表 4-2。

表 4-1　　车辆维护同步作业表

系统	作业项	技术要求
压缩机系统	每年在四至五月份维护期中更换一次压缩机润滑油，并清洁或更换润滑油滤网	压缩机润滑油液面高度应达到视液镜的上部边缘或原厂规定标准，润滑油滤网应清洁、无杂物堵塞或缺损现象，磁铁完好有效
	检视进、排气阀	进、排气阀开闭灵活，作用正常
	检视轴封	轴封处不应有渗漏现象
制冷系统	检视高、低压管道	高低压管道的管类码齐全，螺栓紧固不松动。软管表面无起泡、老化或破损现象，硬管焊接处无裂纹或渗漏现象，全长上没有与其他机件发生碰擦干涉现象
	检视膨胀阀	膨胀阀应无堵塞，感温包作用正常，膨胀阀能根据温度的变化而自动调节制冷剂的供给量
	检视储液干燥器	在制冷系统正常工作时，其表面应无露珠或挂霜现象 每年在四至五月份维护期间，更换一次干燥剂（可拆式）或视需要换储液干燥器总成（不可折式）

续表

系统	作业项	技术要求
制冷系统	检查、清洁蒸发器和冷凝器，检紧全部固定螺栓、螺母	蒸发器、冷凝器无渗漏，散热片无折弯、无尘土杂物堵塞现象 蒸发器、冷凝器座应无裂纹，各固定螺栓螺母齐全、紧固、可靠
	检视制冷剂量	制冷系统工作时，观察视液镜，应无气泡流动现象 在制冷装置进气口的空气温度为30～35℃，发动机转速为2000r/min，送风机以最高速旋转和制冷选用最强挡的条件下，系统的工作压力应为： 低压侧为147～200kPa；高压侧为1400～1500kPa
电气系统	检视冷凝器和蒸发器的风机	各风机工作正常无异响，叶片无裂损、固定螺栓螺母齐全、牢固、有效。冷凝器风机与冷凝器散热片无干涉现象
	检视冷却液温度开关	冷却液温度开关在（100±2）℃时，应能自动接通声光报警电路
	检视高、低压压力开关	高压开关在压力大于2.2MPa时，应能自动接通声光报警电路及切断通向电磁离合器的电流；当压力小于2MPa时应自动复位 低压开关在压力小于0.2MPa时，应能自动接通声光报警电路及切断通往电磁离合器的电流，使压缩机停转；当压力大于0.2MPa时应能自动复位
	检视除霜温度控制器和车内温度控制器	车内温度控制器在5～30℃的控制范围内作用良好 除霜温度控制器应在2℃左右时能自动接通电磁阀，在7℃时自动断开
	检视电磁离合器	电磁离合器离合良好，无打滑现象出现，离合器轴承在旋转时无偏摆拖滞现象出现

表 4-2　　　　　　　　　　空调周期维护作业表

系统	项目	维护内容	维护周期					
			每天	每周	每隔3月		每隔6月	每隔9月
					月初	月末	月末	月末
压缩机	曲轴及其轴承	不超过使用范围					◎	○
	连杆及其轴承	不超过使用范围					◎	○
	活塞组	不超过使用范围					◎	○
	阀门						◎	○
	润滑油泵	不超过使用范围					◎	○
	轴封	用测漏仪检查其泄漏量					◎	○
	润滑油	更换及清洗滤网				◎	○	
制冷系统	管道各接头	有无松动情况，用检漏仪检漏				●		
	制冷剂注入量	通过视液镜检查	○					
	冷凝器	检查是否有尘埃和夹杂物，必要时加以清洗		●				
	蒸发器	检查是否有尘埃和夹杂物			●			
	干燥滤清器	更换干燥剂或总成						●
	膨胀阀	检查动作是否正常及滤清器是否堵塞					◎	○
	冷却液温度报警灯	超温时是否能亮		●				
	高压报警灯	超压时是否能亮		●				
	压力开关	检查动作是否正常			●			
电气系统	冷却液温度开关	检查动作是否正常			●			
	车内温度控制器	在温度控制范围内作用是否良好			●			
	热敏电阻开关	检查动作是否正常			●			
	送风机	检查其工作是否正常可靠			●			
	电磁离合器	检查是否具有所规定的性能			●			
	电磁阀	检查动作是否正常					●	

续表

系统	项　目	维护内容	维护周期					
			每天	每周	每隔3月		每隔6月	每隔9月
					月初	月末	月末	月末
其他	紧固件	检查有无裂纹或损伤，如发现松弛则要加以紧固		◎		○		
	三角带	检查其张力和磨损程度		●				
	V带张紧轮	检查是否能圆滑旋转			●			
	空气滤清器	检查有无堵塞现象，必要时加以清扫		●				

表中：○为轿车，◎为货车，●为所有车型汽车。

第二节　汽车空调主要部件的拆卸与安装

一、空调压缩机的拆装

1. 拆装注意事项

拆卸压缩机应注意以下几点。

(1) 了解压缩机的结构，拆装工具齐备、清洁。

(2) 应按顺序拆卸，卸下的部件应放在干净处并进行编号。

(3) 必须注意保护配合面，拆卸有配合面的零件，要把配合面向上放置。

(4) 应采用专用洗涤剂清洗零件，并用毛刷刷洗，严禁用破布、纱布擦零件，且切勿在火源附近工作，要避免元件沾水，更不能用水清洗。

(5) 拆卸压缩机时应先排出压缩机冷冻润滑油后才能开始检修。

(6) 拆卸前应将拆换的备件准备好。

2. 压缩机的拆卸

(1) 排空空调管路内的制冷剂，拆下压缩机。有的汽车冷冻润滑油量已有标准，故不需测量，但另一些车型的空调系统排放制冷剂时均需测量流出的冷冻润滑油量。

(2) 松开连接板螺栓，使连接板能前后松动，让残存的制冷剂

从缝隙里缓慢流出。注意排放制冷剂的流速不能太快，以防冷冻润滑油一起流走。

(3) 制冷剂排放完后，管路内已卸压，即可以取走管路接头和整块连接板。

(4) 立即用盖板盖住压缩机，以防止灰尘、水分和空气进入压缩机中。

(5) 拆去电磁离合器导线。

(6) 拆卸空调压缩机的固定螺栓，将整个压缩机从发动机室内取出。

二、空调电磁离合器的拆装

1. 电磁离合器的拆卸

(1) 拆下离合器轴上轮毂的锁紧螺母。

(2) 用专用轮毂拆卸工具拆下轮毂，如图 4-1 (a) 所示。

(3) 用卡环钳拆下带轮的支架卡环。

(4) 用三爪拉器拆卸带轮和轴承组件，如图 4-1 (b) 所示，注

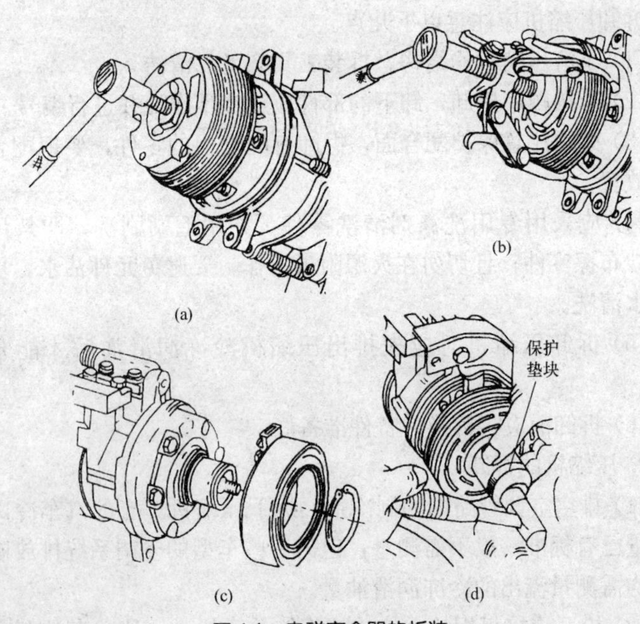

(a) (b) (c) (d)

图 4-1 电磁离合器的拆装

意对压缩机轴端及螺纹的保护，轴端与拉器杠之间最好垫上软金属，并保持拉器与轴的对正以防止压缩机轴损坏。

（5）用卡环钳拆下电磁线圈支架卡环，如图4-1（c）所示。

电磁离合器压板与空转轮之间有配合间隙，其间隙范围一般在0.4～0.9mm之间，可选用垫片的厚度有0.1、0.3、0.5mm。

（6）拆下电磁线圈，注意不要碰断线圈的接线端子和导线。

2. 电磁离合器的安装

先用纱布蘸酒精或无腐蚀的清洁剂，擦净压缩机及离合器各个部件，同时仔细检查各部件。

（1）安装电磁线圈。将压缩机壳体上的定位销与电磁线圈上定位孔对正配合［注意：用软金属（铜或铝块）垫在轴承带轮上，用榔头均匀平整地轻轻敲到位，然后用卡环固定］。

（2）安装轴承带轮，如图4-1（d）所示，接着按拆下来的顺序反过来安装。

（3）安装轴承和带轮卡环，卡环的斜面朝外。

（4）安装垫片、滑键，在校直滑键位置后，安装轮毂。

（5）检查轮毂与带轮之间的轴向间隙，注意要用非磁性的塞尺检测，转动压缩机轴一圈以上，检查不同角度的轴向间隙，并通过加减垫片调整。

三、空调冷凝器的拆装

1. 冷凝器拆卸

（1）拆去蓄电池接地线。

（2）将系统内的制冷剂排空。

（3）拆去发动机散热器水箱护板上部螺钉。

（4）取走散热器水箱上部支撑螺钉及支承。

（5）将散热器水箱顶部向后推，用一块50mm×100mm的木块塞到水箱散热器的右上角与水箱支架之间的位置，保证散热片不会被挤瘪、咬死，或者将水箱散热器挤坏。

（6）卸下冷凝器上部与散热器水箱支架的连接螺钉。

（7）从汽车下面，卸去冷凝器下部与水箱散热器支架的连接螺母。

(8) 拆开冷凝器的制冷剂进出口管接头（如冷凝器与储液干燥器一起拆开时，则拆开储液干燥器出口管接头）。拆开后立刻把管口盖好保护起来，防止水分、空气或灰尘进入管内。

(9) 提起冷凝器，使得冷凝器下部固定螺钉离开散热器水箱支架，对角拿起冷凝器，注意不要碰坏散热器水箱。

但在拆卸时要小心，防止冷凝器锋利的散热片口伤人。有些汽车空调冷凝器必须从汽车底部才能取出。这样需用千斤顶顶起汽车，顶起汽车后要用垫木来支承汽车，以防止千斤顶漏油下降，汽车落下压伤操作者。汽车下部如有保护板，应先拆除保护后才拆冷凝器。

2. 冷凝器的安装

按照拆卸相反的步骤安装冷凝器，但必须注意以下几点。

(1) 在连接冷凝器的管接头时，要注意分清制冷剂的进口和出口。从压缩机输出的高压气态制冷剂，必须从冷凝器上端进口进入，再流动到下部管道，冷凝成液态的制冷剂沿下方出口流出，进入储液干燥器，此顺序绝对不能接反，否则会引起制冷系统压力升高，冷凝器和压缩机胀裂的严重事故。

(2) 冷凝器在未装连接管接头之前，不要长时间打开管口的保护管，尽量缩短制冷系统的开放状态时间，以免潮气进入制冷系统内部。

(3) 拆装冷凝器要使用专用工具，在安装新的冷凝器时，拆下的O形圈不能再使用，否则会出现制冷剂泄漏。新用O形密封圈时，必须先抹上冷冻润滑油。

在安装冷凝器时，按拆卸时相反的顺序进行即可。

(4) 重新安装冷凝器时应在冷凝器内加入30mL干净冷冻润滑油。

(5) 装连接管接头必须用两把扳手拧紧才可靠。

(6) 装冷凝器及管接头，必须抽真空，重新灌入制冷剂、查漏，并检验空调系统的运行性能。

四、空调膨胀阀与孔管的拆装

1. 膨胀阀的拆装

汽车空调系统的膨胀阀是为特殊使用条件而设定的，并且加工

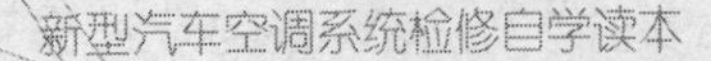

精密，在一般情况下，不要试图去拆开、修理或调节膨胀阀。

如果膨胀阀被堵塞，清洗和更换内部的过滤网是可以的。有些膨胀阀可以清洗、修理或调整，但只能使用相应的专用工具和检测设备及具备相当的经验才能完成，盲目地修理和调节将比更换一只新的花费更多的代价。

如果发现膨胀阀失效，可能是感温包内的液体漏掉，或内部零件锈蚀或阀卡住。感温包内的液体不能重新充灌，如果阀卡住，阀位可能是全开或全闭的，出现这种情况时该阀必须换新。

膨胀阀的拆装注意事项如下。

在拆装膨胀时，应拆除影响拆卸的其他附件，并对车辆的表面涂层进行保护，如果需要将车辆电源切断，应先看一下该车有无防盗或音响防盗，应做好相应的措施（如音响密码的记录）。在拆装膨胀阀时，对各个管路接口配合表面要加以保护，防止变形、划伤，影响密封，当管路接口敞开时，应立即用干净的塑料薄膜包扎捆绑，防止异物和水分进入。对各个管路接口处的O形圈必须更换，以保证管路之间的密封性能良好。

安装膨胀阀的要求如下。

（1）膨胀阀一般都应直立安装，不允许倒置，安装位置要尽量靠近蒸发器。

（2）感温包一般安装在蒸发器水平出口管没有积液位置的上表面（积液还要蒸发，不能反映真正的过热温度，且温度也不稳定），要包扎牢靠，保证感温包与管子有良好的接触。接触面要清洁，并要紧贴，还要用隔热防潮胶带包好。必要时膨胀阀本体也用隔热胶带包好。

（3）外平衡管要装在感温包后边管段的上表面处，且保持适当距离。两者位置不能互换，因为有时会有少量液态制冷剂由平衡管流出，再进入吸气管，从而影响感温包处过热温度的准确性。

（4）调整膨胀阀时，必须在发动机正常运转情况下进行调整，并应由熟练的空调技术人员进行。

2. 孔管的拆装

孔管与膨胀阀在制冷系统中的作用有相似之处，即都有节流作

用。不同之处是膨胀阀可调节控制制冷剂流量，而孔管对流量不能直接调节控制，孔管结构广泛应用于我国汽车制冷系统中。

孔管是一个长固定、不能调节制冷剂流量的装置，与膨胀阀不同的是，它没有感温包，没有调节制冷剂流量的动作部件。孔管仅依靠压力差（高压侧向低压侧）完成节流任务。孔管失效的主要原因是节流元件堵塞，这通常是由于积累器内干燥剂和滤网失效引起的。

此时最好更换孔管，同时积累器也要更换掉。

在进行空调系统检修时，一般应更换新孔管和积累器，不同车型的孔管不能互换代替，虽然孔管外形很相似，也能安装于其他的车型管路中，但它们不可互换，检修中一定要注意型号的识别。

孔管的拆卸如图 4-2 所示。

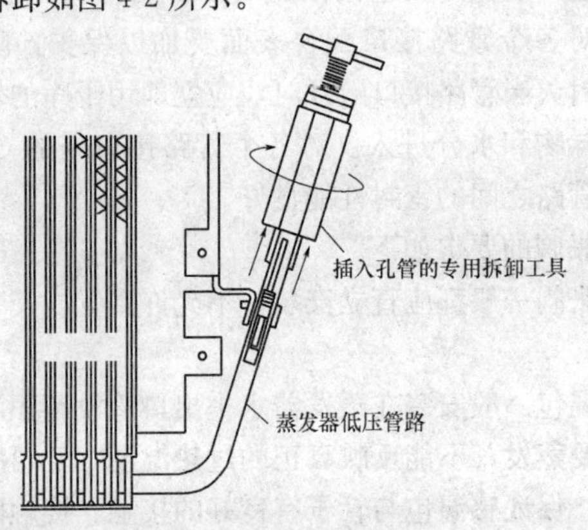

图 4-2　孔管的拆卸

孔管在液管内安装方式有以下两种。

（1）安装孔管的液管分成两段，打开液管中间的管接头后就有一部分孔管露出管接头，这种孔管的安装位置便于孔管的拆装。拆装管接头时，一定要注意不要让拆装的管接头受到与液管垂直方向上的力，否则会将孔管碰坏。可将少许冷冻润滑油滴进去，再用尖嘴钳以平衡的力向外轻轻一拉就可把孔管拆下来，这种方式称为孔管的管口式拆卸。也可以用专用工具拉拔器插入孔管，顺时针轻轻转动拉拔器上的 T 形手柄，使工具前端的小杠进入孔管的接头，用手固定住T形手柄（不要转动手柄），顺时针转动拉拔器外筒下孔管。若拆卸时孔管系统破裂，在拔除破裂的孔管前端部分后，将拉拔器的前端插入孔管（在管路中的剩余部分）小孔中，并顺时针转动T形手柄，使小丝杠螺纹部分进入到破裂的孔管黄铜部分，如图4-3所示。拉动拉拔器，破裂的孔管便被拉出。注意：孔管的黄铜管可能从塑料体上拔出，若出现此种情况，从拉拔器上取下黄铜管，重新把拉拔器插入塑料体，取出残留的孔管。安装时，把接口处理干净，用洁净的冷冻润滑油润滑孔管表面，然后装到管路内正规位置，在管路接口处安装新的密封圈，按照要求把管路拧紧到正规位置即可。

（2）在冷凝器出口到蒸发器进口之间的安装孔管路是一根管子。当这根管子还是直管时（未弯折，安装在冷凝器出口和蒸发器进口之间前），先将孔管安装进直管内部，然后再弯折成需要的角度和形状，以便和凝器出口、蒸发进口连接安装。孔管在冷凝器出口和蒸发器进口间管路的确切位置由液体管上的几个“细”的“节”标明确定。更换此类孔管，需要切割掉液管盛装孔管的部分（大约63.5mm），再用另一段双头都有管接头（内部盛装新的孔管）的管路和压紧螺母替换切下的液管，此种方式为孔管的切割式更换，当然也可以更换整体的（装好孔管）管路。液体管中孔管位置和需切割的部分如图4-4所示。

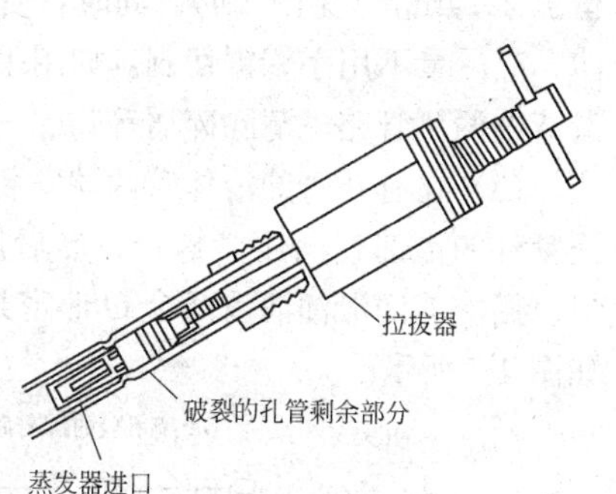

图4-3 拆卸破裂的孔管

3. 孔管的切割更换

孔管的切割更换方法如下。

（1）拆下蒸发器进口处管接头，拆下冷凝器出口管接头，拆下O形密封圈，拆下装有孔管的管路。

（2）找到孔管在液体管内的位置，孔管出口侧有一个环形凹槽节或三个槽节，用切割器切下液体管。注意：液体管的切割位置为

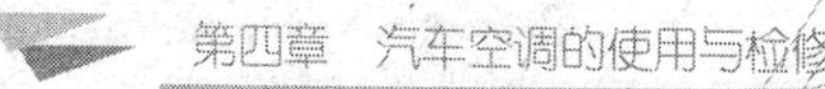

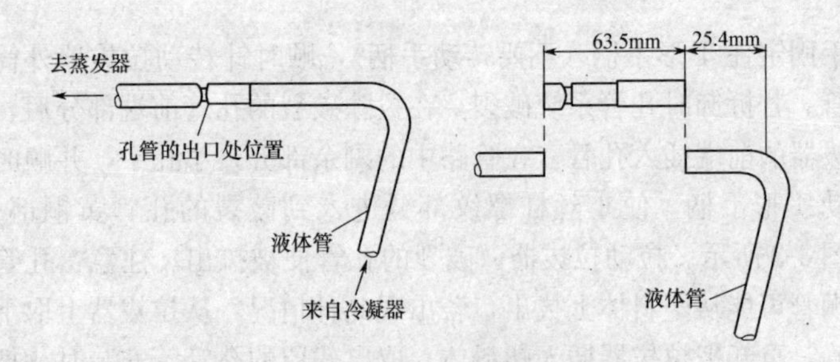

图 4-4 液体管中孔管位置和需切割的部分

包含孔管的液体管“直管”部分，需要切下 63.5mm，其两侧至少留出 25.4mm（见图 4-4）。同时，使用切割器时，需防止液体管扭曲，应尽量不用手钢锯切割，如用手钢锯切，必须用洁净的冷冻润滑清洗两侧管路、清除碎屑等物。

（3）在有孔管的液体管两端安装压紧螺母，安装压紧环，并使压紧环的锥部朝向压紧螺母，然后用胀管器将两边管路压出喇叭口。用冷冻润滑油润滑两个 O 形密封圈，并装到两侧的液体管上，如图 4-5 所示。

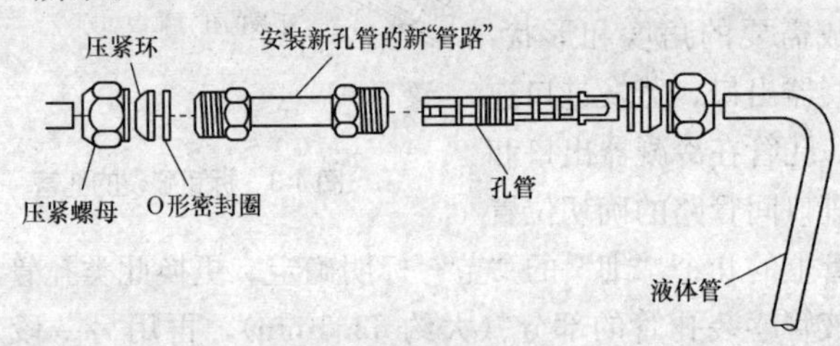

图 4-5 新孔管组件

（4）把装有孔管的（注意孔管箭头标识的方向，它应朝向蒸发器）液体管插入新的 O 形密封圈，连接安装液体管使之成为一个整体，并将两端的管路接头拧到合适的力矩。

五、空调蒸发器的拆装

蒸发器拆卸的方法由于车型不同而拆卸方法也有所不同。拆卸时应先拆去蓄电池接地线，然后将系统的制冷剂排空。必要时还得先拆去发动机的空气滤清器、化油器、预热器和发动机冷却液温度

开关以及会妨碍蒸发器取出的管和阀。

1. 拆卸

拆卸蒸发器的方法如下。

(1) 从蒸发器上拆去制冷剂进出管接头和溢流管，并把已拆开的每个管口一一封口，以免空气、水分和灰尘进入管内。

(2) 拆去真空控制管路、真空罐及其支架。

(3) 拆去全部装在蒸发器上的电线和真空管线。

(4) 拆去蒸发器外壳顶部，及侧面的固定螺钉。

(5) 取下蒸发器顶盖，然后将蒸发器卸下。但注意不要碰伤蒸发器，并防止锋利的散热片伤人。

2. 安装

安装蒸发器可按拆卸时的相反顺序进行安装。注意在重新安装蒸发器时应加入 90mL 干净冷冻润滑油，接好各个管接头后，再将系统抽真空，加灌制冷剂，检漏，最后进行空调系统性能检测。

六、空调鼓风机的拆装

拆卸鼓风机时应先拆去蓄电池接地线，卸下发热器热水管和控制导风板位置的拉索。顶起汽车，拆去除与散热器水箱支架连接处鼓风机挡板上的全部连接螺钉，然后拉出导风板，在导风罩下部与围板间垫上一块 50～100mm 的方木，以便能拆去风扇及电动机。鼓风机的拆装方法如下。

(1) 拆开向鼓风机供冷的管路及鼓风机供电导线，拧去鼓风机外壳的固定螺钉，将鼓风机与外壳一起取出。如导风管接头处因密封粘紧须细心撬开分离，防止用力过度使连接管壁变形。

(2) 拧松风扇叶轮的固定螺母，拆开扇叶和电动机。

(3) 重新安装鼓风机时按与拆卸时相反的顺序进行。装扇叶时应注意叶片曲面展开方向应离开电动机伸向外端。

七、空调系统接头的拆装

1. 空调系统管件拆装要点

(1) 若装配时发现有的管子需要清洁时，可用无水酒精冲洗，并且要充分干燥后才能装配，注意不许用压缩空气吹。

(2) 安装时，管路系统开放时，应立即将孔塞或盖板装在管接

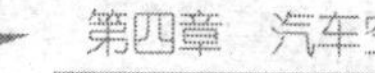

头上；如无合适的堵塞，可用多层塑料布封好。

（3）连接金属管和软管之前应在接头上滴几滴冷冻润滑油。

（4）安装管道时，应注意不要使O形圈掉落，涂冷冻润滑油后再紧固。

（5）在螺纹管接头处拧紧，或者松开时必须同时使用两把扳手进行操作，其拧紧力矩应按要求执行。

（6）管道安装后，不应与附件的组件接触。

2. 管件螺纹拧紧力矩要求

空调制冷管路和供暖管路的管件连接一定要牢固可靠，具有良好的密封性能且又不能因为拧紧力矩过大而损伤螺纹，使之失去密封连接功能。因此，不同的材质，不同的管径，都规定了拧紧力矩的要求，在空调管路安装时，应严格予以执行。汽车空调管路拧紧力矩具体数值如下。

（1）金属管与金属管连接，其拧紧力矩按相应车辆技术手册进行。

（2）橡胶软管与橡胶软管连接，其拧紧力矩按相应车辆技术手册进行。

（3）橡胶软管与金属管连接，其拧紧力矩按相应车辆技术手册进行。当不同材料管件连接时，其拧紧力矩一般使用其拧紧力矩范围内较低的数值。

由于汽车车型不同，空调系统的主要组成部件的位置也有所不同，因而拆卸的步骤会有所不同，应按汽车的维修手册进行。

第三节　汽车空调的检修

一、空调检修应注意事项

（1）首先应检查发动机的冷却系统、燃油供给系统和电气系统。它们必须处于正常工况，再检修空调系统。

（2）在拆开蓄电池电缆时，会丢失时钟和音响装置所储存的数据，因此，在进行此种操作前，应找到音响的密码以及所记录的内容，以便在维修工作结束后，重新设置时钟和对音响前进解码。

(3) 在维修配置有安全气囊系统车辆的自动空调系统时，为了防止气囊的意外张开而伤及人身，因此，如有必要，则在进行维修自动空调系统之前，应解除安全气囊系统，即断开点火开关、拆开蓄电池负极电缆，并在等待 3min 后，拔掉安全气囊系统线束连接器，即可解除安全气囊。在维修工作结束后，应复原安全气囊系统。

(4) 在合适的外界温度下检修空调。检修汽车空调的时间最好选择在外界温度 25℃以上，这时检测空调制冷效果最好，也最为准确，不会因为外界温度较低而误评空调制冷效果。

(5) 制冷剂不要与皮肤接触。在维修空调制冷系统、冲洗制冷系统时，应缓慢地排除制冷剂，避免制冷剂与皮肤接触，要戴好橡胶手套并注意防护眼睛。当制冷剂溅到眼睛或皮肤上时，应立即用大量冷水冲洗制冷剂接触处，然后在皮肤上涂上清洁的凡士林油，并迅速请医生治疗，切勿自理。

打开制冷回路时，应避免与液态制冷剂或制冷剂蒸气接触，以免制冷剂冻伤人体暴露部位。

(6) 空调管道方面。更换空调管是减少制冷剂泄漏的重要途径，应对空调管采取定期强制更换的原则，当然高档车可以根据情况延长周期。

需加热弯曲制冷系统的金属管道时，必须拆下进行，且弯曲半径尽可能大，拆卸后立即堵住管口，避免潮气和尘污浸入。

截断管口要平整、光洁，并清除管内金属屑，用专门工具进行喇叭口成型。

组装管道时，应在接头螺母上滴入少许压缩机润滑油后，按规定扭力拧紧。

(7) 不要在密闭房间或通风不好的房间里排除制冷循环中的制冷剂。因制冷剂是无色无味的气体，且比空气密度大，会在通风条件差的场所造成窒息危险。因此，应将制冷剂放到远离工作场所的地方，最好收集到密封的容器中。

(8) 不要让制冷剂接触明火。应避免制冷剂与火源接触，以免产生有毒气体。

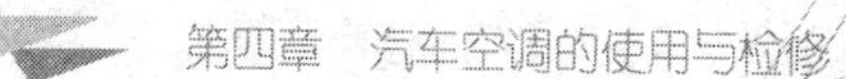

(9) 合理维护空调压缩机。维修空调时应注意其前部是否有异响，如有则应先对压缩机进行维修，防止使用一段时间后再修，这样制冷剂很容易泄漏。

空调压缩机皮带在大多数的汽车上是单独的，空调压缩机皮带的好坏往往可以目视，看其工作面是否有裂纹，是否有发黑痕迹；也可以听声音，听是否在开启空调时有“啾啾”的尖叫声，如有则必须进行检查和维修。另外，空调压缩机皮带轮的好坏直接影响皮带的使用寿命，也应引起重视。

(10) 各零部件之间的间隙应合适。为便于拆装和散热，冷却风扇与冷凝器间，钢制风扇应有15mm以上间隙；塑料制风扇应有20mm以上间隙；冷却风扇其罩间应有15mm以上间隙；冷却风扇与皮带轮之间应有4mm以上间隙；制冷管道与燃料系统管道间应有15mm以上间隙；压缩机的进出软管与周围零件应有15mm以上间隙。

(11) 不要在空调系统保持压力状态下进行加热作业。制冷剂排放前，切勿锡焊、气焊制冷系统零部件，避免制冷剂遇热分解成对人体健康不利的物质。正式装配前，系统各部件的密封塞不得拆除，以免水汽或异物进入而影响系统正常工作。

拆下制冷部件后，应立即封堵住其各管口，以防湿气进入制冷系统。在各零部件安装准备工作就绪之前，严禁打开各管口的堵盖物。

在连接制冷管路时，应快速操作，以防湿气进入制冷系统。

(12) 更换零部件应在排空制冷剂后进行。在更换制冷循环系统零部件时，应先排空管路中的制冷剂。在制冷剂排净后，才能打开螺纹，更换损坏的零件。打开的零部件和软管要防潮和防污，用密封帽封好，防止制冷剂受潮气影响。安装时，O形密封环只能用一次，还要用制冷剂油浸渍，O形密封环内径应准确。

(13) 冲洗制冷回路方面。在下列情况下须冲洗制冷回路：有污物浸入制冷系统内；由于轴承损坏须更换压缩机；润滑油变质或变稠。

如果要清洗制冷系统的零部件，必须用干燥的氮气或氟利昂吹

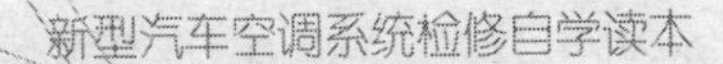

洗，不能用压缩空气吹洗。

（14）制冷剂的存放。R134a储存容器为高压容器，严禁存放在高温地方，并且要随时检测其存放空间的环境温度。

1）不能将制冷剂放入到大气中，因为制冷剂氟利昂对大气臭氧层有害，会破坏地球大气环境。必须用容器将制冷剂抽出，然后返回厂家处理或进行其他妥善处理。

2）装有制冷剂或冲洗剂的容器决不能装满制冷剂或冲洗剂，因为没有足够大的膨胀空间，容器温度升高后容易爆炸。

3）装有制冷剂的罐子应保存在40℃以下的环境中。

（15）不同的制冷剂和润滑油不能混用。空调系统的制冷剂除了R12以外，还有R134a，这两种制冷剂不能通用。不能将制冷剂R134a直接充入到R12的制冷回路中，因为两种制冷回路的零件是各自适用自己的制冷剂的，千万不可直接互换。如误将R12灌入R134a制冷系统，虽然一样可以发出冷风，但会损害压缩机。因为一般压缩机都已注入一些工质冷冻机油，全部倒出来时仍会残留一些冷冻油在机子里面，两种制冷剂的冷冻机油混在一起就会慢慢失去润滑作用而损坏机器。因此，汽车空调制冷系统使用哪一种制冷剂就应充注与其相应的制冷剂，不可互换使用。

当然，由于R134a具有与R12不同的性质，因此，它也不能简单地应用于原来的R12空调制冷系统中，如果两者进行替换，必须要对系统中的干燥滤清器等进行更换，并吹净管路，表4-3中列出了应改变的有关方面，认供参考。

表4-3　R12与R134a互换时应改动的项目

项　目	改变情况	项　目	改变情况
制冷剂	R12→R134a	冷凝器	改进散热性能
压缩机油	矿物质油→合成油	接收器干燥剂	硅胶→沸石
管道	O形密封材料由NBR→RBR改变管道接头形状	熔化螺栓	停止使用熔化螺栓
压缩机	封口材料油NBR→RBR	安全阀	3.14MPa→3.43MPa
维修阀	改变螺孔尺寸	压力开关	2.65MPa→3.14MPa
软管	内衬加尼龙层，软管材料NBR→CI－HR	膨胀阀	改变流动特性

(16) 其他部分。

1) 在使用卤素灯测漏时，一定小心不要吸入测漏仪发出的气体，因为制冷剂在接触明火后会产生有毒气体。

2) 汽车空调制冷系统各零部件的固定应可靠，修理空调拆件往回装时，各固定螺钉都应按原样装上弹簧垫圈以防止松动。

3) 检修制冷系统时，应注意保护与空调相关的其他设备，在未加入制冷剂时不能转动压缩机。

4) 检修工作结束后，应重新检查一遍各机件的安装情况，确认正常后可试机。

二、空调主要部件的检修

汽车空调故障大致可分为电气系统故障和制冷系统故障。电气系统故障多出在电子控制系统，而制冷系统故障除了泄漏涉及整个系统外，其他故障大多集中在压缩机、膨胀阀等部件。现介绍空调主要部件的检修方法。

1. 压缩机的检修

汽车空调系统的大多数部件都在压缩机上，因此压缩机的检修量最大，压缩机常见故障有卡住、泄漏、压缩机制冷不良、有异响等。

(1) 空调压缩机常见故障的原因及排除方法见表 4-4。

(2) 压缩机的检测。

1) 压缩机的就车诊断。启动发动机，并保持转速在 1250～15000r/min 下运转，把歧管压力表接入制冷系统中，打开空调 A/C 开关，风机开到最大位置。触摸压缩机的进气口和排气口，正常情况应是进气口凉，排气口烫，两者之间的温差较大。

表 4-4　　空调压缩机常见故障的原因及故障排除方法

故障内容	故障现象	故障原因	故障排除方法
卡住	压缩机卡住使其不能转动	润滑不良或者没有润滑	检查制冷系统各接口是否有泄漏，比如：压缩机高低压管接口、蒸发器的溢油管、膨胀阀、积累器的油孔是否泄漏等 检查离合器是否吸合，工作是否良好 检查压缩机和传动带是否打滑，如无打滑，应检查电路 若在气缸内咬死，则应更换压缩机

续表

<table>
<tr><th colspan="2">故障内容</th><th>故障现象</th><th>故障原因</th><th>故障排除方法</th></tr>
<tr><td colspan="2">泄漏（漏油或漏气）</td><td>压缩机泄漏有漏油和漏气两种情况，泄漏轻微，只泄漏制冷剂。严重时，既泄漏制冷剂又泄漏润滑油。在轴封处也有很微量的泄漏，如果每年的泄漏量小于14.2g，不影响制冷系统的性能，认为是正常情况；若泄漏量超过14.2g，就必须进行检修</td><td>检查制冷系统时，O形密封圈没有更换或安装不到位，O形圈变形或磨损
不按规定扭力拧紧各制冷管接口紧固螺栓，接口密封不严
压缩机或制冷管道出现裂纹</td><td>用手或拿一张白纸直接触摸各制冷管的接口，检查手或白纸是否有油
通过电子检漏仪或肥皂液来检测制冷系统是否有泄漏或接上歧管压力表通过检测制冷系统的压力来判断制冷系统是否有泄漏</td></tr>
<tr><td colspan="2">压缩机无制冷剂输出或压缩机工作不良</td><td>出风口吹出一直是自然风或一点冷风，但无论怎样调节温度键，冷风温度无变化</td><td>空调控制面板失效
各风门拉索脱落或风门卡住
低压管路变形（变窄），制冷量不足
制冷系统有空气</td><td>更换同一品牌的空调控制面板，检查空调系统工作是否正常
检查风门拉索，风门是否脱落，运转是否自如
目视法检查制冷系统是否变形
接上歧管压力表，检测制冷系统压力，通过读取压力值判断系统是否有空气</td></tr>
<tr><td rowspan="2">压缩机和蒸发器风扇</td><td>尖叫</td><td rowspan="2">发出“吱吱”的尖叫声或压缩机振动</td><td>压缩机传动带过松或磨损
离合器结合时打滑</td><td>检查压缩机是否传动带过松或磨损
检查压缩机传动带轮轴线是否不平行，固定支架是否松动</td></tr>
<tr><td>振动</td><td>压缩机轴承润滑不良或磨损
压缩机带轮轴线不平行</td><td>用听诊器在怠速和急加速时检查轴承是否有异响</td></tr>
<tr><td colspan="2" rowspan="2">压缩机制冷不良</td><td>用歧管压力表检测压缩机的吸气压力和排气压力。如果两者压力几乎相同，用手触摸压缩机，发现其温度异常的高</td><td>压缩机缸垫窜气。从排气阀出来的高压气通过气缸垫的缺口窜回到吸气室，再次压缩，产生温度更高的蒸汽，这样来回循环，会把冷冻润滑油烧焦造成压缩机报废</td><td>修理或更换损坏的元件</td></tr>
<tr><td>吸气压力或者排气压力相同或相差不大，而压缩机不会发热</td><td>进、排气弹簧片破坏或者变软</td><td>修理或更换损坏的元件</td></tr>
</table>

a）如果两者温差小，表上显示高、低压相差不大，则说明压缩机的工作不良，应拆下进行修理。

b）如果压缩机较热，表上显示低压侧压力太高，高压侧压力太低，则说明压缩机内部密封不良，应更换压缩机。

c）如果制冷系统的高低压都过低，则说明系统内部的制冷剂过少，应进行检测。如果是压缩机出现泄漏，则应更换或修理。

压缩机正常运转，应发出清脆均匀的阀片踏动声，如果出现异响，判断异响的来源，进行修理。

通常压缩机工作不良时，其高压侧压力很低，低压侧的压力会变高，这是它的典型特征。

2）变排量压缩机的诊断。变排量压缩机的故障通常是由于压缩机内活塞连杆及斜盘系统或者进排气阀系统机械故障造成的。故障表现为：当压缩机离合器结合后，空调系统不制冷，在压力表上反映为系统静止压力与动态压力相同，而且高低压基本上接近。如果用手感觉进、排气管路的温度，两者应相差不大，且不烫手。当确认变排量压缩机有故障后，应对其进行修理或更换。

（3）压缩机润滑油量的检测。在空调制冷系统工作正常的情况下，润滑油的油量一般不需要检查。当空调制冷系统管子或软管的螺纹接头处严重泄漏，管子破裂及其他零部件严重损坏，或制冷剂大量减少时，就必须检查压缩机润滑油的油量是否合适。具体检测方法如下。

首先通过压缩机的视镜玻璃检查油量，油面达到标准高度的80%为合适。如果低于正常值应补充，高于油面界线应放出多余的油量。有的压缩机设置有专用的油尺，其油平面应在规定的刻线上。

制冷系统更换某部件总成时，也应补加润滑油。一般更换冷凝器或蒸发器时，应补加 40～50mL 润滑油；更换制冷系统管道、干燥器时，应补加 20mL 左右的润滑油。

润滑油很容易吸收潮气，加注时应先做好准备工作，加注后装润滑油的容器应及时加盖。往复活塞式压缩机应选用 DENSOIL6 或 SUNISO4GS 专用润滑油，轴向活塞式压缩机应选用 DENSOIL6 或 SUNISO5GS 专用润滑油。

(4) 电磁线圈检测。汽车空调电磁离合器的故障大多是其线圈烧毁。导致电磁离合器线圈损坏的原因除其本身质量不佳外，主要是空调系统的压力过高，带动压缩机运转的阻力太大，超过电磁线圈的电磁吸力，使离合器主、被动盘产生相对滑移摩擦，导致过热而烧毁。

1) 电磁线圈常见故障。

a) 电磁线圈引线及内部断路，在接线端子与线圈之间电流回路中，由于振动、弯折等引起导线脱焊式断裂。

b) 电磁线圈引线及内部短路，在接线端子与线圈之间电流回路中发生短路，形成工作电流过大，而线圈产生的电磁吸力却很小或根本无吸力。

c) 电磁线圈回路接触不良，此故障现象是压缩机电磁离合器结合无力或时通时断，主要原因有线圈接线端子锈蚀松旷、控制电磁线圈的继电器触点烧蚀、线圈内部脱焊等。

2) 电磁线圈检测。电压检测法。如图 4-6 所示，检查电磁离合器供电电压，应有 24V 或 12V 电压，如不正常，应检查空调开关和线路。

3) 电流检测法。如图 4-7 所示，电磁线圈在 12V 时，电流强度一般为 3.0～3.6A。如果线圈短路则电流会过大，若电流值为 0，则说明线圈断路。电阻应在 3.6～4.0Ω 之间。如果电阻过小为短路，电阻无穷大，则有断路，电磁线圈在 24V 时，电流强度为4～5A，电阻为 4.8～6.0Ω 之间。

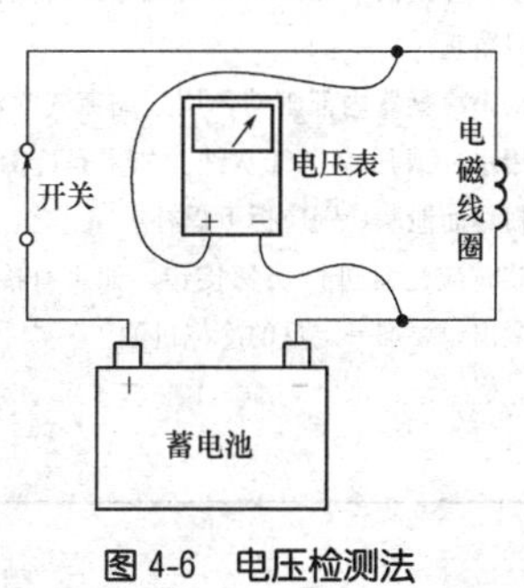

图 4-6 电压检测法

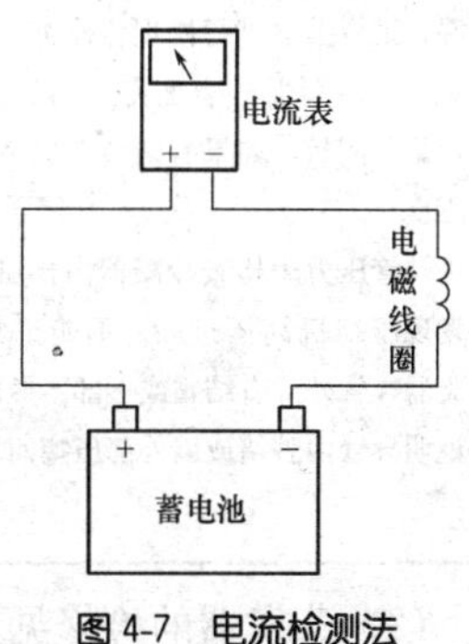

图 4-7 电流检测法

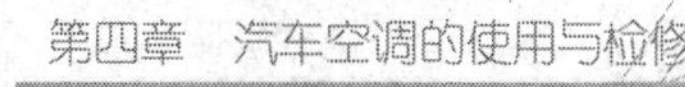

空调开关和电磁线圈一般工作比较稳定可靠，出现故障的机会较少，当压缩机电磁离合器不能结合时，应先检查继电器、空调的电控元件等，在确认电磁线圈上工作电压正常后，才能检测电磁线圈是否有故障。

(5) 压缩机的检验。将压缩机安装在工作台上，即可检验。

1) 检查内部泄漏。在压缩机吸、排气检修阀上装歧管压力表。关死高低压手动阀，用手转动压缩机主轴，每秒钟转一圈，共转10圈，这时，高压表压力应大于0.345MPa，若压力小于0.3MPa，则说明内部漏气，重新修理阀片、缸垫。

2) 检查外部泄漏。从低压端注入0.5kg的制冷剂，然后用手转动主轴5圈。用检漏仪测轴封、两端盖、吸排气阀口等处，若无泄漏即可装回发动机。

2. 热交换器的检修

热交换器是冷凝器与蒸发器的总称，它们常见的故障是外面脏污、导管内部出现脏堵以及泄漏等。

(1) 冷凝器的检修见表4-5。

表4-5　冷凝器的检修

冷凝器检查	检修方法
检查冷凝器的泄漏情况。如果是冷凝器进、出口处出现泄漏，可能是密封圈老化，需要紧固或换密封圈。如果是冷凝器本身泄漏，则应拆下进行修理。检查冷凝器的外观，看冷凝器外表面有无污垢、残渣，翅片是否倒状，如果有则会造成冷凝器散热不良 用歧管压力表检查冷凝器内部脏堵，如果发现压缩机高压过高、不能正常制冷、冷凝器导管外部有结霜或下部不烫的现象，则说明导管内脏堵或因外部压瘪而堵塞	如果仅是外表有积污，杂物塞在冷凝器散热片中，应用水清洗或用压缩空气吹，注意不要损伤冷凝器散热片，如发现散热片倒伏，应加以矫正 如果是冷凝器内部脏堵，用压缩氮气吹洗，不能用水冲或压缩空气吹洗。如果是冷凝器本身损坏而泄漏，则应拆下焊补 安装时应注意进口切勿接错。如果有冷冻机油漏出，要加一定量的冷冻机油

(2) 蒸发器的检修见表4-6。

表 4-6　　　　　　　　　　　　　　蒸发器的检修

蒸发器检查	检修方法
检查蒸发器外表是否有积污、异味物 看蒸发器本身是否损坏 检查蒸发器是否泄漏 观察排水管是否有水流出，检查里面是否清洁、畅通	用压缩空气消除蒸发器表面积污和异味物，注意不能用高压水冲洗蒸发器 如果发现有泄漏，找出漏点并进行焊补 安装时，注意入口和出口切勿接错，温控元件或感温包要牢固地装在合适位置，膨胀阀的感温包敷好保温材料。如果是更换新的蒸发器，必须加一定量的冷冻机油

尘污引起的空调故障发生率也较高，清洗尘污是检修空调系统的重要步骤。及时地对冷凝器、蒸发器等表面尘污进行处理，往往会使一些制冷不良故障及时消除。

通常，由于冷凝器处在车辆的最前面，脏堵情况比较严重，用水枪仅能冲击浮土，只有将冷凝器取下来，反向吹净方能排除。

对于蒸发器来说，其脏堵的情况会相对轻些，但由于内循环时灰尘会附着在蒸发器表面，蒸发器内混入冷凝水变成泥，既会影响风量又会影响换热效果。所以，一般原装空调的蒸发器每隔 3～4 年就要拆下来进行一次彻底清洗。

另外，蒸发器上的滤网堵塞会使风量减小，如发现堵塞，可拆下蝴蝶螺栓，打开蒸发器检查门、卸下滤网，然后用压缩空气或带有中性洗涤剂的温水进行清洗，并用水冲洗滤网的反面，也可将滤网浸在水里用毛刷刷洗污物，干后即可使用。

还要检查冷凝器、散热器和冷却器是否出现堵塞。这些部件如有堵塞，会使制冷循环的高压侧压力增高。堵塞时可用压缩空气吹净或用压力清水冲洗干净。还应检查风窗玻璃前方的空气入口栅，及时清除杂物，保证进入空调系统内的空气洁净。

3. 膨胀阀的检修

空调系统的膨胀阀最常见的故障是堵塞不通、似通非通或阀门关闭等，从而导致制冷系统不能正常工作，制冷效果下降或不能制冷。其故障现象为蒸发压力下降、压缩机负荷减轻及高压排气温度降低等。

（1）膨胀阀冰堵、油堵、脏堵的检修。膨胀阀堵塞主要有冰

堵、脏堵和油堵三种情况，其中以冰堵较为常见。

1）膨胀阀故障的判断。

a）冰堵。是指空调制冷系统工作时，在膨胀阀处发生水分结冰而形成的堵塞现象。主要原因是由于制冷系统中混入了水分，水分结冰后就导致了冰堵。

冰堵只能发生在制冷系统的特定位置——节流部位，即膨胀阀节流孔处。

b）膨胀阀冰堵与脏堵的区分。膨胀阀的冰堵与脏堵在现象上十分相似，对它们的区分方法是用小棉球蘸上酒精，点燃以后对膨胀阀的阀体进行烘烤，若经烘烤后堵塞现象消失，则为冰堵故障；若经烘烤后堵塞现象依然存在，则为脏堵故障。

c）膨胀阀冰堵与油堵的区分。膨胀阀发生油堵时，同样表现为压缩机吸气压力下降很多，同时在阀体上结的霜层减少或融化。

用沸水冲淋或酒精灯加热膨胀阀的阀体数分钟后，如见到阀体上出现短暂结霜现象，并可听到阀内有时断时续的气流声，且吸气压力有回升现象。但不久这些声音又逐渐减小，吸气压力又逐渐下降，当出现这种现象时即可判断为膨胀阀有堵塞现象。此时，先将膨胀阀拆下，然后拆下阀座。若在节流孔四周有黏性的油状物即为油堵，如在节流孔周围有小颗粒冰粒及水珠，即可确认为冰堵。

2）膨胀阀冰堵的检修。制冷系统进入水分，大多是由于操作不当引起的。如果拆卸部件后不封口、抽真空不彻底，所加的制冷剂和冷冻润滑油中混有水分，这些都是造成水分进入制冷系统的条件，所以制冷系统中都要配置储液干燥滤清器。

常规排除冰堵的方法如下。

a）排出系统内的制冷剂。

b）更换制冷系统储液干燥过滤器，可拆卸的过滤器则只需要更换干燥剂——分子筛或硅胶。

c）检查制冷系统是否有泄漏，并补漏。

d）烘干或用热风直接吹干制冷系统内部，也可以用真空泵反复抽真空，以排出系统内的水分（气）。

e）加冷冻润滑油前，应在火上加热到 130℃，使油中水分蒸

发，进行沉淀后加入压缩机油底壳。

f）加注新的制冷剂时，在制冷剂钢瓶与加液表阀之间应串接上一只大的储液干燥滤清器，以滤除制冷剂中的水分。

另装一只储液干燥滤清器，也就是在制冷系统中另装一个储液干燥滤清器，经过压缩机运转，通储液干燥滤清器将制冷剂中的水分吸收，直至无冰堵现象为止。干燥剂一般用颗粒状变色硅胶为佳。

3）油堵的检修。造成油堵的原因主要是冷冻润滑油的牌号不对、凝固点太高、冷冻润滑油中的含蜡量太高、系统中分油器效果不良、压缩机上油较多等造成的。因此，应当选用规定品种和数量的冷冻润滑油，并排除分油器或压缩机的故障，这样方可杜绝油堵的产生。油堵消除后还应将膨胀阀拆开，清洗掉阀体及管道中用过的冷冻润滑油，然后再加入合适的油品后方可重新投入使用。

（2）膨胀阀进口端的小过滤器堵塞。膨胀阀在正常工作时，若靠近节流孔和膨胀阀的出口接头的端部出现结霜属正常（常呈一斜线状霜层），但阀的进口接头的端部和小过滤器部位不结霜。如阀的进口端过小，过滤器被制冷系统管道及部件内氧化物等杂质堵塞时，整个阀体便会出现结霜现象。当堵塞严重时，膨胀阀出口端和小过滤器部位的霜层就会全部融化。这时压缩机的吸气压力会较低或降低很多，此时用加热阀体的方法也不能使其恢复正常。在这种情况下，只要将膨胀阀的小过滤器拆下，用无水酒精（含量 95%以上）进行清洗、干燥以后重新装上，故障即可排除。

（3）膨胀阀阀门关闭不通。如果膨胀的隔膜片破裂如图 4-8 所示，导致感温系统内的充注物泄漏，或是由于毛细管或感温包等处的焊缝泄漏，以及感温系统中的毛细管因过度扭曲发生断裂等，其结果均会使感温系统内的压力和大气压力相同。

由于以上原因均能使隔膜片上的压力降低或消失，结果使针阀在下方的弹簧压力作用下紧压在节流孔（阀孔）上，造成膨胀阀关闭。这种故障的现象如下。

压缩机吸气压力急剧下降，正常工作的膨胀阀阀体上所结的霜层很快融化，并且没有正常运转时的气流声音，即使用沸水冲淋或用酒精灯加热阀体数分钟也无反应，但当拆下膨胀阀进行检查时，

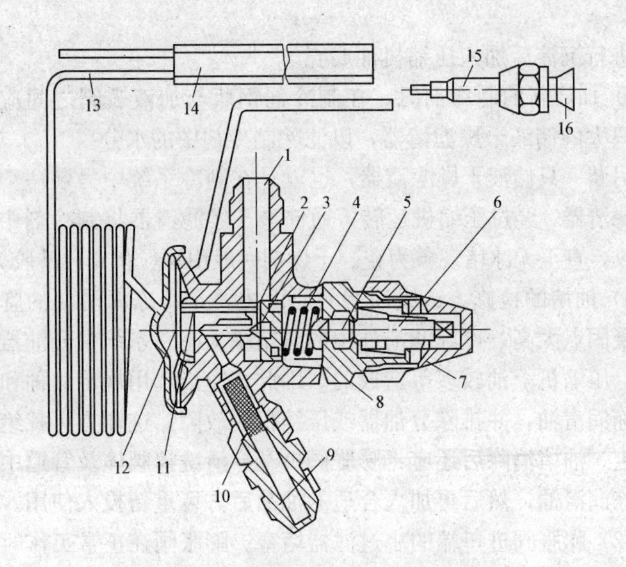

图 4-8　外平衡式膨胀阀结构示意图

1—出口接头；2—阀座；3—针阀；4—过热弹簧；5—密封柱；6—调节弹簧；7—阀盖；8—阀体；9—进口接头；10—过滤网；11—顶杆；12—波纹膜片；13—无细管；14—感温包；15—外平衡管接头；16—外平衡管

便会发现膨胀阀呈不通状态，且用手指即可按动隔膜片（未泄漏时用手指按不动），由此就可以确定是感温系统故障。

检修时，应先将泄漏处处理好，如有必要还应更换隔膜片或换上新的零部件，然后重新向感温包内充注规定数量的制冷剂即可。

4. 储液干燥器的检修

储液干燥器的常见故障有泄漏、脏堵和失效三种。

(1) 储液干燥器检查。

1) 用检漏仪检查储液干燥器的接头处与易熔塞有无泄漏。

2) 检查储液干燥器的外表是否脏污，观察孔上是否清洁。

3) 用手感觉储液干燥器进出口的温度，如果进出口温差很大，甚至出口处出现结霜的现象，说明罐中的干燥剂散开，堵塞管路。

4) 检查膨胀阀，如果膨胀阀出现冰堵，说明制冷系统中有水，储液干燥剂失效。

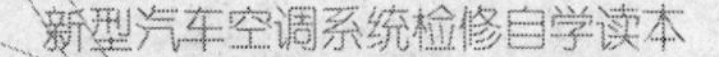

（2）储液干燥器拆卸。

1）排放制冷剂。

2）拔掉压力开关的连接插头。

3）拆掉连接管路，将制冷系统两端封闭，拆卸固定螺栓，拆下储液干燥器。

（3）储液干燥器的维修。如果储液干燥器的两端的连接接头出现泄漏，则应紧固其接头或更换密封圈，无需拆下储液干燥器。如果是其他故障，则应更换储液干燥器。

储液干燥器安装按拆卸的相反顺序进行，但要注意以下几点。

1）垂直安装。垂直安装是保证出口管将与制冷剂一起循环的冷冻润滑油压出储液干燥器，循环回压缩机。

2）储液干燥器在空调系统的安装维修过程中，应该最后一个接入制冷系统中，并且马上抽真空，防止空气进入干燥器。

5. 灰尘滤清器的检修

灰尘滤清器故障的常规检修包括更换滤芯、使用清洁剂以及拆下清理等。

多数小型车的灰尘滤清器在车的前挡风玻璃下面，被流水槽盖住。更换灰尘滤清器时，可先将发动机盖掀开，取下固定流水槽的卡子，拆下流水槽，就可以看到灰尘滤清器了。如果灰尘滤清器使用时间并不长，可以用高压气吹干净；如果已经堵塞，则直接更换一只原厂灰尘滤清器即可。

6. 蒸发器压力调节阀的检修

传统空调系统所用的蒸发器压力调节装置有：POA、VIR、STV、EPR 阀等。它们的功能是控制蒸发器的压力，使蒸发器表面不结冰。

蒸发器压力调节装置是一种精密控制元件，如果损坏，一般不能修理，必须更换。这类阀都有一个专用检测阀门，用于检测其是否失效。现以 POA 阀为例，介绍 POA 阀的检测方法。

（1）如图 4-9 所示，先把表阀接入空调系统，其中低压表接口应接至 POA 阀的检测阀门，表阀中间接口用橡胶圈封闭。

（2）然后启动发动机，转速为 1000～1200r/min，并将空调置

于 A/C 键，风扇置于 Hi 挡位置。

(3) 系统运行 10～15min 后，方可进行检测。

(4) 首先关闭表阀的高低手动阀，然后读出低压表的读数，以在海平面上的压力 190～203kPa 为准，在换算为海平面位置后，符合上述范围即符合要求。否则，需更换新的 POA 阀。

(5) 海拔对表压力的影响，见表 4-7。

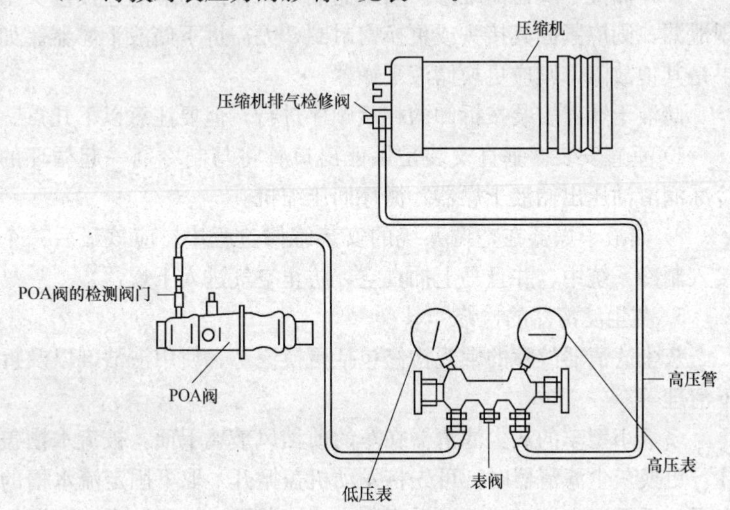

图 4-9 POA 阀的检测

表 4-7 海拔对表压力的影响

海拔		符合要求表的压力	
ft×1000	m×100	1bf/in²	kPa
0	0	27.5～29.5	190～203
1	3.0	28.0～30.0	193～207
2	6.1	28.5～30.5	197～210
3	9.1	29.0～31.0	200～214
4	12.2	29.5～31.5	203～217
5	15.2	30.0～32.0	207～221
6	18.3	30.4～32.4	210～223
7	21.3	30.8～32.8	212～226
8	24.4	31.3～33.3	216～230
9	27.4	31.7～33.7	219～232
10	30.5	32.2～34.2	220～236

注 ft：英尺；bf/in²：磅力/平方英寸。

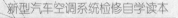

（6）更换 POA 阀的拆除程序是先排除系统内的制冷剂，然后再拆除平衡管，最后拆两头的软管，这样即可从车上将 POA 阀拆除下来，重新换上新的密封圈和 POA 阀。

三、空调电器元件的检修

一般轿车空调的电气系统并不复杂，只要按照电气线路图和故障排除方法的顺序，用万用表来检查便可。如果电器元件已经损坏，则应更换新的。

图 4-10 所示为日产轿车的电路分布图，从图中可以看到各电器在汽车上的位置和形状，以便于维修使用。

1. 空调控制面板的检修

现以丰田轿车的控制面板为例，介绍控制面板的检修方法。空调控制面板的连接器如图 4-11 所示。

（1）检查空调（A/C）指示灯。

1）将蓄电池正极（+）接至端子 B—1，负极（—）接至端子 A—10。

2）按下 A/C 键，检查指示灯是否点亮。

（2）检查模式指示灯。

1）将蓄电池正极（+）接至端子 B—1，负极（—）接至端子 B—9。

2）分别按下每一模式按键，检查它们的指示灯是否点亮。

（3）检查进气指示灯。

1）将蓄电池正极（+）接至端子 B—1，负极（—）接至端子 B—9。

2）交替地按下进气控制按键，检查“FRESH”和“RECIRC”的指示灯是否点亮。

（4）检查鼓风机速度指示灯。

1）将蓄电池正极（+）接至端子 B—1，负极（—）接至端子 B—9。

2）分别按下每个鼓风机按键，检查它们的指示灯是否点亮。

备注：当鼓风机按键在“OFF”位置时，该指示灯不亮。

（5）检查指示灯变暗的工作情况。

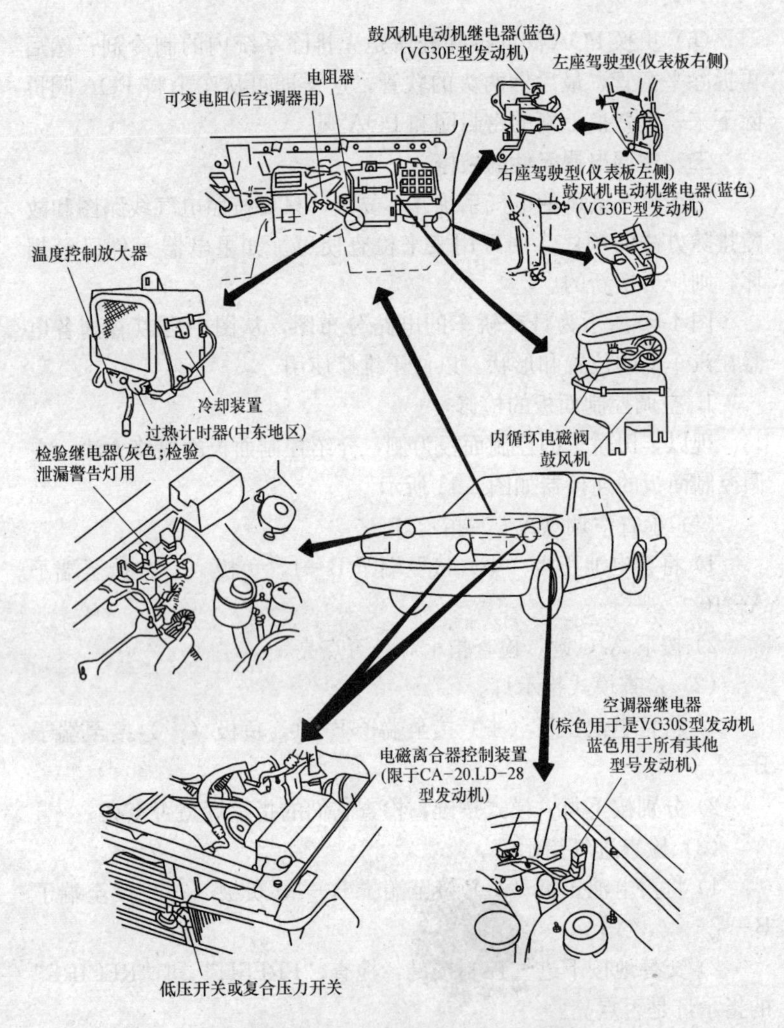

图 4-10 日产轿车空调电器元件位置图

1) 将蓄电池正极（+）接至端子 B—1，负极（—）接至端子 B—9 和 B—18。

2) 将蓄电池正极（+）接至端子 B—8，检查指示灯是否变暗。

以上（1）～（5）的工作情况不合规定要求，则应更换空调

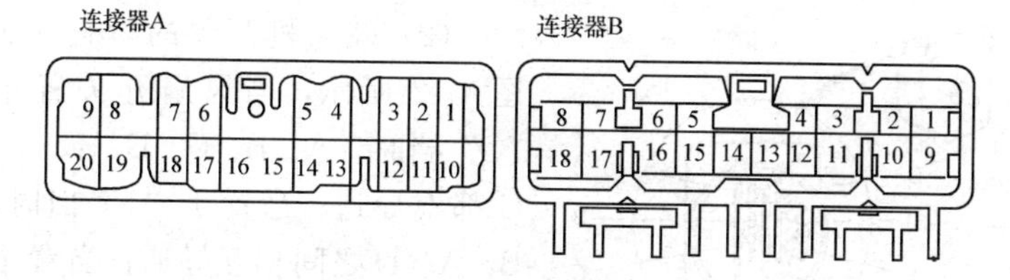

图 4-11　空调控制面板的连接器

(A/C) 控制总成。

(6) 检查空调 (A/C) 开关的导通。空调开关的导通关系见表 4-8。

表 4-8　空调开关的导通关系

开关位置＼端子	A—8	A—16
OFF (断开)	O	O
ON (接通)	O——	——O

(7) 检查模式控制开关的导通。模式控制开关的导通关系见表4-9。

表 4-9　模式控制开关的导通关系

开关位置＼端子	B-12	B-11	B-6	B-3	B-2	B-9
FACE (断开)	O——	——	——	——	——	——O
B/L (双向)		O——	——	——	——	——O
FOOT (脚)			O——	——	——	——O
FOOT/DET				O——	——	——O
DEF (除霜)					O——	——O

2. 鼓风机的检修

鼓风机的检修方法如下。

(1) 就车检查。启动检查发动机并保持怠速 1250～1500r/min，打开空调 A/C 开关，把鼓风机开关置于“零”挡。送风口应有微风吹出，然后接上风扇电动机开关后，从低挡到高挡分别拨动调速挡，每挡让风扇停留 5min，检查其吹出的风速是否有变化，若没有变化，则有可能是开关或调整电阻损坏。

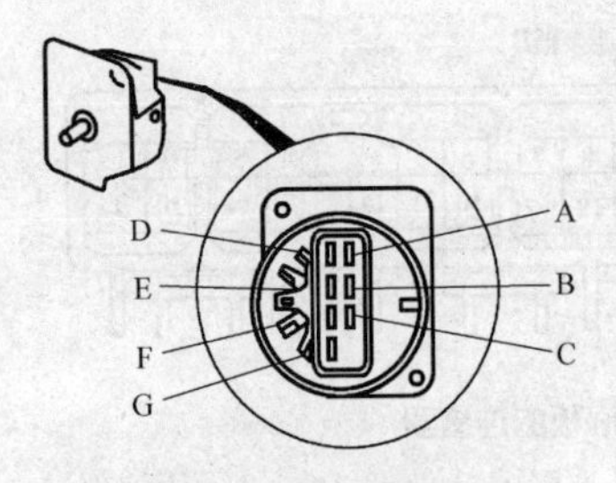

图 4-12　鼓风机开关的检查

(2) 鼓风机开关的检查。如图 4-12 所示，当风扇开关置于“O”挡时，A、B、C、D、E、F、G 都不导通；当置于“1”挡时，B、A、D 之间相互导通；当置于“2”挡时，B、A、E 之间相互导通；当置于“3”挡时，B、A、F 之间互导通；当置于“4”挡时，B、A、G 之间相互导通，否则，应更换风扇开关。

(3) 鼓风机电动机的检查。鼓风机的拆卸：拆下仪表下镜镶板，脱开鼓风机电动机上的连接器，松开三个紧固螺钉，拆下鼓风机电动机。

检查鼓风机电动机：将蓄电池正极与端子 2 相连，负极与端子 1 相连，然后检查电动机运行情况，电动机运行应平稳无异响，否则应更换鼓风机电动机。

(4) 鼓风机电阻器的检查。如图 4-13 所示，鼓风机电阻器安装在鼓风机壳外壳上，与鼓风机串联在一起，可用万用表检测。测电阻 A 时，为 3～4Ω（以捷达轿车为例），测量 B 时，为 0.8～1.2Ω，否则，出现故障应更换元件。也可测量连接器的插头，插头 2、3 之间为 3～4Ω，插头 4、5 之间为 0.8～2Ω，它们之间应相互导通，否则应予以更换。

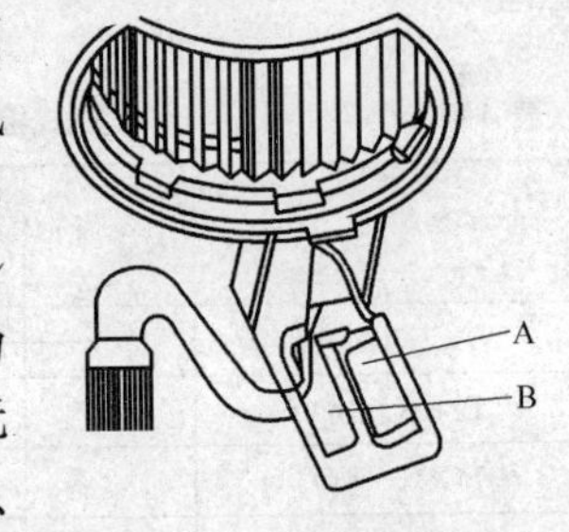

图 4-13　鼓风机电阻的检查

3. 继电器的检修

汽车空调控制系统中有冷凝器风扇继电器、电磁离合器继电器以及主继电器等，它们的工作原理相同，检修方法也相似。

(1) 检查电磁离合器继电器和 3 号空调风扇继电器的导通。其导通关系及测量如图 4-14 所示。

(2) 检查 2 号空调风扇继电器的导通。其导通关系及测量如图 4-15 所示。

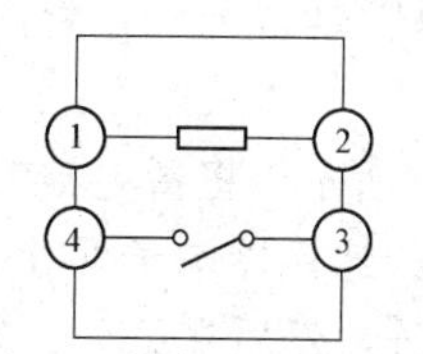

端子 / 状态	1	2	3	4
固定	○—▭	—○		
在端子1和2之间加上蓄电池的电压			○—	—○

图 4-14　电磁离合器和 3 号空调风扇继电器的导通关系及测量

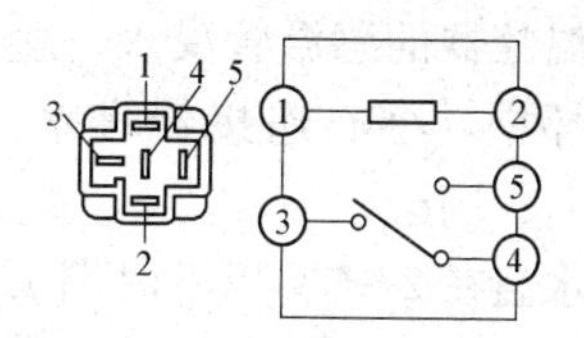

端子 / 状态	1	2	3	4	5
固定	○—▭	—○	○—	—○	
在端子1和2之间加上蓄电池的电压			○—	—	—○

图 4-15　2 号空调风扇继电器的导通关系及测量

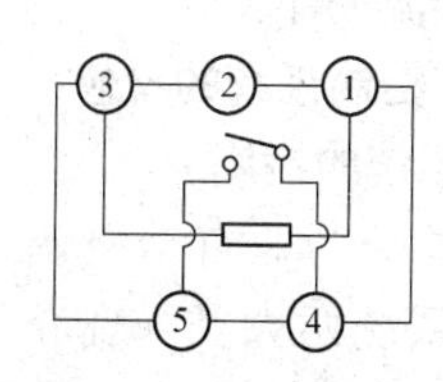

端子 / 状态	1	2	3	4	5
固定	○—	—▭— ○—	—○ —	 —○	
在端子1和2之间加上蓄电池的电压				○—	—○

图 4-16　加热器主继电器的导通关系及测量

（3）检查加热器主继电器的导通。其导通关系及测量如图 4-16 所示。

若导通情况不符合规定要求，则应更换继电器。

4. 温控器的检修

（1）就车检修。

1）当环境温度在 2～5℃以下，空调系统不工作时，用万用表测量 A、C 两点，两点间应是不导通的，否则说明温控器有问题，应更换，如图 4-17 所示。

2）启动发动机，打开空调 A/C 开关，将功能键选在最大而将调风键选取在“LO”位置，使蒸发器结霜，观察压缩机是否停转。

（2）温控器的测试。

1）拔下温控器的插头，拆下温控器，拆时小心不要划破感温管。

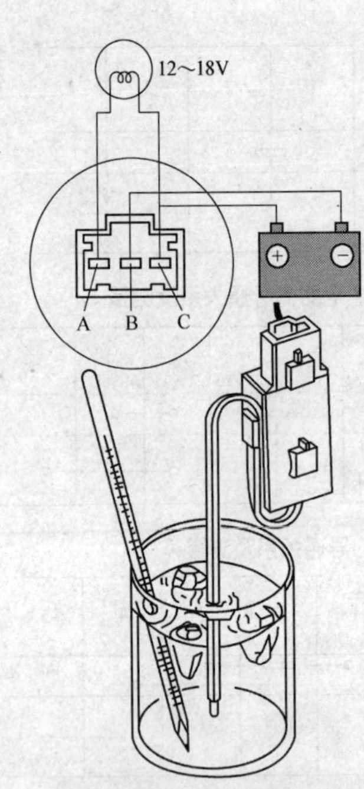

图 4-17 温控器的测试

2）检查感温管是否完好，管内的介质是否泄漏。

3）如图 4-17 所示，将蓄电池的正极接在温控器的连接器端子 C 上，而 B 端与负极相连，然后在 A、C 之间接一测试灯（12V，3～18W）。

4）将温控器的感温管浸入一盛满冰水的杯中，小心连接器进水，观察测试灯的变化。

5）当水温在 2～5℃以下时测试灯不亮，而在 4～5℃以上测试灯应亮，否则，应更换温控开关。

四、空调电子控制系统的检修

1. 电子控制系统的检修

汽车空调主要分为非自动空调系统和自动空调系统两大类。现介绍它们各自的检修方法。

（1）非自动空调系统电子控制电路检修。

1）判断故障的大概部位。大部分非自动空调系统电子控制电路的工作原理基本相同，都需要采集两个信号：一个是装在蒸发器出口处的温度传感器测得的温度信号；另一个则是点火线圈负接线柱输入的发动机转速信号。这两个信号是决定空调是否工作的先决条件。其故障诊断流程如图 4-18 所示。

检修空调不工作故障时，可按图 4-18 所示先检查空调的这两个先决条件是否存在，待确认正常后，再检查其他部位或元器件。

2）查找故障元器件。当确认故障出在温度控制电路或转速控制电路时，就应进一步对相应的电路进行检查。检修时，可通过测量温度控制电路或转速控制电路，在两种工作状态（电磁阀未工作或电磁阀工作）下各相应晶体管的工作状态（导通或截止）是否正确来查找故障元器件。

一旦发现某一级晶体管的工作状态不正常，只要对该晶体管及

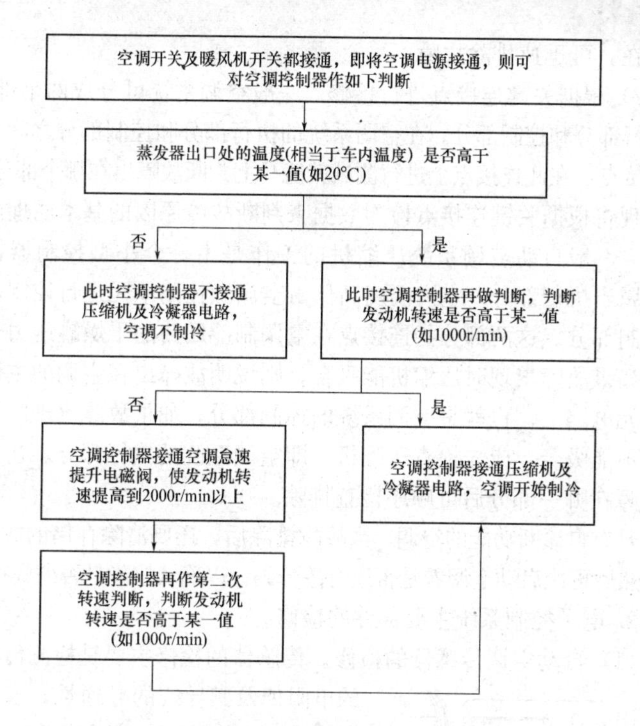
空调开关及暖风机开关都接通，即将空调电源接通，则可对空调控制器作如下判断
蒸发器出口处的温度(相当于车内温度）是否高于某一值(如20°C)
否
是
此时空调控制器不接通压缩机及冷凝器电路，空调不制冷
此时空调控制器再做判断，判断发动机转速是否高于某一值(如1000r/min)
否
是
空调控制器接通空调怠速提升电磁阀，使发动机转速提高到2000r/min以上
空调控制器接通压缩机及冷凝器电路，空调开始制冷
空调控制器再作第二次转速判断，判断发动机转速是否高于某一值(如1000r/min)

图 4-18　非自动空调电子控制电路检修流程图

与之有关外围元件进行检查，更换损坏的元件，故障即可排除。

对于采用集成电路组成的非自动控制空调电子电路的检查，上述检修思路同样适用，检测方法也差不多，只要搞清了集成电路的信号输入与输出端，以及哪些 IC 及其引脚与温度控制相关，哪些 IC 及其引脚与转速控制有关就可以了。只要有针对性地通过测量相应引脚上的电压，与正常的电压值比较，即可发现故障。

（2）自动空调系统电子控制电路。

1）根据自诊断提示进行检修。全自动空调系统都设置了故障自诊断功能电路，监测着自动空调电控系统各种传感器的信息及执行单元的电信号。一旦空调系统检测到某一部位工作异常时，电脑就将检测到的信号以代码的形式存于存储器中。

当全自动空调出现故障时，可先调出故障代码。然后根据故障代码表中的提示，去检查其相应的部位或元器件，均可迅速发现故

障所在，可迅速排除故障。

2）根据关键连接点进行检修。一般空调系统可分成两个部分，即执行部分和控制部分。在空调系统的执行部分和控制部分之间有一个连接点，在此连接点上进行测试就能马上判断故障出在哪个部分。

现将根据关键连接点检测数据来判断故障原因的基本原理简述如下。一般自动空调系统压缩机的工作是由一个小型控制器控制的，属于执行部分，室内温度高低由空调微控制单元进行控制，属于控制部分。这两部分的连接点在空调制冷回路的干燥罐压力开关上。如果故障出现时压缩机能吸合，则说明故障出在空调的主微控制单元电路上，也就是空调系统的控制部分；如果故障出现时，压缩机不能吸合，应先检查压缩机，即空调系统的执行部分。在检查出故障在哪一部分后可顺序检查排除。

具有自诊断功能的空调，当故障排除后，还要清除存储的故障代码，然后再次启动空调看是否还有故障码，以确认故障是否彻底排除。

2. 电子控制系统主要部件的检修

（1）自动空调传感器的检修。传感器的检修主要是检测传感器的电阻值及其导线的导通性，若不符合规定，则应进行修理或更换。

自动空调系统中，常用传感器主要有：① 车内温度传感器；② 车外温度传感器；③ 阳光辐射传感器；④ 蒸发器温度传感器；⑤ 制冷剂流量传感器；⑥ 压缩机转速传感器；⑦ 冷却液温度传感器；⑧ 制冷剂压力传感器；⑨ 调温门位置传感器；⑩ 发动机转速传感器；⑪空气质量传感器；⑫烟雾传感器等。

1）车内温度传感器的检修。车内温度传感器一般安装在仪表板下端，如图 4-19 所示。其检修主要是检测电阻值和检测线束的导通性。

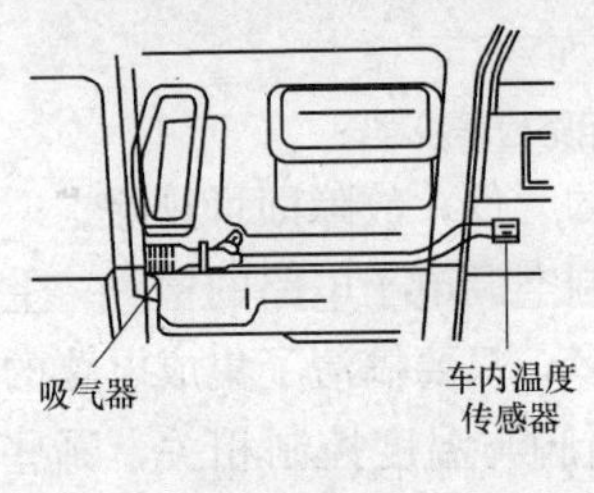

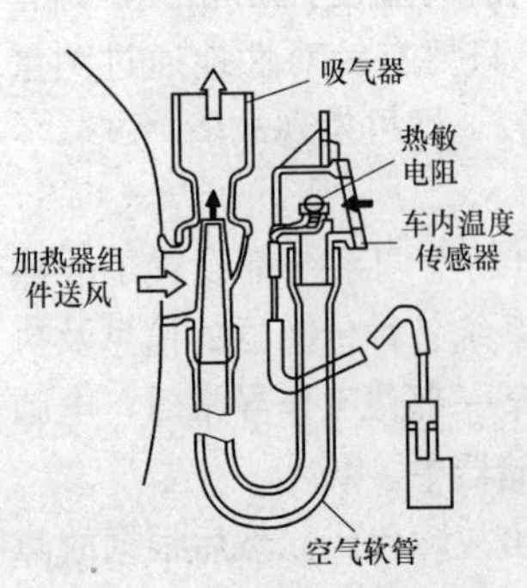

图 4-19　车内温度传感器

a）检测传感器电阻。如图 4-20 所示，用万用表测量车内温度传感器电阻值随温度变化情况。当温度为 25℃时，阻值为 2.0～2.7kΩ；当温度为 50℃时，阻值为 1.6～1.8kΩ，若不符合规定值，则应更换。

b）检测传感器线束导通性。如图 4-21 所示，用万用表检查车内温度传感器至电子控制单元之间的配线和连接器是否断开、短路、松脱、锈蚀等，重新接紧和更换损坏的配线和连接器。

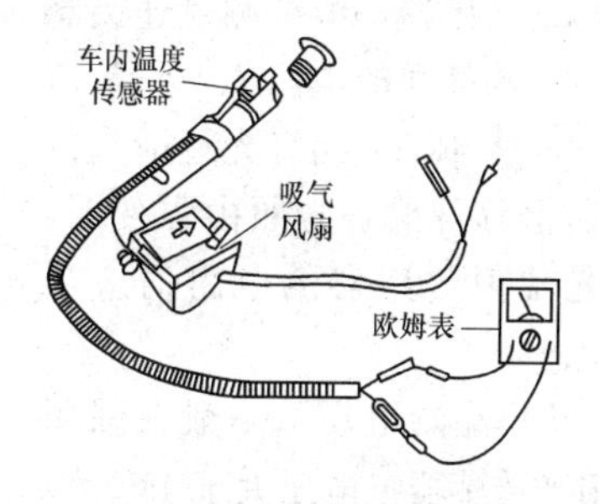

图 4-20　检测传感器电阻

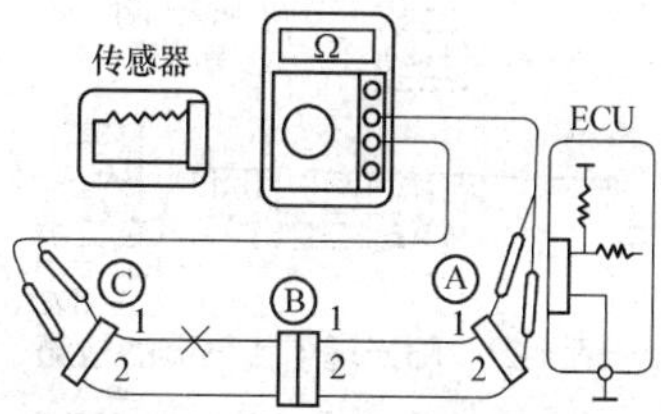

图 4-21　检测传感器线束导通性

2）车外温度传感器的检修。车外温度传感器又称环境温度传感器，一般安装在前保险杠附近或散热器前。

车外温度传感器的检测与冷却液温度传感器或进气温度传感器的检测方法相同，脱开车外温度传感器导线插头（车外温度传感器在前散热器护栅内），用万用表电阻挡测量其电阻值，在 25℃时应为 1.6～1.8kΩ，温度越低，阻值越大。拆下传感器的接头，在线束侧应能测量到 5V 的直流电，否则，说明线束不良或空调控制单元不良。若不符合规定，则应更换元件。

3）阳光辐射传感器的检修。阳光辐射传感器一般安装在仪表板的上侧，如图 4-22 所示。ECU 以此来修正混合门的位置与鼓风机的转速。

a）检测电阻值。其检测方法如图 4-23 所示，拆下仪表板上的杂物箱，拔下阳光辐射传感器导线连接器，用布遮住传感器，测量阳光辐射传感器连接器端子 1 与 2 之间的电阻值，正常情况，电阻

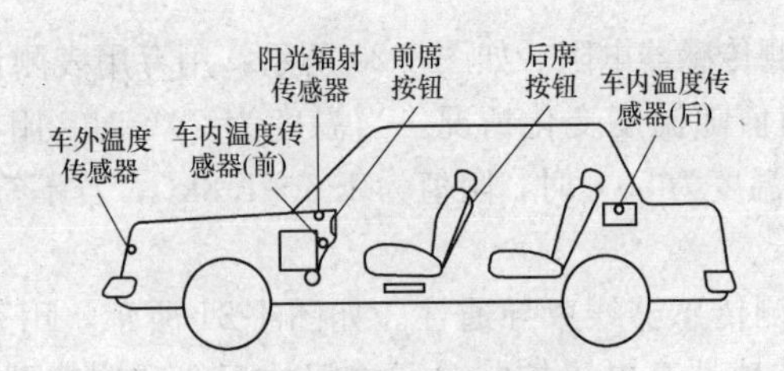

图 4-22 阳光辐射传感器的检修

值为∞，应不导通。掀开阳光辐射传感器上的布，并用灯光照射阳光辐射传感器，继续测量连接器端子 1 与 2 间的电阻值，正常情况，应为 4kΩ。当灯光逐渐从传感器上移开时，光照由强变弱，阳光辐射传感器的电阻值应当增加。

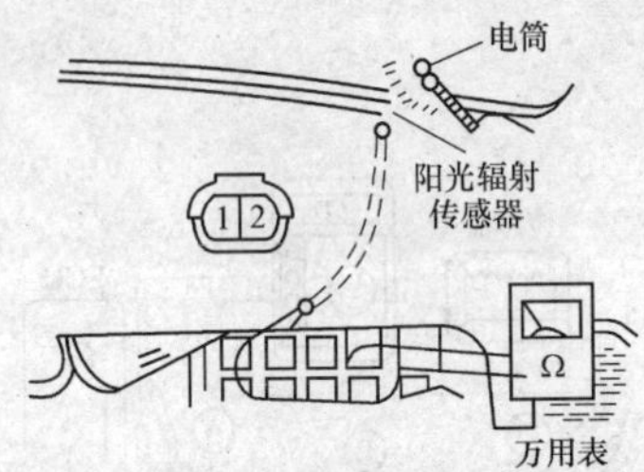

图 4-23 阳光辐射传感器的检测

b）检测电压。一般在强阳光下测量，电压小于 1V，用布遮住阳光传感器，电压大于 4V。

4）蒸发器温度传感器的检修。热敏电阻式蒸发器出风口温度传感器安装在空调的蒸发器壳体或蒸发器片上，如图 4-24 所示。检测蒸发器表面温度的变化，并用来控制压缩机的工作状况。

a）检测传感器电阻值如图 4-25 所示，从蒸发器壳体上找出蒸发器温度传感器，并拆下其电路连接器。将蒸发器出口温度传感器放入冷水中，改变冷却液温度，测量其电阻值。传感器电阻随温度变化情况应符合规定要求，否则应更换传感器。

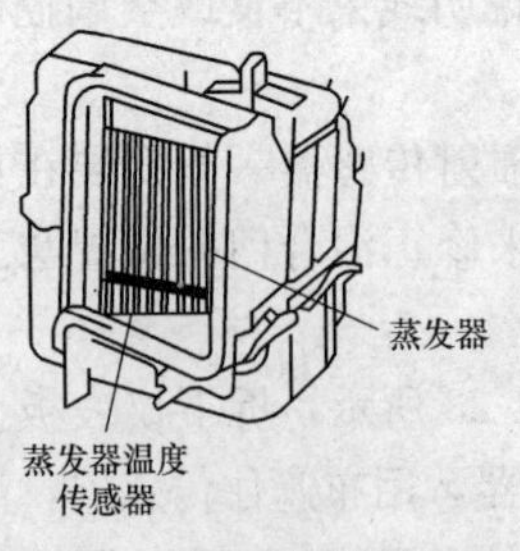

图 4-24 传感器元件位置图

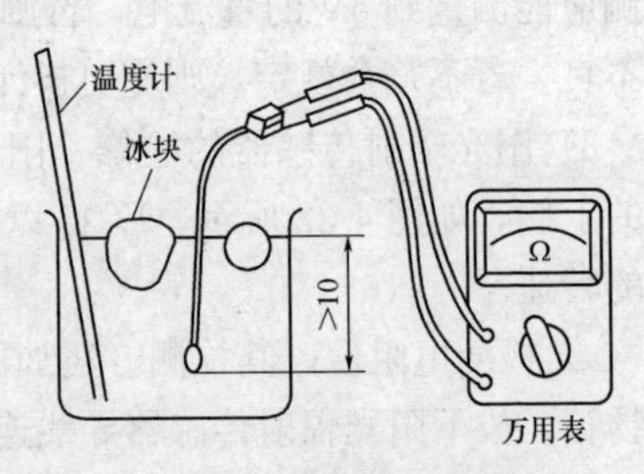

图 4-25 万用表检测电阻

不同温度下蒸发器温度传感器电阻值见表 4-10。

表 4-10　　不同温度下蒸发器温度传感器电阻值

温　度（℃）	电　阻（kΩ）	温　度（℃）	电　阻（kΩ）
0	5	30	0.8
10	2.8	40	0.7
20	1.6		

b）检测传感器的线束。检查传感器到电子控制单元之间的配线和连接器是否断路、短路、松脱、锈蚀等，重新接紧和更换损坏的配线和连接器。

5）空调压缩机转速传感器的检测。空调压缩机转速传感器安装在空调压缩机内，与电磁离合器合为一体。

空调压缩机转速传感器的检测方法与磁感应式转速传感器的检测方法相同。传感器两端子之间的电阻一般为 220～1500Ω，且与接地线不导通。

电磁离合器线圈电阻一般为 1.5～10Ω，且与接地线形成回路（即导通）。

6）空气质量传感器的检测。空气质量传感器也称多功能传感器，其主要是测量空气中的水分（空气温度）、环境温度、外界空气污染程度（通过测量空气中的 CO、CO_2、NO_x 含量），空调控制单元采用以上的测量结果，去控制压缩机的工作负荷与进气门的位置。其元件位置如图 4-26 所示。

自动空调空气质量传感器检测。奔驰轿车安装了空气质量传感器，该传感器只能使用专用仪器检测，通过专用仪器读取空气质量传感器数值，其正常如下。

$$CO_2=12 \qquad NO_x=12$$

若用点燃的香烟靠近传感器，CO_2、NO_x 的数值都会提高。

7）烟雾传感器的检测。烟雾传感器设在后空调装置内。当接通点火开关且空调处于 AUTO 方式时，烟雾传感器开始检测烟雾，将信号发送给空调控制单元，使后送风机电动机按低速运转。

烟雾传感器的检测通常是检测烟雾传感器端子与车身接地间的

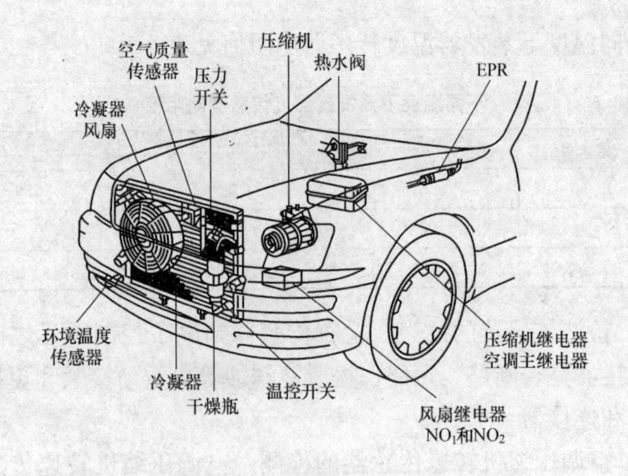

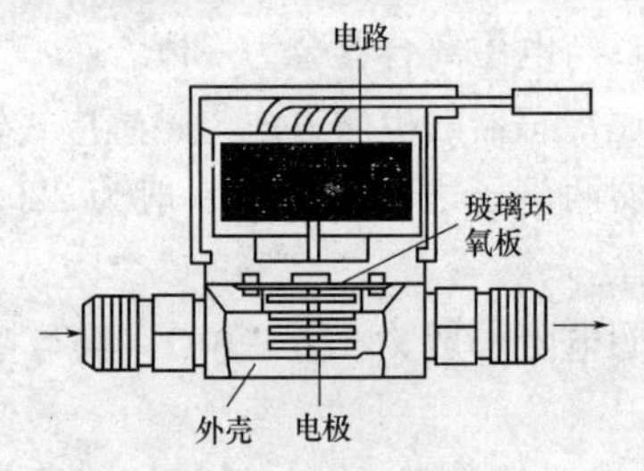

图 4-26　空气质量传感器元件位置图

电压。

a）检测传感器的电源电压。打开点火开关，用万用表电压挡测量传感器的电源电压，其标准值应为 12V，如图 4-27 所示。

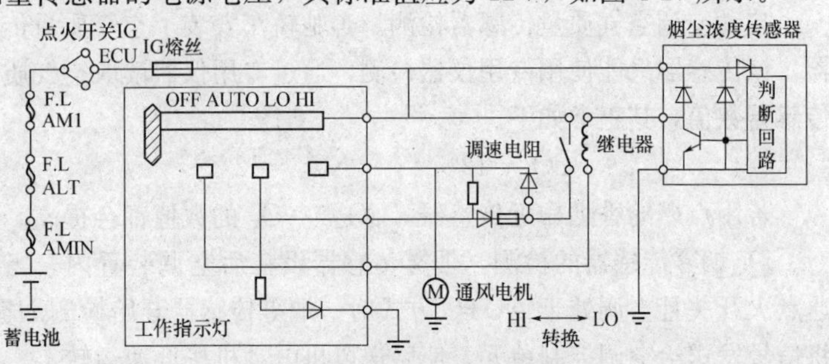

图 4-27　检测传感器电源电压

b）检测传感器的工作性能。将点燃的香烟放在传感器附近，若听到通风机转动声音，则说明传感器工作良好，如图 4-28 所示。

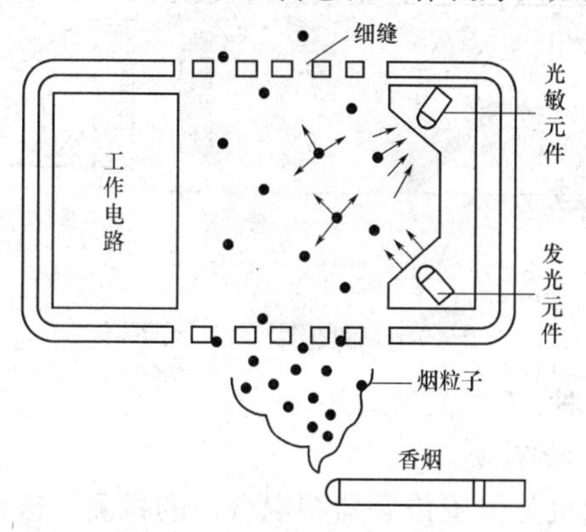

图 4-28　检测传感器的工作性能

8）结露传感器。结露传感器主要用于检测车窗玻璃的结露状况。当车窗玻璃处于结露状态时，传感器使汽车空调以除霜的方式工作，从而确保车内乘员良好的视野。

9）冷却液温度传感器的检测。自动空调系统中的冷却液温度传感器通常安装在暖风装置中。

a）拔下冷却液温度传感器线束连接器，检测线束侧冷却液温度传感器线束连接器端子电压。若电压不符合规定，则说明线束、线束连接器或控制单元有故障。

b）检测冷却液温度传感器电阻。若电阻值不符合规定，则应更换冷却液温度传感器。

（2）空调执行元件的检修。

1）混合门伺服电动机的检修。由于混合门在通风道中所处的位置很特殊，因此混合门电动机是系统中的最关键部件。混合门的位置稍差一点，其车内的温度就相差很多。其结构如图 4-29 所示。

a）混合门的分类。自动空调系统中的混合门，按其控制方式的不同，通常分为直流电动机与位置传感器、步进电动机、混合门伺服电动机内含微芯片通过网络总线与空调系统控制单元通信、混合门内含微芯片但不通过网络总线与空调系统控制单元通信及真空

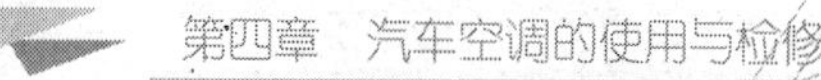

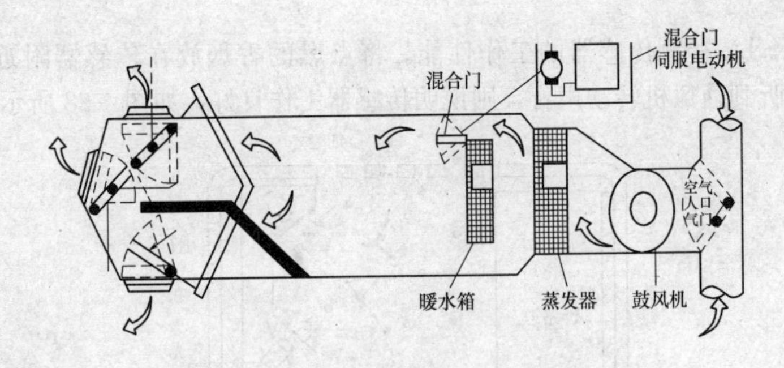

图 4-29 混合门及混合门伺服器

伺服电动机 5 种。

b）混合门的检测。

直流电动机与位置传感器型混合门的检测。这种类型的混合门，自动空调系统的控制单元控制混合门电动机的动作。电动机不仅带动混合门移动，同时也带动位置传感器的移动触点，并且控制单元通过该信号的变化来指令混合门定位。

位置传感器的检测。改变设定温度，并从最低温度调到最高温度，传感器的端子电压应能均匀下降。当混合门电动机从冷气移到暖风侧时，传感器端子间的电阻值应连接地逐渐减小。

混合门直流电动机的检测。直接对混合门驱动电动机通电，混合门应平稳地移动，改变极性，混合门电动机应向相反的方向移动。

步进电动机型混合门的检测。对于这种类型的混合门，主要是检测步进电动机的电阻值。

混合门伺服电动机内含微芯片并通过网络总线与空调控制单元通信型混合门的检测。

检测总线的供电电源和通信信号电源。

采用系统最小化。

把接在同一总线上的混合门拆下。模式门正常，则说明混合门电动机不良，否则说明自动空调系统的控制单元不良。

混合门内含微芯片，但不通过总线与自动空调系统控制单元通信型混合门的检测：检测驱动信号线上的电压，并观察混合门是否

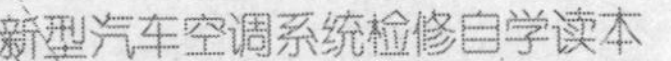

移动和移动方向。

2）模式门伺服电动机。自动空调系统的出风口有三大类、两种组合。三大类是：吹脸（Face）、吹脚（Foot）和除雾（Defrost）；两种组合是：吹脸、双层（B/L）、吹脚；吹脚除雾(F/D)、除雾（DEF）。在自动空调挡，自动空调的控制单元控制风门处于吹脸、双层、吹脚。

模式门伺服电动机的分类。模式门伺服电动机按控制方式，可分为直流电动机+位置传感器、直流电动机与位置开关、电动机内含微芯片并通过总线与空调控制单元通信、真空伺服电动机这 4 种类型。

丰田车系的模式伺服电动机如图 4-30 所示。它采用 7 针连接器，其中 7 号脚接负极，6 号脚接正极。若 1 号脚接地，伺服电动机会运行到除雾位置。若 2 号脚接地，伺服电动机会运行到脚部/除雾位置，若 3 号脚接地，伺服电动机也会运行到脚部位置，若 4 号脚接地，伺服电动机会运行到双层位置，若 5 号脚接地，伺服电动机会运行到吹脸位置。

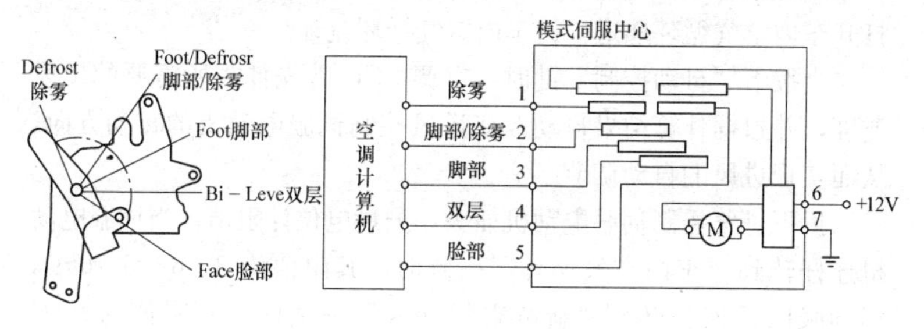

图 4-30　模式伺服电动机

3）进风控制伺服电动机的检修。进风控制伺服电动机如图 4-31 所示。

进风控制伺服电动机控制进风方式，电动机的转子经连杆与进风挡风板相连。当驾驶员使用进风方式控制键选择“车风新鲜空气导入”或“车内空气循环”模式时，空调 ECU 即控制进风控制伺服电动机带动连杆顺时针或逆时针旋转，从而带动进风挡风板闭合或开启，达到改变进风方式的目的。该伺服电动机内装有一个电位

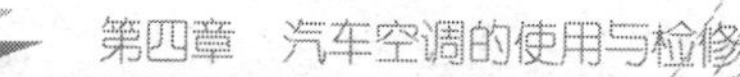

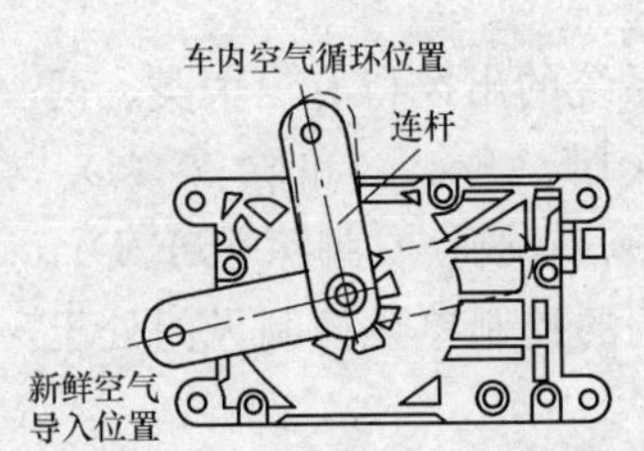

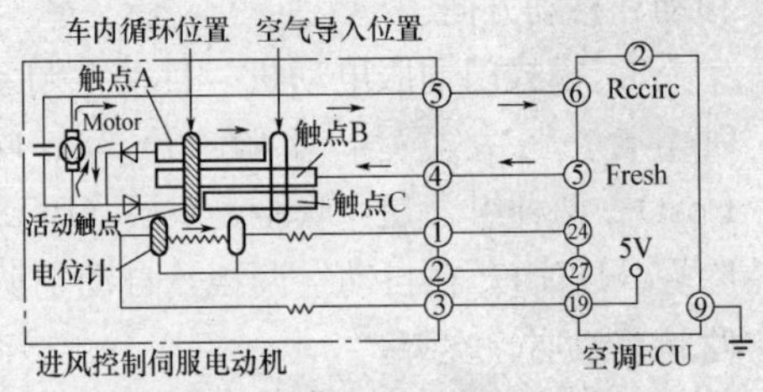

图 4-31 进风控制伺服电动机

计，随电动机转动，并向空调 ECU 反馈电动机活动触点的位置情况。

当按下“车外新鲜空气导入”键时，电动机转动，带动活动触点、电位计触点及进风挡风板移动或旋转，新鲜空气通道开启。当活动触点与触点 A 脱开时，电动机停止转动，空调进风方式被设定在“车外新鲜空调导入”状态，车外空气被吸入车内。

当按下“车内空气循环”键时，电动机带动活动触点、电位计触点及进风挡风板向反方向移动或旋转，关闭新鲜空气入口，同时打开车内空气循环通道，使车内空气循环流动。

当按下“自动控制”键时，空调 ECU 首先计算所需要的出风温度，并根据计算结果自动改变进风控制伺服电动机的转动方向，从而实现进风的自动调节。

拆下进气控制伺服电动机插头，测量电位计阻值，当伺服电动机连杆转到“车内空气循环”一侧时，其阻值为 3.76～5.76kΩ，当伺服电机连杆转到“新鲜空气导入”一侧时，其阻值为 0.94～1.44kΩ。

将进气控制伺服电动机线束正、负极分别与蓄电池正、负极相连时，伺服电动机转动，带动连杆转至“车内空气循环”或“新鲜空气导入”一侧；更换正、负极接线，应转至相反位置。

(3) 控制单元（电脑）的检修。根据 ECU 的结构，ECU 内部电路可分为输入、输出电路以及转换电路的常规电路和微处理器。常规电路大多采用通用的电子元器件，如果损坏，可以修复或更换。实际检修中，ECU 的故障大多发生在常规电路中。

汽车的控制单元一般很少出现故障。如果怀疑其有故障，通常采用测量其线束连接器相关引脚间电压和电阻的方法来进行检查。但在测量之前，应首先检查控制单元外观有无明显的损坏，外围元件是否脱焊或变质。若一切完好，再对控制单元ECU进行测量。

1）用万用表检测控制单元电压和电阻的注意事项。

a）在检测之前，应先检查控制系统及其他电气系统各熔丝及有关的线束插头（连接器）是否良好。

b）在点火开关处于接通(ON)位置时，蓄电池电压不低于11V。

c）必须使用高阻抗的万用表（阻抗应大于10MΩ/V），最好使用汽车专用数字万用表。

d）必须在控制单元和线束连接器（插头）处于连接的状态下测量控制单元各端子的电压，且万用表的测笔应从线束插头导线的一侧插入，测量各端子的电压，如图4-32所示。

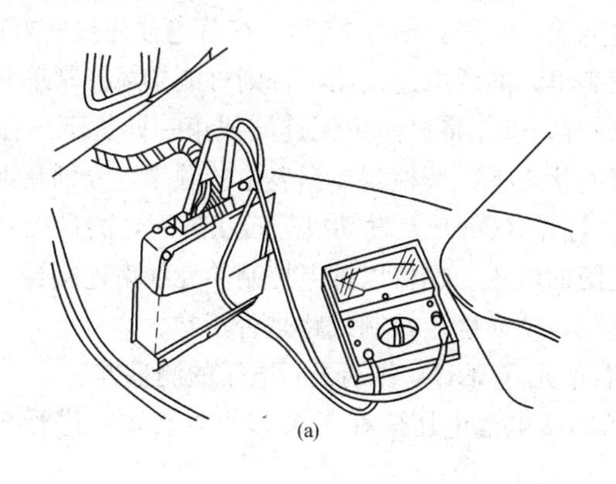

(a)

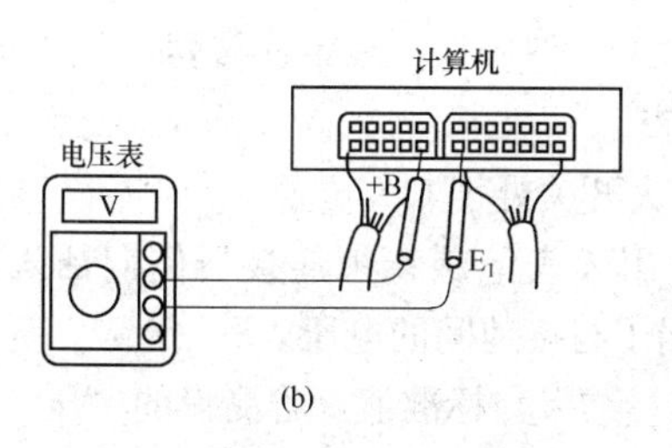

(b)

图4-32 检测ECU端子电压

(a) 连接图；(b) 检测示意图

e）检测 ECU 端子间电阻时，应在关闭（OFF）点火开关，不拆下 ECU 的线束连接器时进行，否则会损坏 ECU，如图 4-33 所示。

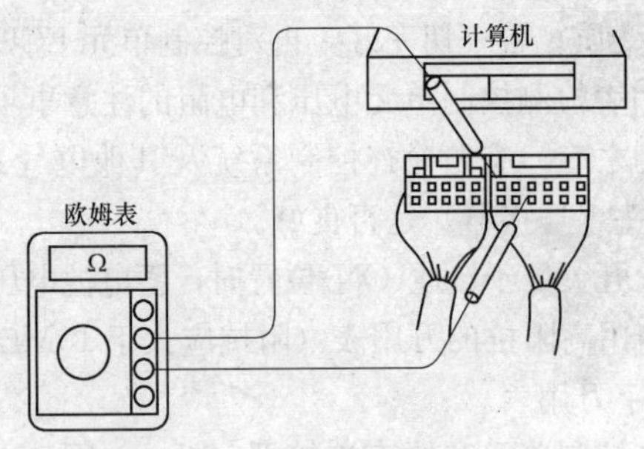

图 4-33　检测 ECU 端子间电阻

f）当需要拆下 ECU 线束连接器测量控制线路时，应先拆下蓄电池负极接地线，否则会损坏 ECU。在蓄电池连接完好的状态下，不可拆下控制单元的线束连接器，否则可能损坏控制单元。

g）检测时，应先将控制单元连同线束一同拆下。在线束连接器处于连接的状态下，按检测数据表中的顺序，分别在点火开关关闭（OFF）、打开（ON）及发动机运转状态下，测量控制单元各端子与接地之间的电压。也可以拆下控制单元线束连接器，测量各控制线路的电阻，从而确定控制线路是否正常。

2）控制单元（ECU）各端子间电压的测量方法。

a）测量时蓄电池电压应在 11V 以上，否则应进行充电，然后再测量。

b）拆下 ECU，但应保持线束连接器与控制单元在连接的状态下进行电压检查。

c）应使点火开关处于 ON 位置。

d）应使万用表表笔从线束连接器侧向插入，或用大头针插，测量 ECU 各端子与接地间的电压。

e）比较测量结果与标准值。若测得的电压与标准值基本相符，则表明控制单元工作正常；若某一端子或几端子数值偏差较大，相对误差大于 20%，则应怀疑控制单元 ECU 是否损坏；若电压有误

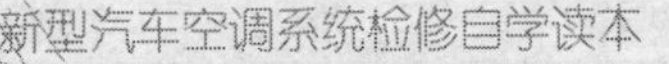

差但差别不是太大，此时不防再配合测电阻或电流来作进一步判定。若与标准值差别很大，则说明 ECU 或控制线路有故障。

3）控制单元（ECU）各端子间电阻的测量。若控制单元（ECU）内部某些元件断路或击穿，可通过测量 ECU 线束上各端子对地间的电阻来判定。

a）从车上拆下 ECU 并拆下导线连接器。

b）用万用表测量导线连接器各端子间的电阻值。注意不要触碰控制单元的接线端子，应将测笔从导线侧插入导线连接器中进行测量。

c）将测量的电阻值与标准值进行比较，以便确定 ECU 控制线路工作是否正常。

该电阻值分开路和在路电阻。显然，由于外围元件的影响这两种阻值绝对不同。每一端子的电阻又包含正向电阻和反向电阻。在确定各引脚电阻时，都须指明是红表笔接地还是黑表笔接地。

在测电阻时，还应注意所用万用表的型号及电阻的挡位。因为不同的万用表精度不同，测同一电阻时所得数值亦存在误差，同一块表用不同的电阻挡测得数值也不相同。因此，实测出的各端子对地电阻都要指明用什么型号的万用表、置于哪个电阻挡，红表笔接地还是黑表笔接地，是在路还是断路。

4）测电流。集成电路工作时，各端子均流入或流出一定的电流，通过测量一些关键端子上的电流就可以大致判断 ECU 的工作情况。例如，电源端子一般处理弱信号电路，使用电流不大，驱动输出电路的供电电流就较大。检测时，将电源端子断开，通电后测电流。若电流为零，则表明 ECU 内部断路；若电流明显偏大，则表明内部有击穿、短路情况。

在上述三种方法检测 ECU 时，如无正常数据可供参考，也可采用对比测量法，即找一台同型车同部位进行测量、对比，以此来寻找故障部位。

利用万用表测试。可直接用高阻抗的万用表对 ECU 线束端子进行测试，并将测得的 ECU 端子电位参数及传感器、执行器的电阻参数与相应的维修说明书上提供的标准数据进行比较，从而确诊

故障。

这种方法速度较慢，而且要求测试人员对 ECU 各端子的位置及名称都比较熟悉。采用专用的故障检测盒与万用表配套测量。使用时，拆开 ECU 连接器，将故障检测盒分别与 ECU 插接器插座（ECU 侧）和插接器线束侧插头相连。这样故障检测盒的检测插孔就与 ECU 各个端子相连接，其插孔号与 ECU 端子号相对应。通过万用表对故障检测盒相应插孔的检测，就可得到 ECU 端子及其连接部件的检测数据，无需直接测有关端子，使检测变得方便、快捷。

若通过上述检查确认控制单元有故障，也不可轻易废弃控制单元，应通过总成互换的方法来确认控制单元是否真的损坏，多数据情况下控制单元是能够维修的。因为控制单元多数损坏的是因检测或使用不当引起的二极管、三极管、电容、电阻的损坏，而这些元件是通用标准件，只要熟悉电子电路维修技术就可以更换。但控制单元中的专用集成电路或 PROM 等损坏是无法修理的，只能更换集成电路。

现介绍以“时代超人”轿车的空调放大器，说明其检修方式。其电路图如图 4-34 所示，其检修方法如下。

1）从杂物箱下面拆出空调放大器，拆时要注意线束。

2）启动发动机，打开空调 A/C 开关，用电子万用表检查 T10/10 电磁离合器有无电流，有，则为正常；若无，则应检修线路及空调放大器。

3）检查 T10/3 是否有电压。有电压，T10/10 无电流到电磁离合器，则说明空调放大器有故障，应更换。

4）短接组合开关的高压开关，T10/2 有电流，用数字万用表检测 T10/10 是否有电流。有则说明正常，无则应更换空调放大器。

5）当把散热风扇热敏开关高速挡短接时，T10/7 有电流，用数字万用表检测 T4/2 是否有电流，有，则说明正常；无，则应更换空调放大器。

6）突然猛踩加速踏板，急加速检测 T10/6 是否有电流，有电

流并且听继电器断开有声音，同时电磁离合器也断开，压缩机几秒钟不工作，说明空调放大器正常，否则应更换。

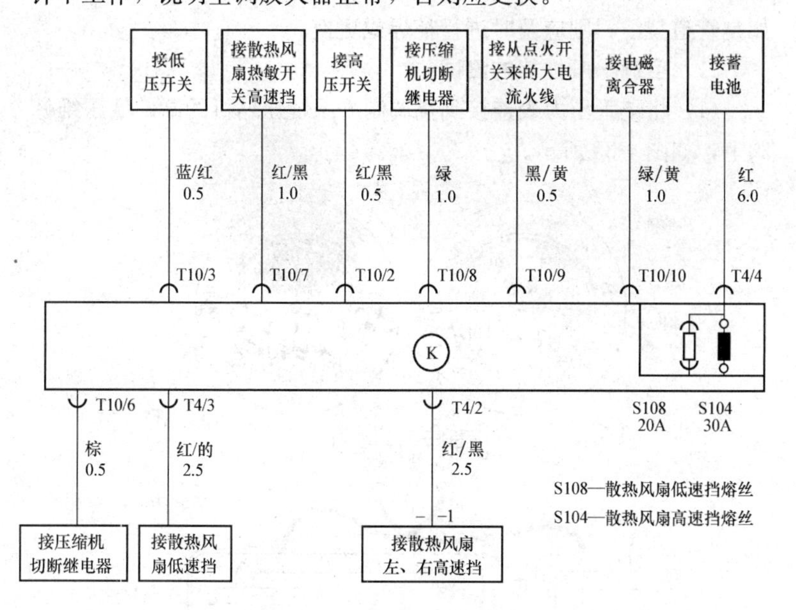

图 4-34 空调放大器电路图

第四节 汽车空调检修后的性能测试

一、空调系统的外部检查

（1）汽车门窗是否密封，隔热层是否平整、牢固和贴紧；汽车空调电气线路布置是否整齐、连接是否牢靠；空调各部件及仪表是否干净、安装是否牢固等。

（2）检查汽车空调控制面板上各控制键是否使用灵活、无阻滞现象。各控制键变化时，其送风量、送风方向及室内温度是否会随之发生改变。如果是自动空调，检查其是否可在调定的温度范围内稳定运行。

（3）空调系统管道及各部件的泄漏检查。汽车空调在投入运行前应用电子检测仪对管道系统进行一次全面细致的泄漏检查。若发

现有微小泄漏地方，是因管道连接处的O形密封橡胶圈松动，只需拧紧螺母即可（但O形密封圈拧得太紧，密封性能反而下降）；如是管道裂纹，则应及时进行补焊或更换。

二、空调一般性能的测试

（1）将歧管压力表连接到空调制冷系统压缩机的高、低压维修阀上，如图4-35所示。

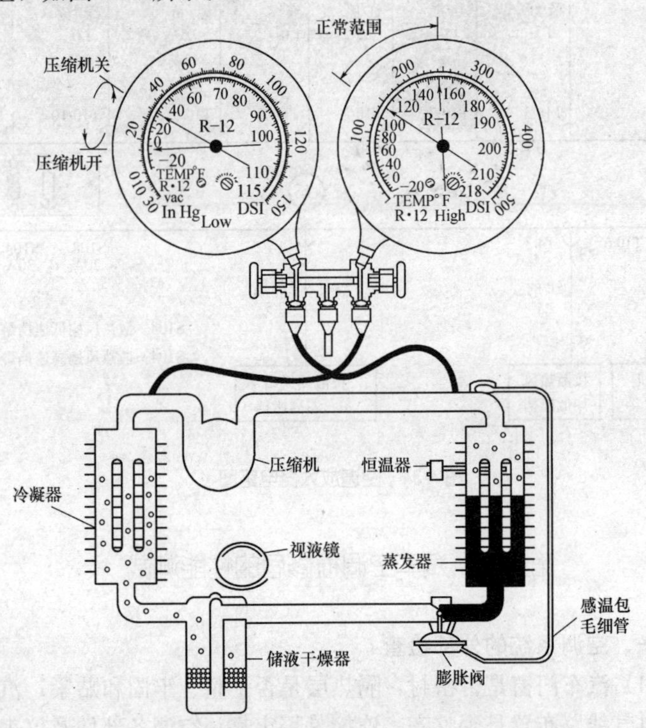

图4-35 空调制冷系统性能测试连接图

（2）连接时，先关闭高、低压手动阀，并在接好管后排除管内的空气（防止管内空气窜到空调制冷系统内）。

（3）启动发动机，将发动机转速保持在2000r/min下，空调控制面板上的功能选择键在Max（或A/C）位置，温度键于Cool位置，风扇转速处于最高挡位置，然后打开车窗门。

(4) 将一根干式温度计放在中风门的出口处，一根干式温度计放在车厢内空气循环进气口处。

(5) 在空调系统运行15min以上后，开始进行系统的测试及数据的读取并记录。空调系统的各数值应达到规定要求方为合格。

如对于孔管制冷系统（CCOT），在环境温度处于21～32℃，制冷温度范围在1～10℃情况下，高压侧表值范围应在1.0～11.55MPa内，低压表值在压缩机开动后，压力开始下降，当降至约0.118MPa时，恒温器会切断压缩机电磁离合器电路，压缩机停止运转。此时，低压表压力又会上升到0.27～0.217MPa，恒温开关又接通电磁离合器电路，压缩机又开始工作，则低压表压力又下降，系统便如此循环。

三、空调制冷性能的测试

汽车空调制冷性能的测试方法有三种：压力测定法、曲线比较法和道路试验法。

(1) 压力测定法。通过对压缩机高、低压的压力测定来判断空调制冷性能是否达到正常工作要求。

1) 压力测定法的方法。

a) 将歧管压力表接在压缩机的高、低检修阀上。

b) 启动发动机，使其处于2000r/min稳定转速下，然后启动压缩机。

c) 温度键置于Cool位置，风扇转速处于最高挡位置。

d) 测定气温温度一般在30～35℃范围内。系统高压侧压力在1373～1668kPa范围内，系统低压侧压力在147～192kPa范围内。

2) 系统检测数据与自然环境条件变化的关系。测试空调压缩机的高、低压侧压力时，其高低压力数据及其吹出的冷风温度均受外界因素影响，如环境温度、湿度和海拔高度的影响。

a) 环境温度的影响。气温发生改变时，压力值也会随之改变。一般气温比35℃每降低3℃，其高压压力数值应比给出的标准高压压力低68～78kPa。

b) 海拔高度的影响。海拔高度每升高304.8m，压力下降3.5kPa。所以在进行测试时，应根据自身所在海拔高度对相应的

高、低压力表的读数进行高度修正。

c）温度的影响。由于空调制冷时不仅要降低空气的温度，也要对空气中的水分进行除湿。空调环境的空气温度越大，空调系统的热负荷越大。在制冷量一定的空调系统中，环境的湿度越大，空调输出的冷风温度越高。

（2）曲线比较法。主要是利用厂家提供的空调说明书上的空调性能曲线进行的。实测的温度差值和相对湿度在空调性能曲线图上的交点位置就可以判定空调制冷性能是否合格。曲线比较法的方法如下。

1）将歧管压力表接在压缩机的高、低压检修阀上。

2）启动发动机，使其处于2000r/min稳定转速下，然后启动压缩机。

3）湿度键置于Cool位置，风扇转速处于最高挡位置。

4）将干湿球温度计放在蒸发顺的进气口处，分别测出蒸发器进气口处的干球温度和湿球温度，并将测得的值在空气温湿图上找出其对应在相对湿度。

5）在车厢内冷风出口处用温度计测出冷风温度，并与处于蒸发器进气口处的空气温度相比求出差值。然后根据所测得的相对湿度和进出口温度差，在空调的性能曲线图上求出其交点，如果该交点落在两条极限线内，则该空调的制冷性能为合格。

（3）道路试验法。道路试验法是在汽车在道路上行驶时进行测定，以检验空调在汽车运行状态下的制冷能力是否合格。

道路试验法试验时环境干球温度为35℃，路面平坦、硬实。在此条件下分别做车速为20、40、60km/h时，整车在10min和30min的车内降温和保温性能试验。其测试标准如下。

1）车速为20km/h且全开冷气下，10min内车内降温应低于30℃，30min内车内温度应低于27℃。

2）车速为40km/h且全开冷气下，10min内车内降温应低于29℃，30min内车内温度应低于26℃。

3）车速为60km/h且全开冷气下，10min内车内降温应低于28℃，30min内车内温度应低于25℃。

经道路试验，汽车空调在不同车速、不同时间下车内降温符合上述测试标准，说明该车空调的制冷能力合格。

第五节　汽车空调的增装

一、空调增装的条件

1. 车外部环境

增装时必须根据车辆使用地区的不同气候条件，确定恰当的汽车外部参数。在粗略估算时，也可给出一个统一的车外参数。即通常把车外温度 35℃、相对湿度 70%作为汽车空调的夏季外界空气参数，而把 0℃和当地一月份平均相对湿度的平均值作为汽车空调的冬季外界参数，以计算车内的冷热负荷。

2. 车内部环境

主要是指对人体有影响的温度、相对湿度、流动速度及空气的成分等。参考国内外设计和使用中空调最适宜的温度标准，汽车车内环境参数可选取如下。

夏季：车内温度范围 24～28℃，车内外温度差 5～7℃。

车内相对湿度一般保持在 30%～70%，车内空气流速应控制在 0.25～0.5m/s。车内空气更换量按每一乘客为 40～60m^3/h 计，并要求空气中 CO 含量不超过 0.01mg/L，粉尘不超过 0.8～1.6mg/m^3，CO_2 不允许超过 1.86mg/L。

冬季：长途客车、货车、轿车、旅游车温度宜在 17℃。车内外温差不大于 10～12℃，且乘客头部温度比车厢内平均温度低 2～3℃，腿部以下温度比车厢内平均温度高 2～3℃。车内相对温度应小于 30%，车内空气流速不大于 0.2m/s，新鲜空气供给量为 20～30m^3/（人·小时)，车内 CO、CO_2 和粉尘含量不超过夏季车内的允许范围。

3. 车厢制冷时热流量

（1）太阳辐射热。它是车内热负荷的主要来源，约占整车热负荷的一半。太阳辐射热的多少与太阳辐射强度、太阳入射角及车身表面的颜色有关。

（2）车身传导热量。指不考虑太阳辐射影响，由车内外温差，通过车厢6个面的门、窗玻璃进入车内的热量。为使车内温度维持在一定范围，这便要求车身必须具有一定的隔热性能，为此，通常在车壁中敷设一定厚度的隔热材料。

（3）外气导入热量。为了保持车内空气洁净度，需要引入外气，但外气较车内空气温度高、湿度大，因此，外气的引入将带进大量的热量，成为车内热负荷的重要组成部分。

此外，车门、窗和驾驶区操纵等处有缝隙，汽车行驶时，部分外气将由此渗入车内，除带入灰尘外还带入大量热量。

（4）人体散热量。车内乘员通过呼吸和身体表面向车内放出体内多余热量，使车内温度升高，湿度增大。

（5）发动机散热量。发动机工作时产生的热量有一部分进入车内，特别是前置式发动机的汽车，热量传入车内更为严重。

（6）电气设备产生的热量。车内设置的电气设备如闭路电视、立体音响、电源变换器、安全报警显示、车用冰箱和车内通风换气的风扇电动机等。这些电气设备工作时产生的热量都直接传入车内，加大车内热负荷。电气设备产生的热量多少与其功率、效率和工作时间有关。

4. 车厢制热时冷负荷

（1）加热车内空气及各种物体所需的热量。一般情况下，客车供暖装置多采用内外综合循环式。即将车内的空气换气和抽入的外界空气混合送入供暖装置加热，然后送入车内，再将车内已降温的部分空气吸入加热再送入车内，如此不间断循环，以达到提高或保持车内温度的目的；而加热车内空气及其他物体所需的热量，与供暖装置的风量、空气的比热容和密度、外气温度及车内需要保持的舒适温度有关。

（2）通过车体各部分传出的热量。由于车内外有温差存在，车内的热量必然向车外传导，这是供暖装置必须提供的一部分主要热量。

（3）换气损失热量。为了保证车内洁净度，必须随时给车内更换新鲜空气，因此，车内的热量必须随污浊空气排除出而散失。同

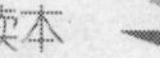

样，车内温度也将随室外低温的新鲜空气的进入而降低。热气损失的热量多少与乘员人数、换气量大小有关。

（4）泄漏热量。由于车相有 6 个壁面组成，因汽车配置需要，壁面上分别设有门、窗、检修孔、操纵杆孔等，虽然设计时考虑了各种密封措施，但仍会有缝隙存在，这些缝隙即为热量散失的通道。泄漏的热量与缝隙长度、宽度有关。

上述车内外参数确定以后，即可根据车厢空间的大小、乘员人数等粗算出车厢负荷（包括冷、热负荷），以确定空调机组容量的选用。

通过统计计算，各种车型的各个负荷占的比例见表 4-11。一般在计算制冷压缩机容量时，应先计算出以上各种负荷实际数值，并将其加在一起计算该车总的热负荷。为保险起见，通常将总的热负荷乘以 1.05～1.15 倍，作为选用压缩机容量时参考。

表 4-11　　各种汽车热负荷及比例

汽车种类	乘员发热量		空气泄漏损失		车顶壁面传入热量		玻璃传入		其　他		合　计	
	(W)	(%)	(W)	(%)	(W)	(%)	(W)	(%)	(W)	(%)	(W)	(%)
普通轿车(6 人)	660	23	244	8.5	675	24	1186	41	151	3.5	2916	1000
轿车(5 人)	547	23	244	9	651	28	837	36	163	4	2442	1000
轻型客车(20 人)	2791	30	1768	19	2512	27	837	9	1396	15	9304	100
中大型客车(50 人)	7118	32	3454	18	5431	26	1617	7	3315	17	20935	100
货车	318	13	244	9	880	38	837	36	163	4	2442	100

当然也可参考下列数据选用。

轿车类（包括厢式吉普车等非独立式），制冷量 3.5～4.6kW。

9 座面包车，制冷量 7kW 左右，非独立式。

14～17 座面包车，制冷量 9.3kW 左右，非独立式。

20～25 座面包车，制冷量 11.6kW 左右，非独立式，也可采用独立式。

35～40 座客车，制冷量 18.6～20.9kW，独立式居多，也可采用非独立式。

50～60 座客车，制冷量 25.5～29kW，独立式居多数，也可采

用非独立式。

由于我国大功率发动机不普及，所以30～40座客车和50～60座客车的空调系统多采用独立式。

工程机械车辆，制冷量3.5～7kW，非独立式。

供暖方面，一般轿车类、9座面包车和工程机械车辆采用余热式采暖，即利用发动机冷却水取暖。大、中型客车和12座以上的面包车配置与制冷量相当的容量的独立式供暖器。当然，暖风机和供暖器的容量大小的选择还应考虑用户的气候条件，高寒地区显然应适当选择大容量。

二、独立式汽车空调发动机的选用

一般说来，选用的发动机用油最好与汽车的主发动机一致，这样可以用同一个油箱，以节省空间。

辅助发动机的功率和转速是根据空调压缩机的转速和制冷量来决定的，而压缩机的制冷量又由车内热负荷来决定。发动机在空调转速下，供给的功率要比压缩机要求的功率有较大的富余，通常储备系数 K 取1.1～1.4。

三、空调制冷系统的安装

1. 轿车空调制冷系统的安装

轿车空调都是由主发动机直接驱动的，图4-36为其制冷系统，其具体安装方法如下。

(1) 在发动机机体上找一个合适的位置，根据此位置的空间大小制作压缩机支架。

(2) 固定好压缩机支架，然后装上压缩机。安装压缩机时，压缩机脚和支架的固定脚之间的间隙要在0.1mm以下，如间隙过大时用垫圈充填其间隙，如图4-37所示。

(3) 将冷凝器安装在水箱前面，冷凝器与水箱之间的距离应为10mm以上。固定好冷凝器后，应把高压液管和排气管与冷凝器连接，并将管子卡牢，以免振动损坏管子。

(4) 蒸发器大多安装在轿车仪表板中间或左边。将蒸发器和膨胀阀一起装入仪表板下面的风道内，并将膨胀阀装在蒸发器的进口管道上，位置固定好后再连接高压液管和回气管。

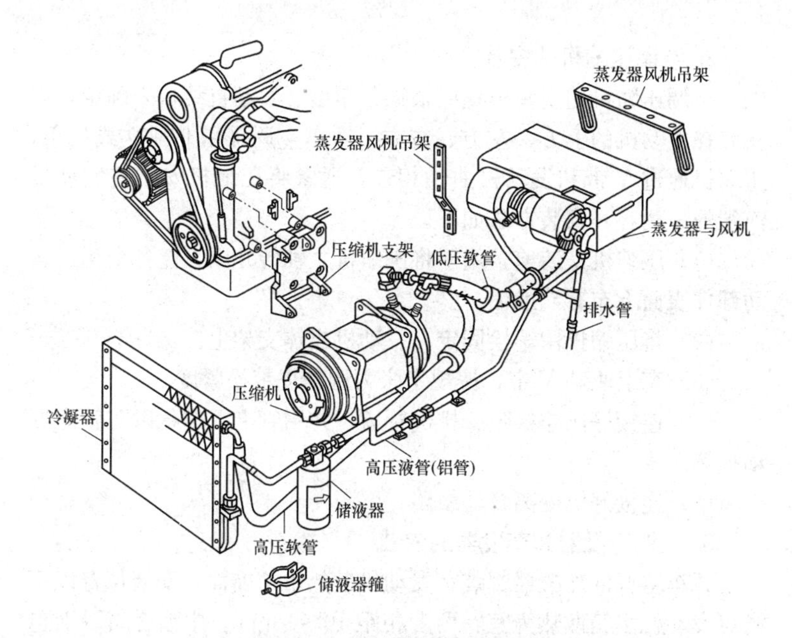

图 4-36　轿车空调制冷系统

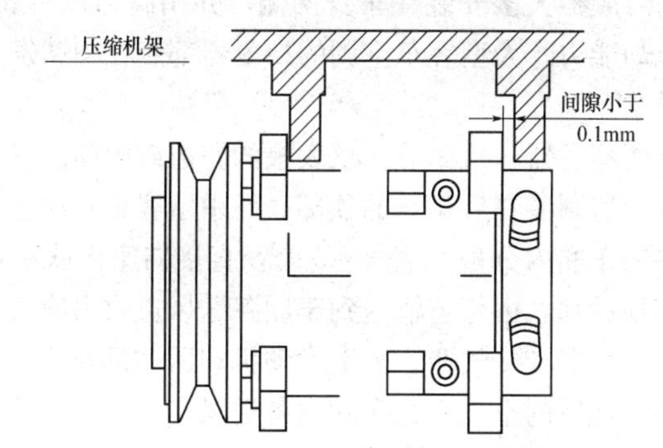

图 4-37　压缩机脚和机架之间的间隙要求

（5）在通风良好的位置垂直安装储液干燥器。

（6）安装压缩机吸气管和排气管，并根据管道走向用管卡固定好。

（7）安装电器控制元件，并接通电源。

（8）然后对制冷系统检漏、抽真空、充注制冷剂。

2. 空调压缩机的安装

空调压缩机的安装位置应根据各车型、发动机结构来确定，可安装在发动机的上方、左方、右方。轿车空调采用非独立式机组，压缩机通过V带和发动机曲轴相连，通常将压缩机安装在发动机前端的一侧，其安装方法如下。

（1）压缩机安装前，用手将压缩机主轴转几圈，让各个相对运动部件表面上布有润滑油。

（2）将压缩机用螺栓固定在发动机机体支架上。

（3）套上驱动V带，按规定张力调整皮带松紧度。

（4）连接好压缩机吸、排气管道，并用管卡固定，以防管道振动损坏。

（5）连接好电磁离合器线路。

3. 空调冷凝器和蒸发器的安装

轿车空调的冷凝器都装在发动机散热水箱前面，安装位置以不妨碍发动机水箱散热为宜，两者相距10～18mm。中型客车（面包车）空调的冷凝器大多安装在车身两侧，并用高速风机加强散热，以提高其冷却能力。大型客车空调的冷凝器都装在辅助发动机散热水箱的前面。

轿车空调蒸发器一般都装在仪表板的左边或中间。有些轿车空调后置式蒸发器则装在后车厢的顶部；而中型客车（面包车）空调蒸发器有些在车厢内分散布置2～3个，直接向车内吹冷气；有些则布置在车顶后部，由管道输送到车厢各送风口吹出冷气。大型客车空调则将蒸发器和冷气箱、辅助发动机和压缩机安装在一起，用送风管道将处理后的空气送往车厢内各送风口吹出。

4. 空调储液干燥器的安装

冷凝器出来的高压、高温的制冷剂液体需经过储液干燥器再进入膨胀阀。储液干燥器要根据管道的长短来确定其安装位置，并且从其顶部的玻璃视液镜能看到制冷剂状态。另外，储液干燥器要安装在通风良好的位置，并用卡子将其固定牢。

四、空调制冷系统的检查与调试

汽车空调改装完毕后，应首先检查管道各部件的连接是否牢

固，是否与制动踏板、节气门等部件摩擦接触，同时还应与高温排气管隔开。接着进行充氮查漏，合格后再抽真空检漏，然后充灌制冷剂，并用检漏仪检漏，确保无漏后方可试机、调试。

1. 充氮试漏

通过歧管压力表向空调制冷系统充入氮气，此时，压力表的低压阀应关闭，当高压表指示 2MPa 时，把高压阀关闭，这时用肥皂水查漏，重点检查各连接头。当发现有排气声或出现泡沫时，说明该处泄漏，应及时处理。当经全部检查和处理后，将系统内氮气放出一部分，使系统保持 1.2MPa 的压力。然后再关闭高压阀门，使系统保压 24h，如其压力不降低，方算合格。但应注意，不要将气温变化而影响系统压力变化当成系统泄漏。

充氮试验后，放出系统中的氮气，将系统接上真空泵，然后关闭高压阀，打开低压阀，启动真空泵，轿车一般抽真空 10～15min，大客车抽真空 20～30min 时，这时低压表应为 0.093MPa 以下。应注意，若长时间抽真空没变化时，应检查连接管路是否有泄漏。关闭低压阀，保持 30min 左右，低压表无变化，说明合格。

2. 充注制冷剂

按一般操作规程，排除加液管空气后，将低压阀打开，使制冷剂进入空调制冷系统，这时应记录充入系统的制冷剂量。当压力表指针达 0.4MPa 左右时（环境温度不同，该值有变化），关闭低压阀，按使用说明书上操作方法开机，使制冷压缩机工作（应注意，这时送风机、温控开关都开到最大），再慢慢打开低压阀，使制冷剂充入系统。当制冷剂充入量达到规定的充入量时，关闭低压侧，这时视液镜中应看不到气泡。然后停机查漏，特别要检查低压侧，因停机后低压侧压力较高，有漏处易发现。检漏重点仍是管路连接处和焊缝处。确定认为无漏时，可开机调试。

3. 试机检查

一般只检查压缩机的高、低压力值，当压力不正常时，应分析压力过高、过低的原因，然后排除故障，使之正常工作，具体方法如下。

压缩机的转速维持在 2000r/min，打开冷气开关，风量开到最

大，温度调节开关调到最低位置，压缩机工作 15min，使各工作部件处于稳定状态，这时低压表值应为 147～196MPa，高压表值为 1422～1471kPa，这个标准压力测量的测定条件是制冷系统吸入口温度为 30～35℃。如果环境温度有变化，高、低压的指示值也会有所变动。

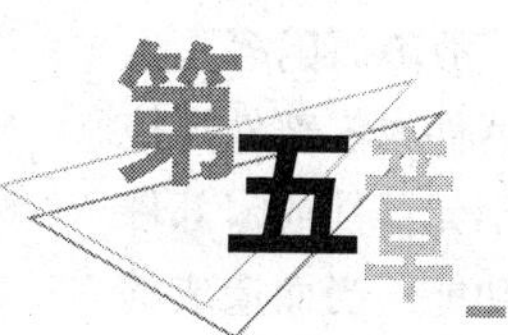

汽车空调故障的诊断与排除

第一节　汽车空调故障的诊断与排除

乘用车、中小型客车、货车及各类工程车的空调系统都采用非独立式制冷系统和非独立式采暖系统，采用整车发动机驱动、整车发动机冷却系统热量。因此，这类车型汽车空调发生的故障是多种多样的，由于各车型配置的设备不同，不同的车型上故障的发生和诊断也不尽相同。

豪华大客车空调系统一般都采用独立式制冷系统和独立式采暖系统，因此这一类车型汽车空调常见的故障多发生在独立式制冷装置本身、独立式采暖装置本身、专设的辅助发动机以及与专设发动机的连接上。现介绍汽车空调故障的诊断方法。

一、空调故障的诊断方法

汽车空调系统故障的判断应掌握先整车后系统、先系统后总成、先总成后部件、先外部后内部的原则，维修人员首先通过查看整车、系统、总成各设备的工作情况和外表，细听机器运转声音，用手触摸各设备相关部位的温度，利用仪器设备检测温度、压力与泄漏情况等方法，对故障的原因作初步判断，结合驾驶员对故障的详细介绍进行综合分析，查出故障原因，然后再进行修理。

一般可采用问、闻、听、看、摸、检测来检查空调系统是否工作正常。

1. 询问

主要是询问车主使用时发现和听到的异常现象，通过向车主了解出现此故障发生时间、在哪维修过、维修些什么项目，这些将对维修时判断故障的原因以及部位具有非常重要的参考价值。

（1）空调已经使用的年限。了解所修空调使用的年限可以帮助

大致估计出故障的性质。例如，对于较新的空调，故障原因多是运输过程中导致线束引线折断或似断非断、个别元器件或零部件焊接不好或安装不良、接插件松动造成接触不良、个别元器件或零部件可靠性太差造成的故障、用户使用空调上的某些功能不当而造成的“假故障”等。

(2) 产生故障的过程。应了解故障是突然发生的还是逐步恶化的，是静止性的故障还是时有时无的故障，这样可以帮助判断故障的性质和采用较为合理的修理方法。

(3) 是否修理过。应该了解该空调发生故障以后是否修理过，应问清修理过程，是否调节过空调的某些可调器件，是否更换过电子元件或零部件。这样可以较快排除一些由于修理者修理技术不太熟练或不太熟悉该空调电路原理而造成误修或误换故障元件。

(4) 询查有关资料。如果故障空调的电路是不太熟悉的电路，手头又无有关资料，应及时询问该车空调是否带有线路图等有关资料，如没有应设法查找。

(5) 核实故障现象。有的用户由于对空调的使用常识不甚了解，无意中使开关或按钮处于不正常的位置，便误认为有故障。因而应及时对故障现象予以检查核实，排除“假故障”的可能。

2. 鼻闻

鼻闻是指凭嗅觉快速地判断空调系统电控元件是否短路烧蚀。例如：压缩机继电器、放大器、控制面板、鼓风机电动机等。

用鼻闻空调电气控制电路处有无焦味或其他怪味出现，找出发出气味的部位或元件（零件、接线），也有助于维修工作的顺利进行。

3. 耳听

耳听就是在空调系统工作时，用耳朵仔细听其是否有异常的声音，依据压缩机的运行声音来判断其运行情况。

听压缩机运转时有无杂音、撞击声，有则为不正常。蒸发器鼓风机、冷凝器电风扇、电动机等运转是否有杂音，有则为不正常。

(1) 压缩机正常时的运转声。压缩机正常运转时，会传出清脆

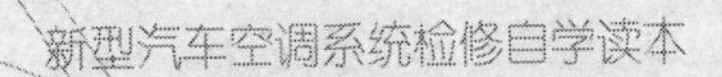

而均匀的阀片跳动声。

1）启动发动机使其稳定在1500r/min左右，接通A/C开关，听压缩机工作是否有异响。如果听到“吱吱”的尖叫声，则是传动带过松或磨损，应调整或更换。

2）如果听到抖动声，一般是压缩机固定螺栓和托架紧固螺栓松动，应及时紧固或更换。

3）用听筒或试棒探听内部是否有敲击声，一般为制冷剂“液击”或奔油（冷冻机油过多）敲缸声，应及时检修。

4）停止压缩机工作时，听到压缩机内部连续撞击声，则是内部运动部件严重磨损，应更换压缩机总成。

（2）电磁离合器刺耳噪声。当听到压缩机电磁离合器发出刺耳的噪声时，多是由于电磁离合器的磁力线圈老化，通电以后产生的电磁力不足或离合器片磨损致使间隙过大，导致离合器打滑而产生了刺耳噪声，并伴随有离合器打滑处发热现象。解决的方法，一是重新绕离合器磁力线圈；二是将离合器调整片抽去1～2片，使离合器的间隙减小来防止打滑。

导致离合器打滑的另一个原因是压缩机的负荷太重，对此应及时查明原因，并进行检修。

（3）机体的摩擦声。当听到机体内有较严重的摩擦声时，可断定这种情况多是由于压缩机润滑油不足或断油而引起的。

（4）外部拍击声。这种声音多是由于压缩机与发动机间的“V”型传动带过松，或是经长期使用后磨损严重引起的。

（5）敲击声。这种声音多属制冷剂有“液击”现象或有奔油（油量过多）敲缸等故障，多是由于系统内制冷剂过多或膨胀阀开度过大，致使制冷剂在未被完全气化的情况下吸入了压缩机。这种情况对压缩机的危害较大，很有可能会导致压缩机内部的相关零件损坏或减少其使用寿命。对此，应释放掉过多的制冷剂或重新调整膨胀阀的开度。

（6）风扇异响。空调器内风扇异常出现的响声，多是在风扇通电转动时发出的。这种情况即可能是风扇的叶片碰及物体引起的，也可能是风扇本身轴承缺油或严重磨损造成的，应根据实际情况查

明原因。

(7) 停机过程中的撞击声。在停机过程中，能清楚地听到机体内运动部件的连续撞击声。这种情况多是由于制冷系统内部的运动部件严重磨损，致使轴与轴之间、缸体与活塞之间、连杆与轴之间的间隙过大或出现松动引起的。

4. 眼看

首先观察空调上各种开关、按键、旋钮、熔断器等是否处于正确位置或有无松动（指熔断器等）。

(1) 观看冷凝器表面是否清洁。冷凝器表面如附有泥土油泥或杂物，会影响制冷效果。如过脏，应及时用水将其清洗干净（注意不能用高压水冲洗，避免翅片变形）。对于已经变形的翅片，应用尖嘴钳等工具仔细地将其矫正复原。

直观检查膨胀阀毛细管的状况。正常时毛细管应被牢固地夹紧并用绝缘布包捆在蒸发器的出口处，有的毛细管应准确地插在制冷管路的插孔中，并用感温油包覆着。如发现有异常，应及时将其恢复原状。

(2) 观看连接部件是否有油渍。对空调制冷系统的所有连接部位进行察看，看是否有油渍。凡有油渍之处，均说明此处有制冷剂泄漏现象。当确认有制冷剂泄漏后，可先将此连接处的螺母拧紧，或者重做管路喇叭口并加装密封橡胶圈，以防止慢性泄漏而导致系统内的制冷剂量逐渐减少。

除了管路连接处易产生泄漏外，压缩机轴封、前后盖板的密封垫、检修阀、安全阀等部件产生泄漏的概率也较高，所以这些部位也是直观检查的重点。

(3) 观看各软管的状况。仔细对空调系统的各条软管进行观看，主要是看其有无老化、鼓泡、磨损，是否出现裂纹和渗漏的油渍等现象。

一旦发现软管破损要及时更换，当软管与发动机相碰时，也要及时将其隔开，并采用一定的措施将其固定好。当软管要从金属板穿过时，一定要加装防护套，并且也要将防护套固定牢，以防金属割破软管。

(4) 观看视液镜内制冷剂状况。启动发动机，并将其转速稳定在1500～1700r/min，使发动机带动制冷压缩机工作约5min左右。用干布擦干净视液镜的玻璃，以便于观察，再将空调功能选择键设置在最大制冷位置（max)，且将送风机（包括空调器送风机与冷凝器送风机）的转速置于最高。

视液镜中制冷剂的状况通常有以下几种。

1) 制冷剂清晰。如图5-1（a）所示，如观察到视液镜中制冷剂清晰，没有气泡出现，也看不到液体的流动。出现这种现象可能有以下几方面原因。

a) 制冷剂量过多。此时如用两手分别触摸压缩机进气管口和排气管口，就会发现两者温差十分明显，且高压侧有烫手感觉，低压侧则可以观察到有冰霜。进一步还会发现，空调器出风口的温度会比正常制冷量时高3～5℃。

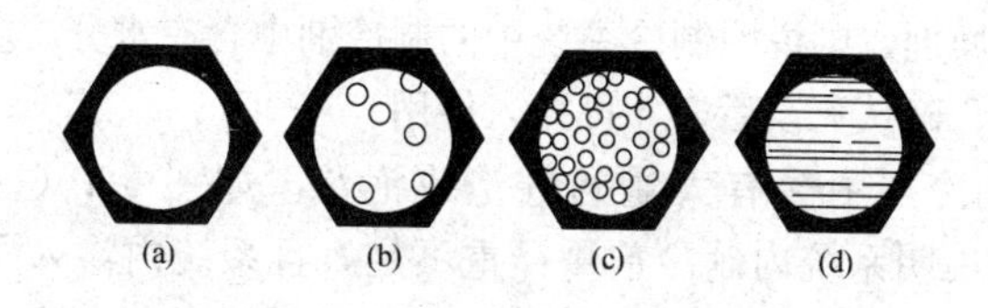

图5-1 观看视液镜内制冷剂状态

(a) 清晰；(b) 气泡；(c) 泡沫；(d) 油斑

遇此情况时，可将空调系统压缩机的电源关掉使其停止运行，其余部分继续工作，等待约45s以后，如观察视液镜内仍然清晰无气泡流过，说明系统内的制冷剂过多（如用压力表测高压端的压力，该压力值会超过正常值)。应及时将多余的制冷剂放掉，以免导致管道破裂、制冷性能变低、能耗上升等故障。

b) 制冷剂适量。此时的制冷系统状况与制冷剂量过多时相比较，高压侧不烫手，出风口的温度也较低。如使压缩机断电、空调其余部分仍维持工作，45s以后会在视液镜中看到有少许的气泡产生。当用压力表测高压侧的压力时，高压侧压力会在正常值范围内。

c) 制冷剂全泄漏。当系统内的制冷剂全部泄漏以后，若用手触摸压缩机的进气口与排气口时，会发现无温度差异，空调出风口的空气温度也不冷。对此，应立即关闭发动机，否则会导致压缩机烧毁。

对于制冷剂全泄漏故障，应检查制冷系统制冷剂泄漏的原因，并进行检修。

2）制冷剂偶有气泡。如图 5-1（b）所示，可观察到视液镜中的制冷剂偶尔或者缓慢地有少量气泡流过。出现这种现象的原因可能是：系统中的制冷剂量稍有不足或是制冷系统的干燥剂已经饱和，也可能是制冷剂内混入了水分。进一步可通过观察膨胀阀有无结霜来区分是哪一种原因引起的。

a）若膨胀阀没有结霜现象。此现象则说明是制冷剂量不足，应检查系统有无渗漏处，确认无误后再添加适量的制冷剂。

b）若膨胀阀有结霜现象。此时，在视液镜中有时还能见到变颜色的干燥剂，则说明制冷系统中的制冷剂中含有水分，应立即更换干燥剂，确认无误后，才可投入使用。

c）制冷剂中含有大量的气泡或泡沫。如图 5-1（c）所示，这种状况说明系统内制冷剂量严重不足，且系统内渗入了大量的空气和水分。对此，应对制冷系统进行检漏处理，确认无误后重新抽真空，在加入足量的制冷剂的同时，也要按规定加入冷冻润滑油。

3）视液镜的玻璃上有条纹状油渍或黑油状泡沫。如图 5-1（d）所示，出现这种现象的原因可能有以下几点。

a）冷冻润滑油量过多。此时，如检查压缩机进、排气管有明显的温差，且将压缩机停止运行、空调其余部分运行时，观察到视液镜内玻璃的油渍干净，说明故障是由于系统制冷剂略少，但冷冻润滑油过多引起的。对于这类故障，应从系统中释放掉一些冷冻润滑油，再添加适量的制冷剂即可。

b）冷冻润滑油变质。这种原因的典型特征是，压缩机进、排气管有明显的温差，当压缩机停止运行、空调其余部分运行时，视液镜玻璃上留下的油渍呈黑色或有其他杂物，说明故障是由于系统内的冷冻润滑油变质或受污染引起的。对于这类故障，应对制冷系

统进行彻底的清洗以后，重换新的冷冻润滑油和制冷剂注入制冷系统内。

c）制冷剂全部漏光。这种故障的典型特征是压缩机进、排气阀门没有明显的温差，空调器出口也没有冷气吹出。视液镜内玻璃上的油渍是冷冻润滑油。

（5）观看低压回路的结霜情况。察看制冷系统的低压回路结霜情况，表面结霜为正常，其余现象为不正常。

（6）观看电磁线圈的状况。察看压缩机电磁线圈工作是否正常。能将压缩机吸合后转动，无异常响声为正常。

（7）观看蒸发器渗水情况。观看蒸发器渗水是在空调运行约8min左右进行，水从蒸发器接水盘淌出为正常。

5. 手摸（拔、拉）

手摸（拔、拉）就是用手去摸并轻拉各种电器连线、传动皮带盘；摸连接管路表面及各零部件的温度，凭手感来判断它们接触是否牢固，松紧程度是否正常，温度是否在正常范围内。

（1）当压缩机工作时，用手触摸压缩机的低、高压管路，两者的温度差应有一定的差距。通常低压端感到冰凉感觉，而高压端感觉微烫。

（2）用手触摸储液干燥器。压缩机工作时，正常情况下储液干燥器应是热的，如果表面出现水珠说明储液干燥器破碎阻碍制冷剂流通。若进口是热的，出口是冷的，说明内部堵塞，应更换。

（3）用手触摸膨胀阀进、出口处。进口外应是热的，出口应是冰凉的，有水珠。若发现膨胀阀出口有霜冻现象，则说明膨胀阀阀口堵塞，应清洗或更换。

（4）冷凝器正常工作时，冷凝器入口管温度为70℃，出口管温度为50℃左右。冷凝器热为正常，且冷凝器从下至上有温差为正常。

（5）干燥过滤器温热，且进口与出口无明显温差为正常。

（6）膨胀阀前后应有明显温差为正常。

（7）车内送风口吹出的风应有冰凉的感觉为正常。

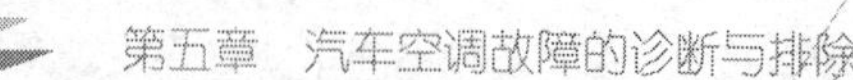

6. 检测

通过看、听、摸这些过程，只能发现不正常的现象，但要作最后的结论，还要借助于有关仪器、仪表来进行测试，在掌握第一手资料的基础上，对各种现象做认真分析，找出故障所在，然后予以排除。

（1）压力检测。汽车空调制冷系统压力检测的过程是：在环境气温为30～35℃条件下，启动发动机，按下A/C制冷开关，风机转速调至最高挡，温度调至最低，使发动机稳定在2000r/min左右，运转一段时间后用歧管压力表检测系统高、低压力，其高、低压力应符合说明书规定的范围。在环境温度为30℃时，压力表指示压力的高压侧压力值为1.176～1.47MPa，低压侧压力值为0.196～0.294MPa。出风口的温度也应在规定的范围内。

检查压力开关。高、低压开关是制冷系统发生故障时，保护压缩机和制冷系统不受破坏。通常低压开关是闭合的，检查时用万用表欧姆挡检测其值应为0；若为无穷大，则表明低压开关断开。这时用跨接线短接两端子，按下A/C开关，压缩机工作，说明低压开关损坏，应更换，高压开关通常是断开的，检查时用万用表测量两端子，其电阻应为无穷大，按下A/C开关，压缩机工作的情况下，用导线跨接两端子，冷凝器风扇应为高速转，否则说明高压开关损坏，应更换。

检查冷冻油。通过压缩机的视油镜或油尺检查冷冻油面，通常压缩机侧面有放油螺栓，可略拧送放油螺栓，有油流出为正好；若没油流出，则应添加冷冻油。冷冻油的加注也有两种方法：一是直接加入法；另一种是真空吸入法。

必须指出，由于每一种车型所配备的制冷装置不同、各总成具体布置也不同、加之匹配参数不同等因素，其检测结果等会有差异，但都应符合该车型使用说明书的规定范围。

（2）泄漏检查。制冷剂有很强的渗透性，由于制冷剂中含有压缩机润滑油，因此制冷系统的连接处一旦发现有油渍，就可以判断该处可能有制冷剂泄漏。

（3）电路检查。用万用表检查空调电路是否接通，各电器元件

的电压是否正常。

(4) 温度检查。用温度计可以判断部分总成工作状态是否正常。蒸发器正常工作时，其表面温度在不结霜的前提下越低越好；冷凝器正常工作时其入口温度为70℃，出口温度为50℃左右；正常情况下，储液干燥器的温度与冷凝器出口温度一致。

以上检查的基本方法也适用于采暖系统，只是采暖系统检查的重点和部位不同。采暖系统发生故障，首先也要例行各个总成的外观检查，观察发动机和采暖系统各个总成的工作状态，检查发动机冷却系统循环管路中冷却液水量是否充足，是否滴漏；其次按使用说明书检查独立式采暖机组工作状况。仪器检查中的电路检查方法适用于采暖系统控制电路方面的故障检查。

二、空调故障诊断与排除

汽车空调的常见故障一般发生制冷、暖风、电器、机械等功能部件及由制冷剂、冷冻润滑油引起的故障。

(1) 制冷方面故障：一般为制冷剂加注过多或由于泄漏导致制冷剂过少，制冷剂被杂质污染或渗入空气，风机、压缩机等制冷装置故障等。

(2) 暖风方面故障：一般为暖风开关损坏，暖风水箱堵塞，风门电动机损坏（机械式的为拉线或风门损坏），风机故障，风道断裂或泄漏等故障。

(3) 电器方面故障：一般为熔丝熔断，导线接头松动，元件损坏等。

(4) 机械方面故障：一般为运动件磨损或破损，连接件不密封，管道堵塞或破裂等。

上述的故障集中表现为无暖风或暖风不足，系统不制冷，制冷不足或产生异常噪声等。

制冷系统的故障一般靠直观检查或利用专用仪器检测。直观检查主要是通过询问、鼻闻、眼看、耳听、手摸进行基本检查；检测则是通过歧管压力表等专用工具、专用设备进行测试分析。

1. 基本检查

(1) 空调系统不制冷。启动发动机，打开空调开关，打开鼓风

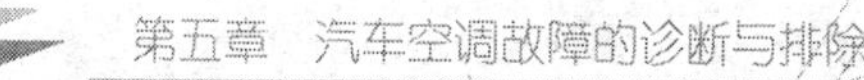

机开关，出风口无冷气吹出。这种故障一般是电器或机械方面的原因。

1）电器故障。系统不制冷主要是压缩机没有工作。空调开关、高压开关、低压开关以及温控放大器等都与压缩机的电磁离合器串联，只要有一个元器件发生故障，空调压缩机就要停止工作。

a）检查熔丝是否熔断。如果熔断，说明电路中可能有某个地方短路。这时应检查导线的绝缘层有无损坏以及产生短路烧坏的迹象。在未查明原因之前不要随便接上熔丝进行试机，以免电气系统遭受更大的损坏。

b）检查电磁离合器。断开压缩机电磁离合器的线束，直接将火线引到电磁离合器，若离合器工作，说明电磁离合器本身正常，继续检查其他方面。

c）检查电路中的空调开关、高压开关、低压开关以及温控放大器。先检查高、低压开关，然后观察温控放大器，最后检查空调开关。检查时可采用短路法。

2）机械故障。在确认电气系统工作正常的情况下，需要进行机械方面检查。

a）压缩机驱动传动带断裂，压缩机停止工作，制冷系统当然也无法制冷。

b）制冷系统堵塞，制冷剂无法循环，从而导致系统不制冷。用歧管压力表检测系统内的压力，其结果应是低压侧压力很低，高压侧压力非常高。系统最可能产生堵塞的部位是干燥过滤器及膨胀阀。

c）膨胀阀感温包破裂，装在里面的工质就会全部流失造成膨胀阀膜片的上方压力为零，阀针弹簧力的作用下将阀孔关闭，制冷剂无法流向蒸发器，因此系统无法制冷。感温包破裂后，膨胀阀一般要换新件。

d）系统内制冷剂全部漏失，使系统无法制冷。检测时可用歧管压力表检测系统的压力，若高、低侧压力都很低，说明制冷剂已经泄漏。如果出现这种情况，应用检漏仪详细检查确定其泄漏部位，然后进行修复。修复后要对系统抽真空，然后按规定加足制冷剂及冷冻润滑油。

e）压缩机进、排气阀片损坏，压缩机起不到吸入、排出的作用，从而使制冷剂无法循环，因此系统无法制冷。可用歧管压力表检测系统内的压力，其结果应是高、低压侧的压力接近相等。排气阀片损坏后，要拆卸压缩机进行修理或换新件。

(2) 空调系统制冷不足。汽车空调制冷系统的性能是依据车厢内的温度及湿度是否能达到预定的指标来衡量的，如空调系统正常运转，其出风口的温度应为 0～5℃。此时车厢内温度应保持在 20～25℃之间（外界气温在 34℃左右）。

1）制冷剂和冷冻润滑油方面故障。可通过观察窗观察到制冷剂的状态，以此来判断系统的故障。

a）空调系统启动初始，观察窗内有气泡流动，片刻之后气泡消失，说明工作正常。

b）观察窗内有气泡或泡沫，蒸发器表面结霜，说明制冷剂不足；如果出现明显的翻腾气泡，则说明制冷剂缺少很多；如果蒸发器表面不结霜，储液干燥器中水分饱和，可从冷凝器出口处取出储液干燥器，将之烘干后重新装入。在处理故障之前，要判断是否有泄漏的地方，如果有泄漏的地方，要先查漏，不能直接补注制冷剂，否则过一段时间还要出现制冷剂不足的现象。

c）系统启动后，向冷凝器上溅水，若观察窗内无气泡出现，表明制冷剂过多。制冷系统高、低压两侧的压力都过高，可以用歧管压力表检测系统的压力来确定制冷剂是否注入过多。如果确定制冷剂注入过多，可以利用歧管压力表来排放多余的制冷剂。

d）观察窗内清晰且出风口制冷效果不好，表明制冷剂完全泄漏。若观察窗内布满油斑，也表明制冷剂完全泄漏。

e）观察孔的玻璃上有条纹状的油渍或黑油状泡沫，其原因可能有以下三种。

若压缩机进、排气口有明显的温差，停止压缩机，孔内油渍干净，则说明制冷系统内的冷冻润滑油过多，应放掉一部分冷冻润滑油。

若压缩机进、排气口有明显的温差，停止压缩机，孔内有油渍或其他杂物，则说明制冷系统内冷冻润滑油变质脏污，应清洗制冷系统，重新加注制冷剂和冷冻润滑油。

若压缩机进、排气口无温差，空调器出风口无冷风，则说明制冷系统有制冷剂，但不足且机内的冷冻润滑油也不足，应检漏并加注制冷剂和冷冻润滑油。

2）机械方面故障。

a）压缩机工作性能下降。

压缩机使用一定时间后，由于气缸及活塞的磨损，使气缸间隙增大及进、排气阀片关闭不严等，都会造成漏气，使压缩机的实际排气量大大小于理论排气量，从而导致系统制冷能力下降。这时用手摸压缩机的进气和排气管口，温差不太大，用歧管压力表测系统内的压力，结果应是高压侧压力偏低，而低压侧压力偏高，应更换压缩机。

传动带如果过于松弛，工作时打滑，传动效率下降，从而导致压缩机转速下降，故其排量也下降，应调整传动带张力。

电磁离合器的压板与带轮的接合面磨损严重或有油污，工作时便会出现打滑。另外，蓄电池的电压过低，会使离合器的电磁线圈产生的磁吸力下降，也会导致打滑，产生与传动带过松的同样后果。这时应观察电磁离合器的压板与带轮的间隙是否均匀，压板是否扭曲。若不符合要求，则应更换电磁离合器。

b）冷凝器散热条件下降。冷凝器表面如果有污泥、杂物覆盖或被杂物堵塞及翅片弯曲等都会使其热交换效率下降。另外，冷却风扇的传动带松弛或冷却风扇的转速下降，也会使冷凝效率降低，从而导致系统制冷能力下降。应清除冷凝器表面污物，修正弯曲的翅片，调整传动带张力。

c）出风口吹出的冷气量不足。蒸发器表面结霜或风机转速下降，都会使吹出的冷气量下降，冷气不足，应检查风机开关、风机、电源电压及热敏电阻。

（3）制冷系统中产生异常的噪声。这种故障一般是机械方面的原因较多。

1）运动件的磨损超过其使用极限，如压缩机气缸磨损超限时，就会引起压缩机活塞敲缸。

2）紧固件松动，压缩机、管道等固定不牢。

3）运动件润滑不良或没有润滑油，主要表现在压缩机离合器轴承、压缩机轴承和风机轴承等发出不正常声响。

（4）暖风系统故障。暖风系统故障一般是暖风系统不热或没有暖风。

1）先检查发动机的冷冻液是否不足。

2）检查发动机冷却液温度是否正常。

3）若发动机冷却液温度正常，将空调控制面板上的温度开关打到最热位置，用手摸发动机后部暖风小水箱进水管上的暖风开关两端的温度，若两端温差很大，说明暖风开关损坏，需要更换暖风开关。

4）若暖风开关正常，用手摸发动机后部暖风小水箱进水管和出水管的温度，如果出水管温度很低，说明小水箱堵塞，需要维修。

5）若风机转速低或风机不转，需检查风机、风机调速器及检修风机电路。

6）若某个出风口没有暖风，检查该出风口的电动机或风门。

（5）自动空调系统的故障。应在维修自动空调系统时，先用自诊断功能来获取汽车空调系统故障的维修资料，如读取故障码、数据流、作元器件动作测试等，根据获取的信息进行检查和维修。

1）就车读取故障码。不同的车型，提取故障码所用的方法不尽相同，维修时必须参阅维修手册中正确的操作规程。

应注意的是：故障码未必指明故障部件，它只指出系统不正常的电路。例如，当显示出的代码表示空调系统制冷剂高压侧温度传感器有问题时，不一定是该传感器已经损坏了，可能是与其相关的导线、连接点、传感器有问题。查找故障时一定要以维修手册为准。

2）使用故障诊断仪。现代轿车都应用了许多控制单元，它们通过CAN总路共享信息，使用故障诊断仪将其连接到诊断接口，就可以读出故障码和数据流，按照维修程序手册，便能迅速地找到故障点。

3）使用普通仪表检修。由于ECU系统软件是预先写入且固定好的，很少会出现问题，所以，故障出现概率大多是在传感器信号输入和输出控制部分，在不具备专业检测设备或无法读出故障码、只掌握了ECU工作原理和检修规律的条件下，使用普通仪表（如万用表）也可以排除故障。其基本方法如下。

a）判断ECU系统主模块的工况。一般情况下，状态指示灯能正常点亮，系统控制部件有一部分能工作，控制单元就不会有大的故障。此时应检查熔断器和相应的接线端子有无磨损、短路、断路等情况。

b）检查对执行器的控制情况，如对风机电动机、压缩机电磁离合器的控制情况，这个信号通常是开关数字信号，当指令不同时，输入到执行器的电压决定了输出的工作状态，这个数值可以用万用表测量。这是与普通轿车控制信号明显的不同之处。

c）当输入正常时，可进一步测量继电器、电动机的状态，判断其好坏，进行检修与更换。如果输入正常而没有输出，则很可能是ECU输出单元损坏。

2. 用歧管压力表判断故障

使用歧管压力表测量高低压管路的压力状况可以判断故障的原因。在空气温度为30～35℃、发动机转速是1500～2000r/min、风扇速度开关量大、冷度开关最强时，从歧管压力表上读取压力值。

（1）空调系统正常。R134a空调系统歧管压力表读数：低压侧为150～250kPa；高压侧为1370～1570kPa，歧管压力表读数如图5-2所示。R12空调系统歧管压力表读数：低压侧为147～196kPa；高压侧读数据为1442～1471kPa所示。

（2）系统中有水分。系统中有水分时歧管压力表高压侧压力为686～1471kPa，读数如图5-3所示。当系统中有水分时，冷气会产生周期性的有时冷、有时不冷，其原因是在压缩机运转时其低压侧有时形成负压，使水分在膨胀阀处冻结，进入系统内的水分在膨胀阀管口结冰，循环暂时停止，但是当冰融化后系统又恢复正常。

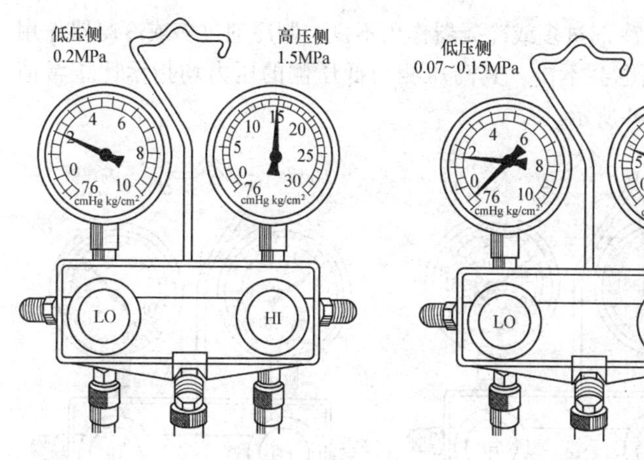

图 5-2　系统正常时歧管压力表指示

图 5-3　系统中有水分时的歧管压力表指示

若干燥剂处于饱和状态，则应更换储液干燥器。

若系统水分在膨胀阀管口结冰，阻塞制冷剂的循环，可通过反复抽出空气来除去系统中的水气并注入适当数量新的制冷剂。

（3）系统中有空气混入。系统中有空气混入时，其高、低侧压力表指示均比正常值偏高，同时用手触摸低压侧管路时会不冷，且在视液窗中出现气泡，如图 5-4 所示。其原因是制冷系统中有空气或抽真空不彻底。因此，应检查压缩机润滑油是否变脏或不足；抽去空气并充注适量的制冷剂。

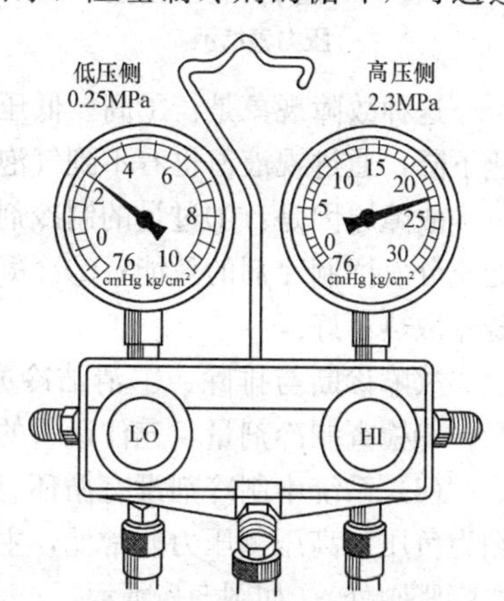

图 5-4　系统中有空气时的歧管压力表指示

(4) 制冷剂不足。制冷剂不足时冷气会不冷，其高、低侧压力表指示均较正常偏低，同时在视液窗中也有许多气泡出现，如图5-5所示。

(5) 制冷剂过多或冷凝器作用不良。制冷剂过多或冷凝器作用不良时冷气也会不冷，其高压侧与低压侧的压力均指示比正常值高，如图 5-6 所示。

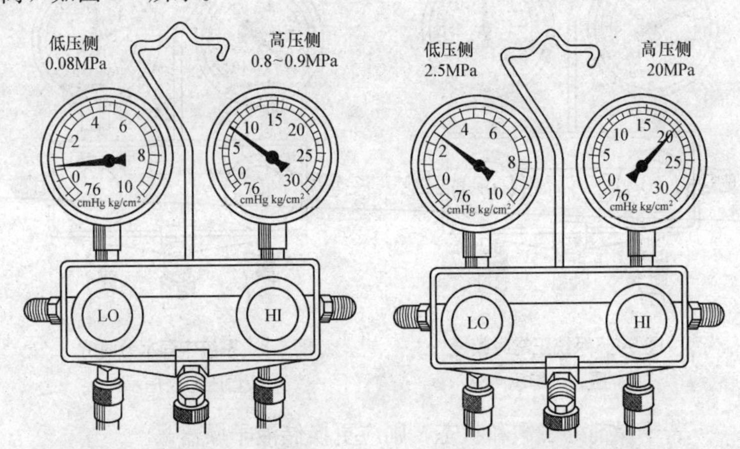

图 5-5 制冷剂不足时歧管压力表指示

图 5-6 制冷剂过多或冷凝器作用不良时歧管压力表指示

这种故障现象是：①高、低压侧压力都过高；②即使发动机转速下降，通过视液窗也看不到气泡；③制冷不足。

故障原因是：①过量的制冷剂在循环，系统中的制冷剂过量不能充分发挥制冷剂的效能；②冷凝器散热器阻塞或风扇有故障，冷凝器散热不好。

故障诊断与排除：①清洁冷凝器；②检查风扇电动机转动情况；③检查制冷剂量，充注适量的制冷剂。

(6) 系统中制冷剂没有循环。系统中制冷剂没有循环时，低压侧为负压，高压侧压力非常低，主要原因是系统有阻塞现象（尤其在膨胀阀处），如图 5-7 所示。

故障现象：①在低压侧指示真空，在高压侧指示压力太低；②膨胀阀或储液干燥器前后的管子上有露水或结霜。

故障原因：①系统有水分或污物阻塞制冷剂的流动；②制冷剂不循环。

故障诊断与排除：①检查膨胀阀和蒸发器；②用压缩空气清除膨胀阀内污物，若不能清除，则更换膨胀阀；③抽取空气并充注适量制冷剂。若感温包渗漏，则更换膨胀阀。

(7) 膨胀阀开度过大或膨胀阀感温包不良。膨胀阀开度过大或膨胀阀感温包不良时，冷气会不太冷，其高、低压侧压力均比正常时高，在低压侧管路上将会有大量结霜及水滴，其故障原因为膨胀阀故障或膨胀阀感温包不良使制冷剂的流量无法配合，如图 5-8 所示。

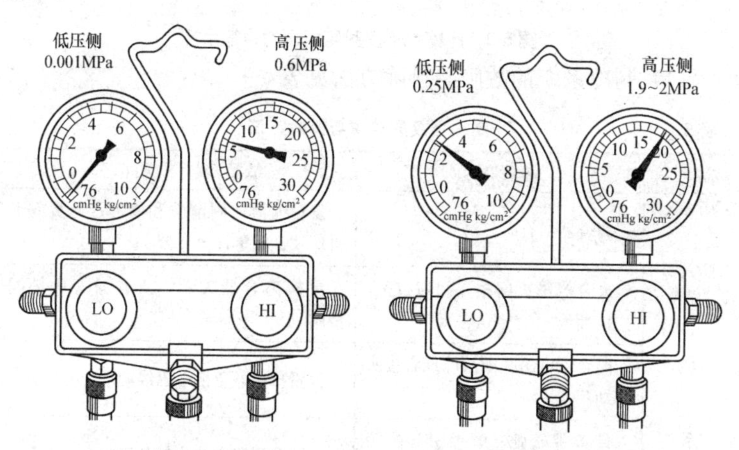

图 5-7　制冷剂没有循环时歧管压力表指示

图 5-8　膨胀阀开度过大或膨胀阀感温包不良时歧管压力表指示

(8) 压缩机不良。压缩机不良时冷气会不冷，其低压侧压力过高，高压侧压力过低，原因为压缩机内部有泄漏所致，如图 5-9 所示。

压缩机故障，阀门渗漏或损坏，零件脱落，应修理或更换压缩机。

3. 用故障诊断表检测故障

根据故障类型，可依照故障诊断表快速找到故障的原因及排除方法。

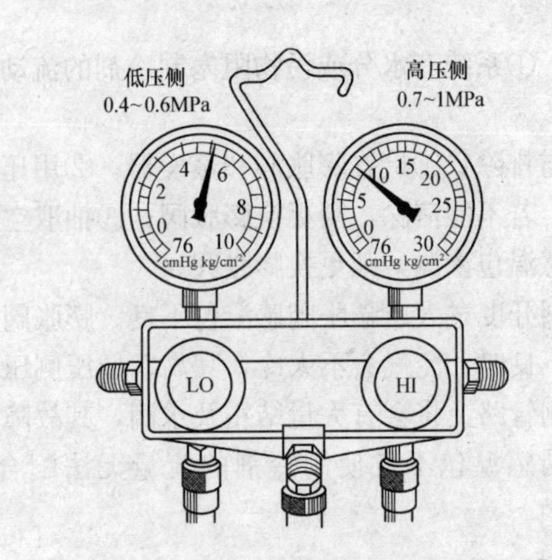

图 5-9　压缩机不良时歧管压力表指示

（1）制冷系统的故障与排除方法见表 5-1。

表 5-1　　制冷系统的故障与排除方法

故障现象	故障原因	故障诊断与排除方法
系统噪声太大	离合器结合时打滑	发现油渍时则清洗和修理；弹簧或卡盘坏了，则更换离合器
	离合器轴承磨损，间隙过大，或缺油	更换离合器轴承，或者加入适量润滑脂
	离合器电磁线圈故障或者接头松动	拧紧接头，更换电磁线圈
	传动带松弛、磨损引起打滑现象	调整合适张力或更换传动带
	传动带轴承磨损	更换轴承
	传动带过紧引起的压缩机振动	调整传动带张力
	带轮中心线不平行引起压缩机振动	重新安装压缩机，使其中心线平行
	压缩机安装螺钉松动；支承板松动或破碎	拧紧安装螺钉；更换压缩机支承板
	进排气阀片损坏	更换
	活塞环磨损	修理或更换压缩机
	敲缸	打开高压维修阀检查

续表

故障现象	故障原因	故障诊断与排除方法
系统噪声太大	风扇叶片变形引起噪声和电动机轴承磨损引起叶片和机罩摩擦	维修或更换风扇
	冷冻润滑油过多或过少	排去和加注冷冻润滑油，保持正确油平面
	制冷剂过量引起的高压管振动，压缩机的敲击声	排放制冷剂，直到高压表值正常
	制冷剂不足引起蒸发器进口的嘶嘶声	检查有无漏点，并修好，加注制冷剂
	制冷系统水分过量	更换干燥器，系统再次抽真空，加注制冷剂
完全没有冷气	A/C熔丝熔断	查明原因，更换熔断器
	电路断路器有故障	查明原因，予以纠正，更换断路器
	A/C开关有故障	检查开关
	主继电器接触不良，或有其他故障	检查主继电器
	电线和接头折断或脱落	检查线路，接通线路
	离合器电磁线圈短路烧毁	检查线圈，若短路则更换
	恒温开关放大器失灵	更换恒温开关
	热敏电阻器有问题	检查，电阻与温度化曲线不符合时，更换新的热敏电阻
	蒸发器的风扇电路或继电器有故障	电动机有毛病应更换；继电器有毛病应修理
	传动带松弛或折断	调整或更换传动带
	高压或低压开关有故障和断开	检查开关，并查明断路的原因；有故障，则更换开关
	制冷剂全部漏光	查明泄漏点，修理并查明泄漏的原因，有故障，则换掉
	储液干燥器或膨胀阀堵塞	检修，并检明堵塞原因
	压缩机的进、排气阀门折断或阀板磨损	更换阀门和阀板
	缸盖密封垫损坏	更换密封垫

续表

故障现象	故障原因	故障诊断与排除方法
输出的冷气量不足	蒸发器风扇转速太慢	检查接头是否松动，调整电阻是否失效；没有这些情况，拆下风扇更换
	热敏电阻器有故障	检查，有故障则更换热敏电阻器
	放大器有故障，恒温开关有故障	检查放大器，有故障则更换；检查恒温开关，有故障则更换
	离合器因电压过低而打滑	查出原因，输入规定电压
	离合器因磨损过量而打滑	更换磨损严重的离合器零件
	离合器循环过于频繁	调整或者更换恒温器开关或温度放大器
	压缩机进、排气阀腔窜气	更换缸垫
	储液干燥器滤网堵塞	更换滤网，清洗或更换储液干燥器
	膨胀阀滤网堵塞	卸下滤网，清洗或更换滤网
	膨胀阀感温包保温层脱落而松动；或者感温包感温液体漏光	重新包捆感温包；感温包泄漏，则更换膨胀阀
	孔管滤网堵塞	清理滤网，并更换积累器
	冷凝器的气流不畅通	清理冷凝器表面杂物
	蒸发器的气流不畅通	清理蒸发器表面，修理温度混合风门
	蒸发器压力控制阀有故障	更换控制阀
	系统中制冷剂过多或不足	排出多余的制冷剂或充入适量的制冷剂
	冷冻润滑油过多	排出多余的油
	系统内进有空气	排空、抽真空、注液
	车外温度高，车外循环风门关不紧	修理外循环风门，或更换此真空马达
	蒸发器结霜堵塞	调整恒温开关或蒸发器压力控制器
	蒸发器风霜壳漏气	修理补漏

续表

故障现象	故障原因	故障诊断与排除方法
输出的冷气时有时无	离合器线圈电路接触不牢；接地线松动	焊接牢固；拧紧修理接地线
	离合器打滑，或磨损严重	清洗干净油渍，更换磨损零件
	主继电器、风扇继电器有故障	更换继电器
	连接插头、插座有松脱	接牢；更换松脱的插座
	风扇变阻器有故障	更换调速器
	电动机接触不良	更换风扇电动机
	离合器因电压过低而时有打滑	找出原因，并予以改正
	恒温器或放大器有故障	更换恒温器或放大器；检查热敏电阻
	系统内湿气过多	更换干燥剂，重新抽真空，加注制冷剂
	系统阀失灵；感温包松动	检查感温包；或更换膨胀阀
	恒温器调整的断开温度过低	重新调整
	蒸发器压力控制器有故障	更换控制器

（2）供暖系统的故障与排除。供暖系统的故障与排除方法见表5-2。

表 5-2　　供暖系统的故障与排除方法

故障现象	故障原因	故障诊断与排除方法
不供暖或暖气不足	空调器鼓风机损坏	用万用表检查电阻，电阻值是否正常，不正常应修理或更换
	风机继电器、调温电阻器损坏	用万用表检查电阻，电阻值是否正常，不正常应修理或更换
	加热器漏风	检测加热器壳体，是否有损坏或松动，根据情况给予更换
	温度门真空马达损坏	更换真空马达
	热风管道堵塞	清理管道

续表

故障现象	故障原因	故障诊断与排除方法
不供暖或暖气不足	冷却水管受阻	水管弯曲，更换水管
	加热器芯管子内部有空气	排除管内空气
	加热器的翅片变形而通风不畅	修理和更换加热器
	加热器芯管子积垢堵塞	用化学方法除垢
	热水开关或真空马达失效	拆修或更换，保证有足够的热水量
	发动机的节温器损坏	更换节温器
	冷却液不足	检查冷却液不足是否是由于系统有泄漏造成的，根据情况进行修理，并加注冷却液
鼓风机不运转	熔丝熔断或开关接触不良	检查熔丝和开关，用小号砂纸轻擦开关触点
	鼓风机电动机烧损	更换鼓风机电动机
	鼓风机调整电阻断路	更换电阻
漏水	软管老化、接头开关关不紧	更换水管，接牢接头，修复热水开关
过热	调温风门调节不当	调整调温风门的位置
	风扇调速电阻损坏	更换调速电阻
	发动机节温器损坏	更换节温器
除霜热风不足	除霜风门调整不当	重新调整
	出风口阻塞	清理出风口
	供暖不足	同上述供暖不足的排除方法
操纵吃力或不灵活	除霜机构卡死，风门粘紧	调整或修理
	所有真空马达失灵	更换真空马达
加热器芯有异味	加热器漏水	检查进、出水接头并坚固，如加热器管漏水，则应更换

三、自动空调常见故障诊断

当空调系统有故障代码显示，而空调故障仍然存在或重新出现时，应针对每种故障现象，逐一检查每种电路和空调器件，包括ECU，具体诊断方法见表5-3。

表 5-3　　　　　　　　自动空调常见故障诊断方法

项目	故障现象	故障诊断方法
风量控制	送风机不运行	点火电源电路
		空调器控制电源电路
		取暖主继电器电路
		空调器送风机电动机电路
		冷却液温度传感器电路
		空调 ECU
	送风机无控制	点火电源电路
		功率晶体管电路
		超高速继电器电路
		取暖主继电器电路
		送风机电动机电路
		冷却液温度传感器电路
		空调 ECU
	风量不足	送风机电动机电路
温度控制	无冷空气输出	制冷剂漏光
		传动 V 带折断或张力不够
		用表阀检查制冷系统
		压缩机电路
		压力开关电路
		压缩机锁定传感器电路
		空气混合温度门位置传感器电路
		空气混合伺服电动机电路
		车内温度传感器电路
		大气温度传感器电路
		蒸发器温度传感器电路
		点火电源电路
		空调器控制电源电路
		取暖主继电器电路
		送风机电动机电路
		点火器电路
		空调 ECU

续表

项目	故障现象	故障诊断方法
温度控制	无暖风送出	热水阀
		冷却液温度传感器电路
		空气混合温度门位置传感器电路
		空气混合伺服电动机电路
		点火电源电路
		空调器控制电源电路
		取暖主继电器电路
		送风机电动机电路
		车内温度传感器电路
		大气温度传感器电路
		蒸发器温度传感器电路
		空调 ECU
	输出空气温度比规定值高或者低，或者响应缓慢	制冷剂量
		传动 V 带张力
		用表阀检查制冷系统
		冷凝器风机电路
		热水阀
		送风机电动机电路
		阳光辐射传感器电路
		车内温度传感器电路
		大气温度传感器电路
		冷却液温度传感器电路
		蒸发器温度传感器电路
		空气混合温度门位置传感器电路
		空气混合伺服电动机电路
		进气风门位置传感器电路
		进气风门伺服电动机电路
		冷凝器
	输出空气温度比规定值高或者低，或者响应缓慢	储液干燥器
		蒸发器
		加热器芯
		膨胀阀
		空调 ECU

续表

项目	故障现象	故障诊断方法
温度控制	无温度控制，只有冷气或暖气充足	车内温度传感器电路
		大气温度传感器电路
		空气混合温度门位置传感器电路
		空气混合伺服电动机电路
		空调 ECU
	无进气控制	进气风门位置传感器电路
		进气风门伺服电动机电路
		空调 ECU
	出气气流无法控制	功能选择伺服电动机电路
		冷气最大伺服电动机电路
		空调 ECU
	发动机怠速时，不出现转速升高或持续提高	压缩机电路
		空调 ECU
		发动机和变速器 ECU
后置空调器故障	后送风机不运行	后空调器送风机电动机电路
		后空调器控制开关电路
		空调 ECU
	无后送风机控制	后空调器高速送风机控制电路
		后空调器超低速送风机控制电路
		烟雾传感器电路
		后空调器控制开关电路
		空调 ECU
	无后冷气输出	后空调器电磁阀电路
		空调 ECU
后置空调器故障	后输出空气温度与规定值不符，或响应缓慢	后空调器电磁阀电路
		后空调器高速送风机控制电路
		烟雾传感器电路
		后空调器控制开关电路
		空调 ECU
	后气流风口不可控制	后空调器控制开关电路
		空调 ECU

四、空调电路故障诊断

空调电路故障诊断流程如图 5-10 所示。

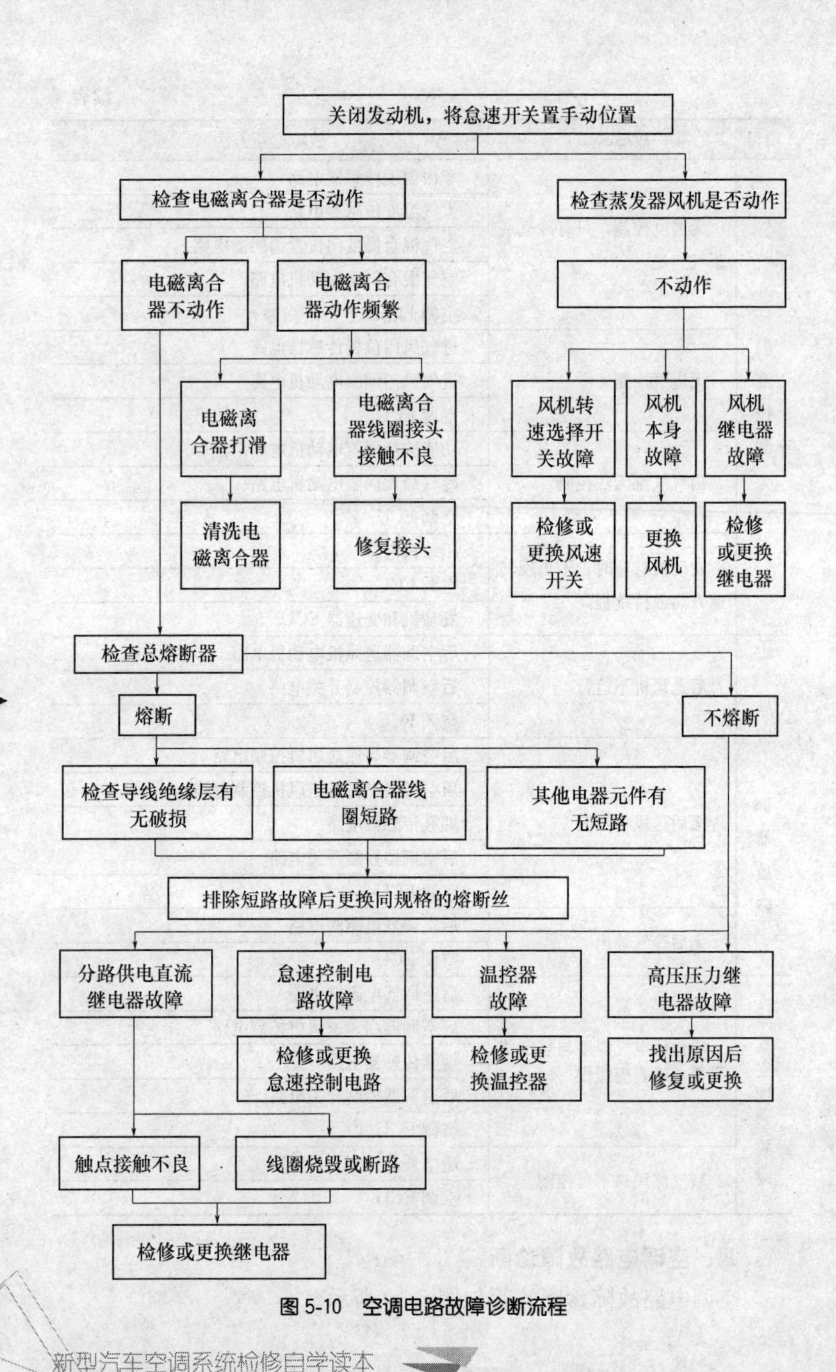
关闭发动机，将怠速开关置手动位置
检查电磁离合器是否动作
检查蒸发器风机是否动作
电磁离合器不动作
电磁离合器动作频繁
不动作
电磁离合器打滑
电磁离合器线圈接头接触不良
风机转速选择开关故障
风机本身故障
风机继电器故障
清洗电磁离合器
修复接头
检修或更换风速开关
更换风机
检修或更换继电器
检查总熔断器
熔断
不熔断
检查导线绝缘层有无破损
电磁离合器线圈短路
其他电器元件有无短路
排除短路故障后更换同规格的熔断丝
分路供电直流继电器故障
怠速控制电路故障
温控器故障
高压压力继电器故障
检修或更换怠速控制电路
检修或更换温控器
找出原因后修复或更换
触点接触不良
线圈烧毁或断路
检修或更换继电器

图 5-10　空调电路故障诊断流程

第二节　汽车空调常见故障的诊断与排除

由于汽车空调系统是安装在汽车上，因此空调系统的维修作业，一般都和汽车维修作业同步进行。因此，汽车空调的故障诊断与维修是一项复杂的技术，不仅要掌握汽车空调方面的知识，还需具备汽车结构、汽车电器及电子控制等诸多方面的知识，综合运用各种理论知识，积累实践经验。这就要求维修人员掌握汽车空调一般常见的故障诊断及维修方法，认真检查，细致分析，最后作出准确的判断并排除故障。

当确认空调系统有故障时，对于少数高档具有故障自诊断系统的汽车空调系统，可先读取故障代码，然后根据故障代码提供的原因，去检查其相应的部位或元件，一般即可使故障得以排除。各种车型的空调系统故障代码调出和清除方法不太一样，但同一系列车型却有许多相同、相似之处。对于大多不具有故障自诊断系统的汽车空调系统，通常只有按常规方法进行检查。

汽车空调系统的常见故障一般有：① 系统的控制电器及元器件故障；② 各总成部件的性能状态；③ 整车发动机或专设辅助发动机的技术状况；④ 保养和使用操作不当；⑤ 动力传动系统效果；⑥ 制冷剂输送循环系统不畅等。在处理这些故障时，一定要首先了解该车型配备的汽车空调系统的类型、工作原理及结构，阅读该车型的使用说明书，借助汽车空调检修工具，初步判断故障原因与部位，按有关规定的操作程序逐项进行修理。

汽车空调系统故障发生率较高的是制冷系统，如制冷剂泄漏、膨胀阀堵塞等，电器系统故障大多不是元件失效，而是由于连接不良或脏污等所致。对于制冷不良故障（或故障代码提示是传感器故障），应先检查温度传感器的连接点处是否良好、其位置是否发生了移动。如发现锈蚀或位置移动，应先予以排除。

一、制冷系统

汽车空调制冷系统不正常的现象（故障）大至分为系统不制冷

(没有冷气)、制冷不足(冷气量不足)、制冷系统间断工作、制冷噪声大4种。

1. 系统不制冷

首先检查开关接头和电器元件电路，其次是制冷剂问题，最后是压缩机问题，诊断方法如下。

(1) 开关接头故障。

1) A/C熔丝烧坏。查找原因更换熔断器。

2) A/C开关故障。查明原因修复或更换。

3) 电路断路故障。查明原因修复或更换。

4) 电路中接线接头脱落、折断。检查线路将线路接通。

(2) 电器元件故障。

1) 总继电器接触不良或其他故障。检查继电器修复或更换。

2) 离合器电磁线圈短路烧毁。更换离合器电磁线圈。

3) 恒温开关或放大器失灵。查明损坏原因并更换损坏元件。

4) 热敏电阻器故障。若查明有故障则更换。

5) 蒸发器风机或继电器故障。若是风机故障则修理或更换，若继电器故障应修复或更换。

6) 高压或低压开关故障或断开。查明断开原因，若有故障则修理或更换。

(3) 制冷剂方面故障。

1) 储液干燥器脏堵或膨胀阀冰堵故障。查明原因，按说明书提示的方法排除系统内脏物或水分使其畅通。

2) 制冷剂全部泄漏。采用前述检漏方法进行制冷剂泄漏检测，若泄漏则修复泄漏部位，按制冷剂加注程序重新进行加注制冷剂。

(4) 压缩机方面的故障。

1) 压缩机吸、排气阀片折断或阀板磨损导致系统高、低压部分串通。查明原因，更换相关零部件或压缩机。

2) 缸盖密封垫损坏。查明原因予以更换。

2. 冷气不足

检查时首先考虑电器元件电路问题，其次是制冷剂问题，最后是压缩机问题。

（1）电器故障。

1）热敏电阻故障。检查故障，若失效则更换。

2）放大器或恒温开关故障。查明原因，若失效则分别予以更换。

（2）制冷剂方面的故障。

1）制冷系统中制冷剂过多或不足。查明原因，按使用说明书的规定和操作规程，抽出多余的制冷剂或补充适量的制冷剂。

2）系统内有空气，此时应按排除系统内空气的操作方法，将制冷剂放出，并将系统抽成真空状态，然后再补充规定量的制冷剂。

3）压缩机润滑油过多，此时应排除多余的润滑油。

4）储液干燥器堵塞。更换滤网，若故障还不能排除则应更换储液干燥器。

5）膨胀阀堵塞。清洗滤网或更换膨胀阀。

6）CCOT 系统的孔管堵塞。卸下滤网清洗，并更换气液分离器。

（3）压缩机方面的故障。

1）压缩机运转不正常，排除压缩机内部故障。

2）压缩机传动带打滑，检查压缩机传动带松紧情况，予以调整。

3）电磁离合器打滑，检查磨损情况，必要时更换。

4）压缩机进、排气腔串通，更换相关零部件或压缩机。

（4）蒸发器、冷凝器方面的故障。

1）蒸发器风机转速慢，检查接头是否松动，调速电阻是否失效，若排除前述现象，则应更换风扇。

2）蒸发器压力控制阀工作不良，更换压力控制阀。

3）冷凝器的气流不畅通，应清理冷凝器表面。

4）蒸发器结霜堵塞。调整恒温开关或蒸发器压力控制阀。

5）蒸发器的气流不畅通。清理蒸发器表面，修理温度混合风门。

（5）其他故障。车身密封不良，有明显泄漏处，应修补车身。

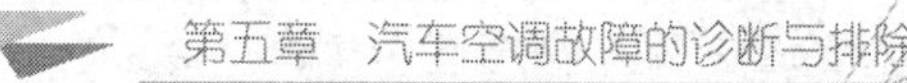

3. 冷气不连续

可参照前述两种方法进行判断。

(1) 开关接头及电器元件故障。

1) 连接插头、插座接触不良，若无法固定牢插座则将其更换。

2) 总继电器或风扇继电器故障，更换相应继电器。

3) 风扇变阻器故障，则应更换。

4) 风扇电动机接触不良，更换风扇电动机。

5) 恒温器或放大器故障。检查热敏电阻是否失效，否则对上述部件分别进行更换。

6) 恒温器断开温度过低，重新调整。

(2) 膨胀阀故障。膨胀阀工作不良，检查感温包是否松动，固定感温包，否则更换膨胀阀。

(3) 蒸发器故障。蒸发器蒸发压力控制阀工作不良，更换蒸发压力控制阀。

(4) 压缩机故障。

1) 离合器线圈电路接触不良或接地松动。补焊接头，将接地端拧紧。

2) 离合器电压低而有时打滑，检查系统电路，保证供给电压正常。

3) 离合器打滑或磨损严重。若离合器摩擦面有油渍则进行清洗，否则更换磨损件。

4. 冷气系统噪声大

制冷系统噪声分为系统外部噪声和系统内部噪声。汽车空调制冷系统的噪声主要来自系统外部噪声。系统外部噪声主要有以下几种。

(1) 传动系统故障。

1) 带轮松弛打滑或磨损严重。调整张紧装置，磨损严重的则应更换带轮。

2) 带轮中心线不平行引起压缩机振动。重新安装压缩机，使其中心线平行。

3) 带轮轴承磨损。更换带轮或离合器。

（2）压缩机故障。

1）离合器轴承磨损、间隙过大或缺油。若是前者，应更换离合器；若是后者，则加润滑油即可。

2）压缩机安装螺钉松动，固定支架松动。检查拧紧螺钉即可。

3）吸、排气阀片损坏。更换吸、排气阀片。

4）活塞环磨损。修理或更换压缩机。

（3）制冷剂故障。

1）制冷剂过量引起的高压侧压力过高，引起压缩机的敲击声。应排放制冷剂，按说明书将高压侧压力调至正常。

2）制冷剂不足引起蒸发器进口的嘶嘶声。首先检查有无泄漏，若有泄漏，则应修复，然后加注制冷剂；否则直接补充制冷剂。

3）制冷系统有水分引起膨胀阀发出噪声。更换储液干燥器，放掉原制冷剂，重新充注制冷剂。

（4）风机故障。

1）风扇叶片变形或断裂引起的噪声。更换风扇。

2）风机支架松动或断裂。拧紧支架固定螺栓或更换支架。

3）风机轴承损坏，更换轴承。

二、采暖系统

汽车空调采暖系统和制冷系统不同的是其热源来源有两种形式：①采用整车发动机冷却系统余热的非独式采暖系统，其故障多与整个循环的故障有关；②采用独立式加热器的独立采暖系统，其故障多与独立式加热器的使用有关。

1. 采暖系统常见故障与排除

采暖系统常见故障主要是不供暖或供暖不足，其故障诊断和排除方法如下。

（1）暖风风机故障。

1）风机损坏。用万用表测量电阻，电阻值为零则更换。

2）风机继电器等损坏。用万用表测量其电阻值，如为零则更换。

3）风机管道堵塞故障。检查后清除堵塞物。

4）混合风门驱动机械损坏。检查后更换驱动机构。

5）风机熔丝熔断或开关接触不良。首先应更换熔丝，若是开关故障则应排除故障。

6）风机线圈烧坏故障。更换线圈。

7）风机调速电阻断路。更换电阻。

（2）加热器故障。

1）加热器翅片变形引起的通风不畅。校正翅片，若效果不理想则更换。

2）加热器外壳及管道不密封引起热量散失。更换加热器外壳。

3）加热器芯管积垢堵塞。采用化学方法对芯管进行除垢。

（3）水路故障。

1）冷却水流动不畅，可能水管弯曲，应予更换。

2）热水开关或驱动机失效。若是热水开关故障，则检修或更换；若是驱动机构失效，则应检修或更换。

3）发动机的节温器失效，更换节温器。

4）冷却液不足。首先应补足冷却液，然后检查系统或散热器盖是否渗水或漏气。

5）软管老化。更换软管。

6）连接接头渗漏。检修接头，拧紧管路接头。

2. 独立式采暖系统的检修

独立式加热器检修主要包括燃油泵、燃烧室、燃烧环、电热塞、燃油分配器、燃烧控制器等部件的检修。

（1）加热器的检修。

1）燃油泵的检修。燃油泵属于转子结构。燃油泵在长期使用过程中，主要零件容易出现严重磨损，使配合间隙不当，产生漏气、漏油或断油故障，此时可用涂色法找到偏磨处，用刮刀进行修刮或用细砂纸打磨修理。若转子严重缺损，应更换转子。

2）燃油滤清器的检修。燃油滤清器用来过滤燃油，保证燃油清洁和油路畅通。在冬季加热器开始使用前，应检查、清洗滤芯。使用时注意检查滤清器内是否有沉淀物，若发现有沉淀物或脏物，应立即用煤油清洗干净。

3）燃烧室的检修。检查并清除燃烧室内壁的积炭，观察燃烧室有无龟裂，若有龟裂损伤，应进行焊接修补或更换。

4）燃烧环的检修。燃烧环的作用是保持燃烧。首先除去内部积炭，然后检查燃烧环内的石棉。燃烧环内的石棉是用以吸收被散布的燃油而使之蒸发的，当石棉老化或损坏严重时应予以更换。

5）火花塞的检修及分压电阻器调整。火花塞的功用是通电后点燃可燃气体，因此工作温度极高，容易发生故障。检修时用刷子清除火花塞及电阻丝上的积炭、油污，当积炭过多难以清除干净时，应更换火花塞。若火花塞线圈出现故障，则修复或更换火花塞线圈。加热器火花塞分压电阻器串联在点火电路上，用于降低火花塞的电压，加大电流，缩短电阻丝加热发红时间，若在规定电压下电流超出规定范围，应参照使用说明书立即调整电阻器。

6）分配器的检修。燃烧控制器是用于散布燃油的，工作温度高，若分配器发生偏心、变形等故障时，应予以更换。

7）燃烧控制器的检修。燃烧控制器的作用是在开始点火时接通电路，当开始燃烧 2min 后，燃烧室内温度达到规定温度时，即自动切断点火电路。若不能及时切断电路，应拆下控制器进行调整或修理。

8）熔丝的检修。熔丝一般安装在风道壁上，用于防止温度过高引燃内室发生火灾。当熔丝周围的温度达到规定值时，熔丝熔化切断燃油电磁阀电路，中断加热器的燃油供给，加热器停止工作。一旦熔丝熔断，应立即检修燃油供给电路，查明熔断的原因并修复。

9）燃油电磁阀的检修。燃油电磁阀装在燃油滤清器和燃油泵之间，通过阀门开启、关闭控制油泵的供油。检修时可用万用表检查电路状态，若电磁阀线圈脱开或接触不良，应重新接好电磁线圈。若阀门不能正常打开，则有可能是阀芯和阀体被污物粘合，导致线圈吸力不足，此时应拆开、清洗电磁阀，然后装配完好后接入供油系统中进行试验。

（2）独立式暖风系统常见故障原因及故障排除速查表见表 5-4。

表 5-4　　独立式暖风系统常见故障原因及故障排除速查表

故障现象	可能原因	故障排除方法
拨“预热”时红灯不亮 拨“运转”时红灯不亮（预热时亮）	·指示灯或电热塞损坏，线松断 ·热熔断丝熔断 ·继电器触点坏了	·检修或更换 ·检修或更换 ·查找原因更换
电动机虽运转，但不过油（电动机运转几分钟后，滴油管应有油滴，若无，则可认为不供油）	·滤油电磁阀故障 ·玻璃杯破裂漏气 ·锁紧螺母松动 ·管接头松动，漏气 ·热熔断丝熔断 ·油箱离机组过远	·检修线路 ·更换玻璃环 ·紧固 ·紧固接头 ·更换 ·采取措施将油吸出
供油但不点火	·电压过低 ·油量不足或油路漏气，雾化不好 ·电热塞未完全工作	·检修交流发电机 ·加足油，检修油管 ·检修或更换电热塞
电动机不转	·主熔断器烧断 ·风扇有异物卡住 ·线路有故障 ·电动机发生故障	·更换 ·检查、清理 ·检查线路是否松断 ·检修或更换电动机
操作开关拨到“运转”位置一段时间后，红灯灭，绿灯不亮	·热控件回路不通 ·继电器线路焊点接触不良或虚焊	·检修线路 ·检查线路
燃烧中断（燃烧后，突然机器冒白烟，热量减弱，由绿灯变红灯状态）	·热熔断丝烧断 ·滤油电磁阀漏气 ·油泵油箱接头漏气 ·杂物堵塞油路	·更换 ·拧紧花形螺母 ·拧紧螺母，检查密封垫 ·清理异物
燃烧开始有黑烟	·在启动暖风时，机内燃油过多 ·交换筒内积炭过多	·此现象为正常现象，5min左右黑烟自行消失 ·拆下主机清理积炭

续表

故障现象	可能原因	故障排除方法
点燃后长时间红灯不灭，绿灯不亮	·热控件需调整 ·线路松断	·调整 ·修复
关机时，操作开关位于“停止”位置，电动机立即停转	·继电器触点烧坏 ·线路松断	·检修或更换 ·修复
关机时，电动机长时间转动，不停机	·热控件需调整 ·微动开关损坏	·调整 ·更换

三、其他系统

1. 压缩机皮带轮常见故障

（1）制冷剂过多，高压过高，压缩机负荷过大，皮带轮打滑。此时应排除多余制冷剂。

（2）惰轮轴承损坏。应更换其轴承。

（3）冷却液不足。应检查密封接头处是否泄漏，若有泄漏更换密封橡胶。

（4）水箱盖泄漏。应更换密封橡胶垫。

（5）空调冷凝器散热片被灰尘和杂物堵塞。应清理散热片上灰尘和杂物。

（6）散热器风扇皮带打滑。应重新张紧皮带。

（7）发动机点火不正时。应调整正时点火。

2. 轿车空调冷凝器常见故障

（1）冷凝器管道和散热片上有污垢，若有污垢附在上面，制冷剂的冷凝能力就要下降，同时制冷系统高压压力极度升高。应清除管道和散热片上的污垢和杂物。

（2）冷凝器散热片表面有异物堵塞。用压缩空气吹净。

（3）冷凝器散热片弯曲变形。用尖嘴钳校正。

（4）冷凝器管道及接头破损。破损的冷凝器可焊修或换用与原型号、规格相同的新冷凝器。

（5）冷凝器安装位置不当。若冷凝器和网扇不对中，气流就不

能吹遍冷凝器的表面，结果是排气压力高于正常值。若冷凝器过分靠近散热器，就会相互影响各自的散热能力。应正确安装调整冷凝器位置。

3. 轿车空调冷凝器风机常见故障

（1）风机电线脱落。应重新接好风机电线。

（2）风机电动机损坏。应更换风机电动机。

（3）风机调速电阻损坏。应更换调速电阻。

（4）风机熔丝烧断。应检查原因并更换同规格的熔丝。

（5）风机扇叶损坏。应更换风机扇叶。

4. 轿车空调储液干燥器常见故障

（1）储液干燥器中的干燥剂达到饱和吸水状态。由于系统中自有水蒸气量过多，使吸湿材料达到饱和状态，引起材料的膨胀，其间隙通道势必减小。应更换一个同规格的储液干燥器。

（2）储液干燥器堵塞，其进、出口有明显温差。由于系统中杂质过多，使过滤网积污过多，引起通道堵塞，增加通道的阻力，这时制冷剂通过滤网时出现节流现象，从而使储液干燥器出口管路温度比进口管路的低，轿车空调一旦运行，储液干燥器的外部出现有潮湿冰冷现象，有时还会结霜。应更换一个同规格的储液干燥器。

（3）储液干燥器进出口接头破损，应更换一个储液干燥器。

5. 轿车空调制冷连接管道常见故障

（1）制冷剂管道损坏。一旦发现有泄漏，则应更换损坏的管道，并抽真空，再向系统充注制冷剂。

（2）各接头的喇叭口及连接螺母损坏。应予以更换。

（3）管道固定夹松动。应拧紧固定夹。

（4）制冷剂管道凹陷。当管路过分弯曲时，管路应会出现凹陷，若管子扁平得不厉害，可校圆；若无法校圆，则必须换掉这根管道，装上一根同规格的新管道。在拆卸前，必须放掉管内的全部制冷剂。

6. 轿车空调膨胀阀常见故障

（1）感温包内充填介质泄漏，造成膨胀阀关死，制冷剂不循环。其现象是制冷系统刚启动运行就抽真空，车室内温度一点也降不下来，膨胀阀没有一点气流声。初步判定故障后，就应拆下膨胀阀，卸下过滤网，用橡皮球试验阀孔是否畅通，如吹不通，则说明阀孔不通，需修理或更换感温机构。

（2）膨胀阀进口处的过滤网堵塞。其现象是吸气压力低或抽真空，车内温度降不下来，而半个膨胀阀或整个膨胀阀结白霜，侧耳细听膨胀阀有微弱的、吱吱的断续声，这说明滤网不畅通，但还没有全部堵塞。当用扳手柄轻敲阀的进口接头时，若听到“吱吱”声比原来的声音响，则证实滤网的网孔大部分被堵塞。但堵塞严重的是听不到气流声音的，阀体也不结霜，而且用扳手敲也无效。过滤网堵塞的排除方法是拆下滤网进行清洗、烘干后再装上使用。

（3）膨胀阀节流孔被杂物堵塞。应拆下膨胀阀清除堵塞物，拆下清洗前要用深度游标尺仔细测出调整螺钉至管口的公差，作为清洗后装复时的依据。因为汽车空调膨胀阀的调整螺钉在出厂前已配合蒸发器容量调整好了。装复后的膨胀阀进出口应导通，滴几滴冷冻润滑油，吹净后即可使用。安装时感温包应紧贴蒸发器尾部，不允许松动。

（4）系统中有水分，在膨胀阀节流孔处冻结成冰，堵塞膨胀阀通道。轿车空调制冷系统刚开始运转时，其工作较正常，经若干时间运转后，其吸气压力急速下降以至呈现出真空状态，车室内气温开始回升，侧耳倾听听不到膨胀阀的流动声。为了验证阀孔是否冰堵，可用酒精灯对膨胀阀体加热（不要停机），加热 1～2min 后，若听到流动声，吸气压力又随着上升，膨胀阀又开始结白霜，说明阀孔是冰堵，系统应进行干燥并抽真空，然后充入不含水分的制冷剂。

（5）润滑油凝结温度过高而冻结。当制冷剂液体进入膨胀阀孔节流后，其湿度急速下降，部分冷冻润滑油被分离出，并粘在阀孔周围，当蒸发温度低于冷冻润滑油的凝固点时，润滑油会凝结成糨糊状，糊状冷冻润滑油增多后，阀孔就被阻塞，应更换成低凝固温度的冷冻润滑油。

（6）膨胀阀有咝咝的响声。检查系统中制冷剂是否不足，液管阻力是否过大。

（7）膨胀阀不能关小。检查膨胀阀是否损坏，感温包位置是否正确，膨胀阀顶针是否过长。

(8) 感温包和蒸发器管包扎松动，不能很好的起感温作用。应重新包扎好感温包。

(9) 感温包外部绝热胶带松脱，使包内压力增大，造成阀开度过大。重新包好绝热胶带。

(10) 膨胀阀针生锈，动作不灵活。更换同规格的新膨胀阀。

四、空调常见故障速查表

普通空调常见故障检修速查表见表5-5。

表5-5 普通空调常见故障检修速查表

故障现象	故障原因	故障排除方法
空调不制冷	熔断丝烧断	更换熔断丝
	三角皮带折断或过松	调整皮带松紧度或更换皮带
	电路导线脱落或断开	修理电路导线
	压缩机阀门损坏	更换或修理压缩机阀门
	电磁离合器接合不好	修理或更换电磁离合器
	空调系统管道损坏	对损坏管道进行修理
	制冷剂泄漏	检测泄漏处并予以修复
	储液罐过滤网堵塞	清洗、修理或更换储液罐过滤网
空调制冷气量不足	压缩机离合器打滑	检修压缩机离合器
	出风通道堵塞	清洗或更换空气滤清器
	空调电动机运转不良	修理或更换空调电动机
	蒸发器管道堵塞或散热片有污垢	清洗蒸发器管道散热片
	制冷剂不足	补加制冷剂
	系统内有水或空气	放出制冷剂、抽真空重新加注制冷剂
	冷凝器冷风不流畅，高压压力过高	检修冷却风扇
	蒸发器控制阀损坏或调整不当，低压压力过高	更换或调节蒸发器控制阀
	膨胀阀工作不良，过滤网被堵，膨胀阀开启度不正确	清洗膨胀阀过滤网或更换膨胀阀
	各种辅助开关发生故障	调整或更换辅助开关
	各种辅助阀门发生故障	调整或更换辅助阀门

续表

故障现象	故障原因	故障排除方法
空调噪声大	皮带松动或过度磨损	调速压缩机皮带松紧度或更换皮带
	压缩机零件磨损或安装支架松动	检修压缩比，紧固支架螺栓
	离合器打滑	修理或更换电磁离合器
	鼓风机电动机松动	重新安装鼓风机电动机
	压缩机润滑油不足，引起干摩擦	按规定加注润滑油
	制冷剂过量，工作负荷太大	放出多余制冷剂
	制冷剂不足，引起膨胀阀发响	检修泄漏处，补加制冷剂
	制冷系统中有水，引起膨胀阀产生噪声	清理系统，更换干燥器，抽真空后重新加注制冷剂
	高压保持开关故障，高压压力过高，引起压缩机振动	检修或更换高压保护开关
空调过冷	空气分配不当	重新调整控制钮，使空气比例适宜
	热量控制不当	更换热控制部件
	环境温度太低	暂停空调系统进行
空调间断制冷	压缩机离合器打滑	检修压缩机离合器
	空调电动机或电路开关损坏	检修或更换空调电动机或电路开关
	压缩机离合器线圈接触不良	修整离合器线圈接线点
	热控制失灵	更换热控制部件
	蒸发器控制阀粘附	放出制冷剂，更换干燥器，使控制阀复位，抽真空后重新加注制冷剂
	空调系统中有水，引起部件间断工作	清洗或更换干燥器

第六章 汽车空调故障检修思路与实例精选

第一节 汽车空调故障检修思路

常见的空调系统故障大概可分为：噪声、制冷不足、出风方向不对及异味等几种。

(1) 噪声。指一些空调机件相对运动而产生的异声。

1) 压缩机噪声。压缩机在正常使用情况下，只有在其电磁离合器接合或分离的瞬间产生“咔”的一声，在运转期间应无噪声。如果运转时有“隆、隆”的声响，则说明压缩机内因管缺乏冷冻油已经磨损，在这种情况下只能重换新的压缩机。

2) 皮带噪声。通常是带动压缩机的皮带紧度不足而在压缩机接合负荷之后打滑产生尖锐的嘶叫声。这种情况可通过调紧或更换新的传动皮带来排除。

3) 风扇噪声。这里所指的风扇是水箱前方协助制冷剂冷却的辅助风扇和输送冷气的鼓风机。若它们的电动机轴承磨损，在转动中会随转速升高而加大噪声。

4) 风向及热水阀门。当通过操作面板调整温度时，控制发动机冷却水流入热交换器的热水阀门会动作；当调整出风位置时，控制风向的风向阀门会移动。这些元件在动作时可能会有些声音。如果空调系统属于电子恒温控制型，那么这类噪声也可能发生在发动机未发动时。

(2) 制冷不足。

1) 制冷剂不够。制冷剂是吸收热量的媒介，如果管路中的制冷剂因久未充填、管路渗漏、混入空气等造成系统中制冷剂量不够，就会造成制冷不足的现象。可以在使用冷气时由储液罐上的透明窗口检查管路内的制冷剂量，假如在窗口看到很多气泡，就表示制冷剂量不够。此外，制冷剂若过度充填也会导致制冷不足的毛病，而且还会增加管路泄漏的可能。

2）压缩机不运转。制冷剂在管路中的工作循环必需依赖压缩机的输送，假如压缩机因制冷剂压力异常、线路故障、温度传感器损坏或压缩机电磁离合器烧毁而不能接合运转，那么制冷就会不足。

3）冷凝器散热不佳。制冷剂经压缩机压缩后为高温高压气体，需依赖冷凝器的冷却和膨胀阀的降压方能成为低压低温的液态制冷剂，最后到达蒸发器吸收车厢热量而蒸发。倘若冷凝器（位于水箱前方）散热效果不好，比如辅助风扇不运转、冷凝器散热片尘垢阻塞等，便会使制冷剂液化不良，降低制冷能力。

一、空调压缩机与电器故障检修思路

1. 空调系统不工作

故障原因：①电控盒熔丝损坏；②线束接插件松动；③系统制冷剂压力不正常。

故障检修思路：当打开空调开关后整机无反应，则应先检查电控盒熔丝是否完好，线束接插件是否松掉。若开关开启后过一会儿就停止工作，首先检查冷凝风机是否不转动，若不转动就应检查电控盒熔丝。若风机都正常，则应检查系统内压力是否异常。若压力过高，说明制冷剂过多或者是堵塞或冷凝器散热不良；若过低，说明制冷剂不足或系统泄漏。一般查漏时主要检查冷凝器一带，因为接头比较多，且离地面较近，砂石容易损伤它。

2. 空调压缩机不工作

故障原因：压缩机或电磁离合器故障。

故障检修思路如下。

(1) 压缩机故障。传动带太松或断裂，调整或更换传动带，压缩机咬死，修理或更换压缩机。

(2) 电磁离合器故障。

1）熔丝烧断。更换熔丝，并查找是否有短路部位。

2）导线接头或接地处松动、断开，导线折断。更换导线或接头，紧固接地线。

3）线圈断路或短路。检查离合器或更换线圈。

4）电源电压异常。用万用表测量电磁离合器工作电压是否正常，若无电压，则应检查熔丝是否熔断、压力开关是否有故障、温度传感器是否有故障、空调开关是否有故障、空调控制线路是否有故障、空调控制器是否有故障及电磁离合器本身是否有问题。

5）恒温器电开关严重烧毁，更换即可。

6）传感器元件损坏或压力开关动作异常。检查或更换。

7）离合器间隙不适合或接触面有油垢。调整间隙，清洁油垢。

3. 空调常烧电磁离合器

汽车空调常烧电磁离合器的原因如下。

（1）电压太低或者太高。

（2）由于空调压缩机控制线路的插头产生松动，造成接触不良，使供给电磁线圈的电压下降、电流不稳，导致空调压缩机的电磁离合器有时接合有时分离，如此长时间工作，必将烧坏离合器和电磁线圈。

（3）由于电磁离合器轴承中的套圈是塑料制成的，如果轴承中缺少润滑油，轴承在高速旋转时，就会产生摩擦而使温度急剧升高，这样就容易烧坏塑料套圈，使轴承旋转不畅，同时还会烧坏电磁线圈、轴承和离合器。

（4）离合器的耦合面不平整或者变形。

（5）离合器的传动吸盘和皮带轮耦合面之间的距离不标准，太大或者太少。

（6）新旧离合器及盘和轮子未经过配对加工就装配使用。

（7）卡簧漏装或者使用的卡簧不是机器原来配用的，以及安装不到位，螺杆没有上紧等。

（8）空调系统的压力过高，带动压缩机运转的阻力过大，超过该电磁线圈的电磁吸力，使离合器主被动盘产生相对滑移摩擦，导致过热，因而被烧毁。一般情况下，空调系统压力过高原因有三种：①停车时发动机怠速运转，且长时间在太阳暴晒下使用空调；②当水箱散热风扇出现故障时，还长时间、高强度地使用空调（水箱散热风扇是与空调冷凝器风扇共用的)；③制冷系统中加入的制冷剂过量。

(9) 空调压缩机电磁离合器的间隙一般设计为0.35～0.50mm，如果离合器间隙小于规定值，同时受到发动机温度的影响，安装在发动机旁的空调压缩机离合器钢片会产生热膨胀，导致离合器间隙过小，使关闭空调后离合器分离不开或者打滑，这样也易烧坏电磁线圈，损坏轴承、离合器和制冷系统中的零部件。

4. 空调压缩机不能启动

空调压缩机不能启动的原因有：①电路故障；②压缩机故障；③制冷系统故障。

故障检修思路如下。

(1) 电路的电器元件故障。

1) 检查电路的电器元件，若接触不良，应维修或更换该元件；检查电路的熔丝，若有烧断的，应予更换，并查明烧断原因和排除其故障；检查继电器，若其内线圈脱焊，不起作用，应接好脱焊处或更换继电器；检查电路连线，若有端头接触不良、松脱或连线折断、接地等情况，应逐一处理，使之恢复正常。

2) 检查温度控制开关所调定的温度值，如果高于室内温度，则应把开关转至最低温度挡。

3) 检查室内温度，如果低于低温保护开关规定的温度，压缩机不能启动是正常的。此时作为应急措施，可将蓄电池与离合器直接相连（连接时间不能超过5s)，进行启动。

4) 热敏电阻是否损坏，电阻损坏后不能正确感应温度。

环境温度是否低于15℃。当环境温度低于15℃时，低温保护开关，自动切断压缩机。

(2) 压缩机故障。

1) 电磁离合器工作是否正常。当离合器不能吸合时，检查离合器线圈是否断路、离合器是否间隙过大等。

2) 压缩机轴承是否缺油或损坏现象。

3) 压缩机气缸内是否存在异物或活塞长期磨损后位置发生变化而卡住，使压缩机拉缸。

（3）制冷系统故障。

1）若检查系统制冷剂量严重缺乏甚至没有，因低压保护开关起作用而不能使压缩机启动，此时应对系统进行检漏，排除泄漏点，再加制冷剂。

2）若检查系统制冷剂量正常，压缩机仍不能启动，可将低压保护开关短路，检查压缩机启动情况；若能启动，表明原低压保护开关已坏，应更换；若仍不能启动，应拆检压缩机，更换其烧坏的轴承或补足缺量的冷冻机油。

3）冷凝压力是否过高，系统是否堵塞，而造成高压保护开关起作用，使压缩机不能启动。

5. 空调电路元件损坏

汽车空调电路元器件出现故障时，可采用以下方法进行应急。

（1）熔丝烧坏。可用合适且去掉漆皮的铜线穿进熔丝，将两端焊牢。熔丝亦可用合适的铜钱绕在两金属片上暂用，注意不要随意增大熔丝的电流量，并且应尽快更换同规格的熔丝。

（2）鼓风机的变速电阻器烧坏。应先对其损坏段的电阻值进行测量，用直径相同的电炉丝拉长，测其电阻，若电阻一致，将其弯成与电阻一致的形状，再剪取焊入电阻器烧断处即可。

（3）低压开关损坏。若测得高压开关工作电压正常时，可直接将低压开关的两根线接通使用。

（4）继电器烧坏。可用与原继电器的电压一致的继电器代用，而工作电流可比原继电器稍大。

（5）控制器受损。若空调开启，应查听控制放大器的微型继电器是否工作，微动而离合器不能吸合时，可用短导线将微型继电器触点两侧连接。若离合器吸合，则用砂条打磨并修整触点。如果继电器不能工作，则用万用表测其两侧电流是否正常。若是放大器损坏，负极信号不能通过放大器送入线圈另一端使之无法工作，可直接把继电器上的线圈与负极连接，用导线接通印刷电路板负极并焊好。若空调正常运转，但温度无法自控，则需要人工进行控制。

6. 空调风扇不运转

（1）检查断路器，若烧断，应查明原因并排除故障后，接上低

熔金属丝。

(2) 检查风扇电路，若断开，应检查风扇电路是否断线，接头是否松动，并视情况修理。

(3) 检查调速变阻器及开关，若失灵，应更换开关与调速变阻器。

(4) 检查接地线，若松脱、生锈或腐蚀，应重新接线、除锈和排除腐蚀。

7. 空调控制电路故障

汽车空调电路故障有控制元器件和线路故障两类。

(1) 控制元器件故障。主要有电磁离合器线圈损坏；鼓风机电动机损坏；鼓风机调速电阻烧坏；控制继电器失灵，压力开关失灵；空调放大器损坏以及各种控制开关失灵等。

1) 对控制元器件故障除直观检查外，可采用替换法，即用完好的相同规格元器件去替代可疑元器件后，若故障消除，则可断定是被替代的元器件不良，应予以修复或更换。

2) 对空调放大器、压力开关等部件的诊断还可采用短接法：即将可疑元器件在线路中短接，如故障消除，则可判断为元器件不良。

3) 另外，对电磁离合器、鼓风机、电动机、冷却风扇电动机等器件的检查，可将其电源接线从线路中拆下，然后用一段导线把它直接连到蓄电池正极上，观察电磁离合器是否动作，电动机是否旋转，便可很容易地判断出电磁离合器和电动机是否完好。

(2) 线路故障。主要包括断路、接触不良以及接地故障等，除采用直观检查法外，还可借助试灯、万用表等工具，对线路进行分段检查。

1) 接触不良。电路接触不良表现为电器时而工作，时而不工作，即使工作也达不到性能要求。一般用电量大的电器易查出，用电量小的电器困难一些，但只耐心细致，也不难查出。

2) 断路故障。这种故障在空调电路中比较常见，如因接触不良引起，检查方法如前述；如是被车体刃角切断而引起的断路，可用试灯笔、跨接线和万用表逐渐检查；如系负极断路，可将试灯笔

夹在蓄电池的正极检查，也可万用表配合试灯笔进行检查，万用表测量电阻如出现无穷大，则说明两点间断路。

3）接地故障。空调电路中出现接地故障，即出现短路。电路中电流过大，易烧坏或烧断熔丝。如遇到熔丝烧断，千万注意不要任意增大熔丝的安培数或用细铜丝代替熔丝；否则会烧坏线路和电阻，接地故障的排除可用逐步断路法来排除。

a）检查各电阻部件。首先将熔丝盒外壳打开，把烧坏的熔丝拔出，把试电笔插入熔丝的两端，打开空调开关，试电笔中的灯泡会发亮。把电路中有关的部件逐个拔出或卸掉，观察小灯亮度是否减少或熄灭。如小灯亮度不变或电流不变，把部件装回原处，继续取下一级电器部件，直到灯泡或电流发生变化，找出接地部件为止，并修换这个部件。

b）检查线路。如果所有的部件都试过，灯泡亮度或万用表中的电流不变，则说明部件良好，可确定接地故障在线路上，可采用逐步断路法来排除它。

对汽车空调控制电路的检查，一定要本着先易后难的原则，把暴露在外面的线路和元器件以及容易检查的线路先进行检查，尽量不拆或少拆车上的其他一些零部件。

除明显的电路故障外，在诊断如电磁离合器不吸合、冷凝器冷却风扇不运转以及压力开关频繁动作等电路故障时，有时是因为制冷系统故障引起的，所以在诊断时应结合制冷循环来综合分析，不可单纯地在电路上找毛病。

8. 空调电磁离合器故障

空调电磁离合器故障主要有离合器打滑；离合器接合不完全；离合器根本不接合。

(1) 离合器打滑。这种故障现象是：①在开启空调时，离合器压盘与带轮不同步，特别是在汽车加速时，不同步现象更加明显；②离合器发出刺耳的尖叫声；③有时可能看见压盘与带轮接合面发出火星或冒烟；④空调制冷效果差或安全不制冷。

故障检修思路如下。

1）离合器的间隙过大。关闭空调后，用塞尺测量离合器间隙，

间隙明显比标准值大，主要是由于离合器本身磨损或维修离合器时调整不当引起的。

2）离合器表面有油污。离合器因静摩擦力不够而出现打滑，原因是发动机前油封漏油或维修保养时不注意将油掉在离合器所致。

3）离合器磨损过甚。空调长时间运行，容易造成离合器磨损及翘曲变形，发生打滑现象。

4）离合器电磁线圈故障，若离合器线圈出现短路老化而使阻值过大时，线圈将会因吸力不足而使离合器打滑。检查时可采用两种方法：①脱开离合器线圈连接端子，用万用表电阻挡测量线圈电阻值，并与标准值对比，若阻值偏大或偏小，均要更换电磁离合器；②拆去离合器线圈导线接头，串联一个电流表。开启空调并读取电流值，一般电流值在2.5～4.0A范围内。如果读数不在此范围内，说明离合器线圈有故障或接地不良。

5）车上电源电压过低或线路接触不良。在确保电磁线圈完好的情况下，开启空调，在电磁线圈电源输入端接一个电压表，若测得电压与电源电压不符，则说明线路有电压降，一般需要检查线路是否接触良好及控制元件是否有故障。

6）制冷系统压力过高。由于散热不良等原因而使系统压力过高时，离合器会过载，长期运行易使离合器打滑。

7）压缩机发卡故障。当压缩机因缺油等原因而卡住时，使离合器负荷过大而打滑，同时，还伴随着皮带断裂故障。

（2）离合器接合不完全，但有电流通过离合器线圈。如果开启空调时，离合器根本不吸合，首先应检查离合器线圈的供电，拆下电磁线圈输入线，接上一个测试灯并接地。启动发动机和空调系统，如果测试灯发亮，说明有电流供给离合器线圈，而故障在离合器。如果不亮则是外部接线故障，检查接地是否牢靠，也可按如下步骤进行检测。

1）进行通电测试，即将电源直接加在电磁线圈上，若线圈有故障，应拆下离合器，更换。

2）如果线圈通过测试，则说明离合器总成上有机械问题，例

如翘起的转子-带轮或线圈与转子-带轮相擦碰。

3）离合器根本不吸合（无电流通过离合器线圈）。

上述故障一般为电路故障，在确定制冷剂量正常的情况下，应依据空调的实际线路、控制方式进行综合分析、检查，之后找出故障。

9. 空调压缩机轴封故障

汽车空调压缩机运行时轴封承受制冷剂的压力，若轴封略有损坏，都会使制冷系统内的制冷剂向外泄漏。

摩擦环式轴封是小型压缩机使用最普遍的一种，它具有三个密封面，随曲轴转动的叫动摩擦环，轴封盖法兰内端面摩擦环叫摩擦环，运行时两者的接触面作相对运动，故称动密封面。动摩擦环和橡胶圈接触的配合面叫静密封面，两者无相对运动。紧套在曲轴颈上的橡胶圈的外圆上有一个钢箍紧圈，曲轴与橡胶圈两者有相对移动构成动密封面。现以上述轴封为例，介绍其检修方法。

(1) 当橡胶圈套在轴上过紧，曲轴作轴向移动时，由于它不运动，便会造成其他两个密封面泄漏，反之则失去密封作用。由于橡胶圈过紧，可换上直径稍大的钢圈。假如由于磨损而太松，可以在橡胶圈或钢圈间加一圈纸垫，以压缩橡胶圈。若橡胶圈由于时间过长会老化，使弹性丧失，也会产生泄漏，可用一个新橡胶圈进行对比，即可区分。

(2) 静摩擦环的损坏，主要是磨损，可用机械或手工研磨进行修复。动摩擦环主要是产生刮痕和裂纹，产生裂纹则应更换，刮痕则可作研磨处理。

(3) 轴封弹簧弹力不够。如发现弹簧弹力不足时，可在车弹簧端头加一适当的垫片，但垫片不能太厚，否则易造成弹簧过紧，引起轴端发热，严重时还会烧坏橡胶圈或加速摩擦阀板的磨损。若弹簧本身就太紧（即太长），可在砂轮机上磨掉一部分。

10. 空调制冷压缩机阀板组故障

汽车空调压缩机阀板组处在高转速、高温度的恶劣条件下工作，其最常见的故障是阀片、阀座处积炭，严重时会将阀片粘死；阀片高速上下跳动，易产生疲劳断裂，并损坏阀座或阀座上的阀

线；阀板组与气缸盖之间的高、低压隔腔垫片被击穿等。产生上述故障后，压缩机不能正常工作，表现为低压高、温度高、高压不太高等现象。

检修时，首先放出制冷系统中的制冷剂，松开压缩机上的高、低压软管（注意松开的接头部分一定要用管塞堵死，以防脏物进入制冷系统）。放松 V 带调整轮，取下 V 带，从主发动机上卸下压缩机。将压缩机放置在工作台上，卸掉缸盖，取下阀板组，仔细分解阀板组。

（1）清除阀片、阀板、限位器等零件上的积炭，并作必要的研磨。清洗后查看阀片是否断裂，若断裂即应更换。

（2）阀板或阀线（指阀板上与阀片相吻合、起密封作用的整齐灰色环带）损坏，可磨削后修复。严重时都可堆焊后磨平（堆焊时应注意不要让零件变形），然后在铸铁平板上涂上 400 号金刚砂，加冷冻润滑油后，将要研磨的阀线面朝平板方向进行手工研磨或机器精磨，直到阀线面呈现均匀整齐的灰色环带为止。最后用汽油洗净后再涂上冷冻润滑油进一步研磨，使其达到很高的光洁度合乎要求为止。对于阀片的修复亦按上述步骤进行。

（3）阀板组各零件均应在汽油中清洗，吹干装配好后，再用细铁丝在均匀分布的吸、排气阀孔处捣动几下，检查阀片的启、闭功能，然后在阀孔中倒入煤油进行试漏检查，维持 3～5min 无泄漏方为合格；否则，则需重新研磨阀片或阀线（因吸、排气阀片与阀线的严密性不好，不仅影响排气量，而且会直接影响压缩机的使用寿命）。

（4）阀板组往压缩机体上安装前，还要注意阀板组与气缸体之间的密封垫的质量。在密封垫安装前要检查是否有破损，安装方向有没有错误，有的机组规定装垫时要在垫的两面涂气缸胶。阀板组放在机体后，在盖气缸盖时，还要注意阀板组上面的密封垫（因该垫既起密封作用，也起隔离高、低压腔的作用，将压缩机的吸气和排气腔隔开），该垫若被击穿，就会使高、低压腔相互窜气，压缩机不但不能吸气，而且会使高压的过热蒸气倒流进低压侧，破坏整个制冷系统，不能正常工作。垫片击穿应立即更换。垫片装好后，

装气缸盖时，螺钉的紧固应按规定的拧紧顺序及力矩大小装气缸盖。

二、制冷系统故障检修思路

1. 空调系统压力异常

汽车空调系统高、低压压力异常的故障原因较多，检修时，应根据测量的压力数据并结合检查膨胀阀、储液干燥器、蒸发器、冷凝器等部件的温度及结霜等情况进行分析判断。

故障检修思路如下。

(1) 高压侧与低压侧压力均比正常值低。这种故障现象可从储液干燥器的视液镜观察到气泡。故障主要是制冷循环系统泄漏，造成制冷剂不足。

通过查找漏点，进行补漏维修，并加注制冷剂，故障即可排除。

(2) 低压侧压力为负压，高压侧压力比正常值低。储液干燥罐前后管路有温差，严重时，储液干燥器罐管路结霜。主要原因是膨胀阀针阀完全关闭，膨胀阀或低压管堵塞，储液干燥器罐或高压管路堵塞。

可更换膨胀阀，清除储液干燥器罐及相关管路的堵塞物，重新抽真空，加注制冷剂。

(3) 高、低压侧压力均高于正常值，冷凝器排气侧不热。其故障原因是制冷剂充注过量。排出多余的制冷剂，使高、低压压力达到正常值即可。

(4) 空调运转时，高、低压侧压力均高于正常值，但停机后，高压侧压力急剧下降，降至 200kPa 以下。其故障原因是维修制冷系统时抽真空不够，在加注制冷剂时混入了空气，当空调器工作时，系统产生气堵现象。

可重新抽真空加注制冷剂，如故障不能排除，则应更换储液干燥器罐及压缩机的冷冻油。

(5) 高、低压侧压力均高于正常值，低压侧管道出现霜冻现象。其故障原因是膨胀阀压力包与蒸发器连接处断开，膨胀阀损坏，造成针阀开启度过大。

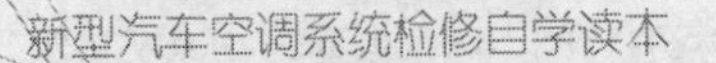

应先检查并重新接好膨胀阀的压力包，若故障仍不能排除，应更换膨胀阀。

(6) 空调器工作时，低压侧压力高，高压侧压力低，但停机后，高、低压侧压力立即趋于平衡。其故障原因是压缩机故障。一般是压缩机阀门、活塞环损坏，密封失效，不能正常压缩。

应进行检修或更换压缩机即可。

(7) 高、低压侧压力值不稳定，指示针摆动不定。其故障原因是由于干燥器使用时间过长，其内部干燥剂的吸水性已达到饱和，制冷剂中的水分不能除去，当制冷剂在系统中循环时，水分结成冰，而引起冰堵。冰堵被周围的热量融化后，再遇到冷气又结成冰，如此反复循环，造成压力值波动。

应更换干燥器及压缩机油，重新抽真空，加注制冷剂即可。

2. 空调制冷不足

汽车空调制冷是否达到规定的要求，主要以车厢内温度能否达到规定的指标来衡量。一般情况下，若汽车空调运转正常，当外界温度在35℃左右时，车厢内温度能保持在20～25℃之间，说明空调制冷性能正常，否则，为制冷不足。

故障检修思路如下。

(1) 制冷系统泄漏。制冷系统泄漏是造成空调制冷不足的主要原因。当系统出现微量泄漏后，必然会造成制冷剂过少，在系统循环过程中，从膨胀阀注入蒸发器的制冷剂也会减少，制冷剂在蒸发器内蒸发时吸收的热量也将随之下降，制冷量也就下降了。

当怀疑制冷剂不足时，可通过储液干燥器上方的视液镜进行观察。在空调正常运转时，若发现有缓慢的连续不断的气泡产生，则为制冷剂不足。若出现明显的气泡翻转的情况，则表示制冷剂严重不足。

制冷剂不足，只要补充制冷剂，故障即可排除，但在补充制冷剂时，必须注意：若从低压侧添加，禁止制冷剂瓶倒放；若从高压侧添加，禁止启动发动机。

(2) 制冷剂过多。制冷剂过多，一般是在制冷维修后出现的，即在维修后加注制冷剂过量造成的。因为在空调系统中制冷剂所占的容

积是有一定要求的，制冷剂加注过多，使制冷剂所占系统容积的比例增加，影响其散热量。同理，若在维修时过多地加入压缩机的冷冻机油，也会导致制冷系统散热量下降，从而造成制冷不足的故障。

故障检修思路：空调制冷剂过多可通过直接观察来判断。即从储液干燥器上方视液镜中观察制冷剂的流动情况。开启空调运转，如果从视液镜中总看不到一点气泡，压缩机停车后也无气泡，则可判断为制冷剂过多。制冷剂为透明状，如果在空调系统正常运转时，能从视液镜中看到混浊的气泡，则可判断为压缩机的冷冻机油加注过量。

当确定为制冷剂过多时，可在停机状态下，打开空调系统低压侧的维修口，慢慢地放出一部分制冷剂即可。

（3）系统内混入水分。制冷剂本身也是有一定的含水率的，若在加注制冷剂时因操作不严，使潮气进入系统内，就会导致制冷剂的含水率增加。在制冷系统中设置有一个储液干燥器，专门用于吸收制冷剂中的水分，以防止制冷剂中水分过多而导致制冷量下降。但储液干燥器内干燥剂的吸水量是有限的，当干燥剂处于吸湿饱和状态时，制冷剂中的水分就不能再被滤出。当含水量过多的制冷剂通过膨胀阀节流孔时，由于其压力和温度下降等因素，制冷剂中的水分便会在小孔中结冻，造成制冷剂不能流通，即通常所称的“冰堵”。当“冰堵”造成制冷剂不流畅时，即会造成系统制冷不足，严重冻堵时，制冷剂完全不能流动，则会出现系统不制冷的故障。

故障检修思路：判断系统是否进入水分的方法有两种：①停机一段时间，待冰融化后，再开机，如果制冷系统又能出现正常状态，说明制冷系统确定混入了水分；②直接观察法，一般干燥剂在不含水时的颜色为蓝色，一旦含水过多便变成红色，可通过储液干燥器的视液镜进行观察判断。

当确定属于制冷系统混入水分时，必须更换干燥剂或储液干燥器，并对系统进行重新抽真空，再充入制冷剂。

（4）系统内混入空气。空调系统内混入空气，主要是由于制冷系统密封性变差，或在维修过程中抽真空不彻底而造成的。空调系统中进入空气，将会造成制冷系统压力过高、制冷剂循环不良而引起制冷不足的故障。

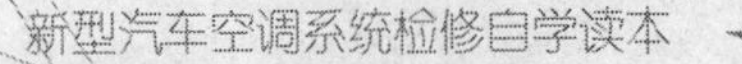

应重新抽真空，加注制冷剂。

（5）系统内混入杂质。制冷系统内混入杂质的主要原因有两种：①在加注制冷剂和压缩机油时，操作不严，使灰尘、杂质混入系统中；②使用的制冷剂和压缩机润滑油质量低劣，本身含有过多的杂质。

制冷系统混入过多的杂质后，在循环过程中，使滤清器的滤网出现堵塞，造成制冷剂通过量减少，流向膨胀阀的制冷剂量相应减少，故导致制冷不足的故障。

应清洗滤清器，重新抽真空，加注制冷剂和压缩机的润滑油。

（6）冷凝器散热能力下降。由于汽车空调使用的环境恶劣，装在汽车发动机前方的冷凝器表面沾有油污、灰尘、泥沙，这些杂质覆盖在冷凝器上，从而影响冷凝器的散热能力，也会使系统的制冷量下降。

应定期清洁冷凝器表面，清洁时，可用软毛刷刷除冷凝器表面的脏物，使冷凝器保持良好的散热状态。

（7）压缩机驱动传动带松弛。由于压缩机驱动传动带松弛，当压缩机工作时，传动带打滑，使压缩机转速下降，制冷剂的输送下降，从而导致空调制冷不足。

判断压缩机驱动传动带松弛的简易方法是在发动机停转时，用手拨动驱动传动带的中间位置，以能翻转 90°为佳。若翻转角度过多，则说明驱动传动带松弛，应调整压缩机的固定螺钉，使传动带拉紧即可。若传动带撕裂、老化，则应更换驱动传动带。

（8）压缩机故障。若压缩机内部机件磨损过甚，阀门关闭不严，虽然压缩机运转正常，但不能发挥其正常的工作效率，同样也会造成空调制冷量不足的故障。

应检修或更换压缩机。

（9）冷却风扇故障。在汽车空调中，冷凝器的散热是依靠冷却风扇来实现的。如果冷却风扇电动机损坏或驱动传动带打滑，使风扇转速下降，会导致冷凝器散热能力下降，从而造成制冷量不足的故障。

应检修或更换冷却风扇。

（10）电磁离合器压板与传动带盘之间有污物。若电磁离合器压板与传动带盘间有污物，会导致出现类似驱动传动带过松打滑的现象。

（11）电源故障。若电源电压过低使压缩机电磁离合器吸力下降，压缩机不能正常运转，空调系统制冷量自然会不足。

应检查电源电路有无断路、接触不良现象，并加以排除。

3. 空调没有冷气吹出

引起空调没有冷气吹出的原因主要有：①制冷系统中无制冷剂；②制冷系统严重堵塞；③压缩机故障。

故障检修思路如下。

（1）制冷系统中无制冷剂。制冷系统中的制冷剂油泄漏后，检查漏点，并排除，然后重新抽真空，灌注适量的制冷剂。

（2）制冷系统严重堵塞。当压缩机工作时，若制冷系统中某个部位严重堵塞，没有制冷剂循环流动，也就失去了制冷作用。这时，用压力表检测制冷系统的高、低压侧的压力值，可发现高压侧压力值比正常时低，而低压侧的压力值成真空状态，且堵塞部位前后有明显的温差。其故障主要发生在储液干燥器或膨胀阀内，此时可用氮气对着储液干燥器或膨胀阀的进口或出口吹气，如不通畅，说明其堵塞，需更换。

（3）压缩机故障。压缩机有故障造成压缩不良。主要是压缩机缸垫窜气、进排气阀损坏。此时，用压力检测压缩机工作时的进气压力和排气压力，若发现两者压力相同或相差不大，提高发动机转速时，其压力值应无明显变化。用手触摸压缩机上的进气管和排气管，可感觉两者温差不大，维修或更换压缩机。

4. 空调制冷系统中混入空气

空气进入空调制冷系统后，一般都留存在冷凝器或储液干燥器中，因为在这两个部件内部有液体制冷剂存在，形成液封，所以空气不会进入蒸发器。另外当低压系统不严密漏入空气时，空气也会随制冷剂蒸汽一起被压缩机吸入而排至冷凝器或储液干燥器中。由于空气不会凝结，且空气又比氟利昂蒸汽轻，所以空气都存在于冷凝器或储液干燥器上部。

制冷系统中混有空气后整车制冷能力下降，用歧管压力表检查时发现高压侧压力偏高，低压侧压力有时也会高于正常值（在压缩机转速为2000r/min，环境温度为35℃左右时，高压侧压力高于2000kPa），且高压表指针有摆动；另一方面从视液镜中可看到许多气泡流动。

系统中混入空气。主要是在组装或大修后，抽真空不彻底；充注制冷剂或加冷冻油时，将空气带入系统，或系统在负压工作时，通过不严密处混入空气。制冷剂中有空气进入后，具有了一定的压力，而制冷剂也具有一定的压力，在一个密闭容器内，气体总压力等于各分压力之和，所以高低压表读数均高于正常值。

先放出制冷剂（用压力表从低压侧放出）；再检查压缩机油的清洁度；对空调系统抽真空后重新加注制冷剂，故障即可排除。

5. 空调制冷系统正常工作，而冷凝器出入管温度不正常

一般汽车空调制冷系统正常工作时，冷凝器入口管的温度应为70℃，出口管温度为50℃左右，否则，说明系统可能存在泄漏。

故障检修思路如下。

（1）检查压缩机。检查压缩机轴封、前后盖密封垫、工作阀、安全阀和与制冷加路连接的柔性软管连接处是否有泄漏处，视情况进行修理或更换。

（2）检查冷凝器。主要检查冷凝器管装配部位、冷凝器进气管与排气管连接处、冷凝器散热片，特别是碰划、碰穿处是否有泄漏处，视情况进行修理或更换元件。

（3）检查蒸发器。主要检查进气管与出气管的连接部位、蒸发器盘管，特别是碰撞、碰穿处和主要检查膨胀阀是否存在泄漏部位，视情况进行修理或更换元件。

（4）储液干燥器。检查可熔塞、高压或泄漏检查阀和管道连接喇叭口是否存在泄漏部位，视情况进行修理或更换元件。

（5）检查各个手动工作阀。检查螺母连接部位，如有泄漏，按规定转矩重新拧紧。分解装配部位，检查喇叭口密封座是否存在泄漏部位，视情况进行修理或更换元件。

（6）检查制冷剂管道。高压管喇叭接头与低压侧柔性软管和柔

性软管与管头附近部件的摩擦部位是否存在泄漏部位，视情况进行修理或更换元件。

(7) 检查制冷机件。连接部位是否松动，若有松动，应进行紧固。

6. 空调制冷系统正常工作，蒸发器表面温度不正常

一般汽车空调正常工作时，蒸发器表面温度在不结霜的前提下越低越好。

故障检修思路如下。

1) 蒸发器表面温度高于15℃。

a) 缺制冷剂，则应补充制冷剂。

b) 通风不良，改善通风环境。

c) 膨胀阀故障，调整或更换膨胀。

d) 蒸发器表面不清洁，清洗蒸发器表面。

2) 蒸发器表面温度低于0℃。

a) 温度控制器失灵，调整或更换温度控制器。

b) 风扇不灵，修理或更换风扇。

7. 空调膨胀阀感温机构故障

空调膨胀阀感温装置损坏的主要原因是感温包中制冷剂泄漏，这会使得空调制冷系统低压端压力极低，且无冷风。当拆下膨胀阀的感温机构时，用拇指推压感应膜片，可感到膜片松弛，且缺乏弹力，这就说明感温包中的制冷剂已漏光。这时即使将膨胀阀杆向下开至最大，膨胀阀仍处于关死状态，这是由于感应系统中无制冷剂而失去平衡。

故障检修思路如下。

应重新向感温包灌注制冷剂。一般要求膨胀阀感温包充注的制冷剂要和制冷系统内的制冷剂相同。在充注前，应首先进行感温机构的气密试验。试时可充入一定量的制冷剂或其他气体，将感温机构全部放在水中，要长时间不起气泡方可说明机构密封良好。感温机构充注制冷剂后，充注管焊接不佳会造成漏气。因此，应按下列步骤充注制冷剂：使用带有三通阀的低压表组，将其低压接头接在膨胀阀感温机构的感温包上，低压旁通螺口接装有制冷剂的容器

上，表的中间接头接入真空泵，真空泵排气口接管插入装有水的杯中，如图 6-1 所示。开动真空泵，打开压力表组的低压侧手轮，开始对膨胀阀感温机构进行抽真空，3～5min 后，装水的杯中若无气泡冒出，即表示已抽好，这时关闭低压阀，停止真空泵的运行。打开装制冷剂的容器阀门。按规定重量充注 R134a 制冷剂。其方法是：在精密天秤上称出注入制冷剂以前膨胀阀的重量，充入制冷剂后并在天秤上称重量，两者的差值即为充入的制冷剂量，一般充入量为 10g。按常规对膨胀阀进行检验，以确定充注的制冷剂量是否适中。

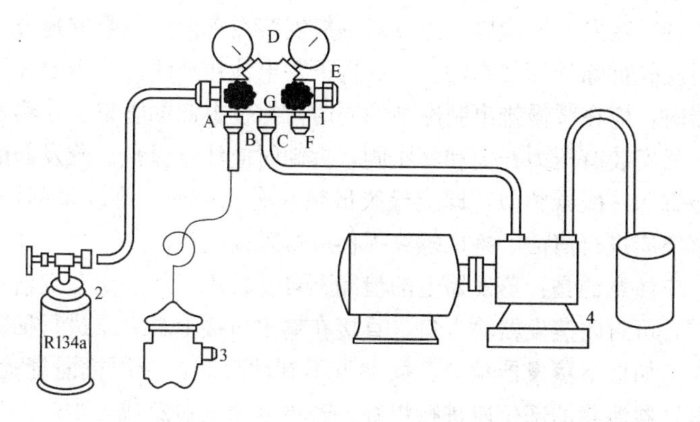

图 6-1　空调膨胀阀抽真空，充注 R134a

1—压力液组；2—R134a 瓶；3—膨胀阀；4—真空泵；A—旁通螺口；B—低压接头；C—中间接头；D—低压表；E—高压表；F—堵头；G—手轮

8. 空调制冷系统冷凝器、输入干燥器、蒸发器故障

故障检修思路如下。

(1) 冷凝器的检修。冷凝器首先应进行外部检查，察看散热片是否有损坏，或被脏物堵塞接头和管道有无损伤、漏气等故障。若冷凝器散热片堵塞，则应用水清洗，清洗后再用压缩空气将其吹干。若系散热片弯曲，应用尖嘴针或其他工具将其校正。若发现是冷凝器漏气，则应进行焊补或更换。

当需要拆卸冷凝器时，与排除制冷剂方法类似，缓慢地将制冷剂从冷凝器中排出，且拆开连接管后应及时封住管口，以防止潮气进入。冷凝器修理安装后，制冷系统应重新抽真空，充注制冷剂，并对接头进行检漏。

（2）输入干燥器的检修。检修该部件须使用检漏仪方能检查出其接头是否泄漏，然后检查玻璃观察窗是否清洁，可熔栓（塞）是否完好等。如需要拆卸干燥器时，应缓慢排出制冷剂。对于大型车，可将制冷剂抽入储液干燥器后进行。拆卸输入和输出管后，应及时封住管口。拆洗或更换输入干燥器，并同时补加 20cm^3 冷冻润滑油。

（3）蒸发器的检修。蒸发器一般安装在车内较隐蔽的地方，检查时应先拆除外部装饰件，然后拆下蓄电池接地线。在需要拆下蒸发器时，应在缓慢排出制冷剂的同时，封住拆卸的管口。在蒸发器上一般安装有压力开关和膨胀阀，拆卸时应注意保护。蒸发器的外观检查和冷凝器类似，即应检查散热片有无堵塞、裂纹、刮伤等，如堵塞应进行清洁，接口螺纹损伤应修理或更换。

应注意的是：蒸发器上的泄漏不容易发现。如确定蒸发器确有泄漏，可封闭蒸发器输入口，直接在输出口接上真空泵进行抽真空试验。如拆下蒸发器检修，微漏见不到油痕时，应用检漏灯检测。对蒸发器泄漏的部位应进行焊补。若更换蒸发器总成，则应向压缩机补注 40～50cm^3 冷冻润滑油。

9. 空调冷凝器风机不运转

故障原因是：①风机滑动轴承缺油；②风机滑动轴承烧坏；③风机电动机的线圈烧坏。

故障检修思路如下。

（1）若是风机滑动轴承缺油，可在风机的电动机尾部滑动轴承吸油毛毡上端的小孔处加注 30 号的机械油。

（2）若是风机滑动轴承已经烧坏，可将电动机后盖拆下，更换滑动轴承（青铜制）。

（3）若是风机电动机的线圈烧坏，应更换新风机。

（4）若上述故障排除后，风机仍然不转，可用万用表检查风机：若不接地，风机插座无电压，而空调熔断丝又未烧断，应再检查空调继电器，若继电器白金触点吸合而无电流输出，则为敷铜板输出电路有烧断之处，可在焊接后用细砂纸打磨继电器白金触点。故障即可排除。

10. 空调运行时，蒸发器结霜，车内冷气不足，且高压压力与低压压力值均偏低

故障的原因是：由于膨胀阀内节流孔失效，使进入蒸发器内的液体制冷剂不能很好地进行蒸发吸热和制冷，致使供冷量下降，使车内冷气不足。

故障检修思路：应先将制冷系统中的制冷剂放出，然后更换新的膨胀阀，最后对系统进行检漏，抽真空，充注制冷剂即可。

11. 空调运行时，车内冷气不足，且高压压力与低压压力均偏高

引起上述故障的原因是由于制冷系统中混有不少冷冻润滑油，致使系统中的制冷剂流量下降，这样制冷量也相对下降，造成车内冷气不足。检修时，应首先放出制冷系统中的制冷剂，使冷冻润滑油后排出，然后进行抽真空，加注制冷剂。

12. 空调出风口温度不低，高压压力较高，低压压力偏低，车内冷气不足

故障的原因是膨胀阀的开启度过小，使制冷剂进入蒸发器的数量少，造成蒸发量不足。检修时只需将膨胀阀上的调节螺钉逆时针方向调一圈，将制冷剂的液量加大一些，故障即可排除。

13. 空调出风处风不冷，压缩机外壳温度升高

故障原因是膨胀阀处受堵，使制冷剂在此处节流蒸发，则低压压力接近于0，高压压力较高，在膨胀阀处可看到结有薄霜，此时可以确定为膨胀滤网被堵。

故障检修思路：修理前断续反复地起动压缩机，如滤网堵塞不严重时，堵塞可被排除，但若堵塞严重，则只能拆下膨胀阀，用酒精清洗滤网，并用氯气冲洗制冷系统，然后抽真空，加注制冷剂。故障即可排除。

14. 空调开始工作时，制冷情况良好，使用一段时间后，冷气逐渐不足，储液干燥器视液镜玻璃上出现气泡

故障的原因是由于制冷剂不足，在可见储液干燥器视镜玻璃孔

内出现气泡，并可发现其中有一只连接接头处有油迹。

可将松动接头拧紧就行。如果拧紧后仍泄漏，可在接头处加上紫铜垫片，故障即可排除。

15. 空调运行开始时，制冷正常，但过一段时间制冷性能下降直至不制冷，停止运行一段时间后再启动又恢复正常，过一段时间又重复上述现象

引起上述故障是典型冰堵。如查看高低压力表，即可发现高压压力较高，低压压力可低于 0.4MPa。这是由于膨胀阀节流孔处结冰，堵住了制冷剂的流通。此时，压缩机仍在不断运转，高压管路中的制冷剂密度逐渐增大，高压表上的读数表现升高，而低压部分，由于压缩机不断吸气，使蒸发器中气体制冷剂的密度逐渐减小，从而出现低压表上的读数偏低。

应更换干燥过滤器，然后检漏，抽真空，充注制冷剂，故障即可排除。

16. 空调运行十多分钟后，出风口处温度偏高，冷气不足

空调制冷系统低压压力偏高，压缩机有液击声，说明故障的原因是蒸发器中供液量过大，造成低压压力偏高，冷气不足。由于是膨胀开启度过大所致，使进入蒸发器中的制冷剂数量过多，制冷剂在蒸发器中就不能很好地蒸发吸热，使多余的制冷剂液体随蒸发器后的气体一同回到压缩机中，造成压缩机碰击现象。

故障检修思路：检修时，只需将膨胀阀拆下，对流量调节螺钉顺时针方向调节 1～2 圈即可。但应注意，在出厂时，膨胀阀的开度已经调好，一般不要轻易去调整。

第二节　汽车空调故障检修实例精选

一、空调压缩机与电器故障检修

1. 本田雅阁轿车空调压缩机电磁离合器不工作

故障现象：本田雅阁手动挡轿车，采用 F22B1 发动机，该车启动发动机后，将空调温度调节开关调至最冷，打开鼓风机开关，按下 A/C 开关，空调压缩机电磁离合器不工作，且冷凝器风扇与

散热风扇均不运转。

故障诊断与排除如下。

该车的空调压缩机离合器继电器是受发动机控制单元直接控制的，如图 6-2 所示。

接车后检查空调管路中的制冷剂量，充足。检查空调压力开关(位于发动机舱右前蓄电池支架下方)，正常。拆下空调压力开关接头，用测试灯将红/白色线接地，两个网扇同时运转，但压缩机电磁离合器还是不工作。

经分析认为，空调压缩机电磁离合器不工作原因有两种：①发动机控制单元本身有故障；②连接线路及零部件有故障。

首先检查连接线路及零部件。在控制单元侧将压缩机电磁离合器继电器的控制线（红/蓝色）用测试灯接地，离合器能正常吸合，说明该处的外围线路没有问题。将压力开关的插头插上，打开空调控制面板上的 A/C 开关和鼓风机开关，空调压缩机和冷凝器风扇又不工作了。根据电路图，分析认为空调温度控制开关、A/C 开关、鼓风机开关及它们的外围线路上有故障。

于是拆下温度控制开关连接线，测量黑/黄色线有蓄电池电压，说明压力开关到温度控制开关的线路没有问题。断开 A/C 开关，打开鼓风机开关（2 挡），测量蓝/黄色线端有蓄电池电压。接通 A/C 开关，此时蓝/黄色线电压显示不为 0V，怀疑温度控制开关损坏。

用测试灯把蓝/红色线接地，空调压缩机及散热风扇不能正常工作，从而说明温度控制开关有故障。拆下温度控制开关进行测试，发现 12V 灯泡不亮，说明温度控制开关损坏。换上新的温度控制开关后试车，空调正常工作，故障排除。

2. 广本雅阁（2.2L）轿车空调离合器工作异常

故障现象：广本雅阁 2.2L 轿车空调离合器工作异常。

故障诊断与排除：在汽车的空调系统中，无论是手动控制还是自动控制的空调，其压缩机电磁离合器的切断与接合一般都实现了电脑控制。当在所有传感器信号都能正常输入电脑的情况下，电脑若不能正确控制压缩机电磁离合器的分离与接合时，其故障部位大多发生在电脑内部一个起开关作用的三极管。其具体检修方法如

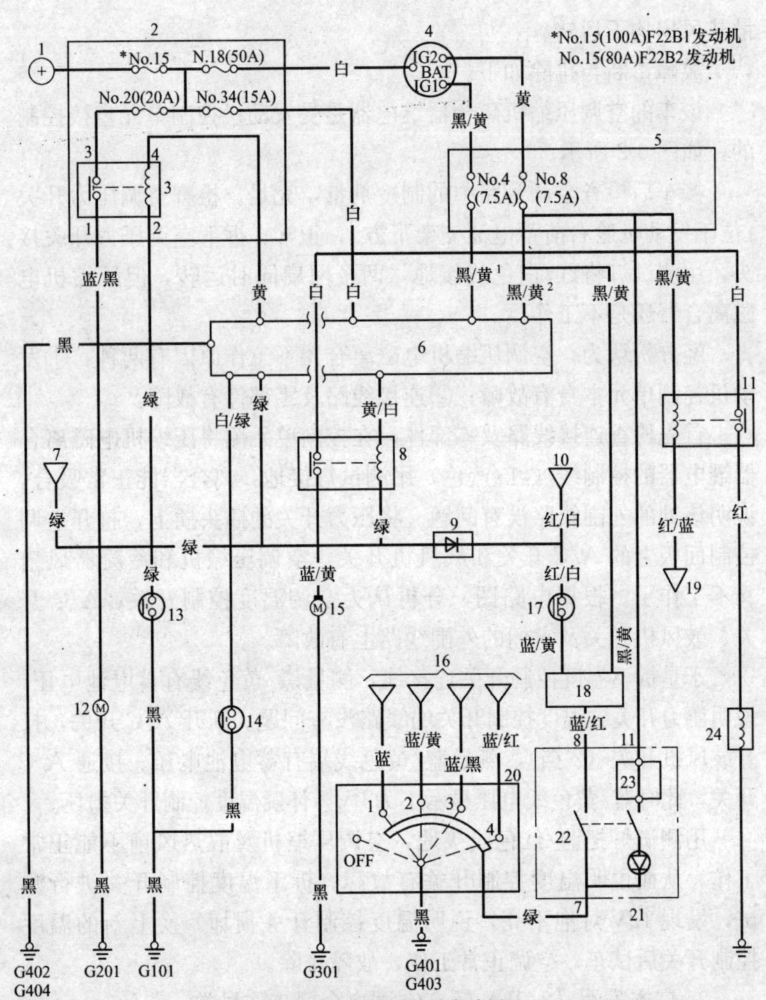

图 6-2 空调系统控制电路

1—蓄电池；2—发动机罩下熔丝和继电器盒；3—散热器风扇继电器；4—点火开关；5—仪表板下熔丝和继电器盒；6—散热器风扇控制控制单元；7—发动机控制单元（A27FANC）；8—冷凝器风扇继电器；9—A/C 二极管；10—发动机控制单元（C5 ACS）；11—压缩机离合器继电器；12—散热器风扇电动机；13—发动机冷却水温开关 A（高于 93℃时接通）；14—发动机冷却水温开关 B（高于 106℃时接通）；15—冷凝器风扇电动机；16—鼓风机电阻器；17—空调压力开关；18—空调温控开关；19—发动机控制单元（A17 ACC）；20—暖风风扇开关；21—暖风控制面板；22—空调开关；23—变光电路；24—压缩机离合器

下。

(1) 根据电路图找到电磁离合器控制线圈与电脑的连接端及电脑的接地端，并做好标记。

(2) 用数字万用表的测量通断挡，从确定的空调控制端子，并沿着电脑的印刷电路向内查找，直至找到某个三极管或三极管排。

(3) 确定三极管或三极管排的三个管脚，电脑中一般使用NPN型三极管。上一步查到的印刷线路所对应的管脚即为三极管的集电极，对应其旁边一较细的印刷线便是三极管的基极。应进一步确认究竟是左边一根还是右边一根，具体确认方法如下。

1) 将空调操作面板设置在空调制冷运转状态，使用万用表的电压挡连接到要确认的一根基极线，打开 A/C 开关，其应显示5V，关闭开关时应显示0V。用此方法测试这两根线，反复确认符合条件的即为基极。

2) 确认发射极时，一般如果是三极管排，其发射极大多是在排的两端，用万用表的测量通断挡一端连接电脑的接地端，另一端接到被认为是排的接地端，能够导通的管脚即为三极管的发射极。若只有一个三极管，通过印刷线路的粗细也可以辨别出来。

(4) 找到替换的三极管。欲替换的三极管可能是一个独立的三极管（日产），也可能是直接镶嵌到电路板上的一个三极管（夏利），又可能是一个三极管排中的一个三极管（本田），其确定方法如下。

1) 看型号。日本产的三极管型号一般为2SA（NPN）、2SC（NPN）及2SD（PNP）。国内市场上可以买到的替换元件型号是：BT179及BT178。三极管排的型号一般为：2003与1413。

2) 看外观。这种三极管应有三个脚，其形状与原三极管形状应基本相同，一般是扁平的三极管，体积大小可次之考虑，是否有孔及散热片并不重要。

3) 看电阻。三极管的基极一般都串有电阻，基极的电阻值要与原三极管的电阻值相近。电阻阻值的确定方法如下：棕、红、橙、黄、绿、蓝、紫、灰、白和黑对应的数字依次是：1、2、3、4、5、6、7、8、9和0，例如棕黑黑代表100。由于三极管的基极是靠电流的大小控制的，而电脑电压值固定，那就要利用电阻来控制电流了。

如果电流过大会烧毁三极管，电流过小则不能将其触发。

4）测量确认。将大致确定的三极管从电路板上取下，利用万用表的二极管测量挡测量三极管的属性。根据三极管的属性，应该只有一个管脚相对于另外两个管脚单向导通，具备这一属性则可确定其是三极管，只有一对管脚单向导通的是场效应管。相对另外两个管脚导通的那个管脚就是三极管的基极。然后选择数字万用表的三极管的测量挡，将三极管的基极插入 B，另外两个脚分别插入 C 和 E，如果显示值在 200～300 之间。证明管脚插对了，C 代表集电极，E 代表发射极。进而确定这个三极管是 PNP 型还是 NPN 型，P 为正极，N 为负极。

(5) 将选定的三极管焊接到电路板上。对于直接镶嵌到电路板上的三极管和独立的三极管需将旧件取下。对于三极管排则需用螺丝刀划断三极管的基极印刷线，使用数字万用表的测量通断挡，用正负表笔抵住三极管的集电极和发射极，将基极与电路板的基极控制线相连接，打开空调，看万用表是否显示导通，若导通则说明此三极管可以使用。之后就是将替换件焊接到电路板上即可，对于三极管排的连接是从电路板的背面焊接的。

焊接时要注意：判断管脚的属性要对应，焊锡要尽可能少，避免过热，焊接完成后要用万用表测量各管脚应不相互连通，最后要用胶带将附加的三极管包好，避免与电脑护板摩擦和连通。

(6) 测试。将电脑在不装护板的情况下，连接到车体线束中，启动空调检查压缩机电磁离合器是否能够吸合及断开。同时用手触摸三极管，有些热是正常的，若烫手那就有故障了。还要检查故障灯是否点亮，如果空调压缩机一吸合故障灯就亮，说明三极管的发射极选择错了。如果压缩机不能停机，则表明换上的三极管被击穿了或是三极管排的基极未被彻底划断。在测试时，最好使空调系统运转 30min 以上，检查电脑是否能正常工作，进行 10km 以上的路试，检查是否有故障灯点亮的情况。若确认无问题，说明故障已排除。

3. 广本雅阁轿车压缩机随冷却风扇同步运转

故障现象：广州本田雅阁 2.3L 轿车，发动机型号为 F22A3。该车空调压缩机随冷却风扇同步运转，不能受空调开关控制。

故障诊断与排除：启动发动机，闭合空调开关和鼓风机负荷开关，压缩机电磁离合器不能吸合，冷却风扇电动机、冷凝器风扇电动机均不工作。提高发动机转速，使发动机迅速升温，当水温表指示值超过 90℃时，在冷却风扇和冷凝器风扇运转的同时压缩机电磁离合器吸合，压缩机与这两台风扇同步运转，此时关闭空调开关和鼓风机负荷开关，压缩机工作依旧。在正常情况下，只要压缩机工作，冷却风扇应开始有节奏地工作。

该车冷却系统和空调系统的工作原理如下。

(1) 冷却系统。当水温高于 93℃时，低温开关闭合，冷却风扇继电器工作，此时只有冷却风扇工作，冷凝器风扇不工作（这是由于冷凝器风扇继电器线圈无电源）。当水温高于 106℃时，高温开关闭合，冷却风扇控制器接收到此接地信号后，向冷凝器风扇继电器线圈提供电源，此时两个风扇同时运转，加强了发动机的冷却效果。

(2) 空调系统。当闭合空调开关和鼓风机负荷开关时，ECU之 B5 端子接地（正常时压力开关、温控开关是常闭的），如图 6-3 所示，ECU 收到 B5 端子的接地信号后即控制 ECU 的 A15 端子接地，使压缩机离合器继电器工作，同时 B5 端子的接地信号也使两个风扇继电器和风扇控制器接地，当风扇控制器接地，又将电源提供给冷凝器风扇继电器，这样两台风扇与压缩机离合器同步运转。

经分析认为，造成上述故障的原因是：单向二极管反向导通或 B5 端子与空调开关之间的线路有断路情况。

于是在点火开关位于“ON”时闭合空调开关，测量压缩机离合器继电器接地端 A15 处的电压为 12V。在测试温控开关时，一端的电压为 12V，而另一端的电压却为 0V，说明温控开关断路。人为地将温控开关插头暂时短接，此时压缩机吸合运转。关闭空调开关，压缩机及两台风扇都停转。

询问车主得知，该车曾修理过。仔细检查线路，在发动机舱左侧壁上找到一个固定的黑色方盒，发现有一根线跨接在单向二极管的两端，测量该二极管单向导通，说明二极管正常。取掉跨接的连线，启动车辆重新测试空调系统的工作情况，工作正常，故障排除。

维修小结：该二极管的作用是当水温开关闭合对地短路时，冷

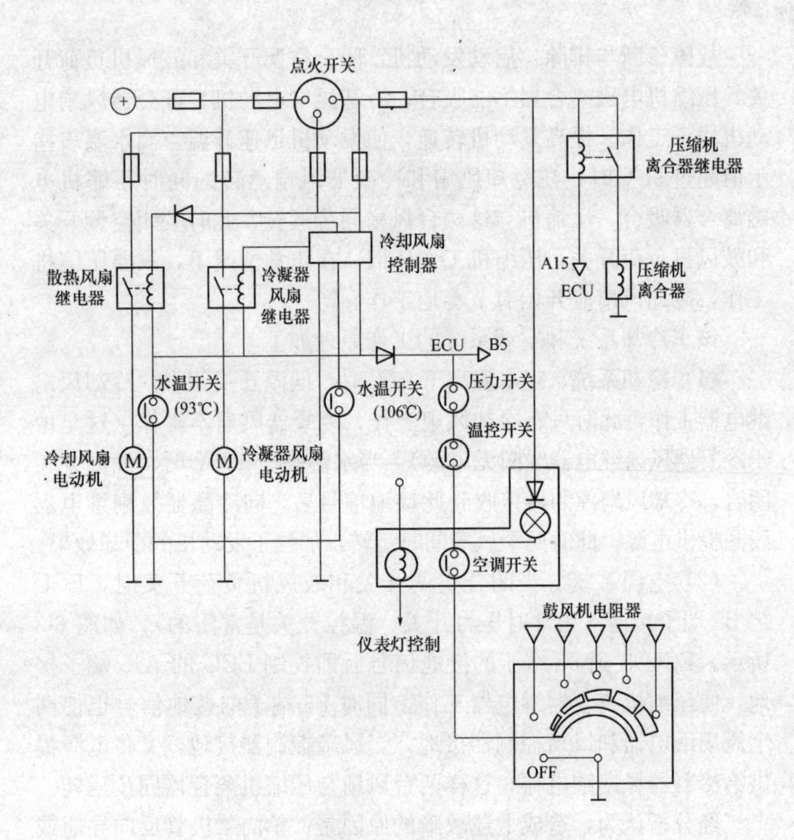

图 6-3　本田雅阁 2.3L 轿车空调系统电路

却风扇工作。由于二极管单向导通，此时 B5 端子不会接地，压缩机离合器也不会由于水温开关闭合而工作。如果该二极管断路，就会出现闭合空调开关后，压缩机工作而冷却风扇不工作的故障现象。如果该二极管反向导通（或被线路跨执着），就会出现压缩机与冷却风扇同步运转的怪现象。

4. 本田里程轿车发动机启动后空调不制冷

故障现象：本田里程轿车发动机启动后空调不制冷。

故障诊断与排除：首先对空调系统进行检查，发现空调系统制冷剂充足。打开空调后，压缩机电磁离合器不吸合，检查空调有关的熔丝都正常。空调压力开关正常，A/C 开关正常，发动机水温传感器正常，并且打开空调时风扇也能够正常运转，发动机水温也不高。经仔细检查，发现发动机只要运转很短的时间散热风扇就开始运转，此时如果关闭点火钥匙，再打开点火开关风扇继续运转。该车空调电磁离合继电器是由发动机 PGM 控制继电器的接地，PGM 与空调有关的信号（水温、A/C 开关、压力开关）都已检查，怀疑是 PGM 损坏导致此故障。发动机水温在很低的情况下电子风扇就开始转动散热，电子风扇的水温传感器为可变电阻，并且也通向 PGM，又可能是由于电子风扇的水温传感器信号太高，导致 PGM 不给空调继电器接地信号，从而导致电磁离合器不吸合。

举升车辆检查，发现是该传感器不是原装的，有改动过的痕迹，断开该信号试车，正常。更换一只新的水温传感器后试车，故障排除。

5. 毕加索轿车空调压缩机不工作

故障现象：毕加索 2.0L 手动挡车，在行驶过程中空调压缩机突然不能正常工作，同时空调系统冷却风扇也不工作。但是用 PROXIA 故障诊断仪进行故障检测，没有任何故障显示。

故障诊断与排除。

(1) 首先检查空调系统的压力是否正常。用空调加注机对系统的压力进行检查，发现空调系统静态时高低压和正常值相比均正常，说明制冷剂足量。

(2) 检查空调系统压缩机工作线路是否正常。检查蓄电池正极→发动机舱内 F9 熔丝→BS1 智能控制盒→空调压缩机→接地，线路正常。

继续检查蓄电池正极→座舱内熔丝→BS1 智能控制盒→空调压缩机→接地，线路也正常。

(3) 检查空调系统压力开关是否正常。根据电路图检查空调压力开关 1 号脚的电压 12V，短接 1 脚和 3 脚后风扇高速旋转；短接 1 脚和 2 脚的发动机转速增加；再短接 1 脚及 4 脚，压缩机不运转。说明压力开关及其控制线路工作正常。

(4) 用 PROX1A 诊断仪对空调系统进行故障读取和故障码删除，系统一切正常。

(5) 对空调系统的设置进行参数读取：R1TD 空调 X；有 FR1C 发动机控制系统 X；V1N 空调 X。说明系统设置一切正常。

(6) 最后对 BS1 智能控制盒进行检查。换上新的 BS1 智能控制盒，用 PROX1A 诊断仪进入到控制单元设置，并按照换取 BS1 智能控制盒操作步骤进行各项操作：输入用户密码、输入 VIN 号、备件组织号、进行系统设置等。操作完成后启动发动机并打开空调开关，一切正常。

维修小结：由于智能控制盒内部有故障，导致空调系统压力不能正常工作。这个故障不能通过诊断仪进行故障读取来确定，只能根据系统的工作原理采取逐个元件或线路排除的方法来确定。

6. 上海大众帕萨特 B5 轿车突然空调不工作

故障现象：上海大众帕萨特 B5 Gsi 轿车突然空调系统不工作。

故障诊断与排除：经检查发现空调操作与显示单元 E87 显示外界温度为－37℃。E87 显示屏上的温度值是根据新鲜空气进气道温度传感器 G89 和外界温度传感器 G17 两个测得外部温度中较低的一个。08 功能 006 显示组 03 显示组观看 G17 测量显示值为－37℃。在当时的环境温度下测量另一正常车辆 G17 电阻值为 450Ω，用一可变电阻调整到 450Ω，将其连接在 G17 端子连线处，启动发动机，空调系统工作正常。说明 G17 已损坏，更换一只新的 G17 后试车，故障排除。

必须注意的是，GLi 型上海帕萨特鼓风机电阻热敏保险容易烧毁，动力转向油壶罩壳下空调压力开关 F129 插接器接触不良，也会造成压缩机不工作，还望广大同行注意。

7. 别克君威轿车 C56 手动空调压缩机不工作

故障现象：别克君威轿车 C56 手动空调压缩机不工作。

故障诊断与排除：别克君威（Regal）2.5GL 轿车采用 C56 手动空调，但是动力系统控制模块参与了空调控制，空调请求信号电路如图 6-4 所示，空调压缩机控制电路如图 6-5 所示。

按下控制面板上空调按键，空调控制模块（HVAC）的 C4 端子输出 5V 电压给动力系统控制模块（PCM）的 C2-22 端子，作为空调请求信号。PCM 收到空调请求信号后，根据发动机冷却液温

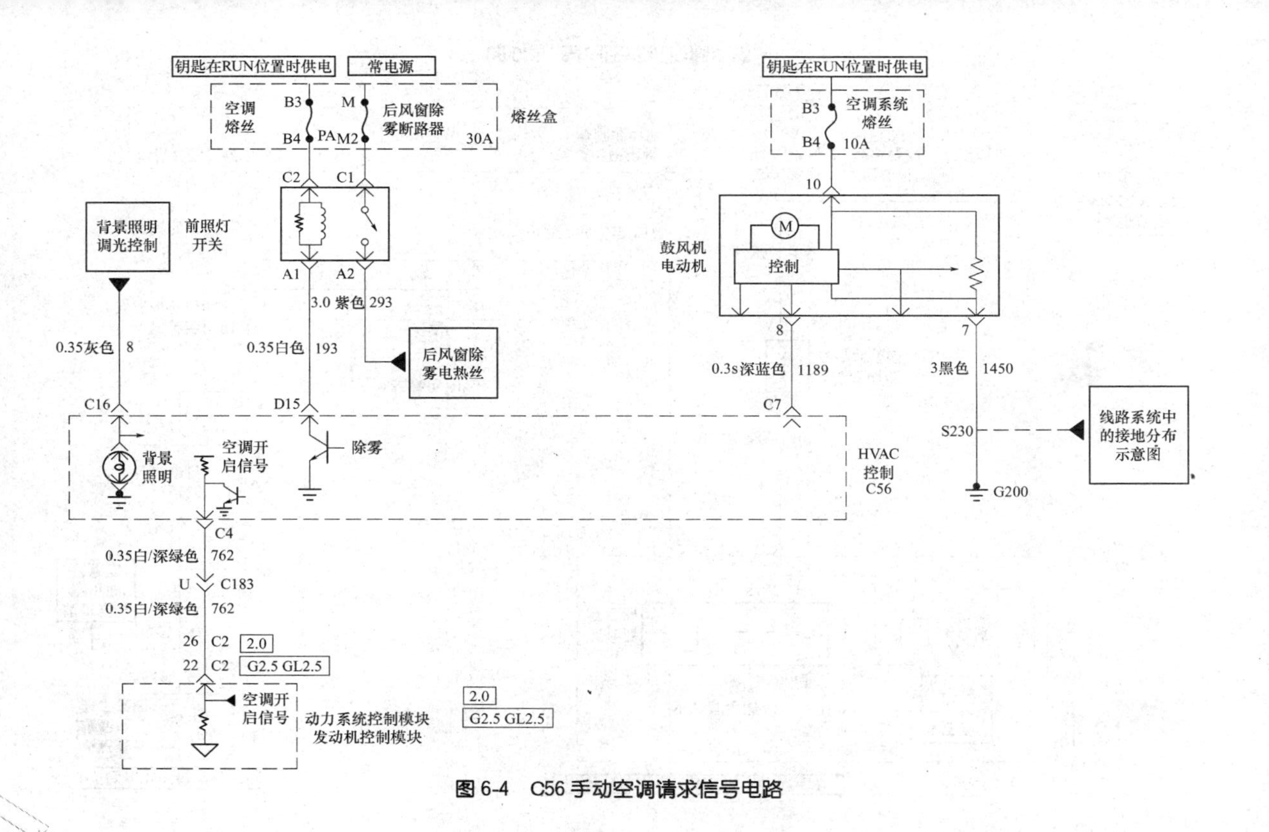

图 6-4 C56 手动空调请求信号电路

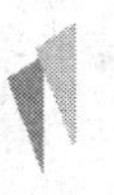

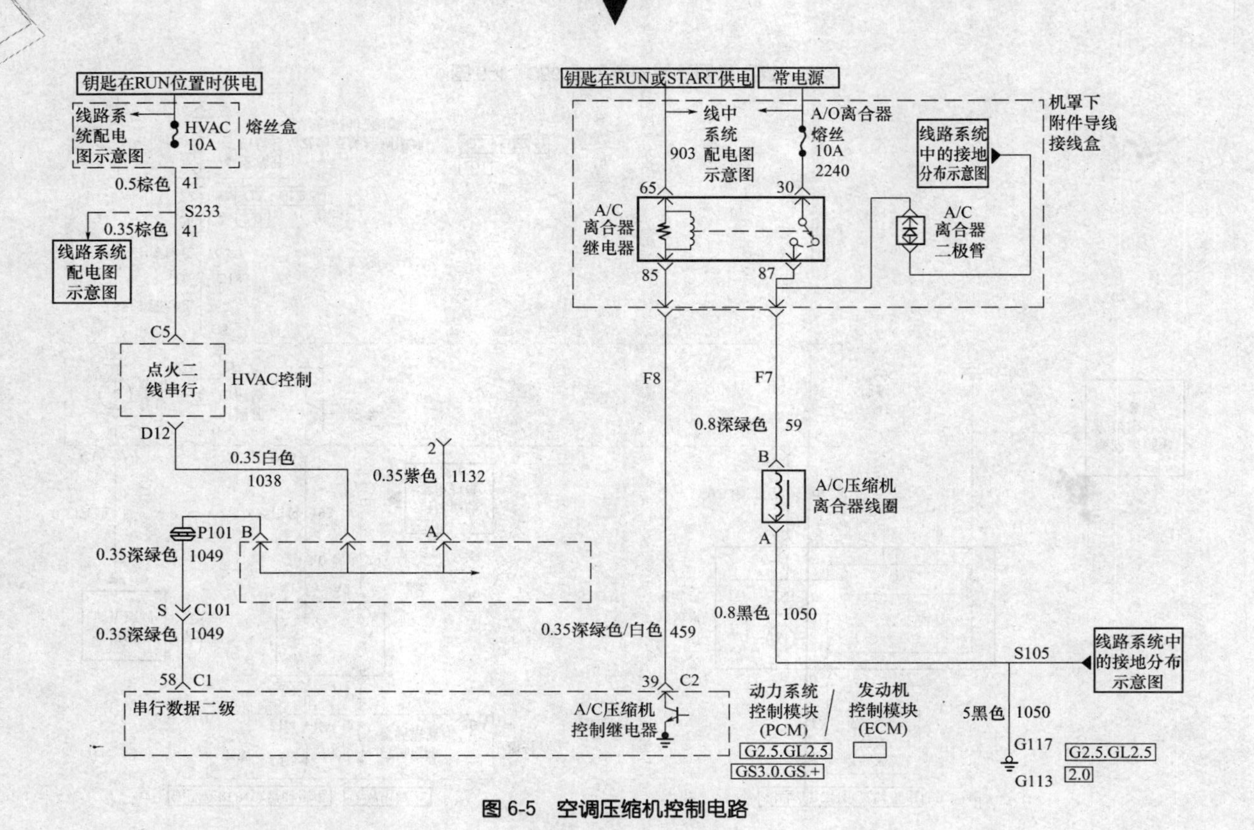

图 6-5　空调压缩机控制电路

度、节气门开度、进气温度（环境温度）及空调压力等信号，决定空调压缩机是否工作（从 PCM 是否收到空调请求信号），于是用 TECH2 检测。

（1）如果 PCM 数据中空调请求信号为“否”（即 PCM 没有收到空调请求信号），则故障范围在空调控制模块及空调请求信号电路；如果 PCM 数据流中空调请求信号为“是”（即 PCM 已收到空调请求信号），则应进行下一步检查。

（2）检查压缩机控制信号，如果显示“关”（指令压缩机断开），应检查发动机冷却液温度、节气门开度、进气温度（环境温度）及空调压力等信号是否正常；如果压缩机控制信号为“开”（指令压缩接通），应检查空调继电器、空调压缩机熔丝及空调压缩机电磁离合是否正常。

经用 TECH2 检查，发现空调请求信号为“否”。拆下空调控制模块，不断开电气插头，启动发动机，按下规定空调控制面板上的空调键，同时用万用表测量 HVAC 的 G4 端子，没有 5V 电压。更换一个空调控制模块后，故障依旧。同时断开空调控制模块和动力系统控制模块（PCM）电气插头，用万用表测量白/深绿色的空调请求信号线与接地之间的阻值，为 0Ω，说明此线有接地之处。

从图 6-4 可知，空调请求信号中间经过一个线束插头 C183-U，图中 C183 为插头编号，U 为端子号。如果断开插头 C183，再分别测量两侧线束，可将故障范围缩小一半。经查阅维修手册，没有找到插头 C183 的位置及端子视图说明。另外，空调控制模块在室内，PCM 在室外，两者之间的连接线束穿过驾驶室，应有一个橡胶护套，但图中没有画出。

接着顺着实际线束，由空调控制模块端向 PCM 端检查。当检查到发动机舱内左前减振器前端时，发现此线束经过一个插头，且插头固定螺母将线束中的白/深绿色线压破（白/深绿色线在车身上的螺栓上），松开固定螺母，取出压破的白/深绿色线并包好后，试车，空调压缩机工作正常。

8. 别克君威 C68 全自动空调压缩机不工作

故障现象：别克君威 C68 全自动空调压缩机不工作。

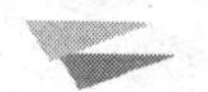

故障诊断与排除：别克君威（Regal）3.0GS 轿车采用 C68 全自动空调，空调请求信号由二极串行数据线传递，设有专门的空调请求信号线，如图 6-6 所示。HVAC 控制器将空调请求信号通过二极数据总线传至动力系统控制模块（PCM）的 C1-58 端子，PCM 经分析认为如果需接通空调压缩机，则先提升发动机转速，然后其 C2-39 端子接地，空调继电器工作，触点闭合，空调压缩机电磁离合器吸合，空调压缩机工作。PCM 切断空调压缩机的情况主要有以下几种。

（1）节气门开度大于 90%。

（2）空调压力超过 3080kPa 或低于 287kPa。

（3）点火电压低于 10V。

（4）发动机转速超过 4700r/min。

（5）动力系统控制模块（PCM）与空调控制模块（HVAC）通信故障。

于是连接 TEC1-12，测量 PCM 数据流中空调请求信号为“是”（即 PCM 已收到空调请求信号），压缩机控制信号显示“关”，则应检查发动机冷却液温度、节气门开度、进气温度（环境温度）及空调压力等信号是否正常。

经检查以上有关参数，发现空调压力传感器信号高达 4.9V。在空调压缩机不工作时，空调压力超过了切断压力，属不正常。

该车空调压力传感器通过单向阀安装在空调系统高压管路上，如图 6-6 所示。更换一只空调压力传感器后试车，故障排除。

9. 别克君威 3.0 轿车空调时有时无

故障现象：2003 款别克君威 3.0 轿车装备 C68 系统全自动空调，空调时有时无。

故障诊断与排除：询问驾驶员得知，该车的空调控制模块内存有三个历史故障码，即阳光负载、室外温度、室内温度传感器断路。在清除后反复试验，无故障码出现，同时故障现象也没有发现。出现故障时这空调显示有风，压缩机吸合指示的小黄灯也点亮，可鼓风机的风却一下子没有了，而不是缓慢没有，肯定是不正常的；其次，该车无论自动模式下还是手动模式下都有该现象出现；

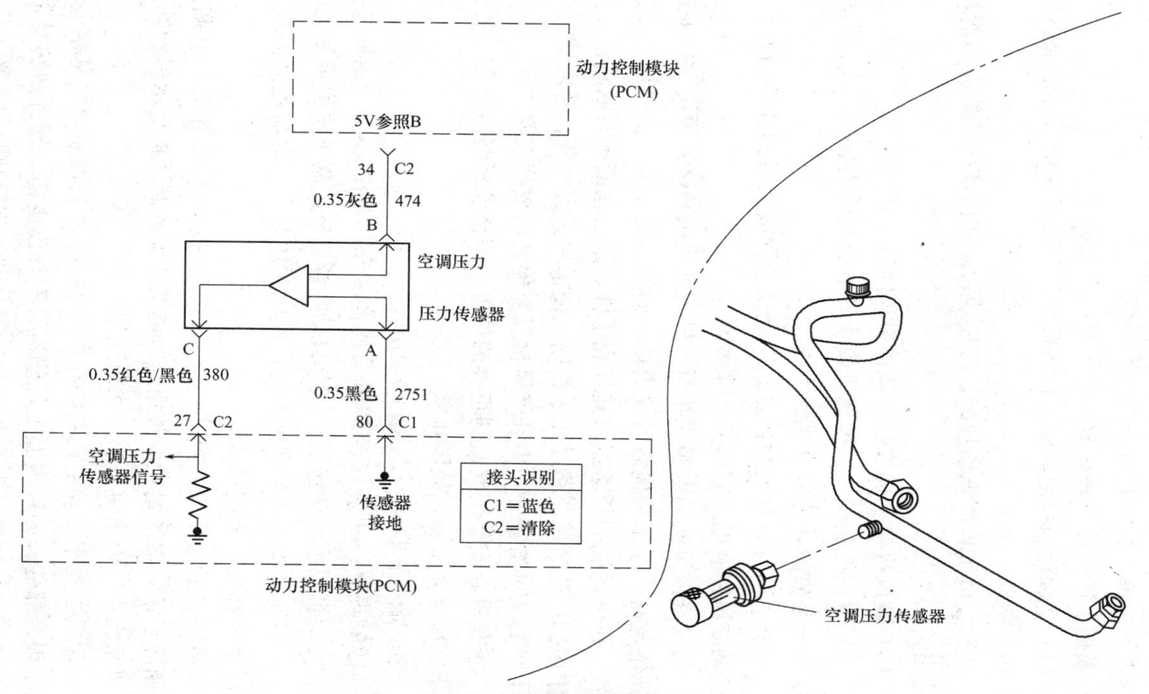

图 6-6　别克君威全自动空调电路

再次，车主感觉平稳开车故障频率不高而颠簸时频率稍多，只是有时一天不出现一次，有时一天出现多次。

根据上述故障，确认故障原因有以下几种。

(1) 空调控制模块故障，使得鼓风机模块丢失信号，造成鼓风机停转。

(2) 鼓风机控制模块故障，该模块过热或内部故障造成不能控制输出。

(3) 鼓风机电动机故障，使得出现间歇不动转。

(4) 空调控制模块、鼓风机模块的电源及地线故障，或者是相关信号线路故障，造成鼓风机不运转。

根据空调时有时无的特点，怀疑是空调鼓风机的线路有故障。该空调鼓风控制电路如图 6-7 所示。

当检查鼓风机的电源线路时，发现鼓风机断路器很烫，仔细观察该熔丝盒，原来是检修时仪表熔丝盒没有装到位，使得最下端控制鼓风机电动机的断路器与其外壳干涉，造成在颠簸时断路器在插座中虚接，造成该断路过热后断路，使模块丢失电源，等断路器温度下降后又再次吸合，出现鼓风机反复停转的故障现象。

于是重新安装熔丝盒到正确的位置，调整该断路器插孔，装上断路器后反复试验，故障排除。

10. 瑞风车自动空调风口不出风

故障现象：06 款江淮瑞风二代商务车，装配 G4JS 2.4L 电控汽油发动机和手动变速器，该车自动空调温度控制系统失灵、无暖风；5 个风向模式调节系统失灵，风向无法改变，但前控制面板显示屏上能够显示方向模式。

故障诊断与排除：接车后进行试车，按下 A/C 开关，空调系统制冷正常，对风量调节按钮进行调节，前控制面板显示屏能够显示风量大小，但出风口就是无风吹出。

瑞风二代车自动空调系统在原有手动空调控制系统的基础上增加了很多部件，如室内温度传感器、室外温度器、翅片热传感器、冷却液温度传感器、阳光传感器、前自动空调控制器和前暖风机上的吸出器等。

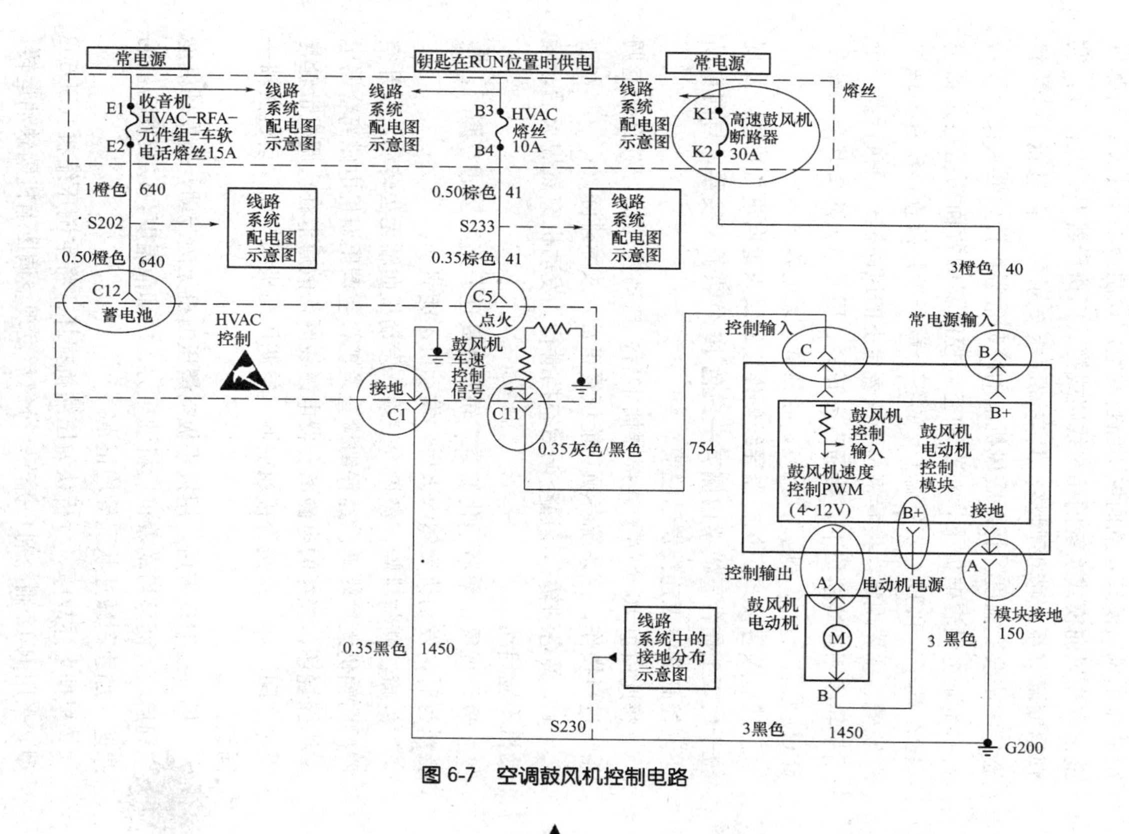

图 6-7 空调鼓风机控制电路

经分析认为，空调风向模式调节系统失灵。但空调面板显示屏能够显示风向模式，从而说明前自动空调控制器工作正常，问题可能出现在风向模式系统的相关线路或模式门执行器上。经检查，发现温度调节系统能够调整，但空调面板显示屏一直显示 LOW 状态，无法改变温度。怀疑暖风机上的冷却液温度传感器失灵。

于是将仪表框拆下，对自动空调控制器的背面两组连接器 A（16 个端子）和 B（12 个端子）的各个端子进行检查，没有发现端子脱槽、脱焊现象。接着将位于仪表台下的风向模式门执行器 7 个端子导线侧连接器拔下，接通点火开关，用万用表测量其上的端子 6（接地端子）、7（电源端子），经测量，无电源。

然后顺着模式门执行器导线侧连接器线束走向进行检查，发现位于仪表工作台下横梁内侧有一白色 16 个端子连接器，与前自动空调控制器线束连接器已脱槽。

将此白色 16 个端子连接器插牢后，启动发动机，对自动空调系统进行操作，该系统各项功能恢复正常，故障排除。

11. 桑塔纳轿车接通空调后空挡滑行，发动机突然熄灭后，发动机不能启动

故障现象：桑塔纳化油器式轿车在高速公路上接通空调后，空挡滑行时，发动机突然熄灭后，发动机不能启动。

故障诊断与排除：经检查发现，发动机曲轴无法转动，断开空调后曲轴仍无法转动。经仔细检查发现，空调压缩机电磁离合器电磁线圈烧坏，烧坏的电磁离合器电磁线圈松散后卡在空调机带轮与吸盘之间，即不论是否接通空调，空调压缩机都与此发动机曲轴一同旋转。

拆下压缩机带后，用扳手板空调压缩机无法转动，但发动机能顺利启动，而且启动着机后机油压力、冷却液温度，以及发动机的怠速、加速和减速状况等均正常。

根据上述故障，分析认为压缩机损坏。将空调压缩机（SD508 型，采用 R-12 制冷剂）拆下，分解后发现空调压缩机因缺油运转，行星盘与中央支撑球形铰链已经磨损且烧结为一体，造成空调压缩机无法转动、报废，必须更换空调压缩机。

换用一只新的空调压缩机后，检查空调压缩机冷冻机油量适中后将其装车，然后安装空调压缩机带，用氮气将制冷系统内加压至0.5MPa的检漏，60min后制冷系统内压力未下降，说明制冷系统不泄漏。启动发动机并接通空调制冷开关，发现空调压缩机电磁离合器不吸合，但空调（A/C）开关指示灯亮，发动机怠速不提升。经检查，发现发动机怠速提升装置不动作，但冷凝器散热风扇电动机工作（低速），空调鼓风电动机工作（最低速）。

该车接通空调后，空调（A/C）开关指示灯亮，说明空调开关是好的，检测空调压缩机电磁离合器线圈的电阻为3.5Ω，正常，接地良好；冷凝器散热风扇电动机工作、空调鼓风电动机工作，说明空调继电器（驾驶人侧仪表台下）和环境温度开关（仪表台下鼓风电动机上）均良好；发动机怠速不提升、电磁离合器不吸合，故障在蒸发器温度开关和制冷系统低压开关上。

首先检查怠速提升电磁阀（在化油器的后方）。测量该电磁阀电阻，为4Ω，正常。再接通空调开关，检查怠速提升电磁阀两端电压，为0V，说明蒸发器温度开关损坏。

于是拆下该开关，测量其电阻，为∞，说明开关已损坏。更换该开关后再次接通空调开关，发动机怠速提升电磁阀电源恢复正常，发动机怠速能够正常提升，但此时空调压缩机电磁离合器虽然吸合，却存在明显的打滑现象。于是立即断开空调开关，在不启动发动机的情况下，接通空调开关，检查怠速提升电磁阀、空调电磁离合器两端的电压分别为12.24V和8.57V。拔下空调电磁离合器导线侧连接器后，测量其上电源端子的电压，为蓄电池电压。

根据电路图分析，怀疑故障在空调低压开关上，该开关位于轿车左前照灯后方，储液干燥器上。测量该开关的电阻，为17.8Ω，明显大于正常值；将其导线侧连接器上两个端子短接后，再启动发动机并接通空调开关，空调压缩机电磁离合器能正常吸合，发动机高、低速运转时，均不再打滑。

更换空调低压开关，再次用氮气加压、检漏、加注制冷剂后试车，空调工作正常。

维修小结：由于空调压缩机因缺油高速运转后，造成空调压缩

机异常磨损，运转阻力增大，最终导致电磁离合器打滑，产生大量的热，将电磁离合器电磁线圈绝缘层损坏，电磁线圈的电阻骤减，电流剧增，从而烧坏蒸发器温度开关和空调低压开关，损坏的离合电磁线圈松散后卡住了空调电磁离合器，不论是否接通空调，空调压缩机都与发动机一起运转，最终导致空调压缩机报废。在仪表台下方找到空调熔丝（20A 熔丝），发现是用粗铜丝代替的，所以又换上 20A 空调熔丝。

12. 桑塔纳 2000 轿车多次烧空调电磁离合器

故障现象：桑塔纳 2000 轿车，空调电磁离合器线圈被烧毁。换上新的电磁离合器线圈后，只行驶了 1500km，电磁离合器线圈又被烧毁。

故障诊断与排除：经仔细分析认为，汽车空调电磁离合器线圈被烧毁，除品质问题外，主要是空调系统的压力过高，带动压缩机运转的阻力过大，超过该电磁线圈的电磁吸力，使离合器主被动盘产生相对滑移摩擦，导致过热，因而被烧毁。

一般造成空调系统压力过高的原因有三种：①停车时发动机怠速运转，且长时间在太阳暴晒下使用空调；②当水箱散热风扇出现故障时，还长时间、高强度地使用空调（水箱散热风扇是与空调冷凝器风扇共用的）；③制冷系统中加入的制冷剂过量等。

经检查，发现当压缩机开始工作时，储液罐的观察窗内一点气泡都没有。再将高低压表接入制冷系统中，检查其压力，发现高压侧和低压侧压力均偏高。显然，是由于制冷剂加注过量造成的。将制冷剂从低压侧适量排除后（以高压侧压力 12000～18000kPa，低压侧压力 150～300kPa 为宜），再检查空调，工作正常，故障排除。

维修小结：为避免此类故障的再次发生，在以下三种情况下不要使用空调。①制冷液加入量超过规定时，要及时放出，否则不准使用空调，检查制冷液多少的方法是在压缩机开始工作时，看储液罐观察窗内有无气泡，如果没有气泡，说明是制冷液过多，应适量放出，如果气泡太多，说明制冷液太少，应适量添加制冷液；②水箱散热风扇发生故障停止运转时，应立即停止使用空调，否则制冷系统将产生超高压，使电磁离合器打滑而烧毁；③停车时，发动机

怠速运转情况下，最好不要长时间使用空调。

必须注意的是，空调也不能长时间不使用，因为压缩机长期不使用，轴封、衬垫之类零件将变干发硬，很容易开裂，导致制冷剂泄漏。活塞气缸、曲轴与轴承等都需要润滑油润滑。长期不用时，这些零件表面的润滑油会干掉或零件粘到一起，此时运行压缩机就会出现润滑不足或者没有润滑，极易损坏压缩机。因此要经常运行空调系统，即使是天气很冷的时候也要做到每周至少开几分钟空调。在空调不常开的季节也应常用清水或压缩空气清洗冷凝器等部件。有条件的话，到正规的厂家或维修点做空调的全面检查，进行维护保养。

13. 长安之星汽车开空调多次烧坏发动机ECU

故障现象：该车因更换新的ECU后，又再次烧坏发动机ECU。

故障诊断与排除：接车后，拆检已烧坏的发动机ECU（该ECU为BOSCH3600010A9G，零件号为261207185），该ECU有多处线路被烧断，而且CPU的接地端子也被烧断，CPU有很浓的焦味。分析认为，可能在启动发动机过程中，ECU接地线接触不良或对正极短路造成的。检查了蓄电池旁的两处接地线，发现均接地不良，接地处锈蚀严重，将其处理干净后重新接地，同时将发动机上接地处也进行了处理。为了排除启动瞬间对正极短路，在启动机运转时，用万用表测量发动机接地端的电压降，为零。在排除了接地不良和对正极短路两种可能性后，换上新ECU，发动机顺利启动且发动机运行良好。但不到一个小时，发动机又无法启动了。

将ECU拆下检查，发现又被烧坏了，而且与前一块ECU所烧之处完全相同。该车发动机原先运行良好，但在开空调瞬间出现发动机熄火，而且无法再启动着车。

于是在按下空调（A/C）开关时对ECU连接器进行了检查，发现连接器上有6根导线上的电压在开空调时为12V，断开空调开关时为0V，这属不正常。接着检查空调系统线路，发现该车的空调线路被改动过，蒸发器温度传感器上的两根导线中的一根直接与点火开关上ACC挡连接，而且线路中没有串入熔丝，同时接线端

又引出了两根黑色导线通往车前端。顺着该线路检查，发现一根黑色导线被接到高低压开关上作为信号控制线，而另一根却在蓄电池处接地。

在接通空调的瞬间，改装后的线路经点火开关的ACC挡→空调开关→蓄电池处接地→ECU线路板负极→CPU负极，所以此时ECU线路板的接地线上通过了较大的电流，导致CPU烧坏。

按照原车空调线路进行恢复后，换上一块同型号ECU试车，发动机顺利启动，同时多次接通空调试验，发动机运行良好，故障排除。

14. 北京大切诺基汽车空调无暖风

故障现象：北京大切诺基（BJ4700）汽车空调无暖风。

故障诊断与排除：经分析认为故障的原因有：①空调混合风门驱动轴破裂松动；②混合风门限位块折断；③混合风门驱动电动机损坏。

使用DRB Ⅲ诊断仪或自动空调的自诊断模式，检查是否存在当前故障代码或历史故障代码。若自动空调的自诊断模式诊断出存有故障代码52和56，或DRB Ⅲ诊断仪显示PASS BLEND DOOR RANGE TOO LARGE（副驾驶侧混合风门行程太大）和RECIRC DOOR RANCE TOO LARGE（循环风门行程太大），则用DRBⅢ诊断仪进行混合风门执行器测试（驱动电动机应正常工作），或用万用表电阻挡测量风门驱动电动机线圈电阻（电阻值应接近正常电动机），即可确定故障原因为空调混合风门驱动轴破裂松动或混合风门限位块折断。

若用DRB Ⅲ诊断仪进行混合风门执行器测试时，风门驱动电动机不工作，或用万用表电阻挡测量风门驱动电动机线圈电阻时其电阻值为无穷大或零，则说明风门驱动电动机故障。

更换损坏的零件，故障即可排除。

15. 金杯6480B2C微型客车后空调不工作，不出冷风

故障现象：金杯6480B2C微型客车后空调不工作，不出冷风。

故障诊断与排除：经过检查，发现后空调的风扇转速正常，只是没有一点凉气。该微型客车后空调可以单独停机。因为前后空调

的风量可以单独调整，前后空调可以单独制冷或停机。后空调采用一个电磁阀控制制冷管路，当后空调的蒸发器达到停机温度时，可以切断该电磁阀来停止后空调的制冷。当前后空调蒸发器都达到工作温度时，则切断空调电磁离合器。在不开后空调情况下，后空调的电磁阀也不工作，空调电磁离合器只受前空调控制。该车前后空调共用一个空调放大器，另外，空调放大器还有根据发动机转速来控制空调工作的功能。

首先测量后空调电磁阀供电情况，经测，电磁阀的两根线都有12V 电压，因为电子电路一般比较容易实现负极控制，怀疑空调放大器的控制晶体管未导通。

用一试灯接到这个电磁阀上，试灯的另一端接地，从两根线中找出一个试灯发光比较暗的引脚，为控制端，把控制端通过试灯接地时，电磁阀有动作振动感，说明电磁阀正常，只是电路有故障。在放大器上找到了这根线（为白色/红色），从放大器上把这根(白/红线）接地，后空调送出凉风，说明电磁阀的线路正常。

拆开后空调制冷箱，发现后空调调温电位器的插头脱开，插上后，后空调可以制冷。但还存在一个故障，就是只有加油门时空调电磁离合器才吸合。观察转速表，在怠速时，大约为 600r/min，估计是因为怠速转速过低，空调放大器在未达到额定转速时不让空调工作。经检查，发现空调电磁真空阀的一根真空管脱落，接上后开空调，怠速提升。但又出了新故障，在空调关闭后怠速不能下降，原来是真空电磁阀上的两个真空管接反，真空不能通过电磁阀泄放，调整后，又出现怠速偏高故障，调整真空伺服电动机后，怠速在 1000r/min 左右，工作正常。

维修小结：该车的发动机是 E2RZ 型，怠速控制比较简单，跟发动机怠速有关的除空调怠速电磁阀以外，还有一个接在转向助力泵上的液压驱动真空阀，当打转向时，因为助力泵压力升高，使真空阀接通，从而怠速升高。

16. 奇瑞 QQ 轿车空调冷凝器冷却风扇一直不运转

故障现象：2003 款奇瑞 QQ 轿车，465 发动机，充冷后高压端压力达到 176kPa，冷却风扇一直不运转。

故障诊断与排除：在机舱保险盒内找到风扇高速、低速两个继电器，高速继电器为普通4脚常开继电器，打开点火开关继电器4脚中有两个电源，一脚为风扇、另一脚为控制脚。用一试灯直接将该脚接地，冷凝器风扇与水箱风扇同时高速运转，原来两风扇为并联结构，该脚电线为蓝色带橙条。进入发动机电脑由电脑控制其接地。检查该线与控制单元端不导通，顺线查找此线出保险盒后，在蓄电池下方有一插头处中断了，没有继电器延伸，看来此线没有使用，该继电器不受控制单元控制，风扇不受控制单元控制就应该受水温和空调压力开关控制。

在找空调压力开关时发现水箱下方有一个温控开关，其中一线就是蓝色带橙条，将其接地后两风扇高速运转，原来这根线出保险盒后分为两路：一路未使用，一路进入温控开关。

再检查低速继电器，发现开空调时低速继电器已经吸合，输出端白色线也有电，可风扇不转，顺线查找此线进入蓄电池下方的一个电阻内，这是低速风扇电阻，电阻输出端为蓝色线直连风扇，此线没电，用万用表测电阻中断，更换电阻后开空调两风扇低速运转，空调系统高压端压力为84kPa，驾驶室内制冷效果很好，故障排除。

维修小结：该车风扇调整继电器由水温开关控制，水温升高后风扇高速运转，低速继电器由发动机控制单元控制，开空调时两风扇低速运转。

17. 广州云豹轿车高速时空调无冷风

故障现象：广州云豹（蓝鸟U13）轿车，当加速到100km/h时，出风口的冷气慢慢为自然风，降低车速到80km/h左右，出风口冷气又正常。

故障诊断与排除：用日产检测控制单元读取故障时发动机控制单元ECCS工作数据流，一切正常。初步判断为空调系统内有水分，结冰堵塞膨胀阀所致。于是更换干燥瓶、膨胀阀，重新抽空加R134a后试车，故障依旧。再更换热敏温度放大器，未能排除故障。

举升车辆，启动发动机打开空调，挂挡，慢慢加油观察压缩机

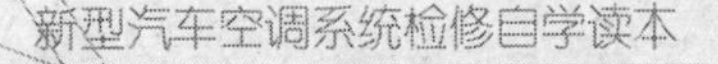

工况。当车速到90km/h时，散热风扇停转（设计此时为自然通风散热，正常），而压缩机也停转。读此时ECCS工作数据流到空调输出信号为“0N”。停机，检查压缩机控制线路，发现A/C继电器控制信号被剪开与风扇继电器控制信号并联，从而导致90km/h以上时风扇停转，压缩机也停转，慢慢地出风口无冷气。将线改回，试车，压缩机不转。测量A/C继电器到ECCS单元线路无故障，ECCS的39、48、45号线接地正常。换用同型号的ECCS后试车，故障排除。

于是拆下ECCS，打开ECCS盖，动态测量到A/C信号输出脚相连的功放块有输入信号而无输出。由于无元件更换，只好将ECCS单元的11号线剪开，并接在41号线上，由空调输入信号直接控制A/C继电器，ECCS也能接收空调输入信号而控制风扇。试车，空调正常工作。

这样改动有一缺陷，即在急加速时无A/C切断功能。

18. 爱丽舍自动挡轿车打开空调时，空调压缩机离合器不吸合，风扇不转

故障现象：爱丽舍（16V）自动挡轿车，打开空调时，空调压缩机离合器不吸合，风扇不转。

故障诊断与排除：检查控制空调电路的熔丝F2和F12，正常。用万用表对风扇电路进行检测，两个风扇电动机、三个风扇继电器的线路通断、电阻值均正常。发动机工作时将发动机冷却液温度传感器拔掉，风扇可以正常进行高速运转，符合爱丽舍（16V）风扇电路的特性，说明风扇电路正常。

于是对蒸发器温度传感器进行检测，线路通断正常。人工模拟温度变化，其阻值也正常变化，能反馈正常的蒸发器环境温度值。对空调调节控制器及信号端子的工作情况进行检测，打开点火开关，发动机运转，测量打开空调开关时4号端子（空调开关信号端子）的电压为12V，3号端子（工作电源）也为12V，5号端子（蒸发器温度传感器信号端子）电压正常，2号端子（接地端子）电压为0V，1、2号端子（电喷发动机控制单元给空调调节控制器的信号端子）的电压分别为12V和0V，6号端子（压缩机电磁离

合器供电端子）的电压为0V，以上参数和正常情况比较，只有23、6号端子电压异常。因为空调工作正常值为12V，当发动机控制单元在发动机急加速、怠速、超速时控制2号端子接地，给空调调节器一个0V的信号，当空调调节控制器收到这个信号后，就控制6号端子切断空调压缩机的供电电路，起到对系统的保护作用。经分析认为，空调不工作的原因是因为6号端子电压始终为0V。其原因是：①空调调节控制器本身故障；②发动机控制单元与空调调节器的连线或发动机控制单元有故障。

更换一只新的空调调节控制器，测量各端子电压没有变化，空调仍不能正常工作，说明故障不在空调调节器。对发动机控制单元进行检测，用126路接线盒与发动机控制单元进行并联，打开点火开关，让发动机运转，测量48MD3号端子和48MC3号端子的电压分别为12V和0V，正常值都应该为12V，说明发动机控制单元有故障。

更换一只新的发动机控制单元，打开点火开关，按下空调开关，空调能正常工作；急加速、超速时空调能正常停机。

维修小结：由于发动机控制单元内部的故障，使其给空调调节控制器的信号不正常（6号端子电压一直为0V），空调调节控制器收到此错误信号后，始终切断空调压缩机电磁离合器电源，使其不能正常工作。

19. 三菱欧蓝德汽车空调不制冷

故障现象：该车空调系统不制冷。

故障诊断与排除：启动发动机，接通空调开关，发现空调出风口的风向及风量正常，空调压缩机电磁离合器没有吸合；空调出风口吹出的是自然风，大约过5min后空调指示灯开始闪烁。

根据上述故障现象，初步分析该故障与制冷剂量有关。接上制冷剂充注机，检测该系统压力，高、低压侧的压力均为620kPa，正常，说明制冷剂不缺少。

该车的空调系统是由空调ECU和PCM共同控制的半自动空调。于是接上MUTⅡ故障检测仪，发动机系统未发现故障码。查看数据流，发现空调压力传感器的信号数值在空调打开和关闭时均为0V（正常值在空调关闭时为1211mV，打开时在1400～1560mV变化）。

经分析认为造成空调压力传感器信号数值持续为0V的原因有：①空调压力传感器本身损坏；②线路有问题；③PCM损坏。

首先更换了损坏概率较大的空调压力传感器，故障检测仪显示其信号数值仍然是0V，说明该传感器正常。

接着检查该传感器线路，因该传感器直接将信号输至PCM，于是断开蓄电池负极接线，拔下PCM和空调压力传感器线束侧连接器，分别测量空调压力传感器导线侧连接器的端子1、2和端子3PCM线束侧连接器（C111）的端子57、62和端子46间的导通性，即棕色线、绿-红线、绿-黄线三线的导通性。

经过测量，发现棕色线和绿-红线都有断路现象。对照电路图得知，有问题的两根导线都经过C116、C105和C104线路连接器至PCM。既然两根导线都不通，而该车是新车，线路一般不会断，疑点较大的就是C116线路连接器了。于是拆开驾驶室左侧饰板，在左A柱附近找到C116线路连接器，表面看似连接良好，但实际并未完全连接到位。

将C116线路连接器连接好后启动发动机，接通空调开关，空调压缩机电磁离合器吸合，空调出风口吹出冷风，空调系统制冷恢复正常。

20. 三菱帕杰罗V73 3.0L汽车，开空调时空调风扇工作，但空调压缩机离合器不吸合

故障现象：2002款三菱帕杰罗V73 3.0L汽车，开空调时，空调风扇工作，但空调压缩机离合器不吸合。

故障诊断与排除：该车空调系统电路图如图6-8所示。

从图6-8可知，该车压缩机离合器继电器和空调风扇是由发动机ECU控制的，其工作原理如下。

当打开AC时，空调ECU接收各温度信号，经过信号处理后，然后输入到发动机ECU中，发动机ECU接收到信号后，再对比发动机转速和水温信号，经过处理后，去控制空调压缩机继电器和风扇继电器的回路，从而实现AC系统的正常工作。

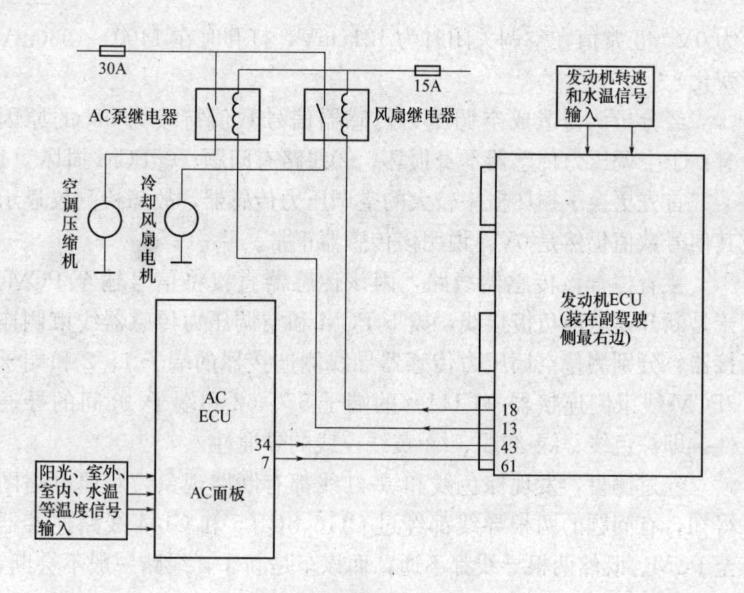

图 6-8　空调系统电路图

根据上述故障现象，说明发动机 ECU 已接收到来自空调 ECU 的空调请求信号（因为开空调时空调风扇就工作）。测量开空调时风扇继电器，发动机 ECU 可以控制接地，但测量空调压缩机继电器，发动机 ECU 无控制信号输出，再测量线路无接地短路，断路存在，线路正常。

于是用电脑诊断仪进入发动机系统中读取数据流。着车后开空调时，数据流中的空调请求信号为 ON，空调继电器控制为 ON；关闭空调后，数据流中的空调请求信号为 OFF，空调继电器控制为 OFF，说明发动机 ECU 已经收到来自 AC ECU 的信号。说明发动机 ECU 有故障。

对 ECU 进行维修。打开 ECU 对应空调压缩机继电器控制信号 13 脚，发现 ECU 内部与 13 脚相连的是一个标有“VO”字样的三极管，为耐压 NPN 达林顿管，根据资料测量此管已损坏，于是用一个 TIP122 的三极管代用。

装复后打开空调，空调风扇和空调压缩机马上工作，冷风随即从风口处吹出，故障排除。

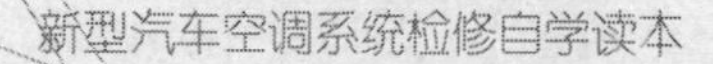

21. 三菱太空汽车行驶中空调突然打不开，空调压缩机电磁离合器不能吸合

故障现象：三菱太空汽车行驶中空调突然打不开，空调压缩机电磁离合器不能吸合。

故障诊断与排除：按车进行检查发现管路及压力都正常，而空调压缩机的电磁离合器不吸合。空调压缩机离合器的吸合要满足三点要求：①空调压力要满足在标准压力的上限和下限之间；②外部温度在15℃以上，蒸发器温度在3～5℃之间；③发动机转速在800r/min以上。经检查这三项都合乎要求，而空调压缩机仍然无法吸合，怀疑是空调放大器有问题。

于是拆下杂物箱，拆开空调放大器，发现内部的功率输出管T1B1360的发射极和基极已经击穿。把它安装后启动车辆，在打开空调开关时测量其基极有电压输出，说明放大器的内部没有损坏，换个功率管应该可以继续使用，当时觉得这个三极管在基极和发射极击穿有点不合情理，把线路检查了几次，没有发现短路的地方。找了一个型号接近的三极管（100V/5A）给装上了，检测负载电流为0.5A，远小于功率管的额定电流。

过了几天，空调故障再现。把空调放大器再次拆开，发现还是T1三极管基极和发射极击穿。根据印刷线路板绘制出放大器的局部原理图，如图6-9所示。

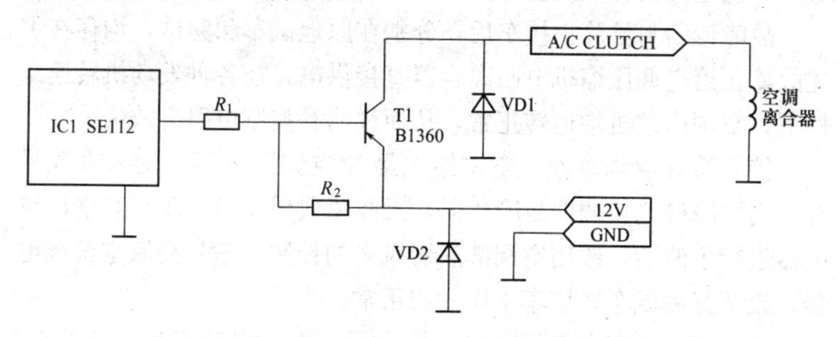

图6-9 空调电脑局部电路图

经过分析认为，三极管T1击穿的原因是由于过高的自感电压造成的，而自感电压是由并联在三极管T1的发射极和集电极的两

个二极管 VD1 和 VD2 来消除的。检查 VD1 和 VD2 续流二极管和其他续流二极管都没发现有击穿的现象。

经过仔细分析后，认为原因不在电路板本身，问题很可能是由于接地不实，造成 VD1 和 VD2 不能消除在空调继电器断电时产生的极高的自感电压，从而使三极管被击穿。

用万用表测量从电路板到蓄电池负极的电阻单元能达到 7Ω，压降达到 4V，打开机舱盖检查各个接地点，发现该车接地端蓄电池负极都已经生锈老化，蓄电池桩头严重腐蚀。因此对桩头进行了更换，各接地端都用砂纸除锈后涂上凡士林装好，再次测量从蓄电池负极到车身的电阻达到 0.05Ω，而从蓄电池到发动机的接地线电阻达到 1.50Ω，压降达 0.80V。检查主接地线，未发现异常，用万用表测量电阻为 0.02Ω，而在启动时压降达到 2V 以上，重新将它拆下并通过处理后装车试验达到标准。

把三极管更换后试车，一切正常，故障排除。

22. 扬子小货车发动机转速达到 2500r/min 后，空调电磁离合器会自动断开

故障现象：扬子小货车采用 491 多点喷射发动机。该车发动机怠速时空调系统运转正常，冷气充足，但当发动机急加速达到 2500r/min 后，空调压缩机电磁离合器就自动断开，发动机转速降低后，该电磁离合器又会自动吸合。

故障诊断与排除：接车后，分别在原地试车和路试，均存在上述故障。给空调压缩机电磁离合器直接供电，在各种发动机转速条件下，空调压缩机均运转正常，从而说明是控制电路有故障。

接着检查空调熔丝、空调继电器和空调开关等，均未发现异常。用故障检测仪调取故障代码，无故障代码显示。于是对空调继电器进行了改装，改用空调散热器风扇的控制电信号控制空调继电器。改装好后试车，该车工作一切正常。

几天后，该车发动机在路上熄火后，无法启动着车。经检查，发现故障仪表台上的发动机故障指示灯一直不亮（原来检查时，该指示灯工作均是正常的），检查相关熔丝、继电器等，发现电控总熔丝后面的导线连接器松旷，造成虚接，将松旷的连接器处理好后试车，故障排除。

23. 雷克萨斯 RX300 轿车空调工作不正常

故障现象：05 款雷克萨斯 RX300 轿车，空调工作不正常。

故障诊断与排除：询问车主得知，该车空调系统在工作时压缩机曾经有几次喷出液体。在其他修理厂对该故障进行过维修，但未能从根本上排除故障。启动发动机并开启空调，空调开始工作，先将空调设定温度调到最高，然后再调到最低。将空调鼓风机转速先调到最低，然后再调到最高。将风向依次调节到吹脚、吹面、吹风窗玻璃等位置，感觉空调系统工作基本正常。

断开点火开关，同时按下空调控制面板上的 AUTO 开关和 R/F开关，将点火开关转到 ON 位，空调指示灯开始闪亮，空调系统自动进入故障自诊断模式。空调屏幕上显示的故障码分别为：23 表明空调压力开关电路故障；99 表明多路通信系统电路故障。

接着按下空调面板上的 FR DEF 开关和 RR DEF 开关。空调系统开始对鼓风机、进气风门、通气风门、空气混合门、空调电磁离合器和继电器进行检测，均工作正常。

于是将 1NTELLIGENTⅡ丰田原厂检测仪（以下简称检测仪）连接到该车的 DLC3 OBD-Ⅱ检测接口上，接通点火开关，调取所有电控系统的故障码，均无故障码。用检测仪进入多路通信系统进行多路通信总线检查，多路通信系统总线也工作正常。说明 99 故障码可能是偶然因素造成的，暂时不予考虑。

接着针对空调系统的故障码 23 进行检查。将空调歧管压力表组连接到该车空调系统的高、低压检测阀上，对空调系统压力进行检测，低压侧压力读数在正常范围 0.15～0.25MPa 内，高压侧压力读数也在正常范围 1.37～1.57MPa 内。

怀疑该车空调系统制冷剂中有水分或杂质，发生了冰堵现象，导致空调管路堵塞。于是将该车空调制冷剂回收，空调系统管路抽真空后将新制冷剂加注到该车空调系统中，启动发动机，打开该车空调试车，经过长时间运转，该车空调系统工作一直正常，似乎故障已经排除。可在继续试车过程中发现空调系统高压侧的压力继续上升，并接近了空调系统许可的上限压力 3.14MPa，同时观察到

该车空调冷凝器冷却风扇已经停转。于是立即断开点火开关，将发动机熄火，防止损坏空调系统和发动机。

用红外线测温仪测得空调冷凝器的温度超过 80℃，怀疑是由于冷却风扇停车，造成空调冷凝器散热器散热不良，使空调系统内的制冷剂压力升高。

接着查找冷却风扇不转的原因。从冷却风扇电路图可知，两个冷却风扇电动机直接由冷却风扇控制单元控制，而冷却风扇控制单元受发动机控制单元控制，发动机控制单元输出方波脉冲信号给冷却风扇控制单元，后者再根据接收到的方波脉冲信号脉宽大小，输出不同的驱动电流使冷却风扇根据需要以不同的转速运转。当空调开启时，空调压力开关闭合，如果空调制冷剂压力正常或发动机冷却液温度超过 97℃，发动机控制单元就会发指令给冷却风扇控制单元驱动冷却风扇电动机运转。

经分析，怀疑空调压力开关有故障，造成冷却风扇不转。于是检查空调压力开关，发现其连接导线的绝缘胶皮有被剥开的痕迹，说明以前检修时已经检查过。接着检查空调冷却风扇控制单元，发现它是新的。

再次启动发动机并接通空调系统，却发现冷却风扇又运转正常了，而空调出风口的温度也很低，说明空调系统的工作也恢复正常了。

于是检查空调压缩机电磁离合器。因为当空调制冷剂压力超过上限时，空调压力开关就会断开，接到空调压力开关断开信号后，发动机控制单元就会断开空调电磁离合器电磁线圈的电流，使空调电磁离合器失去电磁力而不吸合，使得空调压缩机不再工作。正常情况下不可能有空调制冷剂压力继续升高直至极高后冲开空调系统安全泄压阀的情况发生。如空调电磁离合器断电后不能断开，空调压缩机就会继续工作，空调制冷剂压力就会持续升高直至冲开空调系统安全泄压阀。

接着对空调系统反复试验，等待故障再现。当再次出现冷却风扇停转、空调系统制冷剂压力上升超过上限时，立即断开空调开关，发现空调电磁离合器不能断开，空调压缩机还在继续工作。只得将发动机熄火，拔下空调电磁离合器导线连接器，尔后启动发动机，发现空调压缩机还在随着发动机一起旋转。

于是拆下空调压缩机，用手转动其带轮，发现空调压缩机电磁离合器压盘跟着带轮一块旋转。观察空调压缩机带轮、电磁离合器和空调压缩机本身等，均无碰撞痕迹，也没发现变形的情况。更换一只空调压缩机总成后试车，故障排除。

维修小结：由于空调压缩机电磁离合器线圈断电拍，电磁离合器有时会分离不开，空调压缩机持续工作，再加上冷却风扇已停转，造成空调制冷剂压力持续上升并冲开空调系统安全泄压阀泄压。

24. 丰田雷克萨斯 LS400 轿车空调冷气不足

故障现象：丰田雷克萨斯 LS400 轿车自动空调冷气不足，同时空调故障警告灯闪亮。

故障诊断与排除：该车空调采用自动控制系统，控制单元 ECU 能根据各种传感器的输入信号和设定温度，通过控制“混合风挡”改变冷热风的比例而控制空气流的温度。当车内温度达到规定值时 ECU 停止驱动伺服电动机，并把此位置存入记忆；ECU 还通过“方式风挡”控制气流；由进气伺服电动机控制进气是来自车内或车外。

该车空调系统装有故障自诊断功能，由仪表板上的故障警告灯提示故障的存在。在压缩机转速未锁定和系统压力过低、过高时将使压缩机停止工作，再由显示器闪亮显示故障，该车读取故障码的方式如下。

在同时按下控制面板上的 AUTO 和 REC（再循环）开关同时按通点火开关，指示器应在 1s 内闪亮 4 次（若无显示，可查电源和显示器），这时可在温度显示屏上直接读出故障码。若按 TEMP 开关，将改为步进显示，即每按该键一次可显示一个代码，显示代码时，蜂鸣器响，表示该故障是连续发生的，若蜂鸣器不响，即为以前发生的代码或断续故障。

若再按 REC 开关便进入执行器检查，此时 ECU 每隔 1s 顺序自动检查各风挡开关、电动机和继电器，用肉眼和手即可检查温度

和风量，若再按 TEMP 开关，又进入步进运转，即每按一次改变一种状态，便于检查。

按断开键可退出诊断状态，拔下 DOME 熔丝 10s 以上即可消除故障码。

读取故障码，显示故障码为 31，表明空气混合“风挡位置”传感器电路短路或断路。

于是拆下空调控制器（但连接器仍连接着），接通点火开关，调定温度及空气混合风挡起作用。同时用万用表测量混合风挡传感器端子 TP 和 SC（即 16 端子插座中 14 与 16 端子间）的电压是否随设定温度能连续变化，正常情况当冷气最足时该电压应为 4V，暖气最足时该电压应为 1V。经测量发现该电压不正常。

取下暖风组件，脱开空气混合伺服电动机插座，测得 1、3 端子间电阻在 1～4kΩ 间变化，而 2、6 端子之间（即电动机两端）的电阻为断路。

更换空气混合伺服电动机后试车，空调冷风正常，故障排除。

25. 雷克萨斯 LS400 轿车空调模式风门不动作

故障现象：雷克萨斯 LS400 汽车，空调模式风门不动作。

故障诊断与排除：雷克萨斯 LS400 轿车，维修暖风，表现为出风模式风门不能切换，暖风工作不正常，采用空调系统自诊断。几乎所有的故障码都有存储，拔下 DOME 熔丝清码，无效。

询问驾驶员得知，该车换过空调控制器总成，原因是以前的空调控制器连同音响失窃，拆下空调控制器检查，后面的接插件已经没有了，线束直接焊到控制器总成的接线座上，而且有几根线因为焊接不牢靠已经脱落了。该车为 94 款车，接插件和 1992 年以前的不同，为一个 40 针、一个 24 针两个连接插座，如图 6-10 所示，各引脚符号及功能见表 6-1。

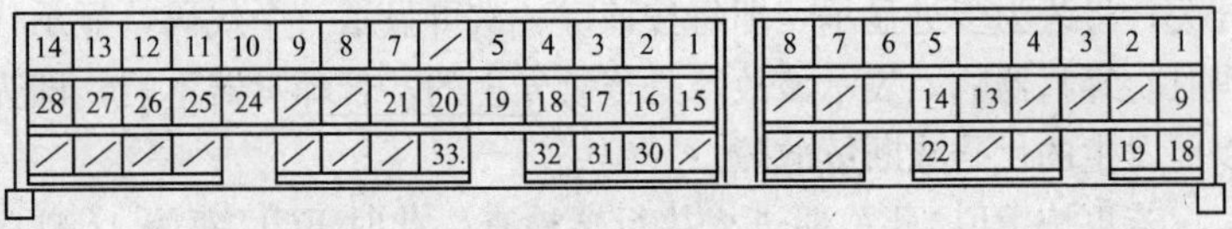

14 13 12 11 10 9 8 7 ／ 5 4 3 2 1　　8 7 6 5 4 3 2 1
28 27 26 25 24 ／ ／ 21 20 19 18 17 16 15　　／ ／ 14 13 ／ ／ ／ 9
／ ／ ／ ／ ／ ／ ／ 33. 32 31 30 ／　　／ ／ 22 ／ ／ 19 18

图 6-10　空调接插器外形图

表 6-1　　　　　　**LS400 空调电脑各引脚符号及功能**

端子号	符号	颜　色	功　能
B-1	TR	黄/蓝	车室温度传感器
2	TAM	蓝/白	环境温度传感器
3	TE	黄/红	蒸发温度传感器
4	TW	紫	水温传感器
5	TS	绿/黑	太阳能传感器
6	TP	黄	空气混合风挡位置传感器
7	TPI	蓝/红	进气风挡位置传感器
8	TPB	白/蓝	冷气最足风挡位置传感器
9	S5	蓝	传感器电源
13	SG	黄/绿	传感器接地
14	REOST	白/绿	变阻器
18	ILL+	绿	照明电源
19	TC	黑/红	灯光控制变阻器盒
22	LOCK IN	白/绿	压缩机锁定传感器
A-1	FOOT	浅绿/红	方式伺服电动机
2	F/D	黑/白	方式伺服电动机
3	DEF	黄/白	方式伺服电动机
4	DIN	粉红/绿	故障诊断通信连接器
5	DOUT	灰/绿	故障诊断通信连接器
7	GND	白/黑	空调控制部件接地
8	+B	红	备用电源
A-9	ACC	灰	空调控制电源
10	IC	红/黄	点火电源
11	BLW	绿/黑	功率晶体管
12	AMH	粉紫/红	空调混合伺服电动机
13	AIF	粉红	进气伺服电动机
14	ABS	黄/兰	冷气最足伺服电动机
15	FACE	棕/白	方式伺服 8 电动机
16	B/L	绿/红	方式伺服电动机
18	A/CIN	黑/白	压缩机
19	PSW	蓝/黑	压力开关

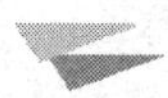

续表

端子号	符号	颜色	功能
20	FR	绿/橙	超高速继电器
21	AMOUNT	灰/蓝	组合仪表
24	MGC	黑	发动机电子控制器
25	VM	蓝/黑	功率晶体管
26	AMC	黄/红	空气混合伺服电动机
28	ABO	蓝/红	冷气最足电动机
30	IGN	黑	1号点火器
31	SPEED	粉紫/白	组合仪表
32	RDFGR	红/黑	除霜器继电器
33	HR	蓝/黄	取暖器继电器

因两组接线中有的线颜色相同，按线路图直接从传感器和执行元件端对电脑引线进行测量，一一对应，发现有5组线因颜色相同或相近而连接有误，纠正后，重新连好，在焊接端用3mm热缩管进行绝缘处理。

处理完成以后通电开机，读取故障码，显示三个故障码为：11表明故障车室温度传感器电路断路或短路；13表明故障蒸发器温度传感器电路断路或短路；21表明故障太阳能传感器电路断路或短路。

进行驱动元件自诊断，唯有方式伺服电动机没有动作，用万用表检查室内温度传感器、蒸发器温度传感器，均有短路现象，日光传感器正常。最后检查方式伺服电动机及其控制电路，因线路检查过没有问题，于是拆下伺服电动机，按图6-11进行检查，方法如下。

(1) 把正极（+）导线连接到端子6，负极（—）导线连接到端子7。

(2) 负极（—）导线连接到下面所示的端子上时，检查杆的运转。

(3) 正常。杆平稳地移动到每个方式的位置，见表6-2。

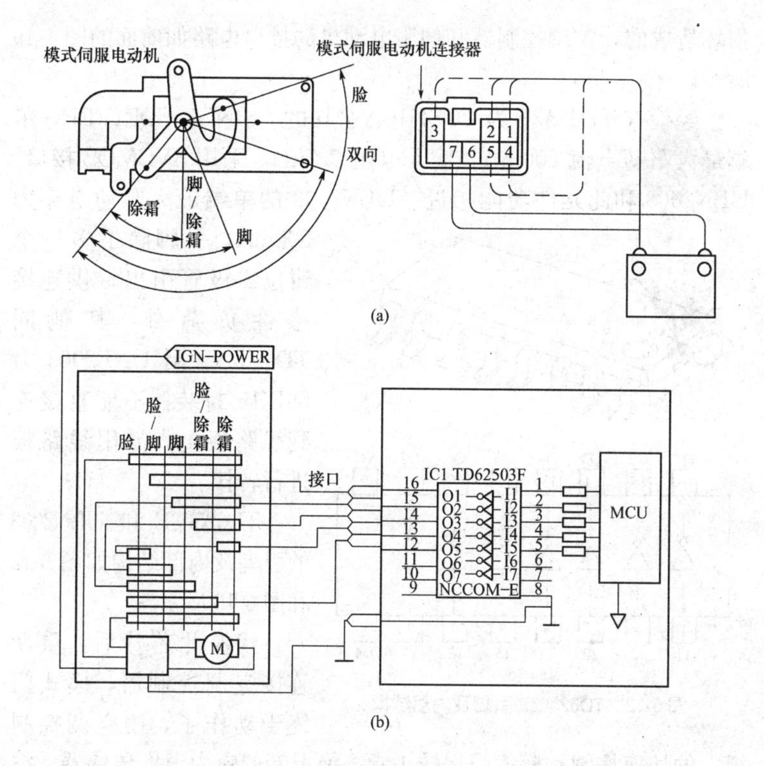

图 6-11　方式伺服电动机控制电路及测试连接图

(a) 方式伺服电动机测试连接图；(b) 方式伺服电动机控制电路

表 6-2　方式伺服电动机位置表

接地端子	位　置	接地端子	位　置
1	脸	4	脚/除霜器
2	脸和脚	5	除霜器
3	脚		

经检测，方式伺服电动机运转正常。说明问题在空调控制器上。

于是拆开空调控制器，检查方式伺服电动机控制线路，按线路板走线找到模式门控制线出自一个 16 脚贴片元件 TDB2503F。仔细检查，发现这个芯片表面有裂痕，明显是因为短路或芯片过热而损坏造成的，空调控制器和伺服电动机的接口电路如前面的图 4-49 所示。

经检查 TD6253F 为 TOSHIBA 公司的 7 SINGL EDRIVER，单端最大驱动电流 200mA，输入电阻 2.7kΩ，采用 5VCMOS 接口。ULN2003 和此元件功能相近，ULN2003 的单端最大驱动电流为 500mA，引脚除了多一个钳位二极管引出端供连接感性负荷外，其他同 TD62503。因 UNL2003 为 DIP 16 封装，不能直接连到线路板上，需用线路板进行转接。

TD62503F 和 ULN2003 的引脚及内部结构如图 6-12 和图 6-13 所示。

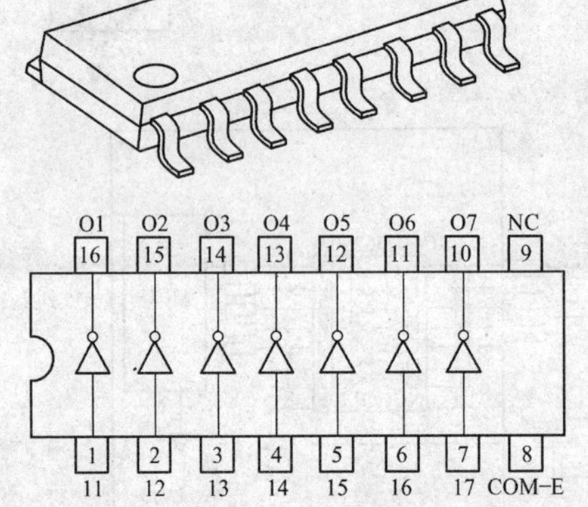

图 6-12　TD62503F 引脚及内部结构

代换此芯片后，重新连接空调控制器，模式门终于动作了，按空调控制板上的切换按键，模式门运转正常。换上新的室内温度传感器，空调运转一切正常，故障排除。

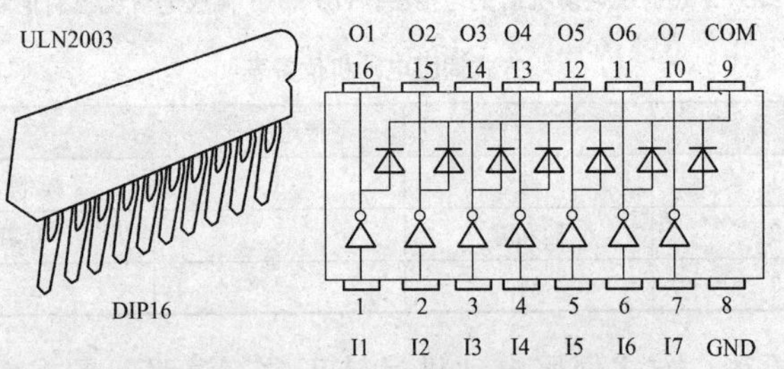

图 6-13　ULN2003 引脚及内部结构

26. 丰田佳美轿车空调压缩机电磁离合器经常烧坏

故障现象：该车空调压缩机电磁离合器经常烧坏。

故障诊断与排除：把空调开关面板拆下，发现空调开关上的几条线全部被剪断，然后又引了两条线到空调压缩机继电器上控制压缩机的工作，而原车装备的空调放大器不用。空调提速电磁阀也是将原车线剪断后直接到空调压缩机电磁离合器的线束上，并且又在电磁线圈的线束加装一个卸荷继电器，继电器的正极电源从发电机的 B+接线柱上连接。电路经这样一改动，只要空调 A/C 开关打开，压缩机就会一直工作，不能依靠蒸发器温度的高低来自动控制压缩机。

按照原车线束走向把线束复原，然后试空调系统的工作状况，压缩机根本就不工作，检查后发现空调的压力保护开关线断了一根，接好后压缩机吸合正常，自动停机功能均正常。

维修小结：该车压缩机电磁线圈烧毁的原因是：①电磁线圈线路上改加卸荷继电器后，电源直接从发电机的输出接线柱 B+上引出；②空调开关线圈更改后使空调放大器不能正常工作，导致压缩机不能正常间隙停机。从发电机上直接引出的电源要比原车线束中的电压高出 1～2V，不能正常停机则使压缩机一直工作，线圈产生的热量无法正常散出，使线圈长时间过热而烧毁。

27. 宝马 X5（4.4L）越野车空调出风口有时无冷风

故障现象：宝马 X5（4.4L）越野车，发动机为 M62/TU，底盘为 E53。该车近段时间在使用空调时，冷气出口有时没有风吹出，等一段时间风口又会突然出风，而且出风量不受风量开关控制。该故障并不是经常出现，一般在空调使用较长时间后才会出现。

故障诊断与排除：进行检查，发现空调风量控制一切正常并无故障。首先将宝马专用诊断仪 GT1 与位于转向盘右下方的 16 针的 OBD-Ⅱ诊断接头进行连接，并进行快速测试系统扫描。结果显示，在 1HKA（冷暖空调）控制单元系统中没有故障码存在。

由于当时该车空调并没有故障，只得暂时将该车在开启空调的情况下怠速运转试车，大约 30min 后，发现该车空调的出风量很小，用手操作空调面板中的左右出风量控制开关，从 1 挡调到 16 挡，出风量没有变化，但此时出风口的冷气效果并不差。

对该车空调的高、低压力及制冷剂量进行了检查，都在正常范

围内，怀疑是空调风量控制开关有问题。接上 GT1 再次进行检查，进入 1HKA 系统中的诊断查询功能，观察空调控制面板各开关的信号是否正常进入控制单元，发现手动调节两边的风量开关从 1 挡到 16 挡，GT1 上都能正常显示其挡位，此时排除了空调面板风量控制开关的故障。再次进入 GT1 的文件帮助功能，查询该车空调鼓风机控制的有关资料，查阅线路图得知，该车空调鼓风机挡位控制采用 IC 集成块线性控制，根据 1HKA 控制单元收到的不同挡位（1～16 挡）信号输出给 IC 集成块，该 IC 集成块线性控制（0～8V）鼓风机，电动机从而实现 16 挡的不同风量控制。该控制方式改变了旧款车系靠电阻分压来实现控制鼓风机电动机不同转速实行风量控制的方法。

经分析，怀疑故障在 IC 集成块控制方面，按照 GT1 提示，拆出位于乘客仪表台左下侧内的 IC 集成块，发现其表面温度很高，用手不能触摸。随着 IC 集成块温度的降低，此时空调出风量正常，也能随着空调面板的风量控制开关大小而正常变化，说明温度对于 IC 集成块的控制有较大影响。

于是用电吹风对其进行加热试验，随着 IC 温度的升高，很快空调出风量又失去了控制，是因为 IC 集成块温度过高不能正常工作。经过反复试验，均发现只要 IC 集成块温度过高其便不能正常控制鼓风机电动机。初步判断其内部元件工作时出现过热现象而造成上述故障。

更换 IC 集成块后，试车，故障故障。

必须注意的是：由于该 IC 集成块不能拆开检查，不能查出其过热的真正原因，但此类故障 1997 年至 2000 年左右的 528i、520i、728i 等车型上出现较多，也已更换过多台因为 IC 集成块出现问题而发生类似故障的宝马车辆，看来是其本身质量在长时间使用后出现问题。

28. 宝马 520i 轿车空调开启后压缩机运转，但鼓风机不工作

故障现象：宝马 520i 轿车空调开启后，压缩机运转，但鼓风机不工作。

故障诊断与排除：鼓风机不工作，除鼓风机本身故障外，一般

是控制系统有故障。首先对鼓风机及其连线进行初步检查，若无异常，再重点检查鼓风机的控制电路。

宝马520i轿车空调系统采用CAN-BUS控制技术，对于其鼓风机的控制是通过空调ECU以一个线性的电压信号输出至鼓风机功放来实现的。功放位于空调风箱右侧，有5根线，分别为电源线、接地线、A/C控制单元控制信号线，另外两线接至鼓风机电动机。鼓风机转速的高低由信号线电压的高低来决定，信号线电压在2.1～7.2V之间变化，信号电压为2.1V时为鼓风机最低挡，信号电压为7.2V时为鼓风机的最高挡。

打开空调，用万用表测量信号电压变化是否正常，若正常，说明鼓风机电源及ECU均正常。再测量功放对鼓风机输出电压是否正常，若无电压输出，则可判断为鼓风机控制器插头接触不良。可拔下鼓风机控制器的插头，清除污物，再重新插上，故障即可排除。

29. 宝马728i轿车开空调使用内循环模式时，鼓风机高速风量小

故障现象：2001款宝马728i轿车，配置E38底盘和M52直列六缸发动机。该车开空调使用内循环模式时，鼓风机高速风量小。

故障诊断与排除：用宝马专用诊断仪GT1进行诊断测试，无故障码存储，怀疑可能是风门发卡所致。于是将仪表台壳拆下，用GT1对所有风门动作测试和鼓风机动作测试，均正常，无任何发卡现象。此时感觉鼓风机也能高速运转且出风量也挺大（因把鼓风机壳拆掉），说明控制鼓风机元件无任何问题。

于是仔细检查进气系统，就在拆下乘客侧一个护板时发现有一个巴掌大小滤网，此滤网已经被灰尘堵死，经确认该滤网为空调内循环进气所用。因鼓风机两边带风扇叶，在驾驶侧一面也应有一个小滤网，滤网上面也很脏，将两个小滤网换掉，装复后试车，故障排除。

维修小结：由于这两个小滤网太脏，在鼓风机低速运转时，空气能勉强过去，所以出风量不受影响，而鼓风机在高速运转时，由于较强的吸力，滤网上灰尘便聚集在一起，空气只能从缝隙进去，

从而造成鼓风机高速运转时出风量小。

30. 宝马 X5 轿车空调不凉

故障现象：该车运行后，将仪表板空调控制面板的温度设置至最低，出风口依然感觉凉度明显不足。

故障诊断与排除：在空调管路上连接空调压力表，启动运转发动机，将自动空调的温度设置在 18℃，观察压力表变化状况，低压管路的压力降至 225kPa，高压管路的压力升至 1200kPa，说明压缩机吸合工作，用手触摸空调低压管路的温度，感觉温热，而冷凝器与蒸发器之间的高压管路的温度，感觉烫手，同时也看到冷凝器前方的电子风扇未运转。显然，这种高、低压管路温度均过高的主要原因是由于系统散热不良造成的。由于高压管路的制冷剂压力偏低，本着先易后难的检测原则，先补充了 150g 制冷剂，高压管路的制冷剂压力很快升至 2000kPa 以上，压力上升过快是很危险的，于是关闭空调，检修电子风扇控制线路。

连接 GTI 原厂诊断仪，选择 X 系 E53 底盘，进入自诊断主菜单，双击“IHKA 自动空调冷暖系统”进入该电控模块，查询故障储存器，GTI 显示有一个关于后风挡玻璃加热的故障信息，这与本例故障无直接关系，清除故障信息后，选择 DME 数字电子发动机伺服系统 M72，电控模块，查询故障储存器，GTI 显示。

(125) 7D 水箱出口温度传感器。

(098) 62 油箱通风电磁阀控制。

(140) 8C 按特性曲线冷却的控制。

(141) 8D 电子风扇控制。

从故障码可以看到，除了 098 故障码信息，剩下的三个故障码均与发动机的温度控制有关。执行清除故障信息储存器功能，故障码成功清除。为验证电子风扇工作是否正常，单击部件执行“功能，以便触发电子风扇动作。GT1 则显示诊断中”，含义应该为电控模块无此功能提供。同样，为了观察电子风扇的工作参数，单击“诊断应答”功能，GT1 也显示“诊断中”。

因电控模块自诊断功能所限，无法对电子风扇的性能作进一步的测试，于是单击“功能选择”，按钮，查看相关的维修资料文件。

单击“发动机控制”→“调节器”→“电动风扇”，进入水温传感器与电子散热风扇的维修信息资料库。从电路图中可以看到，元件线路的连接方式是：电子风扇的插头为4针形式，其中一个针脚为空脚，剩下的三根线，两根粗线为风扇工作的电源及接地，另一根黑/绿色的细线与DME控制模块的4脚相连，为风扇控制的数据线。

水箱出水口温度传感器是一个两针形式的热敏电阻，位于散热器水箱右下方，它的两根线分别与DME控制模块的38、39脚相连，其信号数据只用于对电子风扇的控制。

由于M62TU、S62和M72发动机已装备了耦合器风扇，冷凝器前方的电子风扇所起的作用是辅助散热功能。风扇与其功率输出级（电子放大器）设计为一个总成，因此，DME控制模块能够通过黑/绿线，以脉冲负载参数（占空比）在10%与90%之间的矩形波对风扇转速进行无级方式的控制。而小于5%和大于90%的负载参数则用于风扇故障的识别。最终，电子风扇的转速受控于水箱出水口冷却液温度及空调制冷剂压力，且随着行驶车速的提高而逐渐降低。

使用SUN发动机综检仪的示波器功能，测量黑/绿线的信号输出状况，发现是一组12V的矩形波。当发动机怠速且空调关闭的工况下，观察波形占空比为90%；开启空调，随着制冷压力的升高，波形占空比变为80%。也就是说，数据线是以负触发的形式对风扇的转速进行调节。从而说明故障在电风扇本身，更换一只风扇总成后试车，故障排除。

31. 宝马525i轿车空调开暖风时，鼓风机只有高速挡能转动，其余挡位鼓风机不转

故障现象：宝马525i轿车空调在开暖风时，鼓风机只有高速挡能转动，其余挡位鼓风机不转。

故障诊断与排除：该车由于高速挡时鼓风机能转动，说明鼓风机电源正常，可能是空调控制面板或鼓风机调速模块有故障。

宝马525i轿车空调的鼓风机开关和调速模块组与进气控制旋钮的轴连接在一起。将进气控制旋钮旋离起始位置后，鼓风机电动

机按设定转速运转。

鼓风机开关受鼓风机调速模块的控制，鼓风机开关共有4个挡位，而调整模块插头有5根连线，分别为1、2、3、4、5号线，其中5号线为接地线，其他4根线分别与鼓风机开关的4个挡位相对应。由于风速开关置4挡时，电流可以直接从风速挡位开关流至鼓风机，因而在4挡时鼓风机能够正常运转。对其他三个挡位进行检测，方法如下。

将面板上风速开关分别放到不同挡位上，由万用表检测控制面板引出线的电压，若有不同的电压信号，则判断故障在调速模块上。常见的故障是调速模块内的4个场效应晶体管全部烧坏，更换同型号的场效应晶体管后，故障即可排除。

若购不到同型号的场效应晶体管，也可采用摩托罗拉公司生产的IRE540型P型沟道场效应晶体管代替。

32. 奔驰S500轿车行驶2h后，空调不制冷

故障现象：奔驰S500轿车行驶2h后，空调不制冷。空调风慢慢变小，直至无风。

故障诊断与排除：奔驰S500轿车采用的是AAC自动空调。它将冷气系统和暖风系统有机地结合起来，进行自动温度控制。它可以根据安装在车内外的各种传感器（即车内温度、室外温度、日照强度、烟雾浓度、制冷剂温度、制冷剂压力、空调蒸发器温度、发动机冷却温度等传感器）的输出信号，由AAC自动空调控制模块进行平衡温度的运算。对进气转换风门、加热继电器、热水阀、鼓风机和压缩机等进行自动控制。

根据上述故障原因，可按以下方法进行检修。

首先接上DAS诊断仪读取故障码，其故障码如下。

（1）OEvaporator tern perature sensor elctrical fault（Stotes）：蒸发器温度传感器电路故障。

（2）AAC conrrol unit fault if the MB number is A220 830 37 15 or the software just older than 18/02 replace the control unit therwise ~gnore the fault codeerase it（Current and stored）：空调控制模块故障，如果其奔驰配件号为A220 830 37 15或者其软件版本低于

18/02即2002年第18个星期的话，更换空调控制模块，否则忽略该故障码。

接着进入AAC控制模块菜单的第一项Control unit version即控制模块版本，发现其奔驰配件号为A220830 49 15，而控制模块版本为43/01，配件号不在更换的范围，但软件版本低于18/02（当前和记忆性故障码）。由于该车有两个故障码，打印故障码并清除。

于是着车开空调再试，等出现同样故障时，将空调温度调到最低，风量调到最小，按住Reset键不放，直到空调显示屏出现数值以后松开。拨动温度按钮翻到左边编号Nr05蒸发器温度值，右边数值从+11℃不断下降到+0.0～1.9℃来回变化，蒸发器温度低于5℃属于正常范围。再拨动按钮到Nr第98项，蒸发器温度传感器电流值为350mA。踩住加速踏板，急加油后释放加速踏板，其值迅速上升到500mA。且瞬间短暂降为0mA，便又恢复到350mA，说明空调压缩机电磁离合器结合几秒钟便断开。发动机转速增加，空调压缩机响应正常。

上高速路进行试车，在试车途中突然无冷风吹出。于是停车，打开发动机盖，发现低压管路结了厚厚一层霜，蒸发器结霜。

接着拆仪表板下底板和驾驶位马鞍侧绒板，拔出蒸发器温度传感器，测其电阻值不符合要求。

更换新的蒸发器温度传感器试车，故障依旧。蒸发器温度传感器是新的，测量新的蒸发器温度传感器的电阻值为16kΩ，与标准值接近。怀疑新的蒸发器温度传感器与该车空调控制模块不匹配。可能空调控制模块所认定的临界值与实际蒸发器温度传感器临界电阻值有误差，给空调控制模块的信号滞后，使空调压缩机不能及时停止工作。对照故障码和该车空调控制模块软件版本，需要更换。

在不影响车辆其他电器使用功能的前提下，只有改装线路，给蒸发器温度传感器加电阻，给空调控制模块一个虚拟的临界电阻值，使空调控制模块提前收到它认为已经是0℃的信号，发出指令给压缩机，断开电磁离合器，停止工作。

线路改装的方法是：将空调控制模块的线束插头拔出，如图

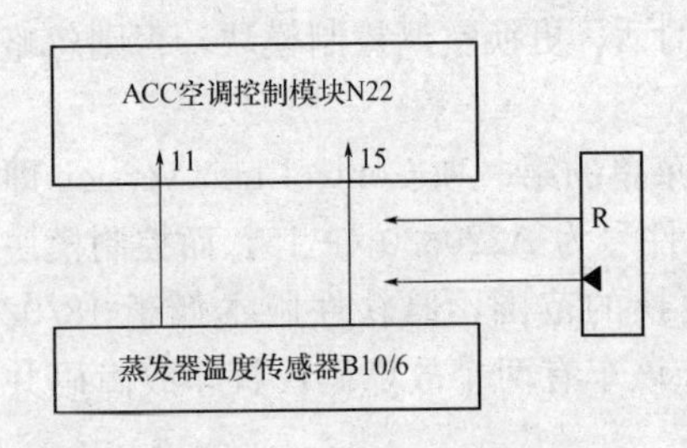

图 6-14　ACC 空调控制模块电路图

6-14所示，对照电路图，找到11脚线（棕/白）和15脚线（灰/红），在两条线当中的任一条线串联一个 1kΩ 的电阻 R。

加电阻后试车，故障排除。

为了维修方便，提供传感器的检测数据供同行参考。

(1) 车内、车外环境温度传感器。测量其电阻值随温度的变化情况。正常情况时其阻值随温度升高而逐渐减小。当温度为 25℃时，阻值为 11.5～13.5kΩ；温度为 50℃时，阻值为 3.5～4.5kΩ。

(2) 蒸发器温度传感器。测量其电阻值温度的变化情况，正常情况时其阻值随温度升高而逐渐减小。当温度为 0℃时，阻值为 1.65～17.5kΩ；温度为 50℃时，阻值为 1.4～1.6kΩ。

(3) 阳光传感器。测量光照程度改变时光电管电阻值的变化情况。正常情况下用布遮住传感器表面，其阻值趋于∞，当用灯光照传感器表面，其阻值约为 4kΩ。

(4) 制冷剂压力传感器电阻值见表 6-3。

表 6-3　　制冷剂压力传感器电阻值

温度（℃）	20	40	50	60	70
电阻（kΩ）	13	5.4	3.8	2.5	1.8

33. 奔驰 S320 轿车空调没有风吹出

故障现象：该车空调打开后，出风口没有风吹出。刚开始，时有时无，而且风量也不大，但还有点冷气，后来再也没有风吹出。

故障诊断与排除。

(1) 用人工方法试着读取该车空调系统的故障码，无故障码输出。

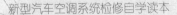

(2) 对空调系统进行全面检查。拆开空调空气滤清器，取下滤芯，发现滤芯极脏并且有发霉的味道，几乎完全堵死，用手去触摸

鼓风机调速模块，非常烫手，功率管可能已经烧坏或正承受着大电流的冲击，该车风机控制电路如图 6-15 所示。

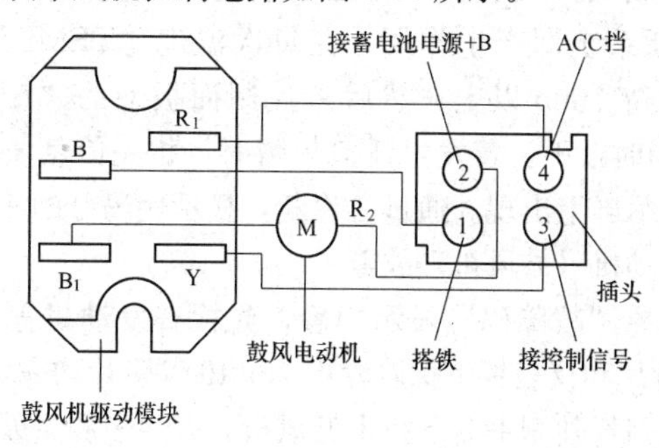

图 6-15　空调风机控制电路

(3) 将点火开关转至“ACC”挡，此时插片 4（细红线）为 12V，调节风量控制按键，测出插头插片 3 在 0.8～8V 之间变化，说明空调控制部分正常。

(4) 将鼓风机控制模块 B1 端蓝线断开，用一个大灯泡一端接 12V 电源，另一端接在 B1 上，调节风量按键，发现灯泡由暗到强，变化明显，说明鼓风机控制模块正常，怀疑故障在鼓风机上。

(5) 在断开电源的情况下，用螺丝刀去拨动风扇叶，转不动。可见风机已经锈死，卡住，这也是造成功率模块极度发热的直接原因。往转子上喷些松动剂，接好电源，试着运转一下，鼓风机逐渐恢复正常。

(6) 更换新的空气滤清器，装好系统后，试车，故障排除。

34. 本田里程轿车鼓风机时转时不转，后来完全不转

故障现象：本田里程轿车采用 3.5L 35A2 发动机，前几天鼓风机时转时不转，现在完全不转。

故障诊断与排除：该车自动空调温度控制单元根据驾驶室内外的空气温度传感器、阳光照射传感器、压缩机工作条件、发动机运行状况以及驾驶员设定的温度、自动调节进风口空气量和出风口空气量以及压缩机的工作。当电控系统的元件或线路出现故障时，可以利用自动温度控制系统的自诊断功能来进行故障诊断。接车后，

先利用自诊断功能读取故障码。

(1) 将点火开关打开，打开自动空调开关（按下“AUTO”键)，自诊断系统即产生作用。在每次温度“TEMP”显示19～32℃时，静待1min以上，然后将控制面板上的“AUTO”键和“OFF”键同时按下。若发生任何故障时，相关信息便会在空调控制面板的显示屏上出现。通过自诊断，显示代码B的故障，即空气混合控制电动机（鼓风机）故障。

(2) 按照“故障码”显示内容，先检查发动机盖下保险盒中NO. 37保险片和仪表板下保险盒中No. 19保险片均完好。

(3) 从副驾驶侧手盒下找出鼓风机，万用表测量鼓风机1号端子，测得电压为12V，说明鼓风机电源正常。

(4) 把鼓风机接头接好，同时用导线连接端子2并使其接地，鼓风机依旧不转，说明鼓风机有故障。拆下鼓风机测其线圈电阻正常，再直接供12V，再用导线连接端子2并接地，鼓风机高速运转，说明鼓风机组件无故障。

(5) 根据电路图6-16得知，鼓风机不转动的原因应是电晶体或温度控制单元有故障。先对电晶体进行检查。

拆下电晶体配线，从接头上拉出淡绿/黑色端子，然后用一个2W灯泡，按图6-16中虚线所示方法连接，然后将3芯插头与电晶体重新连接，接通点火开关，结果灯泡亮但鼓风机依旧不转，说明自动温度控单元工作良好而电晶体有故障。

更换一只新的电晶体后，试车，故障排除。

35. 本田雅阁CD5轿车空调鼓风机不能将风送出

故障现象：本田雅阁CD5轿车，长时间开空调鼓风机不能将风送出，在别的修理厂检修之后便出现空调根本无法开启的新故障。

故障诊断与排除：询问驾驶员得知该车去年曾修过一次空调，原因是空调制冷效果差，修理工在修过杂物箱后部温度控制开关后又更换一个新的暖水阀开关。发现长时间开空调，出风口处冒雾气，之后出风口的风越来越小，到后来只听到鼓风机转动声，却无风送出。现在空调根本无法开启了。

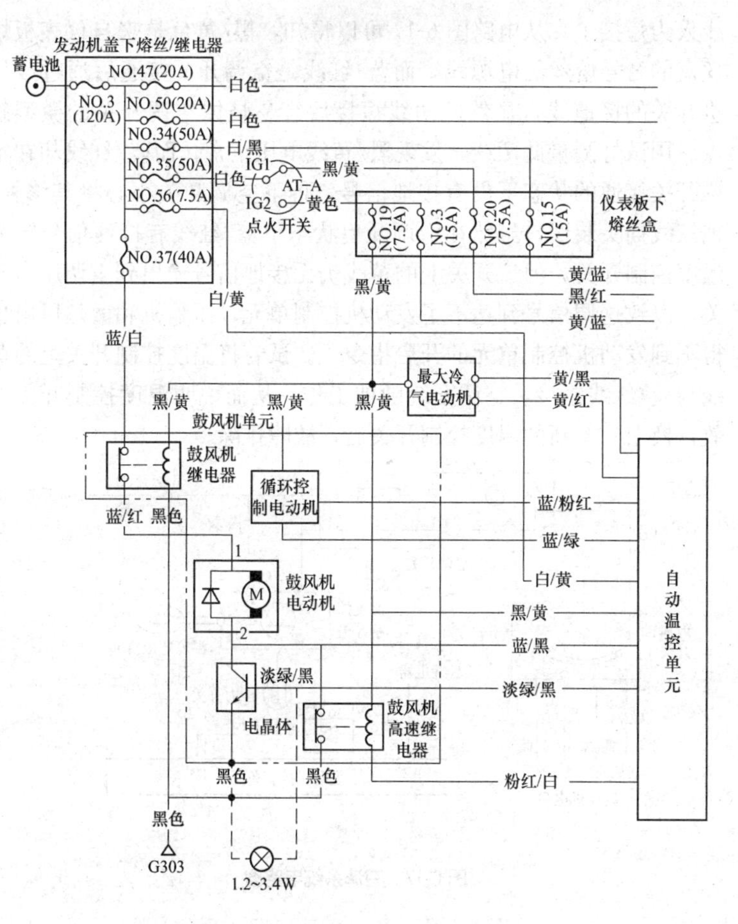

图 6-16　本田里程轿车空调控制电路图

该车空调温度控制开关是由其相连的温度感应探头探测蒸发箱表面的温度，并将该温度信号输入到电子控制盒内，控制盒根据已设定的温度信号值来接通或断开信号输出线（黄线）与空调开关信号输入线蓝/红线的连接，从而达到空调压缩机停机除霜的目的。

经分析认为，如果温度开关失灵空调制冷就不会自动调节，以致蒸发器上逐渐结冰阻住风孔，使鼓风机的风不能通过蒸发器并从出风口送出，拆下温度控制开关后发现三线插头上蓝/红线与黑/黄线人为短接了。从电路图 6-17 可以得知，黑/黄色是来自仪表板熔丝盒的 8 号熔丝的电源线，而蓝/红线是空调开关接通后通过鼓风机开关的接地线，显然此两线短接后容易烧蚀空调开关的微型触点。用试灯测量此两线，发现黑/黄线电压正常，而蓝/红线却在空调开关接通的状态下没有接地信号。拆下空调开关小心将其修复，把三线插头装回，虽然在空调开启状态下蓝/红线有接地信号输入温度控制开关，但该开关上的黄线仍无接地信号输出到空调压力开关，以致这调信号到达不了发动机控制单元，压缩机和散热风扇也得不到发动机控制单元的开启指令了。试着将温度控制开关上的黄线与蓝/红线短接，空调系统随即工作。从而说明温度控制开关失效，换上一个新的温度控制开关后，故障排除。

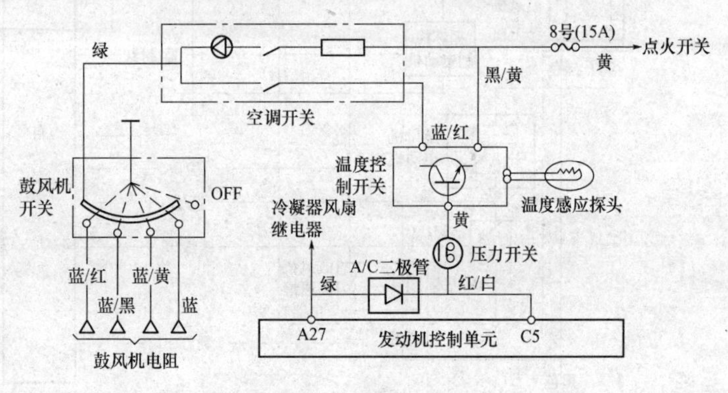

图 6-17　空调系统电路图

维修小结：由于上次修理时，误将黑/黄线与蓝/红线相接，或将黄线与黑/黄线在插头没拔出来的状态下短接，前者可损坏空调开关，后者便可使温度控制开关内部烧毁。

36. 奥迪 A8 D3 型轿车空调不工作

故障现象：奥迪 A8 D3 型轿车，有时空调系统无冷风，正常工作 5min 左右后车内没有空调。

故障诊断与排除：2003 款奥迪 A8 D3 型车的空调系统比其上代传统的自动空调系统有了重大的改进，其主要的改进之处如下。

(1) 空调压缩机取消了电磁式离合器，其排量调节是依靠一个调节阀 N280 来完成的，调节阀受空调控制单元的控制，调节阀属于占空比控制调节。

(2) 空调的室内温度控制采用 4 区控制，把室内的温度调节划分为 4 个区域。

(3) 增加了蒸发器温度传感器 G263。

(4) 冷凝器的散热风扇和鼓风机的转速无级控制调节。

首先检查空调系统制冷剂 R134a 的加注量，在空调系统正常工作时高、低压的压力正常，制冷剂的质量也正常是 650g，空调的外部管路系统没有问题。根据故障不定时出现的现象，断定问题可能出现在空调的控制系统。

用 V. A. S5051 检测仪检测空调系统控制单元，发现有一故障码。

08-Evaportor vent temperature Sensor—G263

Open circuit/short circuit to B+（蒸发器出风温度传感器 G263 对正极断路或短路）。

经分析认为，故障出在蒸发器温度传感器 G263。用 V. A. S5051 检测 G263 的数据块，发现同样问题。空调系统正常工作时其值 1℃不变，但会突然跳至－9℃，该值是蒸发器温度传感器出现故障后的替代值。

如果 G263 的测量值低于 2℃时，空调的控制单元将通过调节阀 N280 将空系统的负荷调至最小，实际上就是关闭压缩机，系统将不再制冷。

更换一只蒸发器温度传感器 G263 后试车，故障排除。

37. 奥迪 A8 D3 型轿车空调间歇性无冷风

故障现象：新款奥迪 A8 D3 型车排量为 4. 2L，开空调行驶一段时间后无冷风吹出，关空调一段时间，有大量的空调水流出，再次开空调时，空调系统又可正常工作一段时间。

故障诊断与排除：根据上述故障现象，经过初步判断故障是空调系统的蒸发器结冰造成的。造成蒸发器结冰的原因主要有三种：① 空调系统的压缩机问题，一直处于大负荷运行状态，压缩机本

身排量的调节和控制有问题；② 制冷剂的问题，加注量不正确也会引起结冰现象；③ 蒸发器的热交换问题，如果如果经过蒸发器的风量不够，而蒸发器的制冷量又很大，也会引起蒸发器结冰。

首先检测了空调系统制冷剂的加注量和压力正常。再用VAS5051检测仪检测空调系统，空调的控制单元没有故障记忆。经分析认为，空调压缩机有故障，其排量调节功能失效，从电路图可知，调节功能失效原因有：① 压缩机本身问题，调节阀N280不能够调节排量，此种情况需更换压缩机；② 空调的控制单元问题，其控制N280的功能失效；③空调控制单元接收到的信号问题，即传感器问题，引起N280的调节功能失效。

于是检查N280的调节功能，而N280是受空调控制单元的控制，空调控制单元又接收传感器的信号才能实现其控制功能。

该车各个区的出风口温度控制的实现，是由空调控制单元接收各区空调开关的温度设定值（目标值）和各个出风口的温度传感器信号（反馈值），通过伺服电动机改变空气翻板的位置，实现出风量和出风口温度的控制。所以各个出风口温度传感器信号不参与制冷量大小的调节，它只能作为各个出风口温度的反馈值，调节对应出风口的风量和温度。蒸发器温度传感器G263就不一样了，它感应的是蒸发器表面温度并且调节该温度，实际就是空调系统制冷量大小的反馈值。通过该反馈值，空调的控制单元调节压缩机调节阀N280，实现空调系统排量的调节，即制冷量大小的调节，最终实现的蒸发器的温度控制。

接着检查蒸发器温度传感器G263的信号值，用VAS5051检测仪读取其数据块，在010数据的1区中读取。着车空调正常时检查，发现1区G263的温度显示值始终是30℃。正常值应该接近蒸发器表面的温度值为2～10℃，该值偏高肯定会引起空调控制单元调节N280加大制冷量，从而造成蒸发器温度调节过低结冰。

更换一只蒸发器温度传感器G263后试车，故障排除。

38. 奥迪A8 D3型轿车空调左前出风口不定时出热风，其他出风口正常

故障现象：04款奥迪A8 D3轿车，开空调行驶一段时间后，

左前出风口不定时吹出热风，其他出风口正常，重新启动后故障不明显。

故障诊断与排除：奥迪 A8 D3 型车空调系统采用 4 区控制，驾驶员和乘客都可以将车内的温度调节到各自需要的温度。该功能的实现与各区出风口的温度传感器（反馈信号）和各区的空调翻板伺服电动机（执行元件）有关。

首先用 VAS 5051 进行检测，发现空调控制单元无故障记忆。根据原理和分析认为，系统的制冷正常，只是单个出风口的温度不一样，其原因有两种：①左侧的伺服电动机 V158 有时调节失灵；② 左侧出风口的温度传感器 G150 有时信号错误。经分析认为，第一种情况的可能性最大，于是更换了左侧的伺服电动机 V158，并用控制单元进行了空调系统的程序设定。

该车行驶几天后，故障重现。于是排除了执行元件伺服电动机 V158 的故障可能，进行第二种情况的检查，检测左侧出风口的温度传感器 G150 的信号值。检查该传感器还需借助 V. A. S5051 读取的数据块，该数据块的数据流在 08 数据块功能 017 组中的 1 区。

检测时同时把 4 个区的空调温度都设定成 22℃，并开 AUTO 挡，读取其数据块，发现 017 数据块中温度传感器的信号值有差别，左前温度传感器 G150 的显示值在 12℃不变，右前温度传感器 G151 的显示值是 21℃，中间出风口温度传感器 G191 的显示值是 23℃。分析其数据块的显示，2 区和 3 区的温度传感器的信号值显示属于正常，都接近空调开关的设定值。只有 1 区左前出风口温度传感器的显示值是 12℃，明显偏低，该信号传给空调控制单元后，空调控制单元认为该出风口的温度调节过低，就会调节左侧伺服电动机 V158，让左侧的出风口温度升高，而实际上左侧出风口的温度并不高，于是左侧出风口便吹出热风。

更换一只左侧出风口温度传感器 G150 后试车，故障排除。

39. **奥迪 A6 1.8T 轿车空调压缩机不吸合**

故障现象：2003 年款国产奥迪 A6 1.8T 轿车空调压缩机不吸合。

故障诊断与排除：根据空调压缩机不吸合的故障现象，结合一

般的维修经验，有可能是空调系统制冷剂缺少造成的。首先进行空调系统的检测。测量空调系统的高低端压力都在 1000kPa 左右，可初步确认空调压缩机不吸合不是由于制冷剂的缺少而造成的。

于是用大众检测仪 VAS5052 对空调系统的控制单元进行控制单元检测，发现空调控制单元没有故障记忆。空调系统的电路图如图 6-18 所示，对空调系统的常规电气系统进行检查，空调压缩机继电器的供电熔丝 S225 正常，但在开空调时压缩机继电器并没有吸合。由于压缩机继电器的吸合受空调控制单元的控制，压缩机不

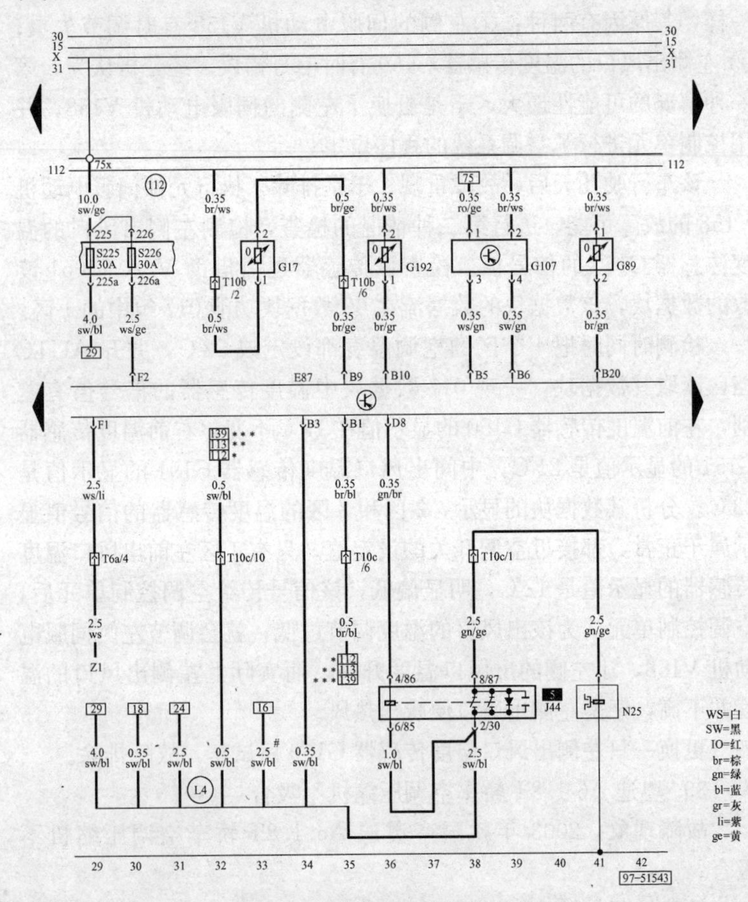

图 6-18　奥迪 A6 空调系统的电路图

吸合可能是空调控制单元故障引起的。

空调压缩机不吸合在控制单元控制方面的原因主要有两种：①空调控制单元接收到压缩机的切断信号；② 空调控制单元本身存在问题。

首先分析空调压缩机的切断信号。压缩机的切断信号由空调系统切断信号和附加切断信号组成。

（1）空调系统切断信号。

1）三位压力开关 F129 信号。压力开关 F129 在检测到系统压力处于 120～3000kPa 时，触点 1 和 2 处在接通状态，压缩机吸合；当检测到的压力在这个范围外时，触点断开，压缩机则断开。由三位压力开关引起空调切断的原因主要是系统制冷剂缺少，系统压力不正常或者是开关本身存在故障，开关线路存在故障。

2）外界温度传感器 G17 信号。当外界温度低于 2℃时，压缩机将切断，该值在数据块 7 组的 3 区中。

3）空调控制面板的 ECON 经济模式键。按下空调操作面板上的 ECON 键时，空调压缩机将被切断。

（2）附加切断信号。

1）发动机转速切断信号。当发动机转速小于 300r/min 或大于 6000r/min 时，压缩机将切断，发动机控制单元与空调控制单元 A2 插脚的连线负责该信号的传送。该转速值可以在数据块 10 组的 1 区观察到。

2）冷却液温度切断信号。该信号由仪表板发给空调的控制单元，当水温达到 118℃时，空调控制单元将关闭压缩机，如果空调控制单元接收不到仪表板上的水温信号，空调控制单元显示冷却液温度为－10℃或－65℃，并关闭压缩机。该冷却液的温度值可以在数据块 11 组的 1 区观察到。

3）发动机关闭压缩机信号。该信号由发动机控制单元传给空调控制单元，没有具体数据块显示。

在空调系统维修手册中，空调控制单元数据块 1 组的 1 区给出了压缩机的切断条件，借助该数据块可以很快查找出空调控制单元切断压缩机的原因，其数据块的含义见表 6-4。

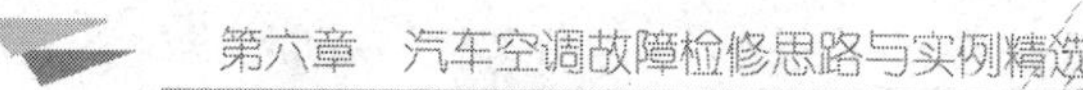

表 6-4　　数据块含义

显示区	显示	
1	代码	压缩机关闭条件
	0	压缩机接通
	1	压力开关 F129，系统过压或导线松动
	2	未使用
	3	压力开关 F129，系统真空或导线松动
	4	未使用
	5	发动机转速，未识别转速信号或转速小于 300r/min
	6	空调控制单元经济按钮 ECON 键关闭了压缩机
	7	空调控制单元 OFF 键关闭压缩机
	8	外部温度传感器 G17，温度低于 2℃关闭压缩机
	9	未使用
	10	电磁离合器 N25 压力低于 9.5V，关闭压缩机
	11	发动机温度过高，由仪表传给空调控制单元，关闭压缩机
	12	发动机控制单元关闭压缩机
	13	发动机转速，高于 6000r/min
	14	压力开关 F129，行驶中接通 30 次，开关、开关导线或系统问题

该数据块很明显地给出了压缩机的切断信号，于是用 V. A. S5052 进行该数据块的检测发现：该数据块显示“12”，表明发动机控制单元关闭了压缩机。用 V. A. S5052 检查发动机控制单元，发现有以下故障记忆：故障代码 16846 表明质量型或容积型空气流量计电路，输入信号太弱，该故障码反映的是空气流量计的故障，空气流量计是发动机重要的负荷信号，该值出问题会引起发动机控制单元关闭压缩机，检查发动机空气流量计的数值，读取该值的数据块，怠速时显示 0.5g/s（正常值为 3～5g/s），数值偏低，发动机控制单元认为发动机的负荷很小，传递信号给空调控制单元，让其关闭压缩机。

更换一只发动机空气流量计后试车，故障排除。

维修小结：该故障点比较隐蔽，故障直接的对象是空调系统的压缩机不吸合，但真正的故障却是由发动机控制单元引起的。维修该类故障时，在进行了空调系统主要部件的检查后，往往容易忽视

空调系统附加信号对其本身系统的影响。所以维修类似故障时，一定要注意全面分析故障原因的影响因素，并结合实际工作中的一些诊断数据，就会很快查找到故障原因。

40. 奥迪 2.4 轿车开空调时发动机温度就高

故障现象：2001 款奥迪 2.4 轿车，一开空调就出现发动机高温的现象。

故障诊断与排除：该车一开空调就高温，温度指示到最高。接车后，连接上制冷剂充注机，着车后打开空调，高低压指示不断往上升，冷却风扇不转，怀疑是风扇不转引的高温。

奥迪 2.4 轿车冷却风扇是由 J293 冷却风扇控制单元控制，其位置在机舱左前部（铝质盒），如图 6-19 所示。只有测量 J293（冷却风扇控制单元）的供电电源、接地、输入、输出是否符合要求，

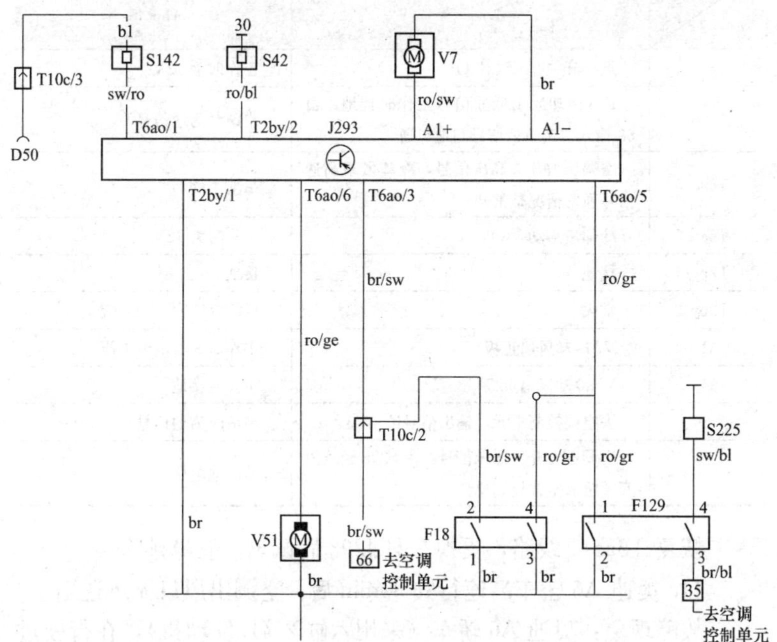

图 6-19　奥迪 2.4 轿车冷却风扇线路图

sw—黑色；ro—红色；br—棕色；gr—灰色；ge—黄色；bl—蓝色；F18—冷却风扇热敏开关；F129—空调压力开关；V51—冷却液随动泵；V7—冷却风扇

以及风扇是否良好（测量阻值符合要求）才能确定故障部位。着车打开空调时检测数据如下。

实测数据见表6-5，可得16ao/1与标准值有差别，怀疑S142熔丝断了，拆下司机侧下护板，在继电器控制单元下方找到S142熔丝，结果S142完好。测量S142蓝色线无12V电压，经过仔细检查，在S142后面找到110C/3插头，插头腐蚀严重，处理后T6ao/1线路恢复正常。着车开空调，发现冷却风扇还是不转，从测量数据可以看出，电源、接地、输入都正常，A1+、A1-还是没输出，怀疑J293坏了，拆下J293后将其分解，发现线路板已严重腐蚀。

表6-5　　实测数据表

端子＼项目	实测数据	标准值
T6ao/1	点火开关在ON位OV	工作时为12V
T6ao/3	F18冷却风扇低速信号工作时接地，由66输入空调申请信号与地导通	申请时为地信号
T6ao/5	空调压力开关高压信号，冷却风扇高速信号通常情况是常开	与地不导通
T6ao/6	冷却液随动泵OV	工作时为12V
T2by/1	接地	接地
T2by/2	常火	任何情况下均为蓄电池电压
A1+	V7冷却风扇正极	工作时为蓄电池电压
A1-	V7冷却风扇负极	工作时接地
66	去空调控制单元，输出信号给J293	申请时为地信号
35	空调压力开关低压信号，由S225经压力开关输入空调控制单元	蓄电池电压

恢复T6ao/1线路，更换一只J293后试车，故障排除。

41. 奥迪A6轿车高速行驶30min后，空调出风口无风送出

故障现象：奥迪A6轿车（采用六缸2.4L发动机），在行驶过程中，接通空调制冷开关后，只要高速行驶30min后，空调出风口无风送出，只能听到鼓风机运转的声音。

故障诊断与排除：首先在原地接通空调制冷开关试车。选择内

循环模式，把出风口出风量调到最大，接上空调歧管压力表，并用水帮助冷凝器散热，加速使发动机转速达到2000r/min，以便使空调系统达到最佳制冷效果。开始感觉空调制冷效果很好，出风口的温度约为10℃，这时空调系统低压侧的压力为280kPa，高压侧的压力为1100kPa，大约30min后，感觉到出风口的出风量越来越小，出风口的温度约为20℃，鼓风机工作正常，空调压缩机也正常工作，观察空调歧管压力表的读数，发现低压侧的压力为450kPa，高压侧的压力为780kPa，说明空调系统低压侧压力过高，高压侧压力过低。根据故障现象分析，故障原因可能有：① 空调系统电路有问题；② 有关传感器故障；③ 空调控制单元有故障；④ 空调压缩机有故障。

接着连接金德K81故障检测仪对空调系统进行检测，读取故障代码为00787，是SP（偶发）故障，含义是进气导板温度传感器故障。清除故障代码后，检测仪显示系统正常。于是检查进气导板传感器及其到空调控制单元之间的线路，没有发现异常。怀疑空调压缩机有问题。

该车采用的是变排量空调压缩机。出现上述故障一般是其自动温度控制调节功能失效造成的。于是换上一台新的空调压缩机后试车，故障排除。

维修小结：该车空调压缩机排量的改变是通过一个带低压阀和高压阀的波纹管来实现的。低压阀装在低压入口处，高压阀装在高压出口处的通道上，两个阀同时受波纹管控制，但波纹管又受空调系统低压侧压力的控制。当空调系统低压侧压力偏高时，波纹管受压制，高压阀关闭。低压阀打开，空调压缩机的制冷量变大，空调制冷效果最强。在车内温度下降的同时，低压侧的压力也逐渐降低，当该压力下降到一定值时，波纹管开始膨胀，低压阀关闭，高压阀打开，空调压缩机的制冷量变小，制冷效果变弱，这样就能达到空调压缩机不停机就能调节制冷效果的目的。

42. 奥迪A6 1.8L轿车空调控制面板上各按键指示灯均点亮，按压各键均无效

故障现象：奥迪A6 1.8L轿车，装备手动变速器。该车空调

控制面板上各按键指示灯均点亮，按压各键均无反应。

故障诊断与排除：首先用 VAG 1552 检测仪进 08－02，有一故障码为 65535，其含义为空调电脑损坏。更换空调电脑 E87 后，空调工作不正常。

于是用 VAG1552 进入 08-04-001 进行基本设定。在进行基本设定时，下面的翻板伺服电动机依次启动。

（1）左侧温度翻板伺服电动机 V158。

（2）右侧温度翻板伺服电动机 V159。

（3）通风翻板伺服电动机 V71。

（4）中央翻板伺服电动机 V70。

（5）除霜翻板伺服电动机 V107。

空调室内外循环方式，温度及风量分配就是由以上 5 个伺服电动机带动控制翻板来实现的。各翻板在伺服电动机的带动下由当前位置转到另一个机械止点，然后再转动到另一个机械止点。空调电脑将记录下翻板位置传感器在两个机械止点时的信号，并作为空调调节的基准，这就是在更换空调电脑后必须进行 04-001 组基本设定的原因。

进行设定后，试车，故障排除。

这里顺便指出，德国大众系列车型电控系统的基本设定，目的在于让电脑学习相应传感器或执行元件的工作特性及参数，以便提高电脑控制的准确性。

43. 福特 WIND STAR 汽车在正常运行中突然出现空调不制冷

故障现象：福特 WIND STAR 汽车，在正常运行中突然出现空调不制冷现象。

故障诊断与排除：经初步检查，鼓风机送风正常，制冷剂压力正常。首先检查空调压缩机电磁离合器控制线，发现电压微弱。将蓄电池电压加在空调压缩机电磁离合器上，空调压缩机电磁离合器接合，初步断定空调不制冷是由于压缩机电磁离合器不能吸合所致。

经仔细检查，发现短接低压开关后压缩机电磁离合器立即吸合，压缩机运转制冷，但运转时电磁离合器一直吸合，不能自动循

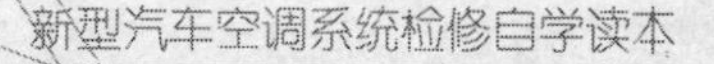

环断开。按常规分析，似乎还应有蒸发器温度传感器信号控制压缩机电磁离合器循环通断工作，但拆检蒸发器等部件，没有找到蒸发器温度传感器。

该车空调系统为循环离合器孔管式（即 CCOT），其基本组成如图 6-20 所示。装在储液离合器循环压力开关感知从蒸发器流出的制冷剂压力，该压力间接反映蒸发器内制冷剂的蒸发温度。当压力低于设定值时，相当于蒸发器温度接近 0℃，循环压力开关断开，信号输入离合器控制放大器电路，控制离合器线圈断电，压缩机停止工作，防止蒸发器结冰，随着蒸发器内的制冷剂温度升高，压力亦随之升高，当达到设定值时，循环压力开关接通，放大器电路控制离合器线圈通电，压缩机重复运转，如此反复循环。

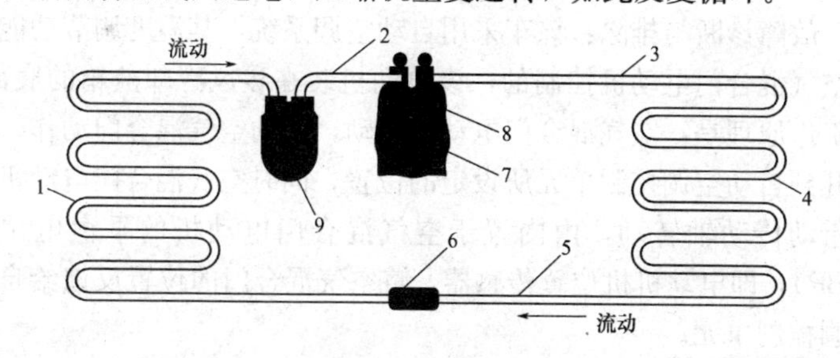

图 6-20　循环离合器孔管式空调系统组成

1—蒸发器；2—低压管路；3—高压管路；4—冷凝器；
5—管路；6—孔管；7—离合器；8—压缩机；9—集液器

该车故障是离合器线圈无工作电压。短接循环压力开关后，压缩机电磁离合器不能自动断开，是循环压力开关损坏所致，更换一只循环压力开关后，试车，空调系统工作正常，故障排除。

44. 福特林肯城市轿车空调鼓风机调速开关不起作用

故障现象：2000 款福特林肯城市轿车，装 V8 4.6L 发动机，该车打开空调开关，鼓风机就以最高速转动，风速控制开关不起作用。

故障诊断与排除：该车空调采用自动温度控制 EATC，鼓风机主要由调速开关和一个调速电阻来控制。经分析认为，故障是由调速电阻故障引起的。先检查调速电阻，拆下位于乘客侧杂物箱的调速电阻，该调速电阻本身是一个控制模块，它接收来自鼓风机开关的调速信号后，改变自身阻值来达到调节鼓风机转速的目的，如查出故障，它将使用备用程序将风速始终保持在高速。可以用互换调速电阻的方法检查此调速电阻的好坏，也可以用万用表检测阻值变化。

用万用表两表笔接触电阻两端点，按风速控制开关，阻值没有变化，说明调速电阻损坏。

更换一只新的调速电阻后试车，故障排除。

45. 日产风度 A32 轿车空调出风口均吹出热风

故障现象：日产风度 A32 轿车，只要接通自动空调制冷开关，无论怎么调节温度，出风口均吹出热风。

故障诊断与排除：该车采用自动空调系统，其温度调节功能是由空气混合门电动机控制的，该电动机装在暖风冷却液箱的底部。其工作原理是：空气混合门电动机转动，带动空气混合门动作，使其开到自动空调控制单元所设定的位置，同时空气混合门电动机旋转带动传动轴转动，由内置于空气混合门电动机的平衡电位器(PBR)，即电动机机位置传感器，将空气混合门的位置反馈给自动空调控制单元。

启动发动机，接通空调压缩制冷开关，将温度调节旋钮选择到最冷处，打开发动机盖检查，发现空调压缩机和空调电子风扇均工作正常。让空调制冷系统工作 5min 后，用手触摸蒸发箱高低压侧管路的温度，正常。说明空调制冷系统正常，故障可能出在空气混合门控制电路中。

于是找到位于前乘员侧暖风冷却液箱底部的空气温度合门电动机，其控制电路如图 6-21 所示，其上有一只 5 端子连接器，端子 4 和 5 为电动机双向控制端子，当接通点火开关时测其电压，为 12V，另外 3 个端子接电动机位置传感器，用于向自动空调控制单元反馈电动机位置信号，端子 3 上的电压为 5V，端子 1 为接地线，正常；端子 2 为电动机位置信号端子，将点火开关接通后其上的电压为 5V，启动发动机后将温度设定为 32℃，其上的电压为 4.75V，当将温度设定在 32～20℃时，其上的电压为 0～4.75V，然后逐步

下降为0V，也正常。从而说明该车的空调控制单元和空气混合门电动机线路良好。怀疑是空气混合门电动机损坏而无法正常工作。

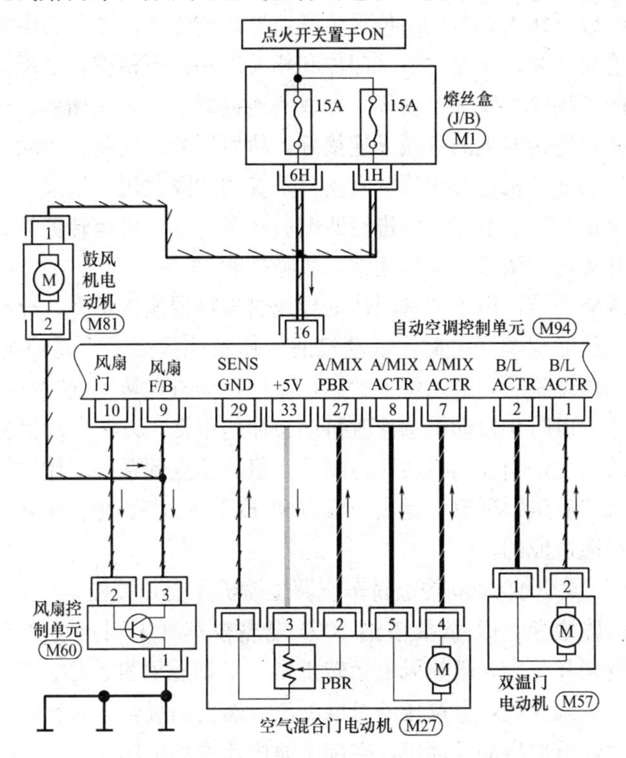

图6-21　风度轿车空调空气混合门控制电路

更换一只空气混合门电动机机后试车，故障排除。

46. 甲壳虫轿车发动机加速到3000r/min时，空调才能工作

故障现象：大众甲壳虫轿车在正常情况下接通空调开关时，空调系统不工作，当把发动机加速到3000r/min时，空调系统才能工作。另外，轿车在加速时有“后座”的现象。

故障诊断与排除：首先用元征X-431故障检测仪读取空调系统的故障代码，没有读到故障代码。接着检查空调系统电路，也没发现问题。对发动机系统进行检测，读取三个故障代码分别为：01165表明节气门控制单元未匹配；17952（P1544）表明节气门位

置传感器 G187 信号过大；16505（P0121）表明节气门位置传感器 G69 错误信号。清除故障代码，上述三个故障代码无法清除。

经分析认为，节气门位置传感器导线侧连接器在行驶中由于振动而连接不紧。于是对节气门体和相关线路进行检查，发现该连接器上的连接锁紧装置已损坏，导线侧连接器已经无法插紧，于是就用线夹将连接器上的各端子连接好，然后用故障检测仪清除故障代码后启动发动机，再次读取发动机系统的故障代码，结果显示发动机系统正常。对节气门体进行匹配后试车，发动机运转正常。接通空调开关，空调系统工作正常，故障排除。

维修小结：由于节气门体的导线侧连接器连接不良，导致怠速发动机接通空调开关时，发动机的转速不能提高。当发动机 ECU 检测到该现象后，进入保护状态，使得发动机在转速低时空调系统不工作，以防止发动机怠速时抖动、加速不良，以及发动机熄火等现象的发生，当发动机转速达到一定值后让空调系统工作。加速时轿车有“后座”现象，是由于发动机 ECU 此时接收不到节气门位置信号而造成的。

47. 桑塔纳 2000 俊杰轿车空调压缩机不受开关控制

故障现象：01 款桑塔纳 2000 俊杰轿车（采用自动变速器），接通空调开关后，散热风扇运转正常，空调压缩机工作。但 15min 后断开空调开关，空调压缩机电磁离合器仍旧吸合，只有断开点火开关后，再次启动发动机，空调压缩机才停止工作。

故障诊断与排除：根据该车空调系统的工作原理分析，故障原因可能是空调散热风扇控制器或发动机 ECU 有问题，但更换空调散热风扇控制器后试车，故障依旧。

拔下空调温控开关（E33）导线侧连接器，却意外发现，在 E33 导线侧连接器的线路上被人为串接了一根后加装的防盗器的接地线，怀疑是由于这条后加装的导线给发动机 ECU 提供了空调请求信号，于是将该线拆除，恢复原车线路后接通空调开关试车，却发现空调压缩机电磁离合器不吸合。于是就对空调线路进行检查，发现空调冷却液温度控制开关（F40）内部断路，将 F40 跨接后试车，空调压缩机还是不工作。

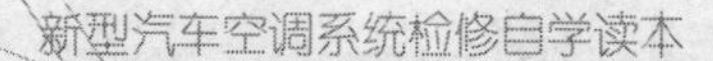

接着检查 F40 至散热风扇控制器间的线路，没有发现有断路的地方。重新启动发动机试车，发动机运转平稳，约 2min 后，空调压缩机电磁离合器却自动吸合，断开空调开关，却发现空调压缩机仍然不受空调开关控制，将发动机熄火后再次启动发动机，空调压缩机停止工作。接通空调开关后，又过了约 2min 空调压缩机电磁离合器开始吸合。试了多次均是如此，看来接通空调开关后，空调压缩机电磁离合器总是要延时工作。此车只有室内顶灯和门窗电动机有延时功能。

于是检查空调切断继电器。发现该继电器在中央线路板的 4 号位，拔下该继电器，发现中央线路板的 3 号位继电器的连接器与 4 号位一样，而 3 号位是空位，怀疑该继电器的位置插错了，切断继电器 3 号位后试车，上述故障消失了。将 F40 更换后，空调系统工作正常，故障排除。

维修小结：该车在不久前曾添加过制冷剂，由于在添加过程中接通空调开关时，空调压缩机电磁离合器不吸合，维修人员在没彻底查清故障原因（F40 已损坏）的情况下，就给 F33 线路上串联了一根接地线，可能是在忙碌的情况下又将空调切断继电器的位置插错了，从而发生上述故障。

48. 别克新世纪轿车空调控制面板工作失灵，空调出风口吹出热风

故障现象：别克新世纪轿车，使用空调时，空调控制面板上的显示屏会突然没有任何显示，同时空调控制面板上的所有功能按钮都失去作用，空调出风口吹出热风。

故障诊断与排除：接车后进行试车，确实存在上述故障。同时还发现控制面板下方的前乘员侧冷暖控制的 4 个 LED 灯点亮。该车空调系统采用全自动控制方式，由车外温度传感器、室内温度传感器、左混合风门控制电动机、右混合风门控制电动机、鼓风机、鼓风机控制模块和 5 个电磁阀等组成。总称为 HVAC 控制系统，所有传感器的信号都输入至 HVAC 控制面板单元，然后由其控制各执行器的工作。因此 HVAC 控制面板单元就是空调控制单元。经过分析认为，造成故障的原因有：① HVAC 的传感器信号故障；② HVAC

的执行器有故障；③ HVAC 控制面板单元或其线路故障。

首先检查空调制冷系统，发现该系统制冷效果良好，高低压侧的压力均正常。接着用 TECH-Ⅱ对 HVAC 进行检测，无故障代码显示，读取数据流，也均在正常范围内。

接着用 TEC-Ⅱ对该系统进行执行元件测试，各执行器动作正常。在进行元件测试时突然发现，空调控制面板上的显示又一切正常了，各功能按钮工作又恢复正常了，4 个红色的 LED 灯也熄灭，空调系统工作也恢复正常。可当退出元件测试功能时，控制面板又变成了黑屏。

经上述检查，认为故障在 HVAC 控制面板单元上。于是将另一部车的空调控制面板拆下装到故障车上试车，刚开始一切正常，可工作一段时间后上述故障现象重现。

既然 HVAC 的各传感器电压正常，执行器工作也正常，空调控制面板也正常。对该车发动机和变速器系统进行检测，均正常。

经分析认为，故障还是出在线路上，再次拆下空调控制面板，对相关线路进行测量。当测量空调控制面板的端子 C5 时发现，其上的电压虽然正常，但用 LED 灯测试，LED 灯发出的光很弱，说明该端子上是虚电，直接从端子 C12 上引一根电源线到端子 C5 上，空调显示屏上的显示恢复正常，而且所有的功能按钮也能正常操作，从而说明故障在端子 C5 上。从该车的电路图得知，端子 C5 是经点火开关供电到熔丝后再供给空调控制面板的，检查其供电熔丝，发现也为虚电，看来点火开关有问题。拆开点火开关罩，发现点火开关处有一接线盒，轻轻拆开接线盒后盖，发现后盖下压着 6 只小弹簧，但压得并不牢固，怀疑是小弹簧力不足，而导致虚电的产生。将 6 只小弹簧取下后，将其分别微微拉长，然后装复试车，故障排除。

49. 捷达 CI 轿车空调压缩机离合器不吸合

故障现象：该车压缩机离合器不吸合，行驶过程中空调压缩机离合器突然分离，而且再也不能吸合。

故障诊断与排除：根据上述故障现象，认为故障原因可能是空调系统散热不良，长时间运转导致制冷剂温度过高，膨胀压力太

大，冲破易熔塞而泄漏。但用歧管压力表测试制冷系统压力时，压力完全正常，从而判定故障在电气电路部分。

于是打开点火开关，接通空调开关，拔下低压开关插头，对其供电电压进行测量，电压值为蓄电池正常电压，说明空调开关、5℃温度开关及连接电路正常。然后，脱开发动机电脑的连接插头，测量发动机控制单元至空调低压开关的电路，但未发现异常。另外，高压开关及其电路经检查也没问题，接着要检查空调控制器。空调控制系统的电路如图6-22所示。

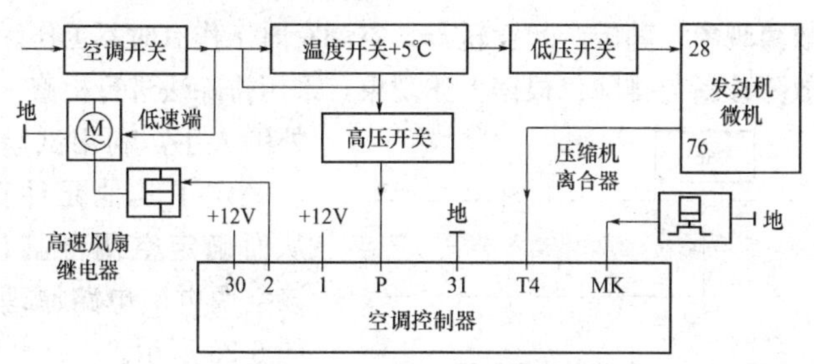

图6-22　空调控制系统的电路

发动机控制单元通过空调控制器控制空调压缩机离合器的接合与分离，其工作过程如下：当接下空调开关后，空调加入信号经温度开关、低压开关由28引脚进入发动机控制单元。当控制单元接收到该信号后，将根据怠速开关和节气门位置传感器信号确定空调是否加入及如何加入。如果怠速开关闭合，即发动机处于怠速工况时，电脑收到空调加入请求信号后，将不会立即接通空调继电器，而是给140ms的延时，同时，电脑将提高发动机转速。这样，当空调压缩机工作时，发动机将有足够的功率补偿，使怠速保持稳定。若节气门全开，即发动机在全负荷工况运行时，即使空调开关接通，电脑也将切断空调继电器，使空调压缩机停止工作。当节气门脱离全开位置时，电脑会接通空调继电器，使空调压缩机恢复工作。

检查空调控制器，发现空调控制器上的熔丝没有熔断且连接良好。其30、31脚和1引脚供电及74引脚与电脑76引脚接地均正常。检查74引脚，发电机电压却始终是13.5V，无接地，而空调压缩机离合器不接合时，该引脚电压值为发电机电压；在空调压缩

机离合器吸合时，该电压为0V，74引脚与蓄电池负极相通。把74引脚人为接地后，空调压缩机工作正常。因此怀疑是发动机电脑未接收到空调请求信号，从而不能对76引脚进行接地控制。所以重新脱开电脑插头，着重检查28引脚及76引脚，对这两处插针、插孔进行处理后装复试车，空调工作正常。

维修小结：由于发动机电脑插头接触不良，导致空调系统不能正常工作。

50. 韩国产起亚轿车空调有时工作有时不工作

故障现象：韩国产起亚轿车，空调有时工作有时不工作。

故障诊断与排除：根据上述现象，采用排除法进行检修。先从外围入手，利用试验法逐步确定了其他元件正常，从而确定空调电脑损坏。该空调电脑电路原理图如图6-23所示。

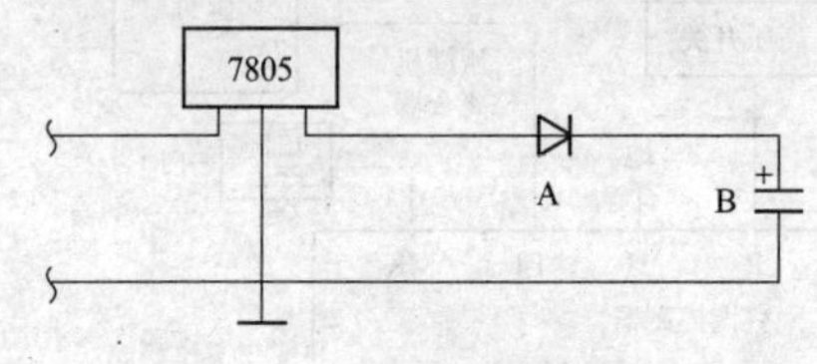

图6-23 空调电脑电路原理图

拆开空调电脑，经检查，未发现明显的烧焦痕迹。用万用表检查电源部分的电路，发现一三端稳压集成电路的输出端串接有一个功率二极管，测量A点电压为5V，B点电压为0V，说明该二极管损坏。

更换该二极管后，试车，空调工作正常，故障排除。

51. 宝来1.6L轿车空调不工作

故障现象：2003年产宝来1.6L轿车，搭载AWB型电喷发动机。该车空调不工作。

故障诊断与排除：接车后，进行试车，发现开空调时电子风扇能低速运转，但空调压缩机不吸合。

经检查，发现空调压缩机无工作电源。无工作电源故障的原因有：相关线路故障，熔丝烧断，冷却风扇电脑J293损坏，空调制冷剂不足，外部温度开关F38或高压传感器G65等故障。

首先检查相关熔丝良好。由于10号端子为压缩机提供工作电压，用万用表检查风扇电脑J293中10号端子与压缩机的电源线也导通。

经分析认为，如果风扇控制器没有工作电源或地线断路，也会

影响压缩机的工作，检查风扇控制器的 4 号端子，有 12V 工作电压，6 号端子接地线也正常。如果空调制冷剂量不足也会导致压缩机停止工作，在静止状态下检查空调压力值均正常。

假如空调高压传感器 G65 及外部温度开关 F38 失效，既会影响到空调压缩机的工作，同时电子扇也不工作，因此排除了空调压力开关及外部温度开关故障的可能性。如果空调 A/C 开关 E35 有故障，也会导致冷却风扇电脑 T14/8 端子无工作电压，进而导致空调压缩机不工作。经检查 T14/8 端子有 12V 工作电压。

进一步检查中发现，如果拔掉水箱上的热敏开关、高压传感器及外部温度开关的插头，电子风扇还可以运转。空调系统在正常工作情况下，拔掉上述传感器，电子风扇应停止运转。该车电子风扇的控制方式如图 6-24 所示，开启空调时，如高压传感器没有达到

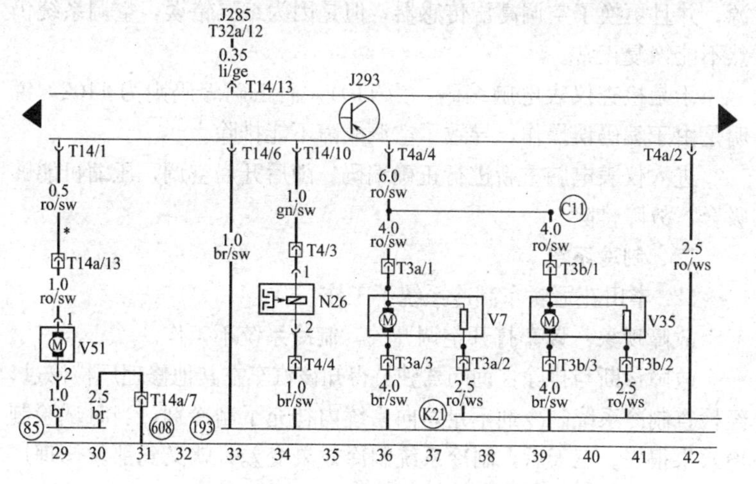

图 6-24　宝来 1.6L 轿车电子风扇的控制方式

ws—白色；sw—黑色；ro—红色；gn—绿色；li—紫色；ge—黄色；J285—带显示器的电脑（在组合仪表内）；J293—冷却风扇电脑，在发动机舱左前侧；N25—空调电磁离合器；T3a、T3b—插头，3 孔在发动机舱左前部；T4—插头，4 孔，启动机附近；T4a—插头，4 孔；T14—插头，14 孔，发动机舱内左侧电缆槽内；T32a—插头，32 孔，绿色，在组合仪表上；V7—冷却风扇；V35—右侧冷却风扇；V51—冷却液补偿泵；（85）、（193）—接地连接 1，在发动机舱线束内；（608）—接地点，在流水槽中部；（C11）—连接，在冷却风扇线束内；（K21）—连接 1，在冷却风扇线束内；＊—仅指 5 缸和 6 缸发动机的车

高速运转值，电子风扇以低速挡运转，冷却风扇 V7 及 35 由冷却风扇电脑 J293 中的 T4a/2 号端子为其提供 12V 工作电压，高速挡时，由 J293 中的 T4a/4 号端子为其提供 12V 工作电压。高压传感器及外界温度开关的信号都进入冷却风扇电脑，最终由冷却风扇电脑控制风扇的高、低速挡，因而怀疑冷却风扇电脑有故障。

对冷却风扇电脑进行替换试验，故障依旧。如果水温传感器出现故障，正常水温时误报高温状态，电子风扇控制器会自动断开空调以保护发动机系统，于是连接 VAS5051 进入 01 地址，读取水温值为 92℃，未发现异常。

询问驾驶员得知，该车曾在其他修理厂换过一个空调高压传感器，并且还有一些编程操作，但是空调故障并未排除，怀疑是修理工将原本正确的编码改成其他车型的编码。后来虽然找到故障根源，并且更换了空调高压传感器，但是因为编码错误，空调系统仍然不能恢复正常。

于是检查仪表电脑编码，为 1104，而正确编码则为 1102，说明是由于编码误操作，导致了空调故障不能排除。

进入仪表电脑重新进行正确编码。随后开启空调，压缩机能够吸合，故障排除。

二、制冷系统

52. 丰田花冠轿车制冷系统不工作

故障现象：该车打开空调开关，制冷系统不工作。

故障诊断与排除：询问驾驶员得知该汽车在其他修理厂检修过，经检查制冷系统制冷剂不足，向系统内补充了制冷剂，当时试验制冷效果很好。三天后，制冷系统制冷效果变差，就又到那家修理厂检查，这次是因制冷系统高、低压端压力低，用泄漏检测仪检测，系统不泄漏，以为是原来制冷剂充注不足，就又补充了制冷剂。谁知，三天后，制冷系统压力又下降了。制冷系统压力屡次下降，肯定是由于制冷剂泄漏引起的，其他原因不可能引起系统压力降低。

在制冷系统的高低端接上歧管压力表组检测，高、低压力均低于标准值，初步判定系统有泄漏。用制冷剂检漏仪对制冷系统检漏。若系统有泄漏，检漏仪则鸣叫。将仪器的灵敏度旋钮调在低的位置，即日常检漏常用的位置上，检漏仪没有鸣叫；将仪器的灵敏度调至最高，再将检漏仪的探头依次放在各管接头处检测，当探头放在进、出驾驶室的高压管上停一段时间后，检漏仪发出鸣叫声，再将探头放在低压管上，检漏仪也发出鸣叫声，两处都鸣叫，分不清到底是哪根管泄漏。

既然此处的高、低压管接头均有泄漏的迹象，就将两个管接头均拆下，检查O形密封圈良好，于是更换两个O形密封圈。对制冷系统抽真空，充R12的制冷系统可正常工作。将检漏仪探头再次放在进出驾驶室的高、低压管上停一会儿，检漏仪又发出鸣叫声。

将检漏仪探头放在此处附近，检漏仪仍鸣叫，若放在远离此处的管接头上检测，检漏仪不鸣叫。经分析认为，驾驶室内部有泄漏。

该车制冷系统由压缩机、冷凝器、干燥器、膨胀阀、压力开关、蒸发器等组成。在驾驶室内部是蒸发器及其连接管路，从而确定由于它们的泄漏引起了故障。

将蒸发器拆下，检查发现蒸发器右下部有油污，可能是此处泄漏，加压试验果然如此。用铅焊将其焊好后，重新装复，对制冷系统抽真空，充注R12后，系统制冷正常，用检漏仪放在制冷系统的任何部位检测，检漏仪均不鸣叫，制冷系统再没发生泄漏，故排除了。

53. 风神蓝鸟轿车开空调时有异响声

故障现象：风神蓝鸟EO7200-Ⅱ轿车的空调系统在工作过程中，总是从中央通风道里面发出“吱吱”的轻微响声。

故障诊断与排除：经分析认为是中央通风道里面的板轴在风向转换时因为缺少润滑而发出声音，或者是带动叶板轴转动的动作器有故障。检查并处理后，故障依旧，没有任何好转。

于是拆下杂物箱及其护板，让空调系统工作。仔细检查，发现响声是从蒸发箱护套里面发出的，怀疑是蒸发箱护套里面的排水管堵塞积水，风在吹动时带动水旋转而发出涡流声。打开蒸发箱护套，里面没有积水并且非常干净。将听诊器诊断头搭在膨胀阀上，再让空调系统工作，“吱吱”后试车的响声又出现，说明响声在膨

胀阀上。

更换一个膨胀阀后试车，故障排除。

维修小结：由于膨胀阀里面的调压弹簧刚性太大，使得节流面太小，而空调系统工作时制冷压力又很高，从而发出“吱吱”的节流响声。

54. 北京伊兰特轿车打开空调时脚下出风口一直吹冷风

故障现象：北京伊兰特轿车装置手动空调，该车打开空调，手旋转风道转换开关，不管在哪个挡位，下面均有冷风吹出，但前风挡除霜及面部风道转换均正常。

故障诊断与排除：伊兰特轿车根据装置不同，装有两种空调控制装置，一种为带显示屏的全自动空调，另一种是手动空调。该车装配的即为手动空调。

首先拆下空调控制面板，发现面板上没有一根拉线，全部为电线插头。虽然为手动调节，但也是自动控制。风门转换全部由伺服电动机控制完成。

该车共装有三个伺服器来控制三个不同功能：① 风门转换伺服器，根据人为操作达到所需位置并稳定，保证出风口按车主所选择的出风口出风；② 冷暖转换伺服器，主要控制冷暖风门的关闭程度，使风道吹出符合车主所调节的温度；③ 内外循环器，主要控制内外循环风门的开闭，以起到调节车内空气质量的作用。

经分析认为，故障出在与第一个伺服器相关的电路、电器元件及机械部分。用手调节空调面板上的风口旋钮，其伺服器能够自由来回转动。只好用同型号的伊兰特空调控制面板及伺服器试一下，并检查风口的关闭情况。该车的风口除开关旋到向下吹时，下面才出风，其他位置均没有风。

先把空调控制面板总成对调，后来又把伺服器对调，发现伺服器及控制器均正常，但下出风口依然无法关闭。说明故障在机械部分，把风门伺服器拆下检查发现，伺服器带动塑料转盘转动，而转盘的圆周上有不同角度的轨道，当伺服器带动转盘转动时，在不同角度轨道内滑门的风门连动装置带动各风门转动，来实现各种在不同出风口出风模式的转换。本车共有三个风门来控制风道转换，一个为前风挡除雾，一个为脚部出风，一个为正面吹风。用手依次转动各风门，找出哪个为脚部控制风门。其中两个能自由转动，只有一个卡死了。

经分析认为，卡死的原因只有风门处掉进杂物，或由于交通事故导致风箱总成变形。根据现在的情况，这两种可能均被排除（因为是新车）。向下转动风门转不动，向上转动能稍动一点，再往上就转不动了，仪表台内杠上一固定线束的夹子已顶住，怀疑是这个夹子挡住风门转动。用钳子把线夹取掉，风口竟能关严了。把所有东西按原来位置装好后（夹子不装）试车，发现脚部出风口依然出风，与刚来时不同的是，用手转动时已能关严，只好又把伺服器风门连动杆拆下检查，发现连动杆由于长时间受力（伺服器带动其转动关闭，风门又受到线夹阻碍无法转动）而变形，此零件又没现货，只得想办法修复。

用加热法使塑料的连动杆变软，然后用力将其调整好位置，冷却后装车并试车，故障排除。

55. 江淮瑞风商务车空调不制冷

故障现象：江淮 HFC6470AH 瑞风商务车因空调不制冷。

故障诊断与排除：首先对故障现象进行验证，在发动机启动后，打开前鼓风机开关及 A/C 开关时，两前风扇工作正常，但空调压缩机以及副冷凝风扇均不工作。

经分析认为，造成压缩机以及后冷凝风扇同时不工作的原因有：压缩机熔丝、压缩机继电器损坏，压缩机控制电路以及某个部件失灵，空调系统管路内制冷剂不足等。

该车空调控制系统电路如图 6-25 所示。首先用空调歧管压力表对此车空调系统压力进行了测量，其压力表读数为 732kPa（属正常范围）。

接着对压缩机熔丝进行了检查，熔丝正常，然后拔下空调压缩机继电器，启动发动机，打开前鼓风机开关及 A/C 开关，用万用表对其继电器触点 30 号端子、线圈 86 号端子的供电情况进行测量，均正常（为 12V），但线圈 85 号端子就是无接地信号，说明故障在压缩机控制电路。

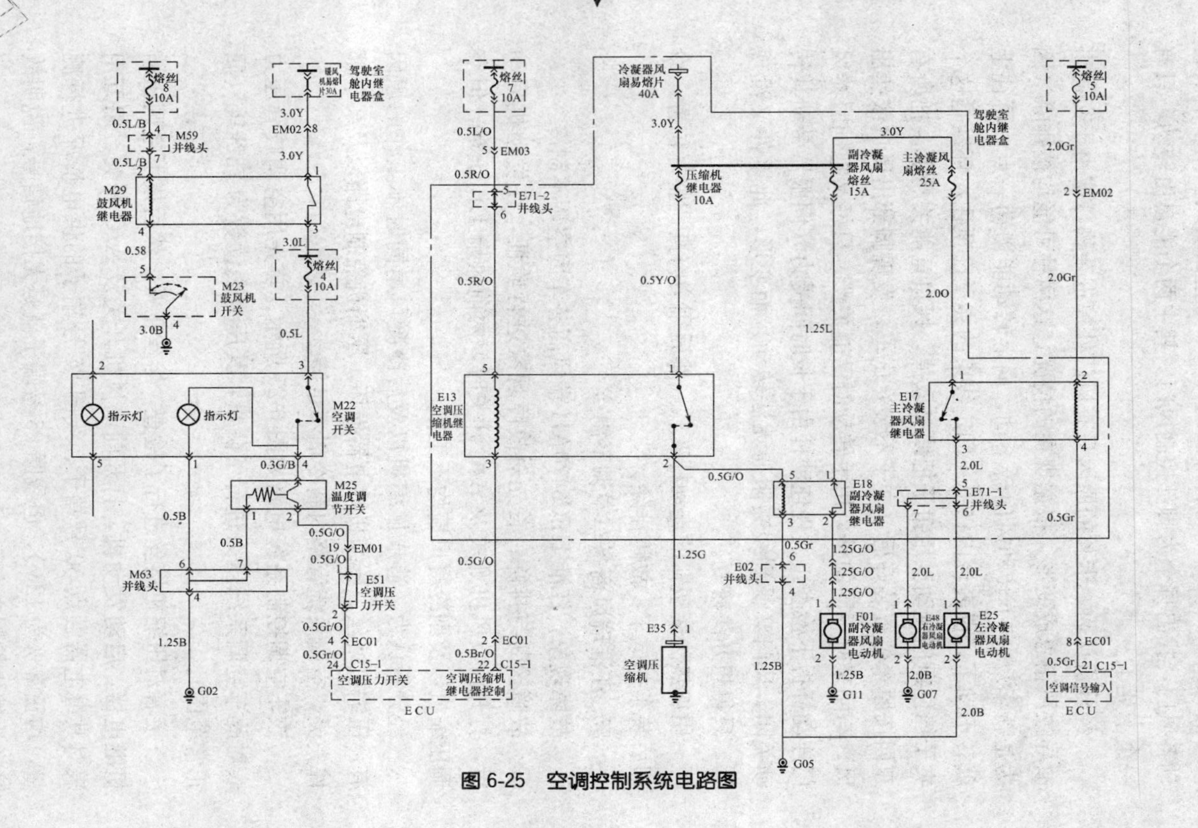

图 6-25 空调控制系统电路图

根据电路图可知，当A/C开关打开时，拔下空调高、低开关侧的2针连接器，用万用表对其连接器的1号端子进行测量，无电源供给，为了确认是蒸发器内的温度调节开关损坏，还是空调A/C开关至空调压力开关之间断路，于是将位于仪表工作台下的右下护板拆下，找出蒸发器上的温度调节开关3针连接器，经万用表测量，其3号端子为输入电源12V，其2号端子为输入电源12V，其1号端子为接地，均属正常。通过以上检查分析，故障点已缩小至蒸发器温度调节开关与空调压力开关线路之间。

于是检查EM01侧的连接器，因EM01侧的连接器位于仪表板左下方，将仪表板下的下护板及相关附件拆下，找出EM01侧的20针连接器，将EM01侧连接器分开，经检验EM01侧的19号端子（插座）已脱槽，其19号端子也就是蒸发器温度调节开关至空调压力开关电路的一个连接点，将19号端子精心处理后，重新将EM01侧连接器相连，启动发动机，打开鼓风机开关，A/C开关空调系统正常工作，故障排除。

56. 广本雅阁2.4轿车空调无暖风

故障现象：新款广本雅阁2.4轿车空调无暖风。初步检查，按键指示和显示都正常，只是鼓风机不转。

故障诊断与排除：首先对该系统进行自诊断，具体测试步骤如下。

将风扇开关置OFF，将点火开关置OFF，将温度控制盘调至MAX COOL（最冷），然后按下模式控制按钮，选择vent。

将点火开关置ON（Ⅱ）。按住再循环控制按钮，同时，在10s内按后车窗除雾器按钮5次，再循环指示灯闪烁两次，然后将开始自诊断。系统无故障码存储。

接着跨接功率晶体管，对鼓风机加电测试，电动机能以最高速运转，说明鼓风机及其供电正常。剩下的只有空调控制模块，控制线路和功率晶体管了。断开功率晶体管，对空调面板进行风速调节，发现加在晶体管上的控制线，一根为0.57V，另一根为10.17V，不随调节而变化。同时又依照维修手册的说明，实测功率晶体管3脚和4脚，为1500Ω，符合标准，从而确定故障在空调面板上。更换一只好的功率晶体管后试车，故障排除。

57. 欧宝威达 B2.0L 轿车高速时空调不制冷

故障现象：2000 款 2.0L 欧定威达 B 轿车，怠速时制冷效果很好，高速行驶时，制冷效果差。

故障诊断与排除：该车空调制冷剂为 R134a，装用可变排量式压缩机，并设有压力保护功能。先用压力表检查高、低侧压力，基本正常。检查冷凝器散热管处有少量尘土。用压缩空气干净，补加 R134a 制冷剂。试车，当行驶 5min 后，车速在 60km/h 情况下，制冷正常，车厢内出风口风量流速减小，出风口温度由 6℃开始上升，直到 21℃左右，当时环境温度为 28℃。停车打开发动机盖，用手摸蒸发器出管处，有点凉的感觉，进管温度并不很热，手摸冷凝器出管，感觉温度严重偏低，说明热交换性能差。

该车在其他修理厂补加过多次制冷剂。经检查，未发现系统有泄漏、渗漏现象，怀疑是制冷剂系统或制冷剂中有部分 R12 成分混入。于是将原制冷剂放掉，重新抽真空后，加入 R134a 制冷剂 10.4kg，试车，故障排除。

这里顺便指出，在修理制冷效果差的车辆时，特别注意车中制冷剂是否混装（R134a 和 R12 混合）或制冷剂本身质量不合格。遇到此情况，最好将车中制冷剂放掉，若用注氟机回收设备，会产生制冷剂混装影响维修后的制冷效果，使修复更困难。最好是配置专用分析仪器。

58. 雷诺轿车行驶中突然出现空调只有自然风，没有冷风

故障现象：该车行驶中突然出现空调只有自然风吹出，但无凉风。

故障诊断与排除：这种空调系统有风但无凉风的故障较普通，其主要原因有：①机械故障；② 制冷液不足；③冷凝器电子风扇不工作；④ 温控（电控）开关失灵或调整不当；⑤高压压力开关损坏。

根据上述不同的故障原因，按下列步骤进行检修。

首先对机械部位进行仔细检查，未发现异常。检查冷凝器电子风扇，工作正常。经检查，高压开关工作良好，制冷剂数量充足，

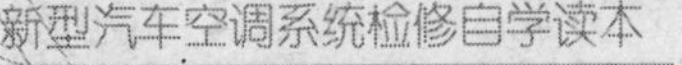

但制冷循环不工作。制冷循环不工作与温控开关有关系。

于是，对温控开关进行检查。先测量温控开关两根导线，供电电压正常；然后用短接环试着把温控开关两根导线短接（短时间），制冷循环立即恢复正常，说明温控开关损坏的可能性最大。卸下温控开关仔细检查，发现毛细管破裂，制冷剂从此泄漏，从而导致温控开关不工作，最后使制冷循环也不正常，出现有风吹出，而无凉风的故障。

经分析认为，毛细管破裂的原因是使用时间过长。由于毛细管买不到，所以将破裂部位切断并去掉。由于毛细管内孔非常细，切断后使内孔变得更小，需要用尖冲子或细钻头对内孔进行处理，然后再用一根5～6cm长的内径与毛细管外径尺寸大致相近的紫铜管套在毛细管上，用焊锡焊好，如果是塑料管用103胶粘合也可以，总之以达到不漏制冷液为标准。

最后组装好，把制冷系统空气排净，插上电源进行试车，制冷系工作正常，故障排除。

59. 奔驰S320轿车行车时空调出风口无规律变化

故障现象：奔驰S320轿车为1995年以前生产的W140底盘直列六缸发动机，行车时空调出风口方向自动无规律变化，时上时下，不受空调面板控制，但制冷系统正常。

故障诊断与排除：先进行读码，将左边设为Hi，右边设为Lo，点火开关为ON，同时按下AUTO和REST键，O键2s以上。左边显示屏上出现EO，右边显示1，其含义为系统正常，没有故障码显示，说明电控系统工作正常。

奔驰W140底盘轿车出风口采用气动控制，怀疑出风口无规律变化是风口控制阀卡死，风口控制阀卡死的现象只有两种情况：常出风和不出风。风口不可能自行变化。电控方面已经从调故障码系统正常得到初步的肯定，怀疑真空控制方面有问题。其真空源取自发动机，由真空管进入真空分配阀，再由空调控制面板发出指令经过空调控制模块计算传达给真空分配阀，然后真空分配阀利用真空来控制各个风门。先进行真空源检查，真空源不够也会引起真空分配混乱。把发动机上的真空管全部清理，并检查其管道是否有挤压

和破损，一直到真空分配阀。拆下手套箱，检查各真空管的插接是否严实，确认没有漏气的情况下再着车，并按住吹脸的方向，停放在那里时没有出现故障。

进行试车，当车速达到 80km/h 以上时就会出现风口忽上忽下，空调面板上的吹脸指示显示正常，看来真空分配阀的故障性很大。拆下重新清理其阀体上的各个插头，再试车，挡位置于 P 挡时，用模拟法测试，将一小硬物轻轻地撞击真空分配阀，风口一下子改变，再撞击，风口忽上忽下，确定为真空分配阀故障。更换真空分配阀后试车，空调风口工作正常。

60. 三菱帕杰罗汽车空调系统工作时好时坏

故障现象：三菱帕杰罗（Pajero）汽车空调系统工作时好时坏，有时出风口吹冷风，有时则吹热风。在吹热风时，断开空调开关后，过一段时间再接通，空调系统还能恢复正常工作，而且好与坏的时间长短毫无规律。

故障诊断与排除：首先在空调系统正常工作时，用歧管压力表检查空调系统制冷剂（R134a）的工作压力，高、低压力均正常。

根据上述故障现象，初步判断是制冷剂中含有水分，在空调系统工作时形成“冰堵”故障。于是放掉全部制冷剂，反复抽真空后，充入新的制冷剂，故障依旧。在空调系统发生故障时，立即检修，发现在空调系统不制冷时，空调压缩机的电磁离合器不吸合，但空调冷却风扇正常运转。

根据电路原理图得知，空调系统正常工作时，空调放大器的输出一路控制冷却风扇继电器，另一路经过双重压力开关和冷却温控开关控制空调压缩机电磁离合器继电器。首先检查双重压力开关，压力开关正常；然后检查冷却液温控开关，在发动机冷却液温度正常情况下测得其电阻值为∞，处于非正常状态。

经上述检查，认为故障原因是冷却液温控开关无规律地处于非正常状态和正常状态，从而造成了上述现象。

更换一只新的冷却液温控开关后，空调系统制冷正常，故障排除。

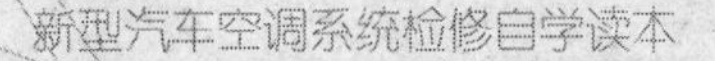

三、其他系统

61. 长城小货车空调系统工作不正常

故障现象：长城小货车空调系统工作不正常，当按下空调A/C开关后，怠速提升装置工作，发动机转速明显上升。但2～3min后，便听见真空开关阀“啪嗒”一声，随着响声发动机转速立即下降，下降到一定程度时，又听见“啪嗒”一声发动机转速又上升，发动机就这样忽高忽低地运转，如此反复。

故障诊断与排除：首先检查空调系统压力：高压侧为1200kPa左右，低压侧为150kPa左右，基本正常。怀疑空调控制系统有故障。

该车空调控制系统原理图如图6-26所示。

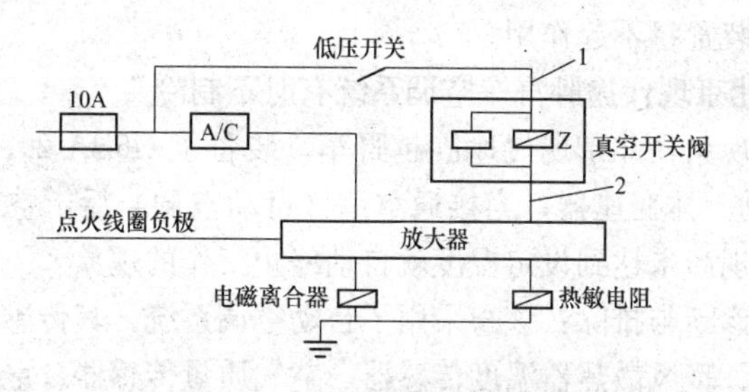

图6-26 空调控制系统原理图

用万用表检查真空开关阀两端（图6-26中1、2两点）电压时，发现1点电压为12V，2点电压在0～12V之间变化。经分析认为，故障是由放大器控制的真空开关阀接地回路在不停地导通和截止造成的。

该放大器由热敏电阻和发动机转速信号控制。检查热敏电阻值，常温下为1.9kΩ左右，并且其阻值随检查时设定的外部温度变化而变化，可以确定热敏电阻不存在问题。然后用发动机转速表从来自点火线圈负极的线头上读取发动机转速，能读到正确的数据，说明这条线路没有问题。取下放大器检查，正常。更换了新的放大器后，试车，故障依旧。

又重新检查有关的部位，仍都正常。只是在用发动机转速表检查点火线圈负极信号的时候，发现在怠速提升装置作用时，发动机

转速最高可达1850r/min，说明转速过高，怀疑是发动机怠速提升过高而引起的。

于是用旋具调整怠速提升调整螺钉，当发动机转速下降到1500r/min左右时，故障排除。

维修小结：当放大器接收的发动机转速信号超过转速以后，真空开关阀接地回路截止，怠速提升装置不起作用，从而发动机转速降低；当发动机转速下降到一定程度时，放大器接通真空开关阀回路，怠速提升装置又起作用；当转速超过中等转速以后，又重复上述过程，从而导致发动机忽高忽低运转。

重新调整怠提升调整螺钉以后，能够确保在怠速提升装置起作用时，发动机在中等转速以下运转；如发动机超过中等转速运转，怠速提升装置将不起作用。

62. 北京现代途胜汽车空调系统有时不制冷

故障现象：北京现代途胜越野车，装备了G6BA 2.7L发动机和手/自动一体变速器，当接通空调（自动空调）后，空调制冷系统时常出现尚未达到设定温度就自动停止工作的现象。

故障诊断与排除：该车采用了自动空调系统，其传感器有光照度传感器、暖风散热器温度传感器、空气质量传感器、室外温度传感器、室内温度传感器、蒸发器表面温度传感器、室内空气温度传感器和三元压力开关等；其执行器有通风模式执行器、温度门执行器、内外进气选择执行器及鼓风机、空调压缩机、散热器风扇电动机等；空调控制模块与空调操纵面板组合于一体。当冷却液的温度达到94℃时，散热器风扇开始低速运转，当冷却液的温度达到104℃时，风扇开始高速运转；空调压缩机受空调继电器控制，空调继电器端子1接常电源、端子2接空调压缩机、端子5接主继电器、端子3接动力控制模块PCM的端子29。

首先用Hi-Ds Scanner故障诊断仪读取发动机系统、空调系统的故障储存，没有故障代码。接着启动发动机，接通空调制冷开关，空调制冷系统能正常工作。连接空调压力表组，测得空调制冷系统低压侧的压力为0.20MPa（标准值为0.15～0.25MPa），高压侧的压力为1.48MPa（标准值为1.37～1.57MPa），发动机熄火后

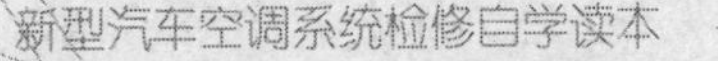

大约 10min，高压侧及低压侧的压力均为 0.65MPa，在正常范围内。参考电路图，检查真空调压缩机的电源及控制电路，未发现异常。

接着进行试车，接通空调后将温度调到最低（17℃），鼓风机设定到最高转速（第八挡），并且连接上故障诊断仪。当该车行驶了约 20km 时，空调制冷系统停止工作，立即停车用故障诊断仪读取发动机系统、空调的故障代码，还是无故障代码储存；读取数流，也未发现异常。于是继续试车，当该车行驶在一个较长的下坡路段时，空调制冷系统又自动开始正常工作；接着行驶约 10km 后空调冷系统再次停止工作，停车后读取故障代码，仍无故障代码储存。读发动机系统的数据流，空调状态参数为空调开关状态“ON”、空调压力开关状态“ON”、空调继电器状态“OFF”，同时发现冷却液的温度 115℃（驾驶室内冷却液温度表的指针并未达到红色警戒线）；读空调系统数据流，发现暖风散热器冷却液温度 86℃、室内 24℃（未达到设定的量低温度 17℃）。

上述检测的数据说明发动机冷却液温度明显过高，空调制冷系统停止工作是由于空调继电器断开了空调压缩机的电路造成的，冷却液温度过高，可能是发动机冷却系统有故障，或者是冷却液温度传感器有故障。

打开发动机盖，明显感觉发动机过热。用故障诊断仪进行“执行器检查”功能，检查散热器风扇电动机的运转情况，能高速运转，当冷却液温度降至 94℃，它开始低速旋转，这说明冷却液温度传感器、散热器风扇电动机及相关电路正常。观察散热器及冷凝器表面，无尘土和杂物等；检查储罐内的冷却液量，发现明显不足，补充了大约有 1.5L 冷却液。返回途中注意观察冷却液温度器的数据，其数值维持在 93～105℃；空调开关、空调压力开关和空调继电器的状态参数皆显示为“ON”；空调的制冷系统始终工作正常，未出现自动停止工作的现象。

于是举升车辆，查找发动机冷却液缺少的原因，发现该 V 型发动机右侧气缸的一个水堵因腐蚀而导致冷却液微漏。因无法购买到水堵配件，就按 0.03mm 的过盈量，加工了一个水堵，涂密封胶后装上，按规定加足防冻液试车，水堵密封良好，空调制冷系统工作正常，故障排除。

维修小结：由于发动机水堵稍微渗漏冷却液，使散热器内的冷却液逐渐减少，造成该车在开空调行驶时发动机冷却液温度有时过高而超过了界限（约为 115℃），冷却液温度传感器将此信号给 PCM，为了减少发动机负荷、保护发动机，PCM 切断了空调继电器的接地电路，从而造成空调压缩机停止工作；当行驶中发动机因负荷减小，冷却液温度下降到标准范围内时，PCM 又控制空调继电器接地，空调压缩机开始工作，空调制冷系统也恢复正常工作；随着冷却液渗漏量的增加，造成该车在接通空调行驶过程中空调制冷系统自动关断的频率越来越频繁。

另外，该车冷却液温度传感器设定的工作温度为－46～138℃，因此系统无故障代码输出，故障指示灯也不亮。

63. 黄河大客车空调不工作

故障现象：黄河 DD6101HSAK 型豪华大客车，采用非独立式空调机组。当接通压缩机电磁离合器时，有类似空调皮带打滑的异响声。压缩机工作 10s 左右后，风机停止运转，压缩机电磁离合器断开，空调系统不工作。

故障诊断与排除：经分析认为，压缩机转动阻力过大，导致皮带打滑。经检查，发现冷冻油液面高度正常，用套筒直接转动压缩机曲轴，所需力矩也正常。又怀疑发电机发电量不足，导致风机及电磁离合器无法工作。经检查，在不开空调时发电机发电良好，皮带松紧度适宜，各接线均牢固。最后怀疑空调系统管路内有堵塞，造成压缩机工作阻力过大。接上歧管压力表，高、低压管路的均衡压力为 0.7MPa，也正常。

现次开启空调，当接通压缩机电磁离合器时，发现不仅空调驱动皮带，所有其他皮带（如风扇皮带、发电机皮带等）转动均十分缓慢，且发出打滑的尖叫声，但发动机转速却未见降低，维持在 650r/min 左右。仔细观察，发现曲轴减振器（俗称曲轴皮带轮）上的外皮带轮槽与内芯之间打滑，造成发动机功率无法通过皮带轮槽及皮带向外输出。更换发动机曲轴减振器后，故障排除。

维修小结：由于汽车空调系统所需的能量全部由发动机通过曲轴减振器来提供。曲轴减振器的外皮带轮槽与内芯之间为过盈配合，通过冷压结合在一起。随着使用时间的延长，外皮带槽与内芯之间的过盈度会降低，在没有较大的外部负荷时，该故障一般表现不出来，但在外部负荷较大时，比如开启空调压缩机时，曲轴减振器外皮带轮槽与内芯之间就会发生相对运动（即打滑），此时不仅会发出打滑产生的尖叫声，也会造成压缩机、发电机等由皮带驱动的部件转速降低。当转速降低到一定程度时，发电机停止发电。因该车型空调系统所用电量全部直接由发电机提供，当发电机因转速低而无法发电时，空调风机停止工作，压缩机电磁离合器断开。

必须注意的是，在维修汽车空调系统时，不应把目光仅局限于空调系统本身，而应充分考虑所有为空调系统工作提供服务的其他相关部件的工作状况，即用整体的思路排查故障。

64. 奇瑞风云轿车空调制冷间歇性不工作

故障现象：奇瑞风云 7160ES 轿车空调不制冷，出风口出热风的现象，只有不停地拍打空调控制面板，空调才会制冷，而且此时制冷效果很好。

故障诊断与排除：首先接通空调制冷开关，测量空调制冷系统高低压侧的压力，高压侧的压力为 1.38～1.72MPa 低压侧的压力为 0.18MPa 正常。测量出风口的温度为 4℃，也正常。试车试了 1h，故障没有出现。

几天后，空调故障重现，该故障的出现无任何规律，冷却液温度等正常。经分析认为，只有三种情况才会导致空调压缩机间歇性停转：①空调系统电路存在接触不良的现象；②空调系统压力异常，使得压力开关断开，以保护空调压缩机；③发动机 ECU 接收到异常的信号（如节气门位置、进气压力、发动机转速、冷却液温度），切断了压缩机电磁阀的回路，以减少发动机的负荷，从而保证发动机的动力输出和保护发动机。

该车使用的是可变排量空调压缩机，该压缩机的压力是由其后部的机械压力调节阀控制的，而该车目前空调制冷效果良好，应该说压力低于 0.07MPa 使得空调压缩机停转的可能性不大，而且该

车的空调电子风扇高低速运转均正常。

用故障检测仪检测发动机控制系统，没读到故障代码。接着检查空调系统电路。因为空调系统电路通过的电流比较大，如果有接触不良之处就会产生连接器烧焦的现象，仔细检查相关的线路及连接器，没有发现异常，怀疑故障是第三种原因导致的，对该车进行路试。

为了让故障尽快再现，就加大空调负荷；将轿车开到阳光直射的地方，使用外循环的方式，连接故障检测仪，时刻监控发动机的各项数据。发现轿车在阳光下工作 40min 后空调压缩机停机了，此时故障检测仪上显示冷却液温度为 110℃，而其他传感器的信号数值均在标准范围内，此时空调电子风扇仍作高速运转，而仪表盘上冷却液温度表此时的温度为 90℃左右，离红色警告区还有一段距离。其实多款轿车发动机冷却液的正常工作温度都不止 100℃，而此时冷却液温度表上的指针却达不到红色警告区。检查散热器中的冷却液，发现是非常浑浊的自来水，没有按要求添加合格的冷却液。显然是散热器及冷却液道水垢严重，造成冷却系统散热不良，以至于冷却液温度过高，发动机 ECU 检测到冷却液温度过高，就切断空调压缩机继电器回路，以减少发动机负荷，降低发动机冷却液温度，从而保护发动机。

清洗冷却液道，更换散热器后试车，故障排除。

65. 奇瑞东方之子轿车风扇只有低速无高速

故障现象：奇瑞东方之子 7240 AT 轿车，发动机水温高，风扇转速只有低速无高速，开空调尤其如此。

故障诊断与排除：该车风扇电路如图 6-27 所示，主要由两个风扇电动机（一主一副）、风扇控制模块、提供电源的继电器（两个，在前舱电器盒内）、发动机控制器 ECU4 部分组成。从图 6-8 可以看出东方之子风扇系统没有低速电阻，而是无级调速的，最低转速 500r/min，最高转速 1800r/min，在这个调速范围内风扇控制模块的 2 号脚根据发动机控制器 ECU 的 21 号脚提供的发动机负荷大小（发动机水温、空调开关信号、空调系统的压力信号等）随时改变风扇转速，发动机负荷越大，风扇转速越高。

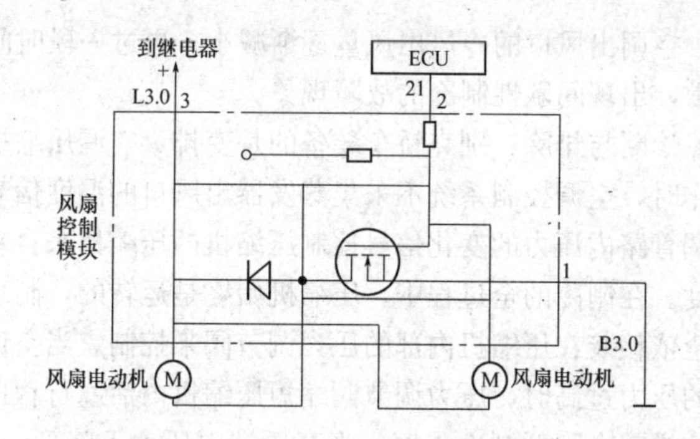

图 6-27　东方之子轿车风扇部分电路图

由于两个风扇都能运转，排除了系统熔丝及继电器损坏的可能；拔下模块上的两个 2 孔风扇插座，直接对两个风扇电动机提供 12V 的电源，它们都能高速运转，说明两个风扇电动机没有故障；拔掉风扇控制模块上的大 3 孔插件，用万用表测量 3 号脚，有 12V 电源输出；2 号脚是 ECU 与模块之间的信号线，用万用表检测 2 号脚到 ECU 的 21 号脚，中间导通，不存在断路、连接不良等现象；1 号脚是接地线，用万用表测量时直接与车身接地，发现接地电阻偏大，怀疑接地不良，暂时不去检查；将该车的风扇控制模块拆下，装到其他东方之子车上重新试车，开空调后水温升到 105℃ 以上时，风扇高速运转正常，说明模块性能良好。

于是再检查 1 号脚接地情况，顺着这根线查找，没有发现异常，接着对前舱的所有接地线进行检查，发现蓄电池底下的接地线松动，用手去拧接地线的紧固螺母，根本拧不动，原来车身焊接螺栓头部喷有 PVC 防腐胶，导致螺母虽然拧紧但是根本没拧到位，接地线松动造成螺栓烧成红色。装好接地线后，车辆正常工作，故障排除。

维修小结：由于蓄电池底下的接地线接触不良，接触电阻很大，电流转化成热温以致接地螺栓灯笼成红色，造成风扇控制模块的 1 号脚电流很小，模块无法正常工作，风扇高速始终无法运转。

66. 上海通用别克轿车空调出风口的冷风异常

故障现象：上海通用别克轿车装用 R134a 全自动空调。行驶过程中，空调出风口的冷风出风量逐渐减小，再过一段时间后，又恢复正常，出现间歇性制冷的故障现象。

故障诊断与排除：别克轿车装备的是变排量空调压缩机。空调系统工作时，空调控制系统不采集蒸发器出风口的温度信号，而是根据空调管路内压力的变化信号控制压缩机的压缩比来自动调节风口的温度。在制冷的全过程中，压缩机始终是运转的，制冷强度的调节安全依赖装在压缩机内部的压力调节阀来控制。当空调管路内高压端的压力过高时，压力调节阀缩短压缩机内活塞行程以减小压缩比，这样就会降低制冷强度；当高压端内压力下降到一定程度，低压端压力上升到一定程度时，压力调节阀则增大活塞行程以提高制冷强度。

检查观察压缩机的工作情况，发现压缩机能够一直吸合。连接好空调压力表，测试系统内的高、低压端压力，数值正常。利用车辆专用检测仪 TECH2 进行检测，无故障码存储，读取 ECU 内有关空调的数据（主要是空调压力信号），没有发现异常。

通过制冷剂纯度分析仪测试制冷剂成分发现，系统存在 28% 的 R12。

由于别克轿车空调系统添加的制冷剂应为 R134a，于是排空系统内的制冷剂以清除 R12。由于过低的温度已经改变了压力调节阀内部弹簧的弹性系数，压力调节阀也应更换。更换压缩机压力调节阀后，用氮气清洗空调管路并抽真空后填充纯正的 R134a 制冷剂，再次开空调试验，故障排除。

维修小结：由于该车空调系统制冷剂内混入了 R12，造成系统内压力控制不良，制冷强度上升。在此状态下工作一段时间后，过低的温度使蒸发器外壁结霜，空调出风口无风，当蒸发器外壁的霜融化后系统又恢复正常。

67. 丰田短跑家空调风量不能调整

故障现象：丰田短跑家空调风量不能调整。

故障诊断与排除：该车自动空调的风量选择，不管是自动还是手动，从低到高共分 6 挡。操作风扇开关时，功率三极管的基极电流分成 6 个等级，因而功率三极管的集成电极和发射极电压也分为

6 个等级，这样加在鼓风机电动机上的电压也分为 6 个等级，所以有 6 个等级的风量。

开空调检查，当开关置于自动位置时，空调风量能从弱到强进行变化，但转换到手动位置时，无论将温度设置高或低，空调风量均不能变化，但能听到继电器的动作和鼓风机的运转声，说明电源及电动机基本正常。于是检查如图 6-28 所示的风扇控制电路，如功率三极管、风扇控制开关、空调放大器等是否有问题。

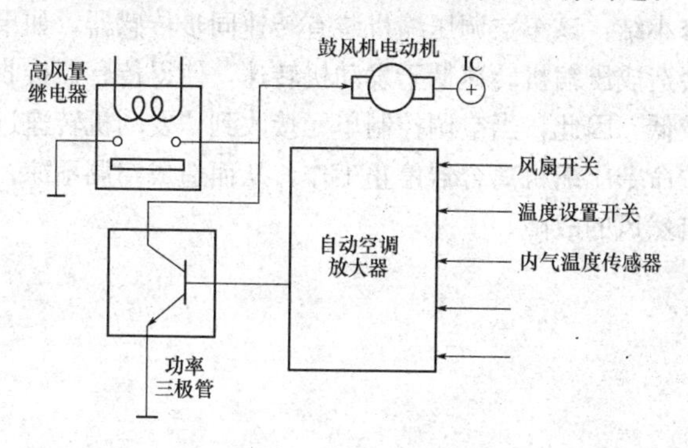

图 6-28　风扇控制电路

（1）检查功率三极管。可在自动动态下改变设置的温度，检测控制线的电压，发现电压能随设置温度而变化，且风量也能随电压变化，说明功率三极管正常。

（2）检查自动空调放大器。将空调处于自动调整状态，检测风扇电动机电压，当电压能连续变化，则说明自动空调放大器正常。

（3）检查风扇开关。用万用表检测其内电阻值是否正常，当电阻变化不定时，则说明风扇控制开关有问题。

更换损坏的风扇控制开关，故障排除。

68. 奔驰 S600 轿车开空调一直吹自然风

故障现象：奔驰 S600 轿车，打开空调一直吹自然风。

故障诊断与排除：先用“Auto”切换键，选择“7”通道查看系统压力，显示高压侧的压力为 1.1MPa 始终不变，而空调系统不工作。打开发动机盖，检查压缩机工作情况，发现压缩机电磁离合器不吸合。

接着用“HHT”专用检测工具对空调系统进行检测，测出故障为“热循环泵工作不良”和“空调转速传感器不良”。检查热循环泵，没发现损坏和泄漏，再检查转速传感器，电阻值也在正常范围，电源线和接地线也没有问题。

仔细检查空调皮带，发现空调皮带有磨损甚至断残裂的痕迹，皮带相对松弛，有打滑现象。

更换空调皮带，并消除故障码后，空调工作正常。

维修小结：该车空调压缩机装有转速同步传感器，如果皮带打滑，将会造成压缩机转速低于发动机转速，使得传感器接收的转速信号也较低。因此，当空调控制单元接收到“发动机转速过低”的信号后，命令压缩机离合器停止工作，从而造成空调不凉，出风口一直吹自然风的故障。

附录A 汽车空调检修常用英文缩略语及中文含义

汽车空调检修常用英文缩略语及中文含义见附表1。

附表1

英文缩略	中 文 含 义	英文缩略	中 文 含 义
A/C	空调	DTC	故障码
A/T	自动变速器	EATC	电子自动温度控制
ACCS	空调循环开关	ECCP	空调控制面板
ACPSW	空调压力开关	ECCS	电子循环电磁离合器
ATC	自动温度控制	ECC	电子气候控制
AUTO	自动	ECM	电子控制模块
B/LBI-LEV	双向	ECON	经济
BCM	车身控制模块	ECT	发动机冷却液温度
BEIGE	米色	EPROM	可编程只读存储器
BK	黑色	FACE	面部
BOO	制动通断	FC	风扇控制
BRN	棕色	FDC	燃油数据板
BR	棕色	FLOOR	地板
BU	蓝色	FLOOR/DEF	地板/除霜
CCC	气候控制中心	FOOT	脚部
CCOT	循环离合器孔管	FP	燃油泵
CCRM	固定控制继电器模块	FRESH	新鲜空气
CDS	冷凝器	FRT	前部
COMP	压缩机	GAUGE	仪表
CONN	连接器	GND	接地
COOL	冷	GRN	绿色
CRT	阴极射线管	GRY	灰色
DAM	永久存储器	HEAT/DEF	加热/除霜
DEF	除霜	HEAT	加热
DIC	旅程计算机	HFC	高速风扇控制
DK GRN	深绿色	HI	高
DKBLU	深蓝色	HTR	加热器
DKGRN-WHT	深绿/白色	HVAC	加热、通风与空调
DLC	数据传输插接器	I/P	仪表板
DRB	诊断读取器	IAT	进气温度

续表

英文缩略	中 文 含 义	英文缩略	中 文 含 义
ILLU	照明灯	RLY	继电器
IPC	结合仪表板	RPM	转速
IRCM	继电器控制组	RSS	道路(路面)传感式悬架
J/B	中继线组	RTN	返回、复位
LFC	低速风扇控制	RUST	铁锈色
LHD	左侧	SBEC	单板发动机控制
LO	低	SCP	维修用部件
LPCO	低压切断开关	SC	增压器
LTBLU	淡蓝色	SENS	传感器
LTGRN	淡绿色	SHO	超高输出
LT	灯	SIGRTIN	信号返回
M/T	手动变速器	SOL	电磁线圈
MAP	歧管绝对压力	STI	自测试输入信号
MOT	节气门全开	STO	自测试输出信号
MTR	电动机	SW	开关
N. C	常闭	TAN	棕黄色
N. O	常开	TENP	温度
ORG	橙绿色	TPS	节气门位置传感器
PANEL	面板	TP	节气门位置
PBR	平衡电位器	VCRM	可变控制继电器模块
PCM	动力控制模块	VENT	通风
PFC	推杆式风扇控制	VFD	真空荧光显示器
PIN	端子	VIOLET	紫罗兰色
PNK	粉红色	VPWR	汽车电源
PPL	紫色	VREF	汽车参考速度
PWM	脉宽调制器	VSS	车速传感器
RAD、RDI	散热器	VSV	真空开关阀、真空电磁阀
REAR	后部	WAC	节气门全开空调切断
REC	内循环	WARM	暖
RED	红色	WHT	白色
RHD	右侧	YEL	黄色

附录B　部分轿车空调故障码

1. 上海通用景程轿车空调故障码（见附表2）

附表2　　上海通用景程轿车空调故障码

故障码	故障码含义
1	车内温度传感器故障或传感器相关线束断路或短路
2	环境温度传感器故障或传感器相关线束断路或短路
3	冷却液温度传感器故障或传感器相关线束断路或短路
4	空气混合风门故障或混合风门相关线束断路或短路
5	阳光传感器故障或传感器相关线束断路或短路
6	鼓风机电动机控制模块故障
7	鼓风机 MAX-HI（最大-高速）继电器故障

2. 上海通用君威轿车空调故障码（见附表3）

附表3　　上海通用君威轿车空调故障码

故障码	故障码含义	故障码	故障码含义
B0332	环境温度传感器对接地短路	B0348	阳光温度传感器断路
B0333	环境温度传感器断路	B0361	执行器反馈电路对接地短路
B0337	车内空气温度传感器对接地短路	B0363	执行器反馈电路断路
B0338	车内空气温度传感器断路	B0441	执行器超出范围

3. 上海通用乐骋轿车空调故障码（见附表4）

附表4　　上海通用乐骋轿车空调故障码

故障码	故障码含义
P0532	空调系统制冷剂压力传感器电路电压过低
P0533	空调系统制冷剂压力传感器电路电压过高
P0645	空调离合器继电器控制电路

4. 上海大众帕萨特轿车空调故障码（见附表 5）

附表 5　　上海大众帕萨特轿车空调故障码

故障码	故障原因	故障排除方法
00000 未发现任何故障	• 如果在修理后显示“未发现任何故障”，那就表示自诊断结束 • 如果显示器闪光，可继续选择下列功能：07-控制单元编码，04-调整到初始位置	
65535 控制单元	• 通往空调控制单元 J255 的线路和插接件故障 • 控制单元损坏	• 检查线路和插接件 • 通过读取测量数据块来检验控制单元 J255 • 更换控制单元 J255 并进行 07-控制单元编码和 04-调整到初始位置
01279 脚部空间出风口温度传感器 G192 断路/对正极短路对接地短路	对正极短路或断路（线路断路）或脚部出风口温度传感器 G192 的插接件有故障 • 在通往脚部空间出风口 G192 的线路或插接件上短路 • G192 损坏	• 通过“读取测量数据块”检查 G192 • 检查线路和插接件 • 通过“读取测量数据块”检查 G192 • 检查线路和插接件 • 更换 G192
000532 电源电压信号太大 信号太小	• 三相发电机损坏 • 通往控制单元 J255 的线路或插接件	• 通过“读取测量数据块 08”检查电源电压（端子 15 上的电压） • 检查控制单元的线路和插接件 • 检查三相发电机
000538 基准电压 信号太大 信号太小	• 在线路或插接件上短路或断路 • 控制单元 J255 上通往伺服电动机的线路故障 • 电位计 G92 或电位计 G112 或电位计 G113 或电位计 G114 损坏 • 控制单元损坏	• 检查控制单元的插接件及导线 • 相继拔开所述部件的插接件，清除故障码并重新查询。如果不再出现“基准电压”这一故障，就须更换相应的伺服电动机，因为一旦接上插座，它就会引起故障 • 更换控制单元并进行 07-控制单元编码和 04-调整到初始位置
01296 中间出风口温度传感器 G191 断路/对正极短路 对接地短路	• 对正极短路或通往中间出风口温度传感器 G191 的导线或插接件断路 • 对接地短路，或通往中间出风口温度传感器 G191 的导线或插接件断路 • G191 损坏	• 更换 G191 • 通过“读取测量数据块”检查 G191 • 根据电路图检查线路和插接件 • 通过“读取测量数据块”检查 G191 • 根据电路图检查导线和插接件 • 更换 G191

续表

故障码	故障原因	故障排除方法
00792 空调装置的压力开关 F129	• 通往空调装置的压力开关 F129 的导线或插接件断路或短路 • 制冷剂加注量有错误 • 电动机冷却不足 • F129 损坏	• 通过"读取测量数据块"检查 F129 • 根据电路图检查导线和插接件 • 检查电动机的冷却 • 更换 F129
不能立即检查	在查询故障码之前进行过最终控制诊断而显示压力开关不能检查(倒如当测得的外界温度低于 12℃时)，这一显示才会出现，关闭点火装置后，控制单元故障存储器中的这一故障就会被清除	
00779 外界温度传感器 G17 断路/对正极短路 对接地短路	• 通往外界温度传感器 G17 的导线或插接件对正极短路或断路 • 通往外界温度传感器 G17 的导线或插接件对地短路 • G17 损坏	• 通过"读取测量数据块"检查 G17 • 根据电路图检查导线和插接件 • 通过"读取测量数据块"检查 G17 • 根据电路图检查导线和插接件 • 更换 G17
00787 新鲜空气吸气道温度传感器 G89 对正极短路或断路 对接地短路	• 通往新鲜空气吸气道温度传感器 G89 的导线或插接件断路或对正极短路 • 通往新鲜空气吸气道温度传感器 G89 的导线或插接件断路或对地短路 • G89 损坏	• 通过"读取测量数据块"检查 G89 • 根据电路图检查导线和插接件 • 通过"读取测量数据块"检查 G89 • 根据电路图检查导线和插接件 • 更换 G89
00603 脚部空间/除霜器伺服电动机 V85	• 通往脚部空间/除霜器伺服电动机的导线或插接件短路或断路 • V85 损坏	• 更换伺服部件自诊断 • 通过"读取测量数据块"检查 V85 • 根据电路图检查导线和插接件 • 更换 V85，并进行 04-调整到初始位置

续表

故障码	故障原因	故障排除方法
01206 停止时间信号	• 如果 ABS 检测灯 K47 或制动装置检测灯 K81 显示出此故障并在故障存储器中存储起来，则组合仪表损坏 • 导线或插接件短路或断路 • 控制单元 J255 损坏	• 更换组合仪表 • 通过“读取测量数据块”检查停止时间 • 根据电路图检查导线和插接件 • 更换控制单元 J255，并进行 07-控制单元编码和 04-调整到初始位置
00281 行驶速度传感器 G68	• 速度传感器损坏 • 速度信号分配器 TV13 通往空调控制单元的导线或插接件发生短路或断路	• 更换 G22 • 通过“读取测量数据块”检查 G22 的信号 • 根据电路图检查导线和插接件
目前不能检查	在查询故障码之前进行过最终控制自诊断，这种显示才会出现，控制单元识别故障存储器中的这些故障，在熄火后会自行清除。如果 G68 损坏，这一故障在行车时又会显现	
00797 阳光入射的光电传感器 G107 断路/对正极短路 对接地短路	• 阳光入射光电传感器 G107 的导线或插接件断路或对正极短路 • 通往阳光入射光电传感器 G107 的导线或插接件对地短路 • G107 损坏	• 通过“读取测量数据块”检查 G107 • 根据电路图检查导线和插接件 • 通过“读取测量数据块”检查 G107 • 根据电路图检查导线和插接件 • 更换 G107
01271 温度调节活门的伺服电动机 V68	• 通往温度调节活门的伺服电动机 V68 的导线或插接件断路或短路 • 安装 V68 时，未进行“04-调整到初始位置”的功能 • V68 卡住 • V68 损坏	• 通过“读取测量数据块”检查 V68 • 根据电路图检查导线和插接件 • 检查伺服电动机 V68 的终端位置 • 进行最终控制诊断 03 • 更换 V68，并进行 04-调整到初始位置

续表

故障码	故障原因	故障排除方法
01272 总活门的伺服电动机 V70	• 通往总活门的伺服电动机V70的导线或插接件断路或短路 • V70卡住 • V70损坏	• 通过“读取测量数据块”检查V70 • 根据电路图检查导线和插接件 • 进行最终控制诊断03 • 更换V70，进行功能04-调整到初始位置
01273 新鲜空气鼓风机V2（带有新鲜空气鼓风机的控制单元J126）	• 通往新鲜空气鼓风机V2的导线或插接件断路或短路 • 鼓风机控制单元J126和新鲜空气鼓风机V2损坏	• 通过“读取测量数据块”检查J126 • 根据电路图检查导线和插接件 • 进行最终控制诊断03 • 更换J126和V2
01274 风滞压力活门伺服电动机V71	• 通往风滞压力活门伺服电动机V71的导线或插接件断路或短路 • V71卡住 • V71损坏	• 通过“读取测量数据块”检查V71 • 根据电路图检查导线和插接件 • 进行最终控制诊断03 • 更换V71，进行功能04-调整到初始位置

5. 一汽大众宝来轿车空调故障码（见附表6）

附表6　　一汽大众宝来轿车空调故障码

打印结果或屏幕显示	可能的故障原因	故障排除方法
0000 无故障	如果出现“无故障”，则自诊断结束	
11281 车速传感器G68	• 发动机控制单元到空调控制单元间的信号线路短路、断路或插接件故障 • 速度传感器G22故障	• 按电路图查找控制单元的导线和插接件 • 更换G22
00532 供电电压信号太强或信号太弱	• 电压调节器故障 • 空调控制单元J255导线或插接件	• 检查电压调节器 • 按电路图检查到控制单元的导线和插接件
00538 参考电压信号太强或信号太弱	导线短路或断路或插接件故障，检查空调单元J255插头T166的8脚到步进电动机的导线	• 按电路图检查到控制单元的导线和插接件 • 通过执行元件诊断03检查步进电动机的调节功能

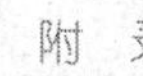

续表

打印结果或屏幕显示	可能的故障原因	故障排除方法
00603 脚窝/除霜风门位置电动机 V85	• 到脚窝/除霜风门位置电动机 V85 的导线或插接件短路或断路 • V85 锁死 • V85 损坏	• 进行执行元件诊断 03 • 按电路图检修导线和插头 • 更换 V85
00779 G17 环境温度传感器断路/对正极短路 对地短路	• 到环境温度传感器 G17 的导线或插接件对正极短路或断路 • 到环境温度传感器 G17 的导线或插接件对地短路或断路 • G17 损坏	• 按电路图检修导线和插接件 • 更换 G17
00787 新鲜空气进气温度传感器 G89 断路，对正极短路 对地短路	• 到新鲜空气进气温度传感器 G89 的导线或插接件对正极短路或断路 • 到新鲜空气温度传感器 G89 的导线或插接件对地短路或断路 • G89 损坏	• 按电路图检修导线和插接件 • 更换 G89
00792 空调压力开关 F129	• 到空调压力开关 F129 的导线或插接件短路或断路 • 制冷剂管路故障 • 发动机冷却不良 • F129 损坏	• 按电路图检修导线和插接件 • 检查发动机冷却系统 • 更换 G32 • 更换 F129
00797 阳光照度传感器 G107 断路/或对正极短路 对地短路	• 到阳光照度传感器 G107 的导线断路或对正极短路 • 到阳光照度传感器 G107 的导线或插接件对地短路 • G107 损坏	• 按电路图检修导线和插接件 • 更换 G107

续表

打印结果或屏幕显示	可能的故障原因	故障排除方法
01206 临时故障信号	• 如果 ABS 警报灯 K47 或制动系统警报灯 K81 也指示该故障则组合仪表损坏，故障同样存储到故障记忆中导线或插接件短路或断路 • 空调控制单元 J255 损坏	• 更换组合仪表 • 按电路图检修导线和插接件 • 更换空调控制单元 J255 之后依次执行下述功能：07-控制单元编码，04-调整到初始位置
01271 温度风门位置电动机 V68	• 到温度风门 V68 的导线或插接件短路或断路 • V68 安装后未用 04 功能进行基本设定 • V68 卡死 • V68 损坏	• 按电路图检测导线和插接件 • 安装后检查位置电动机 V68 止点位置 • 执行元件诊断 03 • 更换 V68 并执行 04 功能
01272 中央风门位置电动机 V70	• 到中央风门 V70 的线路或导线短路或断路 • V70 卡死 • V70 损坏	• 执行元件诊断 03 • 更换 V70 执行基本设定，04 功能
01273 新鲜空气鼓风机 V2 或鼓风机控制单元 J126	• 到新鲜空气鼓风机 V2 的导线或插接件短路或断路 • 鼓风机控制单元 J126 或新鲜空气鼓风机 • V2 损坏	• 按电路图检测导线和插接件 • 执行元件诊断 03 • 更换 J126 或 V2
01274 空气风门位置电机 V7	• 到空气风门 V71 的导线或插接件短路或断路 • V71 卡死 • V71 损坏	• 按电路图检修导线和插接件 • 执行元件诊断 03 更换 V71，并且进行基本设定 04
01296 中央通风温度传感器 G191 断路/或对正极短路 对地短路	• 没有安装中央通风温度传感器 G191 • 空调控制单元 J255 编码错误	依次执行下面功能：07-控制单元编码，04-基本设定

续表

打印结果或屏幕显示	可能的故障原因	故障排除方法
01297 脚窝通风温度传感器 G192 断路或对正极短路 对地短路	• 到脚窝通风温度传感器 G192 的导线和插接件对正极短路或断路 • 到脚窝通风温度传感器 • G192 的导线或插接件对地短路 • G192 损坏	• 按电路图检修导线和插接件 • 更换 G192
65535 空调控制单元 J255	• 到空调控制单元的导线或插接件故障 • 控制单元损坏	• 按电路图检修导线和插接件 • 更换空调控制单元 J255 之后依次选择下功能：07-控制单元编码，04-基本设定

6. 一汽大众奥迪 A6 轿车空调系统故障码（见附表 7）

附表 7　　一汽奥迪 A6 轿车空调系统故障码

V. A. G. 1551 打印输出	可能的故障原因	故障排除方法
00000 无故障		修理后如出现“无故障”，则自诊断结束
00532/2234（闪码） 供电电压 信号太弱/SP	• 汽车电器系统电压低于 9.5V① • E87 的导线是接触电阻	• 检查交流发电机和电压调节器 • 按电路图查找并排除接触电阻
00601 中央翻板伺服电动机 V70 上电位计 G112 对地短路/SP 断路/对正极短路/SP 超过自适应极限⑦	• G112 和 E87 之间短路、断路或插接件有故障 • 中央翻板或脚坑翻板运动困难 • V70 上电位计 G112 损坏	• 按电路图查找并排除短路、断路或插接件故障 • 检查中央翻板和脚坑翻板是否运动自如③ • 更换伺服电动机 V70
00604 通风翻板伺服电动机 V71 上电位计 G113 对地短路/SP 断路/对正极短路/SP 超过自适应极限②	• G113 和 E87 之间短路、断路或插接件有故障 • 通风翻板或空气再循环/新鲜空气翻板运动困难 • V71 上电压位计 G113 损坏	• 按电路图查找并排除短路、断路及插接件故障 • 检查通风翻板和空气再循环/新鲜空气翻板是否运动自如③ • 更换伺服电动机 V71

续表

V. A. G. 1551 打印输出	可能的故障原因	故障排除方法
00710 除霜翻板伺服电动机 V107 卡住或无电压/SP	• V107 和 E87 之间短路、断路或插接件有故障 • 除霜翻板运动困难 • 伺服电动机 V107 损坏	• 按电路图查找并排除短路/断路或插接件故障 • 检查除霜翻板是否运动自如 • 检查伺服电动机 V107
00717 除霜翻板伺服电动机 V107 上电位计 G135 • 对地短路/SP • 断路/对正极短路/SP • 超过自适应极限②	• G135 和 E87 之间短路、断路或插接件有故障 • 除霜翻板运动困难 • V107 上电位计 G135 损坏	• 按电路图查找并排除短路、断路或插接件故障 • 检查除霜翻板是否运动自如③ • 更换伺服电动机 V107
00756 左出风口温度传感器 G150 对地短路/SP 断路/对正极短路/SP	• G150 和 E87 之间短路或断路 • G150 损坏	• 按电路图查找并排除短路或断路故障 • 检查 G150
00757 右出风口温度传感器 G151 对地短路/SP 断路/对正极短路 SP	• G151 和 E87 之间短路或断路 • G151 损坏	• 按电路图查找并排除短路或断路故障 • 检查 G151
0779/3313（闪码） 外温度传感器 G17 对地短路/SP 断路/对正极短路/SP	• G17 和 E87 之间短路或断路 • 温度传感器 G17 损坏	• 按电路图查找并排除短路或断路故障 • 检查温度传感器 G17
00786/3211（闪码） 仪表板温度传感器 G56 对地短路/SP 断路/对正极短路/SP	• 温度传感器 G56（装在 E87 内）	• 温度传感器 G56 损坏，更换控制和显示单元 E87
00787/3224（闪码） 新鲜空气进气温度传感器 G89 对地短路/SP 断路/对正极短路/SP	• G89 和 E87 之间短路或断路 • 温度传感器 G89 损坏	• 按电路图查找并排除短路或断路故障 • 检查温度传感器 G98

续表

V. A. G. 1551 打印输出	可能的故障原因	故障排除方法
00792/3224（闪码） 空调压力开关 F129[5] 对地短路/SP	• F129 和 E87 之间导线断路 • 风扇 V7（1 挡，有故障） • 冷凝器或散热器脏污 • 通过压力开关-F129 对风扇 V7（2 挡）控制有故障 • 压力开关 F129 损坏 • 制冷剂管路有故障（过压或真空）	• 按电路图查找并排除断路或松动处故障 • 检查风扇 V71（1 挡）的功能，进行执行元件诊断和电气检测 • 清洁冷凝器和散热器 • 检查风扇 V7 的功能（通过压力开关 F129 接 2 挡） • 检查压力开关 F129 • 修理空调管路
00794/3234 仪表板温度传感器鼓风机 V42 卡住或无电压/SP	鼓风机 V42 损坏（装在 E87 内）	鼓风机 V42 损坏，更换控制和显示单元 E87
00797/3241（闪码） 阳光强度光敏电阻 G107 断路/对正极短路/SP 对地短路/SP	• G107 和 E87 之间断路或短路 • 光敏电阻 G107 损坏	• 按电路图查找并排除短路、断路或插接件故障 • 更换光敏电阻 G107
01044 控制单元编码错误	• 未按规定给 E87 编制代码 • 输入错误编码	• 按规定给控制和显示单元 E87 编码
01087 未进行基本设定	• 基本设定过程中出现了故障或点火开关已关闭 • E87 无法完成此功能 • 更换 E87 后未进行基本设定 • 对未编码或编码错误的 E87 进行了基本设定	• 检查控制和显示单元 E87 编码 • 对控制和显示单元 E87 进行基本设定
01206 点火开关关闭时间间隔信号[6] 不可靠信号/SP	• 仪表板和 E87 之间断路或短路 • 仪表板损坏	• 按电路图查找并排除短路、断路或插接件故障 • 检查仪表板信号（读取测量数据块）

续表

V.A.G.1551 打印输出	可能的故障原因	故障排除方法
01272 中央翻板伺服电动机 V70 卡住或无电压/SP	• V70 和 E87 间短路、断路或插接件有故障 • 中央翻板或脚坑翻板运动困难 • 伺服电动机 V70 损坏	• 按电路图查找并排除短路、断路或插接件故障 • 检查中央翻板和脚坑翻板是否运动自如③ • 检查伺服电动机 V70（执行元件诊断）
01273/4124（闪码） 新鲜空气鼓风机 V2 调整差别/SP	• 鼓风机 V2，鼓风机控制单元 J126 和/或 E87 之间短路或断路 • 供电或 J126 接地断路 • 控制单元 J126 损坏 • 新鲜空气鼓风机 V2 损坏	• 按电路图查找并排除短路或断路故障 • 按电路图查找并排除断路故障 • 检查控制单元 J126（电气检测） • 更换新鲜空气鼓风机 V2
01274/4131 通风翻板伺服电动机 V71 卡住或无电压/SP	• V71 和 E87 之间短路、断路或插接件有故障 • 通风翻板空气再循环/新鲜空气翻板运动困难 • 伺服电动机 V71 损坏	• 按电路图查找并排除短路、断路或插接件故障 • 检查通风路翻板和空气再循环/新鲜空气翻板是否运动自如③ • 检查伺服电动机 V71（执行元件诊断）
01297 脚坑出风口温度传感器 G192 对地短路/SP 断路/对正极短路/SP	• G192 和 E87 之间短路或断路 • 传感器 G192 损坏	• 按电路图查找并排除短路、断路故障 • 更换 G192
01582 冷却液温度信号⑦ 不可靠信号	• 仪表板和 E87 之间断路或短路 • 仪表板损坏	• 按电路图查找并排除短路、断路或插接件故障 • 检查仪表板信号（读取测量数据块）
01809 左侧温度翻板伺服电动机 V158 卡住或无电压/SP	• V158 和 E87 之间短路、断路或插接件有故障 • 温度翻板运动困难 • V159 上电位计 G220 损坏 • 伺服电动机 V158 损坏	• 按电路图查找并排除短路、断路或插接件故障 温度翻板是否运动自如③ • 检查伺服电机 V158

续表

V. A. G. 1551 打印输出	可能的故障原因	故障排除方法
01810 右侧温度翻板伺服电动机 V159 卡住或无电压/SP	• G220 和 E87 之间短路、断路或插接件有故障 • 温度翻板运动困难 • V159 上的电位计 G220 损坏	• 按电路图查找并排除短路、断路或插接件故障 • 检查温度翻板是否运动自如③ • 更换伺服电动机 V159
01841 左侧温度翻板伺服电动机 V158 上电位计 G220 对地短路/SP 断路/对正极短路/SP 超过自适应极限②	• G220 和 E87 之间短路、断路或插接件有故障 • 温度翻板运动困难 • 伺服电动机 V158 损坏	• 按电路图查找并排除短路、断路或插接件故障 • 检查温度翻板是否运动自如③ • 检查伺服电动机 V158
01842 右侧温度翻板伺服电动机 V159 上电位计 G221 对地短路/SP 断路/对正极短路/SP 超过自适应极限	• G221 和 E87 之间短路、断路或插接件有故障 • 温度翻板运动困难 • V159 上电位计 G221 损坏	• 按电路图查找并排除短路、断路或插接件故障 • 检查温度翻板是否运动自如③ • 检查伺服电动机 V159
65535 控制单元（E87） 损坏	• E87 导线（接线柱 15 或 31）断路、有接触电阻、松动 • 控制和显示单元 E87 损坏	• 按电路图查找并排除 E887 导线故障 • 更换控制和显示单元 E87

① 如果电压（插接件 B，插口 3）降至 9.5V 以下，压缩机关闭至少 25s，当电压超过 10.8V 时，压缩机才能接通。

② 只有在基本设定过程中才能查到该故障。

③ 必须达到两个以上。

④ 当压缩机关闭后，如果“压缩机接通”输出/输入信号处有电压，该故障就会被记录下来。

⑤ 压力开关 F129 由两个转换元件构成，当制冷剂回路中出现过压和真空时，通过触点 1 和 2，来关闭压缩机（开关打开）。通过触点 3 和 4，将风扇接到 2 挡（开关关闭）。如果压力开关 F129 内触点 1 和 2 之间断开，那么控制和显示单元 E87 首先将其判断为过压并存储该故障。如外部温度在 0～50℃之间且开关断开时间超过 30s，过压将转为真空（低压开关功能）。如果一个行驶周期内查到压力开关打开 30 次，如因接头松动，那么压缩机将被关闭。按“Kompressorein”按钮或关闭并再打开点火开关可重新接通压缩机，如果在几个行驶周期内该故障都曾出现，必须清除故障码后方可接通压缩机。

⑥ 如果打开点火开关，但控制和显示单元 E87 没有识别出“点火开关关闭时间间隔信号”（由仪表板发送的），那么 E87 就认为停车时间已超过 4h 且将环境温度认定为发动机温度。这将导致在加热状态时，尽管发动机已达到工作温度，但新鲜空气鼓风机仍延迟一段时间才启动，仪表板内的外部温度指示器 G106 也可能显示错误的外部温度。

⑦ 冷却液温度由组合仪表计算出来并传送至控制和显示单元 E87。如果冷却液温度超过 118℃，仪表板将输出接地且 E87 将关闭电磁离合器 N25。

⑧ 如果电位计 G220 或 G221 有故障，控制和显示单元 E87 将使用出口温度传感器的测量值来计算翻板位置。

7. 广本雅阅轿车空调故障码（见附表 8）

附表 8　　广本雅阅轿车空调故障码

故障码	故障码含义	故障码	故障码含义
B1225	车内温度传感器电路断路	B1235	驾驶员侧空气混合控制联动装置风门或电动机故障
B1226	车内温度传感器电路短路	B1236	乘客侧空气混合控制器电动机断路
B1227	车外温度传感器电路断路	B1237	乘客侧空气混合控制器电动机短路
B1228	车外温度传感器电路短路	B1238	乘客侧空气混合控制联动装置风门或电动机故障
B1229	阳光强度传感器电路断路	B1239	模式控制电动机电路断路或短路
B1230	阳光强度传感器电路短路	B1240	模式控制联动装置风门或电动机故障
B1231	蒸发器温度传感器电路断路	B1241	鼓风机电动机电路故障
B1232	蒸发器温度传感器电路短路		
B1233	驾驶员侧空气混合控制电动机断路		
B1234	驾驶员侧空气混合控制电动机短路		

8. 东风日产天籁/阳光轿车空调故障码（见附表 9）

附表 9　　东风日产天籁/阳光轿车空调故障码

故障码	故障码含义	故障码	故障码含义
20	空调系统传感器正常	24	进气传感器故障
21	环境温度传感器故障	25	阳光传感器故障
22	车内传感器故障		

9. 一汽丰田花冠轿车空调故障码（见附表 10）

附表 10　　一汽丰田花冠轿车空调故障码

故障码	可能故障原因	故障排除方法
00	系统正常	
11	车内温度传感器电路故障	• 车内温度传感器有故障 • 空调放大器有故障 • 车内温度传感器与空调放大器间的配线和连接器有故障

续表

故障码	可能故障原因	故障排除方法
12	环境温度传感器电路故障	• 环境温度传感器有故障 • 环境温度传感器与空调放大器间的配线和连接器有故障 • 空调放大器有故障
13	蒸发器温度传感器电路故障	• 蒸发器温度传感器有故障 • 蒸发器温度传感器与空调放大器间的配线和连接器有故障 • 空调放大器有故障
14	水温传感器电路故障	• 水温传感器有故障 • 水温传感器与发动机和 ECT ECU 间的配线和连接器有故障 • 发动机 ECT ECU 与仪表 ECU 间的配线和连接器有故障 • 仪表 ECU 与空调放大器间的配线和连接器有故障 • 空调放大器有故障
21	阳光传感器电路短路 阳光传感器电路断路	• 阳光传感器有故障 • 阳光传感器与空调放大器间的配线和连接器有故障 • 空调放大器有故障
23	压力开关电路故障	• 压力开关有故障 • 空调放大器有故障 • 压力开关与空调放大器间的配线和连接器有故障
31	空气混合风挡位置传感器电路故障	• 空气混合风挡位置传感器有故障 • 空调放大器有故障 • 空气混合风挡位置传感器与空调放大器间的配线和连接器有故障

·续表

故障码	可能故障原因	故障排除方法
33	出风口风挡位置传感器电路故障	· 出风口风挡位置传感器有故障 · 空调放大器有故障 · 出风口风挡位置传感器与空调放大器间的配线和连接器有故障

注 如果车内温度约为−18.6℃或更低，则即使 A/C 系统是正常的，故障码 11 仍可能出现；如果环境温度约为−52.9℃或更低，则即使 A/C 系统是正常的，故障码 12 仍可能出现；如果正在检查的车辆在黑暗处，则故障码 21（阳光传感器电路不正常）可能出现。

10. 一汽马自达 M6 轿车空调故障码（见附表 11）

附表 11　一汽马自达 M6 轿车空调故障码

故障码	故障码含义	可能的故障原因
02	阳光辐射传感器（当前故障码）	阳光辐射传感器功能故障；空调控制模块故障；阳光辐射传感器与空调控制模块之间的电路断路或短路
06	驾驶室温度传感器（当前故障码）	驾驶室温度传感器功能故障；空调控制模块故障；驾驶室温度传感器与空调控制模块之间的电路断路或短路
07	驾驶室温度传感器（过去故障码）	
10	蒸发器温度传感器（当前故障码）	蒸发器温度传感器功能故障；空调控制模块故障；蒸发器温度传感器与空调控制模块之间的电路断路或短路
11	蒸发器温度传感器（过去故障码）	
12	环境温度传感器（当前故障码）	环境温度传感器功能故障；空调控制模块故障；环境温度传感器与空调控制模块之间的电路断路或短路
13	环境温度传感器（过去故障码）	
14	水温传感器（当前故障码）	水温传感器功能故障；空调控制模块故障；水温传感器与空调控制模块之间的电路断路或短路
15	水温传感器（过去故障码）	

11. 丰田皇冠轿车JZS 155空调故障码（见附表12）

附表12　　丰田皇冠轿车JZS 155空调故障码

故障码	故障码含义	故障码	故障码含义
00	正常	22	压缩机被锁止
11	车内温度传感器电路异常	23	压力信号异常
12	大气温度传感器电路异常	31	空气混合风门位置传感器电路异常
13	蒸发器温度传感器电路异常	33	空气风道风门位置传感器电路异常
14	发动机冷却液温度传感器电路异常	41	空气混合风门伺服电动机电路异常
21	阳光传感器电路异常	43	空气风道风门伺服电动机电路异常

12. 雷克萨斯LS400轿车空调故障码（见附表13）

附表13　　雷克萨斯LS400轿车空调故障码

故障码	故障码含义
00	正常
11	车内温度传感器异常线路断路或短路
12	外界环境温度传感器异常线路断路或短路
13	蒸发器温度传感器异常线路断路或短路
14	水温传感器异常线路断路或短路
21	日光传感器异常线路断路或短路
22	压缩机被锁止传感器异常线路断路或短路
31	空气混合风挡位置传感器异常线路断路或短路
32	进气风挡位置传感器异常线路断路
33	空气混合风挡位置传感器异常线路断路；空气混合伺服电动机线路断路或短路；空气混合伺服电动机被锁止
34	进气风挡位置传感器异常线路断路；进气伺服电动机线路断路或短路；进气伺服电动机被锁止

13. 林肯城市轿车空调故障码（见附表14）

附表14　　林肯城市轿车空调故障码

故障码	故障码含义
01	控制组件损坏
02	空调空气温度控制阀损坏或失灵
03	自动温度控制传感器异常和连接处断路或短路
04	空调环境空气温度传感器异常和相连接处断路或短路
05	空调感光温度传感器异常断路或短路
888	温度控制被锁止阀和开关失灵；真空控制系统失灵；空调离合器失灵或损坏

14. 蒙迪欧轿车自动空调故障码（见附表15）

附表15　蒙迪欧轿车自动空调故障码表

故障码	故障码含义	故障码	故障码含义
B1200	恒温控制按钮线路异常	B1263	仪表板控风门线路异常
B1242	循环控风门线路异常	B1342	PCM控制单元无法工作
B1251	空气温度传感器异常内部断路	B1676	蓄电池电压异常
B1253	车内温度传感器异常线路接地短路	B2266	混合风门左侧线路异常
		B2297	出风温度传感器异常断路
B1259	光照传感器异常断路	B2298	出风温度传感器异常线路接地短路
B1261	光照传感器异常线路接地短路		
B1262	除霜控风门线路异常	B2308	执行单元无法工作

15. 别克轿车空调故障码（见附表16）

附表16　别克轿车空调故障码

故障码	故障码含义	故障码	故障码含义
B110	车外温度传感器异常	B411	蓄电池电压太低
B111	冷气高温传感器异常	B412	蓄电池电压太高
B112	冷气低温传感器异常	B420	继电器电路异常
B113	车内温度传感器异常	B440	冷暖气空气混合门线路异常
B115	日光传感器异常	B446	制冷剂压力不够
B140	荧光显示系统故障	B447	制冷剂压力不够
B334	ECM到BCM之间线路异常	B448	制冷剂压力不够
B335	空调控制面板与车身中央微处理器数据输出线路异常	B449	冷气高温传感器异常
B336	仪表板与车身中央微处理器数据输出线路异常	B450	发动机冷却水温过高
		B552	车身中央微处理器存储器损坏
B337	空调程序器与车身中央微处理器数据输出线路异常	B710	仪表板荧光屏线路异常

16. 奔驰轿车空调故障码（见附表17）

附表 17　　奔驰轿车空调故障码

故障码	故 障 含 义	故障码	故 障 含 义
026	诊断信号线不良	241	制冷剂不足
226	车内温度传感器异常	416	水泵线路故障
227	车外温度传感器异常	417	左热水阀异常
228	左暖风排风口温度传感器异常	418	右热水阀异常
229	右暖风排风口温度传感器异常	419	压缩机离合器线路
230	蒸发器温度传感器异常	420	怠速提升信号异常
231	发动机水温传感器异常	421	辅助风扇控制模块
432	制冷剂压力传感器异常	423	过压保护开关不良
233	制冷剂温度传感器异常	424	活性炭过滤器控制阀打开
234	日光传感器异常	425	活性炭过滤器控制阀关闭
235	蒸发器温度传感器异常	432	最大暖风范围

17. 奔驰 E320 轿车空调故障码（见附表18）

附表 18　　奔驰 E320 轿车空调故障码

故障码	故障码含义	故障码	故障码含义
1	正常	50	除霜器长行程风挡换向阀短路
2	车内温度传感器异常		
3	车内温度传感器异常	51	除霜器短行程风挡换向阀短路
4	车外温度传感器异常		
5	车外温度传感器异常	52	脚部风挡换向阀短路
6	蒸发器温度传感器异常	56	新鲜/内循环空气长行程风挡换向阀短路
7	蒸发器温度传感器异常		
12	冷却液温度传感器异常	57	新鲜/内循环空气短行程风挡换向阀短路
13	冷却液温度传感器异常	58	暖风风挡换向阀短路
14	反馈可变电阻器短路	59	冷气风挡换向阀短路
15	反馈可变电阻器短路	60	加热器换向阀短路
30	辅助冷却液循环泵短路	61	鼓风机开关继电器第 1 速挡短路
33	空调压缩机控制组件短路		
34	第二挡速度辅助风扇继电器短路	62	鼓风机开关继电器最高速挡短路

18. 奔驰C220/C280轿车空调故障码（见附表19）

附表19 奔驰C220/C280轿车空调故障码

故障码	故障码含义	故障码	故障码含义
1	正常	20	蒸发器温度传感器异常和鼓风机短路
2	冷气按键控制模块		
3	车内温度传感器异常和鼓风机短路	21	蒸发器温度传感器异常和鼓风机短路或断路
4	车内温度传感器异常和鼓风机短路	22	蒸发器温度传感器异常和鼓风机短路或断路
5	车内温度传感器异常和鼓风机短路或断路	23	发动机水温传感器异常和鼓风机短路
6	车内温度传感器异常和鼓风机短路或断路	24	发动机水温传感器异常和鼓风机短路
7	车外温度传感器异常和鼓风机短路	25	发动机水温传感器异常和鼓风机短路或断路
8	车外温度传感器异常和鼓风机短路	26	发动机水温传感器异常和鼓风机短路或断路
9	车外温度传感器异常和鼓风机短路或开路	27	制冷剂压力传感器异常和鼓风机短路
10	车外温度传感器异常和鼓风机短路或开路	28	制冷剂压力传感器异常和鼓风机短路
11	加热丝温度传感器异常和鼓风机短路	29	制冷剂压力传感器异常和鼓风机短路或断路
12	加热丝温度传感器异常和鼓风机短路	30	制冷剂压力传感器异常和鼓风机短路或断路
		31	空调压缩机传感器异常
13	加热丝温度传感器异常和鼓风机短路或断路	34	辅助风扇第2挡速度继电器短路
14	加热丝温度传感器异常和鼓风机短路或断路	47	冷却液辅助循环泵短路
		48	冷却液辅助循环泵短路
19	蒸发器温度传感器异常和鼓风机短路	49	冷却液辅助循环泵短路或断路

续表

故障码	故障码含义	故障码	故障码含义
50	冷却液辅助循环泵短路或断路	74	空调怠速提升电路短路
51	热水开关阀短路	75	转换阀组件、转换控风门、8个连接器短路
52	热水开关阀短路	76	转换阀组件、转换控风门、8个连接器短路
53	热水开关阀短路或断路	78	转换阀组件、转换控风门、8个连接器短路或断路
54	热水开关阀短路或断路	79	转换阀组件、调节控风门短路
59	空调压缩机电磁离合器短路	80	转换阀组件、调节控风门短路
60	空调压缩机电磁离合器短路	81	转换阀组件、调节控风门短路或断路
61	空调压缩机电磁离合器短路或断路	82	转换阀组件、调节控风门短路或断路
62	空调压缩机电磁离合器短路或断路	83	转换阀组件、换气/循环空气控风门短路
63	辅助风扇第1挡动作短路	84	转换阀组件、换气/循环空气控风门短路
64	辅助风扇第1挡动作短路	85	转换阀组件、换气/循环空气控风门短路或断路
65	辅助风扇第1挡动作短路或断路	86	转换阀组件、换气/循环空气控风门短路或断路
66	辅助风扇第1挡动作短路或断路	87	转换阀组件、换气/循环空气控风门短路
67	辅助风扇第2挡动作短路	88	转换阀组件、换气/循环空气控风门短路
68	辅助风扇第2挡动作短路	89	转换阀组件、换气/循环空气控风门短路或断路
69	辅助风扇第2挡动作短路或断路	90	转换阀组件、换气/循环空气控风门短路或断路
70	辅助风扇第2挡动作短路或断路		
71	空调怠速提升电路短路或断路		
72	空调怠速提升电路短路或断路		
73	空调怠速提升电路短路		

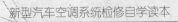

续表

故障码	故障码含义	故障码	故障码含义
91	转换阀组件、除雾控风门短路	99	转换阀组件、下出风控风门短路
92	转换阀组件、除雾控风门短路	100	转换阀组件、下出风控风门短路
93	转换阀组件、除雾控风门短路或断路	101	转换阀组件、下出风控风门短路或断路
94	转换阀组件、除雾控风门短路或断路	102	转换阀组件、下出风控风门短路或断路
95	转换阀组件、除雾控风门短路	103	转换阀组件、下出风控风门短路
96	转换阀组件、除雾控风门短路	104	转换阀组件、下出风控风门短路
97	转换阀组件、除雾控风门短路或断路	105	转换阀组件、下出风控风门短路或断路
98	转换阀组件、除雾控风门短路或断路	106	转换阀组件、下出风控风门短路或断路

19. 奔驰C220/C280轿车空调故障码（见附表20）

附表20　　奔驰C220/C280轿车空调故障码

故障码	故障码含义	故障码	故障码含义
026	诊断信号线不良	421	辅助风扇控制模块
226	车内温度传感器异常	422	与仪表板连线不良
227	车外温度传感器异常	423	真空控制阀系统
230	蒸发器温度传感器异常	451	控风门控制不正常
231	发动机水温传感器异常	452	混合门控制不正常
232	制冷剂压力传感器异常	453	循环/对流控风门控制不正常
233	制冷剂温度传感器异常	454	循环/对流控风门控制不正常
241	制冷剂不足	455	除雾控风门控制不正常
416	暖风热水泵线路	456	除雾控风门控制不正常
417	左出控风门阀	457	下出风控风门控制不正常
418	右出控风门阀	458	下出风控风门控制不正常
419	压缩机离合器	459	仪表/压缩机暂停作用
420	怠速提升信号		

20. 宝马318/325型汽车空调故障码（见附表21）

附表21　宝马318/325型汽车空调故障码

故障码	故障码含义	可能故障原因
01	右温度控制旋钮异常	配线或控制旋钮异常
04	右加热传感器异常	配线或右加热器传感器异常
07	蒸发器温度传感器异常	配线或右加热温度传感器异常
10	环境温度传感器异常	配线或环境温度传感器异常
13	车内温度传感器异常	配线或车内温度传感器异常
16	车内鼓风机传感器异常	配线或车内鼓风机传感器异常
25	左温度控制旋钮异常	配线或控制旋扭异常
28	左加热器传感器异常	配线或左加热器传感器异常
31	鼓风机控制旋钮异常	配线或控制旋钮异常
34	空气分配控制旋钮异常	配线或混合空气控制旋钮
40	左水阀异常	配线或控制单元或左水阀异常
44	压缩机参考信号异常	配线或数字发动机控制单元或风扇继电器异常
46	右水阀异常	配线或控制单元或右水阀异常
47	空调信号至发动机控制单元异常	配线或继电器异常
48	后窗继电器异常	配线或后窗除霜继电器异常
52	新鲜空气风挡电动机异常	配线或新鲜空气风挡电动机异常
55	空气内循环风挡电动机异常	配线和空气内循环风挡电动机异常
61	混合空气风挡电动机异常	配线或混合空气风挡电动机异常
92	端子50异常	配线异常
94	单独的加热和通风异常	配线或继电器盒异常

21. 福特车系自动空调故障码（见附表22）

附表22　福特车系自动空调故障码

故障代码	故障码含义	故障代码	故障码含义
10	辅助混合门控制线路短路	24	混合门控制作用不良
12	辅助混合门控制线路短路	25	混合门控制不正常
16	辅助混合门控制超过范围	26	混合门控制超过范围
17	辅助混合门控制超过范围	27	混合门控制超过范围
18	辅助混合门控制反应较慢	28	混合门控制反应较慢
20	混合门控制线路短路	30	车内温度传感器异常
22	混合门控制线路短路	31	车内温度传感器异常，回路断路

续表

故障代码	故障码含义	故障代码	故障码含义
40	车外温度传感器异常	88	对流/循环控制电动机动作太慢
41	车外温度传感器异常	90	功能控风门电动机线路短路
42	车外温度传感器异常	92	功能控风门电动机线路短路
43	车外温度传感器异常	98	功能控风门电动机超过工作范围
50	日光传感器异常	115	发动机水温传感器异常信号不良
52	日光传感器异常	125	车速信号不限
53	日光传感器异常	135	面板显示灯线路不良
60	空调控制面板有按键卡住	155	显示资料传输信号不良
61	系统电压过高	195	空调中央微处理器与车身中央微处理器连接不良
80	对流/循环控制电动机线路异常	888	系统正常
82	对流/循环控制电动机线路异常		
86	对流/循环控制电动机超过工作范围		
87	对流/循环控制电动机超过工作范围		

22. 福特林肯马克汽车空调故障码（见附表 23）

附表 23　　福特林肯马克汽车空调故障码

故障码	故障码含义	故障码	故障码含义
01	EATC 面板	03	自动温度控制器感应异常
02	EATC 连接器和混合风挡块执行单元	04	车外温度传感器异常
		05	日光传感器异常
		06	EATC 系统功能测试

23. 克莱斯勒切诺基汽车自动空调故障码（见附表 24）

附表 24　　克莱斯勒切诺基汽车自动空调故障码

故障码	故障码含义	故障码	故障码含义
02	车内温度传感器异常线路断路	07	功能控风门位置信号线路断路
03	日光传感器异常线路断路	08	鼓风机电动机动作信号太高
04	前出风电动机控制线路断路	10	车内温度传感器异常线路短路
05	前功能控风门电动机线路断路	11	日光传感器异常线路短路
06	混合控风门位置信号线路断路	12	前鼓风机电动机控制线路短路

24. 克莱斯勒旅行车自动空调故障码（见附表25）

附表25　克莱斯勒旅行车自动空调故障码

故障码	故障码含义	故障码	故障码含义
B110	车外温度传感器异常	B336	仪表板电路数据输送线路有问题
B111	制冷系统高温传感器异常		
B112	制冷系统低温传感器异常	B337	冷暖气中央微处理器数据输送线路有问题
B113	车内温度传感器异常		
B115	日光传感器异常	B410	充电系统线路异常
B119	黄昏灯光感应电路异常	B411	蓄电池电压过低
B120	黄昏灯延迟继电器异常	B412	蓄电池电压过高
B121	黄昏灯设定开关故障	B420	继电器线路有问题
B122	仪表板调光器异常	B446	低压制冷剂压力不够
B123	车内灯开关故障	B447	低压制冷剂压力不够
B124	车速传感器异常	B448	低压制冷剂压力不够
B127	换挡开关传感器异常	B449	制冷系统高温传感器异常
B333	安全气囊数据输送线路断路	B450	发动机冷却水温度过高
B334	发动机控制中央微处理器数据输送线路断路	B452	永久存储器损坏
B335	旋程中央微处理器数据输送线路有问题	B456	里程表可编程只读存储器损坏

25. 老式凯迪拉克Eidorado和Seville轿车自动空调故障码（见附表26）

附表26　老式凯迪拉克Eidorado和Seville轿车自动空调故障码

故障码	故障码含义	故障码	故障码含义
A010	车外温度传感器电路异常	A040	空气混合门电路不良
A011	制冷系统高温传感器电路异常	A046	制冷剂过少
A012	制冷系统低温传感器电路异常	A047	制冷剂过少
		A048	制冷剂压力过低
A013	车内温度传感器电路异常	A049	高压侧温度过高
A015	总分配感应器电路异常	A050	水温过高
A037	IPC传输电路不良	A052	永久存储器损坏

26. 凯迪拉克奥兰托轿车自动空调故障码（见附表 27）

附表 27　　迪拉克奥兰托轿车自动空调故障码

故障码	故障码含义	故障码	故障码含义
B110	车外温度传感器异常	B336	IPC 资料消失
B111	A/C 高温传感器电路异常	B337	HVAC 程序资料消失
B112	A/C 低温传感器异常，电路异常	B339	RSS 资料消失
B113	车内温度传感器电路异常	B410	充电系统电路不良
B115	日光传感器电路异常	B411	电源电压过高或过低
B119	黄昏灯电源电路失效	B412	电源电压过高或过低
B120	黄昏灯调光开关电路失效	B440	空气混合门电路不良
B121	黄昏灯调光开关或线路不良	B446	制冷剂过少
B122	黄昏灯调光开关或线路不良	B447	制冷剂过少
B132	机油压力传感器异常	B448	制冷剂压力过低
B332	ABS/TCS 资料消失	B449	HVAC 水温太高
B333	PREM 资料消失	B450	HVAC 水温过高
B335	中央微处理器异常	B552	车身中央微处理器记忆故障
		B556	速度/里程表 PROM 错误

27. 凯迪拉克元首（FLeetwood）轿车空调故障码（见附表 28）

附表 28　　凯迪拉克元首（FLeetwood）轿车空调故障码

故障码	故障码含义	故障码	故障码含义
F10	车外温度传感器异常	F40	空调的空气混合门故障
F11	冷气高温传感器异常	F46	低压制冷剂过少
F13	车内温度传感器异常	F47	低压制冷剂状况不佳
F30	空调控制面板到车身中央控制器的数据传输线路异常	F48	低压制冷剂压力过低
F31	燃油数据板到车身中央微处理器的数据传输线路异常	F49	空调高温离合器未吸合
F32	发动机控制单元到车身控制器的数据传输线路异常	F51	车身控制单元的可编程只读存储器损坏

28. 凯迪拉克帝威（Deville）轿车空调故障码（见附表 29）

附表 29　　凯迪拉克帝威（Deville）轿车空调故障码

故障码	故障码含义	故障码	故障码含义
F10	车外温度传感器异常	F40	空调的空气混合气门故障
F11	冷气高温传感器异常	F46	低压制冷剂过少
F13	车内温度传感器异常	F47	低压制冷剂状况不佳
F30	空调控制面板到车身控制单元的数据传输线路异常	F48	低压制冷剂压力过低
F31	燃油数据板到车身控制单元的数据传输线路异常	F49	空调高温离合器未吸合
F32	发动机控制单元到车身控制单元的数据传输线路异常	F51	车身控制单元的可编程只读存储器损坏

29. 雪佛兰科尔维特轿车空调故障码（见附表 30）

附表 30　　雪佛兰科尔维特轿车空调故障码

故障码	故障码含义	故障码	故障码含义
00	系统正常	05	驾驶侧温度控制门不良
01	车内温度传感器异常	06	乘客侧温度控制门不良
02	车内温度传感器异常	07	资料传输线不良
03	车外温度传感器异常	08	乘客侧空调控制短路或日光传感器异常
04	车外温度传感器异常	09	乘客侧空调控制断路

附录 C　部分汽车空调系统电路图

一、一汽车系

1. 一汽丰田皇冠轿车空调系统电路图（见附图 1～附图 5）
2. 一汽丰田花冠轿车空调系统电路图（见附图 6～附图 7）
3. 一汽丰田威驰轿车空调系统电路图（见附图 8）
4. 一汽马自达 M6 轿车空调系统电路图（见附图 9～附图 11）

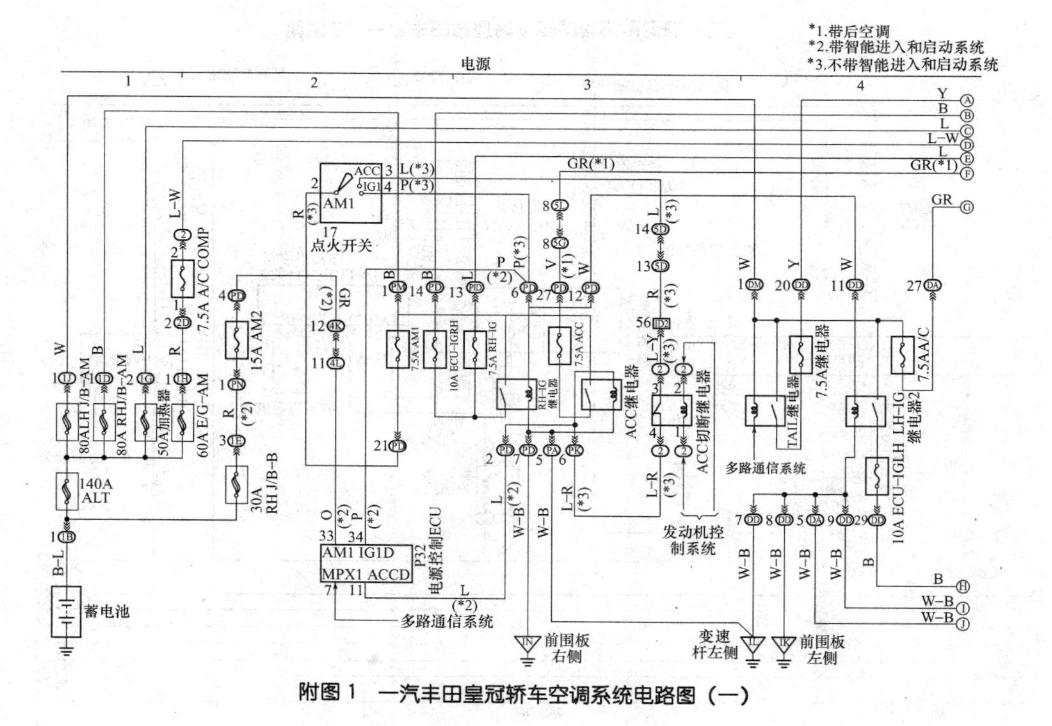

附图 1　一汽丰田皇冠轿车空调系统电路图（一）

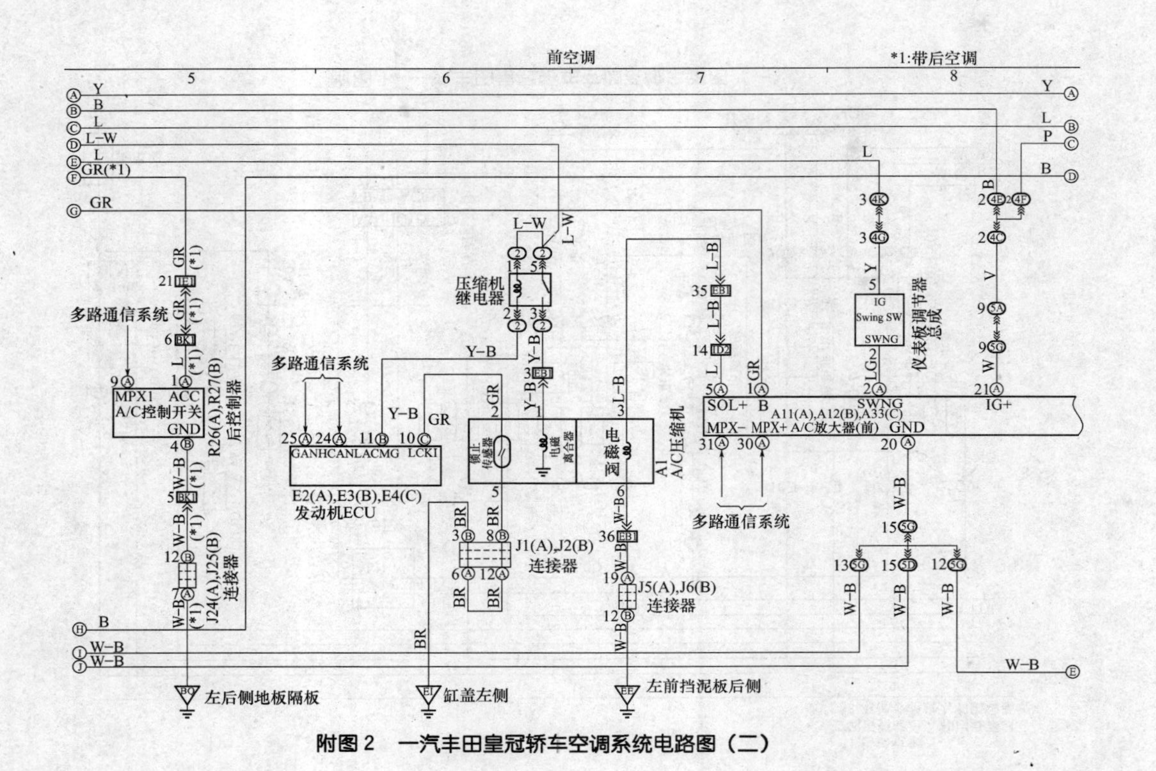

附图2 一汽丰田皇冠轿车空调系统电路图（二）

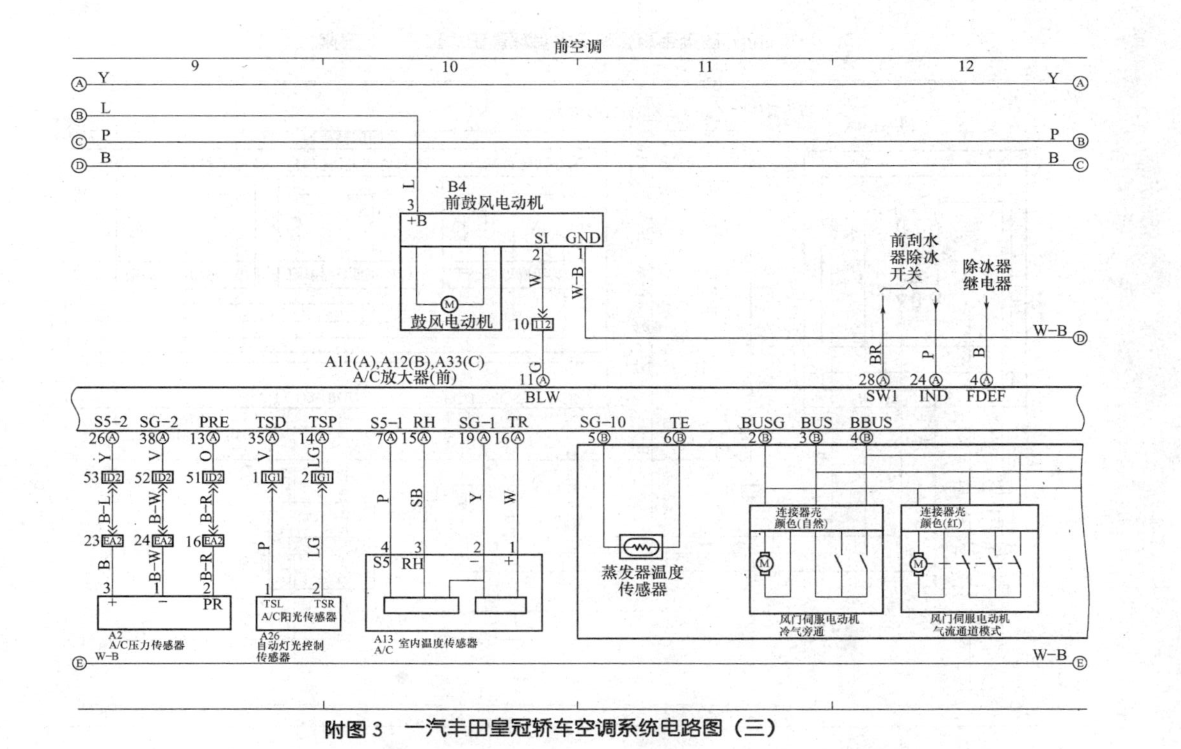

附图 3　一汽丰田皇冠轿车空调系统电路图（三）

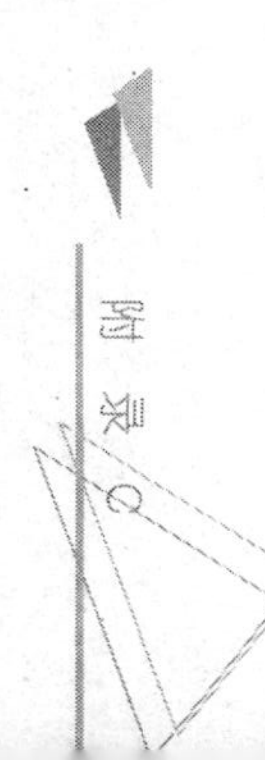

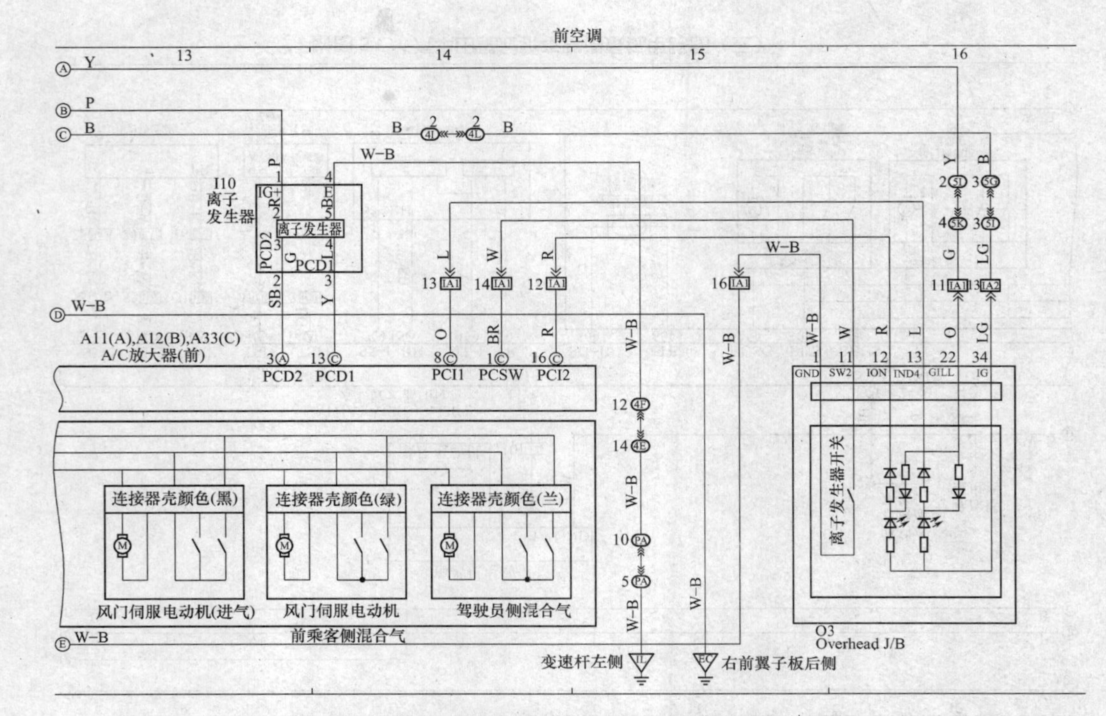

附图 4　一汽丰田皇冠轿车空调系统电路图（四）

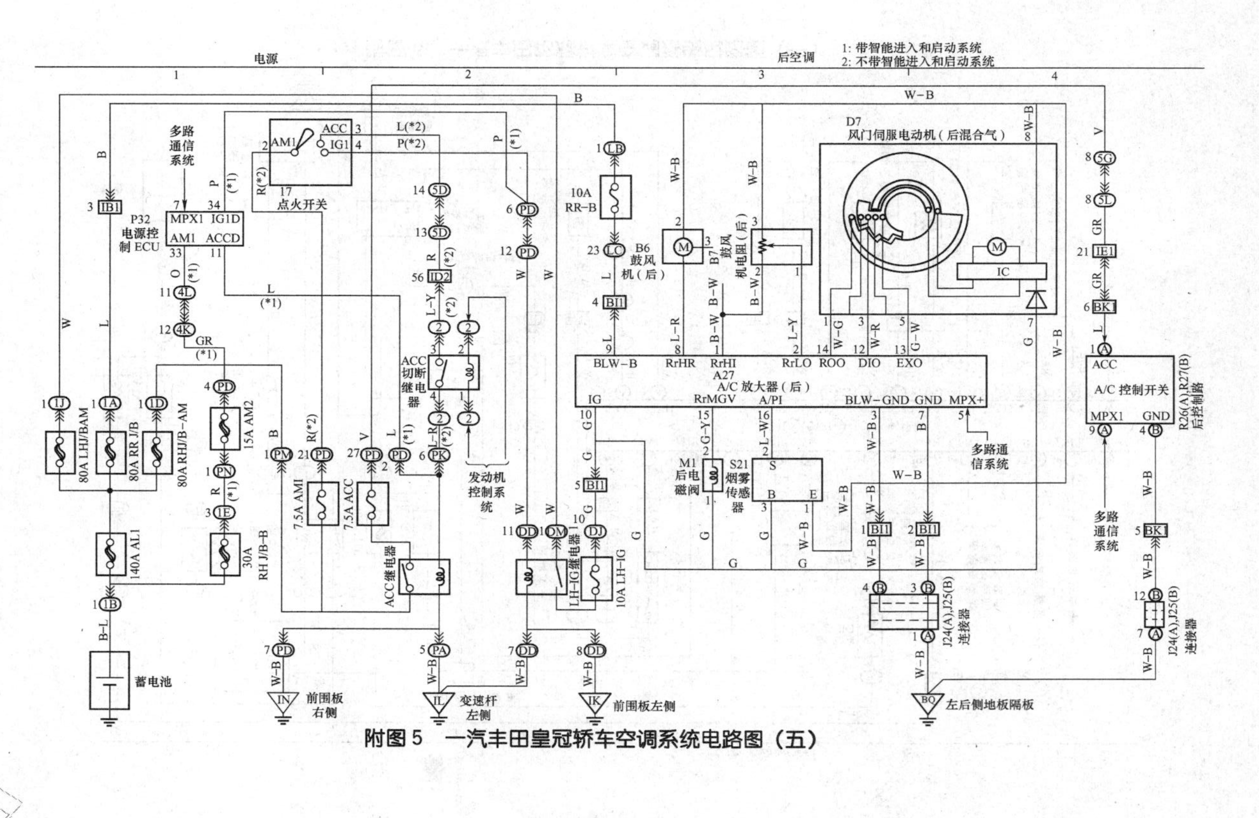

附图 5 一汽丰田皇冠轿车空调系统电路图（五）

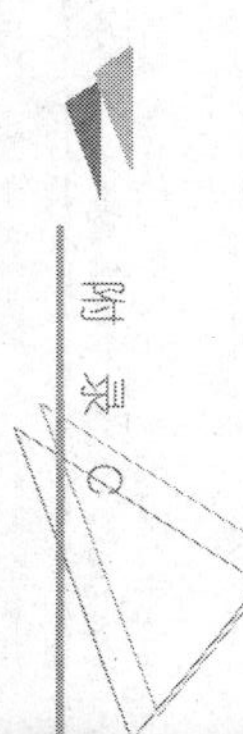

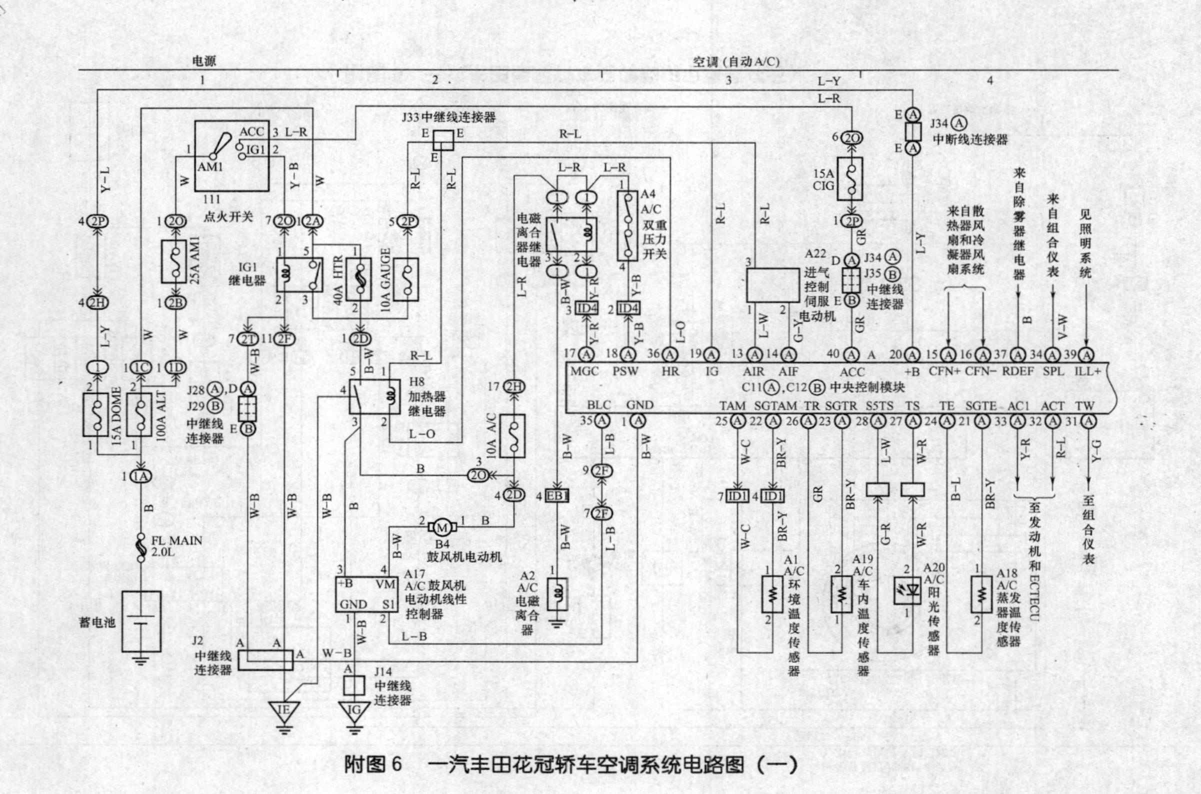

附图6　一汽丰田花冠轿车空调系统电路图（一）

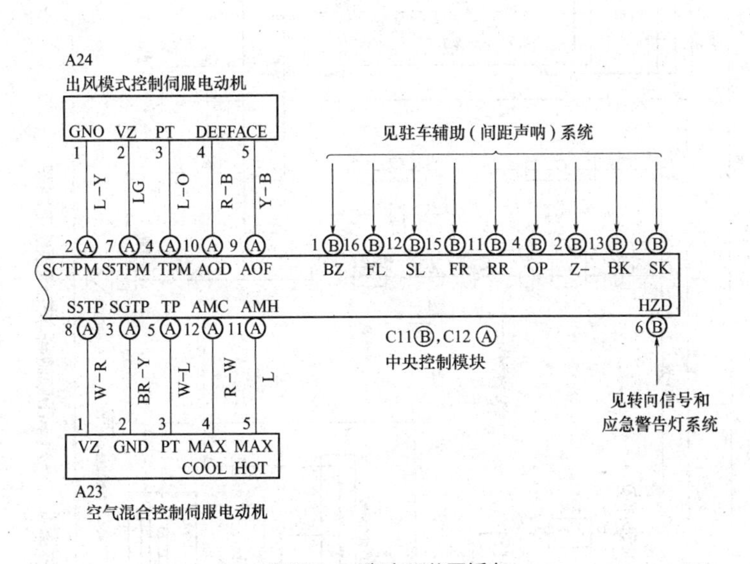

附图7　一汽丰田花冠轿车
空调系统电路图（二）

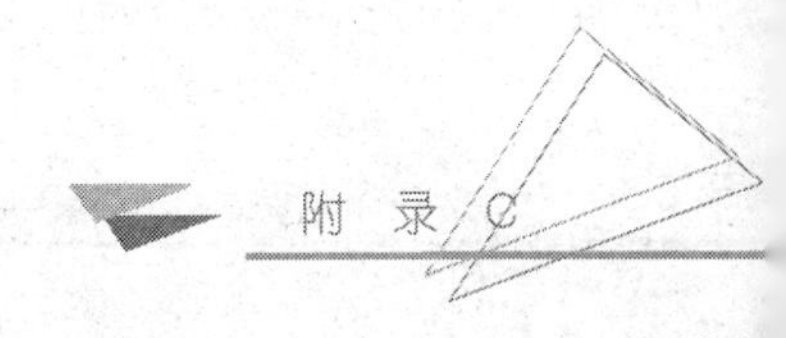

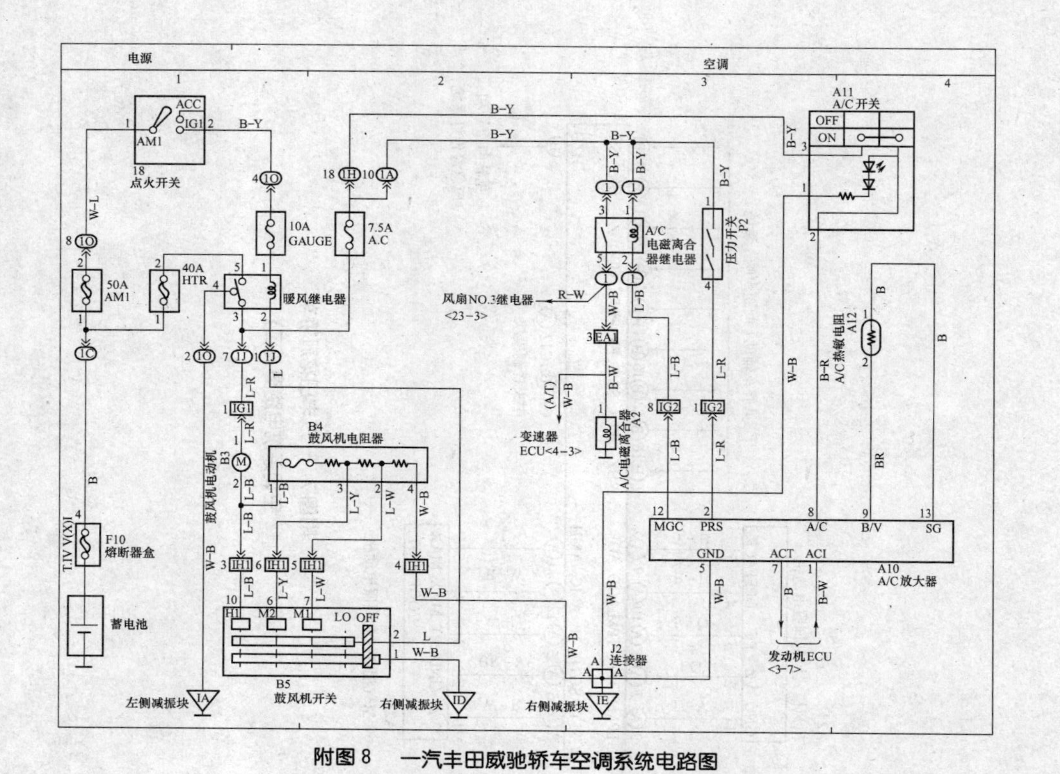

附图 8　一汽丰田威驰轿车空调系统电路图

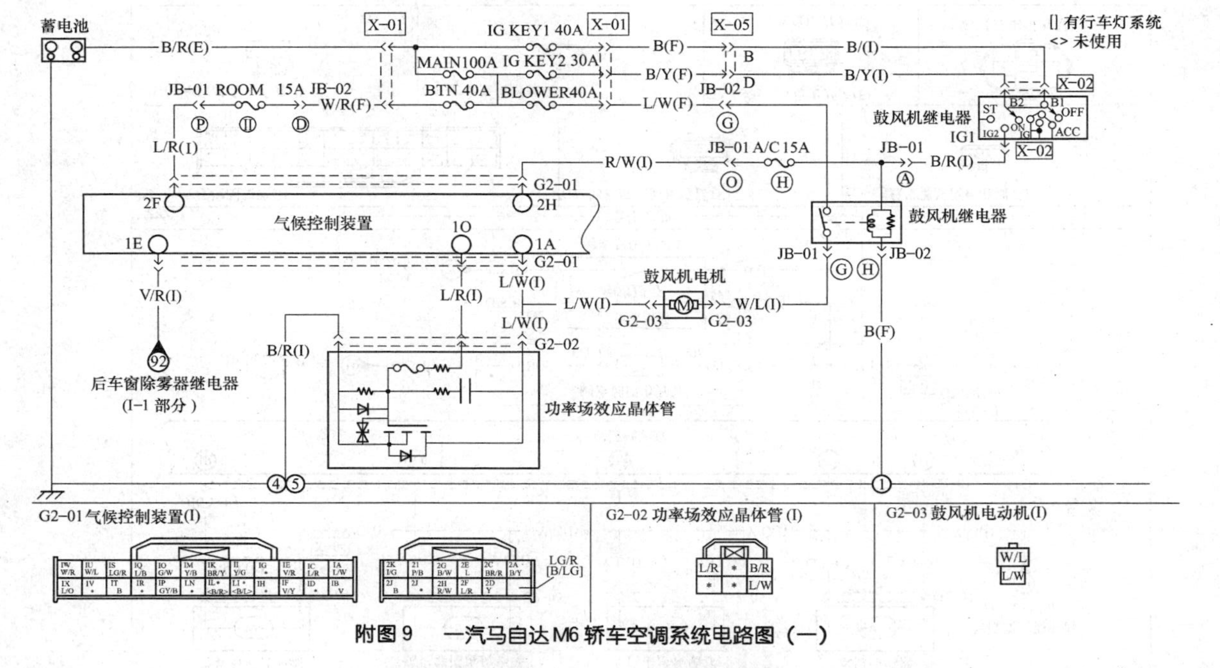

附图 9　一汽马自达M6 轿车空调系统电路图（一）

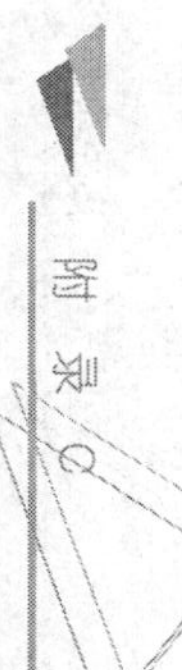

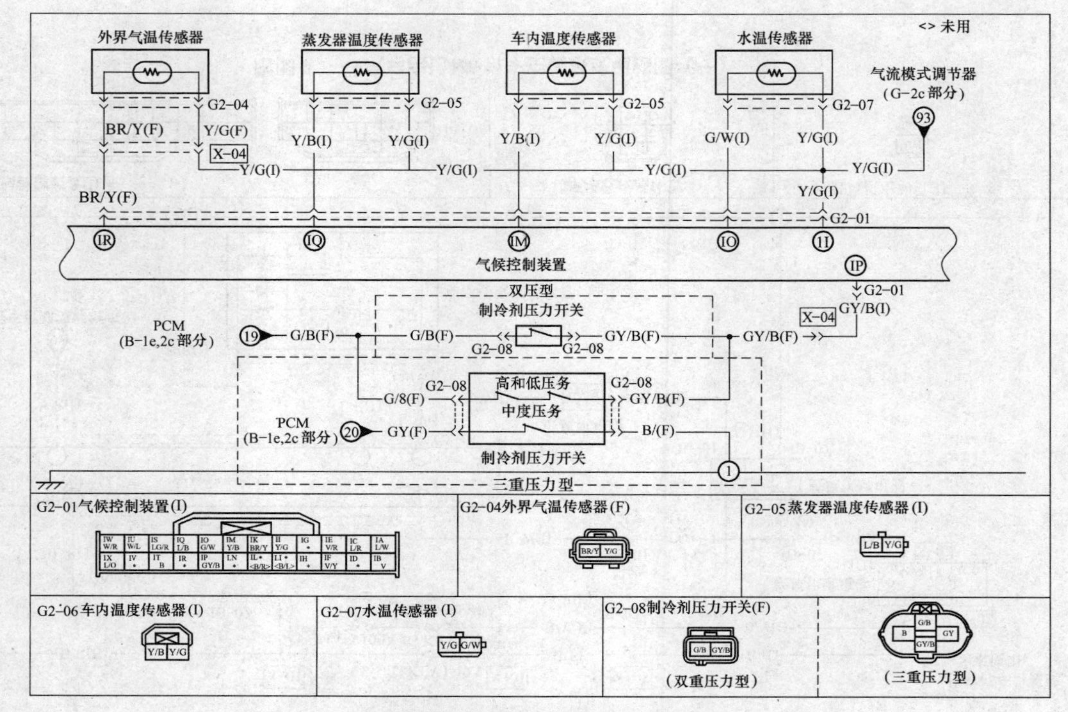

附图 10　一汽马自达 M6 轿车空调系统电路图（二）

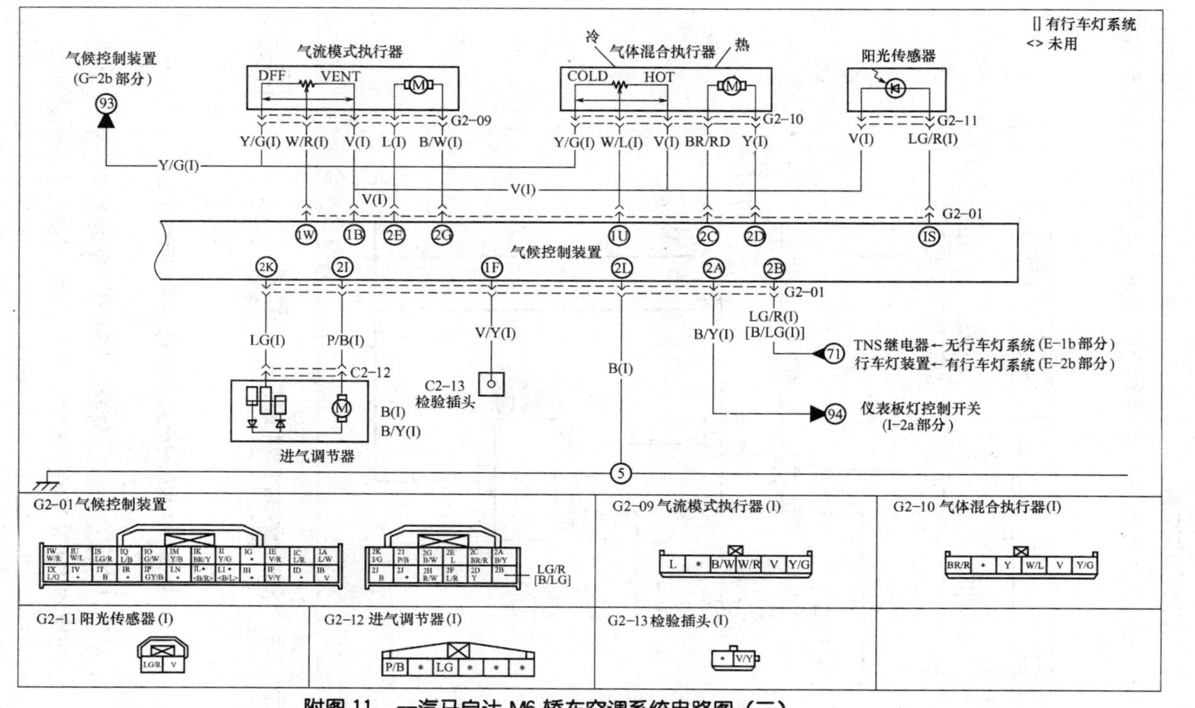

附图 11　一汽马自达 M6 轿车空调系统电路图（三）

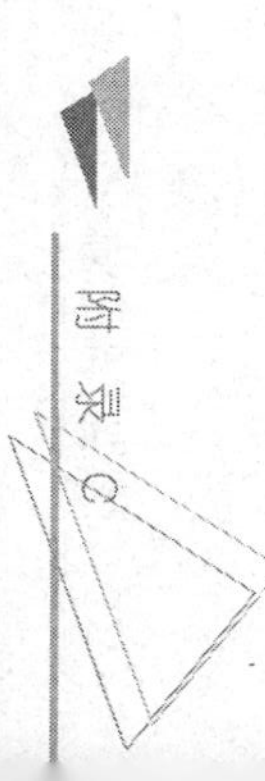

二、东风汽车车系

1. 东风日产天籁轿车空调系统电路图（见附图 12～附图 16）

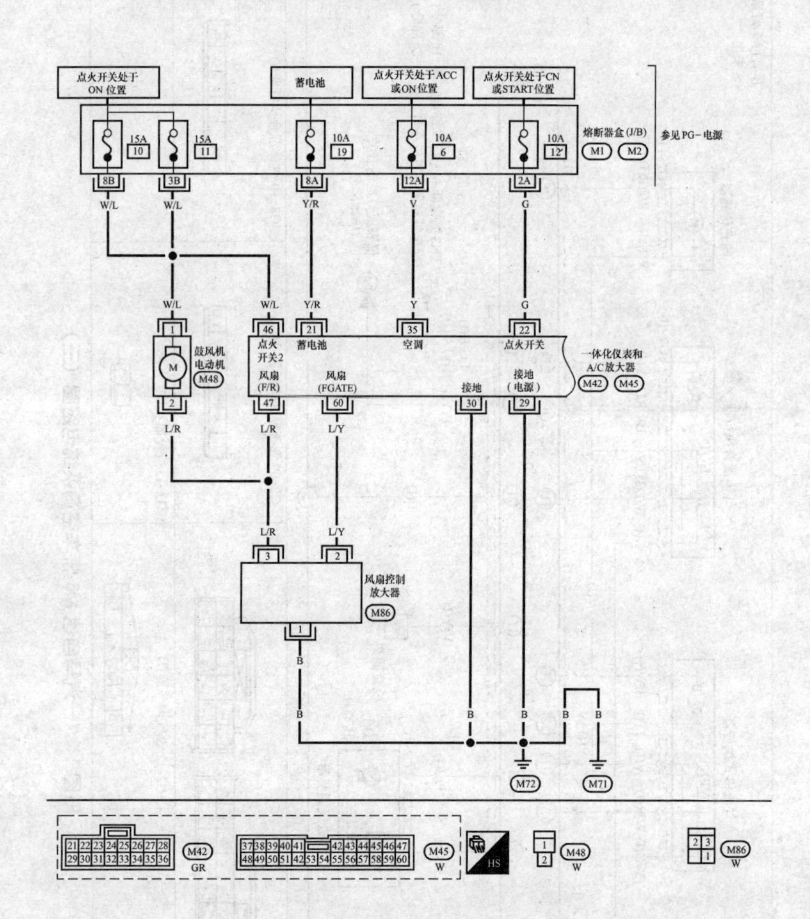

附图 12　东风日产天籁轿车空调系统电路图（一）

2. 东风日产颐达轿车空调系统电路图（见附图 17～附图 18）

3. 东风本田 CR-V 汽车空调系统电路图（见附图 19～附图 22）

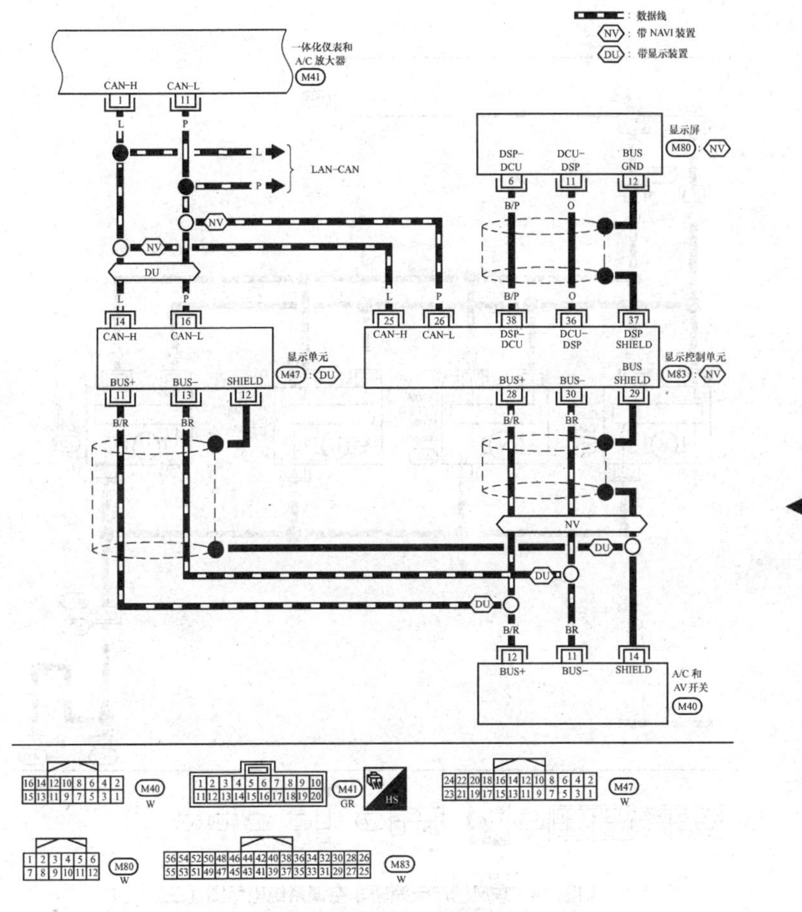

附图 13　东风日产天籁轿车空调系统电路图（二）

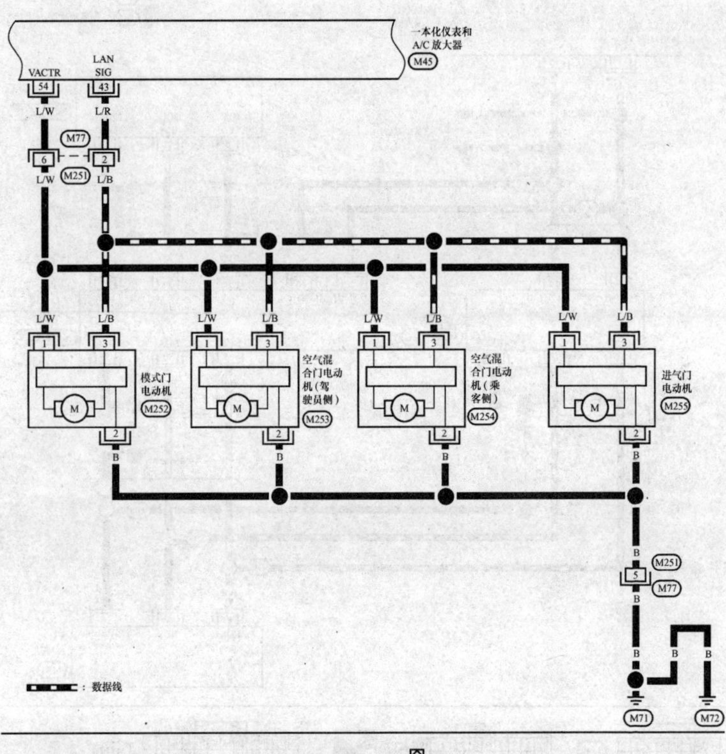

37	38	39	40	41		42	43	44	45	46	47
48	49	50	51	42	53	54	55	56	57	58	59	60

M45 W　H.S.

1	○	2
3	4	5	6

M77 W

M252, M253, M254, M255
W　W　W　W

附图 14　东风日产天籁轿车空调系统电路图（三）

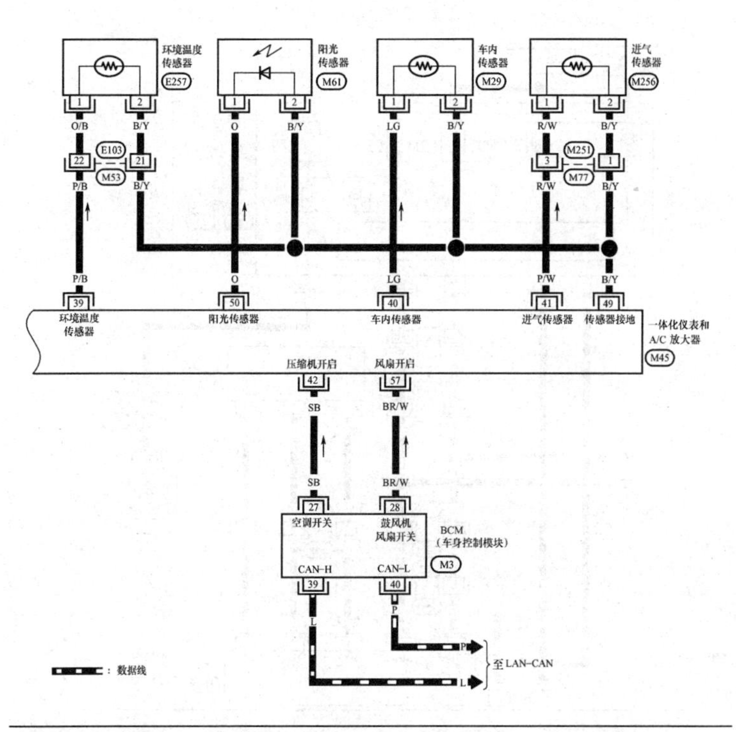

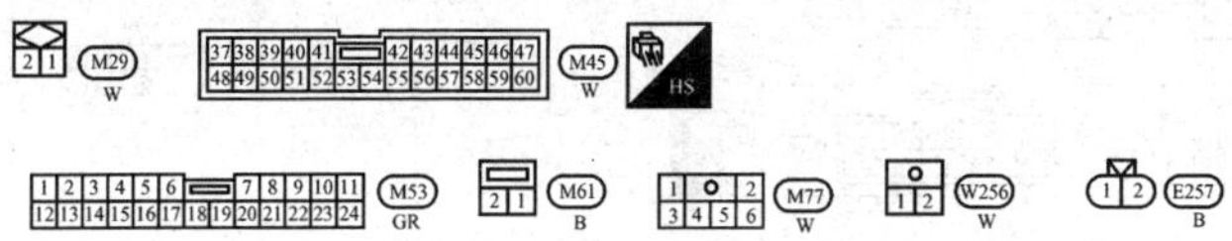

附图 15 东风日产天籁轿车空调系统电路图（四）

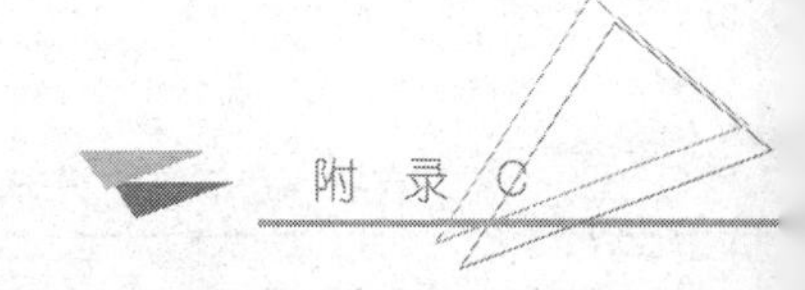

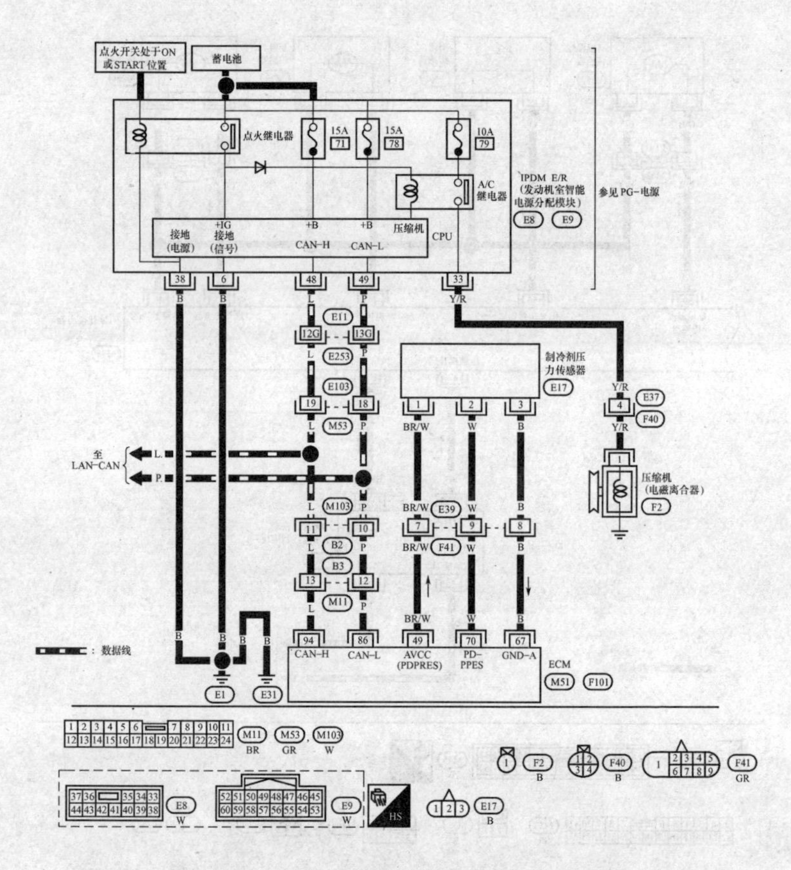

附图 16　东风日产天籁轿车空调系统电路图（五）

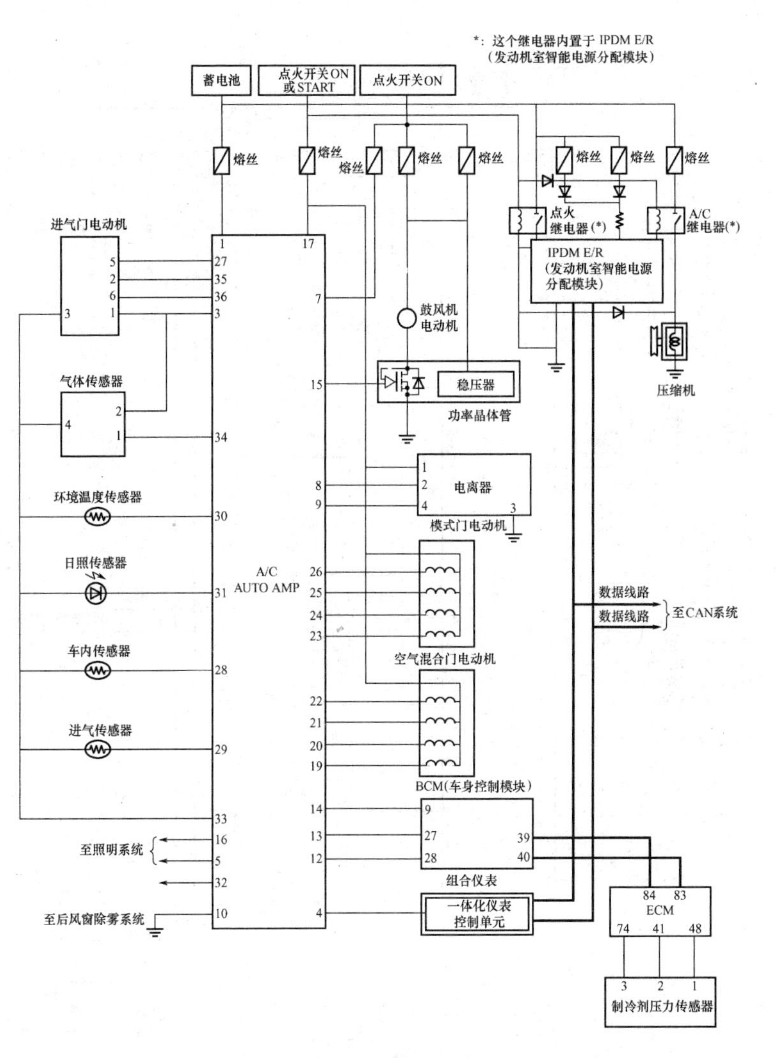

附图 17　东风日产颐达轿车空调系统电路图（一）

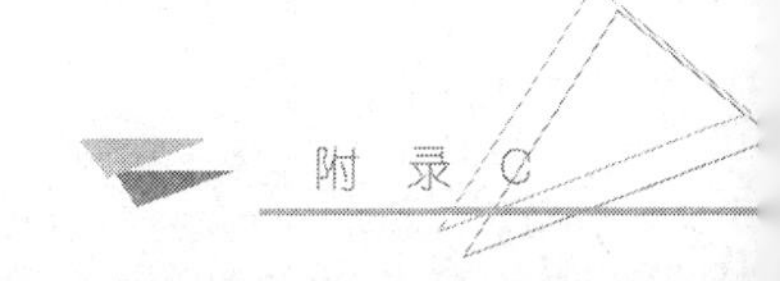

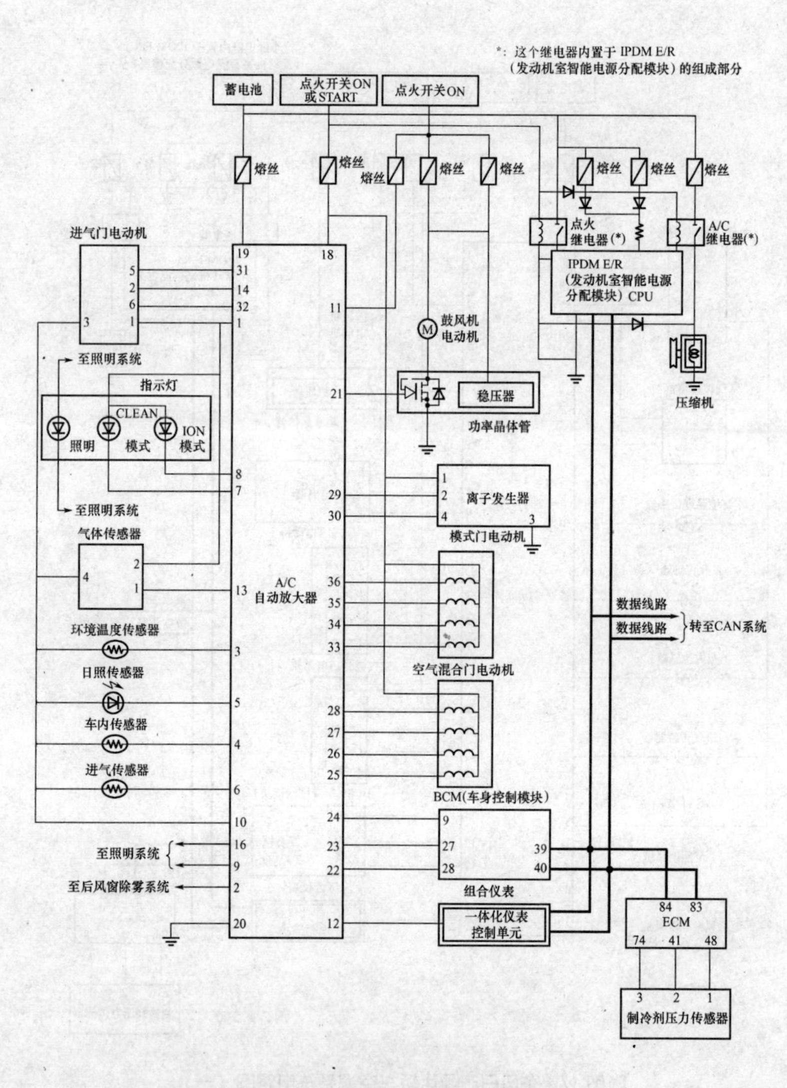

附图 18　东风日产颐达轿车空调系统电路图（二）

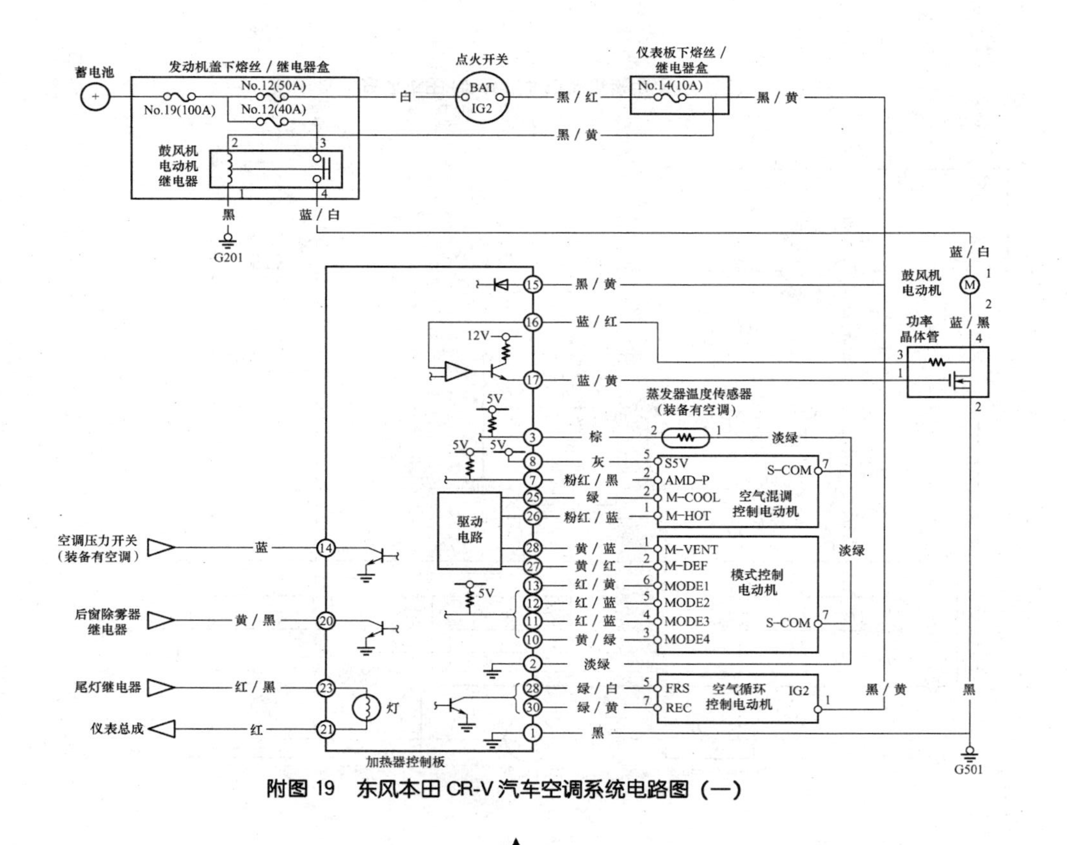

附图 19　东风本田 CR-V 汽车空调系统电路图（一）

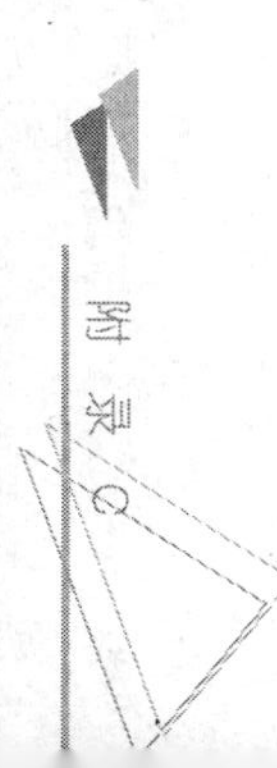

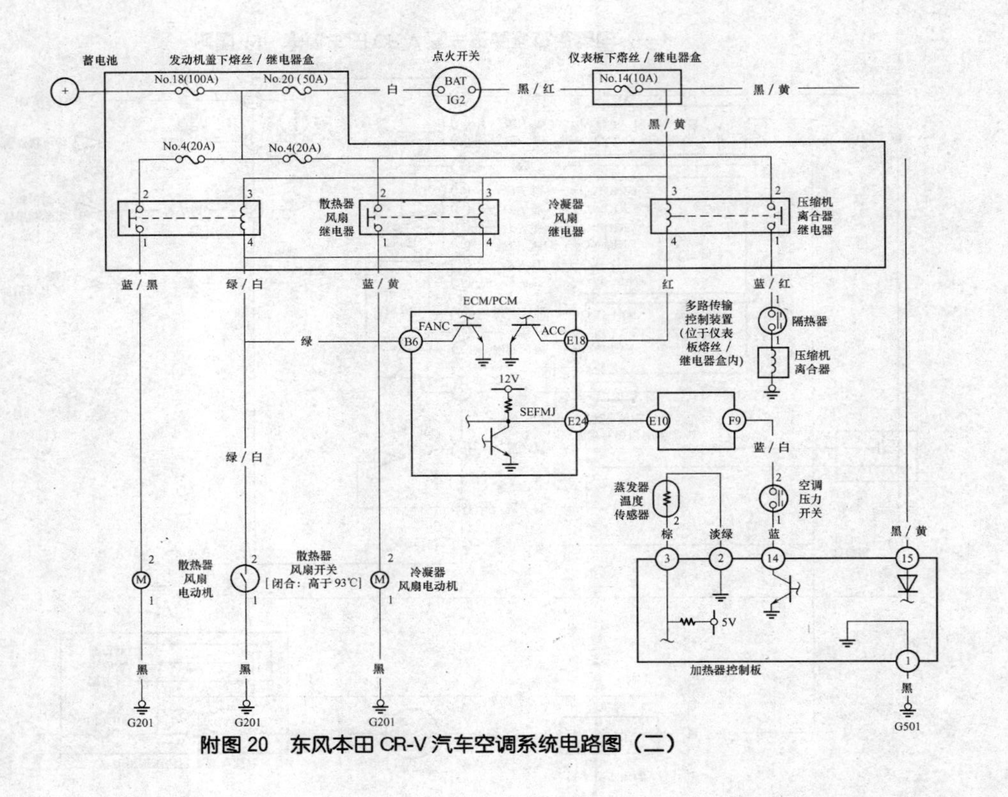

附图 20　东风本田 CR-V 汽车空调系统电路图（二）

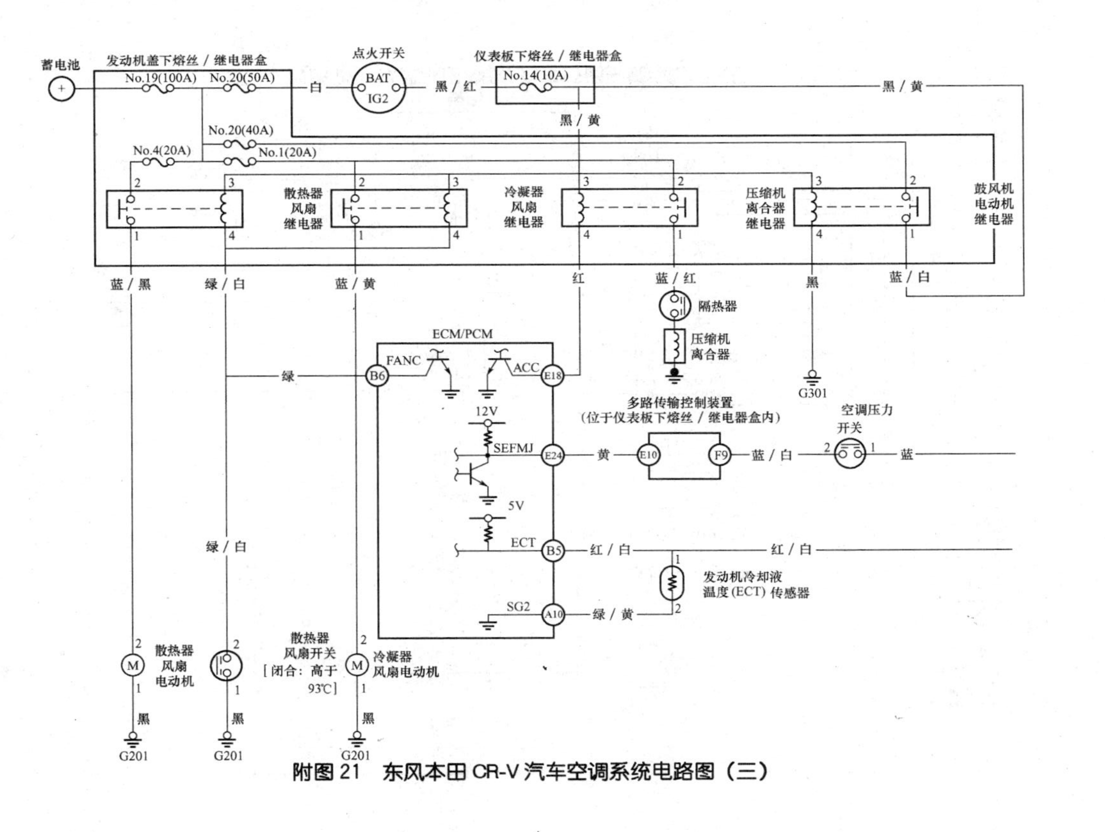

附图 21　东风本田 CR-V 汽车空调系统电路图（三）

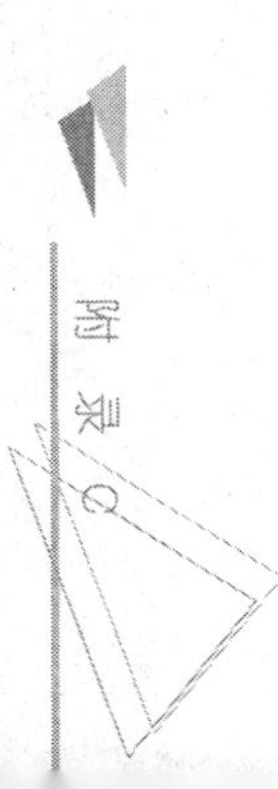

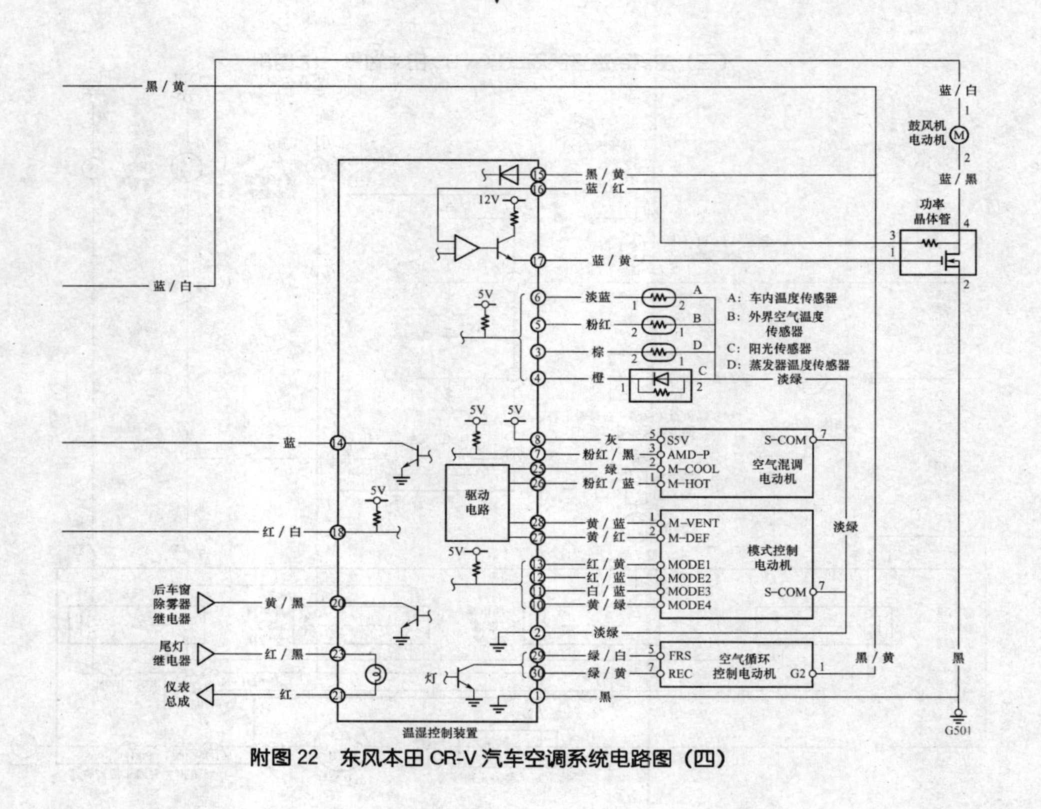

附图 22 东风本田 CR-V 汽车空调系统电路图（四）

三、广州本田汽车车系

1. 广本雅阁轿车空调系统电路图（见附图23～附图24）

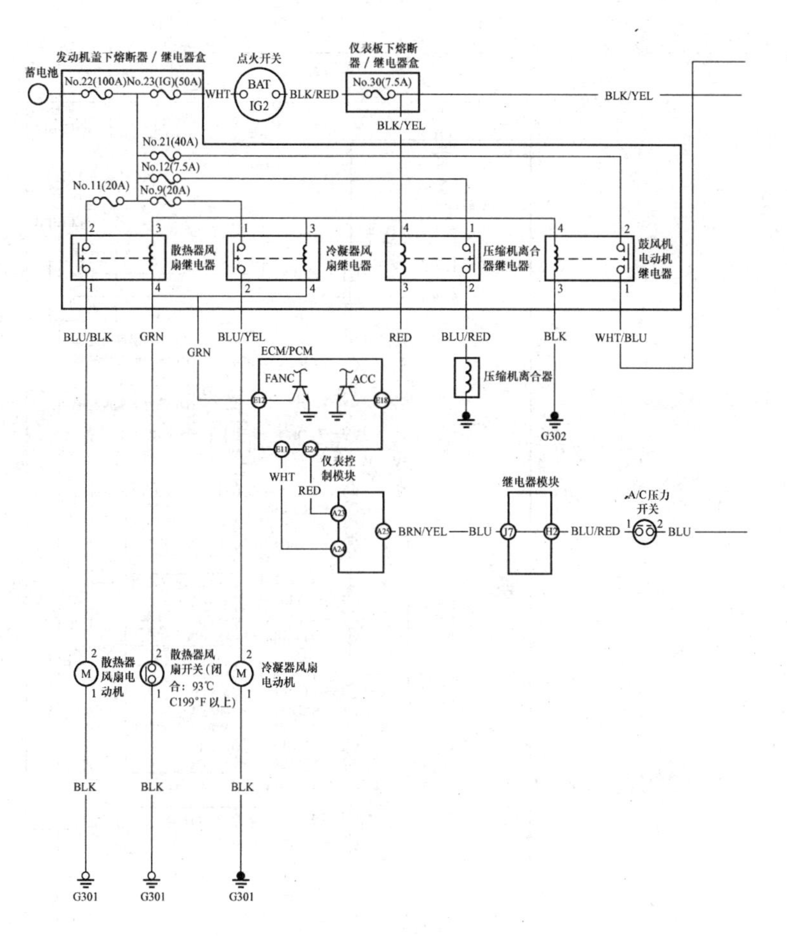

附图23 广本雅阁轿车空调系统电路图（一）

2. 广本飞度轿车空调系统电路图（见附图25）

四、上海通用车系

1. 上海通用君越轿车空调系统电路图（见附图26～附图29）

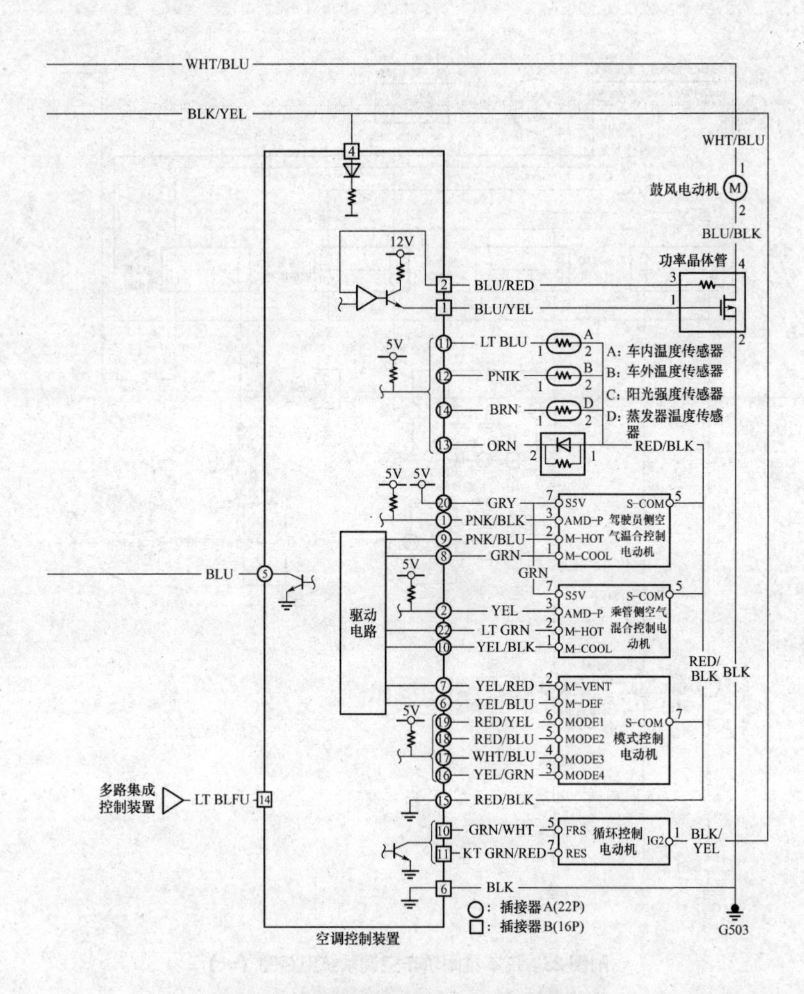

附图 24　广本雅阁轿车空调系统电路图（二）

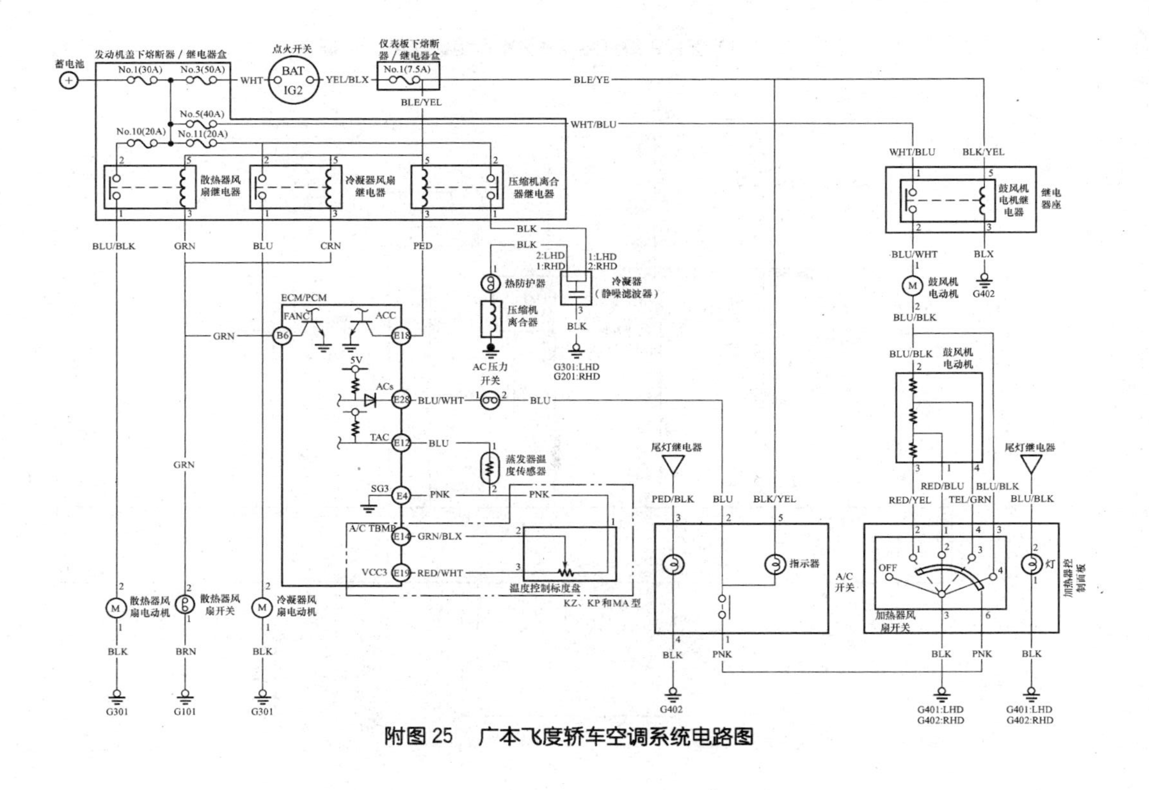

附图 25　广本飞度轿车空调系统电路图

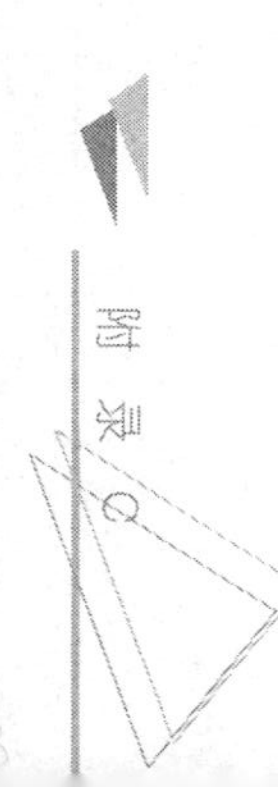

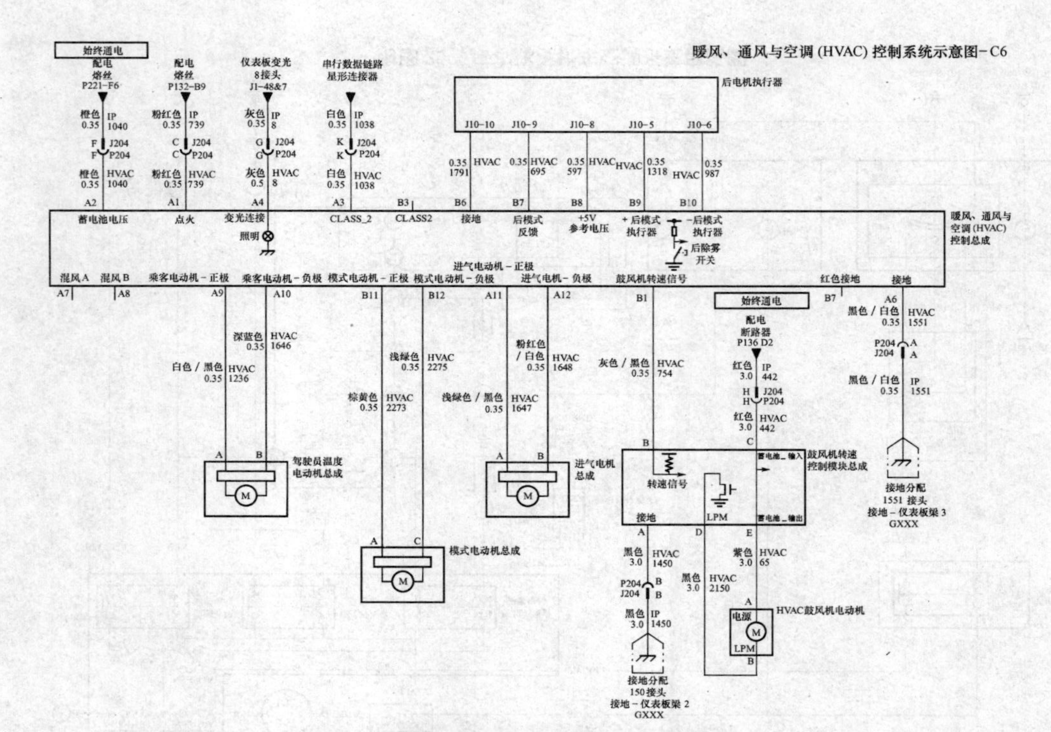

附图 26　上海通用君越轿车空调系统电路图（一）

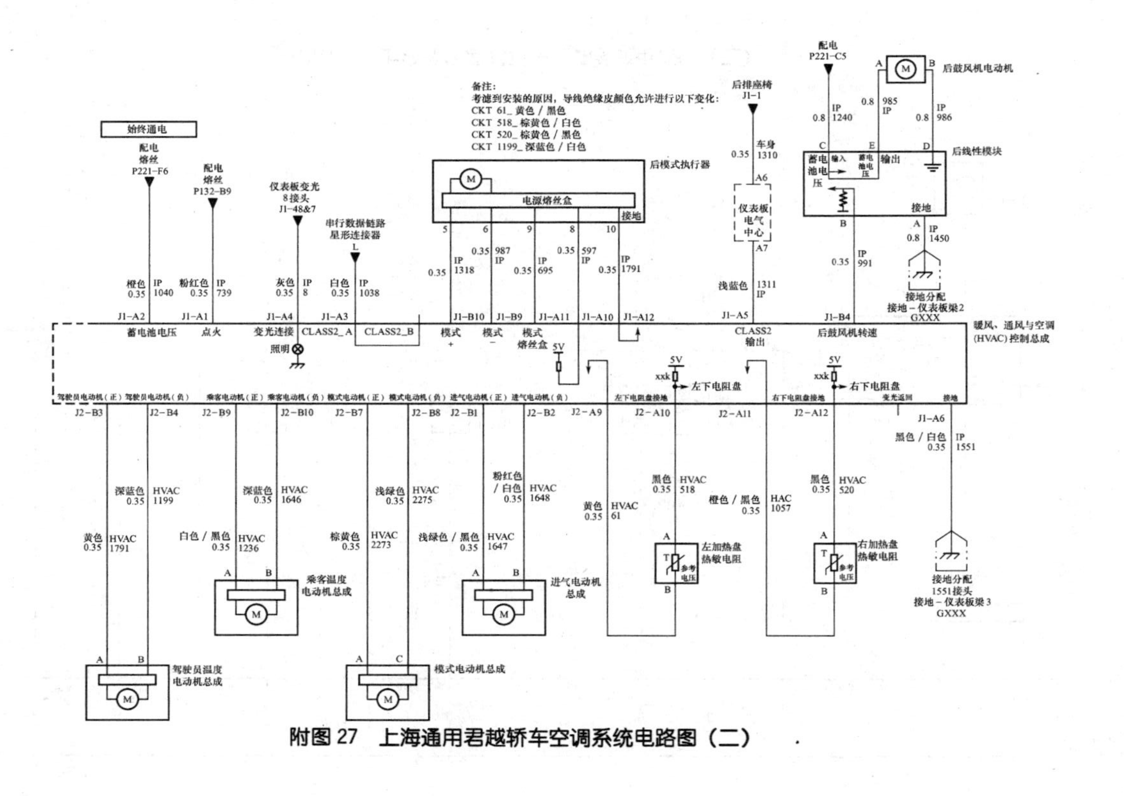

附图 27　上海通用君越轿车空调系统电路图（二）

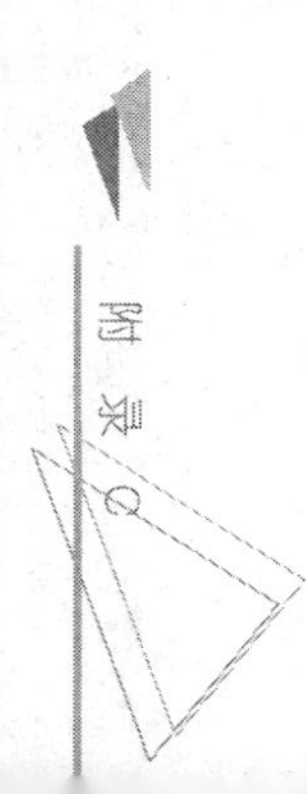

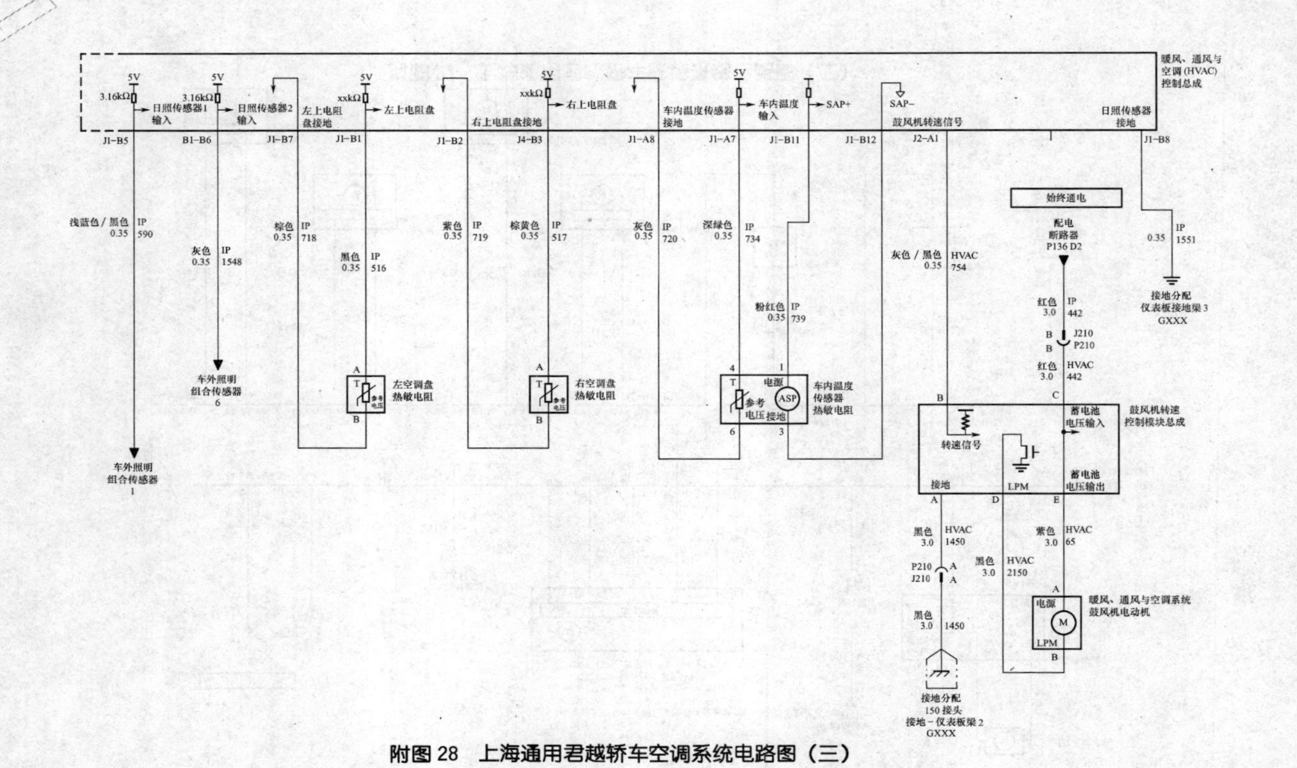

附图 28　上海通用君越轿车空调系统电路图（三）

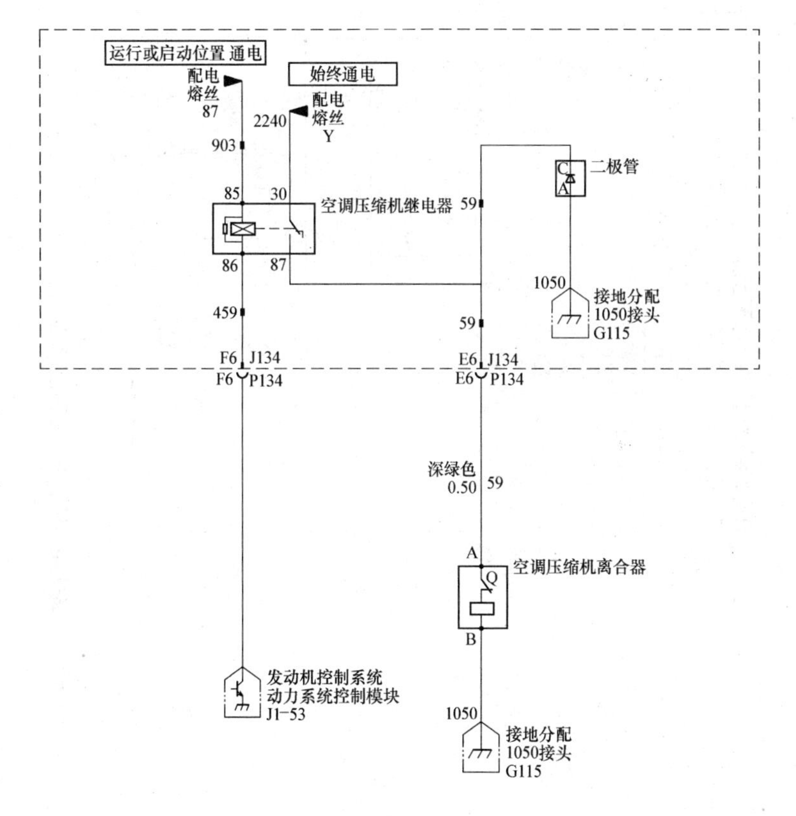

附图 29　上海通用君越轿车空调系统电路图（四）

2. 上海通用君威轿车空调系统电路图（见附图 30～附图 31）

3. 上海通用荣御轿车空调系统电路图（见附图 32）

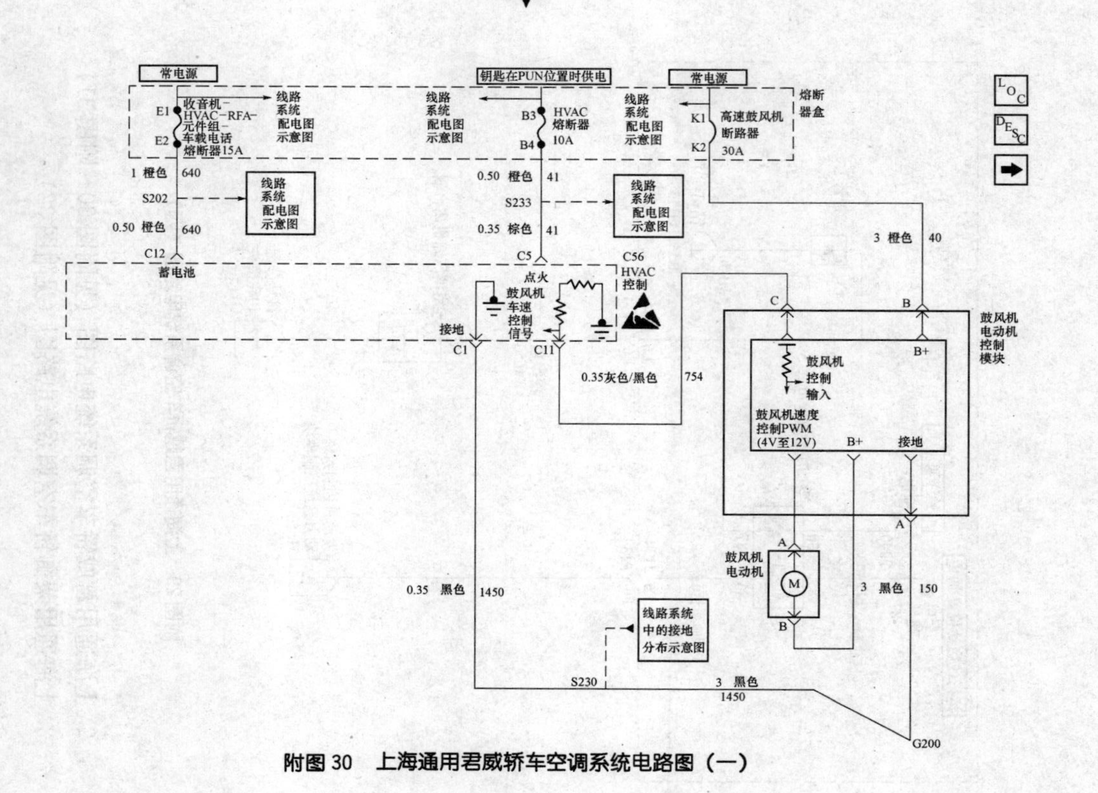

附图 30　上海通用君威轿车空调系统电路图（一）

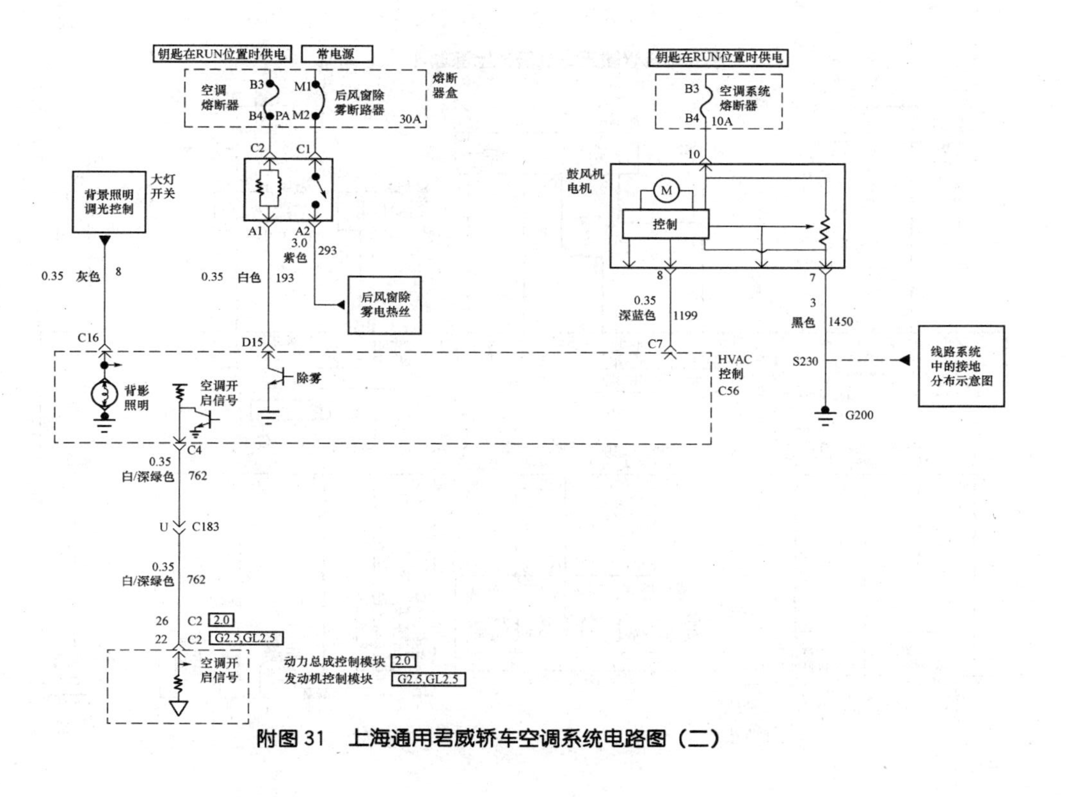

附图 31　上海通用君威轿车空调系统电路图（二）

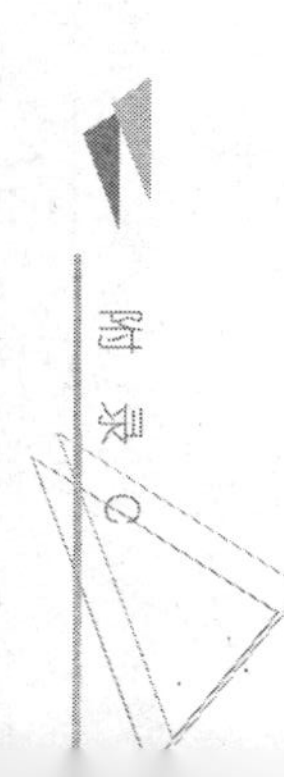

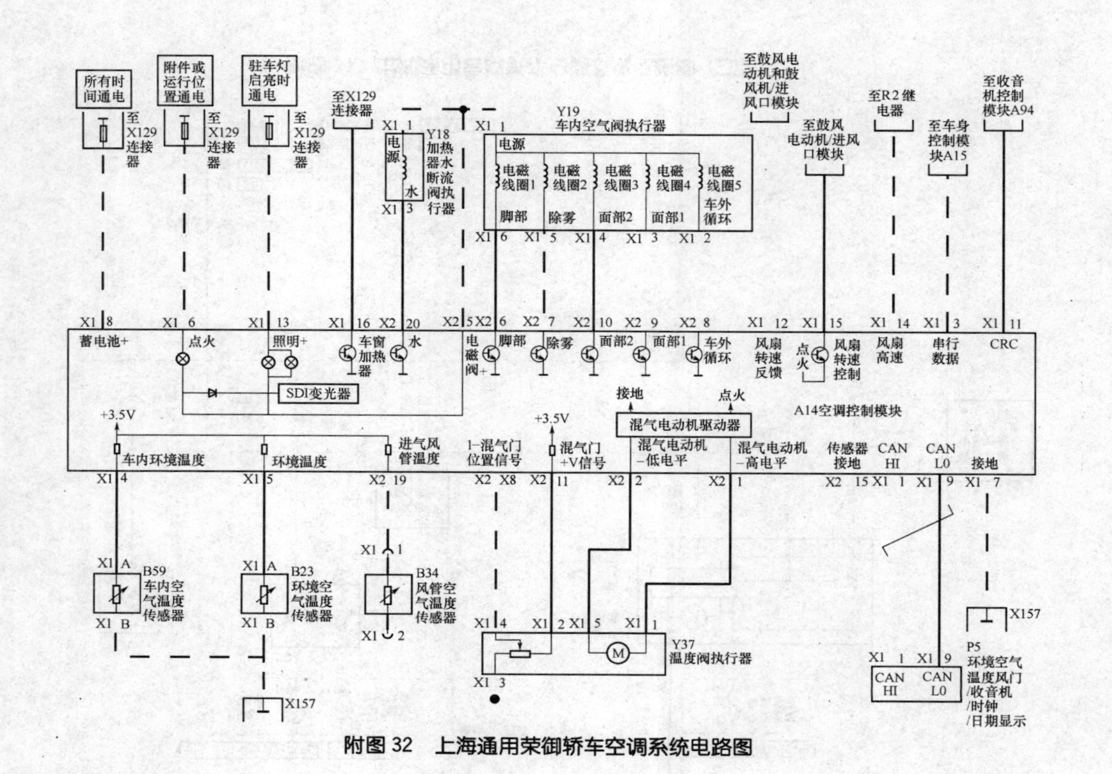

附图 32 上海通用荣御轿车空调系统电路图

4. 上海通用五菱汽车空调系统电路图（见附图33～附图34）

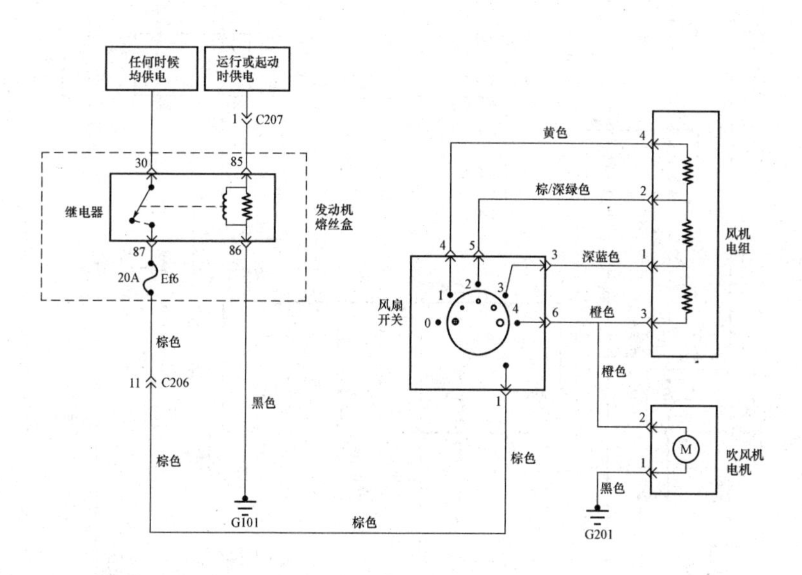

附图33　上海通用五菱汽车空调系统电路图（一）

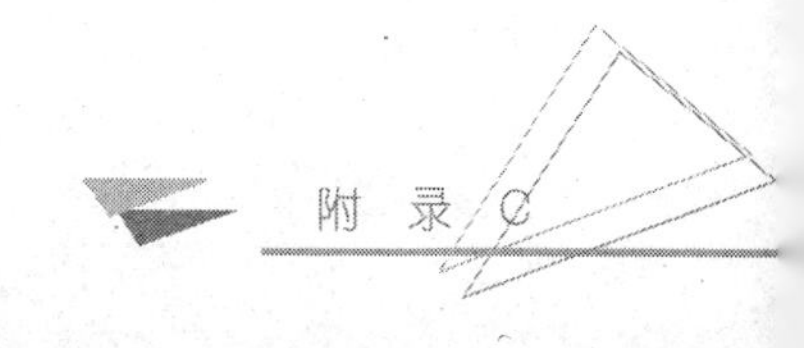

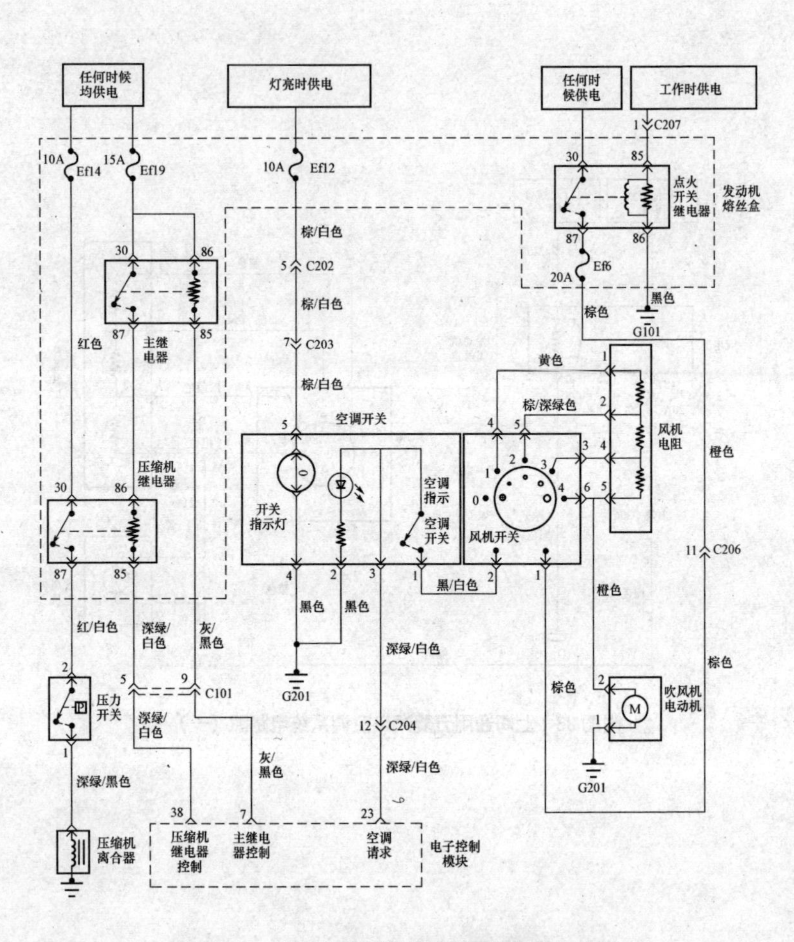

附图 34　上海通用五菱汽车空调系统电路图（二）

五、其他车系

1. 北京现代索纳塔轿车空调系统电路图（见附图35～附图38）

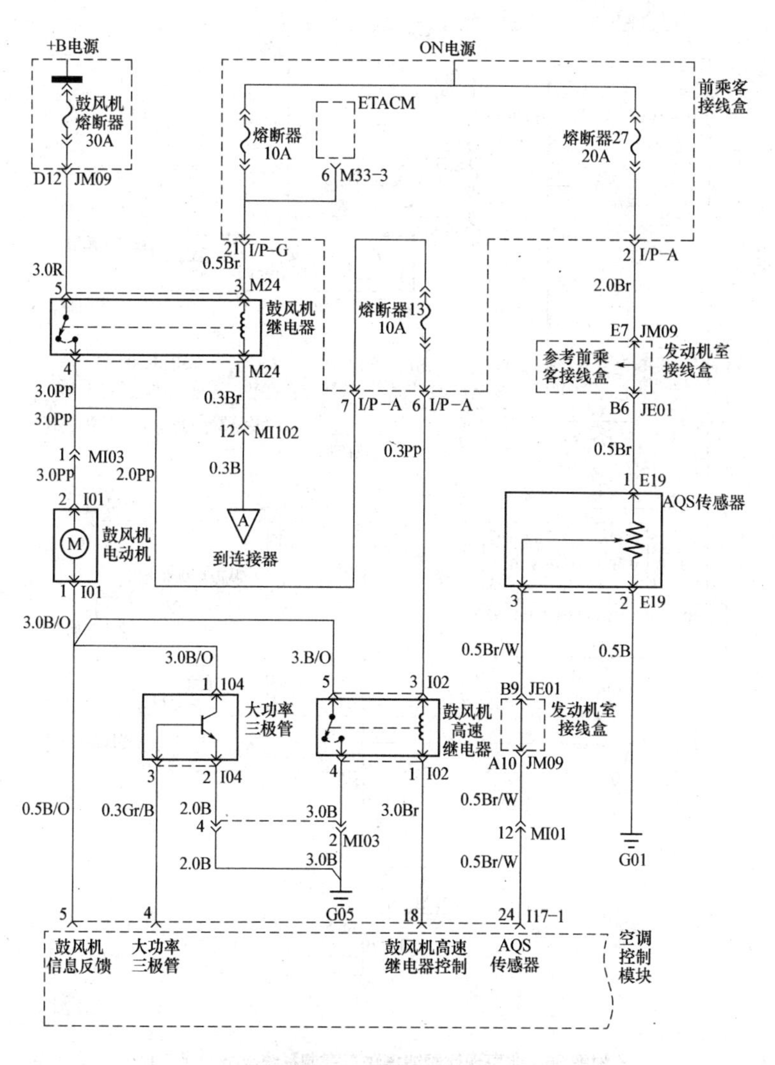

附图35　北京现代索纳塔轿车空调系统电路图（一）

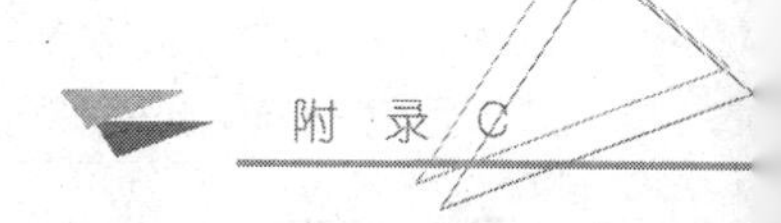

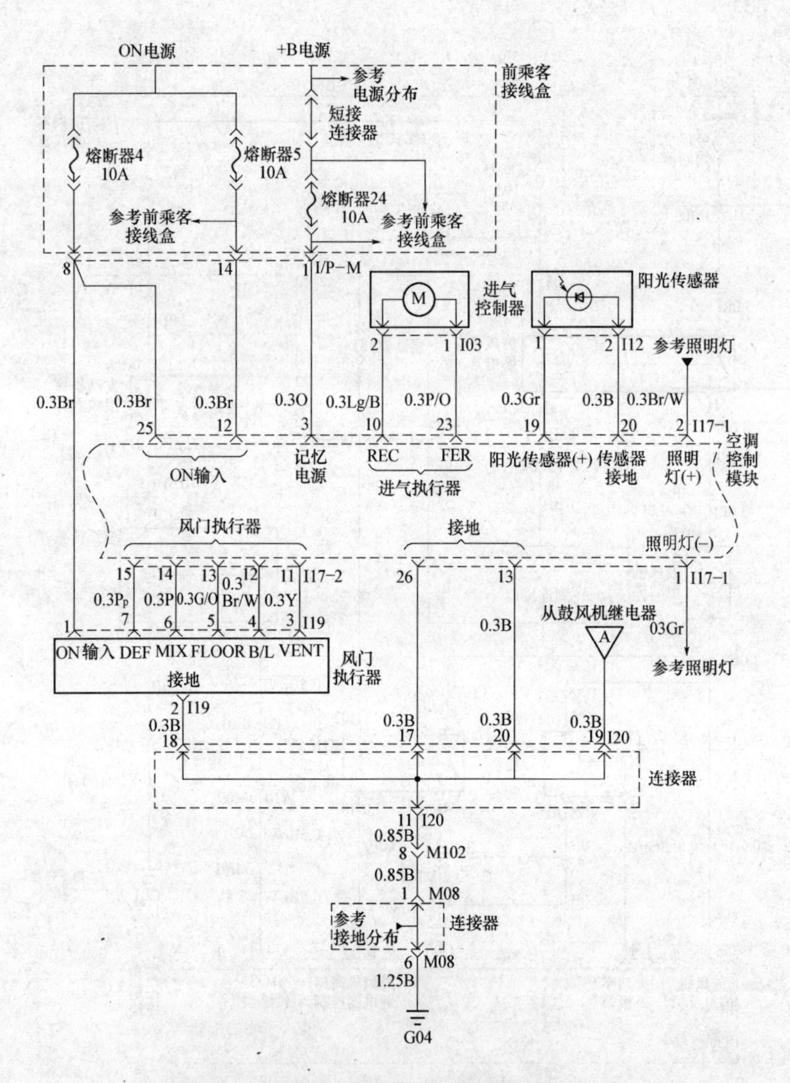

附图 36　北京现代索纳塔轿车空调系统电路图（二）

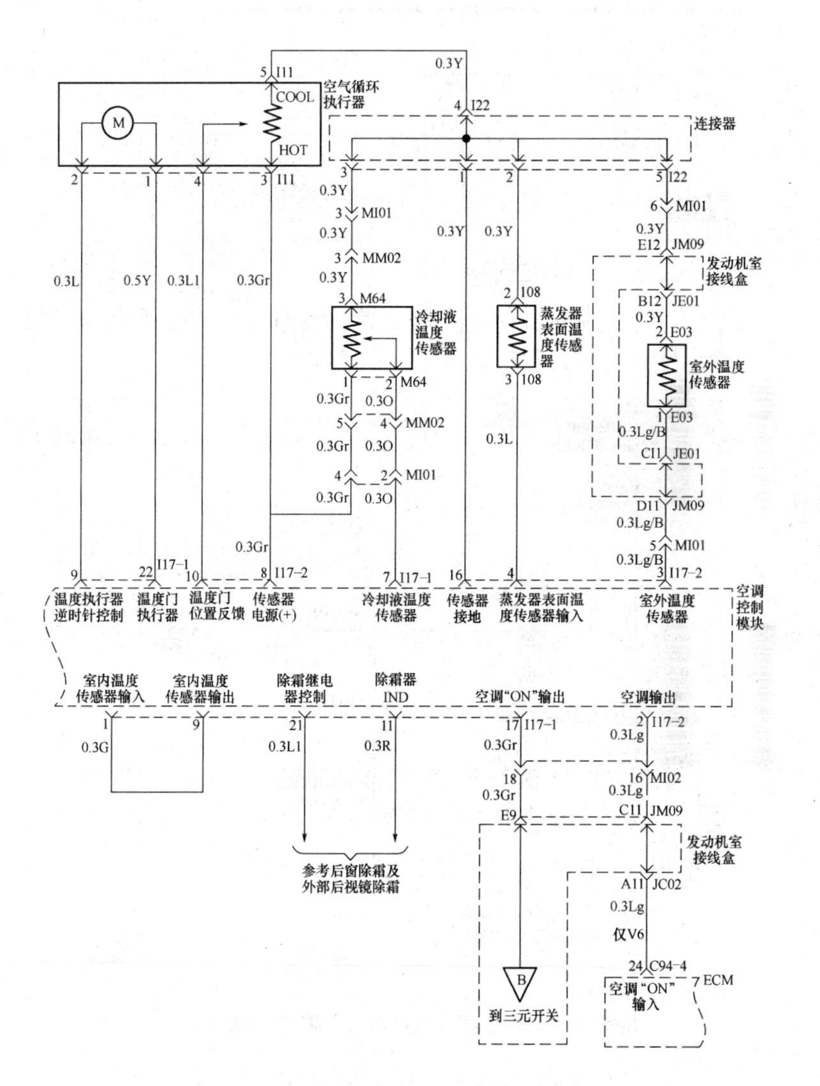

附图 37　北京现代索纳塔轿车空调系统电路图（三）

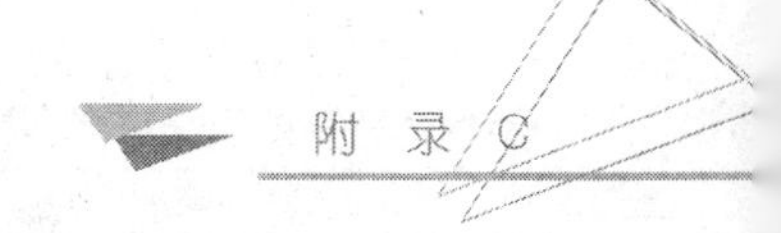

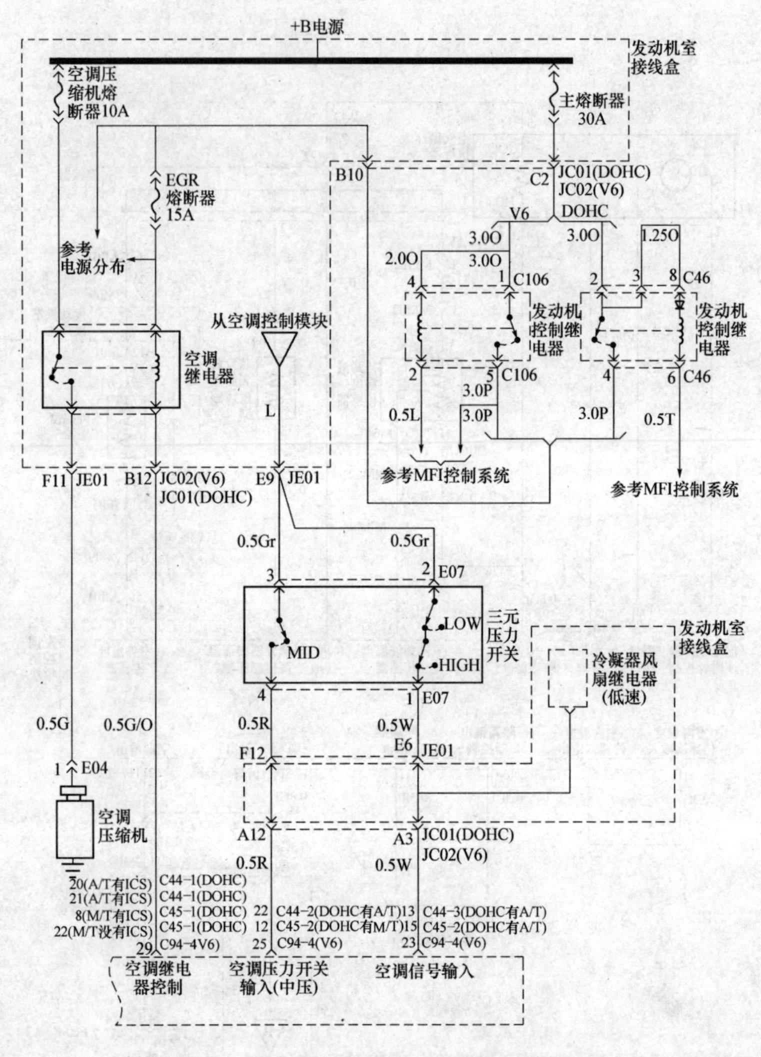

附图 38　北京现代索纳塔轿车空调系统电路图（四）

2. 奇瑞 A520 轿车空调系统电路图（见附图 39）

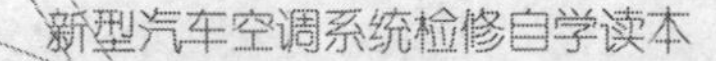

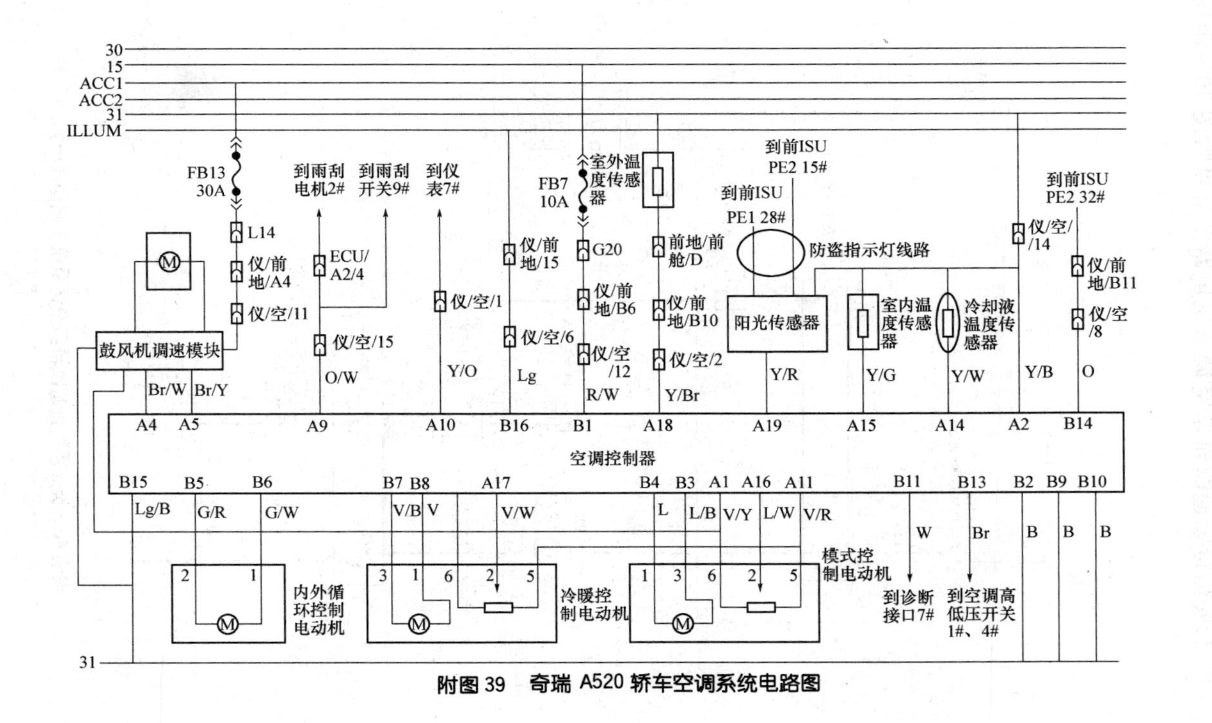

附图 39　奇瑞 A520 轿车空调系统电路图

3. 长安福特蒙迪欧轿车空调系统电路图（见附图 40～附图 43）

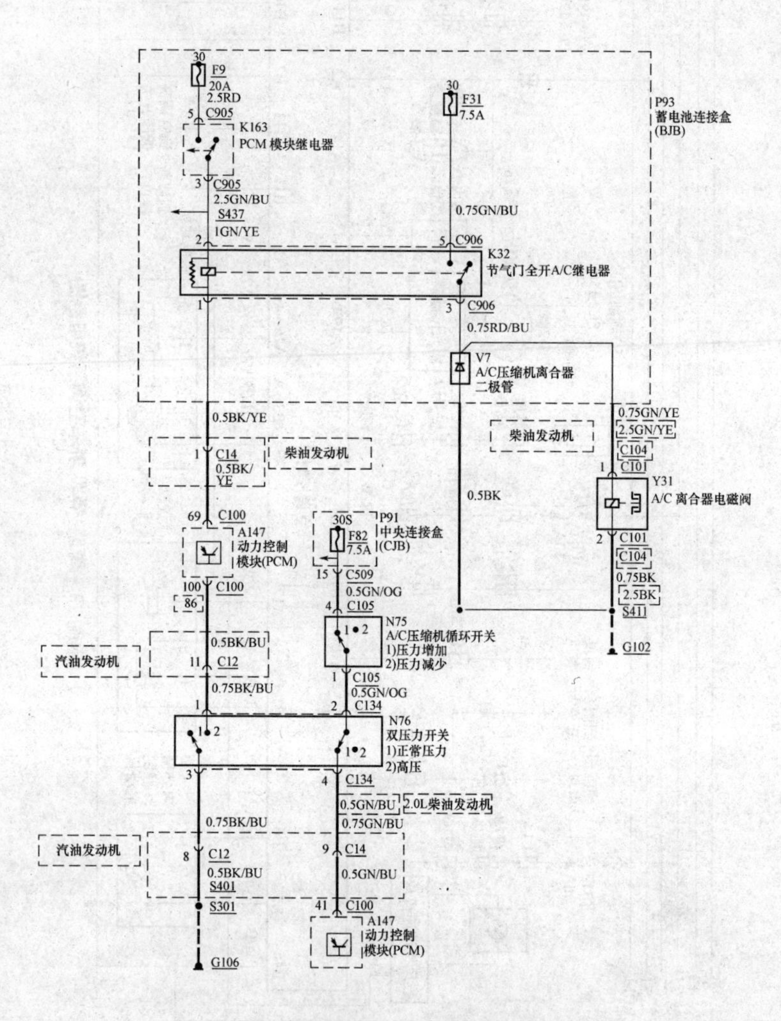

附图 40　长安福特蒙迪欧轿车空调系统电路图（一）

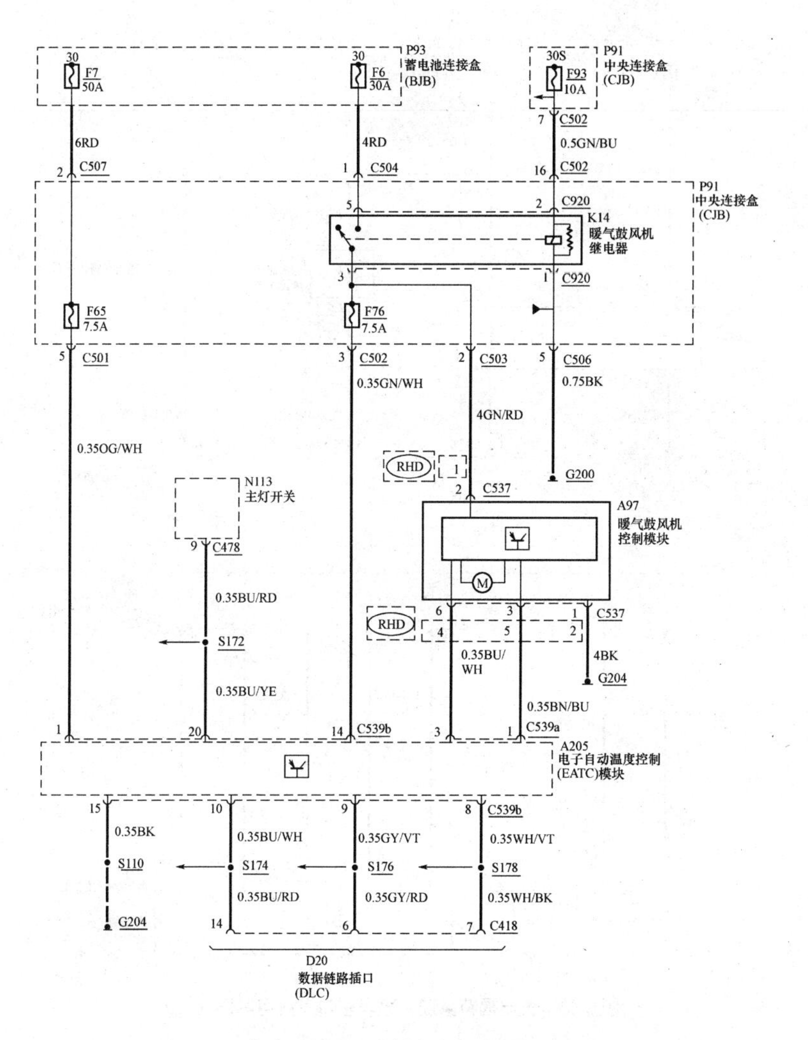

附图 41　长安福特蒙迪欧轿车空调系统电路图（二）

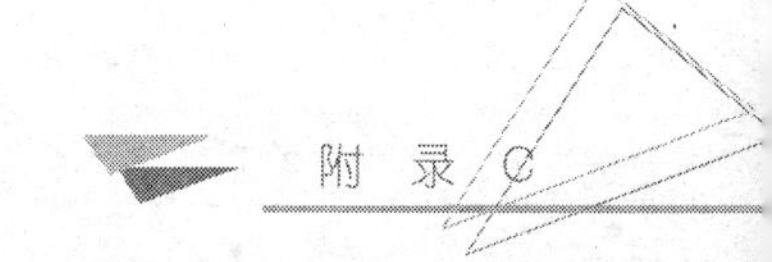

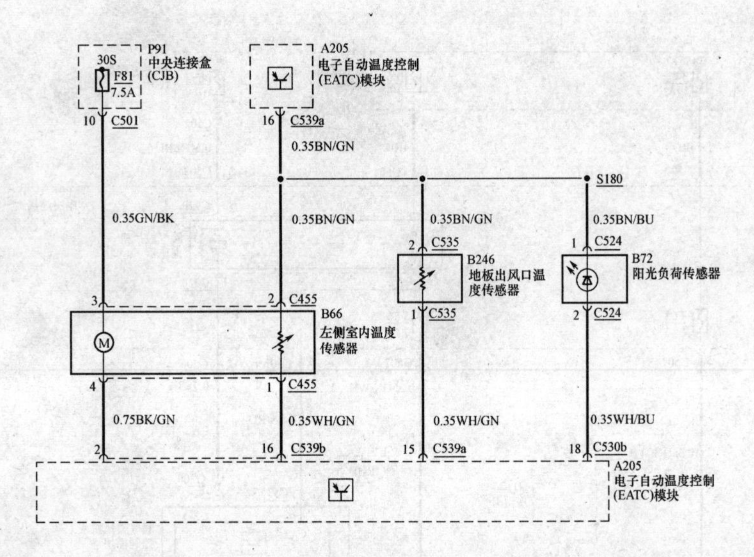

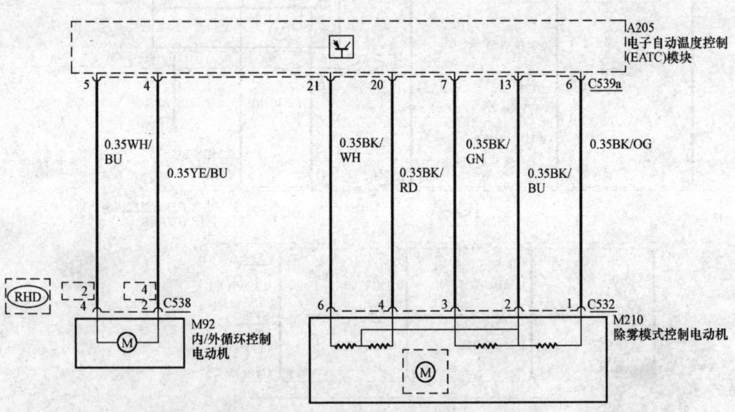

附图 42 长安福特蒙迪欧轿车空调系统电路图（三）

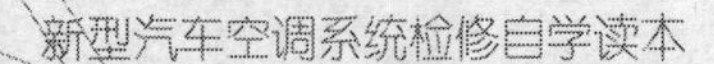

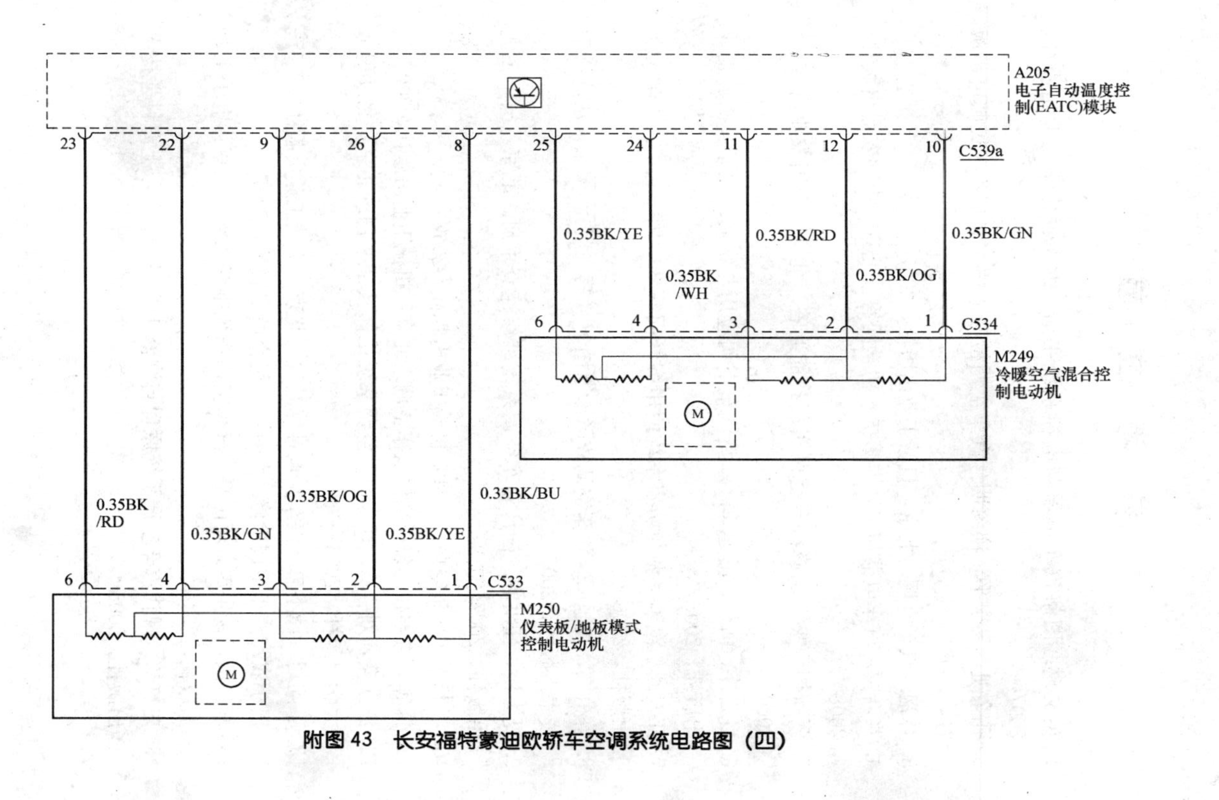

附图 43　长安福特蒙迪欧轿车空调系统电路图（四）

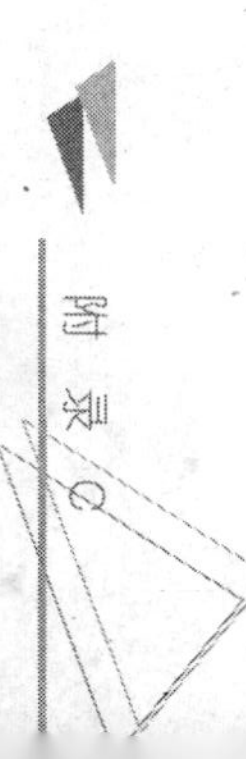

参 考 文 献

1. 吴文琳. 图解汽车电器与电控系统手册. 北京：化学工业出版社，2007
2. 孔余凯，吴永平，项绮明. 汽车空调检修入门. 北京：人民邮电出版社，2006
3. 林钢. 汽车空调. 北京：机械工业出版社，2007
4. 张新德. 汽车电器与空调维修技术初学问答. 北京：中国农业出版社，2008
5. 张新德. 快学快修汽车空调实用技能问答. 北京：中国农业出版社，2007
6. 夏云锋，何仁，盛建军. 新型汽车空调应用与维修. 北京：机械工业出版社，2006
7. 江发潮. 汽车空调与防盗系统使用维修问答 300 例. 北京：化学工业出版社，2006
8. 鲁植雄，袁越阳. 汽车空调故障诊断图解（第二版）. 南京：江苏科学技术出版社，2007
9. 夏雪松，任洪春. 国产轿车空调系统维修速查手册. 北京：电子工业出版社，2007
10. 王若平. 汽车空调. 北京：机械工业出版社，2007
11. 邯郸北方学校. 怎样维修汽车空调. 北京：机械工业出版社，2005
12. 汪立亮，刘春玲. 轿车自动空调系统维修技能实例. 北京：北京理工大学出版社，2006
13. 丁问司，谭本忠. 汽车空调维修教程. 北京：机械工业出版社，2007
14. 田小农. 汽车空调检修. 北京：人民交通出版社，2007
15. 李良洪，杨生辉，蒋国平. 汽车空调系统维修图解. 北京：电子工业出版社，2004
16. 史悠信. 现代汽车空调系统原理与维修 136 问. 上海：上海科学技术出版社，2005